Scarlet
스칼렛

www.bbulmedia.com

나나
도시락

SCARLET ROMANCE STORY

N A N A
DOSIRAK

나나
도시락

솔겸 장편 소설

Contents

프롤로그

아빠는 단 한 번도 엄마가 죽었다고 말하지 않았다.

"엄만 고향으로 돌아간 거다."

말수가 적었던 아빠는 밤하늘의 달과 별을 가리킬 때면 주저리
주저리 이야기를 풀어놓았다.

"엄만 사정이 생겨서 지구를 급히 떠났어."

한번은 어린 딸에게 은밀히 덧붙였다.

"은하야, 사실은 엄만 지구인이 아니다. 쉿, 이건 우리만의 비밀."

아빠는 달나라에 토끼가 산다는 사실도 알려 주었다.

"아주 옛날에는 엄청 큰 토끼가 보였어. 지금은 대기 오염 때문
에 가려져 안 보일 뿐이야. 고요한 밤엔 방앗간 떡방아 소리도 들
렸어. 소음 공해가 심해져 지금은 잘 안 들리지만 말이야. 엄마네
별 사람들이 잔치를 하면 그 방앗간에 떡을 주문했다고 하니 규모
도 꽤 될걸."

엄마를 처음 만날 때의 아빠는 유능한 조리사였다. 지구에 잠시 놀러 왔던 엄마는 아빠가 만든 음식에 반해 결혼했고 나를 낳았다. 안타깝게도 엄마는 우주 질서를 어지럽힌 죄목으로 강제 소환을 당했는데 언젠가는 돌아올 거라고 했다.

엄마가 지구를 떠난 뒤에도 아빠는 일을 계속했다. 하지만 어린 나를 업은 상태로 지속적으로 근무할 수 있는 직장은 없었다. 그도 그럴 것이 엄마가 지구를 떠날 당시 나는 고작 두 살이었다. 외계인 엄마와 고아인 아빠를 둔 탓에 달리 나를 돌봐 줄 사람도 없었다.

아빠는 어린이집에 나를 맡기면서 파트타임 일자리를 여기저기 거쳤고, 그마저 여의치 않아 결국 조리사란 직업을 포기하게 됐다. 나는 일곱 살이 되도록 어린이집을 마치고 혼자 집으로 돌아오는 일에 적응을 못 했으며, 저녁이나 휴일에 혼자 집에 있는 일은 더욱 적응을 못 했는데, 그렇다고 혼자 있는 나 때문에 아빠가 일을 할 수 없었다고 한다면 왠지 억울하다.

요컨대 나는 혼자 적응할 기회 자체를 부여받지 못했다는 것이다. 아빠는 어린이집을 마칠 시간이면 만사를 제쳐 두고 데리러 왔으며, 휴일은 물론이고 평일에도 단 한 번도 나 혼자 집에 있게 하지 않았다. 어린이집 원장님은 아빠의 행동을 두고 '집착'이란 말을 들먹였다. 아빠는 대번에 반박했다.

"원장 선생님이 제 인생을 아세요? 인간은 자기 경험으로 미루어 판단합니다. 제 인생을 모르니 제가 왜 그런지 절대 모르실 겁니다!"

아빠는 빚을 내서 꼬마 트럭을 샀다. 그때부터 주말이나 공휴일이면 조수석에 앉아 아빠가 일하는 모습을 지켜볼 수 있었다. 아쉽게도 내가 도울 수 있는 일은 자동차를 지키는 일 말고는 없었다.

아빠가 아침에 들르는 사무실은 '퀵서비스'라는 간판을 달고 있었다. 아빠는 주로 오토바이로 실을 수 없는, 건설 현장에서 사용하는 목재나 타일들을 운반했다. 꼬마 트럭은 장거리 일감이 많았으며, 그 점이 오토바이보다 시내 수입이 적은 점을 보상해 주었다.

하루는 머리가 너무 뜨거워서 어린이집에 누워 있었다. 그날따라 비가 왔는데 아빠는 먼 지방으로 운송을 가는 바람에 어린이집이 문을 닫을 때까지 돌아오지 못했다. 아빠와 여러 번 전화를 주고받았던 선생님은 결국에는 나를 병원으로 데려갔다.

병원에서는 해열제 처방이면 된다며 안심을 시켰지만, 비에 젖은 채 늦은 밤 병원으로 달려온 아빠는 밤새 내 곁을 지켰다. 그날 아빠는 내게 눈물을 들켰다.

"아빠, 울어?"

"울긴! 차가 부서졌거든. 울 딸도 아프고, 차도 아프니 나도 마음 아파서 그래."

아빠는 젖은 수건으로 여기저기를 눌러 주면서 시종 한쪽 팔만 썼다. 언뜻 본 다른 쪽 팔소매가 찢겨 있었다.

"아빠, 차가 꽝 해서 팔도 다친 거야?"

"다치긴. 아빤 하늘에서 엄마가 지켜 주니 절대 안 다쳐. 울 딸도 엄마 덕에 크게 다친 적 없잖니."

그 후로도 나는 종종 열이 났고 배가 아팠다. 덕분에 아빠는 빈번히 일을 쉬었다. 월세를 못 내서 집주인에게 죄송하다며 머리를 조아리면서도 말이다. 그때 생애 최초의 목표가 생겼다. 나는 사랑

9

하는 이를 위해 강해질 것이다.

아빠는 찌그러진 차를 수리하지 않고 계속 끌고 다녔다. 그리고 내가 열이 났던 날 이후부터는 줄곧 장거리 운송은 사양했다. 덕분에 다른 사람들이 기피하는 타일이며 철근의 시내 배송을 도맡았다. 내가 초등학교에 입학할 무렵까지 아빠는 그렇게 생활했다.

끼니를 제때 못 챙긴 채 무거운 짐을 나르던 후유증인지 급기야 아빠는 병을 얻고야 말았다. 늑막염이라는 병의 치료는 순조로웠지만 아빠가 짊어진 삶의 무게는 점점 무거워 보였다. 축복인지 불행인지 몰라도 나는 그런 아빠의 고충을 일찌거니 헤아려 버렸다.

치료 후의 아빠는 눈에 띄게 변해 갔다. 때론 바보로 보일 만큼 이를 잔뜩 드러내고 웃어 주었던 아빠가 돌연 누군가를 향해 증오를 퍼부어 댔던 것은 그때부터였다.

"쌍! 왜! 왜 데려갔냐고!"

밤하늘을 가리키며 화를 내다가 나를 안은 채 올라오는 증오를 다스리곤 했다. 엄마가 살고 있다는 은하계를 이야기할 적의 아빠는 늘 평온했다.

하지만 세상은 끈질기게 아빠를 돕지 않았다. 오래간만에 일을 나갔던 아빠는 교통사고를 냈다. 가벼운 접촉 사고였지만 상대편 차가 비싼 차라 또 빚을 내야 했다.

아빠는 며칠 동안 일을 나가지 않았다. 어깨는 축 처졌으며 눈동자는 공허하기만 했다. 급기야 엄마의 영정 사진을 안은 채 웅크리고 누워서 좀처럼 일어나지 않았다.

아빠는 으슥한 밤이 되었어도 눈을 뜨지 않았다. 나는 막연한 두려움에 떨며 아빠 곁으로 다가가 숨소리를 확인해 보았다. 그러고는 또 숨소리를 확인해 보면서 끈기 있게 기다렸다.

밥솥은 낮부터 비어 있었고, 간식거리도 없었다. 나름대로 강한 어린아이로 변모한 나는 주린 배를 어르며 또 기다렸다. 하지만 배가 자꾸 고프다 보니 이젠 배가 아파 오기 시작했다. 의지와는 달리 그만 아빠를 흔들어 깨웠다.

"아빠, 배고파서 그런 게 아니라 배가 너무 아파."

아빠가 슬며시 눈을 떴다. 나는 아빠가 죽지 않았다는 안도감에, 그 초점 없는 눈동자에 애써 눈을 맞추었다.

"아프다고?"

"아니. 배가 조금 아픈데, 밥만 먹으면 나을 것 같아."

"밥…… 우리 은하 밥……."

갑자기 무슨 생각이 떠올랐는지 누워 있던 아빠가 벌떡 일어났다. 나는 강해지고 싶었다. 하지만 창피하게도 나는 배고픔을 못 참아 아픈 아빠를 일으켰고, 눈에는 그렁그렁 눈물을 달고 있었다.

"은하야……."

아빠는 머리를 거칠게 흔들고는 나를 바라보았다. 또 머리를 한 번 흔들더니 떨리는 손을 뻗어 내 눈물을 닦아 주다가 와락 껴안았다.

"미쳤어! 내가 너를 깜빡하다니. 아빠가, 아빠가 잠시 미쳤다."

"미안해. 나도 지금부터 요리를 배울게."

"쓸데없는 소리."

"나 자그마치 여덟 살이야. 가르쳐만 줘. 나 혼자서도 밥 잘해 먹고, 혼자도 잘 놀 테니, 아빠 맘대로 일해."

아빠가 내 어깨를 잡아 얼굴을 마주했다. 음울하게 옴팍 팬 눈동자가 모처럼 생기를 되찾고 반짝였다.

"정말이야. 내 걱정 안 하고 일해도 된다고!"

애원에 가까운 내 말에 아빠는 가벼이 고개를 끄덕거렸다.

"안 그래도 널 강하게 키울 거다. 반드시 그래야 하거든. 근데 너, 절대 불평 안 하고 따를 자신 있니?"

"그럼. 자, 약속."

나는 눈물과 콧물이 범벅이 된 얼굴로 히죽 웃으며 새끼손가락을 내밀었다.

며칠 뒤 아빠는 꼬마 트럭을 처분하고 새로운 직장을 잡았다. 냉장 트럭에 음식을 싣고 공장으로 나르는 일이었다. 지금과 달리 방과 후 교실이 없는 시절이었기에 나는 학교 수업을 마치면 태권도 도장과 미술 학원에서 시간을 보낸 후 집에 들어갔다. 혼자서도 잘 지낼 자신이 있는데도 아빠는 여전히 일찍 귀가했다. 아빠는 종종 말했다.

"강해지겠단 약속을 잊으면 안 된다."

나는 이른 아침에 일어나 아빠와 함께 조깅을 했으며, 주말이면 함께 산으로 갔다. 설마 날 운동선수로 키울 생각이냐는 불평이 종종 목구멍까지 올라왔지만 나는 쏙쏙 삼키며 아빠 말에 순종했다.

"엄마가 있는 별에 가려면 체력이 강해야 해."

과학을 익힌 고학년이 되었어도 나는 별나라 엄마를 들먹이는 아빠의 말에 토를 달지 않았다. 태권도 유단자가 되었어도 나는 만족하지 않고 계속 체력을 키웠다.

내가 중학교에 입학했을 때 우리는 반지하 단칸방을 벗어나 작은 아파트로 이사했다. 작은방은 나 혼자 썼고, 아빠는 큰방 겸 거실을 사용했다. 그리고 식구가 늘었다.

"은하, 넌 삼촌이라고 부르면 돼."

김철수라는 이름의 젊은 남자는 산적 두목을 떠올리게 하는 외모와는 달리 의외로 순박했으며 가족은 없다고 했다. 철수 삼촌은 아빠를 형님이라고 불렀는데 어쩐지 부모를 대하는 것 같았다.

　그해 봄에 아빠와 철수 삼촌은 공단에 작은 식당을 차렸다. 이동 급식을 겸한 탓에 이른 아침부터 늦은 밤까지 일해야 하는 구조였지만, 두 사람이 교대로 시간을 냈기에 나는 여전히 혼자 집을 지킬 기회를 얻지 못했다. 더욱이 아빠는 내 솜씨를 일찌거니 인정해 놓고도 손수 밥을 지어 먹을 기회를 안 주었다.

　철수 삼촌이 해 준 요리는 맛이 없었다. 과연 식당에서도 철수 삼촌은 주로 허드렛일이나 배달을 맡았다. 까무잡잡한 피부의 철수 삼촌은 머리부터 발끝까지 완벽하게 단단해 보였는데, 가끔 나는 그가 지구인이 아닐지도 모른다고 상상했다. 요컨대 아빠가 '사실 철수는 엄마를 보필했던 사이보그야.' 하고 실토해도 별로 놀라지 않을 것 같았다.

　아빠는 여전히 달 토끼와 엄마의 행성 이야기를 들려주곤 했다. 나는 속으로는 과학적으로 분석하면서도 고개를 끄덕여 주었다.

　첫 생리를 하고 얼마 지나지 않아 나는 처음으로 치마를 입었다. 식당 일을 하던 아주머니가 직접 골라 준 것이었다. 교복 말고는 처음 입는 치마였고, 교복보다 딱히 짧지도 않았다. 그런데도 아빠는 불같이 화를 냈다.

　"이것이 미쳤나? 당장 갈아입어!"

　소녀가 짧은 치마 한 번 입었다고 죄인이 될 순 없었다. 나는 부당한 폭언에 맞섰고, 아빠는 물러서지 않았다. 그날 나는 아빠도 상소리를 할 줄 아는 꼰대 부류에 포함된다는 사실에 적잖은 충격을 받았다.

다음 날, 나는 중학교에서 처음으로 주먹을 썼다. 예전부터 어눌한 말투의 짝꿍을 괴롭히는 성질 더러운 남학생이 있었는데, 녀석은 내 화풀이 대상으로 전락했다. 담임 선생님의 연락을 받은 아빠는 나를 앞으로 앉혔다.

"그러니까 은하 네가 맞은 게 아니라 남학생을 패 버렸다?"

"걔가 먼저 욕했거든."

"그래서 패 버렸다?"

혼낼 줄 알았던 아빠는 한참 생각을 더듬다가 돌연 키득거렸다.

"큭큭, 은하야, 잘했다!"

혼쭐을 내기는커녕 머리를 쓰다듬어 주었다.

"진짜 양아치 만나면 만만치 않을 테니, 철수 삼촌한테 급소 가격하는 것도 잘 배워 둬라."

고등학생이 된 나는 아빠의 권유로 철수 삼촌이 다니는 격투기 도장을 다녔다. 사실 나는 공부에 그리 소질이 없었다. 그래서 아빠가 운동선수로의 가능성을 열어 두려는 것이라 여기며 반항하진 않았다. 그리고 나는 가슴속에서 음울하게 덩치를 키우는 막연한 불안감과 서러움을 샌드백과 땀으로 풀어내는 것이 싫지 않았다.

방학이면 아빠의 가게로 가서 주방 일을 거들었다. 아빠는 장시간 칼질을 해도 지치지 않는 요령을 가르쳐 주며 내게 도마질을 시키곤 했다. 내가 운동선수가 못 되면 요리사로 키우고 싶어 하나 보다고 생각하며 선선히 따랐다. 사실 운동선수보단 요리사가 탐이 났다. 나는 아빠의 음식을 배우는 한편 인터넷을 통해 새로운 메뉴를 익혔다.

어느 날, 아빠는 내게 아무런 상의도 없이 잘나가는 공단 식당 일을 접어 버렸다. 그리고는 지방의 대학교 근처에 도시락 가게를 열었다. 공단의 식당보단 수입이 적다면서도 아빠는 간판을 건 다음 하늘의 엄마에게 자랑스럽게 보고했다. 학생들을 상대로 무시로 새로운 음식을 만들어 내는 도시락 가게에 나도 곧 정을 붙였다.

고등학교 2학년 성적표를 받아 든 아빠는 새삼스럽게 미간을 잔뜩 찌푸렸다.

"뭐 하자는 거냐. 학교가 놀러 다니는 곳이냐?"

딱히 성적이 뚝 떨어진 것도 아닌데 안 하던 질책을 했다.

"너 이제부터 가게 나오지 말고 공부해라."

한술 더 떠서 학교 앞에 자취방을 얻어 공부에 집중하란다.

"나 대학 갈 것도 아니잖아."

나는 항변했다. 고등학교를 졸업하면 가게에 나와 부주방장이 되겠다는 뜻을 오래전에 드러냈고, 아빠는 딱히 반대 의견을 내놓은 적도 없었다.

"그래도 이왕 다니는 학교, 중간 이상은 가야 할 거 아냐."

언제부터 아빠가 공부를 원했던가. 몸만 건강하면 된다며 입버릇처럼 말하던 건 또 무엇이란 말인가. 티격태격하다가 한순간 나는 울화를 토해 냈다.

"그럼 왜 태권도에 유도에 격투기까지 뺑뺑이 시켰어! 그 시간에 학원을 보내지 그랬어!"

"어디서 또박또박 말대꾸야! 너 때문에 내가 얼마나 아슬아슬하게 산 줄 아니? 염병, 고생해서 키워 놓았더니."

나는 아빠의 꼰대 같은 모습에 왈칵 서러움이 터져 나왔다.

"아이, 씨! 내가 뭘 잘못했는지 모르겠네!"

딴에는 어렸을 때부터 아빠에게 도움이 되려고 안간힘을 썼으며, 싫어도 아빠가 시키는 대로 살아왔다. 돌이켜 보면 아빠의 삶에 걸림돌이 되지 않고자 조마조마했던 마음들이었다. 그런데도 아빠는 딸이 걸림돌로만 기억되는가 보다.

우여곡절 끝에 고3을 앞둔 나는 학교 근처의 원룸으로 이사했으며, 방학에도 가게 출입을 금지당했다. 나는 꼰대가 되어 버린 아빠를 미워하기 싫어서 종종 밤하늘을 치어다보았다. 별을 보면 얼굴도 기억 안 나는 엄마가 그리워 외면하고 살았는데, 이제는 어린 시절에 아빠가 들려주던 황당한 이야기를 그리워했다.

그랬다. 느닷없이 공부 타령 하며 나를 추방한 아빠보다는 우주인 엄마를 들먹이던 엉뚱한 아빠가 더 좋았다. 그리고 이상하게도 그리웠다. 가난하고 불안에 떨었던 어린 시절이.

1

중소 도시의 대학교 어귀는 나른한 분위기였다. 나나도시락 가게를 나온 시훈은 슈트 상의를 벗어 들었다. 역시 정장은 불편하기 짝이 없다. 특히 지금처럼 한껏 더위가 익어 버린 봄에는.

'예의를 차려 정중하게 청해라.'

오 회장의 당부가 아니었다면 슈트는커녕 와이셔츠도 안 입었을 것이다.

'한 시간 후에 다시 오라고?'

외모며 행동이 로마의 검투사를 떠오르게 만들던 남자는 가게에서 기다리라는 말은 덧붙이지 않았다. 시훈은 오는 길에 봤던 커피 전문점으로 향했다. 하릴없이 시간을 죽이는 일은 전혀 취미가 아니었지만 이 대학 근처에서 딱히 할 일은 없었다.

길을 건너 중심 상가에 이르자 지나가는 여대생들이 힐끔힐끔 쳐다보았다. 갓 스쳐 간 여학생들이 속닥거리는 소리가 들려왔다.

"완전 조각남이네."

"연예인 같은데?"

"어쩜 남자가 피부까지 넘사벽이야."

시훈은 쓴웃음을 지었다. 언제부터인가 허여멀쑥한 피부가 싫어졌다. 남보다 갑절로 운동을 하는데도 공붓벌레 시절의 하얀 피부를 졸업하지 못하고 있다. 햇빛 독소니 뭐니 하는 따위의 정보를 무시하고 올해는 구릿빛 피부를 가진 남자로 변신하고 싶다.

매장으로 들어서자 여직원이 수줍게 얼굴을 붉히며 시훈을 맞이했다. 안쪽으로 걷다가 우뚝 멈춰 섰다. 등을 보인 상고머리 남자와 마주하고 있는 여자 때문이었다. 붉게 칠한 입술이 아니었다면 예쁘장한 남자라고 해도 믿을 만한 외모였다. 짧고 둥글게 쳐낸 헤어스타일에 야무져 보이는 체구, 그리고 남자가 입어도 어울릴 법한 옷차림에도 불구하고 여성 특유의 신비로움이 훅 날아든다. 오래도록 가져 본 적이 없던 뜬금없는 감정에 시훈은 당황했다.

'내가 왜 이러지?'

시훈은 수상한 울림의 가슴을 어르면서 그녀를 찬찬히 살폈다. 천진하고도 총명하게 반짝거리는 눈동자와 적당히 솟은 콧등, 그리고 건강한 혈색의 뺨에 이어 얼결에 그녀의 봉긋한 가슴 부위까지 훑었다. 시훈과 눈이 마주친 그녀가 이맛살을 찌푸렸다. 순간 여자가 초면이 아니라는 직감이 스쳤다.

'어디서 봤더라?'

시훈은 그녀를 마주 볼 수 있는 테이블에 앉았다. 그녀는 이미 시훈에게 시선을 거두고 마주한 상대에게 어색한 웃음을 흘리는 중이다. 그녀와 마주한 상고머리 남자의 말소리가 들렸다. 썩 느끼한 말투였다.

"자기 입술이 오늘은 앵두 같아."

"사장님 뵙는 자리라서 좀 칠했어요."

중성적인 모습에 더해 허스키한 목소리가 어째서 지극히 청순한 여자의 것으로 와 닿는지 모르겠다. 여자는 스무 살 남짓이고, 사장이란 남자는 서른 살이 훌쩍 넘어 보였다. 여러모로 어울리지 않는 남녀였다.

"성의를 봐서라도 계약 연장해 주시죠, 네?"

어리광을 부리는 말씨는 외모의 선입견에 관한 반전이었다. 그 반전이 시훈을 기묘하게 달뜨게 했다. 하지만 상고머리에겐 별 효과가 없나 보다.

"누가 계약 안 해 준대? 내 말은 오는 정 가는 정, 상부상조를 먼저 논하자는 거지."

"그래서 사장님 원하신 대로 같이 차를 마시고 있잖아요."

"차, 커피…… 후후, 은하는 정말 순진해. 천연기념물이라니까. 남녀 간에 차 한잔하자는 말을 딱 그대로만 해석한 거야?"

남자의 입에서 은하라는 이름이 튀어나왔다. 취미에 없던 엿듣기에 열중하던 시훈은 여자를 빤히 바라보았다.

'혹시!'

장은하는 나나도시락의 젊은 대표다. 또한 위기에 처한 세입자다. 사전 정보로 접한 나이보다 조금 어려 보일 뿐 모든 정황이 맞아떨어졌다. 그녀가 마주한 남자가 누군지 알 것 같았다. 그때 은하도 시훈을 쳐다보았다. 마주한 남자를 대할 때와는 달리 눈빛이 매서웠다. 시훈은 어깨를 으쓱해 보였다. 그녀는 곧 청순한 여자로 돌아가 상고머리에게 눈길을 돌렸다.

"재계약을 하면 커피 머신을 구입해서 날마다 사장님한테 원두커피를 대접해 드리죠."

"자꾸 알면서 시치미를 뗄 테야?"

그녀는 정말로 모를 수도 있지만 시훈은 상고머리의 속셈을 알아챘다.

"근데 사장님, 대왕도시락 소문은 사실이 아니죠?"

"소문을 믿지 말고 나를 믿어. 잘만 하면 은하는 평생 가게를 지킬 수 있어."

대왕도시락 매장 이야기까지 나왔다. 정황은 불을 보듯 뻔했다. 수상한 부아가 치밀기 시작한 건 그때부터였다.

은하는 속으로 욕을 삼켰다.

'저 사람은 또 뭐야! 재수 없게시리.'

눈앞의 김 사장 때문에 죽을 지경인데, 아까부터 저쪽에서 허여멀쑥하게 생겨 먹은 키 큰 남자가 노골적으로 쳐다보고 있었다. 고생이라곤 한 번도 안 해 본, 그래서 그녀가 싫어하는 귀공자 부류 같았다. 와이셔츠에 넥타이 차림인 걸로 보아 교직원이나 회사원인 성싶다. 은하는 부글부글 끓는 속을 진정시키고자 냉수를 단숨에 비웠다.

"갈증 나면 나가서 맥주 한잔할까?"

김 사장이 느물거렸다. 땅 부자인 부친에게 빌붙어 만년 실업자 주제에 대학가 상가 주인들로부터 사장 소리를 듣는 서른세 살의 노총각이었다. 유리컵에 붉게 찍힌 루주 자국을 바라보자니 자신이 한심하게 느껴졌다. 기왕이면 여성스럽게 차려입고 나오면 고맙겠다고 김 사장이 주문했다. 그렇다고 안 입던 치마를 입긴 싫어서 고심하다가 기초화장에 더해 입술에 새빨간 루주를 처발랐다. 아빠가 시작한 가게를 지키려면 그 정도는 감수해야 한다고 스스로를 설득했다.

'쓰레기.'

부아를 삼키고 웃음을 쥐어짰다. 그러고는 미리 준비해 두었던 나름의 논리를 내세웠다.

"길 건너는 원래 상권이 좋았어도 제 가게가 있는 곳은 우리가 개척했습니다. 새로 건물을 지어도 우리 가게가 없으면 전처럼 학생들이 몰려든다는 보장이 없다고요. 그리고 요즘엔 입학하는 학생은 줄어들고 식당만 늘어서 새 건물 지어도 세가 안 나간답니다. 사장님을 위해서도 재건축은 안 하는 게 나을 겁니다."

재수 없는 김 사장에게 이리 긴말을 해 본 적은 없었다. 더욱이 애교까지 섞자니 토악질이 나오려고 했다.

"맞아. 그런 이유로 나도 아버지를 설득해 볼 참이다. 실은 아버지가 원하는 게 있거든. 자, 일단 시원한 맥주 한잔 나누면서 건설적인 이야기로 넘어가자. 아, 노래방은 어때? 맥주도 맛있게 마실 수 있는 노래방 있는데."

"전 술을……."

"내숭은! 영업 끝나고 네 삼촌이랑 술 마시는 거 몇 번 봤다."

갈등이 생겼다. 여차하면 남자 특유의 급소에 한 방 날려 버리면 되니 딱히 늑대 소굴로 들어가는 건 아니었다. 김 사장이 먼저 일어났다. 은하는 악문 입으로 억지웃음을 지으며 따라 일어났다. 희망을 버리기엔 일렀다. 가망성이 희박해도 마지막까지 최선을 다했다고 아빠에게 항변할 수 있어야 했다.

설령 가게를 헐어 버린다고 해도 새로 지은 건물에서 세를 얻으려면 김 사장의 비위를 맞춰 줘야 했다. 물론 아빠가 차린 그대로를 유지하고 싶은 게 그녀의 으뜸 소망이었지만.

그때 엉뚱한 훼방꾼이 나타났다.

"장은하 씨?"

아까부터 기분 나쁘게 쳐다보던 허여멀쑥한 남자가 불쑥 은하와 김 사장 사이로 끼어들었다.

"나나도시락 주인 장은하 씨, 맞죠?"

은하가 삐딱하게 고개를 끄떡이자 그가 휙 손을 낚아챘다.

"감정 낭비 그만하고 나갑시다!"

그러자 김 사장이 그를 잡아챘다.

"뭐야, 당신."

"뭐긴요. 이 여자 남친."

그는 파리 쫓듯 김 사장을 한 손으로 제압해 밀어내고는 은하를 잡은 다른 손에 힘을 주었다. 은하의 이맛살이 한껏 구겨졌다.

"남친? 미친!"

은하는 휙 그의 손을 뿌리친 뒤에 김 사장을 바라보며 손사래를 쳤다.

"아, 아녜요. 첨 보는 사람입니다!"

"장은하 씨, 그만해!"

허여멀쑥한 남자가 소리쳤다. 초면에 왜 이리 당당하게 화를 내는지, 은하는 어리둥절했다.

"장은하 씨 가게 자린 이미 대왕도시락 체인점 계약 마쳤다고!"

"뭐라고요!"

대왕도시락은 국내에서 가장 큰 도시락 전문 체인점이다. 나나도시락의 낡은 건물을 헐고 그 자리에 대왕도식락 체인점이 들어

선다는 소문은 안 믿었다. 김 사장도 시종 부인한 일이다. 그런데 난데없이 나타난 낯선 남자가 자신 있게 밝힌다.

"계약은 저 양반 아버지가 했을 거예요. 암튼 나나도시락 자리론 대왕도시락 체인점이 들어오기로 확정됐어요!"

"그, 그럴 리가."

은하는 서서히 고개를 돌려 김 사장을 바라보았다.

"아니죠?"

안타깝게도 김 사장은 단박에 부정해 주지 않는다.

"그, 그게 말이다. 기왕 이리된 거 사실대로 말할게. 아버지가 계약한 건 맞는데, 너한테 점수를 따서, 너와 결혼하면 그 가게도 주고 땅까지 다 우리한테 준대. 그래서 너하고 잘해 보려던 중이었어."

"진짜 대왕, 대왕도시락하고……."

"아버지가 계약한 건 맞는데, 그건 어디까지나 아버지가 은하를 며느리로 탐내서……."

김 사장의 횡설수설은 더는 귀에 들어오지 않았다. '아버지가 계약한 건 맞는데.' 라는 말만이 머릿속을 가득 채웠다. 허여멀쑥한 남자가 다시금 손을 잡고 이끌었다.

"나가서 나랑 차선책을 논의합시다!"

의외로 완력이 센 남자였다. 휘청 딸려 가던 은하는 한순간 양손에 힘을 모아 남자의 팔을 잡아챘다.

"윽!"

남자가 외마디 비명을 토했다. 하지만 은하가 등 뒤로 비틀어 버린 팔을 재빨리 풀어냈다. 지극히 짧은 순간이었지만 두 사람의 민첩한 동작은 사람들의 시선을 몰리게 만들었다.

은하는 느릿느릿 김 사장에게 다가갔다. 열 살이나 더 먹은 남자에게 주먹을 날릴 수는 없었지만 이대로 나가면 눈물이 나올 것 같았고, 울기는 죽기보다 싫었다. 은하는 채 마시지 않은 커피가 담긴 잔을 집어 들었다.

"에이 씨!"

"악! 뭐야!"

식은 커피를 뒤집어쓴 김 사장이 펄쩍 뛰었다.

"쓰레기!"

"뭐, 뭐!"

놀라 까무러칠 것 같은 김 사장을 뒤로하고 은하는 밖으로 나왔다. 하늘은 얄밉게도 맑고 따뜻했다. 그 하늘을 향해 은하는 불퉁거렸다.

"아, 씨! 안 울어. 눈에 먼지 들어갔다고!"

시훈은 헛웃음을 흘리며 은하를 뒤따르다가 흠칫 놀랐다. 하늘을 치어다보는 그녀의 눈이 젖어 있었다. 어쭙잖은 위로는 취향이 아니었기에 건들거리며 걷는 그녀의 뒤를 묵묵히 뒤따랐다.

느닷없는 부아가 치밀면서 더는 그녀가 희롱당하는 것이 싫어서 대뜸 나섰다. 남자 친구라고 나타나 손을 잡아 이끌면 단박에 느끼한 남자가 떨어져 나갈 것이라는 즉흥적 판단은 명백한 오류였다. 아직도 팔이 얼얼하다. 하마터면 여자에게 팔이 꺾여 스타일을 구길 뻔했다.

어쨌거나 첫눈에 가슴을 달뜨게 했던 중성적이면서도 청순한 여성은 허무하게 요절했다. 그런데 이상했다. 업무를 떠나서 계속 신경이 쓰였다.

이윽고 대학교 어귀 후미진 곳에 자리한 나나도시락 가게 앞에 이르렀다. 간판은 세월의 이끼를 가득 얹고 있었고, 그나마 수북한 이팝나무 꽃에 태반이 가려져 있었다. 시훈은 은하에게 바짝 다가갔다.

"장은하 씨."

그녀가 홱 돌아보았다. 이맛살 아래로 까맣게 빛나는 그녀의 눈동자에 시훈의 얼굴이 담겼다. 시훈은 여기 온 목적을 급히 점검했다. 어차피 답은 정해졌다. 설득하는 과정은 시훈의 재량이다. 그녀가 가능하면 일찍 충격에서 벗어났으면 좋겠다는 생소한 욕심을 품으며 은하를 도발했다.

"만약 이 가게 잃게 된다면, 그 옆으로 가게를 차려서 멋지게 복수하고 싶지 않나요?"

은하의 이맛살에 팬 골이 깊어졌다. 찌푸리는 일이 습관인 듯싶다. 그녀는 일반적인 호구 조사를 건너뛰며 묻는다.

"대왕도시락과 계약했다는 거, 어떻게 알았죠?"

"회사에 정보팀이 있습니다. 인사드립니다. 냠냠식품 전략기획실 한시훈 실장입니다."

"……장은하 씨가 알고 있듯이, 냠냠식품은 어느 마트에서나 볼 수 있는 가공식품과 냉동제품이 주생산 품목입니다. 그런데 회사의 출발은 별맘도시락 매장이었죠. 도시락 매장의 노하우로 도시락 공장을 차렸고, IMF 때 무너지려는 식품 회사를 인수해 키운 게 바로 지금의 냠냠식품입니다. 그리고 도시락 공장에선 지금도 하루편의점에 도시락을 납품하고 있는데, 별맘도시락 매장은 공장에 많은 도움을 주고 있습니다."

한시훈은 노트북에 저장된 이미지까지 동원하며 회사를 소개했다. 그러다 반응이 궁금했는지 잠시 말을 끊고 은하를 바라보았다.

"그래서요?"

은하는 두 번째, 그렇게 응수했다.

"으음."

시훈이 살짝 얼굴을 구기나 싶더니 다른 파일을 열었다.

"자, 여기를 보세요."

국내 최고의 도시락 백화점인 '별맘'의 50여 가지 음식이 줄줄이 떴다. 은하에겐 익숙한 도시락들이었다.

"잘 살펴보면 하루편의점 도시락이 떠오를 겁니다. 하루편의점 신제품은 모두 별맘에서 검증을 거친 후 출시되니까요."

은하가 별 반응을 안 보이자 시훈이 또 빤히 바라보았다.

"대단하죠?"

"알고 있어요."

"안다고요?"

"도시락 가게를 하니 몇 번 가 봤어요."

"진즉 말할 것이지."

시훈이 혼잣말로 투덜거렸다.

"본론입니다. 이제까지 직영점 딱 하나만 운영하던 별맘이 업무 편의상 도시락 공장과 가까운 이 지역에 분점을 차릴 계획입니다. 저희는 첫 번째 점장으로 바로 장은하 씨를 염두에 두고 있습니다. 물론 본점 수습은 거쳐야겠죠?"

"그래서 본점에 취직하라는 거였나요?"

"네, 별맘 매장 메뉴와 시스템을 익히는 과정만 통과하면 무난히 점장이 되는 거죠. 바로 이곳 대왕도시락 근처에서."

"결국 나나도시락 간판은 아니군요."

"하지만 장은하 씨가 운영하는 매장이라면, 별맘 브랜드 파워에 더해 단골 학생들이 몰리겠죠? 그럼 대왕도시락은 금방 문 닫을 겁니다. 꼭 그렇게 되도록 저도 돕겠습니다."

은하는 이맛살을 찌푸리며 생각에 골몰했다. 가게 보증금은 얼마 되지 않는다. 빚을 갚느라 저축한 돈도 별로 없다. 이 근처에서 다른 가게를 얻으려면 권리금까지 줘야 했다. 권리금은커녕 시설비도 없는 처지라 가게를 이전할 계획은 일찌거니 접었다. 그래서 웃음과 수다를 짜낸 김 사장에게 매달렸건만.

철수는 주방에서 저녁 도시락을 준비하고 있었다. 이쪽 이야기를 빠짐없이 들었으리라. 과연 철수는 은하와 눈이 마주치자 손가락으로 원을 만들며 오케이 사인을 하라고 채근했다. 은하는 모른 척하고는 시훈을 바라보았다. 그의 얼굴에 여유로운 웃음이 묻어 있었다. 시원한 얼굴선과 허여멀쑥한 피부에 더해 지금 보니 볼우물까지 갖췄다. 문득 그가 마뜩잖았다.

"역시 나나도시락을 되찾아 준다는 건 아니네요."

"아니, 장은하 씨. 내가 충분히 설명……."

"됐어요."

"뭐, 뭐가요?"

그의 여유로운 웃음은 단박에 증발했고, 그 자리로 낭패감이 들어찼다.

"됐으니 그만 가 보세요. 생각 좀 해 볼게요."

"장은하 씨……."

"남자가 말이 많습니다?"

상처받을 말이었나? 그의 얼굴이 처참하게 일그러졌다. 하지만 은하는 개의치 않고 자리에서 일어났다.

"저녁 장사 준비해야 해요."

"여기서 기다릴게요."

은하의 답은 이미 나와 있었다. 탐나는 조건이긴 하다. 하지만 수상한 제의다. 무엇보다 시훈을 신뢰할 수 없었다. 결정적인 단서도 있다. 그는 은하가 만든 음식을 먹어 보지도 않고 별맘 매장의 직원이며 점장을 들먹였던 것이다. 은하는 사뭇 차갑게 내뱉었다.

"장시훈 씨, 오늘은 그냥 가세요."

"여기서 저녁 약속 있는데."

은하는 멈칫하다가 곧 주방으로 걸어갔다.

"장은하 씨."

은하가 뒤돌아보자 그가 자못 진지하게 말했다.

"나 말이죠. 한시훈입니다. 장시훈이 아니라."

주방으로 들어가 앞치마를 걸치는데, 용기에 밑반찬을 담던 철수가 어색한 웃음을 남발했다. 벌써 10년이란 세월을 함께해서 잘 안다. 뭔가를 부탁하기에 앞서 은하의 비위를 맞출 때면 짓는 표정이다.

은하는 무시하고 냉장고를 열었다. 점심에 비해 저녁은 1/4 수준의 매출이다. 그래도 50식은 준비해야 했다. 도시락 메뉴는 다섯 가지 찬을 담지만 메인 요리에 따라 이름이 정해진다. 찜닭과 고등어김치조림 중 어느 것을 메인으로 할 것인지 고민하다가 모처럼 두 가지 모두 준비하기로 했다.

조만간 문을 닫아야 할 처지니 묻지도 따지지도 않고 믿고 먹어 준 단골 학생들에게, 그동안의 고마움을 음식에 담고 싶었다. 루주는 진즉에 지워 냈는데도 비리고 짭조름한 맛이 입술에서 느껴지는 것 같아 손으로 닦았다. 피였다.

"에이 씨!"

모르는 사이에 입술을 깨물고 있었다. 아니, 씹고 있었다. 그렇게 피가 나도록 악물었는데도 서러움이 진정되지 않는다. 썰렁한 벌판이었던 곳에서 7년 동안 버텨 상권을 살려 놓았는데도 일방적으로 내쫓다니! 도중에 가게 영업을 중단하기도 했지만 월세는 빚을 내서라도 꼬박꼬박 냈는데도 말이다. 두 달 전만 해도 당연히 재계약을 해 줄 것 같던 건물 주인이었다. 가질 만큼 가져 놓고도 더 욕심을 부리는 그들이 밉다. 정말이지, 복수하고 싶다.

'멋지게 복수하고 싶지 않나요?'

그 말의 주인을 휙 쳐다보았다. 한시훈은 메뉴판을 골똘히 살피고 있었다. 고개를 들어 은하와 시선이 마주치자 갸웃하며 벽시계를 힐끔거렸다. 아무래도 믿을 수 없는 남자다. 시간이 남아돌면 도시락이나 먹어 보고 이야길 꺼낼 것이지.

"삼촌, 계란 좀 깨."

"몇 개?"

"백 개."

"뭐야, 계란말이까지 하려고?"

스크램블 에그와 함께 계란이 가장 많이 소모되는 메뉴다.

"깨라고!"

철수는, 망하려고 작정했냐는 타박 대신에 한시훈을 힐끔 쳐다본 뒤 수상한 웃음을 내 흘렸다.

"그, 그래. 손해 보더라도 멋지게 실력 발휘해 봐라."

그러고 보니 철수는 시훈을 먼저 만났다. 가게를 찾아온 시훈에게 한 시간 있다 오라고 돌려보냈다 했다. 무슨 이야기라도 나눈 것일까? 태생이 무뚝뚝한 사람이 시훈에게 시종 애정이 담긴 시선을 날리는 중이다. 물론 어색하기 짝이 없는 애정이지만.

은하는 닭과 고등어를 각각 솥에 얹은 뒤 울분을 지우고자 거칠게 도마질을 시작했다.

다다다!

엄청난 속도의 도맛소리에 시훈은 번쩍 고개를 들었다. 홀에서는 은하의 상체만 보였지만 박력 넘치는 동작을 느끼기엔 충분했다. 4시 20분. 저녁 장사 준비를 하기엔 빠듯한 시간이다. 4시까진 시훈과 함께 앉아 있었기에 음식은 미리 준비해 놓은 걸 파는 줄 알았다.

그런데 아닌 것 같다. 도마질한 야채를 이 솥, 저 솥에 휙휙 뿌리고 무언가를 프라이팬에 볶는 모습 하나하나가 곡예에 가까웠다. 그리고 요절한 청순미를 떠나서 진정 멋지게 느껴졌다. 무수히 보아 온 여느 조리사와 달리 장은하는 독특한 카리스마를 뿜어내고 있었다. 요리에 몰입한 그녀는 시선 한 번 돌리지 않았다. 덕분에 시훈은 편하게 그녀를 지켜볼 수 있었다.

"시원할 때 드시죠."

언제 다가왔는지 검투사 같은 남자, 철수가 캔 음료를 내밀었다. 마개를 따서 손에 쥐여 주었다.

"참, 성함이……."

"김철습니다. 올해 서른일곱 살이고."

정중해서 도리어 어색한 모양새를 하고 철수는 여덟 살 어린 시훈에게 머리까지 조아렸다. 청순하던 여자가 그러했듯이, 검투사도 그 순간 요절했다.

"5시부터 영업인 거죠?"

"네, 기왕에 오셨으니 꼭 우리 은하 음식을 잡숴 보십쇼."

"음식을 모두 지금 만듭니까?"

"저녁은 그리합니다. 고등어조림 같은 건 식으면 비려서 맛없대요."

철수는 양 손바닥을 쓱쓱 비비댔다.

"모쪼록 잘 부탁합니다."

"부탁은 제가 해야죠. 장은하 씰 잘 좀 설득해 주세요."

"실장님이 때를 잘못 맞춰 오셔서 그렇지, 실은 우리 은하, 부드럽고 참한 여잡니다."

"저도……."

그렇게 생각한다는 말은 나오지 않았다. 철수는 처음과는 달리 어눌한 말씨였다. 말주변이 없는 사람이 애써 말을 이어 간다는 느낌이다. 무슨 말인가를 더 하고 싶지만 딱히 생각이 안 나는지 음료수를 가리켰다.

"드십쇼."

마침 갈증이 났기에 시훈은 죽 들이켰다. 주방으로 돌아간 철수는 은하에게도 캔 음료를 따서 주었다. 그녀는 잠시 손을 멈추고 그것을 마셨다. 철수의 말소리가 시훈의 귀에까지 들려왔다.

"은하야, 저 양반 맘 변하기 전에 한다고 해라."

"흥, 저 사람 말 다 믿어?"

환풍기며 냉장고 소리 등으로 주방은 시끄럽다. 그래서 상대적으로 조용한 홀로 주방 사람들의 대화가 자칫 노출된다는 이치를 은하는 모르는 것일까.

"회사에서 높은 사람이잖냐. 인상도 좋고."

"인상은 개뿔. 프로 접대 같더만."

"야, 쉿!"

아슬아슬한 높이였다, 하지만 시훈의 귀에까지 이르기엔 충분한 소리였다.

'프로 접대라면…… 설마 접대부?'

단언컨대 생애 가장 치명적인 모욕이었다. 오 회장의 당부가 아니었다면 당장 화를 내고 서울로 돌아갈 터였다.

꽈직!

시훈은 빈 캔을 거칠게 우그러뜨렸다. 그 소리에 응답하듯 주방에서도 비슷한 소리가 들렸다. 은하 역시 손안의 빈 캔을 한 손으로 우그러뜨린 채 시훈을 비리게 쳐다보고 있었다. 이성을 건드리는 호감은 진즉에 깨져 있었다. 더해서 그녀가 싫어지기 시작한다.

그때 출입문이 열리면서 스물네 살의 자칭 '미래의 요리왕'이 들어왔다.

"시식왕 김현준 대령했습니다."

너스레를 떨며 김현준 대리가 앞으로 앉았다. 대부분의 회사 직원이 시훈을 어렵게 대하는 가운데 별맘도시락의 현준은 유일하게 형제처럼 허물없이 지내는 사이였다. 시식 목적으로 식당을 순회할 때면 늘 붙어 다니다 보니 정이 들었다.

이어서 버쩍 마른 체구의 긴 생머리의 여자가 가쁜 숨을 쉬며 들어왔다. 그녀는 시훈과 현준을 힐끔 보고는 주방으로 내달렸다.

"은하야, 좀 늦었지?"

버쩍 마른 여자는 피망 앞치마를 걸치고 머리카락을 뒤로 질끈 묶었다. 현준은 주방에서 눈을 떼지 못했다. 넋 나간 표정으로 뇌까린다.

"진짜 이쁘네."

"흥! 그새 취향이 변했냐?"

현준은 여자들에게 인기가 많은데도 진지하게 사귀는 사람은 없었다. 따지는 게 많은 현준에겐 당연한 결과이리라. 특히 그는 마른 유형의 여자를 기피했다. 현준이 주방에 붙박았던 시선을 서서히 돌렸다.

"제 거룩한 취미가 변하긴 왜 변합니까?"

"가만…… 예쁘다는 여자가 바가지 머리?"

"당연하죠."

"으음."

"얼굴도 예쁘지만 동작이 예술이죠?"

"신비롭고 청순하진 않고?"

시훈이 살짝 비꼬았다.

"맞아요! 실장님도 뭔가 아시네요. 완전 숨은 보석이죠?"

"숨은 보석까지야."

"가공하지 않은 원석이죠. 참! 이름이 은하인가 봅니다?"

마른 여자가 들어오면서 한 번 불렀던 이름을 용케도 기억하고 있었다.

"실장님 여자 친구분하고 이름이 같네요."

다른 회사의 영양사로 근무하는 신은하는 여자 친구는 아니고 여자 동창 정도다. 정보 교환 문제로 통화를 자주 하는 편인데 별맘도시락 매장에서 두어 번 만나기도 했다.

현준이 다시금 주방을, 아니 은하를 쳐다본다. 요리에 열중하고 있었기에 현준은 찌푸린 그녀의 이맛살과 매운 눈매를 감당하지 않아도 되었다.

"저 여잔 네가 감당 못 한다."

시훈이 빈정거렸다. 현준이 애써 소리를 죽여 항변했다.

"제가 감당 못 할 건 또 뭡니까. 뭐, 비록 실장님 앞에 서면 오징어가 되긴 해도, 이래 봬도 남냠식품 연수원 지원 갔을 때 신입 여직원 인기투표에서 짱 먹었습니다. 게다가……."

시훈의 위아래를 짓궂게 훑어본 후 덧붙인다.

"전 지는 해가 아니라 막 떠오르고 있는 젊음도 가졌고요."

그러고 보니 현준은 은하와 또래였다. 언뜻 스며드는 미묘한 감정을 털어 낸 뒤 시훈은 피식 웃었다. 예쁘고 신비롭고 청순한 숨은 보석과 이야기를 섞은 후에 현준이 보일 반응이 자못 궁금했다.

"근데 실장님, 피곤해 보이시네요."

"실속 없는 프레젠테이션을 좀 했더니."

갸웃하는 현준을 내버려 둔 채 주방으로 시선을 날렸다. 또 찡그린 이맛살과 마주하고 만다. 양쪽 허리에 손을 얹고 시훈을 바라보는 은하의 시선을 굳이 피하지 않았다. 이내 눈빛으로 항변했다.

'접대부라니!'

텅 비었던 가게가 5시 정각이 되자 와글와글 붐볐다. 방심하며 앉아 있었던 시훈 일행은 순식간에 길게 늘어선 줄 꽁무니에 서야만 했다.

큼직한 검은색 플라스틱 용기는 일회용이 아니었다. 도시락 모양을 갖춘 식판이나 진배없었다. 음식을 다 먹은 뒤 퇴식구로 용기를 가져다주는 시스템이다.

한참을 줄을 선 뒤에야 현준이 도시락을 받아 왔다.

"비주얼부터 죽여주네요."

현준의 감탄과는 달리 시훈은 당황했다. 찜닭에 고등어조림만 해도 과한데, 무식할 정도로 커다란 크기의 계란말이 한 조각과 샐러드와 김치까지 담겨 있었다. 시식하기 전부터 한숨이 나온다. 메뉴판엔 다양한 도시락 사진이 담겼는데, 그 메뉴를 바탕으로 날마다 교체된다고 소개되어 있었다. 즉 주인이 정하고, 학생들은 그날의 메뉴를 사 먹는 식이다.

사천오백 원.

외관과는 달리 용기 속은 크지 않아 실제 들어간 음식 분량이 많지 않다고 해도, 또 재료를 저가로 구입하는 수완이 있다고 해도 이건 남기자고 하는 장사가 아니었다. 그렇다면 날마다 줄을 서야 먹는다는 소문은 맛 때문이 아니라 물량 공세 덕분이란 말인가? 4년 전부터 장사를 하는 둥 마는 둥 하는 바람에 단골을 죄다 잃었다가 2년 전부터 다시 성업 중이라고 들었다. 그 후유증으로 돈을 모으지 못한 줄 알았는데 딱히 그 이유만은 아닌 듯싶다. 현준이 컵에 물을 잔뜩 담아 왔다. 시식할 때면 연신 입을 헹궈야 했다.

"끝내주네요."

첫 입부터 현준은 엄지를 척 세웠다.

"찜닭은 부드러우면서도 살이 뭉개진 게 없고, 고등어도 그럽니다. 맛에 더해 조리사 내공이 탄탄하단 증겁니다."

"김현준 대리, 시식할 때 기본이 뭐지?"

"싱거운 음식순으로……."

"머리는?"

"사심이 없어야…… 엥? 실장님, 전 음식으론 거짓말 안 합니다. 공사 구분 정돈 할 줄 안다고요. 실장님도 어서 드셔 보세요."

"좀 식은 다음에."

점심은 미리 조리해 놓고 판매하지만 저녁은 즉석요리라고 했다. 다른 도시락 매장과 비교해 시식하자면 동등한 조건에서 먹어야 맞다.

현준이 느긋하게 도시락을 비운 뒤에야 시훈은 젓가락을 집었다. 미지근한 닭이 부드럽게 씹힌다. 달달하고 칼칼한 양념이 속까지 잘 스며들어 있었다. 고등어조림을 먹을 때는 저절로 눈이 번쩍 떠진다. 얼추 식었는데도 비리지 않았다.

"온도 변화에 민감한 게 비린내 아닌가?"

뇌까리자 현준이 넙죽 받는다.

"생물은 가격이 안 맞으니 급속 냉동시킨 토막 고등어를 사 왔을 거고, 쌀뜨물에 해동해 향신료와 소주를 첨가해 조린 것 같습니다. 생강, 마늘 말고 은은한 나무 냄새 같은 것도 나죠?"

"응."

"바질 같아요."

"파스타에 넣는 그 바질?"

월계수 잎이나 정향은 이미 한식집에서도 흔하게 사용하지만 바질을 넣는 경우는 겪어 보질 못했다.

"가장 순한 향신료 중 하나인데도 어른들은 이상한 냄새 난다고 거부합니다. 근데 젊은 사람들에겐 이미 익숙해져서 거부감이 안 들죠. 게다가 있는 듯 없는 듯 딱 필요한 양만 넣었네요. 대단한 내공이죠."

짐짓 부하 직원이 상사에게 보고하는 예의를 갖춘 말씨였다. 하지만 어깨에 들어간 힘은 빼지 않았다. 마치 여자 친구의 솜씨를 자랑하는 모양새다. 현준이 계란말이를 가리켰다.

"엄청 크게 말았어도 속하고 바깥 색이 같죠?"

조리법은 시훈도 알고 있다. 커다란 프라이팬에 한 번 말아서 다시 그 위로 계란 물을 씌우는 방식이다. 반복하면 팔뚝만 한 계란말이도 만들 수 있다. 그렇지만 모든 면이 같은 색으로 익도록 완성하기는 어렵다. 이렇듯 대단한 장은하가 갑자기 한심하게 여겨진다. 이 정도 실력이면 굳이 물량 공세를 하지 않아도 경쟁력을 갖출 수 있으련만.

'멍청한 여자!'

음식 솜씨는 인정하고 들어가겠지만 앞으로 그녀의 머리는 불신해야 할 듯싶다. 빅펌의 회계사로 몸담으며 익혔던 깐깐한 경제관은 조금 무뎌졌지만 주먹구구식 영업 방식은 여전히 경멸의 대상이다.

식사를 마치고 고개를 드니 현준이 씩 웃었다.

"실장님이 싹쓸이 시식하신 건 오랜만에 보네요."

씹다 보니 겸손하게 숨어 있던 맛이 또 느껴져 자꾸 젓가락이 저절로 가다 보니 얼결에 말끔히 비웠다. 시훈은 이내 날카롭게 질문을 던졌다.

"여기 도시락을 별맘 매장에 적용한 김현준 대리의 점수는?"

"85점입니다."

현준에겐 후한 점수였다.

"사심을 빼면?"

"아, 사심 진짜 없이 85점이요."

"마이너스 요소는?"

"트렌드 워처가 필요할 것 같습니다."

도시락 전성시대 이전에 편의점의 주 상품이었던 삼각 김밥은 편의성과 가격에 더해 트렌드로 먹고살았다. 한 달에 두세 가지씩 줄줄이 신상품을 출시해서 일회성 소비 심리를 자극했다. 도시락도 마찬가지다. 경쟁이 심해지다 보니 나트륨과 조미료를 넉넉히 첨가해 자극적인 맛으로 첫맛을 붙든다. 하지만 싫증이 빠르다는 단점이 따른다. 때문에 유행을 착안해 지속적으로 신상품을 출시해야 경쟁에서 살아남을 수 있다.

현준이 덧붙여 말했다.

"근데 여기가 대학생만 상대하는 가게라면 90점을 줄 수 있습니다."

"메뉴가 올드해도 싫증이 안 난다?"

"그렇습니다. 덜 자극적으로 만들어 뒷맛이 좋잖습니까. 게다가 꼼수를 안 씁니다."

"예를 들면?"

"찜닭만 해도 흔히 쓰는 캐러멜 색소를 첨가하지 않았습니다."

"요즘도 캐러멜 색소를 쓰는 집이 있나?"

"족발이나 돈가스 소스, 자장 소스에다, 심지어 홍삼에도 첨가했단 뉴스도 나오잖아요."

아직 쓰는 집이 있으니 식자재 도매상에 가면 잔뜩 쌓여 있으리라.

"샐러드와 오리엔탈 드레싱도 손님들의 건강을 위한 배려가 아니고 무엇이겠습니까."

"웰빙이라면 오일과 과일로 만든 드레싱이 더 낫지 않을까?"

"다이어트도 중요하죠. 실장님도 아시다시피 대부분 드레싱엔 마요네즈, 즉 식용유와 계란이 들어가 야채엔 없는 지방과 단백질을 보충해 주잖아요. 근데 단품이 아닌 이상 칼로리를 줄여 주는 게 요즘의 미덕입니다. 예쁜 조리사의 미덕이기도 하죠."

아무래도 '예쁜 은하'가 만들었다는 사실을 배제하지 못한 것 같다. 상관없었다. 시훈이 원하는 것은 현준의 후한 점수일 뿐이다. 다시금 궁금하다. 매사에 공정성을 강조하던 오 회장이 견고한 기준을 깨고 시훈에게 일종의 청탁을 했다. 현준은 단지 명분을 위해 등장한 단역일 뿐이다. 오 회장과 시훈의 답은 이미 정해져 있었기 때문이다. 그나마 현준에게 음식 평가를 맡긴 게 시훈에겐 다행이었다. 정말이지, 현장 짬밥도 없는 처지에 조리사를 평가하는 만용은 사양하고 싶었다.

가게는 아직 수선스러웠다. 퇴식구로 빈 도시락을 가져간 현준이 주방에 대고 뭐라 수작을 부렸다. 은하는 이마를 찡그리는 대신에 엷은 웃음을 지었다. 시훈에겐 인색하던 웃음을 현준에게 건넨다는 사실에 쓴웃음이 나왔다.

"실장님, 커피 드실 거죠?"

테이블로 돌아온 현준의 말에 시훈은 실내를 휘둘러보았다. 자판기 따윈 보이지 않았다. 현준은 잽싸게 밖으로 뛰쳐나갔다.

한참 뒤 현준은 근처 편의점의 원두커피를 안고 돌아왔다. 세 잔이었다. 한 잔은 은하에게 기어이 안겨 주고 돌아왔다.

"예쁜 여자가 입이 무겁네요."

"뭐 하는 거니?"

"유능하고 예쁜 조리사에 대한 찬양의 증표로 커피를 대접했죠."

대접이라는 말을 듣는 순간 또 부아가 치민다. 접대가 생각난 탓이다.

"넌 직업이 프로 접대 같단 소릴 들으면 기분이 어떨 거 같니?"

"글쎄요. 냠냠식품 영업부 간부들 별명이 접대부 아닌가요? 뭐, 슬픈 별명이긴 하죠."

"영업부 간부라…… 그런 의도로 내뱉을 수도 있겠군."

애써 해석해 보니 조금은 기분이 풀렸다. 내친김에 장은하에게 연방 헛발질한 이유를 분석해 보고 싶었다.

"김현준, 진지하게 하나 묻자."

"네, 진지하게 대답해 드리죠."

"요컨대 네가 가게를 하다가 다 까먹고 실업자 신세가 됐어. 그때 별맘도시락 경력 사원 특채 제의가 들어오면 어떡할래?"

"죽어도 고고죠."

"보너스로 분점 점장 자리 보장이라면?"

"닥치고 감사합니다죠."

"이건 어디까지나 가정인데, 만약 그런 제의를 껌딱지 취급하는 사람이 있다면 어떤 이율까?"

"뭐, 별맘 파워를 모르거나…… 제의를 한 사람이 이라또라서 마음에 안 들었겠죠."

"이라또는 또 뭐냐?"

"어! 실장님 모르세요? 거꾸로 하면……."

"또라이……."

시훈은 휙 시선을 돌려 은하를 쳐다보았다. 왜 그녀가 낯익어 보였는지 이제 알겠다. 그녀는 과연 초면이 아니었다.

예상한 50식을 넘어 추가로 준비한 15식마저 품절되었다. 은하는 친구이며 알바생인 수지의 설거지를 돕고자 세척기로 몸을 돌렸다. 철수가 가로막으며 홀의 시훈을 가리켰다.

"설거지는 나한테 맡기고 빨리 가 봐라."

"제길, 생각할 시간도 안 주고 죽치고 있네."

"가서 말조심하고."

"도무지 믿을 수가 있어야지."

"믿어 봐. 삼촌 안목도 믿고."

"흥, 안목이 뛰어나셔서 사채 알선 전화에 넙죽 넘어가 개고생하셨나?"

"야, 옛날이야기잖니! 아까 보니 도시락도 깨끗이 비웠더라."

김현준이 빈 용기를 가져왔을 때 은하도 곁눈질로 확인했다. 두 사람 모두 말끔히 비웠다. 그 점이 없던 호감을 살짝 생겨나게 했다. 무엇보다 은하도 인정하고 있는 별맘도시락의 김현준 대리에게 소감을 듣고 싶었다. 맛있게 먹었다는 칭찬에 이어 커피를 공수해 온 현준은 명함까지 건네주었다.

그는 모르겠지만, 은하는 그를 알고 있다. 매장에 갔을 때 시원시원하게 일하는 모습이 인상적이어서 사복 차림으로 나타났어도 기억할 수 있었다. 결국 주방을 나와 주춤주춤 다가갔다. 현준이 반색하며 벌떡 일어나 너스레를 떨었다.

"초대에 응해 주셔서 영광입니다."

그러고 보니 현준은 같이 커피 타임을 갖자고 제의했었다. 잔은 이미 각각 비웠지만. 현준이 일어나 시훈 곁으로 앉았다. 그런 현준을 시훈이 툭 쳤다.

"김현준 대리는 나가서 기다려."

"아니, 실장님!"

"어서!"

"네."

맥없이 대답하며 일어난 현준이 은하를 향해 빙그레 웃었다.

"잠깐 나갔다 다시 올게요. 그래도 되죠?"

은하는 시훈을 한 번 노려본 뒤 현준을 향해 살짝 웃어 주며 고개를 끄덕였다. 현준이 반색하고는 돌아섰다. 지켜보던 시훈이 벌레 씹은 얼굴을 하다가 건너편 의자를 가리켰다.

"앉으세요."

은하가 앉자마자 그가 자못 진지하게 말한다.

"음식 맛이 좋더군요. 하지만 연달아 신제품을 풀어 대는 대왕도시락을 압도하려면 별맘도시락에서의 경험이 요긴할 겁니다."

"어차피 나나도시락 간판은 아니잖아요."

"또 그 이야기군요. 달리 대책이 있습니까?"

"당장은…… 없지만 돈을 모아서 되찾으면 되죠."

"그 돈, 별맘에서 벌고, 별맘 점장이 돼서 버세요. 현실을 좀 직시하고 이 기회에 원가 계산이며 마진율도 처음부터 배우고 말입니다."

어쩐지 꾸짖는 말 같다. 은하의 관심사는 그게 아니었기에 넘어갔다.

"나중에 돈 모아서 나나도시락 간판으로 독립하면 놓아주나요?"

"평양 감사도 자기가 싫다면 할 수 없죠."

역시 처음 대화할 때처럼 허황돼 보인다. 이익이 되지 않는 일에 뛰어드는 회사는 존재하지 않는다. 시훈이 소속된 회사가 원하는 것이 무엇인지 가늠이 안 된다. 눈이 마주친 그가 호소했다.

"절 믿으십시오."

"못 믿겠는데요."

즉각적인 대답에 시훈은 적잖은 충격을 받은 표정이다.

"제 신분이 의심스럽다면 회사로 직접 찾아와 확인해 보세요."

"제가 한시훈 씰 못 믿는 이유를 알고 싶어요?"

"말해 봐요."

"경솔해 보였습니다."

"무슨 근거로!"

그가 발끈했다. 역시 칭찬에만 익숙한 삶을 살았나 보다.

"내가 만든 음식도 안 먹어 보고 한시훈 씬 조리사니 점장 스카우트를 들먹였어요."

"그, 그래서…… 나 원!"

그가 이마를 쳤다. 이어서 허탈한 한숨을 내쉬었다.

"어리군요."

"늙으신 그쪽보단 당연히."

그가 미간을 찌푸리더니 고개를 절레절레 흔들었다. 애써 화를 삭이는 모양새로 부드럽게 말한다.

"장은하 씨, 난 회사가 나아갈 방향을 잡아 가는 관리직일 뿐입니다. 요리는 이론을 공부했어도 현장 경험은 미진해요. 조리사가 아닌 제가 어떻게 조리사를 냉정하게 평가합니까? 그래서 장은하 씨에게 어느 정도의 경력 프리미엄을 주고 모셔야 하는지 알고자 전문 조리사를 불렀습니다."

"그럼 김현준 조리사가 온 건……."

"제가 불러서 서울에서 여기까지 달려왔죠."

문득 시훈에게 미안한 마음이 든다. 적어도 그는 인내심을 가지고 기다린 후 도시락을 먹어 보았다. 그가 적이 볼멘소리로 호소한다.

"나, 경솔한 사람 아닙니다."

예민한 사람이겠지. 미안하다는 말이 안 나와 계면쩍게 머리를 긁적였다.

"이젠 믿을 수 있나요?"

은하는 주방으로 눈길을 돌렸다. 철수는 오케이 사인을 열심히 날리고 있었다. 철수가 아닌 주방 자체를 한참 동안 쳐다보았다. 조리사가 아닌 입장이라 조리사를 냉정하게 평가할 수 없다는 시훈의 말이 머릿속을 맴돌았다. 찬찬히 시훈을 바라본 뒤 고개를 끄덕였다. 그는 양팔을 늘어뜨리며 무언가를 마쳤다는 한숨을 토했다.

"그럼 구체적으로 서로가 원하는 것을 교환해 봅시다."

"잠깐 삼촌하고 상의 좀 할게요."

은하가 일어나 주방으로 향했다.

"장은하 씨."

그가 불러 돌아보았다.

"나도 이십 댑니다."

은하가 갸웃하자, 그가 덧붙인다.

"늦진 않았죠."

키 큰 사람은 싱겁다는 낭설을 갑자기 믿고 싶어졌다.

시훈은 땅거미가 깔릴 무렵에 오 회장의 집으로 들어섰다. 외숙부 내외는 막 텃밭 농사 일을 마쳤는지 밀짚모자를 든 채 별장 같은 이층집 어귀에서 시훈을 맞이했다. 가장 비싼 농사를 짓는 노부부이리라. 도심 외곽의 산자락이라 해도 서울시 강남구에 주소를 둔 널찍한 토지를 낀 주택이다. 여느 집과는 달리 화려한 조경과 잔디 대신에 밭작물이 대지의 대부분을 차지했다. 오 회장은 발코니 앞의 파라솔 벤치에 현준을 앉히고 생수를 한 컵 따라 주었다.

"천안에서 바로 온 거냐?"

"네, 회장님."

"집이다. 회장님 소린 빼라. 그리고 난 은퇴한 몸이잖냐."

"아, 네. 숙부님."

"허허, 그냥 옛날처럼 삼촌이라 하지."

3년 전, 회사에 입사한 후부터 오 회장을 어렵게 대하고 있다. 낙하산이란 오명을 받지 않고자 죽어라 노력하는 한편 외숙부를 지우고 오 회장으로만 상대하다 보니 어느덧 딱딱한 응대가 습관으로 굳어 버렸다.

오 회장은 칠순의 나이에도 여전히 명석하고 건강했다. 왜 성급하게 은퇴를 했는지 시훈은 종종 의혹을 품었다. 사지 멀쩡할 때 부부가 못다 한 여행이며 여유를 실컷 누리겠다는 이유는 믿지 않았다. 권력이란 놈은 섹스며 마약 이상으로 중독성이 강하지 않은가.

"음식 솜씬 무난했다지?"

"네, 김현준 대리가 먼저 엄지를 세웠습니다."

"넌?"

"저도 동의했습니다. 그런데……."

장은하가 밑지는 장사를 한다는 의혹은 꿀꺽 삼켰다. 딱 한 번 먹었을 뿐이고, 메뉴판의 사진들도 그리 푸짐하진 않았다. 그리고 싫어지기 시작한 그녀인데도 어쩐지 허물을 밝히고 싶진 않았다. 시훈을 빤히 바라보던 오 회장이 조용히 웃었다.

"흠, 김현준 대리가 먼저 인정했다면 나중에 말이 없겠군."

역시 현준은 명분을 위한 들러리였다.

"시훈이 너까지 동의한 맛이라면 별맘 과제도 무난히 통과할 거다."

"그런데 장은하 씬 별맘 분점 점장엔 욕심이 없더군요. 별맘에서 계속 근무하면서 돈이나 모으겠답니다."

"점장보단 별맘 직원으로 계속 일하길 원한다?"

"나나도시락 간판 아니면 다 싫다더군요."

"나나 간판이라……."

오 회장은 짐짓 고민에 잠겼다. 두통이 도지는지 관자놀이를 손가락으로 문지른 뒤에 아쉬움을 내 흘렸다.

"석 달 동안 별맘에서 경험을 쌓고 분점을 맡아 주면 좋을 텐데."

오 회장이 가장 원하는 결과를 가져오지 못해 시훈은 적이 자존심이 상했다. 수용할 듯싶다가 장은하는 그렇게 고집을 부렸다.

"별맘의 인센티브를 노리는 것 같았습니다."

"헛! 그게 어디 쉬운가."

별맘도시락 매장은 세 팀이 각각 도시락을 만들어 판매한다. 한 달 동안 가장 많이 판매한 팀은 이익금의 상당 부분을 인센티브로 가져간다. 도시락 공장의 신제품과 방향을 가늠하기 위한 제도로 시훈이 주도했던 방식이다. 그 점을 장은하에게 알려 준 게 실수였을까? 어쩐지 오 회장은 장은하의 본점 장기 근무를 원하지 않는 듯싶다.

"일단 그렇게라도 데려오는 데 성공하면 된다. 분점 이야긴 두세 달 후에 상황을 봐서 다시 해 보자. 주말 안에 내부 의견 맞춘 후 그길로 계약서 써라."

"근로 계약서 말입니까?"

"오! 다른 계약서는 안 써도 되냐?"

"나나도시락 가게를 찾아 주는 데 적극적으로 협조한다는 약속은 구두로 했습니다만."

"그나저나 확답까진 못 받았다지? 일전에도 말했지만, 원한다면 뭐든 약속하고 공증해 줘도 되니 끝까지 방심하지 말고 마무리해라."

장은하가 그 정도로 중요한 인재입니까? 하는 말을 시훈은 삼켰다. 나나도시락의 존재를 안 것은 불과 나흘 전이다. 오 회장의 입을 통해서였다.

'우리 부부가 두어 번 가 본 도시락 가게가 천안에 있다. 곧 문 닫을 형편인가 보던데, 자세한 내막을 알아본 후 거기 젊은 주인을 별맘도시락으로 스카우트했으면 한다. 조만간 공장에서 가까운 대학가에 분점을 내는 게 좋다는 의견도 있었잖냐. 그곳 위치 정도면 괜찮을 것 같던데 연결해서 추진해 봐라.'

비록 은퇴한 몸이라고 해도 회사의 지배 주주다. 개인적인 의견을 살짝 드러낸 것 같지만 실상은 명백한 지시였다.

시훈은 며칠에 걸쳐 나나도시락에 관한 정보를 수집했고, 개인적으론 오 회장과 연결점을 추론해 보았다. 단서는 좀처럼 잡히지 않았다. 천안에 가서야 은하가 초면이 아님을 확인하자 비로소 오 회장과의 연결점이 드러났다. 역시 개인적인 인연 때문이었다. 이쯤에서 오 회장을 찔러보자는 심술이 도졌다.

"숙부님, 제겐 장은하 씨가 구면이었습니다."

"구면?"

오 회장이 움찔했다.

"3년 전, 숙부님과 숙모님을 장례식장에 모시고 간 적이 있습니다."

"3년 전이라면……."

명석하기 그지없는 오 회장이 새삼 기억을 더듬는다.

"평택을 말하는 거냐?"

"네, 그날 잠깐 마주쳤습니다."

"흠! 네 녀석 지금 시위하는 게구나."

귀신도 속을 들여다볼 수 없다는 오 회장이 오래간만에 개구지게 웃었다. 온전한 감정을 담은 귀한 웃음이다. 당신의 외동딸인 지영과 조카 시훈만이 선물 받을 수 있는.

"장은하, 그 아이한테 특혜를 주려는 진짜 이유를 털어놓아라, 그거지?"

"그래 주심 조카가 밤잠을 몽상으로 허비하진 않겠죠?"

오 회장이 계속 개구지게 응수하니, 시훈도 모처럼 긴장을 풀어내고 넉살을 부렸다.

"우린 식품에선 후발 주자잖냐. 회사가 어려울 때 장은하 부친이 큰 기여를 했어. 해서 신세를 갚고 싶은 것도 있지만, 우리가 음식을 먹어 보니 그 아인 별말에 딱 어울리겠더라. 마침 너도 인정한다며?"

그게 답니까? 하는 말을 눈빛에 싣고 바라보는데, 오 회장이 당부한다.

"지영이한텐 함구해 다오."

지영에게 입단속을 하라니 또 다른 의혹이 생긴다. 단언컨대 오지영과 장은하는 외모에 조금도 유사점이 없다. 혼자서 이런저런 생각을 굴리고 있을 때였다.

"몸은……."

외숙모인 최 여사의 말소리에 시훈은 흠칫 놀라 돌아보았다. 사업 이야기엔 절대로 끼어들지 않던 최 여사가 뒤에 서서 이야기를 듣고 있었나 보다.

"장은하, 그 아이. 몸은 건강하던?"

"아주 건강해 보였습니다."

'아주'를 강조해 자신 있게 대답한 후 갸웃했다.

"으흠."

오 회장의 헛기침 소리에 최 여사가 움찔하며 한 걸음 물러섰다.

"당신은 들어가서 수원댁한테 저녁 한 사람분 더 준비하라 일러요."

"아닙니다, 숙모님. 가서 먹겠습니다."

최 여사에게 손사래 치는 시훈을 오 회장이 타박했다.

"먹고 가. 네 녀석, 숙모한텐 간만에 얼굴 보여 준 거잖냐."

그러고 보니 어릴 적부터 친아들처럼 기껍게 챙겨 주던 최 여사에게 한동안 무심했다. 시훈은 최 여사를 바라보며 휴대폰을 꺼냈다.

"알겠습니다. 먹고 간다고 어머니께 전화 넣겠습니다."

서운한 기색을 감추지 못했던 최 여사가 이내 화사하게 웃었다.

이 집에 오면서 정작 보고 싶었던 지영은 저녁 식탁에서도 보이지 않았다.

"누난 어디 갔나요?"

"오늘 안 온다. 혼자 여행 갔어."

최 여사의 말에 시훈이 얼굴을 찡그렸다.

"또 여자 혼자 말입니까?"

"응."

"아니, 계속 혼자 가는데도 보내 주신 겁니까?"

"어휴, 걔가 어디 부모 잔소리 챙길 나이니?"

지영은 마흔셋의 나이라고 해도 아직은 미혼이며 준수한 미모를 갖추었다. 주변에서는 아무도 건드리지 못할 여걸이라고들 말하지만, 시훈의 눈에는 연약한 여자일 뿐이다. 어릴 적엔 시훈의 외로움을 품어서 삶의 에너지가 되는 위로로 돌려주었고, 갑자기 가장의 무게를 짊어지고 방황했던 사춘기엔 옹골진 나침반이 되어 준 누나다. 그런 지영이 언제부터인가 힘겨운 삶을 감당하는 연약한 여자로 보이기 시작했다. 그때 시훈은 생각했다. 도움을 받았던 만큼, 이제부턴 도움을 주는 동생이 되자고.

결국 지영을 못 본 채 오 회장 집을 나왔다. 조심히 다녀오라는 문자를 지영에게 보낸 뒤 하늘을 치어다보았다. 흐릿하게 별 몇 점이 떠 있었다. 3년 전 장은하가 치어다본 하늘과 퍽이나 닮았다.

3년 전, 그날 시훈은 남보다 일찍 획득한 주니어 회계사 자리에 회의를 느껴 사직서를 만지작거리고 있었다. 재학 시절엔 파트타임으로 근무했으며 시험 최종 합격 전부터 입사가 확정됐던 곳이었다. 정기 감사 고객 유지를 위해 분식 회계를 묵인할 줄 알아야 한다는 매니저의 힐난이 불씨가 되었다.

주니어와 시니어 회계사들과 가진 술자리에서 다들 정의를 외면하는 속도가 너무 빠르다고 한마디 내뱉은 게 화근이 되어 조직에서 따돌림까지 당하는 중이었다. 일찌거니 타협을 하는 삶이라면 차라리 기업체에 몸담고 다양한 활동을 하고 싶었다. 마침 대기업에 근무하는 선배가 좋은 조건을 제시한 참이었다.

그때 지영에게 전화가 왔다. 술 한잔하자는 말에서, 그 잠긴 목소리에서 지영이 힘들어하는 중임을 알아차리고 단박에 뛰쳐나가 택시를 잡았다.

술이 약하지 않은 지영인데 이미 취한 채 시훈을 맞이했다. 때문에 시훈은 술을 마시지 않았다.

"시훈아, 모름지기 사람은 딱 자기 그릇에 담을 수 있는 양만 취해야 해."

지영은 잔이 넘치는데도 스스로 계속 술을 따르며 수상한 슬픔을 드러냈다.

"이리 넘쳐 버리면 행복할 수 없거든. 후후, 나라는 여자가 행복이란 말을 언급할 자격이 있는지 모르겠지만."

또 그 소리였다. 술에 취해 행복을 언급할 때면 그렇게 자조 섞인 말을 흘리곤 했다.

마지막 잔을 비운 지영이 술기운을 애써 털어 내고는 빤히 바라보았다.

"빅펌의 공인 회계사 한시훈은 행복하니?"

시훈은 솔직하게 대답하지 못했다. 지영에겐 약한 모습을 드러내기 싫었다.

"후후, 내가 우문을 던졌구나. 앞날이 고속도로인 사람에게. 나도 참 이기적이야. 국내 사대 천왕 조직원인 너한테 사표를 내고 허접한 내 일을 나눠 갖자고 애원하고 싶으니, 참!"

대학 시절엔 지영 곁에서 일하며 돕고 싶다는 욕심을 냈다. 오 회장 내외도 넌지시 제의했으며, 특히 어머니는 극성이었다. 하지만 나이를 먹고 생각이 깊어지면서 시훈은 냠냠식품을 직장에서 지웠다. 힘을 키워 외곽에서 돕고 싶을 뿐 내부로 파고들긴 싫었다. 오 회장은 지영과 시훈을 경쟁시켜 둘 중 하나를 후계자로 낙점할 터였다. 지영을 밀어내고 올라서는 것은 물론이거니와 경쟁하는 자체도 끔찍이 싫었다. 그리고 시훈이 알고 있는 지영은 후계자로 손색이 없었다. 아니, 여자라는 선입견을 지우면 시훈보다 더 유능한 경영자였다.

"일어나시죠, 냠냠식품 오지영 사장님."

시훈이 너스레를 떨며 과장되게 손을 뻗었다. 그 손을 잡으며 지영이 짓궂게 웃었다.

"오냐, 한번 사장은 영원한 사장이다. 내 자린 절대 안 뺏길 테니, 맘 변하면 평생 내 부하 직원으로 와라."

뒤통수를 맞은 기분이었다. 지영은 예전부터 시훈의 속내를 알고 있었던 것이다.

밖으로 나와 밤하늘을 치어다보던 지영이 한탄했다.

"아! 힘들다. 쓸 만한 그릇 하나 옆에 있으면 좋겠다."

최근에 들은 회사 소식이 떠올랐다. 지영이 여자라는 이유로 대표 자리를 넘보는 세력이 생겼다는, 어림없는 일이다. 건강한 오 회장이 버티고 있고, 지영도 가신그룹과 돈독한 관계라고 알고 있다. 때문에 한 귀로 흘려들었던 일인데 새삼 확인하고 싶었다.

"감히 여걸 오지영을 흔드는 사람은 없겠지?"

"있어."

"진짜요?"

"바로 나. 나도 남들처럼 땡땡이도 쳐 보고, 여행도 가 보고 싶어서 자꾸 흔들려."

바라보다가 시훈은 움찔했다. 가로등 불빛으로 드러난 지영의 주름살 골이 퍽 아프게 다가왔다. 정말로 그녀는 지쳐 보였다.

"누나, 실은 회계사로 살아가는 한시훈도 행복하지 못해요."

어디까지나 충동적으로 내 흘린 말이었다. 그런데 그 한마디가 훗날 많은 것을 바꿔 버렸다.

지영은 대리를 부르려 들었지만, 술에 취해 팔자걸음을 걷는 그녀를 혼자 보내는 게 싫어서 시훈이 지영의 차를 몰았다.

오 회장 집에 도착해 지영이 집 안으로 들어가는 것을 확인하고 대문 앞에 서서 담배를 꺼내 물었다. 군대를 제대한 뒤 끊었다가 며칠 전부터 다시 피우는 중이다. 갑자기 작은 철문이 거칠게 열리면서 오 회장이 나왔다.

"어! 너 아직 안 갔냐?"

왜 얼굴도 안 비치고 갔느냐는 등의 상식적인 말이 아니라서 시훈은 당황했다. 검은색 정장을 차려입은 오 회장 뒤로는 최 여사가 넋 나간 표정으로 서 있었다.

"이 밤에 무슨 일 있습니까?"

"응. 가만! 넌 술 안 마셨지?"

"그러니 귀한 누날 모시고 왔죠."

"안 바쁘면 운전 좀 해 줄래?"

나이가 있는 만큼 오 회장은 야간 운전에 약했다. 하지만 호출하면 금방 박 기사가 달려올 터였다. 그럴 수 있도록 오 회장은 근처에 아파트까지 마련해 주었다. 다급하거나 보안을 필요로 하는 일이라고 여기며 시훈은 군말 없이 따랐다.

목적지는 평택의 장례식장이었다. 가는 동안 오 회장은 말없이 탁한 한숨을 몇 번 토했고, 최 여사는 간간이 흐느꼈다.

"넌 모르는 분이다."

차 안에선 그 한마디 외엔 고인을 언급하지 않았다. 장례식장에 도착해서는 시훈을 안으로 들이지도 않았다.

"금방 나올 테니 주차장에 차 대 놓고 기다려라."

입이 무겁다고 자타가 공인하는 시훈은 적이 서운한 마음을 품은 채 야외 주차장으로 차를 댔다. 흡연 구역에 서서 다시금 담배를 물었다. 자정이 막 지난 시간이라 밖으로 나오는 조문객들만 보였다. 맵시가 어색한 정장을 걸친 중년 남자 세 명이 담배를 물더니 시훈을 힐끔 본 후 이야기를 나눴다.

"우리마저 가 버려도 괜찮을지 모르겠어."

"형님, 반나절 꼬박 자리 지켜 줬으면 됐어요. 낼 장사하려면 우리도 가서 눈 붙여야죠."

"유 사장, 아우 말도 맞네. 몇 년 소식 끊고 산 사이에 이 정도 했음 우리 도리는 한 것 같네."

"소식 끊고 살았어도 우리가 이만큼 공단에서 기반 잡은 게 다 누구 덕인가. 장 사장 없었음 어림없는 일이네. 게다가 빈소가 텅 비어 있으니 맘이 안 편해."

"그러니까 다른 조문객 올 때까지 자리 지켜 준 거 아니오."

"쯥, 그래. 그 노인네들이 좀 오래 있어 줬음 좋겠어. 암튼 난 장사 준비해 주고 발인 봐 주러 와야겠네."

세 사람은 이내 담배를 끄고 돌아서서 걸었다.

"근데 어린 딸이 참 독해요, 독해. 어떻게 친아버지가 죽었는데 눈물 한 방울 안 짜네요."

세 남자의 말이 어둠 저편으로 꺼져 갔다. 금방 나온다던 오 회장 내외는 한참이 지나도 나오지 않았다. 시훈은 느릿느릿 건물 외곽을 걸어 다니며 지영이 했던 말을 새김질했다. 후계자는 탐나지 않지만 지영과 함께 냠냠식품을 튼실하게 키우고 싶다는 욕심이 동했다. 나름 식품 업계에 애정을 품으며 방향성을 구상해 왔기 때문이다.

낮으면서도 몹시 구슬픈 울음소리가 들린 것은 그때였다. 시훈은 갸웃하며 주변을 훑었다. 순간 저쪽의 어둡고 후미진 벽에서 탁하게 잠긴 목청이 터졌다.

"왜 말 안 했어, 또라이야!"

벽과 동화되었던 형체가 떨어져 나왔다. 상복을 입은 어린 여자가 밤하늘을 향해 울부짖었다.

"멍청이! 또라이!"

이토록 슬프게 들리는 욕도 있을까. 시훈도 동화되어 눈시울이 한순간에 화끈해졌다. 그녀는 홱 몸을 틀다가 시훈을 발견하고 움찔했다. 이내 이맛살을 찌푸린 얼굴을 가로등 불빛 아래 잠깐 보여 주면서 휙 지나쳤다. 성큼성큼 걸어가는 그녀의 뒷모습을 바라보던 시훈은 흠칫 놀랐다. 왼팔에 걸친 삼베 완장에는 검은색 띠 하나가 선명하게 그어져 있었다. 아직 십 대 같아 보이는 여자가 상주라니! 낯선 빛깔의 아픔이 스며들더니 다시금 눈시울이 화끈거렸다.

돌아가는 길에 시훈은 어린 상주의 목청을 잊지 못해 혹시, 하며 다시 한 번 누가 돌아가셨냐고 물었다. 오 회장은 지그시 눈을 감은 채 쓸쓸히 대꾸했다.

"내 지인이다."

슬픈 욕설은 의외로 여운이 오래 남았다. 딱히 방도도 없었으면서 그녀를 위로해 주지 못했던 일을 오래도록 아쉬워했다.

3년 전에 잠깐 스쳤고, 그날은 은하 특유의 목소리도 잠겨 있었기에 찻집에서 마주쳤을 땐 알아보지 못했다. 어쩐지 빚을 진 것처럼 위로가 욕심난다 했더니 그날 못 한 위로 때문인 성싶다. 그런데도 확답은 못 듣고 긍정적으로 생각해 본다는 대답만 들었다. 어디로 튈지 통 가늠이 안 되는 난해한 어린 여자 때문에 피곤한 하루였다. 우선은 은하가 '나나' 간판에 집착하는 명확한 이유를 알아야 할 것 같다.

다음 날, 시훈은 본사 근처에서 점심을 먹다가 실소를 내 흘렸다.

"제길, 도시락에 약을 탔나?"

벌써부터 은하가, 아니, 나나도시락이 그립다.

나나도시락 가게는 단골 학생들에게 아무런 정보도 주지 않은 채 '오늘 하루는 무료'라고 응대하며 마지막 도시락을 건네주었다. 음식은 평소와는 달리 어색한 조합이었다. 냉장고 정리 차원의 메뉴였지만 학생들은 맛있게 비우고 줄줄이 고마움을 드러냈다.

손님들이 모두 나간 후 산더미처럼 쌓여 있던 설거지를 마쳤다. 수지가 피망 앞치마를 벗어 내고는 은하를 안타까운 눈길로 바라보았다. 은하는 1학년 때 자퇴하고 이 가게를 도맡았다. 같은 과 룸메이트였던 수지는 2년 과정의 조리학과를 졸업하기 전부터 은하의 일을 도와 왔다. 수지가 가냘픈 어깨를 들썩였다.

"우니?"

"은하야, 나 실업자 된 게 서러운 건 아냐."

순식간에 그렁그렁 눈물을 달고 있는 수지를, 은하가 덥석 껴안고 등을 탁탁 두드려 주었다.

"알아."

"이게 어떤 가겐데 뺏기다니! 진짜 억울하다!"

수지가 꺽꺽 울어 대자 은하의 가슴도 뜨거워졌다. 며칠 후면 가게를 비워 줘야 한다. 은하는 눈물을 참으며 주먹을 꽉 쥐었다. 아직 끝난 게 아니다. 기필코 다시 찾을 터였다.

은하는 수지를 보낸 뒤 가게 앞에 한참을 서 있었다. 철수가 짐을 옮길 차를 몰고 도착했다. 나이를 먹어도 여전히 구릿빛 근육으로 뭉쳐 있는 철수를 보자, 그가 엄마의 가드였던 사이보그라고 상상했던 어린 날이 떠올랐다.

"왜 나와 있니?"

"돈 벌면 이 근처 어디쯤 건물 지어야 하나 구상 중이야."

"건물까지나?"

"응. 평생 나나 간판을 걸 수 있는 건물."

"오래 걸릴 텐데?"

"삼촌이 또 멍청한 일만 저지르지 않으면 가능해."

"야, 또 그 소리냐?"

"1억 갚는 데 2년 정도 걸렸어. 그게 저축이면 1억 훌쩍 넘게 모은 셈이 돼. 그 정도 액수면 다시 가게 열 수 있어. 2년만 참고 열심히 해 보자고."

"그럼 너, 별맘도시락 점장을 먹어도 진짜 2년만 하고 포기할 거니?"

"당근. 그리고 점장 말고 본점에서만 일할래. 나만 잘하면 더 많이 벌 수 있거든."

철수는 7년 전에 일했던 이동 급식 배송 직원으로 취업할 터였다. 아빠의 거래처를 물려받고 노하우까지 전수받았던 유 사장은 은하의 전화에 반색하며 언제라도 철수를 보내라고 했다. 철수를 제외하곤 가족처럼 대해 주는 유일한 어른이다. 또 유 사장은 철수의 연락을 받고 이틀장으로 치른 쓸쓸한 아빠의 빈소를 오래도록 지켜 주었다.

그뿐만 아니라 과거에 아빠와 인연이 있었다는 귀티 나는 노부부가 다녀간 후 철수와 단둘이 빈소에 남아 있던 차에 새벽부터 갑자기 화환이 날아들고 낯선 조문객들이 줄을 이었다. 덕분에 발인은 덜 쓸쓸했다. 은하는 지금도 그날의 갑작스러운 조문객들이 이른 아침에 다시 나타난 유 사장의 배려라고 믿고 있다.

어쨌거나 세상 물정에 어두운 철수지만 유 사장 곁이라면 안심해도 될 터였다.

"참! 앞으로 삼촌 월급 통장은 내가 관리할게."

"야, 은하야!"

"관리만 한다구. 쓸데 있으면 언제든 말하면 되잖아."

"꼭 그럴 것까지야."

"거기 과부가 삼촌 점찍은 것 같던데, 절대 돈거랜 하지 마."

유 사장의 회사를 방문했을 때, 위생복을 입었는데도 요염한 기운을 감추지 못한 직원 한 명이 은하의 눈에 거슬렸다. 철수를 겨냥한 눈웃음과 관심 때문이었다. 과연 여자에게 무심한 연애 고자인 철수가 드물게 이야기를 섞었는지 그녀가 생과부라는 사실을 은하에게 알려 주었다.

"은하 너, 내가 한 번 실수를 했다고 너무하는 거 같다. 그리고 난 어린 여잔 싫어하잖니."

"서른세 살 과부가 어려?"

"내겐 한참 어리지."

"하긴. 삼촌 취향을 모르는 건 아닌데 과부라고 해서 행여 동갑이나 연상으로 헷갈리진 말라는 거야."

"자식, 삼촌의 안목을 뭘로……."

철수는 채 말을 잇지 못하고 머리를 긁적이더니 다시금 은하의 어깨를 토닥여 주었다.

"알았다. 어서 짐 정리 하고……."

은하는 문득 이를 갈며 철수 뒤쪽을 노려보았다. 그 순간 뭔가를 눈치챈 철수가 홱 돌아보았다.

"저 새끼를 확!"

철수가 주먹을 움켜쥐었다. 은하도 불끈 주먹을 쥐었다. 거들먹거리며 가게로 다가오던 건물주 아들 김 사장이 두 사람을 발견하고 소스라치게 놀랐다. 그러곤 슬그머니 돌아서서 도망치듯 사라졌다.

"늙은 개가 감히 누굴. 은하야, 확 묻어 버릴까?"

외모와는 달리 법 없이도 사는 위인이었지만 은하가 시키면 정말로 묻어 버릴 철수다.

"묻자."

"진짜?"

당장 삽과 곡괭이를 챙길 기세인 철수의 어깨를 은하가 붙들었다.

"흙으로 말고."

"응?"

"돈으로, 실력으로. 두고 봐. 나중에 저 쓰레기 내가 묻는다."

"그래라. 은하 네가 맘만 먹으면 당장이라도…… 아니, 2년 안에도 복수할 수 있어."

철수답지 않게 모호한 말을 섞은 게 수상해 은하가 갸웃했다. 철수는 어색한 웃음을 얼굴 가득 담고는 가게를 가리켰다.

"후딱 짐 정리 하고 여행 준비 하자."

내일까지 장사를 할 계획이었다. 하지만 또 재료를 구입하게 된다면 가게를 비워 줘야 하는 날까지 온전히 소진하기 어려웠기에 하루 앞당겼다. 내일은 철수가 좋아하는 바다에 가기로 했고, 모레는 냠냠식품 본사에서 시훈을 만날 터였다. 별맘의 김현준 대리를 직접 만난 마당이니 시훈의 직책이며 신분은 믿어도 될 성싶다. 젊은 나이에 회사 노른자 자리를 차지한 금수저 같았기에 마뜩잖은 점이 있지만, 그가 금수저이기에 파격적인 제의를 던지고 실행할 수 있다는 결론을 내렸다.

그렇다고 기죽을 필욘 없다. 아빠가 지겹도록 말했다. 실력으로 당당하면 어느 자리에서도, 누구에게도 당당하라고. 실력으로 당당하다고 믿고 싶다. 도시락의 왕이며 도시락의 신이었던 아빠의 제자니까.

"삼촌, 잠깐."

은하는 가게 정면 위쪽에 붙은 평면 간판을 가리켰다. 해마다 유성 페인트로 새로 칠했는데도 목제 간판은 세월의 무게를 감당하지 못해 버석거렸다.

"간판 먼저 챙기자."

두 사람은 중환자를 다루듯 조심조심 간판을 수습했다. 소중하게 차에 먼저 실어 놓은 후 아빠의 손때가 묻은 오디오를 비롯한 비품을 챙겼다. 철수와 투룸에 사는 처지에 짐을 늘릴 수는 없다. 주방 집기며 테이블 따윈 중고 주방 업소가 헐값에 실어 갈 터였다.

더운 날씨여서 출입문을 열어 놓았다. 어지럽게 뒤집힌 실내로 누군가 들어왔다. 아까 점심을 먹고 간 여자였다. 여린 것 같으면서도 단단해 보이는 외모가 인상적이었으며 끝까지 고집을 부리며 돈을 냈던 손님이었다. 지금 다시 살펴보니 학생보단 커리어우먼처럼 보인다. 나이도 은하보다 두세 살 많아 보였다. 이마를 찌푸리며 쳐다보는 은하에게 그녀가 생긋 웃었다.

"진짜 오늘 점심이 마지막이었네요."

일일이 단골들과 인사를 나누는 일이 자신 없었다. 평소 거의 대화를 나누지 않고 오로지 음식을 통해서 말없이 교감했다. 그래서 마지막 인사도 무료 도시락에 담았고 폐업을 따로 알리진 않았다. 저녁 시간 전에 대충 갈무리하고 입구에 간단한 글발을 내붙일 터였다. 그런데 눈앞의 여자는 예상했다고 말하고 있다.

"누굽니까?"

은하가 고개를 삐딱하게 꼬며 물었다. 여자는 다시금 생글생글 웃었다. 마치 귀여운 동생을 바라보는 표정이다.

'언니 같은 꼴값은 또 뭐야.'

은하의 이맛살 골이 깊어졌다.

"혹시 제이푸드에 대해 들어 보셨어요?"

못 들었다면 간첩도 못 된다. 해외에도 잘 알려진 국내 최대의 식품 회사가 아닌가. 은하가 비릿하게 웃으며 고개를 까닥이자, 그녀가 명함을 꺼냈다.

"전 제이푸드의 유정아 조리사예요. 한시적으로 제이편의점 식품 물류 일을 거들고 있답니다."

명함엔 '식품개발팀 팀장'이라고 박혀 있었다. 제이편의점은 모기업 때문에 냠냠식품의 하루편의점보다 브랜드 파워가 세다. 하지만 도시락은 하루편의점의 인기를 따라잡지 못하고 있었다.

"대단한 직책이네요."

나이 차이도 그리 안 나는 정아의 직급에 기죽기 싫어서 은하는 살짝 비꼬았다. 유정아는 동요하지 않고 의자를 힐끗 보았다. 은하는 앉으라는 소리 대신 새삼 유정아를 훑어보았다. 문득 이름이 낯설지 않게 다가왔던 탓이다. 음식에 관한 기업이며 뉴스는 오래도록 관심 대상이었다. 같은 이름을 읽은 적이 있다.

"혹시…… 영양사 출신?"

"전공만 했을 뿐, 전 계속 조리사로 일했어요."

"아, 맞네! 사내 조리사 대회 금상 먹었다는 그 조리사 맞죠?"

유정아는 한결같은 웃음을 지으며 인정했다.

"운빨이죠. 탁월한 솜씨의 파트너 덕을 봤거든요."

"대박."

은하는 재빨리 테이블 하나를 끌어와 자리를 만들었다. 정아의 생글거리는 얼굴이 이젠 꼴사납지 않았다. 여자 조리사가 금상을 수상한 건 처음이라고 했다. 기사를 읽고 은하는 자기 일처럼 기뻐하며 미래를 더욱 낙관했기에 기억에 오래 남았다.

"근데 마지막 판매인 줄은 어떻게 알았죠?"

"무상이라고 했고, 반찬 하나하나가 단일 재료가 아니라 여러 가지를 뒤섞어 만든 것이라 감히 추측해 보았어요. 곧 폐업할 거란 정보가 더 유용했지만요. 그럼에도 훌륭한 맛이라니 대단해요."

대단한 쪽은 유정아인 것 같았다.

"여긴 어찌 알고."

어쩐지 시훈이 떠올라 살짝 찡그리며 물었다.

"회사의 선배 영양사가 한번 가서 먹어 보라고 권했어요. 소문 이상이네요. 하마터면 보물 같은 도시락을 못 먹어 볼 뻔했어요."

"진짜 괜찮았어요?"

"그럼요. 그러니 제가 우리 회사 도시락 사업부로 모시려고 마주 앉았잖아요."

"어!"

더 나빠질 일이 없으면 좋아질 일밖에 없다는 아빠의 입버릇이 떠올랐다. 밑져야 본전이니 일단은 찔러나 보자는 요량으로 은하는 첫 번째 소망부터 꺼냈다.

"근데 어쩌죠. 제가 원하는 것은 나나도시락 간판이거든요."

"기분 나쁘게 들릴지 모르겠지만, 대충 사정을 알고 있어요. 훗날 다시 차리면 되잖아요?"

"네, 다시 차릴 겁니다."

은하가 생각에 잠기자, 정아는 잠자코 기다렸다가 눈이 마주친 후에야 입을 열었다.

"혹시 한시적으로 직장을 찾으신다면, 그곳이 우리 회사였으면 좋겠다는 게 제 생각이에요."

단물만 빨아먹고 뱉어 내는 일부 식품 기업 속성 정도야 은하도 알고 있었다. 그런데 눈앞의 유정아는 그런 얄팍한 계산으로 제의하는 건 아닌 것 같았다. 은하는 철수를 바라보았다. 처음부터 엿듣고 있었던 철수의 표정이 어쩐지 어둡다. 정아를 힐끔 보는 눈길도 곱지 않았다.

"삼촌, 미안하지만 음료수 좀."

"그, 그래."

다시금 마주한 유정아는 여전히 생글거리고 있었다.

"근데 아까부터 날 보고 웃네요."

"도시락이 절 자꾸 웃게 만들거든요."

"우리 도시락이요?"

"사람을 웃게 만드는 음식이 있지요. 그 도시락을 먹었더니 만든 분을 보면 그냥 좋은 웃음이 나와요."

"허! 취향이 특이하시네."

어쩐지 계면쩍어 은하는 애써 퉁명스레 응수했다. 정아는 조금도 흔들리지 않았다.

"그 특이한 취향이 제가 음식을 평가하는 으뜸 기준이랍니다."

사람을 웃게 만드는 음식이 으뜸이라니. 선뜻 납득이 안 간다. 무뚝뚝하게 음료수를 내려놓던 철수가 출입구를 향해 번쩍 고개를 들었다. 곧 반색하며 쾌하게 소리쳤다.

"아이고, 한 실장님 오셨습니까!"

시훈은 철수와 서로 정중히 인사를 나눈 뒤 의자에 앉아 있는 두 여자에게 시선을 돌렸다. 은하는 특유의 미간을 찌푸리며 시훈을 설뚱하니 바라보았다. 그리고 등을 보이고 앉았던 여자가 돌아본다.

"어머, 냠냠식품의 한 실장님?"

그녀는 구면이었다. 식품 회사 압력 단체 모임에서 한 번 만났고, 기사며 소문을 통해 익히 알고 있었다. 유정아, 그녀는 단순히 영양사 출신의 유능한 조리사가 아니었다. 제이푸드의 사장 아들인 백재웅 부장과 곧 결혼할 사이였다. 그래서 모임에 백재웅과 동행했었다. 그리고 조리사 대회 금상 수상 덕분인지 그룹 회장까지 총애한다는 소문이 날아들기도 했다. 그런 막강한 배경을 가진 유정아가 은하를 만나고 있다는 사실에 시훈의 머리는 벌써부터 지끈거렸다. 시훈은 유정아의 인사에 까닥 고개를 끄덕인 후 곰살궂지 못하게 물었다.

"아는 가게라도 됩니까?"

"손님으로 와 봤어요."

"일부러 여기까지 말이죠?"

"아, 우리 회사 연수원이 근처에 있잖아요. 온 김에 입소문이 궁금해서요."

시니컬한 시훈의 대꾸에 유정아는 여유롭게 응수했다. 묻지도 않은 말까지 해 준다.

"소문과는 달리…… 훨씬 빼어난 맛이었어요. 덕분에 계속 웃네요."

시훈은 곧 은하에게 시선을 돌렸다.

"웬일이십니까?"

털털하고 태연한 은하의 말에 시훈은 벽시계로 눈길을 돌렸다.

"손님으로……."

벽시계가 사라졌다. 그러고 보니 청소가 아니라 철수 절차를 밟고 있는 듯싶다.

"점심은 2시까지 판다기에."

"어떡하죠? 오늘은 떨이라서 1시에 조기 마감했어요."

미안한 말씨는 전혀 아니었다. 이상하게도 그게 서운하다. 이상한 것이 어디 그뿐인가. 난데없이 나나도시락이 먹고 싶어 충동적으로 달려오지를 않나, 늙었단 말이 싫어서 통 하질 않던 허접한 변명을 애써 해 대질 않나. 그것도 한 대 콱 쥐어박고 싶은 어린 여자에게 말이다.

"이야기 좀 나눌 수 있나요?"

시훈의 말이 떨어지자, 철수가 다른 쪽 테이블에 재빨리 자리를 마련했다. 하지만 은하는 철수와 생각이 달랐다.

"으음, 내가 지금 바쁜데. 미안한데요, 30분만 있다 다시 와 주실래요?"

"바쁘다……."

시훈이 못마땅해 뇌까렸다.

"음식과 웃음에 대해 심오한 토론 중이거든요. 알았죠? 30분만요."

새삼 애교가 섞인 말씨가 어쩐지 사람을 능숙하게 다루는 수완으로 와 닿는다. 아무래도 보통내기가 아닌 것 같다. 그나저나 누가 굽혀야 할 상황인지 모르겠고, 유정아는 또 무슨 수작을 부리는

지 모르겠다.

결국 시훈은 가게를 나와 헛웃음을 흘렸다. 단언컨대 여자한테 이런 대접을 받은 적은 없었다.

어쨌거나 남는 시간은 끼니를 때우는 데 쓰기로 하고 유정아가 소속된 회사의 편의점으로 들어갔다. 제이편의점의 도시락은 역시 무언가 부족했다. 갓 음식을 만들었을 땐 빼어난 맛이었으리라. 유통 과정과 온도 변화, 그리고 전자레인지가 애초의 맛을 왜곡시킬 수밖에 없었을 것이다.

냠냠식품 계열사가 공급하는 하루편의점 도시락은 별맘 매장을 통해 무수한 검증을 거친 후 출시된다. 최근에는 냠냠식품 같은 대규모 식품 회사에선 도시락 공장을 직접 운영하지도, 위탁받지도 않는다. 저비용의 직원 고용이 어려우며 브랜드 전체로 퍼지는 위험성 때문이다. 하지만 냠냠식품은 출발이 햄버거 등을 포함한 도시락 납품 공장이었기에 굳이 모기업을 감추지 않은 채 사업을 지속하고 있다.

제이푸드 역시 도시락 공장을 직접 운영하진 않는다. 그런데 유정아가 물류팀으로 파견되면서 은밀히 도시락 매장을 하나 차릴 계획이란 소문이 들렸다.

냠냠식품의 시스템을 벤치마킹하려는 걸까?

유정아 정도면 납품 공장에 레시피를 추천할 자격이 있다. 그렇다면…….

"제길, 왜 그 생각을 못 했지!"

시훈은 이마를 쳤다. 유정아는 단순히 호기심으로 도시락을 먹은 것이 아니었다. 제이푸드 연수원이 여기서 가까운 안성에 있다는 말은 맞다. 거기 들렀다가 입소문을 듣고 와 봤다는 말을 액면 그대로 받아들이다니. 때가 때인 만큼 상황을 인지하고 온 듯싶다. 어떻게 알았을까?

짚이는 데가 있었다. 나나도시락은 동아리 친구였던 신은하 영양사에게 처음 들었다. 그땐 흘려들었고, 오 회장의 지시를 받은 후 통화해서 먹이 본 소감 등을 물었다. 아마도 신은하는 유정아에게도 나나도시락을 언급했으리라. 신은하는 오래전부터 제이푸드의 안성 연수원에서 근무하고 있었다.

"도대체가!"

시훈은 딱히 말로 드러낼 수 없는 답답함이 밀려와 가슴을 탁탁쳤다. 어찌 된 게 장은하 근처만 가면 명석하다고 자부한 머리가 제멋대로 놀아 버리는지 알 수 없었다.

'왜 말 안 했어, 또라이야!'

장례식장에서 들었던 구슬픈 욕설은 어느덧 오 회장이 맡긴 임무를 도중에 사양하지 못하게 만드는 족쇄가 되었다. 시훈은 혼탁한 머릿속을 다스리고 냉정하게 생각을 굴렸다.

유정아는 은하의 형편을 알아차리면 스카우트를 제의할지 모른다. 은하에겐 위험한 곳이다. 제이그룹은 회장부터 시작해 조직 문화가 냉혹하다. 무수한 해외 경력 조리사들이 레시피가 바닥난 후 내쫓긴 사실은 업계에 공공연한 비밀도 아니다.

그렇다고 은하가 오래도록 살아남을 만큼 압도적인 실력을 갖췄다고 하기에는 아직 경력이 부족해 보였다. 시훈의 입에는 딱 맞는 음식이다. 현준도 높은 점수를 줬다. 하지만 장소를 초월한 점수는 100점이 아니었다. 물론 은하가 뛰어난 조리사임은 인정하지만 어디까지나 아주 작은 부분에서 도드라진 실력이다.

'유정아가 공연히 헛바람이나 넣지 말았음 좋겠는데.'

비밀 임무를 떠나서, 싹수가 오달진 젊은 조리사가 자칫 교만해져서 자신에게 너무 일찍 관대해질지 모른다는 진심 어린 염려가 스쳤다.

시훈은 긴 한숨을 내쉬며 대충 먹은 도시락을 수습했다.

2

　벌써 두 시간 남짓 철수는 뜨거운 볕을 고스란히 감당하며 파도
를, 먼 바다를 바라보고 있었다. 철수는 바다를 무척 좋아했다. 이
따금 찔끔 눈물을 짜내게 만드는 아픈 대상인데도 말이다. 지금도
철수의 눈두덩이가 뜨거워 보였다.

　'덩치가 아깝다.'

　은하는 혀를 차려다가 꿀꺽 삼키고 살며시 돌아섰다. 고깃배에
서 지구를 떠났다는 얼굴도 모르는 부모와 그가 애써 소통하려 든
것처럼, 은하 역시 밤하늘을 통해 사진으로만 남아 있는 엄마와의
소통을 욕심냈다. 소통은 쉽지 않았다. 언제나 은하의 혼잣말이 되
었다. 그나마 강하게 살라는 아빠의 으름장에 가로막혀 독백도 편
하진 못했다. 같은 고아원에서 자랐다는 철수는 아빠만큼 다정한
사람은 세상은 없다고 단언했다. 개가 웃을 일이라고, 은하는 콧방
귀로 응수했었다.

그늘을 들락거리며 모래밭을 걷다가 돌아왔더니, 철수가 엉덩이를 털면서 엉뚱한 소리를 했다.

"우리 은하 언제 시집보내냐?"

"흥! 나야말로 빨리 장가보내고 싶다."

"자식, 널 시집보내야 내가 장가갈 수 있잖냐."

"다 늙은 삼촌 두고 어디 발이나 떨어지겠어? 그러니 날 위해서라도 빨리 연애 고자 졸업하라구."

"야, 말 좀 가려서 해라."

"내 말이 왜?"

"고자 그런 말은 하지 말라고."

언급하는 것조차 낯 뜨거운지 살짝 얼굴을 붉힌다. 동네 건달들에겐 낯 뜨거운 욕을 곧잘 하면서.

"은하 넌 숙녀잖냐."

"개뿔. 아빠 말 기억 안 나? 숙녀는 신이 안겨 준 페널티라잖아. 일단은 강해 보여야 한다고."

"그래도 인마, 큰 회사 다니려면 조신하게 굴어야 할 거다. 회사에선 이런 식으로 걷지도 말고."

건들거리는 은하의 추어올려진 양어깨를 철수가 지그시 눌러 준다.

"염려 묻어 둬. 그래 봤자 도시락 가게야. 수틀리면 유정아 씨네 회사로 가면 되고."

"어허! 그 여자 말 믿지 마. 한 실장님은 계약서까지 써 주기로 했으니 딴생각 말고 열심히 해 봐라."

시종 한시훈 편이다. 은하는 날카롭게 철수를 쳐다보았다.

"나한테 뭐 숨기는 거 없어?"

"뭐, 뭔 소리냐. 나 알잖아?"

알긴 안다. 음흉하게 숨길 요령은 없는 위인이다.

"암튼 삼촌, 우리 서로 숨기는 일 없기다. 알았지?"

"그, 그럼!"

"어디 아프면 꼭 말하고."

"내가 어디 아플 사람이냐?"

"누구처럼 숨어서 아프면 죽도록 패 버릴 테야!"

항변하려던 철수가 이내 조용히 고개를 끄덕였다. 아빠를 떠올리다가 단박에 붉어져 버린 눈시울을 철수에게 들킨 듯싶다.

냠냠식품 본사는 서울 한복판의 고층 빌딩이었다. 외관만 보아도 거대한 별맘도시락 매장은 부업거리도 안 된다는 철수의 말을 실감할 수 있었다. 1층에 입점한 은행 옆의 회전문으로 들어서자 대리석으로 확 트인 라운지가 드러났다. 엘리베이터 어귀의 안내 데스크에서 호텔 직원처럼 차려입은 젊은 남녀가 영혼이 누락된 사이보그 같은 웃음으로 은하를 맞이했다. 티셔츠와 청바지 차림의 은하를 고속으로 스캔한 여직원이 사무적으로 물었다.

"어느 부서를 찾아오셨죠?"

은하는 건들거리는 어깨를 애써 통제하며 딴에는 부드럽게 대꾸했다.

"한시훈 실장……님이 오라 해서요."

"아! 혹시 성함이 장은하 씨?"

은하가 고개를 까닥한 순간 두 사람의 태도가 돌변했다.

"기다리고 있었습니다."

용수철처럼 일어나 꾸벅 고개까지 숙였다.

"제가 모시겠습니다."

여직원은 억지웃음을 짜내며 엘리베이터까지 동승했다. 9층의 전략기획실 안까지 데려간 여직원이 마주친 중년 남자에게 정중히 고개를 숙이며 은하를 가리켰다.

"실장님의 귀빈이십니다."

"아! 오신다는……."

간부인 것 같은 남자는 움찔하더니 은하에게 허리를 굽혔다.

"제가 모시겠습니다."

남자가 여직원으로부터 은하를 인수받았다. 무수한 책상과 사람들을 지나친 뒤 실장실이라고 적힌 문을 두드렸다. 종착지는 아니었다. 안쪽에선 남녀가 컴퓨터와 서류가 쌓인 책상을 맞대고 일하다가 그들을 맞이했다.

"그 귀빈이셔."

중년 남자가 암호 같은 말을 건네자, 남녀는 은하에게 과한 예를 드러냈다.

"모시겠습니다."

남직원이 즉시 안쪽의 문을 두드렸다.

미리 기별을 받았는지 한시훈은 업무 책상이 아닌 널찍한 소파에 앉아 은하를 맞이했다. 자연광이 아닌 사무실 조명 탓인지 노타이의 느슨한 와이셔츠 차림인데도 처음보다 어른스럽고 핸섬해 보였다.

"잘 찾아왔네요."

그가 여유 가득한 웃음을 지으며 소파를 가리켰고, 은하는 어깨를 으쓱하며 마주 앉았다.

"실장님 감투치곤 관문이 꽤 까다롭네요. 남들이 보면 사장님이
나 회장님쯤 되는 줄 알겠습니다?"

시훈의 회사 내 입지가 예상했던 것보다 큰 듯싶어 은하는 기죽
지 않고자 애썼다.

"원래 귀빈은 마중 나가서 모셔요. 근데 장은하 씨한텐 내 신분
에 대한 믿음부터 확실히 받고 싶어서요."

"실은 진즉에 믿었습니다."

"고맙습니다!"

그는 정말로 그 말을 고맙게 받아들이는 것 같았다.

"멋진 김현준 대리가 한시훈 씨 신분까지 보장해 준 셈입니다."

"으흠, 차는?"

"괜찮습니다."

"편하게 대해도 괜찮아요."

"기죽을 이유도 없습니다."

"말이 좀 깍듯해진 것 같아서."

철수의 조언을 들으며 연습도 했다. 그리고 나름 말씨의 기준을
정했다. 정중하되 씩씩하게.

"나이 많은 한시훈 씨 앞에서 막말한 기억은 없는데요."

기어가는 목소리로 변명하자 그가 뚱하니 보다가 어이없다는 양
웃었다.

"헛! 그럼 차는 생략합시다. 나이 많은 나도 '접대'는 체질이
아니니."

그는 '접대'를 강조해 읊을 땐 이를 가는 모양새를 했다. 그가
협탁 위의 봉투를 열었다.

"제 신분은 확실해졌으니, 계약으로 넘어가죠."

"잠깐만요! 옵션은 더 요구해도 된다셨죠?"

"너무 과하지만 않다면야."

"별맘도시락 세 코너 중 하나를 맡긴다고 하셨잖아요?"

"그랬죠."

코너 책임자 자린 일을 익힌, 세 달 후쯤에 부여하겠다고 그가 구두로 먼저 약속했었다.

"근데요. 혹시 제가 한 달 안에 자격을 갖추면…… 팀장 자릴 주실 수도 있나요? 실은 유정아 언니도 팀장 자리를 제의했었거든요."

눈치를 살피며 속내를 끝까지 꺼낸 은하 앞에서 그는 난감한 양 생각에 잠겼다가 쾌하게 입을 연다.

"은하 씨가 다른 직원들이 납득할 만한 실력을 보여 줄 수 있다면 오케이!"

인센티브 욕심에 염치 불고하고 드러낸 제의를 의외로 시훈이 선선하게 받아들이자 은하는 반색하며 꾸벅 고개를 숙였다.

"고맙습니다, 한시훈 씨!"

그는 필기 중인 서류에 눈을 붙인 채 나지막하지만 제법 차갑게 힐난했다.

"왜 유정아는 언니고, 나는 한시훈 씨지?"

은하는 한참 생각한 후에야 무슨 말인지 알아차리고 머리를 긁적였다.

"으흐흐! 죄송합니다. 한시훈 씨에겐 언니, 아니 형님 소릴 안 붙였군요."

단골 학생들이 '호랑이 각시 웃음'이라고 이름 붙여 준 큰 웃음소리가 저절로 터졌다. 오래간만에 나온 웃음이기도 했다. 시훈이 처음 방문했던 날은 아주 오래간만에 눈물을 짰고, 세상에 대한 막연한 불신으로 종일 찌푸려 있었다. 그러고 보니 시훈을 만난 며칠 사이에 굴곡이 많기도 했다.

은하의 천진한 웃음이 의외라는 양 시훈이 눈을 크게 뜨고 쳐다보았다. 이내 다시 서류로 시선을 돌리더니 고개를 절레절레 흔들었다. 은하는 협상을 두루 점검해 보았다. 이 정도면 시훈은 충분히 양보했다. 애당초 파격적인 조건이었으니 옵션이 없어도 고맙게 받아들여야 했다. 하지만 유정아로부터 전혀 예상치 못했던 제의를 받자 은하 자신의 실력에 훌쩍 자신감이 붙었다.

그래서 속성으로 최고가 된다는 가정 아래 추가 요구를 꺼냈다. 어차피 돈과 실력이 필요해 계약을 하는 중이다. 더 많이 벌 수 있고, 그럴 수 있도록 더 많이 공부해야 하는 상황을 스스로 만들어 놓는 것도 나쁘지 않았다.

고개를 든 시훈이 팔짱을 끼고는 담담히 은하를 바라보았다.

"또 없나요?"

새삼스러운 위압감을 내뿜는다. 어쩐지 더는 양보할 수 없다고 시위하는 것 같았다. 은하는 저절로 찌푸려지는 이맛살을 풀어내고 꼬리를 내렸다.

"으흐흐! 저도 염치는 있습니다."

유정아를 만나지 않았더라면 시훈의 제의가 감언이설은 아닌지 한두 번 더 고민해 봤으리라. 사장도 아니면서 팍팍 인심 쓰는 행동거지는 기꺼우면서도 어쩔 수 없이 무언가 수상해 보였다. 살다가 낙하산을 응원할 줄은 몰랐다. 시훈이 낙하산이면 좋겠다. 그러면 젊은 나이에 과한 그의 감투를 수긍할 수 있을 테니. 은하는 은근히 물었다.

"근데 회사 사장님은 어떤 분이시죠?"

"아주 멋있는 분입니다. 인사를 시켰으면 좋겠는데, 휴가 중이라 안 계세요."

어쩐지 그의 칭찬에 진심이 가득 묻어 있는 듯싶다. 그가 자상하게 덧붙였다.

"장은하 씨처럼 멋진 여걸이죠."

"아, 여자 사장님이시군요."

"장은하 씨도 나중에 멋진 대표가 될 겁니다."

마치 어른이 어린이를 격려하는 눈빛이며 말씨다. 좋은 의도로 말했다고 해도 은하는 왠지 싫게 느껴졌다. 격려가 필요한 나약한 모습을 보였기에 나온 결과 같아서.

마침내 은하는 계약서를 꼼꼼히 훑어보며 사인을 시작했다. 그는 은하가 가져온 평범하지 않은 주민등록등본을 봤으면서도 따로 묻진 않았다. 그 점이 인간적으론 빈약했던 그의 호감 수치를 살짝 올려 줬다. 공증은 하되 서로가 비밀을 지켜야 한다는 조항을 끝으로 계약을 갈무리했다.

"잘 부탁합니다, 장은하 씨."

그가 긴 숨을 내쉰 후에 사무적으로 악수를 청했다. 은하가 덥석 그 손을 잡았다가 놓았다. 시훈의 눈길이 은하의 투박한 손에 오래 머물렀다.

"고맙습니다, 한시훈……."

"실장님라고 부르는 게 좋겠어요."

"아, 넵! 지금부턴 노력하겠습니다."

회사 직원이 아닌 마당에 실장님이라고 부르는 게 싫어 이름을 고집했다. 하지만 이제 그는 실장님이라는 소리를 들을 자격이 생겼다. 그때 시훈이 하지 않아도 될 말을 군이 흘린다.

"회사엔 사람들 눈이 많아요. 공연히 사적인 관계 티를 내서 구설수에 오를 필요 없죠."

"구설수요?"

그는 스물아홉 살이라고 들었다. 은하는 갸웃하며 여섯 살의 나이 차이를 가늠해 보았다.

"내가 초딩 때 실장님은 대학 원서를…… 끔찍합니다, 실장님! 절대적으로 조심하겠습니다!"

군인 같은 씩씩한 말씨에 시훈의 얼굴이 확 구겨진다. 허공으로 시선을 돌린 그가 들릴 듯 말 듯 중얼거렸다.

"나도…… 끔찍하다."

별맘도시락의 점장인 민철은 장은하가 점점 마음에 들지 않았다. 트렌드를 읽고 응용하는 순발력이 재산인 별맘에서 나이 마흔까지 살아남기란 득도하기보다 어렵다. 그런데도 민철은 살아남았다. 조리사 최고참이 되었을 때 마침 공석이 된 홀 매니저를 자청했고, 양쪽 경력을 무기로 마침내 점장 자리까지 오를 수 있었다. 이곳 조리사 출신인 냠냠식품 간부들의 우호적인 의견이 점장 낙점을 도운 건 사실이지만, 그 또한 흐름을 읽는 자신의 탁월한 머리와 밑바닥부터 차근차근 다져 온 경력 덕분이라고 믿었다. 조리실 경력은 썩 유용했다. 홀에서만 압도적인 보스인 여타 점장들과는 달리 그는 조리실 직원들에게도 보스로 군림할 수 있었다.

그렇게 모두가 존경심을 드러내는 이 위대한 점장 앞에서 감히 이마를 찌푸리며 대면하는 직원이 나타났다. 그것도 출근 첫날에 말이다.

"……고로 이 몸은 점장이기에 앞서 조리실의 대선배이기도 하지."

자신의 위대한 업적을 이 정도 읊어 대면, 감탄사와 함께 고개를 끄덕이며 존경심을 드러내야 정상이었다. 그런데 지금 장은하는 이맛살을 찌푸리며 떫은 감을 씹은 표정이다.

'흥! 여자 조리사 주제에 경력직이라고 거만하긴.'

김현준 대리가 시식에 나섰다가 장은하의 도시락을 먹어 보았고, 함께 시식한 본사의 거물 한시훈 실장이 경력직 대우로 스카우트했다. 한시훈은 자신이 개입했다고 해서 달리 특혜를 주면 안 된다고 당부했다. 공정성을 강조한 걸 보면 개인적인 호감이며 인연은 없는 듯했다.

첫인상은 나쁘지 않았다. 남자같이 차려입었는데도 독특하고 건강한 여성적 매력을 발견할 수 있었다. 특히 인사를 건네며 수줍게 웃을 땐 민철의 가슴에 찌르르 전기가 흘렀다. 뒤숭숭했던 꿈자리와 달리 하루는 그렇게 핑크빛으로 열렸다.

좋은 아침을 느긋하게 즐기고 싶어 민철은 여느 신입과는 달리 은하를 구석 테이블에 오래 붙들고 주저리주저리 이야기를 풀어놓았다. 하지만 가슴을 건드렸던 전류는 금방 방전되었고, 그 자리를 막연한 모욕감이 차지했다. 은하는 노골적으로 몸을 비틀며 빨리 일어나고 싶다고 시위했다.

"흠, 어째 대선배님 말씀에 똥 마려운 강아지처럼 몸을 꼬시는군."

"예, 예. 좀 비슷합니다."

장은하는 찌푸리며 어색하게 웃었다. 순간 은하의 얼굴에서 중학생 딸의 모습이 보였다. 잔소리를 늘어놓을 때면 대응하는.

"흠! 조회 시간이 다 됐으니 인사 나누지."

민철은 속으로 이를 갈면서 조리실로 향했다.

"저, 화장실 좀 다녀오겠습니다."

은하의 말에 민철은 매장에 붙은 화장실을 바라보았다. 청소원들이 도구를 챙겨 그곳으로 들어서고 있었다. 그때 명석한 민철의 머리가 재빨리 회전했다.

"청소 중이니 조리실 화장실 이용해. 경력직이라 알지 않나? 조리사들은 원래 홀 화장실 사용하면 안 돼."

민철은 은하를 조리실 안까지 데려가 화장실을 가르쳐 주었다.

"경력직이라 비누로 손 씻고 나오는 기본은 알겠지?"

화장실로 향하는 은하를 민철은 의뭉스럽게 지켜보았다. 20여 명의 직원들도 낯선 여자의 등장에 호기심 어린 눈길을 던졌다. 그들 앞에서 은하는 이제 아주 특별한 신고식을 치를지도 모른다.

과연 은하는 화장실에서 좀처럼 나오지 않았다. 이쯤에서 문을 두드려 도움을 요청해야 했다. 민철은 남자 화장실 앞에서 여자 화장실 쪽으로 귀를 쫑긋 세웠다. 안에서 문을 열고자 애쓰는 소리가 들렸다. 어림없다. 이곳 화장실은 손 소독기를 거치지 않으면 절대로 문이 열리지 않는 시스템이었다. 물론 민철은 은하에게 그 사실을 알려 주지 않았다. 소리를 지르거나 민철에게 전화를 걸면, 경력직이니 당연히 알고 있는 줄 알았지, 하며 도와줄 터였다. 그런데 여자 화장실 안이 한참 동안 조용했다. 민철은 갸웃하며 여자 화장실 문짝에 귀를 붙였다.

"어머머! 점장님, 뭐 하세요!"

움찔하여 고개를 돌리니 최은영 영양사가 질겁하고 있었다. 그때였다.

꽈앙!

잠금장치가 부서지면서 거칠게 열린 묵직한 문짝이 민철을 사정없이 때렸다. 공중에서 떨어지는 은하의 발이 보이나 했더니 곧이어 아침부터 별이 보였다. 최악의 아침이었다.

종로의 별맘도시락은 널찍한 3층 건물 두 개 층을 매장으로 사용했다. 3층은 영양사 사무실과 직원 라커 룸, 자재 창고 등으로 사용 중이다. 거대한 간판으로 가려져 드러나지 않을 뿐 건물은 무척 낡았다. 주변 건물 소유주와 달리 회사는 재건축을 하지 않은 채 20년 동안 별맘도시락 전용 건물로 사용 중이다.

"간판이 특이하죠?"

별맘의 역사를 풀어놓던 최은영 영양사가 은하에게 물었다. 화장실 사건으로 첫날부터 은하가 호감을 품게 되었던 스물다섯 살의 활달한 성격의 영양사다.

"예. 그래서 별별로 부르는 사람이 많더군요."

별맘도시락 상호 왼편은 비어 있었고, 그 자리엔 별 두 개가 각각 박혀 있었다. 때문에 네티즌 사이에선 별별도시락으로 통하기도 했다. 별의별 도시락을 다 판다는.

어느덧 별맘 근무 일주일째다. 오늘도 셋으로 나눠진 팀이 저마다 도시락에 실력을 집약하느라 여념이 없었다. 손님으로 와 봤을 땐 미처 몰랐던 사실을 두루 체험하는 중이다. 관리직까지 포함하면 조리사만 13명이었고, 김현준 대리 이상의 고수들이 보여 자못 기가 죽기도 했지만 그만큼 더 많이 배울 수 있다고 여기며 어깨를 폈다. 하지만 생소한 영양사가 세 명이나 근무하고 있다는 사실은 여전히 이해가 안 된다. 각각 3명의 조리사가 소속된 A, B, C 팀으론 영양사가 한 명씩 포진해 있었다.

"최은영 영양사, 긴장해."

언제 왔는지 점장이 뻣뻣하게 한마디 던졌다. 그는 팔목에서 팔뚝까지 보호대를 하고도 고집스럽게 정상 근무를 이어 가는 중이다. 손목 골절이라서 그나마 다행이라고 했다. 자신의 민첩한 순발력이 아니었다면 은하가 망가트린 문짝에 머리나 코가 깨졌을 거라고 변명했던 점장이다. 사실 이마 위 머리도 다쳤다. 볼록한 그 혹이 지금은 가라앉아 안 보일 뿐.

은영은 점장의 헐렁한 소매 밑으로 드러난 보호대를 힐끔 보곤 애써 웃음을 참았다.

"저야 매일 긴장하고 있죠."

"오늘 장은하 조리사 첫 창작 출시한다며? 사이드 메뉴 하나에도 별맘의 명예가 걸린 일이니 더더욱 긴장하라고."

"넵, 점장님."

점장은 은하에게도 무언가 한마디 하려다가 몸서리를 치더니 휙 돌아섰다. 은하는 새삼 미안한 마음이 들어 머리를 긁적였다.

"다쳤으면 좀 쉬시질 않고."

"후후, 충성심이 대단하네요, 라고 생각했다면 오해랍니다."

"아닌가요?"

"뒷담화 걱정돼서 어디 편히 쉴 수 있겠어요? 하마터면 변태로 찍힐 뻔했는데."

은하 역시 그런 오해로 문짝을 부숴 버렸다. 고장 난 것 같은 문을 억지로 열고 나가야 하나 고민하는 중에 밖에서 은영의 외침이 들렸다. 순간 점장이 자신을 가두고 이상한 짓을 한다는 의혹에 몸을 날려 두 발로 문짝을 걷어찼다.

뒷거둠에선 은영의 도움을 받았다. 은영은 자신도 은하 같은 상황에 처했다면 의심스러워 과격한 행동을 취했을 거라며 점장을 몰아붙였다. 결국 말이 확산되어 봤자 자신만 피곤하다고 판단했는지 병원을 다녀온 후 점장이 먼저 없던 일로 치자고 했다. 은하는 진심으로 사과했지만, 그는 별로 믿어 주지 않는 성싶었다. 문짝이 그리 허술할 줄은 몰랐다는 변명에도 기가 막힌다는 표정으로 응수했다.

돌이켜 보니 급한 용무를 미룬 게 화근이었다. 그의 이야기가 그리 길어질 줄 알았다면 면담에 앞서 홀의 화장실을 먼저 다녀왔으리라. 물론 이곳 화장실이 하루편의점에 도시락을 납품하는 공장과 똑같이 손 소독기를 작동한 후에야 열린다는 정보는 누구에게도 듣지 못했다. 때문에 비누칠을 강조해 권했던 점장의 의도를 잠시 불순하게 해석해 보기도 했었다.

은하는 오늘 처음으로 선보일 창작 요리 토핑을 시작했다. 서글서글하던 은영이 이내 깐깐한 영양사로 돌아섰다. 이곳 C팀을 책임지는 박찬석 팀장에게 불려 가 잠깐 이야기를 섞은 뒤부터다.

"가슴살을 삶아서 찢으니 아무래도 코스트가 안 맞을 것 같아요."

또 그놈의 원가 타령이다. 은하가 뚱하니 쳐다보기만 하니 최은영 영양사가 용기를 가리켰다.

"그리고 메인도 아닌데 굳이 이리 수북하니 채울 필요도 없어요."

은하는 히브로 싫어서 결대로 찢은 닭 가슴살을 들어냈다. 고기 아래는 드레싱과 샐러드뿐이다.

"밑엔 샐러드로 채웠으니 고긴 별로 안 들어가는데."

은하가 갸웃하자, 은영이 찌푸렸다.

"요즘 야채가 얼마나 비싸다고요."

"그래서 양상추는 안 썼죠."

"양배추도 비싸요."

"그래서 물에 아삭하게 불려 양을 늘렸죠."

내내 지켜보기만 하다가 출시를 목전에 두고 따지는 게 서운해 은하는 물러서지 않았다. 특히 직접 나서지 않고 은영을 통해 압력을 넣는 박찬석이 못마땅했다.

"아무튼 비싼 재료를 굳이 쓸 필욘 없어요. 원가 안 맞으면 어차피 편의점 출시 못 해요. 당연히 여기 등수도 강등당해요."

박찬석은 비싸다고 반대하다가 원가만 맞출 수 있으면 해 보라고 했다. 그래서 나름 고심해서 기어이 정해진 원가로 허브치킨샐러드를 완성했는데, 외형만 보고 재료비가 넘쳤다고 판단하는 성싶다.

언제부터 듣고 있었을까? B팀의 팀장인 김현준이 불쑥 끼어들었다.

"은영 영양사님은 도시락 공장 구매 시스템을 잘 모르시나 봐요?"

"뭐가요?"

"야채가 비싸서 편의점 당첨 못 되는 경우는 없어요. 공장에선 모든 야채를 고정 가격으로 계약해요. 양상추 시세가 박스당 만 원이든 오만 원이든 간에 야채 납품업자는 1년 내내 계약된 가격만 받죠."

"저도 알아요. 원가 계산에 민감한 패스트푸드점도 같은 시스템이에요."

"크흠! 뭐, 아시면 됐고요."

현준은 어깨를 으쓱하고는 은하가 용기에 담고 있던 음식을 빤히 보았다.

"별맘에서의 첫 창작치곤 비주얼부터 심상치 않네요?"

현준의 칭찬에 시종 긴장해 있던 은하는 반색했다.

"정말요?"

"가슴살 색이 빨가니 더 멋져요. 뭘로 색을 냈어요?"

"파프리카 시즈닝이요."

"파프리카 시즈닝은 순수 붉은빛이 아니라 이리 진하게 안 나오는데?"

"실은 칠리 파우더도 넣었어요."

그가 음식 가까이 가서 코를 킁킁댔다.

"칠리 파우더 매운 향이 이리 싱싱하나요?"

"실은 스톡에 청양고추도 좀 넣었어요."

"은하 조리사님!"

은영이 뒤에서 잡아끌었다.

"경쟁 팀에 노하우를 알려 줌 안 되죠."

은하에게 장난스럽게 지적하고는 현준을 쏘아보았다. 현준은 과장된 웃음으로 응수했다.

"하하! 나야 뭐, 일찍부터 교만해지기 싫어서 1등은 죽어라 사양하는 놈인데 신경 쓸 거 있나요?"

"흥! 실력이 부족했단 소린 죽어도 안 하시는군."

다섯 살 위인 찬석의 따가운 시선을 확인한 현준이 슬그머니 옆 작업대로 돌아갔다. 은하는 하다가 만 토핑을 시작했다. 일단은 맡긴다고 했으니 찬석의 시선을 의식하지 않고 빨리 해치우고 싶었다. 30분 후면 본격적인 세팅이 시작되는데 찬석과 영양사는 아직 시식도 하지 않았다. 은하가 큰소리를 친 탓인지 그들은 미리 검증도 하지 않은 채 메뉴에 넣었던 것이다. 그 점이 새삼 수상하다. 요컨대 그들은 망쳐도 좋다는 식이었다. 그러면서 원가만 집요하게 물고 늘어진다.

은하는 용기에 샐러드를 넣은 뒤 그 위로 묽은 드레싱을 뿌렸다. 다시 그 위로 미리 찢어 놓은 허브치킨을 덮고는 데리야끼 소스와 머스터드 소스를 재빨리 흘렸다. 작은 구멍 셋이 뚫린 용기라 한 번만 힘을 주면 물결 모양을 낼 수 있었다.

"비주얼이 제법 바람직하네."

은영이 새치름하게 말했다. 은하가 말꼬리를 붙잡고 늘어졌던 게 아직 서운하다는 기색이었다. 찬석에게 젓가락을 권하고 자신도 맛을 보았다. 작업대에서 밑반찬을 담고 있던 이준호 조리사도 다가와 젓가락을 집었다.

몇 번 우물거리던 은영이 미간을 찌푸렸다.

"윽, 매워!"

은하는 '아차!'를 삼켰다. 학생들만 상대하는 곳이 아니니 역시 나나도시락 때보단 순하게 간을 하는 게 답이었나 보다.

"전 괜찮은데."

팀의 막내인 김준호가 응수했다. 그때 음식을 삼킨 찬석이 참견했다.

"은영 영양사, 야채랑 같이 먹어 봐."

은영이 다시 맛을 보았다. 한참을 우물거리다가 고개를 주억거렸다.

"으음, 샐러드랑 같이 먹으니 괜찮네."

메인은 떡갈비다. 말이 갈비지 잡고기와 야채를 밀가루로 반죽한 걸 튀긴 음식이다. 찬석의 소스가 워낙 빼어나 맛은 무난했지만 느끼한 건 어쩔 수 없었다. 그래서 은하는 사이드 메뉴를 하나 배정받은 후 매운 샐러드로 정했다. 떡갈비의 단맛이 다른 맛을 모두 덮을 것이기에 허브치킨의 매콤한 향과 궁합이 맞을 것 같았다. 그런 은하의 의중을 누군가 알아차렸다.

"이례적으로 육류가 둘이어도 떡갈비하고 궁합이 맞으니 나쁘진 않네."

혼잣말처럼 흘린 찬석의 소감에 은하는 속으로 '아싸!'를 외쳤다. 자신의 자리를 탐내는 은하의 속셈을 알아차린 양 시종 딱딱하게 굴던 찬석에 대한 호감 지수가 신규 등록되었다.

"비주얼 때문에라도 잘나가겠네요. 근데 팀장님, 우리 작전은 이게 아니었잖아요."

은영이 찬석에게 뜻 모를 말을 했다. 찬석이 쓸쓸한 웃음만 흘리며 대답을 안 하자, 그녀는 은하를 향해 머쓱하게 웃는다.

"어떻게 설명해야 하나…… 실은요, 이번 주 꼴찌가 목표거든요. 어디까지나 전략상."

은하는 황당했다. 느끼한 떡갈비가 메인이면 꼴찌를 예약한 것 같아 고심했는데 그게 목표라니! 은하는 어깨를 건들거리며 시위하듯 쏘아보았다. 은영이 실토했다.

"이번 주는 어차피 2위도 힘들어요. 그래서 메뉴 우선권이라도 확보해서 다음을 기약하려는 작전이었어요. 그 주의 꼴찌가 다음 주 메뉴 첫 번째 선택권이 있거든요."

메인에 따라 들썩거리는 게 도시락 매출임은 은하도 익히 알고 있다. 별맘의 도시락 역시 1, 2위는 치킨이나 제육이 메인이다. 어제만 해도 별맘의 1, 2위는 치즈닭갈비와 제육볶음이었다. 그 둘을 일주일 메뉴에 우선 확보만 해도 유리한 건 사실이리라.

하지만 은하는 이맛살을 구겼다. 전략도 좋지만 자존심까지 포기할 정도로 찬석의 실력은 처지지 않았다. 하지만 스물아홉 살. 아직 젊은 조리사인데도 이곳 팀장 중 가장 나이가 많다. 매장의 조리사들이 서른 살만 되면 트렌드를 극복하지 못해 스스로 관리직으로 전환한다고 들었다.

은하는 납득할 수 없었다. 회사의 문제가 아니라 자기 관리의 문제라고 여겨졌다. 찬석을 향한 호감 지수가 허무하게 꺼져 버리고, 그 자리를 익숙한 연민이 채운다. 이곳에서 세척과 기구 수리를 담당하는 김 과장한테 가지게 된 그런 연민이.

도시락은 일회용 포장 용기로 담아 가는 판매량을 합쳐 하루 천 개 정도 팔린다. 세 팀 중 1위 팀이 보통 반을 가져가는데 꼴찌는 늘 이백 개를 넘지 못한다. 날씨 운까지 나쁘면 백 개를 넘지 못할 때도 흔하다고 했다.

첫 번째로 채운 실물 도시락은 매장 어귀 진열대로 가져간다. 은영은 흐뭇하게 진열대를 바라보았다.

"셋 중 비주얼은 우리가 가장 낫네요. 치킨샐러드가 확 살렸어요."

은영의 말에 은하는 내심 자신감을 가졌다. 나나도시락이라면 충분히 통할 메뉴 구성이었다.

점심시간이 되자 C팀은 세팅된 도시락을 부지런히 주문대 앞으로 날랐다. 세 줄로 층층이 세워진 도시락 중에 C팀의 도시락 소진 속도는 다른 팀에 뒤지지 않았다.

피크타임을 치른 뒤 은영이 기쁨을 탄식으로 드러냈다.

"세상에! 이대로 가다간 1위를 위협하는 2위 먹겠어요."

찬석이 은하를 힐끗 본 후 모처럼 환하게 웃었다.

"은하 조리사 덕분이지."

"근데 1위 못 찍으면 실속 없는데 팀장님은 좋아요?"

"덕분에 시집살이 덜 하잖아."

똑같이 세 명의 조리사와 한 명의 영양사로 꾸려진 세 팀은 매출에 따라 일손이 부족하거나 남을 수밖에 없다. 덜 팔려 일손이 남는 팀원은 다른 팀의 전처리, 즉 다음 날 메뉴의 재료 손질을 해주거나 세척을 돕는다. 그런 상황을 누군가 '시집살이'라고 불렀고 이후 별맛 은어로 정착했다. 은하는 은근히 1위를 욕심냈는데 2위라니 적이 실망했다. 과연 다들 보통 실력들이 아니었다.

'기죽지 말자. 여기선 난 신참이야.'

스스로를 위로하며 돌아섰다. 막 세척기로 향하려는 김준호 조리사를 돌려세웠다.

"준호 씨, 오늘은 우리도 밥값 했으니 나 혼자만 가도 될 것 같네요."

"그래서 혼자 가려는 참인데."

"에이, 신참인 내가 가야죠."

"아니죠. 은하 선배는 경력 직원인데, 내가 가야죠."

"어허, 내가 간다고!"

왜소한 외모만큼이나 숫기가 부족한 준호를 밀치고 은하는 성큼성큼 세척기로 향했다. 고작 은하보다 한 살 어린데도 제법 선배 대접을 해 주는 준호다. 대학은 달라도 조리학과 선배라며.

어쩐지 뒤통수가 따가워 고개를 돌렸다. 1위를 당연히 받아들이는 A팀이 은하를 보며 수군거리고 있었다. 그들의 얼굴에 담긴 웃음이 마음에 들지 않았다. 명백한 비웃음이었다. 경력 직원을 어렵게 모셔 왔다고 점장이 소개할 때부터 보였던 웃음이었다.

40대 중반의 김 과장은 오늘도 두툼한 연분홍빛 물앞치마를 걸친 채 세척에 열중이었다. 대형 세척기에서 나온 식기를 분류해 가져다 놓는 일이 그의 주된 작업이다. 파트타임 아주머니와 '시집살이' 직원들은 퇴식구에 쌓인 플라스틱 도시락 속을 비우는 한편 수세미를 이용해 간단히 그릇을 닦아 세척기로 밀어 넣었다.

"과장님, 드십시오."

오늘도 현준이 김 과장에게 자판기의 캔 음료를 뽑아 와 깍듯이 갖다 바쳤다. 모든 조리사들이 정중히 대하는 김 과장이었다. 그렇다고 모두가 존경하지는 않는다. 3년 전까지만 해도 A팀을 책임지는 뛰어난 조리사였다고 한다. 최고령 팀장, 최고위직급 팀장, 최고 장수 팀장 등의 기록을 줄줄이 꿰찬 그는 여느 간부들과는 달리 냠냠식품으로의 발령을 마다하고 이렇게 현장을 고집하는 중이다.

'본사 발령 나면 영업이 아닌 이상 오래 못 버텨요. 답답한 사무실에서 분주한 조리실을 그리워하다가 다른 외식업체 현장으로 옮기거나 식당을 차려 나가죠.'

현준이 해 준 말이다. 은하는 아빠의 삶을 떠올렸다. 붙임성이라곤 통 없는 벙어리 같은 모습에 창업 자본도 없다면야 체면 불고하고 버텨야 하겠지. 그렇다면 존중하고 싶다. 행여 가족을 위해 포기한 자존심이라면 더욱.

"은하 씨 것도 대령이오."

현준이 캔 음료의 마개를 따서 건네주었다. 현준과 같은 팀의 여자 조리사가 눈을 흘기며 혀를 찼다.

"쯔쯧, 목마른 같은 팀원은 보이지도 않나! 팀워크가 개판이니 맨날 꼴찌 먹지."

현준은 개의치 않고 은하에게 바짝 얼굴을 디밀었다.

"내가 오늘의 다크호스를 놓고 음료 내기 했거든요. 은하 씨 덕에 이겼어요. 도시락에선 다크호스 땜에 졌지만요."

"아, 김 팀장님! 빨리 와서 그릇 비워요!"

현준 팀의 그녀가 꽥 소리를 질렀다.

"꼴찌한테 위로주 한잔 사는 건 어때요?"

은하는 이마를 찌푸리며 짧게 머리를 흔들어 댔다.

"위로주 사는 게 싫다면 내가 축하주 살 테니 갈증 나면 언제든 말해요."

기어이 넉살을 다 풀어놓은 후에야 현준은 팀원의 부름에 응했다.

"아, 갑니다, 가요!"

목이 말랐던 은하는 단숨에 캔을 비우고는 평소처럼 우그러뜨렸다. 버리려고 몸을 돌리다가 퇴식구 바깥에서 보고 있던 점장과 딱 눈이 마주쳤다. 그의 시선이 은하의 손아귀에서 찌그러진 캔을 콕 찍었다. 은하는 멋쩍게 웃었다.

"으흐흐! 재활용은 부피를 줄여야죠."

점장은 멍하니 고개를 끄덕거리며 돌아섰다. 다친 팔을 다른 팔로 조심스럽게 감싼 채.

쌓인 설거지를 끝내고 팀으로 돌아가려던 은하는 걸음을 멈추었다. 김 과장이 건조가 끝난 용기를 가득 안고 A팀 작업대로 나르고 있었다. 은하도 한 아름 안고 뒤따랐다. 시간이 시간이니만큼 A팀 직원들은 느슨하게 도시락 토핑을 하면서도 김 과장이 가져온 그릇을 받아 들지 않고 모른 척했다. 적어도 은하나 현준의 팀에선 손이 남으면 받아 준다.

"어!"

은하가 경고성 비명을 토했다. 늦었다. 작업대에서 갑자기 돌아선 직원이 김 과장과 부딪쳤다.

와르르!

김 과장이 안았던 도시락 용기가 요란하게 굴러떨어졌다. 그는 허겁지겁 도시락을 수습했다. 부딪친 직원이 도왔다. 하지만 얼굴에는 짜증이 드러나 있었다. 한 대 쥐어박고 싶은 심사를 다스리며 은하는 손을 비운 후 재빨리 거들었다.

탁한 한숨을 내쉬며 등을 펴던 김 과장이 움찔했다. 그의 시선은 도시락 수령 데스크 앞을, 아니 거기 서 있는 여고생을 향하고 있었다.

"민지야."

김 과장의 나지막한 말에 민지는 뒤쪽을 쳐다보았다. 가까운 테이블에는 민지 또래의 교복 차림의 여학생들이 앉아서 이쪽을 바라보고 있었다. 민지가 휴대폰을 꺼내더니 깜짝 놀라는 표정을 지었다.

"어! 큰일 났네. 급히 가 봐야겠어."

어긋난 시선을 던지며 민지가 말했다. 곧 후다닥 돌아섰다.

"미안! 급한 일 생겨서 먼저 갈게!"

테이블의 여학생들에게 소리친 민지는 부랴부랴 출입문으로 달려갔다. 고개를 돌리니 김 과장은 허겁지겁 연분홍빛 물앞치마를 벗고 있었다.

은하는 직원 출입구를 벗어나는 김 과장을 충동적으로 뒤따랐다. 결코 남의 일 같지 않은 상황이 은하를 떠밀고 있었다.

거리엔 후끈한 습기를 머금은 바람이 휘돌고 있었다. 금방 나간 김 과장이 안 보여 전철역 쪽으로 조금 걸었더니 상가 골목 안으로 김 과장과 민지가 보였다. 은하는 풍선 형태의 간판 옆으로 몸을 숨기며 귀를 쫑긋 세웠다.

"무슨 요리사 대빵이 설거지나 해요? 시장 아줌마 같은 앞치만 또 뭐고."

민지의 목소리는 젖어 있었다.

"부끄럽니?"

너무도 담담한 김 과장의 목소리다.

"그럼 안 쪽팔려요? 말을 했으면 친구들 데려오진 않았잖아!"

"휴우! 알았다. 암튼 진짜 무슨 일이 생긴 건 아니지?"

"그래요. 그렇다고 놀라서 쫓아오다니 눈치도 영 꽝이네요."

"다행이다. 집에 가서 이야기하자."

김 과장은 매장으로 향했다. 은하도 조용히 뒤따랐다. 무단으로 근무지를 이탈한 마당이니 어서 돌아가야 했다. 갑자기 김 과장이 걸음을 멈춘다. 그러고는 벽에 손을 짚고 머리를 쿵 찍었다. 잠시 정지된 그의 동작이 왜 어깨를 들썩이며 우는 모습 같을까? 빗물 몇 방울이 이마로 떨어지더니 바람 소리가 귓불을 때렸다. 습기를 가득 품은 바람이다. 어릴 적 아빠의 모습이 겹쳐지며 단박에 눈시울이 붉어졌다. 은하는 몸을 돌려 별맘과 반대편으로 뛰기 시작했다.

그때는 토요일도 등교했고, 학원 차는 주말 운행을 하지 않았다. 나중에 안 사실인데 학원끼리 단합한 탓이다. 도리어 은하는 좋았다. 태우러 오는 아빠를 일찍 만날 수 있었으니까.

"또 시골 가니? 계집애가 농사짓느라 고생이다."

짓궂은 남학생 몇이 종종 놀려 먹었다. 아빠가 모는 다마스란 작은 차엔 '시골밥상'이란 글씨가 큼직하게 붙어 있었다. 그리고 은하가 사는 곳은 도시와 농촌이 공존하고 있어서 장거리 통학생이 꽤 되었으며, 도심 아이들 일부는 은근히 농촌 학생들을 무시했다. 하지만 은하는 전혀 기죽지 않았다.

"흥! 너 같은 약골은 시골도 못 간다."

"이게!"

"가서 엄마 젖이나 더 먹고 덤벼."

한번 싸우면 끝장을 보고 마는 은하의 악명 때문에 무리를 지어 놀리는 녀석들은 있었지만 감히 일대일로 붙지는 못했다.

이윽고 아빠의 '시골밥상' 차가 도착하면 녀석들에게 어깨를 으쓱해 보이며 올라탔다.

하지만 고학년이 되면서 은하는 아빠가 태우러 오는 일이 달갑지 않았다. 기왕이면 승용차였으면 좋겠고, 같은 트럭이라도 좀 컸으면 좋겠다는 욕심이 들곤 했다.

"운동하라며! 걷는 것도 운동이잖아. 친구들도 다 걸어 다녀. 그 시간에 아빠 돈 더 벌어."

어디까지나 변명일 뿐이었다.

"아이구, 우리 은하가 벌써 이리 컸구나."

아빠는 머리까지 쓰다듬어 주면서 허락했다. 양심의 가책이란 것을 생애 처음으로 체험했다.

중학생이 된 후에야 비로소 아빠의 삶을 되짚어 볼 수 있었다. 진정한 부끄러움이 무엇인지 헤아릴 수도 있었다. 은하는 아빠의 치열했을 지난 삶에 마음으로 훈장을 달아 주고 기꺼이 가게로 달려가 일을 거들었다.

고2 때부터 느닷없는 공부 타령으로 가게를 못 오게 했던 아빠 때문에 부녀 사이에 벽이 생기기 시작했고, 그 벽은 조금씩 높아만 갔다. 은하도 굳이 냉대를 감당하며 찾아가고 싶지 않았다. 나중에는 집에 들러도 철수만이 반겨 줄 뿐 아빠는 얼굴도 안 비칠 때가 흔했다.

은하는 종종 그런 데면데면한 사이가 억울했다. 공부가 이유라면 대한민국의 여고생 태반이 부모로부터 어처구니없는 냉대를 받고 살아야 할 터였다. 친하게 지내서 집까지 놀러 갔던 친구만 해도 그랬다. 그녀는 반 꼴찌를 왔다 갔다 했지만 부모는 질타는커녕 위로만 건넸다. 그저 스트레스받지 말고 건강만 하라며.

"꼰대! 그럼 도장 대신 학원을 보내든가!"

소원해진 부녀 사이가 억울할 때면 혼자 불퉁거렸다. 그리고 아빠를 기다리며 마음을 졸였던 가난한 어린 시절을 그리워하는 한편 아빠에게만 의지했던 여가를 친구들이나 취미를 통해 소진하는 법을 익혀 갔다.

대학교 기숙사 생활을 하면서 아빠의 존재는 더욱 흐릿해졌다. 가끔 통화하며 돈을 보내 주는 후원인 같은 존재로 남았다. 어느덧 은하는 멀어진 아빠의 자리에 익숙해졌다. 동아리 활동이며 여행 등을 통해 또 다른 관계의 기쁨을 익힌 덕분이다.

어느덧 석 달 동안이나 아빠를 만나지 못했다. 한 달만 못 보아도 아득히 느껴지던 게 막상 석 달을 채우니 도리어 담담하게 와 닿았다. 마치 하루만 못 보아도 못 견딜 것 같은 반 친구가 막상 몇 달을 못 만나면 무덤덤해지듯이 말이다.

1학기 종강을 앞두고 철수 삼촌한테 전화가 왔다. 한달음에 병원으로 달려갔다. 이미 아빠는 은하를 볼 수도, 은하의 말을 들을 수도 없었다. 철수 딴에는 마지막 모습만이라도 아빠와의 약속을 깨고 보여 주고 싶었지만 은하는 그 혜택을 누리지 못했다.

참으로 잔인한 아빠다. 이미 2년 전부터 시작된 투병 사실을 은하에겐 완벽하게 속여 왔다. 그렇다고 속아 넘어간 딸이라니. 속은 게 너무도 원통했다.

"뭐 이런 또라이 아빠가 다 있어!"

"은하야!"

"또라이가 아니라면 어떻게 이런 웃긴 일을 꾸며? 딸한테, 하나뿐인 딸한테."

"은하 너한텐 일부러 쌀쌀맞게 구신 거야. 어차피 형님한테 의지하지 않고 다른 사람들과 사는 법을 배워야 한다더라."

"아이씨, 이건 정상이 아니잖아. 아니잖아!"

기어이 발악하고 마는 은하를 철수가 꼭 껴안으며 울먹였다.

"약속 깨면 형님이 편히 못 가신대. 귀신이 돼서 너까지 괴롭히

겠대."

"말이라고 해! 둘 다 똑같아! 멍충이, 또라이, 멍충이!"

철수를 붙들고 목에 피가 나도록 고함을 질렀다. 안 그러면 미쳐 버릴 것 같았다.

사망 진단서를 챙겨 평택의 장례식장으로 아빠를 옮겼다. 아빠는 장례식장까지 예약해 두었다. 지인이 거기 근무했기에 미리 장례 규모까지 정해 놓았다. 유서랍시고 은하에게 남긴 글발은 얄밉기만 했다.

「아빠 엄마 행성의 초대장 유효 기간 때문에 어쩔 수 없이 급히 떠난다. 은하가 먼 훗날 우리 행성을 찾아올 방법을 알고 싶다면 열심히 오래오래 살아야 할 거다. 우리 행성에서 지구까지 메시지가 도착하려면 50년 이상 걸리니 기다렸다가 안내를 받고 와라.

은하야, 아빠 사랑하니? 사랑한다면 아빠 부탁 들어줘라.

지금까지 그랬던 것처럼 우리 딸, 앞으로도 기죽지 말고 울지 말고 당당하게 살아라. 그게 부탁의 전부니 아빠 사랑한다면 꼭 들어줘.」

정오를 넘겨 차린 빈소는 은하의 친구들과 유 사장 일행이 나타나기 전까진 썰렁하기 짝이 없었다.

"뭐, 그리 융통성이 없는 또라이니 올 친구도 없겠지?"

은하가 쉰 목소리로 투덜거렸다.

"형님은 말이다. 은하를 키우면서 모임이나 술자리 한 번 참석 안 했어. 그러다 보니 다들 소원해졌겠지."

"제길, 참 골고루 딸을 죄인 만드네, 으아앙!"

아빠의 삶을 되짚어 보자니 자꾸만 오열이 터졌다. 이내 유서가 떠올라 악물고 참았다.

"또라이 아빠야, 안 울면 청개구리 되는 건 아니지?"

이 순간 아빠의 부탁 말고는 도무지 상주가 할 수 있는 일이 없었기에 은하는 꺼이꺼이 터지려는 울음을 안간힘을 다해 가뒀다.

비가 오지도 않는데도 어릴 적 아플 때처럼 윙윙 바람 소리가 들렸다. 하늘의 별이 보고 싶어서 자정을 넘겨 주차장 구석으로 숨어들었다. 그러고는 넘쳐서 감당하기 버거웠던 울음을 밤하늘을 향해 몰칵 토해 냈다.

시훈은 별맘 주차장에 차를 대 놓고 매장으로 들어가려다가 근처의 서점에 먼저 들렀다. 한 시간을 머문 끝에 책을 몇 권 골라 지하의 대형 서점을 나왔다. 법률과 숫자에 파묻혀 살다가 돌연 찾아든 생소한 느낌의 답을 못 찾으면 이렇듯 서가의 다양한 책을 훑어보는 습관은 오래전부터 지속되는 중이다. 하지만 최근에 생긴 생소한 느낌의 원인은 끝내 찾아내지 못했다. 고작 도시락 하나를 먹고자 천안까지 차를 몰았던 생소한 식탐 역시.

문득 걸음이 빨라졌다. 전날 들었던 오 회장의 당부가 머릿속을 가른 탓이다.

'기왕 나선 일. 그 아이. 잘 적응하도록 도와라. 그게 지영이를 돕는 일이다.'

안 그래도 그 괴짜가 직원들 틈에서 적응이나 잘하고 있을지 걱정이다. 첫날부터 점장을 병원으로 보냈다는 소식에 깜짝 놀랐는데, 아주 씩씩하게 적응 중이라는 현준의 말에 한시름 놓았다. 그래도 직접 들여다봐야 마음이 놓일 것 같다. 나나도시락을 들락거리느라 까먹은 시간 때문에 밀렸던 업무도 얼추 갈무리했고, 마침 오늘은 은하가 첫 번째 창작 요리를 내놓는 날이었다.

지하철역을 지나 계단을 오르려다가 익숙한 목소리가 들려 돌아보았다. 두 여자가 계단 어귀의 벽을 향해 서서 이야기를 나누고 있었다. 한 명은 아는 여자였다. 고무장화를 신은 걸로 보아 근무 중에 나온 성싶다.

"과장님은 자존심이 없어서 후배들 앞에서 설거지하시겠니? 혼자가 아니셔서 그럴 거야. 너와 가족들이 자존심보다 더 소중한 거지."

시훈이 알고 있는 은하에겐 어울리지 않는 애원하는 말씨였다. 그리고 너무도 간곡한 진심이 담긴 게 느껴졌다. 낯선 말씨가 돌연 낯익게 여겨진다. 장례식장에서 들었던 슬픈 울음과 겹쳐진다. 억양은 천지 차이였지만 목소리에 담겨 있는 서러움의 빛깔은 묘하게 닮아 있었다.

고개를 숙였던 여학생이 눈물을 훔치는가 싶더니 불쑥 뻣뻣하게 은하를 바라보았다.

"잠깐, 아줌만지 아가씬지 몰라도 듣자 하니 오지랖이 하늘을 찌르네요."

여학생의 힐난에 은하가 돌연 주먹을 쥐며 으름장을 놓았다.

"그럼 진짜 부끄러운 게 뭔지 주먹으로 가르쳐 줄까?"

"이 아줌마가 진짜."

"김민지! 네 아빠 일이면서 우리 과장님 일이야. 넌 아빠가 행복하시길 바라지 않니? 지금 아빠 속은 까맣게 타들어 가는 중일 거야."

"아! 나도 말 좀 하게요!"

여학생의 짜증에 은하가 입을 다물었다. 시훈은 은하가 언급한 과장이 누구인지 알아차렸기에 대충 상황을 파악할 수 있었다. 김 과장은 지영이 가장 신임하는 직원이다. 그래서 시훈은 김 과장이 금실 좋은 아내와 딸 둘과 살고 있다는 사실도 꿰고 있었다. 딸 하나가 보통내기가 아니라는 말도 지영에게 들었다.

여학생이 허리에 척 손을 얹고는 은하를 노려보았다. 야무진 은하에게 전혀 기죽지 않는 모양새였다.

"아빠하고 같은 직장 사람이라 엔간하면 애교로 넘어가 주려 했거든. 근데 너무 엇나가네요."

"내가?"

"난 아빠가 조금도 부끄럽지 않아요."

"도망쳤잖아."

"아빠가 불편해할 것 같아서 그랬죠."

"진짜?"

"난 아빨 항상 자랑스럽게 생각해요. 그쪽이야말로 아빨 우습게 보는 것 같아요. 아빠 타고 다니는 차 봤어요?"

"아니."

"연봉은 알아요? 지금도 아빤 최고의 실력자란 것도 알아요?"

"글쎄."

"알면 감히 동정 못 하죠."

"아, 암튼 넌 아빠를 보고……."

"도망친 게 아니었죠. 아빠가 그런 일을 맡으면서도 계속 근무한 줄은 몰랐죠. 몰랐던 내가 쪽팔렸던 거죠."

"그럼 부끄럽단 말은 민지 쪽이……."

어느덧 은하는 궁지에 몰려 머리를 긁적였다.

"그, 그래도 언뜻 듣기론 아빠 원망하는 것 같던데."

"눈치가 영 꽝이시네. 가족을 믿고 사실대로 알리지 않았으니 원망 들어야죠. 안 그래요?"

"으, 웅. 뭐, 그렇겠지."

진지하게 엿듣던 시훈은 불쑥 터지려는 웃음을 삼켰다. 어울리지 않는 오지랖도 충격이었지만, 이렇듯 은하가 일찍 적수를 만날 줄은 몰랐다. 꼬장꼬장한 별맘 점장도 벌써부터 두 손 들게 만들었다는 별종이 말이다.

쩝쩝, 입맛을 다시며 은하가 천천히 몸을 틀었다. 시훈은 재빨리 인파 속으로 숨어들었다.

민철은 한산한 매장의 테이블 하나를 차지한 채 벽시계를 힐끔거렸다. 표정은 사뭇 고뇌에 찬 모양새였는데 속까지 그런 건 아니었다.

"근무지 무단이탈이라니! 점장님, 이건 시말서감입니다."

조리실의 식재료 관리 담당인 조 주임이 한마디 거들고 갔다.

'암, 시말서감이지.'

민철은 속으로 쾌재를 부르며 은하를 기다렸다. 드디어 당당하게 질책할 명분이 생겼다. 처음에는 사회성이 부족한 덜렁거리는 조리사로 여겼다. 그런데 겪어 볼수록 보통내기가 아니다. 예, 예,

대답은 잘만 하면서 하늘 같은 벼슬의 점장을 은근히 가지고 놀았다. 보호대를 두른 팔을 보자니 한숨까지 나온다. 어쨌거나 이젠 당당하게 점장의 권위를 행사할 터였다.

'흐흐, 군자는 때를 기다리며 반격을 도모하지.'

애써 스스로를 위안하며 결의를 다졌다.

이윽고 헐레벌떡 뛰어 들어오는 은하가 보였다. 민철은 느긋하게 일어나 맞이했다.

"장은하 조리사!"

"아! 점장님, 죄송합니다."

정중하게 허리를 접는 모습에서 민철은 벌써부터 밀려오는 쾌감을 누렸다.

"아무한테도 말 안 하고 나갔다며! 여기가 어디 동네 구멍가게야!"

"용서하십시오."

호된 질책에도 은하는 양손을 가지런히 모으고 제법 공손하게 사과했다. 은하의 장화를 바라본 점장이 혀를 찼다.

"장화는 또 뭐야."

"조리실엔 소독한 뒤에 들어가겠습니다."

"그 전에 반성문 먼저 써!"

"반성……문……까지 써야 합니까?"

조아리며 볼멘소리를 냈다. 약해지려는 마음을 다잡으며 민철은 단호하게 나갔다. 홀에 있는 직원 모두의 시선이 여기로 쏠려 있는 마당이다. 마주친 몇몇 직원이 무언가 눈짓을 보냈다. 이 기회에 점장의 권위를 확고히 할 필요가 있었다.

"장은하 조리산 경력자니까 더욱 모범을 보여야지!"

"알겠습니다."

은하가 시무룩한 표정을 지으면서도 시원하게 대답했다. 그때 다른 사람의 목소리가 끼어들었다.

"반성문은 내가 써야겠군요."

휙 돌아본 민철은 경악했다.

"시, 실장님."

어쩐지 직원들 일부의 시선이 수상하다 싶었더니 바로 민철 뒤쪽에 서 있던 남자를 가리켰나 보다. 회장이 돌연 은퇴한 후부턴 냠냠식품 주식회사의 2인자 업무를 맡고 있는 한시훈 실장이 민철을 바라보고 있었다. 버럭버럭 소리를 지르느라 들어오는 기척을 놓쳤다. 은하도 이제야 시훈을 발견했는지 설뚱하니 쳐다보고 있었다.

"내가 장은하 씰 급히 불러냈어요. 그러니 반성문은 내 몫이겠죠?"

시선은 은하에게 주면서 시훈이 민철에게 담담히 말했다. 그러고는 이내 민철에게 살짝 머리를 숙였다.

"죄송합니다, 점장님."

"아이구, 실장님. 송구합니다. 제가 경솔해서 애먼 직원을 잡았습니다."

"그럼 반성문은……."

"무슨 말씀이십니까. 실장님께서 급한 일로 불러내셨다면 다 타당한 이유가 있으셨겠죠."

민철은 은하에게 시선을 돌렸다.

"장은하 조리사, 오해해서 미안해."

"어! 아, 네. 괜찮습니다."

민철은 생각했다. 한시훈은 직원을 감싸고자 거짓말할 위인이 못 되는 냉정하고 고지식한 양반이다. 그는 실제로 은하를 불러냈으리라. 문득 은하가 끔찍했다. 은하는 변명할 틈이 있었다. 그런데도 함구하며 반성문까지 쓴다고 고개를 숙였다. 유용한 패를 가지고도 아끼다니! 참으로 무서운 여자다. 점장의 권위고 뭐고 오래 살고 싶다면 앞으론 가능하면 장은하와 엮이지 말아야 할 듯싶다.

"근데 실장님께서 몸소 어쩐 일로……."

"점장님이 불편하신 몸으로 계속 근무한다기에 걱정돼서요."

"소, 송구합니다, 실장님."

민철은 자신의 귀를 의심했다. 시훈이 매장 직원 개인사를 꿰고 있을 줄은 몰랐다. 더욱이 걱정했단다. 회사에 대한 애착심이 지독하다고 들었다. 역시 충신은 충신을 알아보나 보다.

"간만에 도시락도 먹어 보고 싶더군요. 새로운 메뉴 있나요?"

"요즘은 신 메뉴가…… 참! 장은하 조리사가 사이드 메뉴 개발한 게 있는데 드시겠습니까?"

"그럽시다."

민철은 얼결에 장은하의 요리를 언급했다.

은하 팀의 도시락을 먹겠다는 시훈의 선언에 C팀은 바짝 긴장했다.

점심을 먹기에는 늦었고, 저녁을 먹기는 너무 이른 시간이다. 때문에 다른 손님에게 하는 것처럼 점심에 판매하고 남은 재료로 토핑하려는 은하를 은영이 질겁하며 만류했다.

"남자도 인물값 유세하는지, 저 인간이 얼마나 입이 까다로운 줄 알아요?"

시훈을 보며 하트를 터트리는 홀의 여직원들과는 달리 조리실 직원들은 그를 별로 좋아하지 않는 것 같았다.

"한입 먹고 여차하면 팀 전체를 불러 태클을 건다고요."

찬석도 불안한지 바삐 손을 놀렸다.

"떡갈비도 새로 해 줄 테니 기다려."

그렇다고 시훈을 오래 기다리게 했다간 다른 손님에게도 이리 기다리게 할 테냐는 타박을 듣는다고 했다. 허브치킨샐러드는 원래 차갑게 먹는 음식이었기에 은하는 굳이 다시 준비하지 않고 오전에 찢어 놓은 가슴살을 사용했다. 그렇게 먼저 음식을 마치고 홀을 보니, 시훈은 매장을 걸어 다니며 여기저기로 날카로운 시선을 날리고 있었다. 허물없이 지내는 것 같은 현준에게도 눈인사 정도만 할 뿐 새삼스럽게 무게를 잡는 중이다.

도시락이 완성되자 시훈은 점장을 밀치며 손수 식판을 들고 2층으로 올라갔다.

10여 분 남짓 지나서 점장이 다가와 은하를 불렀다.

"치킨샐러드 만든 직원 올라오래."

점장이 소태 씹는 표정을 한 탓에 은하는 주변의 동정 어린 시선을 받으며 2층으로 향했다. 2층은 1층보다 총면적이 훨씬 적었지만 조리실과 나눠 쓰지 않는 관계로 홀 규모는 비슷했다. 그리고 피크타임이 아니어도 창가엔 늘 손님들로 차 있었다. 시훈은 창 반대편 외떨어진 자리에 제법 고독한 미식가처럼 앉아 있었다. 2층 통로 반대편이었기에 입구를 지키는 직원과도 한참 떨어져 있었다. 단추를 한두 개 풀어낸 느슨한 와이셔츠 차림 탓인지 전에 없던 은근한 섹시함이 엿보였다.

"앉아요."

그는 손깍지를 낀 채 맞은편 자리를 눈짓으로 권했고, 은하는 테이블에 놓인 도시락 내용물을 먼저 훑었다. 깨끗하게 비워져 있었다. 치킨샐러드 자리만.

긴장감을 내려놓으며 엉덩이를 붙였다. 담고 있던 궁금증을 참지 못하고 먼저 끄집어냈다.

"아까…… 왜 거짓말하셨습니까?"

시훈은 턱을 한껏 치켜들었다.

"고마워하지 않아도 됩니다."

"네?"

"내가 추천한 사람이라 내 체면 때문에 감싼 거니."

"고마워하진 않는데요."

"뭐라고요?"

제법 위엄을 뽐내던 그가 퍼뜩 자세를 고쳐 앉았다.

"잘못한 건 사실이니 반성문 쓸 생각이었습니다."

당당하게 실력으로 인정받고 싶은 마당이니 상벌에서도 딱히 특혜를 볼 생각은 없었다. 그런 은하의 속내를 모르는지 시훈은 어이없다는 표정을 지었다.

"아깐 잘도 맞장구쳐 주더니."

"그야 실장님 체면도 있고 해서요."

"헛! 내가 고맙다고 해야 하나요?"

그는 정말로 심각하게 고민해 보는 듯했다.

"뭐, 그러실 것까지야."

그는 흘끗 노려보곤 이내 말머리를 돌린다.

"점장님한테 들었어요. 오늘 C팀이 분발했다죠?"

"그래 봤자 2등인걸요."

"흠! 겸손한 말도 할 줄 아는군요."

"으흐흐! 누가 들음 제가 건방진 여잔 줄 알겠네요."

은하의 웃음에 시훈은 본사 실장실에서 그랬던 것처럼 멍하니 바라보다가 고개를 절레절레 흔들었다.

"건방졌어요."

"네?"

"음식은 팀워크가 중요한데 건방지게 샐러드가 메인을 압도했어요."

"칭찬……인가요?"

"아뇨."

그가 단호하게 고개를 흔들자, 은하는 갸웃하며 바라보았다.

"도시락 이름이 뭐죠?"

"데리야끼 떡갈빕니다."

"그렇죠. 헌데 정작 도시락은 허브치킨샐러드만 인상적이에요. 손님의 기대치를 배반하는 일이죠."

은하는 다시금 샐러드만 다 먹은 도시락 용기를 확인한 뒤 생긋 웃었다. 그 웃음을 바라본 시훈이 갑자기 허둥댔다.

"뭐, 뭐가 좋다고 웃죠?"

"아닙니다! 실장님 보고 웃었던 게 아닙니다!"

"알아요. 나도 안다고!"

시훈은 잔뜩 찌푸리며 과하게 반응했다. 높으신 실장님은 부하 직원의 넉살은 별로 안 좋아한다고 여기며 은하는 도시락 용기를 가리켰다.

"제가 만든 음식을 싹 비우셨잖아요. 그게 좋습니다."

"배고팠어요."

"그래서 샐러드만 다 비우셨습니까?"

"흥! 고단백 가슴살과 고지방 야채 드레싱이면 끼니로 손색없죠. 참! 드레싱은 뭘로 만들었죠?"

"아, 네. 피클 국물에 양파하고 피클하고 파인애플을 갈아 마요네즈로 농도를 맞추었습니다."

"식초는 안 들어갔나요?"

"피클 국물을 사용하면 식초와 설탕은 필요 없습니다."

"어차피 버리는 국물을 사용했으니 원가는 확실히 절약됐겠군."

은하의 원가 절감 정신이 의외라는 양 그는 모처럼 만족스럽게 고개를 주억거렸다. 그가 샐러드가 담겼던 용기를 가리켰다.

"샐러드 소스가 묽은데도 물이 안 생겼더군요. 막 토핑해서 그런가요?"

"양파는 소금에 살짝 절여 수분과 강한 맛을 빼긴 했는데, 그보단 땅콩버터를 조금 섞은 게 효과를 봤습니다. 수분 억제에 도움이 되죠."

음식에 대한 그의 관심이 싫지 않아서 은하는 시종 씩씩하게 예의를 차려 대답했다.

잠시 말을 끊었던 그가 은하를 위아래로 훑어본 후 시큰둥하게 물었다.

"아픈 덴 없나요?"

"으흐흐! 제가 한 튼튼합니다."

"하긴."

"말씀을 마무리해 주시죠."

"네?"

"메인보다 건방진 사이드면 안 된다고 하셨잖습니까? 해결책을 주시면 감사하겠습니다."

시훈이 이내 날카로운 눈매로 바라보았다.

"사이드로 튀지 말고 메인을 보조해요."

"하지만 그건 팀장님이……."

"설득하는 건 은하 씨 몫입니다. 메인을 공동으로라도 경험해 봐야 밑천이 든든해져요."

은하가 모르는 메인 요리가 무수하며 그것을 빨리 익히고 싶은 건 사실이다. 그렇다고 벌써부터 흑심을 드러내며 메인 요리를 같이 하자는 말은 못 꺼내겠다.

"능력만 보여 주면 책임자 자릴 빨리 달라면서요?"

"그랬죠. 그래야 인센티브를 잔뜩 챙길 수 있으니까요."

"당장 팀장이 되면 수십 가지 메인 요릴 감당할 수 있겠어요?"

"다양하진 못해도 몇 가지 자신 있습니다."

"여긴 대학가완 달라요."

맞는 말이다. 손님층이 퍽이나 다양했고, 그만큼 메뉴도 다채로 웠다. '별별도시락'이란 별명은 별이 붙은 간판 때문에 생기지만 은 않았다. 음식을 만드는 팀이 은하네 하나뿐이라면 모를까. 세 팀에서 일주일 단위로만 메뉴가 반복되어도 총 21가지 메인이 필 요했다.

"팀장에게 상의해 봐요. 어차피 1등 하면 팀장에게 명예가 가잖 아요. 은하 씨가 믿음만 준다면 어려운 일은 아닐 겁니다."

듣고 보니 믿음만 준다면 팀장도 굳이 반대하진 않을 것 같다. 찬석의 앞날이 확고히 보장만 되어 있다면 말이다.

"실장님, 한 가지 여쭙고 싶은 게 있습니다."

은하는 조심스럽게 궁금증을 꺼냈다.

"제가 팀장이 되면 박찬석 팀장님은 어디로 가시죠?"

"구체적으로는 모르지만 나이도 나이인 만큼 본사 관리직으로 발령 나겠죠."

"그게 승진은 아니죠?"

"본인 하기에 달렸죠. 일단은 별맘에서 성과가 좋아야 하고."

"아하! 1등을 하면 본사 발령에도 도움 되나 보군요."

"상식이죠. 그런데…… 은하 씬 지금 정글에 와 있어요. 기억해요. 먹지 않으면 먹혀요!"

그의 단호한 선언에 은하는 이맛살을 찌푸렸다.

"세상 사는 법은 나도 나름 터득하고 있으니, 실장님은 실장님 방식대로 그냥 사십시오."

엄연히 하늘 같은 상사 앞인데도 예전 습관을 못 버려 그만 빈 정거리고 말았다. 과연 그의 곱상한 얼굴이 확 구겨졌다. 은하는 재빨리 넉살을 덧붙였다.

"뭐, 노력했는데도 잡아먹힐 것 같으면 도망쳐서 유정아 언니한 테 가 봐야죠."

어디까지나 밀려나도 동정 안 해도 된다는 선의로 꺼낸 넉살이었다. 그런데 시훈은 달리 생각한 듯싶다.

"망할! 유정아가 아직도 연락해 오나? 알았어요, 알았어. 내가 말실수했네요."

"아, 아닙니다. 사과까지 하실 일은 아닙니다."

은하가 머리를 긁적이며 머쓱하게 웃자, 그가 피곤한 양 팔랑팔 랑 손을 흔들었다.

"그냥 사과받고 마무리합시다."

시훈은 시간을 확인하고는 자리에서 일어났다. 그가 챙기려는 도시락 용기를 은하가 재빨리 빼앗아 들었다.

"이리 주십쇼. 제가 처리하겠습니다!"

"말이나 못하면……."

그답지 않게 무슨 말인가를 우물거리며 부르르 몸을 흔들고는 앞서 걸었다. 뒤따르던 은하는 걸음을 멈추고 도시락을 살폈다. 반 이상이 남은 메인 요리와 그것을 확인한 찬석의 모습을 어렴해 보았다. 어쨌거나 찬석은 한 팀이다. 은하는 시훈이 남긴 식은 떡갈비를 손으로 두어 점 집어 입으로 밀어 넣었다. 볼이 잔뜩 튀어나온 상태로 씹는 중에 계단을 밟던 시훈이 휙 고개를 돌렸다. 다급히 손으로 입을 막았지만 들키고 말았다. 짜증을 풀풀 날리던 그의 얼굴에 급격히 연민이 번진다.

"외출하느라…… 점심도 못 먹은 겁니까?"

"캑!"

시훈의 기습적인 시선 탓에 은하의 호흡이 엇나가 버렸다. 음식이 목에 걸려 주먹으로 가슴을 탕 쳤다.

"물!"

시훈의 외침에 직원이 깜짝 놀라 허둥거렸다. 순간 시훈이 직접 한달음에 정수기로 달려갔다.

"실례합니다."

정수기로 다가서던 다른 손님을 제치고 재빨리 물을 받아 와 은하의 손에 쥐여 주었다. 그야말로 눈 깜작할 사이처럼 느껴졌다. 은하가 한 모금 마신 후 손으로 입을 가린 채 됐다는 손짓을 했다.

"칠칠맞긴, 쯔쯧."

시훈이 혀를 차며 계단 밑으로 사라졌다. 컵의 물과 입 속의 내용물을 다 넘기고서야 은하는 그가 직접 공수해 준 물을 마셨다는 사실을 실감했다. 그리고 예의를 갖춰야지, 하면서도 자신도 모르는 사이에 시훈 앞에선 시종 편하게 행동했던 듯싶어 갸웃했다.

'그 깐깐한 남자한테 내가 왜 그랬지?'

그러고 보니 속속 받아 주는 시훈도 신기하다. 속 좁은 남자라는 첫인상은 오류였던 것 같다. 그런 생각을 이어 가자니 문득 차가운 컵에서 낯선 온기가 느껴진다.

시훈은 늦도록 잠을 이루지 못한 채 연신 뒤척였다. 눈을 떠도, 감아도 장은하의 얼굴이 어른거렸다. 그리운 감정은 아니었다. 막연한 억울함이 그를 옭아맨다. 이상하게도 그녀만 마주하면 스타일이 망가지고 만다. 그런데도 더 붙들고 이야기하고 싶고, 핑계를 만들어 굳이 찾아가고 싶은 심보는 또 무어란 말인가.

겨우 잠으로 빠져들려는 순간 생긋 웃던 은하의 얼굴이 단박에 머릿속을 채웠다. 물론 시훈이 아닌 도시락을 향한 웃음이었다. 그것도 모르고 공연히 허둥댔다.

'제길! 도시락보다 못한 취급을 받다니!'

애먼 도시락을 저주하며 홑이불을 뒤집어썼다. 이번에는 음식이 목에 걸렸던 은하의 모습이 떠올랐다. 나가면서 점장에게 물었다.

'장은하 조리사, 점심은 확실히 먹었나요?'

'네, 양푼 가득 비벼서 먹는 걸 봤습니다.'

물컵을 쥐여 줄 때 도시락 용기를 통해 확인했다. 자신이 남긴 떡갈비를 날름 입에 넣었던 것이다. 왜 그랬는지 금방 알아차렸다. 지하철역에서 여학생에게 펼치던 오지랖과 묶어서 생각해 보니 분명히 알 수 있었다. 어린 나이에 남을 배려하는 마음이 보통이 아니었다. 앞에선 웃고 뒤통수를 겨냥하는 회사 간부들을 오래 상대한 탓인지 은하의 행동거지는 신선하기 짝이 없었다. 아울러 드세게 여겨졌던 첫인상마저 순박하게 재해석되었다.

여하튼 연신 또 다른 모습을 보여 주는 은하였다. 더 알고 싶다는 욕심이 불쑥 견고하고 차가운 이성으로 침범한다. 시훈은 굳이 방어하지 않았다.

'그래, 호기심 정도야 못 품을 것도 없지.'

그날 밤, 은하는 꿈에서까지 따라왔다.

"시훈아, 국 떠도 되니?"

오 여사의 부름에 시훈은 보고 있던 외국의 푸드 사이트 창을 닫았다. 주말이지만 늦게라도 출근해 신규 수출 건에 따른 공장 가동률을 재검토해 볼 예정이었다. 회사의 핵심 두뇌들과 오랜 검토 끝에 결론을 얻었어도 어차피 최종 책임은 시훈의 몫이었기에 이렇듯 노상 홀로 재검토를 해야 마음이 놓이곤 했다.

달랑 세 식구가 살기에는 큰 아파트였다. 대학을 졸업하고 회사의 식품 연구소에 근무 중인 여동생 선희는 드라마를 보고 있었다.

"끄고 밥 먹자."

가족이 다 모였을 때만이라도 식사는 반드시 같이 하자는 게 시훈의 철칙이다. 선희는 아쉬워하면서도 아빠 같은 시훈을 거역 못하고 따랐다. 어머니, 오 여사가 있어도 시훈은 일찍이 가장 노릇을 했다. 오 여사는 누군가에게 의지하는 삶에 너무도 익숙해진 바람에 남편을 잃은 뒤론 고교생 아들에게 의지했었다.

후다닥 밥이며 국을 뜨는 오 여사의 모습이 수상하다. 평소 안

하던, 식사 전 화장을 한 것부터가 심상치 않다.

"우리 오 여사, 일찍부터 데이트 가시나?"

"데이트는 뭘. 친구하고 계곡에 발만 담그고 올 거야."

새침하게 시선을 피하는 오 여사를 주시하다가 시훈은 치갑게 내뱉었다.

"누굴 만나 건 어머니 인생이니 참견 안 하겠는데, 집에는 절대 데려오지 마요."

"그, 그럼! 네가 싫어하는 줄 빤히 아는데 왜 집엘 데려오겠니."

"알면서 데려왔잖아요."

"아! 그땐 내가 취해서 부축해 주느라 그 양반이……."

곱게 돌아갔으면 지나칠 일이었는데, 굳이 죽치고 앉아 시훈에게 같잖은 인생 설교를 늘어놓아 불쾌했다. 그런 행동거지가 감히 돌아가신 아버지의 자리를 탐내는 것같이 와 닿았던 것이다. 말이 나온 김에 시훈은 마음속 깊이 담아만 두었던 염려를 끄집어냈다.

"사람이 좀 권위적이던데, 어머닐 존중해 주긴 해요?"

"박 사장님 말하는 거니?"

"예. 오 여사가 가진 돈 말고, 인격을 존중해 주냐고."

"야는! 난 뭔 말인가 했네. 그 양반 이제 안 만나. 뭐, 너도 좋아하지 않는 것 같기도 해서……."

어쩐지 이번 남자는 오래간다 했더니 이미 헤어졌나 보다. 갑자기 할 말이 궁해진 시훈은 묵묵히 밥만 떠먹었다. 오 여사의 연애 이야기에 웬일로 끼어들지 않는다 했더니 선희는 스마트폰을 식탁에 두고 기어이 드라마를 챙기는 중이다.

계란말이를 오물거리는데 장은하가 만든 음식이 떠오른다. 집밥에 나름 일가견이 있는 오 여사의 솜씨였다.

'그거였군!'

장은하의 음식에 왜 그리 집착했는지 알 것 같았다. 은하의 음식을 먹을 땐 식당 밥을 먹는다는 생각이 전혀 안 들었다. 나를 반기며 집으로 들인 누군가가 차려 준 끼니와 닮았던 것이다. 어린 나이에 그런 깊은 맛을 내다니 신통했다. 하긴. 신통방통한 게 어디 그뿐인가. 요절한 아버지를 대신해 가게를 맡았다고 했다. 아마도 그녀의 부친은 내공이 썩 깊은 조리사였고 딸에게 그 내공을 물려준 듯싶다.

다시금 세상에서 가장 구슬픈 울음이 떠오른다. 그 목청의 주인공과 지금의 씩씩한 목청의 주인공이 같다니. 참 아이러니했고, 그래서 또 시훈은 은하의 시건방진 대응에 보다 관대할 수 있었다.

"우린 반도 안 비웠잖아요?"

시훈이 수저를 놓는 오 여사에게 매운 눈길을 날렸다.

"어멋, 미안해라. 약속 땜에."

홍조 띤 볼을 두드리던 오 여사가 문득 생각난 듯 휙 바라봤다.

"한시훈 실장 나리, 선봐라."

"예?"

"자그마치 오라 병원장 장녀가 네 프로필 보고 좋다 했대."

"내 사진을 뿌렸어요?"

"아, 아냐. 한남동 김 여사님한테 사진 하나 쥐여 줬는데 어찌어찌 연이 닿았나 봐."

"오 여사!"

"기업체라면 모를까. 내로라하는 병원장 집안 혼담이 어디 흔한 일이니?"

"당장 짐 싸서 나갑니다."

"야는. 알았어. 한번 생각해 보라고 한 말이야. 그나저나 그놈의 오피스텔은 당장 처분할까 보다."

바삐 응수하며 오 여사는 안방으로 쏙 들어갔다. 고개를 틀었더니 선희가 기도의 대상처럼 시훈을 바라보고 있었다.

"오빠, 나 별맘에서 근무하게 해 줘요."

"안 돼."

"아잉, 나도 영양사 면허증 있잖아."

"냠냠식품 들어오게 해 준 것만 해도 충분히 양보한 거야. 더욱이 별맘은 좁아. 네 신분 노출되는 건 시간문제야."

"히잉."

어릴 적부터 선희의 애교 앞에선 늘 여동생바보가 되었다. 하지만 이번엔 양보하지 않을 터였다. 엄밀히 따지면 선희는 별맘을 원하는 게 아니다. 바로 김현준 대리와 같은 공간에서 근무하고 싶어 하는 것이다. 하필 그 바람둥이 같은 놈을. 따지고 보면 현준과 시식을 나갈 때 선희를 동행한 자신의 잘못이 컸다.

"그러면 오빠아, 김현준 대리를 우리 연구소로 발령 내는 건 어때요?"

"휴우! 우리 선희. 언제쯤 철이 들까."

한숨을 토하는 그때 열려진 시훈의 방에서 휴대폰이 울었다. 누군지 알 수 있는 음이었기에 단박에 달려가 받았다.

"오늘…… 장은하 씨에게 말입니까?"

오 회장과 몇 마디 나누고 통화를 마친 시훈은 잠시 잊고 있었던 은하와 외숙부 내외의 인연을 추론하기 시작했다.

출근하려고 방문을 여는 순간 이번엔 신은하에게 전화가 왔다. 유정아가 주도 중인 제이유통의 도시락 가게 오픈 일정을 접수하는 대로 알려 달라고 부탁했던 참이다.

"응, 은하야."

통화하면서 문을 열다 돌아보았더니 선희가 머리를 갸우뚱 기울이며 손을 흔들고 있었다.

희붐히 새벽빛이 스미는 실내로 고소한 냄새가 코끝을 간지럽게 건드렸다. 은하는 벌떡 일어나 부랴부랴 옷을 꿰입고 거실로 나갔다. 말이 거실이지 철수와 은하의 방 사이에 난 지극히 작은 공간이며 식탁도 겨우 들였다. 앞치마를 걸치고 요리에 열중이던 철수가 힐끗 본다.

"좀 더 자도 되는데."

"삼촌이야말로 더 자라니까 참 말 안 듣네."

"넌 서울까지 다니느라 더 피곤하잖냐."

"기차에서 자잖아."

치이익!

압력 밥솥에서 김 빠지는 소리가 들렸다.

"또 밥을 했네. 그냥 가져와 데워 먹자니까."

"야, 반찬이 죄다 어제 건데 밥이라도 새로 해 줘야지."

철수는 유 사장의 가게에서 반찬을 죄다 가져와 다음 날 데워서 차려 준다. 생활비를 아끼자는 은하의 주장과 요리엔 젬병이라 은하에게 수고를 끼치지 않고 싶은 철수의 뜻이 결합한 결과다. 그래도 철수는 밥만은 한사코 직접 해 주길 고집한다. 그리고 그가 유일하게 인증받은 솜씨가 밥 짓기다.

이른 아침을 먹은 후 철수는 여느 때처럼 은하를 역까지 태워 주었다. 철수는 두 시간 후에야 출근한다. 그런데도 아침을 차리고 태워 주려고 은하보다 일찍 일어난다.

"이젠 내 밥 안 해 줘도 되니까 불편하면 언제라도 서울에 방 얻어라."

"흥! 혼자 살면 과부 데려오려고?"

"야! 시간도 남고 차비도 절약되잖냐."

"고시원비가 차비보다 비싸. 암튼 오늘 하루도……."

두 사람은 대결 전 격투기 선수처럼 주먹을 맞댔다.

"파이팅!"

정기 승차권으로 기차에 올라탄 은하는 철수의 제의를 한번 생각해 보았다. 하지만 역시 아니었다. 철수마저 날마다 마주하지 못하면 언뜻언뜻 엄습해 오는 불안감을 극복할 자신이 없었다. 세상에 달랑 혼자 남았다는.

별맘 매장은 평일보다 주말이 한산했다. 과거에 비해 젊은이들이 줄어든 상권 탓도 있지만 무엇보다 무리무리 들어서던 샐러리맨들이 쉬기 때문이다.

분주하지 않은 대신 점심시간은 잔뜩 늘어진다. 얼추 바쁜 일을 치르고 느긋하게 물을 마시는 은하를 점장이 은근히 불러내 속달 거렸다.

"한 실장님이 우리한테 중요한 임무를 맡기셨어."

말똥말똥 바라보는 은하에게 점장이 대단한 비밀을 털어놓는 양 주변 보안을 확인한 뒤 속삭였다.

"배달이야."

"배달도 합니까?"

"회사와 관련된 중요한 분께서 자주 시키셔. 항상 같은 장소로."

"점장님도 같이 가십니까?"

"오늘은 아냐. 그쪽에서 장 조리사가 직접 가져오길 원하신대."

"누군데 저를 굳이."

"나도 누군지 몰라. 항상 극장에 맡기기만 했어. 단서는 회사와 관련된 거물이라는 것 정도야."

"거물?"

"어떻게 내가 단서를 포착했는지 궁금하지?"

안 궁금했지만 어느덧 별맘 처세를 익힌 은하는 고개를 끄덕였다.

"항상 회사 넘버2 한시훈 실장이 내게 직접 전화로 요청하지. 잘 부탁한다는 말과 함께. 어쨌든 왜 장 조리사를 지목했는지는 도시락 들고 가 보면 알 수 있겠지?"

점장은 은하를 통해 도시락 주문자의 신원을 파악하고 싶은 것 같았다. 은하가 이맛살을 찡그리며 머뭇거리자, 점장이 당근을 내놓았다.

"배달 마치고 두세 시간 놀다 와도 돼."

"전처리 지원해야 하는데요?"

"거야 탁월한 지휘자인 점장이 알아서 조절할 수 있지."

결국 은하는 테이크아웃 용기에 C팀 도시락 여섯 개를 챙겼다. 무심코 조리실 안을 둘러보다가 김 과장과 눈이 마주쳤다. 그는 손에 든 도시락 용기와 은하를 번갈아 보았다. 굳어 있는 표정이 무언가 할 말이 있다고 말하고 있었지만, 지체할 수 없어 은하는 옷을 갈아입은 뒤 가게를 나섰다.

낙원 상가는 초행이었다. 상가 계단을 밟고 올라가 옥상 정원에

이어 극장과 마주했다. 오래된 영화 포스터 아래로 중년의 남녀와 노인들이 표를 끊고 있었다. 낭만극장과 청춘극장으로 분리되어 표를 팔고 있었는데 삼천 원이란 가격이 이채로웠다.

점장에게 들은 대로 낭만극장 앞에 서 있었더니, 귀티 나는 노부부가 다가와 별 두 개가 그려진 쇼핑백을 눈여겨보았다. 이내 시선을 올린 노부부가 은하와 눈길을 섞었다. 머리가 곱게도 센 할아버진 창백하지만 지적인 외모였고, 약간 살이 붙은 할머니 역시 그날처럼 우아하고 포근한 인상이었다. 3년 전 장례식장에서 딱 한 번 보았을 뿐이지만 단박에 알아볼 수 있었다.

"아, 안녕하세요."

"오냐. 은하야."

할머니가 은하의 손을 양손으로 그러쥐었다. 마치 오래도록 정을 나눈 손녀를 대하는 투다.

"더운데 우선 들어갑시다."

할아버지가 극장 안을 가리켰다.

"어, 전 영화 안 볼 건데요."

"표 끊어 놓았다만 밥만 먹고 나와도 된다."

할머니의 손에 이끌려 극장 로비로 들어섰다. 아빠의 지인이라고 들었다. 어떤 인연인지 새삼 궁금했다.

휴게실 안에서 젊은이는 은하가 유일했다. 직원들도 모두 노인이었다. 하지만 은하는 이런 분위기가 싫지 않았다. 마치 시간 여행을 떠나 대가족이 우글거리는 시골에 온 것 같은 느낌이었다. 더욱이 손끝에서 이어진 할머니의 끈끈한 온기는 가슴까지 데우는 중이다. 머쓱해진 은하는 살며시 손을 빼냈다.

"여자 손이 너무 거칠구나."

할머니의 말씨엔 가득한 연민이 담겨 있었다. 테이블에 앉자마자 은하는 쇼핑백 입구를 열었다.

"도시락은 여기서 드실 거죠?"

은하가 내놓은 도시락 중 세 개를 할머니가 들고 일어나 노인 직원에게 안겨 주고 왔다. 예전에도 선물한 모양새다. 할머니가 은하 앞으로 도시락 하나를 밀었다. 점심으론 늦은 시간인데도 은하가 아직 밥을 안 먹었음을 알고 있는 것처럼 스스럼없었다. 좁은 테이블이 꽉 찼다. 은하가 조심스럽게 국물 용기 뚜껑을 뜯었다. 할아버지도, 할머니도 은하의 투박한 손을 눈으로 좇는다.

"먹자."

할아버지의 말에 은하는 할머니를 쳐다보았다. 손수건으로 눈물을 찍어 대던 할머니는 은하의 눈길과 얽히자 적이 놀라며 웃음을 지었다.

"예쁘게 컸다만 그래도 여잔데 좀 가꾸지 그랬니."

뜨거운 타박에 은하는, 누구세요, 하는 말을 삼키며 도시락을 먹기 시작했다.

3년 전 그날, 마지막 조문객으로 여긴 노부부에게 상주의 예를 갖춘 후 주차장에 숨어 울음을 토해 내고 돌아왔다. 당연히 갔을 줄 알았던 노부부는 그때까지 자리를 지키고 있었다. 할머니의 눈은 퉁퉁 부어 있었고, 할아버지 또한 눈두덩이가 채 식지 않고 있었다.

장례를 다 치른 후 귀티 나는 노부부가 누군지 어림해 보았다. 엄마나 아빠의 친인척은 절대로 아닐 터였다. 홀로 세상과 힘겨운 싸움을 치러 냈던 아빠는 종종 고아임을 서러워했으며, 은하도 할머니나 할아버지가 있는 또래 아이들을 부러워했다. 친인척이라면 그런 아빠나 은하를 외면하지 않았을 것이다. 무엇보다 아빠와 닮은 점이라곤 도무지 찾아볼 수 없었다.

그럼에도 불구하고 은하는 소망했다. 진짜 할머니나 할아버지였으면 좋겠다고. 뭔가 착오가 있어 소식이 끊어졌을 것이며, 그 허물을 은하는 다 덮어 줄 수 있을 것 같았다.

하지만 지금은 아니다. 사람의 노력으로 해결할 수 없는 기대치는 실망의 씨앗일 뿐이다. 아빠도 그런 허황된 상상에 사로잡힌 딸을 원하지 않을 것이다.

도시락을 거의 비우고 젓가락을 놓았다. 고개는 들지 않은 채 소곳이 앉아 있었다. 할아버지가 먼저 입을 열었다.

"궁금한 게 많을 텐데 입이 무겁구나."

"으흐흐! 밥 먹을 땐 제가 좀 조용합니다."

"그래, 그래. 한창 먹을 땐데 배는 다 찼고?"

할머니의 따뜻한 말은 여전히 적응이 안 된다. 어릴 적 아빠에게 들은 후 누구에게도 듣지 못했던 그런 웅숭깊은 따뜻함은.

노부부는 이미 식사를 끝낸 상태였다. 은하는 흘끗 두 사람의 용기를 훑었다. 유독 은하가 만든 계란찜만 깨끗이 비워져 있어 살며시 웃었다. 그 좋은 기분에 힘입어 궁금증을 냉큼 꺼냈다.

"아빠 장례식 전에도 절 보셨어요?"

"오냐."

시원한 대답에 은하는 눈알을 데굴데굴 굴렸다.

"장난기 가득한 눈매는 여전하구나. 너 갓난아이 때부터 두 살 때까지 이 할미가 종종 업어 주고 놀아 줬다."

엄마는 그때 뭘 하고 있었을까. 엄마는 입에 올리고 싶지 않아 눈알만 연신 굴렸다. 할아버지가 덧붙인다.

"내가 너희 아빠하고 같이 일했던 때다."

"아! 아빠하고 한 직장 분이셨군요. 근데 어르신들은 냠냠식품하고 관련된 분이라고 들었는데요."

"그래. 지금은 퇴직하고 놀러 다니지만 오랜 세월 냠냠식품에 몸담았다."

"그럼 아빠도 냠냠식품에……."

다녔다는 말은 들은 적이 없어서 은하는 갸웃했다.

"당시 너희 아빠 신세대 요리사였다. 해서 우리 회사가 도움을 많이 받았다. 헛, 벌써 21년이나 지난 일이구나."

21년 전이라면 엄마가 지구를 떠났을 때다. 그래서 아빠는 냠냠식품 일을 더 못 했나 보다.

"아빠 그때도 뛰어난 조리사였나요?"

대답을 빤히 예상하면서도 굳이 물었다.

"이견이 없는 탁월한 요리사였지."

할아버지의 시원한 대답에 은하는 어깨를 으쓱 폈다.

"그보다…… 은하야."

할아버지가 처음으로 이름을 부르며 도시락을 가리켰다.

"빨간 계란찜……."

익히면 고춧가루는 위로 떠서 여느 계란찜과는 달리 표면이 빨갛다.

"네 솜씨겠지?"

"어? 족집게시네요."

"바닥에 참기름을 바르고 새우젓 간에 파슬리 가루와 고춧가루를 넣었나?"

"네, 팬에 담아 오븐으로 익혀 절단했고요."

"너희 아빠가 그리 만드셨다."

아빠와의 인연이 사실이라고 말해 주는 증거였다. 당근과 파를 배제한 아빠의 독특한 레시피를 가지고 만든 계란찜이었으니. 손님들 반응도 좋아서 퇴식구엔 계란찜이 거의 보이지 않았다.

두 사람이 말을 섞는 동안 할머니가 테이블을 정리했다. 거들려는 은하를 할아버지가 손짓으로 말리며 의외의 질문을 꺼낸다.

"우린 맛있게 먹었다만 넌 계란찜만 남겼더라. 이유를 말해 줄 수 있냐?"

"별거 아니고요, 동료들이 만든 걸 먼저 해치우는 게 습관이 되다 보니 그렇게 됐어요."

"호! 동료들 음식에 대한 예의?"

"으흐흐! 뭐, 정성으로 만드는 걸 옆에서 봤으니까요."

할아버지는 잠깐 놀란 표정을 짓더니 고개를 주억거렸다. 인자한 것 같으면서도 묘하게 어렵다. 마치 속을 빤히 들여다보는 것 같아서 묻는 족족 솔직하게 대응하게 된다. 문득 언젠가 수지가 해 준 말이 뇌리를 가른다.

'진짜 멋쟁이 할아버지와 할머니 손님이었거든. 맛있게 먹었다는 인사도 진짜 진심 같았어.'

순간 시훈이 서울에서 천안 변두리까지 찾아온 사실이 단순히 입소문 때문은 아니라는 생각이 들었다. 노부부는 바로 냠냠식품과 연관되어 있으니.

"저기요, 혹시 나나도시락을 다녀가신 적 있으세요?"

"으응?"

할머니가 당황했다. 그러자 할아버지가 재빨리 나섰다.

"너희 아빠 가신 후로 한 번 갔었다. 넌 시장 갔다던데 시간이 없어 그냥 나왔다. 휴우! 알았으면 진즉에 가 봤을 건데 까맣게 모르고 있었어. 너희 아빠 야속하게도 죽기 전까지 한 번도 우리한테 연락하지 않았단다."

이유를 알 것도 같다. 철수 삼촌에게 들은 바론, 아빠는 과거의 지인들에게 그때보다 잘나가는 모양새를 갖추지 못한 상태에선 한사코 모습을 드러내지 않으려고 했다. 세상과의 힘겨운 싸움을 이겨 내고 마침내 도시락 가게를 열어 과거의 명예를 되찾을 즈음엔 안타깝게도 병마와 싸워야 했다. 문득 스치는 의혹이 있어 은하는 즉시 드러냈다.

"혹시요, 한시훈 실장님께 제 가게를 알려 주셨나요?"

"괜찮은 도시락 가게가 있더란 말은 해 줬다. 헌데 네가 별맘에 근무한다고 하니 이런 식이라도 얼굴 한번 보고 싶어서 한 실장에게 청탁 넣었다."

얼굴 한번 보려면 별맘으로 찾아와도 될 텐데 이런 꼼수를 쓰는 걸 보면 사람들의 시선을 의식하는 입장인 성싶었다.

"회사에서 높으신 분이었나 봐요."

"은퇴한 지 오래다. 그러니 행여 네가 별맘으로 온 일을 우리 입김이라 오해하진 마라."

오해할 수도 있었으리라. 시훈, 현준에 이어 유정아에게도 맛을 인정받지 못했더라면.

"또 궁금한 게 있냐?"

"아, 네. 근데 이전부터 도시락을 배달시켜 드셨다고 들었거든요."

"허허, 번거롭게 말이지? 습관이다. 은퇴했어도 여전히 별맘도시락 사정이 궁금해서 말이다."

단순한 궁금증이 아니라 미스터리 쇼퍼, 즉 암행 감사 노릇을 포기하지 않았다는 말 같았다.

"점장님이 물어보면 암행 감사가 주문하셨다고 밝혀도 되나요?"

은하의 짓궂은 엄포에 할아버지는 너털웃음을 흘렸다.

"녀석."

딱히 입단속을 당부하지 않으니 은하는 기분이 좋았다. 믿어 주는 것 같아서.

할머니가 손수 음료 마개를 따서 손아귀에 건네주며 거친 손을 몇 번 쓰다듬었다. 철수와는 또 다른 빛깔의 웅숭깊은 따스함은 영 적응이 안 된다. 당혹스러운 감정을 눈썰미 좋은 할아버지가 읽었나 보다.

"은하야, 할머닌 네가 반가울 게다. 아기 때 끼고서 정을 나누면 말이다, 늙어서도 그 정이 남는 법이란다."

사람들이 일어나 상영관 안으로 들어섰다. 할머니가 물었다.

"은하는 금방 들어가야 하니?"

"천천히 가도 됩니다."

"그럼 옛날 영화라도 괜찮다면 같이 볼래?"

그들이 장례식장에서 오래도록 자리를 지켜 주었던 것처럼, 어쩐지 은하도 이 자리에서 오래 머물러 주어야 할 것 같았다.

영화는 1946년에 제작된 '소야곡'이었다. 할아버지가 태어난 해에 만든 영화였고, 마침 다음 날이 생신이라 일부러 이 영화를 보러 왔다고 할머니가 알려 주었다.

흑백 영화는 곧 은하를 울렸다. 가난한 살림에 어린 아들이 생일 선물로 원하는 비싼 바이올린을 과감히 사 주는 영화 속 어머니를 통해 은하는 아빠의 삶을 보았다. 어려운 형편에도 은하가 원하는 것이라면 단 한 번도 망설이지 않고 안겨 주었다. 아빠는 태반이 구멍 난 양말을 버리지 못하고 신으면서 말이다. 덕분에 은하는 갖고 싶어도 겉으로 드러내지 않는 법을 일찌거니 익혔다.

곁으로 바짝 붙은 할머니의 온기가 간지럽다. 혈연과는 전혀 관계가 없음을 확인했다. 어차피 극장을 나가면 타인으로 돌아갈 사람이다. 누군가와 정을 나눈다는 일은 상처를 예약하는 일과 비슷하다. 결국엔 엄마나 아빠처럼 모두 떠난다. 잠시 착각했다. 노부부는 그저 동정심을 드러냈으리라. 어린 상주였던 장은하에게.

이제 할머니의 온기는 은하를 간지럽게 하지 않았다. 현재의 삶을 당당하게 여기는 마당이니 동정받을 이유도 없었다. 하마터면 늪에 빠질 뻔했다. 다시금 관계에 관한 기대치의 늪에 빠지는 것이 두려워 은하는 영화가 끝나자마자 꾸벅 인사를 건네고 돌아섰다.

오 회장은 은하가 씩씩한 걸음으로 나갔던 출입문에서 눈을 떼지 못했다.

"시간을 너무 지체한 모양이네요. 영화 말고 옷이나 사 줄걸."

최 여사가 아쉬움을 흘리다가 바로 젖은 소리를 냈다.

"시상에, 그 넙덕이가 저리 튼튼하게 컸어요. 백화점만 데려가면 하두 설치고 다녀서 미아보호소를 찾아다녔는데. 에휴, 백화점으로 갈걸."

오 회장은 비로소 천천히 몸을 돌려 눈물을 훔치는 최 여사의 손을 잡았다.

"은하 마음을 확인했으면 됐소."

"근데 정말 아무것도 모르는 것 같아 보여요?"

"맞소. 장영민 그놈이 오죽 독한 놈이요? 딸한텐 단 한 마디도 언급하지 않은 모양이오. 안 그랬음 벌써 돌아섰지 우릴 따라 극장까지 들어왔겠소?"

"에휴, 독하긴 독하네요. 그리 어렵게 살면서도 우리한텐 조금도 내색을 안 하고 내쫓기만 했으니 말이에요."

"속으론 흔들렸던 깃 같소. 그러니 지 딸 미래마저 완전히 걷어차진 못하고 안배를 남겼겠죠."

"철수란 삼촌도 어쩜 그리 꽉 막혔는지. 기왕 연락할 거, 좀 더빨랐으면 오죽 좋아요."

은하의 부친인 장영민은 죽기 전에 철수에게 유언을 남겼다. 은하에게 알려서도 안 되며 절대로 연락을 하면 안 되는 곳이 있는데, 어찌해 볼 도리가 없을 정도로 은하가 어려운 처지에 놓이면 그땐 연락해도 되는 곳이라며 오 회장의 연락처를 남겼다. 보름 전에 철수가 찾아와 건네준 사연이었으며, 은하에겐 비밀로 해 달라고 철수는 부탁했다.

"늦게라도 알려 준 걸 다행으로 여깁시다. 은하가 도시락 가게에서 내쫓기지 않았다면 평생 연락 안 했을지도 모르오."

"언젠가 은하도 죄다 알겠죠?"

"휴우! 모르는 게 더 좋지만 알아차릴 걸 대비해야죠."

"살면서 항상 당신을 믿었지만 이번 은하 일만은 자꾸 못 미덥네요. 아까 당신이 은하 아빠 이야기 꺼낼 때도 가슴이 떨려 죽겠더라고요."

"나야 사업으로 굳어진 머리니 이번 일도 사업적 머리로 접근할수밖에 없구려. 선제적 대응이라고, 감추고 싶은 일을 상대가 알아차리는 것이 시간문제라면 피하지 말고 부딪쳐서 가급적 이쪽이원하는 방향으로 진실을 해독하도록 만들어야죠."

"시훈이 말론 2년 계약이라던데?"

"굳이 2년까지 끌 거 있나요? 별맘도시락은 애당초 은하 것인데."

"에휴, 은하 맘이 문제겠죠."

최 여사가 문득 생각난 양 오 회장을 가리켰다.

"당신, 아까 은하한테 어쩜 그리 자상했어요?"

"그래 보였소?"

"난 당신이 회사에서처럼 딱딱하게 굴까 봐 걱정했어요. 어디 연습이라도 했어요?"

"연습은. 그 녀석이 이상하게 날 편하게 해 줍디다, 허허."

모처럼 얼굴에 웃음을 그리던 오 회장은 이내 심장을 움켜쥐고 찡그렸다. 최 여사가 흠칫 놀라자, 오 회장은 손사래를 쳤다.

"됐소. 괜찮소."

오 회장은 천장을 향해 탁한 숨을 토했다.

"휴우! 지영이를 위해서라도 별맘도시락을 빨리 해결해야 할 텐데. 시간이 촉박하네요, 그려."

"또, 또! 제발 그런 약한 영감 소리 좀 말아요. 당신한텐 너무 안 어울려요."

최 여사는 오 회장의 손을 꼭 쥐었다. 한때 식품 철인이란 별명을 얻을 만큼 냉철하고 강인했던 남자는 온데간데없고 병으로 부쩍 늙어 버린 노인만이 남아 회한의 눈길을 허공에 던지고 있었다.

"이 여자가 순진한 건지, 눈치가 없는 건지, 원."

민철은 시계를 흘긋 본 뒤 투덜거렸다. 마주 앉은 본사의 이 과장이 코웃음을 쳤다.

"자네가 실컷 놀다 오라 했다며?"

"그렇다고 진짜 이리 늦을 줄은 몰랐죠."

이 과장은 별맘을 거쳐 본사로 발령 난 직원 중에 가장 잘나가는 간부 중 한 명이다. 본사 직급으론 이곳에서 세척과 관리를 맡고 있는 김 과장과 같지만 업무 내용이며 무게감은 감히 비교가 안 되었다. 원래 이 과장의 자리는 김 과장 몫이라고 했다. 당시엔 김 과장이 워낙 잘나갔던 탓이다. 하지만 이곳에 남아 허드렛일을 맡겠다는 김 과장의 예상치 못한 선택 덕분에 공석이던 노른자 관리직은 이 과장 몫이 되었다.

그 때문일까. 김 과장을 대하는 이 과장의 태도에는 사뭇 존경심이 담겨 있었다. 적어도 민철이 보기엔 그랬다. 한번은 민철이 김 과장을 딱하게 여기자, '과연 그럴까?' 하며 피식 웃었다.

"그나저나 신제품 출시가 너무 뜸해. 신경 좀 쓰라고."

이 과장이 잔소리를 되풀이했다. 베일에 싸인 도시락 주문자의 신분이 드러날지 모른다는 민철의 말에 엉덩이를 붙이고 있는 그는 본사에서 도시락 공장 업무를 지원하는 업무를 맡고 있었다. 가뜩이나 정체된 시장에 경쟁 회사인 제이편의점이 분발하는 바람에 쉬는 날인데도 마음이 안 편해 별맘을 들렀다고 밝혔다.

이윽고 은하가 들어섰다.

"다녀왔습니다."

쾌한 그녀의 인사에 민철은 찡그리며 벽시계를 본 뒤 손짓으로 불렀다. 그때 이 과장이 엉거주춤 일어나 맞이한다.

"여기…… 직원이세요?"

이례적으로 어린 직원에게 경어까지 썼다.

"아! 안녕하세요?"

은하도 구면인지 반색하며 인사를 건넸다. 이 과장은 무언가 알겠다는 양 혼자 고개를 끄덕이며 은하에게 자리를 권했다.

"앉으세요. 성함이 장은하 씨가 맞죠?"

"아, 네. 그때 안내해 주셔서 감사했습니다."

민철은 어안이 벙벙한 채 두 사람을 번갈아 보다가 은하와 눈이 마주치자 얼결에 입을 열었다.

"그래, 장은하…… 님, 배달은 잘 다녀오셨어요?"

민철의 이상한 말투에 은하가 데굴데굴 눈알을 굴리다가 풋, 웃었다.

"점장님, 갑자기 왜 저한테 존대 쓰십니까?"

"그게…… 으음. 내 상사인 과장님이 존대를 쓰는 분한테 내가 반말을……."

민철은 '제기랄'을 삼켰다. 처세의 대가로 만들어 준 그의 명석한 두뇌가 잠시 혼돈에 빠졌던 것이다.

"어흠! 도시락 시킨 사람은 봤나?"

"나이 많은 어르신들이셨어요. 회사 퇴직한 분들이래요."

은하의 시원한 대답에 민철과 이 과장이 시선을 섞었다. 이내 동시에 끄덕였다.

"그렇군."

"그렇군요."

"어느 부서인진 말씀 안 하셨어? 도시락 공장인지 본사인지."

"회사라고만 하셨습니다."

"그렇군. 알았어. 가서 일 봐."

은하를 보낸 민철은 이 과장에게 속달거렸다.

"장은하를 아세요?"

"본사에서 만나 내가 안내를 해 줬어."

"안내라뇨?"

"한 실장님 귀빈이니 잘 모시란 당부가 있길래."

이 과장은 민철의 의혹에 시큰둥하게 대꾸하고는 혼잣말을 흘렸다.

"공장에서 나온 암행인 줄 알았는데 퇴직 어른이셨군. 하긴. 한 실장 같은 낙하산 처지엔 회사 원로들한테 깍듯해야겠지."

민철은 이제 도시락 주문자가 더 궁금하지 않았다. 일전에 한 실장은 장은하에게 손수 물을 갖다 바쳤다고 했다. 여직원들끼리 헛소리를 나눈다고 여겼는데, 이 과장이 언급한 '귀빈'과 묶어서 다시 한 번 생각해 보니 신빙성을 갖춘다. 공평하게 대하라는 말을 액면 그대로 받아들인 것이 실책 같다. 한 실장이 누구인가? 새로 접한 소식통에 따르면 회사 1인자인 여사장이 오래전 사람을 죽였다는 소문이 돈다고 했다. 때문에 회사 중역들이 한 실장을 더 미는 것 같다고 했다. 그런 한 실장의 귀빈이라면 민철에게도 당연히 귀빈이 되어야 했다.

어쩐지 본능이 자꾸만 장은하와 악연을 맺지 말라고 경고를 보냈다. 민철은 스스로를 칭찬했다. 그래, 처세의 대가는 본능부터 성능이 남다르지.

은하는 3층 라커 룸에서 옷을 갈아입은 뒤 급히 내려갔다. 팀의 막내 김준호가 조 주임 앞에서 머리를 조아리고 있던 모습이 맘에 걸렸다.

조리실 안으로 들어섰더니 과연 준호는 풀이 죽은 채 감자 껍질을 벗기고 있었고, 조 주임은 못마땅한 표정으로 지켜보고 있었다. 찬석에게 먼저 인사를 하려고 했는데 보이지 않아 준호에게 다가갔다. 원래는 은하가 해야 할 일을 준호가 하는 중이다. 조 주임은 전체 팀의 메뉴를 받아 필요한 재료를 전처리 해 놓았다가 영양사의 확인 아래 재분배하는 일을 도맡았다. 그를 보조하는 인원은 손이 남는 팀에서 차출되었다.

다른 팀원들은 모두들 느긋하게 도시락 세팅을 하고 있었는데 은하 팀의 준호만이 차출되었다. 팀장이나 영양사는 원래부터 차출되지 않는다.

"흥, 꼴찌팀 경력 직원 잘 놀다 오셨나?"

스물여섯 살의 조 주임이 은하를 보자 대뜸 비아냥거렸다.

"점장님 지시로 다녀온 겁니다."

은하는 차갑게 응수했다. 산만 한 덩치에 속은 좁아 보여 시종 정이 안 가는 직원이다. 준호와 눈이 마주치자 물었다.

"다들 어디 갔어요?"

C팀 코너를 바라보며 갸웃하는 준호를 대신해 조 주임이 나선다.

"압도적인 꼴찌가 일이 있겠어? 점심에 세팅해 놓은 것도 오늘 다 못 팔겠던데."

빈정거리는 소리가 아까 준호를 몰아세우던 모습과 겹치면서 은하의 기분을 확 상하게 했다. 단박에 적개심이 차올랐다.

"나, 주임님한테 물어본 거 아닌데."

"뭐?"

"우리 팀 함부로 평가하지 말았음 좋겠고."

"이, 이게 지금."

은하는 아랑곳하지 않고 시종 시선을 섞지 않은 채 주변을 둘러보았다. 은영 영양사도 안 보였다. 화가 나면 무심코 내뱉곤 하는 은하의 반말이 거슬렸는지, 조 주임이 버럭 소리를 질렀다.

"야! 꼴찌보고 꼴찌라고 한 게 뭐! 경력직씩이나 되면서 전처리 규정 몰라? 안 바쁜 팀에서 지원하잖아! 손들도 느려 터진 주제에 부지런히 돕기라도 해야지 쏘다닌 주제에 지랄하냐!"

은하는 휙 고개를 돌려 주먹을 불끈 쥐고 노려보았다. 덩치만 컸지 늘어진 뱃살이며 물렁한 살로 추측건대 무르팍으로 명치 한 번만 찍어 버리면 끝날 것 같다. 은하는 조 주임의 말꼬리를 비릿하게 물고 늘어졌다.

"지랄?"

늘 그래 왔던 것처럼 이에는 이로, 주먹에는 주먹으로 응수할 터였다.

"그래, 지랄한다, 씨바!"

쌍소리를 듣자 은하의 이맛살 골이 더욱 깊어졌다. 주먹이 떠는 줄도 모르고 조 주임이 바짝 얼굴을 들이댔다.

"왜? 옳은 소리 하니까 찔리냐?"

"에이 씨……."

얼결에 흘린 소리였다. 퍼뜩 말을 잘랐지만 조 주임을 펄쩍 뛰게 하기 충분했다.

"너, 너! 잡아떼지 마! 부, 분명히 두 귀로 똑똑히 들었어!"

은하는 '뭘?' 하는 표정으로 응수했다.

"씨발이라 했지?"

"누가?"

"네년이 그랬잖아!"

"누구한테?"

"나! 나한테 욕했잖아, 으아!"

은하는 말똥말똥 눈을 굴리며 머리도 굴렸다. 거친 버릇은 쉽게 고쳐지는 게 아닌가 보다. 단체 생활 하려면 이미지 관리가 중요할 텐데 말이다. 어느덧 주변의 시선이 쏠리고 있었고, 준호가 일어나 불안하게 은하 곁에 바짝 붙어 있었다. 허약해 보이는 주제에 남자라고, 여차하면 은하의 방패가 될 기세였다. 여하튼 이곳에 더 붙어 있으려면 아무래도 시치미 작전을 써야 할 것 같았다.

"무슨 말씀인지 모르겠네요."

"씨발이라고 했잖아! 안 그래!"

그의 과장된 우격다짐에 '에이 씨' 발언 자체도 인정하기 싫어진 은하는 돌연 궁지에 몰린 숙녀 모양새를 했고, 조 주임은 입에 거품을 물었다.

"인정해, 씨발이라 욕했잖아, 헉!"

그는 더 말을 잇지 못했다. 언제 왔는지 점장이 그의 뒷덜미를 낚아채 바닥으로 패대기쳐 버렸다.

"못돼 처먹은 놈 같으니! 지금 누구한테 쌍소리야!"

또 언제 왔는지 찬석도 일어서는 조 주임의 머리를 때렸다.

"이제 보니 형편없는 놈이네!"

"뭐가요! 아녜요! 내가 아니라 저년이 나한테 욕했다고요!"

"말이 되는 소릴 지껄여라!"

점장이 으름장을 놓았다. 조 주임은 이내 우는 얼굴을 하고 준호를 보았다.

"야, 준호 너도 들었지!"

준호는 단박에 고개를 가로저었다. 거기에 힘입어 은하는 수난 받은 숙녀의 모양새를 유지했다. 준호에 이어서 또 한 명의 증인이 나섰다. 나이는 더 어리지만 직급은 조 주임보다 높은 사람이다.

"조 주임님이 잘못했어요. 다짜고짜 시비던걸요. 박 팀장님 팀을 싸잡아 욕하다뇨. 그건 아니죠."

현준의 말에 찬석이 발끈하며 조 주임을 노려보았다. 조 주임은 말이 막히는지 가슴을 주먹으로 탕탕 치기만 했다. 점장이 좌중을 훑다가 김 과장을 찾아내고는 허리를 살짝 숙여 무언가 양해를 구했다. 마치 조리실 대장인 김 과장 대신 나선 일을 허락받는 것 같았다. 이내 조 주임에게 삿대질을 했다.

"당장 장은하에게 사과하고 반성문 써!"

"제, 제가요?"

"본사 징계 받을래? 가만, 이건 언어폭력에 해당되니 중징계감 아닌가?"

"아니라고요! 진짜 미쳐 버리겠네."

그는 정말로 미쳐 버릴 것 같은 모양새여서 은하는 살짝 걱정이 되었다. 길길이 날뛰던 조 주임은 찬찬히 주변을 둘러보았다. 우호적이지 못한 무수한 눈동자에 기가 팍 죽은 듯 결국엔 은하에게 고개를 숙였다.

"장 조리사, 미, 미안……하네요."

"괜찮습니다. 오해하게 한 저도 잘못이죠, 뭐."

묘하게 수습되는 상황에 은하는 조 주임에게 조금은 미안한 마음을 담아 말했다. 점장이 이루 말할 수 없다는 연민을 드러내며 은하를 위로한다.

"아이구, 우리 멋지고 귀한 장 조리사. 사과까지 금방 받아 주고 마음까지 천사야. 그저 잠깐 미친개가 짖었다고 생각해, 응."

마치 친딸의 수모에 분노하는 것처럼 조 주임을 단박에 패대기치던 모습이 떠올랐다. 점장이 이토록 박력 있고, 또 자상한 남자였던가. 역시 사람은 겪어 봐야 진가를 아나 보다.

모두들 제자리로 돌아갈 즈음 찬석이 준호를 툭 쳤다.

"너도 복귀해."

가슴을 부여잡은 채 조 주임이 짜증을 내며 끼어들었다.

"박 팀장님, 감자는 C팀 월요일 메뉴잖아요. 전처리 안 해도 됩니까?"

"안 해도 돼."

"네?"

현준의 고자질로 기분이 언짢은 듯 찬석은 매몰차게 돌아섰다.

곧 C팀 세팅 코너로 팀원들이 모였다. 은영이 설명했다.

"월요일에 팀장님이 일이 있어 쉬십니다. 그래서 메뉴 바꿨어요. 닭강정 대신에 치킨가스로 나갑니다."

치킨가스는 본사 냉동 제품을 튀겨서 미리 만들어 놓은 소스를 사용하니 가장 간편한 메뉴 중 하나다. 월요일 아침에 샐러드만 준비하면 되고, 그나마 양배추는 절단기를 사용하기에 20분 정도면 준비를 마칠 수 있다. 하지만 은하는 달갑지 않았다. 찬석이 못 나와도 은하에게 맡겨 주면 닭강정을 잘 해낼 수 있을 것 같았다.

"꼭 치킨가스여야 합니까?"

나름 소스 맛을 추가할 수 있는 돈가스가 차라리 나을지 싶어 은하가 나섰다. 은영이 손을 내저었다.

"세 코너가 하루씩 교대로 튀긴 음식을 만들어요. 그리고 다른 팀에 돼지고기 음식이 있으니 우린 닭으로 가야 해요."

같은 이유로 원래 찬석이 쉬기로 했던 목요일과 메뉴를 교체하기도 어렵다. 판매 꼴찌를 다툰 끝에 메뉴 우선 선택권으로 유리한 일주일 메뉴를 선점해 놓고도 첫날부터 활용 못 하는 게 은하는 적이 못마땅했다.

"닭강정, 저한테 맡겨 주시면 한번 해 볼 텐데요."

찬석에게 아쉬움을 드러냈다. 그가 자상하게 설명한다.

"여기 닭강정은 1위 먹기 쉬운 음식이니만큼 보통 100킬로는 튀겨야 해."

"저도 50킬로 정돈……."

"그래서 한 사람이 쉬는 날엔 어느 팀에서도 메뉴에 안 넣지. 다음에 기회를 줄게."

"다음…… 으흐흐! 저 기억력 좋습니다. 기다리겠습니다."

다음을 약속받은 은하는 이내 아쉬움을 털어 냈다.

토요일 저녁 손님은 적었다.

"영업을 일찍 마치는 방침도 무시 못 해요."

은영이 나름의 이유를 내놓았다. 과연 여느 가게와 달리 별맘은 일요일은 무조건 쉬고, 토요일은 7시면 문을 닫는다.

"처음엔 토요일도 장사를 안 했대요. 근데 입소문 듣고 찾아오는 사람들 때문에 열었대요."

돈을 버는 게 목적은 아니라고 들었다. 사실 지나치게 많은 조리실 인력 덕분에 1위 팀을 빼곤 죄다 적자다. 그나마 1위 팀의 이익금은 부수적인 인건비를 제외하고 팀이 성과금으로 가져간다. 은영이 계속 설명했다.

"따지고 보면 도시락 공장 홍보나 실험 용도죠. 삼각김밥하고 햄버거까지 합치면 편의점에서만 하루 백만 개가 팔리는데 여기

적자야 껌값 아니겠어요?"

공장 연구실 직원은 태반이 별맘 출신이며 도시락 공장 영양사도 결원이 생기면 별맘에서 차출한다고 했다.

"근데 한 가지 영 이해가 안 되는 게 있어요. 굳이 이런 비싼 땅에 도시락 가게만 덜렁 운영한다는 게 이상하지 않아요?"

듣고 보니 이상했다. 주변은 모두 고층으로 재개발했는데도 회사는 별맘 건물을 마치 문화재처럼 고수하는 중이다. 생각을 더듬던 은영이 스스로 답을 찾아내 본다.

"어쩌면 회장님이 도시락 공장을 시작한 곳이라 애착이 가서 그럴지 모르겠네요."

"여기 회장님도 계세요?"

"후후, 식품치곤 대기업이니 당근 회장님이 계시죠. 지금은 은퇴하셨다니, 젊은 사장님이 곧 회장님이 될지도 모르겠네요."

"사장님이 여기도 오시나요?"

"호호, 냠냠식품 사장씩이나 되는 분께서 여길 신경 쓰겠어요? 도시락 공장보다 훨씬 큰 회사를 운영하는 분인데."

멋진 여걸이라는 시훈의 말에 자못 궁금해하고 있었던 은하는 적이 실망했다.

지영은 대각선으로 떨어지는 뜨거운 햇살을 감당하며 벌써 10여 분째 석상처럼 서 있었다. 그녀의 시선 끝에는 별맘도시락 간판이 자리했다.

"저녁 햇볕이라도 제법 따갑습니다."

김 비서의 조심스러운 참견에도 그녀는 미동이 없었다.

"저, 사장님."

지영은 비로소 찬찬히 고개를 돌렸다.

"간판 청소를 해야겠어요."

"두 달 전에도……."

김 비서는 채 말을 잇지 못했다. 그녀의 부리부리한 눈매와 꽉 다문 입술을 대하고는 단박에 사죄하듯 말투를 바꿨다.

"당장 조치하겠습니다."

"쓸데없는 말일랑 안 퍼지게 조심하시고."

"네, 사장님. 그보다 회장님께서 기다리십니다."

"이 근처라고 했죠?"

"네. 5분 거립니다."

번잡한 좁은 길에 세워 둔 승용차 도어를 김 비서가 서둘러 열었다. 지영은 다시금 별맘도시락 간판을 올려다보았다. 붉은 햇살이 갑자기 눈시울을 데웠다. 지영은 스스로가 못마땅해 어금니에 힘을 주고 도리질을 한 뒤 여느 때처럼 차갑게 내뱉었다.

"갑시다."

은하는 월요일에 쓸 샐러드 소스를 만들었다. 찬석이 묵묵히 재료를 챙겨 주며 거들었다.

"팀장님 것도 맛있어요."

진심이었다.

"은하 조리사 것은 개성이 강해. 그래서 양보한 거야."

그는 약간은 숫기가 부족하여 소심한 구석이 있었지만 음식에 관해선 늘 정직해 보였다. 그래서 은하는 칭찬으로 받아들이고 어깨를 으쓱했다.

"냉동 치킨가스 가지고 꼴찌 먹음 창피한 게 아니니 마음고생은 하지 마."

싫다. 지레 승부욕을 내려놓는 이런 태도는.

은영과 준영은 끝내 안 팔린 도시락 용기를 비워 내고 있었다. 무심코 퇴식구 쪽을 바라보았더니, 손님이 놓고 간 그릇을 골똘히 관찰하며 비워 내는 김 과장이 눈길을 끈다. 은하는 소스를 마무리한 뒤 김 과장에게 다가갔다.

"과장님, 안녕하십니까!"

은하는 쾌하게 허리를 접었다. 김 과장은 설뚱하니 바라보았다.

"오늘 C팀 음식 중 뭘 가장 많이 남겼는지 궁금해서요."

김 과장의 눈동자에 이채가 스쳤다. 흥미롭다는 양 한참을 바라본 후에야 입을 연다.

"빨간 계란찜은 다들 비웠더라."

희미하게 웃을 뿐 더는 말하지 않고 세척기 쪽으로 가 버렸다. 머리를 긁적이며 돌아서는 은하를, 언제 퇴식구 쪽으로 다가왔는지 현준이 불쑥 가로막았다.

"음료수 한잔해요."

그가 자판기 음료를 내밀었다.

"마감 준비해야 하는데요."

"마시고 가요."

손에 쥐여 주고 재빨리 김 과장에게 하나 건네고 돌아왔다. 현준은 퇴식구 용기를 치워 주는 시늉을 하며 넉살을 풀어놓았다.

"오늘 일찍 끝나니 술 빚진 거 같아요."

은하가 찌푸리며 바라보자. 현준이 퇴식구에선 멀찍이 떨어진 각 코너를 힐끔 살피고는 능글맞게 웃었다.

"아까 또 한 잔 더 빚졌고요."

"아까……."

은하는 문득 생각난 게 있어서 천진하게 입술을 오므렸다.

"처음부터 들었어요?"

"은하 씨가 '에이 씨'라고 화내는 것만 빼고."

"캑!"

마시던 음료를 뿜었다.

"쿨룩! 차, 착각이겠죠."

"나도 그렇게 생각해요. 예쁜 은하 씨하곤 영 안 어울렸으니."

"근데 왜 협박입니까?"

"협박이라뇨. 선남선녀가 술자리 한번 갖자는 건데요."

"이 몸은 갈 길이 멀어서 퇴근하면 지체 못 합니다."

"천안 가서 마셔요."

"미쳤…… 버리셨단 말 들으려고 웬 천안까지."

"미인과 동행이라면 부산이 대숩니까?"

"됐어요. 비키십쇼."

은하는 팔랑팔랑 손을 휘저었다. 그는 권투 선수처럼 몸을 좌우로 흔들며 은하의 퇴로를 차단했다. 하마터면 본능적으로 주먹이 나갈 뻔해서 은하는 쓴웃음을 지었다.

그때였다.

"현준 씨! 거시서 지금 뭐 하는 거예요!"

갸름한 얼굴의 여자가 퇴식구에 얼굴을 들이대고 씩씩거렸다.

"어? 선희 씨. 아직 안 갔어요?"

"바쁘답시고 밥 다 먹을 때까지 나와 보지도 않더만!"

"바빴는데. 지금도 퇴식구 정리 중이고."

"흥! 이상한 수작 하느라 바쁘셨겠지."

곱게 자란 티가 역력한 선희는 은하를 제법 매섭게 노려보았다. 은하는 어깨를 으쓱해 보이곤 성큼성큼 그 자리를 벗어났다.

"잠깐, 은하 씨!"

은하는 피식 웃으며 돌아보지 않았다. 숨은 듯 주방 안쪽에 홀로 서 있는 조 주임은 아직도 가슴을 탕탕 두드리고 있었다.

"삼촌 많이 먹어."

모처럼 거나하게 한 상 차린 은하는 철수를 흐뭇하게 바라보았다.

"맛있게 먹겠다만 돈 너무 많이 쓴 거 아니냐?"

"으흐흐! 실은 점장님이 재고 잔뜩 안겨 주셨어."

마트에서 산 걸로 해야 더 맛있게 먹을 듯해서 입을 다물었는데 역시 철수에게는 거짓말을 못 하겠다.

"일요일엔 장사 안 해서 주말에 한 주 재료를 비우거든."

"재고여도 다 싱싱하다. 질도 좋은 것 같고."

무딘 철수도 알아차릴 만큼 신선한 재료인 것은 확실했다. 공장은 어떨지 몰라도 별맘의 식재료 신선도는 나나도시락을 능가했다. 기업 이미지와 연관되기 때문에 각별히 신경 쓴다고 했다.

아침 겸 점심을 오붓하게 누린 후 철수와 볼링장에 갈 채비를 마쳤는데, 철수가 전화를 받더니 은하를 앉혔다.

"유 사장님이 잠깐 들르시겠대. 요 앞이래."

"운전하다 사고 쳤어?"

"야, 사고는! 운전 하면 김철수다."

5분 남짓 지났을 때 유 사장이 도착했다. 은하는 미숫가루를 한 대접 타서 대접했다.

"은하 네가 일요일엔 쉰다 해서 와 봤다."

운을 뗀 유 사장이 봉투 하나를 꺼냈다.

"가게 일은 철수한테 들었다. 좀 일찍 알았다면 조금이라도 도왔을 건데."

"별말씀을요. 저희 삼촌 도와주신 것만 해도 감사하죠."

"철수 같은 일꾼 요즘 없다. 내가 도움받고 있는 거지."

유 사장의 말에 철수가 널찍한 어깨를 활짝 폈다.

"암튼 내 맘이 너무 안 편해 좀 넣었다. 서울까지 다니려면 옷도 더 있어야 할 텐데, 이걸로 사 입어라."

유 사장은 억지로 봉투를 쥐여 준다. 간곡한 눈빛을 확인한 은하는 선선히 그 마음을 받아들였다.

"항상 신세만 집니다."

"신세는. 휴우! 지금은 이동 급식 전성기라서 선점한 우리 회사가 기업 모양까지 갖췄지만, 것도 네 아빠 아니었음 어림없는 일이지. 나한테 넘겨준 거래처도 모두 알짜배기였어."

공장 식당 업주들이 어려움을 겪을 때 아빠가 처음으로 이동 급식을 시작했다. 어느 정도 거래처가 모이자 더 욕심을 내지 않고 유 사장 등 이웃 식당에게 소개해 주었고, 이동식 한식 뷔페 시스템의 노하우까지 아낌없이 전수했다. 훗날 아빠는 목표였던 나나도시락을 차리기 직전에 기존 거래처를 유 사장에게 양도했고, 유 사장은 현재 공단의 50여 업체를 상대하는 기업형 이동 급식 대표다.

은하는 유 사장이 늘 고맙다. 그가 있었기에 은하는 세상 전체를 불신하지 않아도 되었다.

"지금에야 생각났는데요, 장례식에서 감사했단 말씀도 못 드렸네요."

"떼끼. 사람이라면 은인 마지막 길 배웅이야 당연하지."

"그것도 고맙지만, 새벽에 여러 사람들 보내 주셨잖습니까."

은하는 말하지 않았어도 다 알고 있다는 투로 밝혔다. 그런데 유 사장은 고개를 갸우뚱거린다.

"새벽에 여러 사람들이라니?"

"화환도 보내 주시고, 부의금도 잔뜩 내고들 가서서 나중에 놀랐어요."

"은하야, 난 따로 누굴 보낸 적 없다."

유 사장이 진지했기에 은하도 갸웃했다.

"다녀간 사람 중 기억나는 이름 있냐?"

"한국산업이란 데도 있었어요."

"한국산업이라면 평택에 큰 공장이 있긴 한데, 나하곤 인연이 없다."

"검색해 보니 식품 관련 회사라 사장님하고 아는 데인 줄 알았는데."

"제이푸드나 냠냠식품 같은 대기업 식품 회사에 각종 용기를 납품하지."

"냠냠식품에도요?"

"아마 주거래처일 거다."

유 사장은 은하가 냠냠식품과 인연이 닿아 있는 줄은 모른다. 때문에 천연스럽게 설명했다. 하지만 은하는 굳어 버렸다. 어느덧 머릿속은 노부부의 모습으로 가득 찼다.

재계 거물의 생일잔치치곤 조촐했다. 사람을 부르지 말라는 오 회장의 단호한 지시 탓이다. 전날엔 지영과 함께 세 식구가 오붓이 따로 저녁을 먹었다고 했다. 시훈은 가족과 함께 자택을 방문해 점심을 함께 먹었다.

잔치 때마다 오 회장은 드문드문 쓸쓸한 표정을 감추지 못했다. 유난히 피붙이가 적은 집안 내력을 확인하는 일에 더해 하나뿐인 딸이 독신을 고수하는 현실을 곱씹어야 했기 때문이리라.

"너희들은 뭐가 부족하다고 짝이 아직 없는 게냐."

차를 마시던 최 여사가 딸에 관한 아쉬움을 시훈과 선희에게 대신 풀어놓았다. 아침에 훌쩍 집을 나섰다는 지영이 자리에 없었기에 가능한 말이었다.

"나이도 적잖은 것들이, 쯔쯧."

"올케언니가 중매 좀 넣어 봐요."

오 여사가 새치름하게 나섰다.

"야들이 내 말은 안 들어도 올케언니 말은 새겨듣잖수. 애, 시훈아!"

시훈은 빈 찻잔을 내려놓고 일어났다. 현관문을 나서던 오 회장이 시훈과 눈을 맞췄기 때문이다.

"봐요! 중매 이야기만 나와도 쌩 도망가잖아요."

오 여사의 목소리를 뒤로하고 시훈은 재빨리 구두를 신었다.

야외 텃밭을 떠올리게 하는 널찍한 정원으론 디귿 자로 길이 나 있었다. 그리고 정원 끝자락으론 테라스 앞의 파라솔과는 별개로 아담한 통나무 정자가 세워져 있었다. 오 회장이 앉자, 뒤따르던 시훈도 곁으로 앉았다.

"어제 장은하를 만났다."

시훈도 알고 있는 일이다.

"이야길 좀 나눠 봤더니 요리사 싹수가 제법이더라."

"성격은 좀 그래도 요리에 대한 깊이는 만만치 않은 것 같았습니다."

"허허, 성격이라…… 글쎄다. 내가 보기엔 어린 나이에 알토란 같이 벌써 속이 꽉 찼던데."

시훈은 적이 놀랐다. 오 회장은 오래 겪어 보지 않은 사람은 어지간해서는 칭찬을 드러내지 않는다. 그런데 한 번 만나 보고 단언하고 있었다.

"음식을 대하는 자세에다가 동료를 대하는 자세도 제법이었어."

이 정도면 최고의 찬사다. 시훈은 선뜻 소화가 안 되었다. 아무리 사람 보는 안목이 뛰어난 오 회장일지라도 그랬다. 은하를 겪은 시간은 자신이 훨씬 많았다. 그런데도 시훈은 못 보았던 점을 오 회장은 보았단다. 묘하게도 자존심까지 상했다. 다른 이라면 몰라도 상대가 장은하였기에. 물론 시훈도 처음에는 몰랐던 은하의 또 다른 모습에 놀라움과 호감을 품는 중이다. 하지만 이렇듯 남에게 단언할 정도는 아니었다.

"내가 그 아이 아빠한테 마음의 빚이 있다고 했잖냐?"

오 회장이 스스로 진실을 꺼내는 듯싶어 시훈은 잠자코 귀를 기울였다.

"한 살 더 먹어서 그런지 조급증이 생긴다. 네 생각을 들어 보자."

"말씀하세요."

"장은하가 별맘의 주인이 될 자격이 있냐?"

시훈은 깜짝 놀라 오 회장을 빤히 바라보았다. 오 회장은 뭉게구름이 떠 있는 푸른 하늘에 시선을 붙이고 있었다. 시훈은 차갑게 머리를 굴린 후 대답했다.

"지금은 아닙니다."

"분점을 최대한 당기면?"

"장은하가 별맘 메뉴를 빨리 소화하고, 저희가 서두른다면 서너 달이면 가능합니다."

"진행해라."

"하지만 일전에도 말씀드렸듯이, 장은하가 원하는 건 별맘 분점이 아니고 2년간의 본점 근무입니다."

"그 아이한테 나나도시락 간판을 주면 되잖냐."

"그럼 별맘 분점이 아니잖습니까."

"분점이 아니다?"

여전히 하늘에 시선을 두며 오 회장은 잠깐 갈등하는 모습을 보이더니 단호하게 말을 이었다.

"상관없다. 일단 은밀히 진행해라. 단, 장은하에겐 알리지 마라."

당연히 알리는 게 낫지 않을까. '나나' 간판에 집착했던 은하다. 목표가 생기면 의욕이 넘쳐 더 열심히 일을 익히며 점장을 미리 준비할 터였다. 냉철하게 머리를 굴리던 시훈은 한순간 설마, 하며 오 회장을 바라보았다.

"혹시 처음부터 장은하를 별맘 기둥으로까지 생각하시며⋯⋯."

말하는 도중 너무 허황된 추측 같아서 채 잇지 못했다. 하지만 그 허황된 추측이 오 회장에겐 오래된 안배였나 보다.

"재목이 된다면 별맘 기둥으로 키울 생각이었지. 하지만 아무래도 처음 계획대로 천안 분점을 맡기는 게 나을 것 같다."

시훈은 문득 혼돈스러웠다. 처음엔 분점을 미끼로 섭외하라고 했다. 그래 놓고는 별맘의 기둥으로 키울 생각이었다 하며 다시금 분점을 들먹인다. 눈앞의 오 회장이 다른 사람 같다. 시훈이 알고 있던 그는 이렇듯 명쾌하지 못한 계획으로 갈팡질팡하는 인물은 절대 아니었다.

"대체 어떤 인연이십니까!"

애써 누르고 있던 궁금증이 신경질적으로 튀어나와 버렸다. 오 회장의 표정이 참혹하게 일그러졌다. 한순간 폭삭 늙어 버린 것 같다. 그리고 보니 최근에 부쩍 수척해졌다. 은퇴한 이유가 건강과는 상관없다고 했는데 거짓말이었나?

이내 오 회장은 식품 철인의 위엄을 되찾은 모습으로 시훈을 바라보았다. 지영과 은하를 묶어서 추측하는 속내를 오 회장이 훤히 들여다보는 것 같은 느낌에 시훈은 머쓱하게 웃었다.

"전 직원이기에 앞서 조카잖아요."

"녀석, 부하 직원처럼 딱딱하게 군 게 누군데."

헛웃음이 퍽이나 쓸쓸해 보인다.

"시훈아, 오래전 누군가와 힘든 일을 공유했다고 치자. 한쪽은 호사를 누리며 살았는데, 나중에 알아보니 상대는 모진 세파에 시

달리다가 요절했어. 그러면 남은 사람 마음은 어떻겠냐. 늦게라도 빚을 갚고 싶은데 상대가 세상을 등졌다면 그 피붙이에게라도 갚고 싶은 게 우리들 마음 아니겠냐. 우리 편하고 싶은 마음 말이다. 휴우! 사업 불리는 재미에 너무 바삐 살았어. 그러다 잊고 살아 버렸어."

"장은하에게 직접 밝힐 수는 없습니까?"

장례식장도 참석한 게 떠올라 시훈이 물었다.

"그 아이한테 거짓말을 하긴 싫었다. 진실을 밝히면 그 아이가 아직은 감당 못 할 테고."

"그 진실을 제겐 말씀해 주실 순 없나요?"

"때를 봐서 말해 주마."

"한 가지만 우선 알고 싶습니다."

싹둑 잘라 대답했는데도 이례적으로 더 물고 늘어지는 시훈을 오 회장이 마뜩잖게 바라보았다. 하지만 시훈은 참을 수 없었다. 여덟 살. 어린 나이였지만 대학생인 지영이 학교를 안 가고 병원을 들락거리며 집 안에서 웅크려 보냈던 나날을 기억하고 있었다. 그리고 만날 때마다 스타일을 망가뜨리고 마는데도 다시 보고 싶은 이상한 여자도 기억의 창고를 차곡차곡 채워 가는 중이었다.

"장은하가…… 누나…… 딸은 아니죠?"

"허!"

오 회장은 다시금 하늘을 치어다보았다. 단박에 회한에 젖은 얼굴을 한다.

"어째서 그런 생각을 다 했냐?"

목소리에 힘이 없다.

"제가 아닌 다른 사람이라도 그렇게 생각할 여지가 충분합니다."

"지영이가…… 한때 딸같이 아끼긴 했어도…… 제 핏줄은 아니다."

시훈은 참았던 숨을 몰아쉬었다. 사뭇 떨림을 담고 있는 오 회장의 목소리가 이어졌다.

"지영이 그 녀석…… 어린 장은하를 어렵게 지워 내고 꿋꿋하게 일어났다. 해서 은하와 재회하더라도 서로가 준비를 더 한 뒤였으면 좋겠다."

사업 때문에 바빠서 잊었다는 건 핑계고, 지영을 흔드는 게 두려워 애써 연락을 하지 않았다고 여겨지는 말이다.

"누나가 장은하를 마지막으로 본 게 언제쯤이죠?"

"은하가 두 살 때다. 지금은 마주쳐도 못 알아볼 거다. 지영이가 별맘을 직접 들르지도 않을 것 같고."

"별맘도 회사 울타리 안입니다. 얼굴은 몰라도 이름을 기억한다면……."

"쉽진 않을 거다. 지영이는 은하라는 이름을 모르고 있을 테니."

"네?"

"참으로 독한 놈이야…… 이름까지 지워 버리다니."

하늘을 향해 뇌까리는 오 회장의 목소리가 설핏 젖어 있어 갸웃하며 바라보았다. 그런 나약한 목소린 처음이었다. 과연 식품 철인은 가뭇없이 사라지고 힘없는 노인만이 시훈 곁에 앉아 있었다.

돌아가는 길에 시훈은 묵묵히 운전대만 잡았다. 뒷자리의 오 여사와 선희가 힐끔힐끔 쳐다보며 소곤거릴 때도 오롯이 은하의 지난 삶만을 추론했다.

집으로 돌아오자마자 샤워실로 들어가 지끈거리는 머리를 차가운 물에 오래도록 식혔다. 거실로 나오자 오 여사가 시훈의 방에서 막 나오다가 움찔했다.

"어엉, 빠, 빨래 안 내놓은 거 있나 해서."

별것 아닌 일로 오 여사가 변명했다. 그때만 해도 시훈에겐 별것 아닌 일이었다.

3

월요일 오전의 조리실은 분주했다. 신선도가 중요한 식재료는 주말에 전처리를 하지 않고 당일 아침에 하기 때문이다.

오늘 C팀은 다섯 칸 도시락을 사용했다. 작은 구멍에 채울 김치와 피클은 은영이 일찌거니 세팅을 시작했고, 샐러드와 튀김은 배식대 앞으로 보내기 직전에 담을 터였다.

치킨가스 소스를 준비하던 은하는 조리실 안쪽 작업대를 바라보고 이마를 찡그렸다. 양배추를 절단하러 간 준호가 조 주임 앞에서 난감한 자세로 서 있었다. 은하는 즉시 다가갔다.

"야채 절단기가 고장이랍니다."

준호의 말에 은하는 조 주임을 정면으로 쳐다보았다. 그가 움찔하며 손을 내저었다.

"진짜 고장 났어요. 모터가 갔는지 돌다가 만다니까."

은하가 작동해 보니 과연 비실비실 돌다가 멈춰 버린다.

"내가 얼른 썰게요."

준호가 냉큼 살균 케이스 안 도마와 칼을 꺼내 왔다. 아직은 여유가 있었기에 은하는 준호의 뜻을 따랐다. 돌아오면서 휙 뒤돌아보았더니, 조 주임이 비릿한 웃음을 흘리다가 움찔 놀란다. 예전 같으면 으름장 시늉을 한 번 던져 줬겠지만 한동안은 조용한 숙녀로 이미지 관리를 해야 할 몸이라 내버려 두었다.

본사에서 공수한 소스를 데우는데 자꾸만 몸이 근질거렸다. 무난한 소스인데도 불구하고 나나도시락에서 사용했던 은하 나름의 맛으로 응용하고 싶다는 유혹을 견디기 어려웠다.

'에라 모르겠다. 어차피 꼴찌. 모험이나 해 보자.'

고맙게도 영양사는 예정에 없던 식재료를 선뜻 승인해 주었다.

"도전 정신에 바람 넣는 게 이곳 영양사의 중요한 덕목이죠. 근데 시간이 될까?"

가스레인지 작업대는 분주했다. 중화 화덕만 비었기에 은하는 그곳에 팬을 올리고 토마토 페이스트와 홀의 캔을 땄다. 소스의 필수인 스톡은 따로 끓이지 않아도 되었다. 본사의 완제품 소스 속에 향신료와 밀가루를 버터에 볶은 루가 포함되었으니 그것과 섞을 터였다. 물리지 않은 단맛과 고명 효과를 보려면 양파가 있어야 할 것 같았다.

"영양사님, 양파 5킬로 씁니다."

후다닥 도마 작업대로 달려가 준호 옆에서 도마를 놓고 양파를 다다다 썰었다. 추가로 만든 일이라 시간을 아껴야 했기에 반 갈라 두 쪽을 나란히 놓고 한 번에 가는 채로 썰었다. 한 바구니 다 썰고 고개를 드니, 준호와 조 주임이 입을 벌린 채 보고 있었다.

중화 화덕은 처음이지만 프라이팬을 오래 다룬 덕에 그런대로 해 나갔다. 양파와 마늘을 볶아 숨이 죽자, 토마토 페이스트를 넣고 함께 볶았다. 토마토 홀의 국물과 피클 국물로 농도를 조절한 후 기존의 본사 소스와 섞었다. 익숙하지 못한 화덕이었지만 상대적으로 센 화력 덕분에 금방 완성되었다. 이제 한 시간 정도 놓아두면 숙성되면서 맛이 우러날 터였다. 원래 다섯 시간 정도 경과해야 제대로 맛이 들지만 시간이 없었다.

마치고 코너로 돌아오자 은영이 샐러드를 담을 칸을 가리켰다. 은하는 땀을 훔치며 준호를 바라보았다. 준호의 칼질은 그리 느리진 않았지만 아직 1/3 정도밖에 썰지 못했다. 양배추는 얼음물에 오래 헹군 후 물기를 빼야 아삭거린다. 빨리 썰어 놓아야 여유를 가지고 헹굴 수 있는 반면 튀김은 최대한 늦게 완성하는 게 좋았기에 은하는 준호를 돕기로 했다.

"내가 좀 느리죠?"

은하가 유난히 커다란 칼을 꺼내 오자, 준호가 미안한 표정을 지었다.

"아녜요. 칼을 쓰고 싶어 근질거려서 왔어요."

준호에게 건넨 말인데 이상하게도 같은 작업대에서 당근을 썰던 조 주임이 흠칫 놀란다.

"그 칼……."

조 주임이 무슨 말인가 하려다가 입을 다문다.

"임자 있어요?"

각 팀장이 사용하는 칼에는 표기가 되어 있었고, 나머지는 아무나 써도 되었다.

"쓰시려면 쓰시고."

대답이 참 남자답지 않다. 준호는 양배추를 4등분 한 뒤 가는 채로 썰고 있었다. 은하는 2등분만 한 뒤 묵직한 칼을 들어 올렸다. 왼 손가락을 다친 뒤부터 아빠는 칼등에 손가락을 대고 써는 일반적인 칼질 대신에 희한한 법을 가르쳐 주었다. 왼손은 절단 대상을 고정만 하는 데 사용하며 순전히 오른손만 이용해 칼질하는 방식이다. 물론 초기에는 어린아이 장난 같은 칼질이었고 나나도 시락에서야 비로소 익숙해졌다.

다다다!

은하는 양배추의 둥근 모양에 맞춰 둥글게 칼질을 해 나갔다. 사선으로 내리치다가 수직, 그리고 다시 사선으로 내리치면 모양이 일정하게 썰린다. 묵직하고 빠른 칼질에도 불구하고 양배추는 원래 모양을 거의 유지하며 잘려 나갔다. 끝까지 썬 뒤 칼등으로 밑을 받쳐 바구니로 휙 던지니 양배추는 절단된 면을 드러내며 넓게 퍼졌다. 지체 없이 다음 칼질로 이어 갔다. 얼마나 그렇게 칼질에 몰두했을까. 오랜만에 팔목 근육이 당겨 오는 싫지 않는 통증을 즐기며 탁, 칼을 놓았다. 건너편의 조 주임이 넋 나간 얼굴로 쳐다보고 있었다.

"신!"

준호가 엄지를 세웠다.

"선밴 칼질의 신이네요!"

"으흐흐! 내 칼질이 좀 요란하죠?"

"멋져요. 선배와 한 팀이어서 좋아요."

준호가 새삼 손을 내밀었다. 은하는 그 손을 덥석 잡으며 자연스럽게 말을 놓았다.

"나도 정직한 후배와 한 팀이어서 좋다!"

그때 조 주임이 가출한 넋을 찾았는지 음흉하게 웃으며 은하 뒤편을 가리켰다.

"그 칼, 과장님 아니면 쓰면 안 되는 건데."

은하가 휙 돌아보자, 언제 왔는지 김 과장이 우뚝 서 있었다. 뿐만 아니라 조리실의 여러 사람들이 이쪽을 주시하고 있었다. 아마도 요란한 도맛소리 때문이었나 보다.

"내 칼이 맞긴 한데……."

도마 위의 칼과 바구니의 양배추를 콕 찍고 은하의 얼굴을 바라본 김 과장이 담담하게 선언했다.

"자격이 있는 사람이라면 써도 상관없다."

이내 그는 돌아섰다. 달리 타박하진 않았다. 그렇다면 자격이 있단 말? 은하는 배시시 웃음을 흘렸다. 이상하게도 이전부터 다른 누구보다도 김 과장에게 인정받고 싶었다.

여하튼 3년 동안 홀로 주방을 휘저었던 이력 탓에 딱히 다른 사람의 능력과 직접 비교해 볼 기회를 갖지 못했다. 하지만 적어도 칼질에 있어서는 꿀릴 필요가 없지 싶다.

양배추를 물에 헹구는 한편 양상추와 적채를 섞는 일은 준호에게 맡기고 코너로 돌아왔다.

"은하 씨 멋졌어요."

은영이 치켜세웠다.

"언니도 봤어요?"

"오토바이 소리가 나길래. 참! 어제도 멋졌어요."

말하면서 조 주임을 흘긋 보았다.

"사실 나도 밥맛인 인간이거든."

"무슨 소릴 하는지 모르겠네요."

은하가 시치미를 떼자 은영이 속닥거렸다.

"준호하고 나 꽤나 친하거든요. 그렇다고 입이 싼 남잔 아니지만."

"뭐라고 들었는데요?"

"우리 팀 능멸하는 거 박력 있게 따졌다며? 멋졌어."

"언니도 참. 숙녀힌테 칭찬할 게 따로 있지."

"언니……."

"언니 맞잖아요?"

"응. 그렇긴 하지."

"언니랑 한 팀인 게 좋아."

"나도 은하랑 한 팀인 게 좋아 죽겠어, 큭!"

"근데 요리사는 음식으로 인정받아야 하는데, 오늘 꼴찌 하면 쪽……파 되겠어."

"소스 색깔부터 범상치 않던데, 까짓 오늘 좀 퍼 주더라도 샘플부터 근사하게 내 보자고."

원가 따지는 게 가장 중요한 임무인 은영으로선 파격 선언이었다.

"언니, 데코 하나 추가해도 돼?"

"오케이!"

우선 동그란 순살 치킨가스를 하나만 튀겨서 토핑을 해 보았다.

"좀 더 바싹 튀겨야 할 것 같은데?"

"바싹해요. 온도를 좀 줄이고 시간을 더 줘서 색이 연해. 이렇게 튀기면 식어도 부드럽거든. 소스를 끼었고 렌지에 돌리면 더 부들부들하고."

"어머머! 이러다 도시락 공장 치킨가스 교체되는 거 아냐?"

"꼴찌 탈출이 중요하지."

"아냐. 보너스도 중요해."

"보너스?"

"은하는 몰랐구나. 공장 신제품 정식 등록되면 개발자한테 보너스를 줘."

은영이 손바닥을 활짝 펴 보였다.

"자그마치 오백."

"오백 원이 아니라……."

"현찰 오백만!"

"언니, 우리 1등도 먹고 보너스도 챙기자!"

"으, 으응. 뭐, 꿈꿀 권리마저 차 버릴 필욘 없겠지."

하지만 은하는 꿈이라고 여기지 않았다. 오백만 원이란 액수가 새로운 투지에 불을 붙였다.

치킨가스를 용기에 담은 뒤 식어도 일관된 농도를 유지하는 새로운 소스로 반을 덮었다. 그 위로 머스터드 소스와 은하가 만든 핫타이 소스를 튜브에 넣어 그물 모양으로 흘렸다. 마지막으로 파슬리 가루를 솔솔 뿌렸다.

"오, 예! 비주얼 끝내주고!"

은영이 하이파이브를 청했다. 본색이 나온 건지, 오늘만 그런지 몰라도 그녀는 한껏 들떠 있었다.

"샐러드에 삶은 계란 반 조각만 넣으면 더 폼 날 것 같은데."

은하의 욕심에 은영이 이번에는 손사래를 쳤다.

"그럼 원가 초과야."

"초과해도 된다면서?"

"히히, 사실은 말이야. 내가 원가를 여유 있게 잡았다가 타이트하게 양보했던 거야."

미친 줄 알았는데 이제 보니 여우였다. 그나마 실토한 게 기특해 은하는 웃으며 넘겼다.

"은하야, 섭섭하게 생각 마. 박 팀장님이 항상 추가를 요구하길래 전략을 세웠던 거야."

하긴. 날마다 실랑이를 벌이는 것보단 인심을 쓰는 척하는 게 나을 것 같다. 만약 은하가 사장이라면 은영을 수석 영양사로 임명하는 데 주저하지 않을 것 같았다.

🛵

칠리칠리 치킨가스.

단지 이름 앞에 '순살' 대신 '칠리칠리'를 넣었다고 잘나가진 않을 터였다. 우선 샘플로 내놓은 도시락이 화려하고 먹음직했다. 실제로 괜찮은 맛인가 보다. 그렇지 않다면 지금처럼 식사를 끝낸 여러 손님들이 추가로 테이크아웃을 주문하진 않을 테니까.

여하튼 꼴지를 예약한 것 같았던 C팀 도시락이 1위를 위협하는 2위로 선전하는 중이었다. 민철은 분주히 홀을 지휘하는 한편 은하를 계속 살폈다. 본사의 이 과장은 실력 때문에 그녀를 한 실장이 정중히 모셔 왔다고 믿고 있었다. 아침엔 한 실장의 전화를 따로 받았다.

'장은하가 가능하면 전체 일을 빨리 익히도록 조용히 협조 부탁합니다.'

평택 공장과 가까운 대학가로 분점을 낼 거란 이야기가 본사에서 떠돌았다. 아무래도 한 실장 개인적인 친분으로 장은하에게 분점을 맡길 계획을 품은 것 같았다.

"그렇다면 둘이 보통 사이가 아니란 이야긴데…… 에휴, 위험하니 그만 알자."

어깨를 으쓱하곤 인력 재배치를 지휘했다. 그때 조촐한 여름 의상으로도 얼마든지 화려할 수 있다고 보여 주는 여자가 들어섰다. 챙이 널찍한 모자에 큼직한 선글라스가 얼굴의 태반을 가렸으며 팔에는 명품 핸드백을 달고 있었다.

"오랜만이야."

"뉘신지요."

"어머나, 벌써 치매 온 거야?"

나이에 통 안 어울리는 애교가 실린 말씨를 통해 곧 누군지 알아차렸다.

"고, 고문님!"

"쉿. 요란한 건 질색이야. 당장 2층으로 올라와."

오 여사는 냠냠식품 고문이란 직함을 가지고 있는 대주주였지만, 오빠인 회장이나 아들 시훈은 그녀가 회사 일에 전혀 개입하지 못하도록 압력을 넣는다고 했다. 그도 그럴 것이 오 여사는 상황에 따라 처신하는 융통성이라곤 눈곱만큼도 없었다. 1년 만에 나타난 지금만 해도 그랬다. 한창 바쁜 점심시간에 일방적으로 올라오란다.

조리실에 추가 오더를 넣어야 할 분량을 대충 기입해 놓고 2층으로 올라갔다. 빈자리가 거의 없는 탓에 오 여사는 6인용 테이블을 차지하고 있었다.

"점심을 드시겠습니까?"

"다이어트 중이야. 앉아."

오 여사는 선글라스를 벗지 않은 채 주변을 둘러본 뒤 끔찍한 말을 나긋나긋한 소리로 내 흘렸다.

"자네, 솔직하게 대답하지 않으면 모가지 날아갈지 몰라."

"제가 뭔 잘못이라도……."

"요새 주방에서 쌍욕이 터져 나오고 개판이라 하네."

"그럴 리가요."

"우리 딸이 다 들었어. 토요일에."

민철은 움찔하며 목을 만져 보았다. 철부지 어른이면서도 가장 상대하기 난해한 두 사람이 존재한다는 이야기가 회사에서 전설처럼 떠돌고 있었다. 바로 눈앞의 오 여사와 그녀의 딸을 두고 한 말이다. 그런데 이름만 들었을 뿐 얼굴을 모르는 딸이 다녀갔다고 한다. 하필이면 그날에.

"여기 은하란 이름을 가진 직원이 있지?"

"그, 그렇습니다만."

"시훈이가 데려온 여자가 맞나?"

민철은 식은땀이 났다. 본능이 신중에 신중을 기하라고 경고를 보낸다.

"이것 봐. 본사에 내 귀를 심어 두었어. 시훈일 만나러 온 여자가 있음 재까닥 보고하라고 했더니, 장은하란 이름이 나왔어. 근데 내 딸이 여기서도 그 이름을 들었다지 뭐야."

푼수기가 다분하다는 소문은 와전된 것 같다. 오 여사는 올가미를 씌운 채 몰아붙이는 중이다.

"비슷하긴 합니다만."

"대답이 애매하잖아. 좀 시원하게 못 해?"

"맞습니다. 한 실장님께서 추천한 인재라고 들었습니다. 인재요."

민철은 '인재'를 강조했지만 오 여사의 관심을 끌진 못했다.

"둘이 어떤 관계야?"

"제가 그걸 어찌……."

"내가 자네 목 하나 못 날릴 줄 알아?"

"정말 전 모르니 차라리 한 실장님께 직접……."

"음, 본사 박 전무님에게 전화해야 하나? 여기 개판이라고?"

오 여사가 휴대폰을 꺼냈다.

"고문님, 정말 전 모릅니다."

"흥! 좋아 다른 걸 물을게. 장은하는 어떤 여자지?"

민철은 이력서에 담긴 나이며 가족 관계, 도시락 가게 운영 경험 등을 솔직하게 밝혔다.

"근데 진짜 유능하긴 합니다. 그래서 한 실장님께서……."

"자신해?"

"네?"

"진짜로 시훈이하고 그렇고 그런 사이라면 책임질 테야?"

민철은 자신 있게 대답할 수 없었다.

"거봐. 대답 못 하잖아. 근데 여자가 좀 헤퍼 보이진 않아?"

"무슨 뜻이신지……."

"다른 직원들한테도 꼬리를 친다는 말이 있어서 말이야."

"제가 알기론 아닌데요."

"그래? 더 할 말은 없고?"

당연히 더 말을 섞고 싶지 않았다.

"뭐 해?"

"네?"

"더 할 말 없음 가서 장은하를 불러와."

"고, 고문님!"

"자네가 모른다니 직접 물어봐야 하지 않겠어?"

민철은 문득 냉방 장치에 문제가 있는 것 같다고 생각했다. 빵빵하게 틀어 놓았는데도 땀이 주르르 흐르니 말이다.

은하는 순식간에 줄어드는 배식대의 도시락을 힐끔거리며 부랴부랴 세팅을 했다. 오목한 용기 안에 담는 까닭에 손님에겐 따로 나이프가 제공되지 않는다. 때문에 도마에 놓고 절단 후 용기에 담아야 했다. 타다닥 토막 내 칼등으로 받쳐 휙휙 던지면 내용물은 정확이 용기 안으로 떨어졌다. 나나도시락 시절에 운동에 대한 갈증을 그런 오락으로 풀어낸 습관 덕분에 일종의 묘기를 부릴 수 있었다.

"연속 골인을 기록 중입니다."

은영이 소스를 끼얹고 토핑을 추가한 뒤 층층이 쌓았다. 준호는 부지런히 튀김을 공수해 왔다. 다들 땀으로 흠뻑 젖었지만 얼굴엔 웃음이 떠나지 않았다.

"후반전만 따지면 우리 팀이 우승. 이건 다음 주 대박감이다."

은영은 흥에 겨워 입을 다물지 못했다.

"가만, 샐러드가 부족할 것 같다."

"언니, 점심 치르고 썰면 안 돼?"

"후반에 강한 도시락이라 부족하겠어."

"금방 썰어 올게."

막 안쪽 주방으로 가려는데, 점장이 뛰어와 불렀다.

"장 조리사, 손님이 급히 찾으셔."

"지금 바쁜데요."

"높은 분이셔."

"높은 분이라면 더 이해해 주겠죠? 기다리라 하세요."

그대로 돌아서서 한달음에 저장실로 들어가 양배추를 챙겼다. 아침처럼 재빨리 칼질했다. 아까도 느꼈지만 칼이 손에 착 달라붙었다. 이쪽을 보지도 않는 김 과장을 향해 공연히 꾸벅 인사를 건넸다. 샐러드 준비를 마치고 코너로 돌아오자 은영이 난감한 상황을 퍽이나 신나게 외쳐 댔다.

"은하야, 소스도 간당간당해!"

그때 점장이 또 다가와 애원했다.

"이젠 제발 좀 가 볼래?"

"저, 소스 끓여야 해요. 실례합니다!"

또 주방 안쪽으로 달려가는 은하를 바라보던 민철은 미쳐 버릴 것 같았다. 다시금 2층 계단을 밟고 올라가 오 여사에게 조아렸다.

"오늘 장은하 팀이 대박이라 그러니 조금만 더 기다려 주십시오."

"내가 기다린단 말 안 한 거 아냐?"

"비슷하게 했습니다만."

"끊어 버려."

"네?"

"몰라? 메뉴 끊으면 되잖아."

그녀는 역시 자신이 우주의 중심이라고 여기는 부류다. 물론 여기서 끊으면 본사 징계감이다. 오 여사의 존재는 변명으로 써먹지도 못한다. 공사를 구분 못 하고 휘둘렸다고 도리어 질타만 받을 터였다.

어쨌거나 민철은 2층과 조리실을 일곱 번 왕복한 끝에 오 여사

165

의 지시를 이행할 수 있었다.

2층을 향하던 은하가 자라목을 하며 어깨를 유연하게 회전시켰다. 그녀의 어깨에서 우두둑, 소리가 났다. 이어서 손깍지를 누를 땐 보다 선명한 우두둑, 소리가 들렸다. 목 또한 우두둑, 비틀어 본 뒤 이맛살을 찡그리며 계단을 밟았다.

결전을 앞둔 전사처럼 사라지는 은하를 지켜보면서 민철은 잠시 품었던 동정심을 비워 냈다. 2층에서 기다리고 있는 상대는 막강하고 난해하다. 그런데도 본능은 연민의 대상을 수정하는 중이다.

오 여사는 조리복을 입고 올라와 두리번거리는 여자를 발견하곤 어깨를 이리저리 비틀어 몸을 풀었다. 직접 장은하를 데려오지 않은 점장이 괘씸했지만 자그마치 40분이나 기다리게 만들었던 은하의 괘씸죄에 비하면 새 발의 피였다. 회사 총수였던 오라버니도 그녀를 이렇게 오래 기다리게 한 적은 없었다.

"혹시 저를 찾으셨어요?"

오 여사는 선글라스를 살짝 내려 탐색에 들어갔다. 목소리는 탁해서 별로였지만 외모는 꾸미지 않아서 그렇지 꽤나 반반한 얼굴이고 눈동자는 맑았다. 오 여사는 턱짓으로 건너편을 가리켰다.

"앉아 봐."

"근데 누구시죠?"

우선 앉아야 정상인데도 그녀는 생뚱맞은 질문을 건넸다.

"점장이 말 안 했나?"

"높으신 분이라고만 하셔서요."

"높은 사람이 올려다볼 순 없으니 일단 앉지."

"제가 좀 바쁜데 꼭 지금이어야 합니까?"

씩씩하고 공손하면서도 은근히 사람 비위를 건드렸다. 목소리가 뾰족해지고 만다.

"나도 바쁜 몸이야. 앉아."

그런데도 앉지 않고 이마를 찡그린다.

"아, 제발 좀 앉으라고!"

교양 없이 목소리를 높이고 말았다.

"그럼 잠깐만 앉을게요."

은하가 인심을 쓰는 것 같아 상대적으로 자신은 갑자기 뭘 팔러 온 사람처럼 여겨진 오 여사는 퍼뜩 자세를 바꾸고 위엄을 드러냈다.

"난 냠냠식품 고문이면서 대주주야."

설마 고문이며 대주주가 뭔지 모르는 걸까? 놀라야 할 은하는 눈을 말똥말똥 굴리기만 했다.

"한시훈 실장의 엄마기도 하지."

"아! 그러세요?"

고개를 까딱까딱 흔드는 태도가 영 마음에 안 든다. 벌떡 일어나 예의를 다시 갖춰야 정상일 텐데 말이다. 어쩌면 바짝 긴장해 제정신이 아니겠지. 그래서 바쁘단 핑계로 모면할 궁리나 하고 말이다. 이걸 어떻게 요리하지? 궁리하는 도중 은하가 먼저 입을 열었다.

"저기요, 죄송하지만 용건만 간단히 말씀해 주심 감사하겠습니다."

"그것참. 집안 예법에 문제가 있나? 어른이 할 말이 있다는데 자꾸."

"저희 집안 예법이 '지금 해야 할 일을 잊지 말자' 거든요."

"그건 가훈 아닌가?"

"으흐흐. 아무튼지요."

사내처럼 웃는 모습이며 말하는 걸 보니 교양하곤 거리가 있는 것 같았다.

"알았어. 간단히 말하지. 우리 시훈이하고 사귀냐?"

"아닙니다."

예상을 뒤집고 단박에 부정해 버린다. 남의 말만 듣고 확신하기엔 부족할 것 같아 시훈의 통화 목록까지 훔쳐보았다. 분명히 '은하'라는 이름이 몇 차례 남아 있었다.

"사귀지 않는 사이가 사적으로 전화도 주고받나?"

"전 한 실장님한테 전화 한 통 건 적 없는데요."

"거짓말!"

"진짠데."

"정말?"

되묻는 말에 은하는 대답 대신 감히 찡그리며 고개만 짜증스레 까닥인다. 벌써 기싸움에서 밀리는 것 같아 오 여사는 연타 작전을 썼다.

"시훈이 통화 기록을 봤어. 내 딸이 통화하는 걸 듣기도 했어. 본사에도 직접 찾아갔었지? 귀빈 대접 받았지? 여기서도 특별 대우 받지?"

진실의 연타를 맞고 하얗게 질려야 할 은하의 얼굴에 짜증만이 드리워진다.

"미치겠네."

물론 은하의 혼잣말이었다. 하지만 오 여사를 흥분시키기엔 충분했다.

"가, 감히 누구 앞에서 지금……."

"대체 무슨 말씀을 하고 싶은 겁니까?"

하고 싶은 말이야 드라마 한 회를 채울 만큼 많았다. 하지만 시훈과 사귄다고 인정하면서 고개를 푹 숙여 줘야 대본을 읊을 수 있었다.

"미치겠네."

얼결에 은하와 똑같은 말을 내뱉었다. 교양 없는 어린것과 동류의 말을 꺼낸 걸 깨달은 오 여사는 퍼뜩 덧붙였다.

"인정 못 한다는 거야?"

"뭘요."

"아까 말했잖아."

은하가 갸웃하며 이맛살만 찌푸리기에 오 여사는 입 아프게 재방송을 해야 했다.

"통화 기록에다가 내 딸의 증언에다가 회사에서 귀빈 대접 받은 거 말이야."

"뭔 말인지 하나도 모르겠습니다."

"흥! 잡아떼기도 상대를 봐 가면서 해야지, 응!"

"네, 억지도 상대를 봐 가면서 해야겠죠."

"어머머! 당돌해라."

"전 끔찍합니다."

"끄, 끄, 끔찍?"

언어가 아닌 살아 있는 곤충과 접촉이라도 한 양 오 여사는 파르르 몸을 떨었다.

"뭐가…… 뭐가 끔찍한데?"

"실장님하고 엮으려 하셨잖습니까."

"엉? 난 엮으려 한 게 아니라……."

"암튼 대단한 착오를 하신 것 같습니다? 그리고 전 한시훈 실장님같이 나이 많고 싱겁고 이상한 남잔 취향이 아니거든요."

"뭐? 나이 많고 싱겁고 이상한…… 너, 너!"

"그러고 보니 한시훈 실장님 첫 모습은 어머니를 많이 닮은 것 같네요."

살짝 웃으며 제법 부드럽게 흘린 말이었지만 오 여사는 어쩐지 모욕을 받는다는 기분이 들었다.

"건방진 것. 행여 시훈이한테 얼쩡거리기만 해 봐라!"

"걱정 마십쇼. 그런 남잔 보따리로 줘도 싫습니다!"

은하는 벌떡 일어나 휙 돌아서 버렸다.

"보따리로 줘도? 야아! 너, 너어!"

이성을 완전히 놓아 버린 오 여사의 찢어질 듯한 비명이 2층 홀을 가득 채웠다. 많은 손님들이 귀를 막을 정도로.

민철은 1층까지 타고 내려온 오 여사의 비명을 듣는 순간 자신의 탁월한 본능이 틀리지 않았음을 예감했다. 목 운동을 하며 찡그리고 먼저 내려오는 은하를 발견하고는 예감을 확신으로 굳혔다.

하지만 끝이 아니었다. 2라운드가 기다리고 있었다.

배웅하려고 기다려도 내려오지 않는 오 여사가 궁금해 민철은 2층으로 올라갔다. 손님들이 힐끔거리는 모습을 아는지 모르는지 오 여사는 꼿꼿이 자리를 지키고 있었다. 지척으로 다가갔더니 벌름거리는 콧구멍에서 새어 나온 거친 숨소리가 민철의 귀에까지 날아들었다.

"다시 불러와."

대뜸 민철에게 지시했다.

"네?"

"장은하 말이야. 본사 고문을 잔뜩 기다리게 해 놓고 건방지게 지 맘대로 가 버리다니. 사적으론 착오가 있다고 쳐도 이대로 나가선 내 위신이 안 서."

"고문님, 장은하 씨는 진짜 바쁩니다. 늦게 주문이 몰린 데다 직원이 한 명 쉬어서……."

"자네까지 날 물로 보는 거야?"

"제가 어찌."

"이건 회사 기강 문제야. 공적인 용무니 빨랑 오라 해."

어쩔 수 없이 복종하고 돌아서는 민철의 등으로 오 여사가 소리쳤다.

"또 마냥 기다리게 하지 말고!"

은하는 연신 땀을 훔치며 도시락을 채웠다. 은영 말마따나 후반전에 분발 중이다. 막 튀김 바구니를 가져온 준호에게 참견했다.

"튀김 색이 너무 진해. 온도 줄여야겠다."

"똑같이 178돈데."

"열 개씩 넣을 땐 온도가 확 떨어지지만 지금은 다섯 개씩만 넣으니 170도로 맞춰. 게다가 치킨가스 내놓은 게 조금 해동돼서 온도가 훨씬 덜 떨어질 거야."

"네, 선배."

황당한 일로 불려 간 탓에 배식이 늦어져 일부 손님을 A팀에 빼앗겼다. 생각하면 속만 상하니 지금부터라도 신속하게 공급해 주면 1등을 욕심내도 될 터였다. 당연히 오늘은 아무도 '시집살이'

171

로 불려 가지 않는 중이다. 대신에 다시금 귀찮게 부르는 사람이
있었다.

"장 조리사, 진짜 미안. 한 번만 더 가 봐라."

점장이 와서 우는소리를 했다.

"이번엔 공적인 일이래. 회사 일."

"아, 진짜! 점장님, 지금 상황 안 보여요?"

"좀 봐주라. 은혜는 잊지 않을게."

"암튼 지금은 안 돼요."

은하는 더 상대하지 않고 타다다 칼을 놀렸다. 오백만 원과 1등
의 고지가 꿈만은 아니어서 그런지 이례적으로 은영마저 점장에게
반기를 든다.

"결원 팀에 지원은 못 해 줄망정 훼방이네요. 엄청 부당해요!"

인력 재배치가 민철의 주요 임무이긴 했다. 잠깐 잊고 있었다.

"미안! 당장 지원군 보내 줄게."

하지만 퇴식구로 인원이 분산된 탓에 어디를 둘러봐도 남는 일
손은 없었다. 그때 2층 홀에서 근무하는 여직원이 달려왔다.

"점장님, 그 여사님이 빨리 오랍니다."

"젠장, 알았어. 조금만 기다리…… 아니, 금방 간다고 해."

여직원을 보낸 후 다시금 주방을 속속 훑었다. 딱 한 명의 손이
남긴 했는데 조 주임을 보내기엔 껄끄러워 결국 조리사 출신인 민
철이 팔을 걷어붙였다.

"내가 도울게. 딱 5분만 시간 내 줘."

은하는 대꾸하지 않았다. 은영이 은하 귀에 대고 무언가 속삭였
다.

"5분 시간 내 주면 한 시간 도와줄 겁니까?"

은하의 당돌한 제의였다. 하지만 들숨 날숨 없는 처지인 민철은 기꺼이 응했다.

"콜! 조리복 입고 얼른 올 테니, 장 조리사도 빨리 가 봐."

"높은 사람이면 다인가. 바쁜 사람 오라 가라 하고 막 소리치게."

조리 장갑을 벗어 내는 은하에게 은영이 불퉁거렸다. 바쁜 와중에 2층 상황을 예의 주시했나 보다.

"혹시 A팀 스파이 아냐? 방해 공작."

준호가 은영의 말을 받는다.

"그랬다간 선배한테 뼈도 못 추릴걸요."

"맞아. 까짓것, 눌러 버렷!"

은영이 하이파이브를 청했다.

"우리 호랑이, 파이팅!"

"우리 선배, 파이팅!"

각각 여우 같고 토끼 같은 동지의 살가운 응원은 여차하면 사표를 꺼내 들고 어깃장을 놓을 태세였던 은하의 마음을 보드랍게 다독여 준다.

오 여사는 벽시계를 보며 주먹으로 가슴을 두드리고 있다가 은하를 발견하곤 퍼뜩 거만한 자세를 했다. 좀 가졌다고, 좀 배웠다고 지레 상대를 얕잡아 보고 일방적으로 나오거나 편견을 품는 사람들은 여전히 싫다. 건물 주인이 그랬고, 모범생 급우들도 문제아 친구와 붙어 다니는 은하에게 수군숙덕대며 편견을 품었다. 한 대 쥐어박아 준 후 의외로 문제아 친구가 외롭고 순박하다는 사실을 확인해서 친했을 뿐인데 말이다.

그래서 한시훈이 처음에는 싫었고, 눈앞의 오 여사가 끔찍하게 싫다. 은영과 준호의 동지애를 떠올려 마음을 다독인 뒤 다가갔다.

"올려다볼 순 없으니 앉아."

은하는 길게 말을 섞고 싶지 않아 냉큼 마주 앉았다. 오 여사가 만족한 웃음을 흘린다.

"시훈이 이야긴 그만할게. 내 나름대로 사실 여부를 알아볼 통로가 있으니 말이야. 그건 그렇고 아가씬 조직 생활 안 해 봤나?"

"했죠."

"엉? 내가 알기론 아닌데. 어디서?"

"학교에다가 학원에다 기숙사에다가."

"장난해? 아가씬 바로 그게 문제야. 회사의 높으신 분 앞에선 진지해야 하고 예의를 다해야지! 내가 누구야?"

"고문?"

"맞아. 회사 고문으로서 한마디 하지. 회사를 계속 다니고 싶으면 어른을 공경하고 예의를 다해."

황당하고 불쾌했던 아까와는 달리 그리 기분 나쁘진 않았다. 무엇보다 점장이 처음 그랬던 것처럼 애써 위엄을 보이려는 속내가 새삼 빤히 들여다보여 우습기까지 했다. 시간을 낭비하고 싶지 않아서 꾸벅 고개를 숙였다.

"알겠습니다."

"흥! 대답은 씩씩하게 잘만 하네."

"그럼 전 일어나 보겠습니다."

"어머머! 자, 잠깐!"

은하를 따라 오 여사도 벌떡 일어나 만류했다.

"앉아 봐."

"제가 바쁘거든요."

"앉으라고. 조직 생활에선 윗사람에 대한 예의가 우선이야."

"일을 방해하는 게 아랫사람에 대한 예의는 아니잖아요."

1등과 오백만 원 고지가 어른거려 말씨에 짜증이 섞여 버렸다.

"이 아가씨가 회사 고문을 뭐로 보고."

"고문하는 사람은 아니겠죠."

"뭐?"

"자꾸 저를 붙잡으신 게 저한텐 고문 같아서요."

"잘리고 싶어?"

"네?"

은하는 기가 막혔다. 회사 일에 집중하려는 행위가 해고 사유라면 해외 토픽감이다.

"말로만 듣던 갑질을 제가 겪네요."

"갑질이라니! 갑질은 누가 하는데!"

"저희 팀, 지금 밥도 못 먹고 일하는데 너무하십니다."

"나도 굶었어. 그보다 누가 갑질한다는 거야!"

순간 은하는 주변의 기류가 수상해 둘러보았다. 두 사람 모두 서 있었던 탓일까. 과연 많은 손님들이 이곳을 주시하는 중이다. 언뜻 스치는 수상한 느낌에 옆쪽 테이블을 다시 보았다. 과연 스마트폰 카메라가 이쪽을 겨냥하다가 휙 방향을 틀었다. 오 여사도 봤는지 겁먹은 소리를 흘렸다.

"우릴 찍나?"

"잠깐만요."

은하는 한숨을 토한 후 그쪽으로 다가갔다.

"실례합니다. 혹시 오해하실까 봐 미리 말씀드리는데요, 저흰 지금 사적인 농담 나누는 중입니다. 회사하곤 전혀 상관없는 일이죠."

젊은 남자 손님이 뚱하니 바라보았다. 은하는 스마트폰을 가리켰다.

"으흐흐! 혹시 찍으셨다면 지워 주시라고요."

"셀카 찍는 중인데요."

"그렇담 다행이고요. 감사합니다!"

인사 소리만 오 여사가 들을 수 있는 만큼 우렁차게 했다.

"앉으세요."

돌아온 은하가 상냥하게 권했다.

"그, 그래."

바짝 긴장하며 오 여사가 앉았다. 은하도 마주 앉았다. 마음은 급하지만 일을 키울 생각은 없었다. 물론 저들 말마따나 셀카를 찍고 있는 중일 수도 있다. 하지만 아니라면 골치 아팠다. 더욱이 시훈은 어쨌거나 고마운 사람이니 그의 어머니가 낭패를 당하게 할 순 없었다.

"진짜 우릴 찍은 거야?"

오 여사가 선글라스를 추켜올리며 속삭였다. 그녀는 어느덧 나약한 소녀로 변해 있었다. 은하도 목소리를 낮췄다.

"고문님, 인자하게 웃으십쇼. 아까 갑질 어쩌고 했잖습니까. 요즘 사회적으로 문젠데, 손님이 찍어 페북에 올리기라도 하면 골치 아픕니다."

"맞아. 신문, 방송에도 막 나와 버리지."

"갑질 사모님이 특히 요란했죠. 여차하면 밥 굶기고 일시키고 부당 해고를 일삼는 사모님이 탄생할 것 같아요."

무언가 잠깐 생각하던 오 여사가 곧 파랗게 질린 얼굴을 했다.

"난, 난 아니잖아!"

"쉿."

"응, 쉿. 근데 찌, 찌, 찍었대?"

"제가 조치했으니 걱정 마십쇼. 그보다 의심 안 받으려면 화기 애애한 분위기가 필요합니다."

"화기애애……."

갑자기 오 여사가 목소리를 높였다.

"호호호! 어쩜 예쁜 아가씨가 유식한 말도 잘하시네, 호호호!"

그녀는 선글라스 아래로 흐르는 식은땀을 훔치며 얼굴 가득 웃음을 그렸다.

"으호호! 갑질 어쩌고 하는 제 농담에 맞장구도 쳐 주신 고문님은 참 멋지십니다!"

"우리 회산 복도 많지. 아가씨 같은 인재는 하늘이 점지해 주지 않고선 얻을 수 없다니까, 호호호!"

오 여사의 얼굴로는 과해서 어색하기 짝이 없는 웃음이 떠날 줄을 몰랐다. 아마도 그녀는 오늘 밤 안면 근육 마사지를 받아야 할 것이라고 은하는 생각했다.

날카로운 비명으로 마무리된 1라운드와는 달리 웃음꽃으로 갈무리된 2라운드 때문에 민철의 탁월한 판단력이며 본능은 혼돈에 빠지고 말았다. 양 선수는 퍽이나 화기애애하게 계단을 내려왔고, 후다닥 조리실에 뛰쳐나온 민철 앞에서도 그들은 퍽이나 화기애애하게 인사를 나누고 헤어진다.

"호호호! 유능한 데다 임기응변도 뛰어난 우리 아가씨, 오늘 너무너무 고마웠어."

"으흐흐! 별말씀을 다 하십니다. 그럼, 멀리 안 나가겠습니다."

양 선수가 흩어진 후 여직원 한 명이 다가와 묻는다.

"누가 이긴 거죠?"

민철과 음료 내기를 했던 직원이다. 몰론 민철은 은하에게 배팅했다. 한 방에 KO승을 예상하며.

"둘 다 이겼다고 봐야 하나?"

한두 시간 후 별맘 매장 안으론 은하에 관한 새로운 소식이 떠돌았다. 회사 고문이 은하를 가리켜 '하늘이 점지해 준 인재'라고 선언했다는 게 골자였다.

그날 밤, 오 여사는 아들이 내지른 끔찍한 비명을 들어야 했다.

시훈은 하소연을 받아 주기는커녕 성급하게 은하를 찾아갔다고 몰아붙이며 버럭버럭 성을 냈다. 그나마 청심환을 삼키고 누워 있는 오 여사였기에 짧게 끝났다. 시훈은 '싱겁고 나이 많고 이상해서 보따리로 줘도 안 가져갈 남자'라는 은하의 소감을 곱씹으며 방으로 들어갔다. 갑자기 끔찍한 비명이 터져 나온 건 한참이 지난 뒤였다.

"보따리이이이!"

사장실로 출근한 지영은 이따금 운전도 대신 해 주는 김 비서를 먼저 안으로 들였다.

"간판은 문제없나요?"

"네, 아침 일찍 청소를 마쳤는데 상한 데는 없었답니다."

"지금도 같은 곳에 일을 맡기죠?"

"네, 지시하신 대로 제가 단속도 합니다."

지영은 습관적인 날카로운 시선을 거두고 책상 위의 결재 서류를 훑었다.

"별맘 내부는 잘 돌아가나요?"

3년 전부터 시훈에게 맡기고 간판 외엔 통 언급하지 않던 내부 일을 꺼낸 탓인지 김 비서가 당혹감을 내비쳤다.

"궁금하시면 한 실장님께 여쭤보겠습니다."

"됐어요. 내가 직접 듣죠. 김 과장님 보고만 내게 알려 줘요."

"아! 아침에 김 과장님한테 보고서 올라온 게 있습니다. 한 실장님 집무실로 가져다 놓았습니다만."

"가져오세요."

실망만 하는 게 싫어서 한동안 보고서를 안 보았다. 이번엔 부디 별맘을 맡길 만한 재목이 나타났으면 좋겠다. 별맘을 도시락 공장 실험실처럼 유지하는 게 영 못마땅하니 말이다.

보고서에는 손님이 음식을 가장 많이 남기는 종류와 담당 조리사, 그리고 손님이 가장 깨끗이 비우는 음식과 담당 조리사가 적혀 있었다. 여느 때의 보고서와 비슷한 형식이었다. 별맘 전체를 책임질 재목 가능성 칸엔 죄다 물음표였으니 말이다.

딱히 급한 일이 없는 탓에 지영은 보고서를 더 자세히 읽어 보았다. 손님으로 하여금 가장 깨끗이 음식을 비우게 하는 조리사가 이채로웠다. 비록 메인은 아니었지만 신입이 세 가지나 차지했던 것이다.

"장은하……."

성씨 때문일까. 이상하게도 낯선 이름만 입에 올렸을 뿐인데도 가슴이 따끔거렸다.

딱 하루만 팀장 자리를 비웠을 뿐이다. 그런데 그 하루가 팀 분위기를 확 바꿔 버렸다. 꼴찌를 예약한 것 같았던 메뉴가 아슬아슬하게 1위를 놓친 2위를 했다는 충격적인 소식을 곱씹으며 팀원들을 지켜보다가 깨달았다. 하루 사이에 찬석을 제외한 세 명이 부쩍 호흡이 잘 맞았다. 그 중심은 은하였다. 엄연히 자신이 팀장으로 버티고 있는데도.

'무슨 일이 있었던 거지?'

의혹이 꼬리에 꼬리를 물고 이어졌다. 그리고 퍽이나 쓸쓸했다. 스물아홉 살. 이곳 팀장 중 가장 나이가 많다. 다른 팀은 모두 본사 대리 지위였고, 자신만이 계장 직위를 안고 팀장으로 남아 있다. 비록 본사 면접관이었던 박 전무가 친척이긴 했지만 오로지 실력으로 입사했다는 자부심이 새삼 흔들리고 만다.

"팀장님, 김치 볶아 놓은 게 이상합니까?"

은하가 다가와 물었다. 전날 양념해 볶아 놓은 김치를 앞에 두고 멍하니 서 있는 찬석의 모습이 그녀를 걱정하게 만들었나 보다.

"아, 아냐. 근데 매운 향이 안 날아갔네."

"냉동고에 청양고추 다진 것 재고 있던데 영양사님이 써도 된다해서 좀 넣었습니다. 이상합니까?"

"좋아. 잘했어."

느끼한 치즈를 곁들인 메인이니 얼큰한 향이 살아 있는 게 나을 터였다. 단맛과 느끼한 맛을 감추는 덴 신맛과 매운맛이 유용하니 말이다. 오늘 C팀 메뉴는 김치베이컨 도리아였다. 도시락 특성상 오븐으로 그때그때 모차렐라 치즈를 녹일 순 없으니 배식 직전에 볶음밥과 소스를 담고 슬라이스 치즈를 한 장씩 올린 후 뚜껑을 덮어 치즈를 녹게 한다. 즉 도리아 흉내만 낸 음식이다. 하루편의점에선 전자레인지에 돌려 치즈를 녹이고 밥을 데우지만 이곳은 1회용 도시락이 아니며, 손님에게 레인지를 사용하도록 하지 않기에 방식이 다르다.

"아 참, 은하 조리사."

"네, 팀장님."

"어젠 잘했어. 2위 한 것도 대단한 거야."

쓸쓸한 진심을 자상하게 드러냈다.

"으흐흐! 팀장님이 그리 말씀해 주시니 기분이 좀 풀리네요."

억울하게 1위를 놓쳤다고 볼멘소리를 은영과 나눴던 은하다.

"일단 이번 주 종합 점수에 유리해졌으니 분발하자고."

"넵! 팀장님의 명예를 위해서라도 충성하겠습니다!"

살가운 충성심으로 보면 좋으련만 왜 위로의 말로 와 닿는 것일까. 이래서 주변 사람들에게 소심하단 소리를 듣나 보다.

볶음밥은 거대한 스팀 솥에 삽으로 조리해야 한다. 공장에선 드럼세탁기를 닮은 거대한 통에 밥과 양념을 부어 볶음밥과 비빔밥을 처리하는데, 이곳에선 사람이 볶아야 했다. 천 명분의 국을 한번에 끓일 수 있는 스팀 솥은 모든 면에 똑같이 열이 전달되기에 볶음이 용이하다. 하지만 같은 이유로 부지런히 삽을 놀려 줘야 했다. 그렇다고 식용유를 잔뜩 부을 순 없다. 밥알은 안 달라붙지만 식으면 느끼해지기 때문이다.

한창나이인데도 금방 지친다. 은하가 알아차렸는지 말을 붙여

왔다.

"팀장님, 제가 교대해 드릴까요?"

어림없는 일이다. 튼튼해 보인다 해도 여자 아닌가.

"됐어. 피클이나 마무리해."

오늘 은하는 피클 담당이다. 양배추와 양파, 무를 이용한 수제 피클에 자신이 있다고 해서 맡겼다. 양파는 적색을 원했지만 단가가 안 맞아 은영이 거절했다. 은하는 아쉬운 대로 알비트 두 개를 가지고 기어이 핑크빛 색을 냈다. 막상 결과물을 보면 별거 아닌 듯했지만 찬석은 시도하지 않은 일을 은하는 거침없이 해냈다.

이윽고 점심 손님들이 들이닥쳤다. 메뉴 초기와는 달리 김치베이컨 도리아는 일찌거니 1위 가능성에서 멀어졌다.

"요즘 여자들은 칼로리에 민감해서 그래요."

은영의 말마따나 직장 여성들의 선택이 확연히 적다.

"담엔 토요일에 메뉴 넣을까 봐요."

"그게 낫겠어."

그나마 방학 중인 대학생 손님들 덕분에 2위는 노려볼 만했다.

느슨하게 휴식을 취할 수 있는 오후에 박 전무, 즉 작은아버지의 전화를 받았다. 찬석은 옷을 갈아입고 가게를 나와 낙원동 방향으로 걸었다. 다방 간판을 단 곳으로 들어서니, 악수를 나누며 어떤 중년인을 배웅하는 박 전무가 보였다. 업무 관계로 이 동네에 온 김에 찬석도 불러낸 듯싶다. 박 전무는 3년 전만 해도 차기 사장이 유력했다. 하지만 한시훈이 들어오면서 입지가 불안하던 여자 부사장을 지원하는 바람에 사장 자리는 결국 회장의 딸에게로 돌아갔다.

찬석이 알고 있는 작은아버지는 쉽게 포기할 위인이 아니다. 조용히 숨을 죽이며 때를 벼르고 있을 터였다. 회장 누이와 각별한 관계이면서 개국 공신 동지들의 지원을 받는 몸이니 말이다.

단둘이 마주 앉자 대뜸 묻는다.

"찬석이 너희 팀에 장은하라고 있지?"

은하는 푸석해진 볶음밥을 재빨리 팬에 다시 볶아 와 은영 앞으로 내밀었다.

"정성이다, 정성!"

은영이 받아 용기에 채우면서 혀를 찼다.

"밥통에 넣은 거니 따뜻하면 됐지."

"언니, 기왕이면 고슬고슬한 게 더 좋잖아."

"별 차이도 안 날 텐데, 뭘."

"아냐. 작은 차이가 승패를 좌우하는 게 음식의 세계야."

"어쭈! 누가 한 말인데?"

"우리 아빠."

"어머, 아빠도 요리사셔?"

"내 스승…… 언니, 빨리 내줘. 밥 식어."

은하는 급히 화제를 돌렸다. 피하고 싶은데도 얼결에 '아빠'가 종종 튀어나온다. 입에 올리노라면 창졸간에 와락 눈시울이 붉어지는데도.

한 시간 전에 외출했던 찬석이 이제야 돌아온다. 꾸벅, 인사하는 은하와 마주치자 새삼 깊은 눈길을 유지한 채 오래도록 바라본다. 까닭 모를 한숨을 쉬며 그가 비껴가는 순간 은영의 탄식이 들렸다.

"망했다! 또 우리 팀이네."

은하가 갸웃하며 보자, 은영이 배식대를 가리킨다. 서른 살 전
후의 추리닝 바지의 남자가 막 C팀 도시락을 가져가고 있었다.

"하나 더 팔았는데 왜?"

"엔간해선 말릴 수 없는 진상이거든."

아니나 다를까. 3분 남짓 지났을 때 추리닝이 도시락을 들고 배
식대로 다가왔다. 은영이 한숨을 푸욱 쉬었다.

"보나 마나 클레임."

여기서 클레임은 영양사의 몫이다. 과연 배식 직원이 돌아보았
고, 은영은 마지못해 걸어갔다. 찬석도 겪은 게 있는지 찡그리며
지켜본다. 호기심에 이끌려 은하도 다가갔다.

"또 문제라도 있으세요?"

은영의 억지 친절에 장발에 뿔테 안경을 낀 추리닝이 뻣뻣하게
몸을 폈다.

"제가 사기를 당한 것 같아서 말이죠."

"호호, 사기라뇨."

"일본식 프라이라이슨지 알았더니 아메리칸 음식 같아서 말이
죠."

"이탈리아 음식을 응용한 거랍니다."

"이름부터 도리아. 일본식 이름을 썼는데?"

"손님, 일본에서도 같은 이름으로 팔고 있지만 뿌리는 서양의
그라탱입니다. 프랑스의 오믈렛이 볶음밥이 첨가되어 오므라이스
로 판매되듯이 말입죠."

"그럼에도 불구하고 말이죠……."

추리닝은 갑자기 말이 궁한지 뜸을 들이다가 곧 뻣뻣한 자세로 돌아갔다.

"설명을 붙여 놓지 않아서 말이죠. 이건 상품 설명을 안 해 준 가게 잘못이란 말이 된단 말이죠. 난 식당 파워블로거이기 이전에 정직한 소비자란 말이죠."

"저, 어떻게 해 드리면 되겠습니까?"

은영이 더 상대하기 싫다는 양 말했다.

"난 치즈가 싫고 일본식 프라이라이스를 좋아하니 말이죠. 밥 위를 일본식 분위기와 재료로 고쳐 줘요."

은영이 난감한 얼굴로 고개를 돌려 찬석을 보았다. 어느덧 지척에 와 있는 찬석은 듣고 있었는지 고개를 까닥했다.

"그럼, 손님 잠깐만 기다려 주세요."

추리닝에게 도시락을 회수해 은영이 돌아섰다.

"잠깐만!"

"네?"

"그 밥 누가 볶았죠?"

"저희 팀장님께서……."

"다른 사람이 해 줘요. A코너 도시락은 안 그런데 여긴 영 느끼 해서 말이죠."

찬석이 노려보지만, 추리닝은 도도하게 세운 턱만을 쓰다듬었다.

결국 은하가 레인지 앞으로 가서 밥을 새로 볶았다.

"또라이 같으니."

은영이 곁에서 지켜보며 씩씩거렸다. 은하는 힐끔 저편 배식대를 본 후 물었다.

"언니, 진짜 파워블로거야?"

"몰라. 옆 피시방에서 죽치고 산대. 누가 피시방 주인한테 들었는데, 포털 기사에 종일 댓글만 달고 산대."

"댓글 다는 게 파워블로거와 뭔 상관이지?"

"그러게. 음식이 안 맞으면 돌아서서 다시 안 오면 되지, 기어이 또 찾아와 또 불평질이라니까. 이웃 식당에서 내쫓긴 적이 있는데, 그 후 한동안 전혀 상관없는 정치 기사에 그 식당 비난 댓글이 마구 올라왔대."

"진상이 단 거야?"

"그건 모르지만 식당 주인은 그리 믿는대. 그래서 점장님도 그냥 내버려 두는 중이야."

"똥이군."

"응?"

"무서운 게 아니라 더러워서 피하니."

"호호, 맞다, 똥, 또라이 똥!"

은영은 뭐가 통쾌한지 배를 잡고 웃었다. 볶음밥 위로 치즈 대신 말린 가쓰오부시와 지단을 올려 '일본식 고명' 흉내를 낸 뒤 도시락을 완성했다.

"은하가 가져가라."

은영에게 떠밀려 배식대로 가져갔더니, 홀에 앉아 있던 추리닝이 어슬렁어슬렁 걸어왔다. 그는 은하의 몸매를 쓱 곁눈질했다. 은하가 손가락 관절을 우두둑 누르자 움찔하며 도시락으로 시선을 돌렸다. 내용물을 확인하곤 흡족하게 끄덕였다.

"이제야 일본식 같네. 이 밥 이름이 뭐죠?"

"하이! 손님, 이 밥은 말입죠."

은하는 추리닝의 말투를 살짝 훔쳐 과장된 일본식 억양으로 내뱉었다.

"이라또니 프라이라이스라고 합니다."

"이라또니. 흠! 이름부터 일본 냄새가 확 나는군. 오우, 간장 소스도 뿌렸네."

"소스는 최고급 통똥 제품을 사용했죠."

"좋아요. 근사해요. 아리가토!"

그는 한 손을 들어 경의를 표하고는 도시락을 들고 돌아섰다.

은하도 주방으로 돌아서서 참았던 웃음을 내 흘렸다. 따라왔던 은영이 갸웃하며 은하를 안쪽으로 이끌었다.

"이라또니란 볶음밥이 진짜 있어?"

"아니."

"방금……."

"언니가 한 말 전해 준 거야."

"엉?"

"거꾸로 읽어 봐."

"니…… 또라이? 크큭! 가만, 통똥 소스란 것도……."

"뭐긴 통똥 물이지."

"호호호! 으, 은하야!"

은영이 배꼽을 잡고는 은하의 등을 후려쳤다.

"언니가 먼저 또라이라며?"

"얘, 그래도 손님한테……."

"손님은 개뿔. 똥이지. 거기다 우리 팀장님까지 모욕했잖아. 이에는 이로 갚아야 하지 않겠어?"

은하는 찬석을 향해 고개를 돌렸다. 은하를 바라보는 그의 표정이 퍽이나 복잡해 보인다.

찬석은 은하의 오지랖 때문에 이내 혼돈에 빠지고 만다. 머릿속에서 박 전무의 당부가 여전히 맴돌고 있었으니 더욱 그랬다.

'사이드 메뉴만 가지고 벌써 장은하는 본사의 주목을 받고 있더라. 판단 잘해라. 한 실장 명의의 지분은 아직 없다. 오 여사님 지분하고 내 걸 합치면 내 힘도 만만치 않다. 그러니 네 장래를 위해서라도 오 여사님이 원하는 대로 행동해야 할 게다.'

대체 장은하는 어떤 이유로 오 여사의 미움을 사게 되었을까. 어제 언쟁을 벌이다가 나중엔 사이좋게 내려와 헤어졌다 했고, 오 여사는 극찬까지 했다고 들었다. 그런데 박 전무의 말을 들어 보면 또 아닌 것 같다. 찬석이 가타부타 대답을 안 하자 박 전무는 욕망을 굳이 감추지 않으며 의외의 비밀까지 털어놓았다.

'공석인 회장 자린 조만간 오지영 사장에게 가겠지만 껍데기만 가져야 할 거야. 한 실장은 나이 어린 낙하산이라 당연히 내부의 반대 때문에 사장은 무리고. 결국 나밖에 없는데, 내가 사장이 되면 가진 권력은 회장 이상이 될 거다.'

'사장님은 여자지만 매스컴에선 능력을 인정하는 것 같던데요.'

'그 매스컴이 바로 족쇄지. 이건 너 혼자만 알고 있어라. 오래된 일이지만 사람을 죽였어. 과실 치사로 판결을 얻어 내긴 했어도 살인은 살인이지. 당시야 회사 로비로 기사를 막았지만 지금 세상엔 어림없어.'

그리고 박 전무는 장기적으로 대업을 이루기 위해선 믿을 만한 사람을 미리 곁에 두고 키워 주고 싶으며, 유력 후보는 당연히 조카인 찬석이 될 거라고 했다.

'본사 발령을 받더라도 명예롭게 들어와야지, 새파란 계집한테 밀려난 모양새면 중책을 주기도 쉽지 않다. 나약한 소린 치우고 오 여사님이 원하신 거나 잘 기억해.'

오 여사가 원하는 것은 어찌 보면 황당하기 짝이 없다. 바쁘다고 엄살이니 아주 한가하도록 일감을 아예 주지 말란다. 4차원 모녀라는 소문 값을 톡톡히 한다. 그렇다고 어떻게 주임급 경력직에게 사이드 메뉴조차 안 맡긴단 말인가. 은하를 힐끔거리는 찬석의 머릿속은 갈수록 복잡해졌다.

은하는 평소보다 여유롭게 마감을 했는데도 달갑지 않았다. 뜬금없이 찬석이 다음 날 은하 몫인 동그랑땡 준비를 보류하라고 했던 탓이다. 제육볶음과 궁합이 안 맞는다는 설명도 석연찮았다. 은영 또한 같이 메뉴를 짜 놓고 왜 그러냐며 토라졌다. 찬석은 알아서 하겠다며 댕강 말을 자르곤 더는 대꾸해 주지 않아 은하는 꺼림칙한 기분으로 옷을 갈아입었다.

그때 휴대폰에 낯선 번호가 떴다. 받자마자 시훈의 목소리가 들렸다.

— 한시훈입니다. 시간 좀 내 줘요.

"어, 실장님. 기차 시간이……."

— 서울역으로 와요.

은하가 가야 할 곳에서 만나자 하니 알았다고 대답하고 혼자 매장을 빠져나왔다. 마침 켕기는 일이 있었기에 차라리 빨리 해결하고 싶었다.

서울역에 도착해 시훈이 말한 커피숍으로 들어섰다. 그가 먼저 나와 앉아 있었다. 복장은 단정했지만 거뭇거뭇 수염이 방치되어 있었고 고운 피부는 직이 상해 있었다. 바쁜 와중에 애써 시간을 냈다고 말해 주는 것 같아 은하는 제법 진지하게 마주 앉았다. 그가 은하의 위아래를 한 번 훑더니 시큰둥하게 묻는다.

"안 피곤해요?"

"뭘요. 제가 한 튼튼하잖아요."

그가 주머니에서 뭔가 탁 내놓았다.

"45분 후에 출발하는 천안행 기차표입니다. 남는 시간만 내 줘요."

"정기권 있는데."

"이걸로 앉아서 가요."

남는 좌석이 없으면 서서 가야 하는 은하의 정기권 사정을 꿰고 있다는 태도다. 주문한 냉커피를 한 모금 빨아들인 시훈이 몸을 비스듬히 기울여 이마를 손가락으로 받치고는 흥미로운 사물을 대하듯 바라보았다. 은하는 눈알을 말똥말똥 굴리며 새치름하게 그의 시선을 피했다. 그가 바로 앉았다.

"우선 사과할게요."

따지는 게 우선인 줄 알았는데 의외였다.

"어머니가 바쁜 사람 불러냈다면서요?"

"예, 예. 그 덕에 1등하고 오백만 원이 날아가 버렸죠."

그는 잠시 찡그리다가 피식 웃었다.

"아무튼 바쁘게 근무 중인 직원 불러낸 건 잘못입니다. 내가 대신 사과할게요."

"예. 하지만 저도 그리 잘한 거 같지 않으니 피장파장이죠."

"그리고 고마웠어요."

고마워할 일은 없었던 것 같아 은하는 뚱하니 쳐다보았다.

"우리 어머닌 단순하긴 해도 거짓말은 안 하세요. 매스컴에 악명 떨칠 위험에서 은하 씨가 구해 줬다던데."

"으흐흐! 그거야 저도 덩달아 골치 아플 것 같아서요."

"보답으로 오백만 원 내가 보상해 주고 싶은데."

반색하려다가 은하는 움찔했다. 부끄러운 모양새라는 아빠의 잔소리가 들리는 것 같았다.

"사양하겠습니다."

장난스럽게 허리를 숙이며 걸걸한 소리를 냈다. 그가 다시금 피식 웃었다.

"내가 빚졌다고 치죠. 아무튼 미안하고 고마웠어요. 그런데……."

그가 갑자기 주먹을 쥐고 부르르 떨었다.

"보따리라니!"

어째 그 이야기가 안 나온다 했다.

"진짜 그런 말을 했어요?"

"잠깐만요, 실장님. 당시 상황이 그렇게 만든 겁니다!"

"하긴 했군."

"뭐, 어머님께선 거짓말은 안 하신다니."

"나이 많고 싱겁고 이상한 남자는 또 뭐죠?"

이번에는 머리만 긁적이며 선뜻 대답을 못 했다.

"진짜 날 그렇게 본 건가요?"

은하는 입술을 둥글게 비죽 내밀고 딴 데를 보며 눈알만 굴렸다.

"제길, 청산유수인 입을 다문 걸 보니 진짠가 보군. 대체 무슨 근거로 그리 판단한 거죠?"

"뭐, 첨 봤을 때 나이 들었다는 말 한마디에 집착하길래 싱겁다 생각했죠."

"그건 은하 씨가 늙었다고 해서 바로잡았던 거고."

"상처받았다면 죄송하고요."

"알았어요. 이상한 남잔 또 뭐죠?"

"그냥 보통 사람하고 많이 다르길래요."

"보통 사람보다 인물이 뛰어나고 머리가 우수한 건 나도 인정해요. 그걸 굳이 이상하다고 할 건 없잖아요."

"어? 제 말은……."

"알았어요. 은하 씨도 보통 사람하고 많이 다르니 은하 씨 말대로 피장파장인 걸로 하고. 결론으로 넘어가죠."

무슨 비장한 결론이기에 심호흡까지 하는 걸까.

"보따리로 줘도 안 가져간다는 말, 난 절대 납득할 수 없어요."

자존심이 엄청 상하긴 했나 보다. 하긴. 처음 볼 때부터 자존심 사수에 열심이었다. 그가 잠시 말을 끊고 노골적으로 쳐다본다.

"애인 없죠?"

"저, 저요?"

"없군요."

새삼스러운 당혹감 때문일까. 일방적으로 다 안다는 듯이 나오는 그의 태도가 이상하게도 밉지 않다.

"나랑 사귑시다."

"헉!"

"보따리로 줘도 싫은 사람인지 아닌지 확인해 보려면 일단 사귀어 봐야 할 거 아닙니까."

은하는 입을 벌린 채 말을 잊었다. 착각일까. 그의 까만 눈동자로 어울리지 않는 초조감이 어른거렸다.

"으흐흐! 별 농담을 다……."

"나 지금 진지해요."

휴대폰이 울어 대는데도 받지 않은 채 그는 은하만을 뚫어지게 바라보았다. 은하가 찌푸리며 턱짓하자, 그때야 받는다.

"부장님, 제가 금방 전화드릴게요."

그는 시선을 은하에게 둔 채 일방적으로 내뱉고는 끊었다. 머리를 살짝 디밀어 은하의 표정을 살피더니 채근한다.

"왜 대답이 없죠?"

은하는 으흠, 목청을 가다듬은 뒤 쾌하게 선언했다.

"거절합니다!"

그의 상체가 단박에 은하 앞으로 쏠렸다.

"왜!"

"이유야 이미 밝힌 것 같은데요."

"확인! 진짜 그런지 확인해 보라니까요!"

"자존심 상하신 건 심심한, 아니 짭짤한 위로를 드리고 싶은데요, 그렇다고 실장님 자존심 치료해 줄 만큼 한가하진 않아서요."

은하는 새삼 시훈의 눈치를 살피며 볼멘소리를 했다. 그가 어이가 없다는 표정을 지었다.

"장은하 씨."

"아, 예."

"사람이 진지하게 나오면 같이 진지해 줘야 하는 거 아닌가요?"

"진지했는데요."

은하가 옴츠리며 머리를 긁적였다. 휴대폰 액정을 들여다보며 난감한 표정을 짓던 시훈이 은하를 향해 웃음을 지어 보였다. 썩 자연스럽지 못한 웃음이었다.

"놀라지 마요. 은하 씨도 그렇고 사람들이 들으면 안 믿겠지만, 난 의외로 사귄 여자가 없어요."

전혀 놀라지 않으며 은하는 건성으로 주억거렸다.

"예, 예. 그러시군요."

"흥미도 없는 여잘 만나 공연히 상처만 주긴 싫다는 도덕심 때문이랄까. 근데 은하 씨는 내 흥미를 확 끌었어요."

"으흐흐! 난 흥미 없는데."

여유를 되찾았던 그의 모습이 다시금 구겨진다. 그건 그렇고 왜 아까부터 가슴 한 귀퉁이가 간질간질할까. 그가 물컵을 쥐여 줬던 날도 비슷한 간지러움을 느꼈다. 깨닫는 순간 은하는 머리를 거칠게 흔들었다. 딱히 꿀릴 건 없지만 어쨌거나 그는 동류의 삶은 아니니 너무 가까이 지내고 싶진 않았다. 사서 골치 아플 필요는 없으니 말이다.

"전 그만 가도 되죠?"

은하가 일어나자 시훈은 몸을 일으켰다. 시훈이 계속 따라붙자 은하가 돌아보며 손사래를 쳤다.

"바쁘신 것 같던데 빨리 가 보십쇼."

은하는 시종 답답하게 내려앉았던 저녁 하늘을 힐끔 보았다.

"비도 올 것 같으니 어서요."

시훈은 아랑곳하지 않고 플랫폼까지 동행했다. 자상한 배웅에 당황하며 보일 듯 말 듯 볼을 붉히는 은하의 모습을 시훈은 놓치지 않았다.

"그럼 가 보겠습니다."

그녀가 쾌하게 인사한 뒤 대기 중인 기차에 올라탔다. 하지만 시훈은 객실까지 따라 들어가 창가의 은하 곁으로 앉았다.

"뭐 하시는 겁니까?"

"다 이해할 수 있어요."

"뭘요?"

"갑작스러워 당황했겠죠? 가면서 다시 대답을 들어 줄 테니 차분히 생각해 봐요."

"천안까지 가시게요?"

"어차피 남는 좌석."

"이 시간엔 좌석은 안 남는데…… 표를 두 장이라도……."

"내가 사귀기로 한 여자 옆에 이상한 놈이 타서 수작 부릴까 봐 조치했을 뿐입니다."

"돈이 썩어……."

은하가 말끝을 흐렸다. 조직 생활을 체험한 덕분일까. 처음 볼 때보단 확실히 말을 가리게 된다.

8시를 훌쩍 넘겨 기차가 출발했다. 별맘은 A, B조로 나누어 출퇴근 시간을 조정하는데, 은하가 일찍 퇴근하는 B조였기에 시간을 요구할 수 있었다. 그녀는 출퇴근으로 하루 서너 시간을 빼앗긴다. 하루만이라도 편히 가라고 옆자리까지 표를 끊었다. 물론 시훈이 승차할 예정은 없었다. 외국의 식품업체 오너들을 접대하는 명동의 호텔 파티에 참석하기에도 빠듯했으니 말이다. 지금의 여유도 면도와 머리 손질 시간을 빼내 겨우 마련했다. 과연 김 부장이 또 전화를 걸어 온다. 은하의 눈짓 채근을 받으며 전화를 받았다.

"제가 긴한 일이 생겨서 그러니 김 부장님이 리드해 주셔야겠습니다. 마무리까지 잘 부탁합니다."

단언컨대 여자 때문에 회사 일을 등한시한 적은 없다. 게다가 천연스럽게 튀어나온 '긴한 일'이라니.

어찌 보면 맞다. 업무 시간도 모자라 꿈에까지 따라붙는 어린 여자에 관한 감정에 시치미를 떼는 데도 한계에 봉착했다. 지영의 핏줄은 아니라는 오 회장의 답을 얻고는 그녀에 관한 감정을 가둘 필요가 없다고 반색했다. 그런데 정작 상대는 이쪽을 보따리로 줘도 안 가져 갈 남자라고 여기고 있었다니.

'어쩌다 내가.'

은하를 알고 난 후 종종 뇌까리는 말이다.

덜커덩.

열차 소리에 비하면 아주 작은 흔들림이었다. 하지만 그 작은 흔들림에 은하의 맨살과 살짝 접촉했다. 팔뚝을 타고 전해 오는 화끈한 감촉에 시훈은 화들짝 놀랐다. 아는지 모르는지 태연하게 창밖만 바라보는 그녀가 얄밉기 짝이 없다. 비죽이 배틀려 있는 그녀의 도톰한 입술에 시선이 닿는 순간 느닷없이 호흡이 거칠어졌다. 바로 저 입술과 눈동자에 첫눈에 흔들렸다.

그래서 건물 주인에게 농간당하는 그녀의 모습에 부아가 치밀어 냉큼 손을 낚아챘다. 청순한 숙녀는 그날로 요절했고, 한마디도 그냥 져 주지 않는 선머슴만 남았는데도 자꾸만 궁금하고 만날 구실만 찾는다. 만나면 이렇듯 노상 자존심을 구기면서 말이다.

스스로의 마음을 확인하고도 어떻게 그녀와 시작해야 할지 고민만 했다. 오 여사가 엉뚱한 빌미를 제공하지 않았다면 여전히 시작도 못 하고 주변만 맴돌았을 터였다.

도톰한 입술의 주인이 천천히 고개를 돌린다.

"수원에서 내려 돌아가세요."

"대답을 들으면."

"대답했는데."

"더 생각해 봐요. 원래 남녀 간 문제는 겉으로 드러난 것만 보고 섣불리 판단하는 게 아니거든요."

연애 한 번 안 해 본 주제에 충고를 건넸다. 남들은 쳐다봐 주는 여자가 많아서 여유를 즐긴다고들 했지만 사실은 딱히 마음을 건드리는 상대를 만나지 못한 탓이었다. 특히 집안 여자들을 가장처럼 돌보는 과정에서 여성에 대한 환멸을 겪었다. 최근에는 오 여사나 선희의 변함없이 어린 마음에도 지쳤다. 다른 성격의 여자에 관한 갈증 탓인지 지영 같은 당찬 여자에겐 그나마 호감을 유지하는 중이다.

"연애를 많이 해 본 사람처럼 말하십니다?"

시선을 눈앞의 좌석에 두면서 은하가 말했다.

"사회학적인 안목이죠."

"하긴 지긋한 나이시니."

이렇듯 말을 섞으면 본전도 못 찾으면서 갈구하고 즐긴다. 문득 스스로의 성향에 의문을 품었다. '마조히스트, 변태' 라는 낱말이 머릿속에서 춤을 추다가 사라졌다. 시훈은 헛웃음을 흘렸다.

'어쩌다 내가.'

그는 끝내 수원에서 내리지 않았다. 철수를 빼고는 이런 긴 배웅을 받아 본 적이 없던 은하는 묘한 따뜻함을 누렸다. 하지만 잠깐이었다. 곧 그의 목적을 기억했다. 뜻을 정했으면 단호할 필요가 있다. 왜 이리 느슨하게 대응했는지 모르겠다. 아마도 찬석 때문에 새삼 외로움을 품은 날이어서 그랬나 보다. 마치 가족을 얻은 것 같아 조직 생활이 의외로 좋았는데 갑자기 차갑게 나오는 바람에 막연한 상실감에 젖었었다.

은하는 짐짓 씩씩하게 선언했다.

"보따리 이야긴 제가 사과할 테니 사귀잔 말은 취소하십쇼."

"좀 더……."

"생각했습니다. 그리고 일방적으로만 판단하지 마시고 제 입장도 좀 생각하십쇼."

"내가 일방적이었나? 난 은하 씨 앞에선 언제나 갑이 아닌 을이 되었던 것 같은데?"

듣고 보니 딱히 꼬집어 말할 순 없어도 무언가 미안하다. 적어도 그는 속 좁게 권위를 내세워 상황의 역전을 꾀하진 않았다. 그 점이 은하에게는 퍽이나 신선한 기억으로 남았다.

"뭐…… 아까 전화만 해도 부장님이란 분에게 일방적으로 지시만 하고 끊었잖아요."

"중요한 일을 독차지하게 해 줬으니 선물을 준 꼴이죠."

"그래도 그분 나름대로 일정이 있으실 텐데. 가족도 있고 말입니다."

은하는 빈틈을 보이고 싶지 않아 약간은 억지인 줄 알면서 밀어붙였다. 어느덧 창으론 빗물이 달라붙고 있었다. 잠자코 앉아 있던 그가 불쑥 질문을 던진다.

"은하 씬 어떤 스타일의 남잘 좋아하죠?"

은하의 대답이 없자, 그가 채근한다.

"취향 정돈 말해 줄 수 있잖아요?"

"이대호 같은 스타일요."

"야구 선수 이대호?"

"예."

"어떤 점이?"

"성격도 좋지만 외모가 맘에 들어요."

사실 철수가 좋아하는 선수다. 그가 침묵하기에 슬쩍 고개를 돌렸다. 그는 자신의 상체를 더듬거리며 살피더니 마뜩잖은 표정을 지었다.

"인상은 좋은데 배가 좀 나오지 않았나요?"

"듬직해 보여 좋던걸요."

"크흠. 은하 씨 취미는?"

"운동이요."

"구체적으로 말해 봐요."

"복싱, 유도, 격투기, 검도, 산악자전거, 볼링, 수영, 당구."

철수와 함께 오락처럼 즐기던 것을 일부러 줄줄이 나열했다. 의외로 그는 당황하지 않았다.

"나랑 취미가 비슷하네요."

문득 처음 만났을 때 은하의 제압으로부터 민첩하게 벗어났던 모습이 떠올라 새삼 그의 몸을 훑었다. 과연 근육이 탄탄해 보인다. 순간 그가 가슴에 한껏 힘을 주며 부풀린다. 유치한 그런 행동을 통해 어쩐지 인간적인 면을 보는 것 같아 은하는 생긋 웃으며 그를 보았다.

시훈의 심장이 쿵 흔들렸다. 바로 저 웃음이다. 천안의 찻집에 이어 별맘에서도 혼비백산하게 만들었던. 마주 보는 게 아니라 나란히 붙어 앉은 탓일까. 은하에게 들킬 만큼 호흡이 가빠지며 얼굴이 붉어졌다.

"안색이 안 좋으시네요?"

"보따리 때문에 열받아서 그래요."

까칠하게 대꾸하곤 눈을 감아 버렸다.

눈을 뜨자 언제 왔는지 얼기설기 주름살 골이 깊은 할머니가 시훈 옆으로 서 있었다.

"할머니……."

은하가 부르며 엉덩이를 들었다.

"앉아 있어요."

은하를 제지하고 시훈이 일어났다.

"천안까진 앉으셔도 됩니다."

"괜찮혀."

사양하던 할머니는 시훈의 고집에 결국 앉았다. 은하가 갸웃하며 쳐다보더니 기특하다는 양 고개를 주억거렸다. 저 꼬맹이가. 시훈은 그저 헛웃음만 나왔다.

잠시 후 시훈과 은하를 번갈아 보던 할머니가 배시시 웃었다.

"어쩜 둘 다 인물이 훤하기도 하지. 서로 애껴 주는 맘이 곱기도 하고 말여."

은하가 당황하며 무슨 말인가 하려다가 창으로 고개를 돌렸다. 순간 시훈은 보았다. 은하의 얼굴이 붉어지는 것을. 그까짓 게 뭐라고 시훈의 가슴이 기대감으로 달뜬다.

평택으로 향하는 객차 안에서 그녀는 끄덕끄덕 졸기 시작했다. 선머슴은 간데없고 나이답지 않게 억척스러워 도리어 짠해 보이던 어린 여자는 그렇게 고단한 하루를 드러내는 중이다.

'멍청하긴. 힘들면 요령껏 좀 쉬질 않고.'

오늘 김 과장의 보고서엔 의외로 은하의 이름이 여러 번 등장했다. 나나도시락에서 손님에게 마구 퍼 주며 영업했다는 선입견과는 달리 원가 절감이며 손님들 반응에 빼어난 점수를 얻고 있었다. 두세 달 후면 분점을 맡길 계획이 무리는 아닌 것 같아 점장에게 전화를 넣어 이전에 협조를 부탁했던 건을 재차 당부했다. 물론 오 여사는 언급하지 않았다.

점장은 자리 보존에 관한 일이라면 입이 무거웠지만, 집안 문제로 말을 섞기엔 미덥지 못한 존재다. 가장 믿을 사람인 김 과장이 존재했어도 그가 맡은 일의 특성상 권위를 드러낼 처지는 못 된다. 은하의 일상을 알려 준 점장이 덧붙였다.

'근데 너무 안 쉬고 일만 합니다. 볶음밥도 오후엔 보온 통에 있는 걸 내주면 되는데, 굳이 다시 볶아서 줍니다.'

은하는 미련하게도 종일 서 있었으리라. 조리실의 오달진 모습과 3년 전 장례식장에서 울부짖던 모습이 겹쳐진다. 새삼 고맙다. 극복하고 이렇게 잘 커 줘서.

무심코 그녀의 다리로 시선을 던졌다. 청바지 속 탄탄한 허벅지가 어쩐지 잔뜩 뭉쳐 있을 것 같다. 무릎 위쪽을 토닥토닥 두드려 주고 싶다. 가득한 연민을 담고 바라보는데, 갑자기 은하의 티셔츠가 밑으로 쑥 내려진다. 시선을 올렸더니 은하가 이맛살을 잔뜩 찌푸리며 흘겨본다.

"평택입니다."

더 자도 된다는 뜻으로 시훈이 말했다.

"여기서 내려 전철로 한 정류장만 가면 바로 집이거든요."

좌석을 벗어난 그녀가 문득 생각난 듯 할머니를 돌아보았다.

"천안까진 몽땅 할머니 자리니 꼭 편히 앉아 가세요."

흔히 볼 수 있는 배려와는 좀 달라 보였다. 마치 전우에게 고지 사수를 상기시키는 듯한 비장함이 묻어 있었다. 그 깜찍한 모습에 시훈은 웃음을 참지 못했다. 하여간 끔찍하게도 재미있는 여자다. 실장이기에, 사장이기에, 혹은 회사 고문 앞이기에 썰렁한 농담에도 크게 웃으며 싫은 소리는 밖으로 드러내지 못하는 회사 사람들에게선 절대로 찾아볼 수 없는 '자연산' 모습이다. 혼자 서울로 돌아가야 할 길이 지레 허전하다.

기차 밖에서 본 빗줄기는 굵었다. 은하는 평택역사로 올라섰다. 밖으로 나가는 길이면서 전철로 갈아탈 수 있는 통로였다. 시훈이 따라붙었다.

"안 돌아가세요?"

시훈이 개찰구 앞 LED 안내판을 힐끗 보았다. 은하가 탈 전철은 5분 후 정도면 도착할 터였다.

"협상합시다."

"예?"

"두 달만 만나 봐요."

은하가 이맛살만 찌푸리자, 그가 덧붙였다.

"그래도 보따리가 싫다면 놓아줄게요."

"그래 봤자 결과는……."

"부담되면 밥만 같이 먹어요. 일주일에 한두 번만."

그래도 대답을 안 하자, 그가 전철 개찰구 쪽으로 걸어가 고개만 돌린다.

"시식 동행하는 거예요."

시식 정도라면 부담이 덜하긴 한데, 골치 아프게 엮이는 위험에서 온전히 피하지는 못할 듯싶다. 그가 정말로 전철까지 동행할 태세로 개찰구로 바짝 다가섰다. 은하는 급히 몸을 날려 그를 가로막았다. 그러고는 얼결에 제시했다.

"한 달."

"한 달 반."

"없던 일로 하죠."

"알았어요, 한 달."

그가 자못 선심을 쓰듯 내뱉었다. 그는 문득 생각난 듯 전철의 행선 안내기를 쳐다보았다. 전 역을 출발했다는 LED 글귀가 흐르고 있었다.

"잠깐만 기다려요!"

대답할 틈도 안 주고 뛰어갔던 시훈이 곧 돌아왔다. 손에는 우산이 하나 들려 있었다.

"나라면 모를까. 은하 씬 비 맞으면 스타일이 영 아닐 것 같네요."

기어이 손에 쥐여 준다. 물컵이 그랬던 것처럼 낯선 온기가 우산을 타고 올라와 후드득 가슴을 두드린다.

그날 밤, 은하는 늦도록 방에 들어가지 않고 식탁에 앉아 생각에 잠겼다. 우선은 시훈에게 잘 들어갔냐는 문자를 보내야 하는지 엄청 고민되었다.

'뭐, 평택까지 배웅해 준 성의는 성의니까.'

겨우 '전송'을 터치했다. 그때 철수가 방에서 나왔다.

"안 자냐?"

"으응. 자, 자야지."

후다닥 휴대폰을 감췄다.

"끝났어?"

은하가 물었다. 철수가 즐겨 보는 드라마가 막 끝났을 터였다. 오늘도 슬펐나 보다. 철수의 눈이 퉁퉁 부어 있으니 말이다. 철수는 냉장고에서 생수를 꺼내 입에 들이부었다. 용기에 입을 대지 않고도 잘도 마시는 게 이 집 식구의 특기다.

"염병할! 서러운 고아가 드디어 할머니를 만나 행복하겠다는데 개자식들이 훼방 놓고 개지랄이네."

"삼촌, 드라마는 드라마일 뿐이야. 그리고 우리 언어 순화 좀 하자."

"은하 니가 그런 말 하니 반가우면서도 되게 웃긴다."

"우리 가훈2를 만들자. 오늘 하루도 교양 있게, 어때?"

실수다. 철수가 물을 마시는 중에 웃긴 말을 하다니. 과연 뿜었고, 은하까지 뒤집어썼다. 철수가 황망히 수습한 뒤, 발끈하기는커녕 가족사진을 멍하니 바라보는 은하가 이상했는지 앞으로 앉았다. 은하가 쓸쓸히 입을 열었다.

"삼촌, 우린 더 이상 떠날 가족이 없으니 또 슬플 일은 없겠지?"

"그럼. 좋은 일만 기다리고 있지."

"근데 살다가 누구를 만나서 너무 정이 들면 위험하겠지?"

"야, 야. 걱정도 팔자다. 너같이 똑 부러지게 인간관계 맺는 사람이 어딨냐!"

학교도 동네도 그곳을 떠나면 자연스럽게 관계가 소멸되었다. 막연한 무섬증 때문에 딱히 깊이 사귄 사람이 없었던 탓이다. 그런데 별맘에서 맺은 관계는 어쩐지 떠나도 그리움으로 남을 것 같다. 은영도, 준호도, 현준도, 찬석도, 김 과장도, 점장도. 하물며 은퇴한 노부부까지도. 그리고 싱겁고 이상하고 나이 많은 한시훈이 특히.

"한잔할래?"

공연히 정을 들먹여 철수를 심란하게 만들었나 보다. 은하는 거절하지 않고 대작했다. 습관적으로 힐끗 가족사진을 보았다. 오래된 사진을 아빠가 사진관에서 확대해 액자에 담은 것이다. 모처럼 잔소리꾼인 아빠의 모습이 아닌 두 살배기 딸을 안은 채 함박웃음을 터트리는 엄마에게 초점을 맞췄다. 참 예쁘게도 생겼다. 단 한 조각이라도 좋으니 지금이라도 엄마와의 기억이 떠올랐으면 좋겠다는 욕심을 품어 본다. 나약하다고 아빠가 또 잔소리를 하는 것 같아 아릿한 욕심을 술잔에 담아 꼴깍 삼켰다.

비바람 소리를 들으며 잠이 들었다가 막연한 두려움에 깨어났다. 살며시 방문을 열어 건넛방 철수의 존재를 확인한 뒤에야 안도의 숨을 내쉬고 다시 누웠다. 그렇게 혼자만 아니면 되었다. 힘들어도 서울에 방을 얻지 않고 출퇴근하길 퍽 잘했다고 생각했다.

'쌍! 왜, 왜 데려갔어!'

가슴의 피멍울을 쏟아 내는 영민 오빠의 절규에 지영은 번쩍 눈을 떴다. 꿈에서라도 붙들고 용서를 구하고 싶은데도 막상 난폭하게 날뛰는 영민과 마주하면 숨을 쉴 수 없어 이렇듯 도망치고 만다.

지영은 심장을 움켜쥐고 가쁜 숨을 다스렸다. 온몸이 땀으로 축축이 젖었다. 방충망으로 빗소리가 들이치고 있었다. 물비린내가 몰칵몰칵 코를 찌른다. 어느덧 21년째다. 빗소리에 반응하는 악몽과의 인연이. 그렇다고 빗소리로부터 도망가고 싶지는 않다. 조금이나마 덜 행복하고, 조금이나마 덜 편한 잠이 차라리 낫다. 좋아했던 오빠와 깜찍하게 어여쁜 아이를 상실의 구렁텅이로 밀어 넣은 주제에 어찌 혼자 행복할 수 있단 말인가. 게다가 친구를 죽음으로 내몰았는데.

전등을 켜지 않은 채 새벽녘 도심 속 숲을 바라보자니, 영민의 해맑은 얼굴이 떠올랐다.

"지영이 넌 숲에 사는 요정과 선녀가 가장 무서워하는 게 뭔지 아니?"

그때 영민은 별맘도시락의 전신인 냠냠음식백화점의 조리사였다. 대학 대신 일찌거니 사회로 뛰어든 영민은 여느 대학생 오빠들보다 아는 것이 많았고 유머 감각이 뛰어났다. 외모가 빼어난 데다 프라이팬으로 불쇼를 하는 등 시원시원하게 일하는 모습 탓에 여학생 팬들이 많았다. 그중 지영은 극성팬이었고, 다른 여학생보다 접근성이 유리한 위치에 있었다. 아빠가 바로 냠냠백화점 가게 주인이었으니.

"마녀와 요정이라면 오빠 전문 영역이잖아요."

"답은 포클레인. 지금도 포클레인이 밀어 버린 숲에선 선녀와 요정들이 이삿짐을 싸는 중이야."

남들에겐 허황된 이야기일진 몰라도 고3 스트레스가 한창인 지영에겐 꽤나 신선한 답으로 와 닿았다. 영민은 꿈을 꾸는 자는 어면 환경에서도 행복할 수 있다고 믿고 있었다. 외동으로 외롭게 자란 지영은 그에게 제법 속내를 털어놓고 인간관계에 관한 조언을 듣기도 했다.

추석 당일에 그는 근무를 자청하며 소수의 직원과 함께 냠냠백화점에 남았다.

"지영아, 오늘은 일찍 문 닫을 텐데, 엄마가 시간이 없다."

초저녁에 엄마는 송편이며 명절 음식을 잔뜩 싸 주며 지영에게 심부름을 시켰다.

보자기를 풀어내는 영민의 손이 살짝 떨렸다. 착각일까. 엄마가 직접 만든 약밥이며 전을 바라보는 그의 눈에 물기가 서렸다. 문득 그가 고아라는 사실이 떠올랐다. 늘 어리광만 부렸던 주제에 새삼 그를 안아 주고 싶다는 생뚱맞은 욕심을 품었다. 발칙한 그 욕심에 속절없이 가슴이 두근거렸다.

"오빠 명절이 쓸쓸하죠?"

"전혀."

영민은 천장을 향해 시선을 두며 잠시 생각에 잠겼다. 이내 그의 얼굴에 부드러운 웃음이 가득 찼다.

"지영아, 이건 비밀인데 말이야. 우리 조상님들은 지구인이 아냐. 내가 아직 우주를 관통할 방도를 못 찾아서 꿈을 통해 교감해. 그래서 상 차릴 필요도 없어."

그 말을 믿어 줄 만큼 지영은 어리지 않았다. 하지만 워낙 그의 모습이 평화로워 보여 지영은 위로할 틈을 찾아낼 수 없었다.

오늘은 조기 마감을 한다고 들었다. 달리 방도를 찾다가 그저 같은 공간에 머물러 주기로 했다. 영민이 식사를 권했지만 저녁은 집에서 먹겠다며 사양했다. 사실 배가 불렀다.

맨 마지막에 퇴근하려던 영민이 지영을 못마땅하게 바라보았다.

"넌 빨리 집에 가서 저녁 먹어야지."

둘만의 시간을 가질 기미만 보이면 서늘해지는 그 눈빛이 끔찍이 싫어서 지영은 얼결에 친구의 이름을 입에 올렸다.

"오빠가 아까 우주 이야길 하니 친구가 보고 싶어요. 같이 가서 저녁 먹어요."

설뚱하니 바라보는 영민에게 지영이 덧붙였다.

"이름이 별이에요. 나별이. 오빠처럼 부모님이 안 계신데, 돈에 목숨을 거는 친구라 오늘도 알바하고 있어요."

그와 비슷한 환경이란 미끼가 통했는지 이맛살을 찌푸리던 영민이 호기심을 드러냈다.

"거참. 입시 앞둔 학생이 오늘 같은 날 알바라니."

지영은 그와 함께 나란히 걸었다. 그는 은근하게 지영이 편히 걸을 수 있도록 움직였으며, 신호등을 건널 땐 소중한 아이와 함께인 양 행동했다. 산들산들 가을바람이 간질간질 마음을 건드렸고, 자꾸만 피식피식 삐져나오는 웃음을 포장하느라 아무 말이나 지껄이며 스스로의 말에 웃었다. 그런 싱거운 지영의 모습에 영민도 서글서글하게 웃으며 장단을 맞춰 주었다.

종로 2가에서 명동으로 향하는 길에 지영은 일부러 종로 3가를 거쳤다. 극장가 1번지답게 연인들이 북적거렸다. 하지만 함께 영화 보자는 말은 차마 꺼내진 못했다. 한 걸음 다가선 다음 용기를 내서 한 걸음 더 다가서면 갑자기 훌쩍 멀어져 버리는 그를 겪었던 탓이다. 서울극장 앞도 그냥 지나쳤고, 국도극장도 그랬다.

이윽고 명동에 도착해 중앙극장 앞에서 머뭇거리다가 결국 뒷골목으로 들어섰다. 명동칼국수 가게 앞으로 난 분식집으로 들어서

자, 만두와 김밥을 나르는 별이가 보였다. 허구한 날 꾸벅꾸벅 조는 수업 시간과는 달리 작은 체구엔 생기가 가득했다.

"어머머, 지영아!"

별이가 반색하며 뛰어오다가 테이블에 쿵, 골반을 부닥치며 넘어졌다.

"에구구!"

벌떡 일어나 아픔으로 찡그리면서도 웃으며 다가왔다. 늘 허둥대며 사는 별이를 지켜본 지영에겐 익숙한 모습이다. 여드름과 기미가 퍼진 까무잡잡한 피부에 지영보다 많이 작은 키, 그리고 압도적인 학교 성적과 배경의 차이 등으로 딱히 염려는 하지 않았다. 그런데도 별이를 바라보는 영민의 눈길에서 지영은 불안한 예감에 젖어 들고 말았다.

그해 크리스마스에 휴가가 예정된 영민은 천문대를 간다고 했다. 언젠가 지영도 데려가 주겠다는 약속을 까먹었는지 별이랑 같이 간다고 했다.

"어머나, 잘됐다. 난 오란 데가 많아서 별이 너랑 같이 못 놀아 줄 것 같아 미안했거든."

별이에게도, 영민에게도 지영은 반색하며 웃어 주었다. 그러고는 쓸데없는 수다를 늘어놓았다.

크리스마스에 지영은 홀로 명동을 배회하다 중앙극장에 들어가 '시애틀의 잠 못 이루는 밤'을 보았다. 그러고는 밤새 잠을 이루지 못했다.

영민과 별이를 묶어 놓은 것은 환경의 유사점만은 아닌 것 같았다. 별이가 딱 스무 살을 채웠을 때 그들은 결혼을 알려 왔다. 서

둘러야 할 이유는 있었다. 실수는 절대 아니며 가족을 빨리 갖고 싶었다는 별이의 변명에 지영은 속으로 진저리를 쳤다.

'야만인들 같으니.'

처음으로 영민과 자신이 다른 세계에 살고 있다는 생각을 품었다.

비바람이 방충망을 때렸다. 뜨겁게 젖은 지영의 얼굴로 빗물이 섞였다.

대학생이 되고 남자들을 알아 가면서 영민에 관한 감정은 어차피 오누이 정도의 관계 이상으로 발전하지는 못했을 것이라는 점을 깨달았다. 영민은 일찌거니 알고 있던 일을 어린 지영은 몰랐던 것이다.

여하튼 더 나이가 들고 현실을 염두에 두며 바라보았다면 친구를 질투하기는커녕 응원해 주었으리라. 그런데도 자존심이나마 챙기려고 별이에게 유치한 수작을 부렸다. 별이가 낳은 딸이 두 살이 될 때까지도 버리지 못했던 그 유치함이 결국에는 모두를 수렁에 빠트려 버렸다.

지영은 젖은 하늘을 향해 뇌까렸다.

"오빠, 우주를 다녀올 방도를 깨우쳤다면 타임머신을 내게 보내 줘요."

비바람이 몰아치던 21년 전 그날로 돌아갈 수만 있다면 목숨도 내놓을 터였다. 별이만 살려 낼 수 있다면.

젖은 하늘의 먹빛이 조금씩 옅어졌다. 다시 잠들기엔 애매한 시간이다. 전등을 켠 지영은 널찍한 방 안에 비치된 인덕션 위로 찻물을 올렸다. 즐겨 먹던 냉동 건조 커피가 떨어졌기에 인덕션을 끄고 1층으로 내려갔다. 거실에서 불빛이 새어 나왔기에 굳이 발소리를 죽이진 않았다.

"아버지……."

등이 켜진 식탁 반대편 발코니에서 아버지, 오 회장이 돌아보더니 말없이 식탁으로 향했다. 멀거니 서 있던 지영이 뒤따랐다. 지영은 커피를 가져가는 대신 안방을 힐끔 보고는 찻물을 올렸다.

"녹차 드려요?"

"응."

앉아서 지영을 주시하는 따뜻한 눈길을 느끼며 각각 커피와 녹차를 탔다. 마주 앉은 뒤 애써 웃으며 입을 열었다.

"저, 이젠 비 와도 잠 잘 자잖아요."

왜 이리 일찍 일어나셨냐는 질문이기도 했다. 최근에는 그런 적이 없지만 지영이 자다가 비명을 지른 적이 몇 번 있었는데, 모두 왁자한 빗소리가 들리던 날이었다. 때문에 오 회장은 빗소리가 안 들리는 고층 아파트로의 이사를 진지하게 고민한 적도 있었다.

"정말 괜찮나?"

부쩍 힘이 없어 보이는 노장의 부드러운 말씨에 지영은 새삼 뭉클했다.

"네, 아버지 건강이나 잘 챙기세요. 스트레스가 젤 나빠요."

마음과는 달리 이렇듯 늘 쌀쌀맞게 내뱉고 만다.

"내 건강 문제…… 행여 시훈이한텐 언질하지 마라. 사실 전혀 문제가 없으니 말이다."

전혀 문제가 없다면 같은 당부를 두 번 하지 않을 터였다. 확실히 뇌세포가 상했다. 오 회장은 자택에서 쉬다가 갑자기 혈관이 막혀 응급조치를 받았다. 비상 연락망 덕분에 빠른 처치를 했지만 뇌에 잠시나마 산소 공급이 막혔다. 직후 오 회장은 세상 유람을 핑계로 일선에서 물러나 있는 중이다.

"시훈이를 못 믿는 게 아니다. 그 녀석 핏줄들이 못 미더워 그런다. 시훈이 성격에 내가 병원 신셀 졌단 걸 알면 보나 마나 대하는 태도가 달라질 거고, 지 어미와 누이도 눈치챌까 봐 그런다. 아직은 내가 대주주인지라 주가 문제도 민감할 거고 하니 꼭 기억해라."

이 말 또한 들었다. 모두가 감탄을 금치 못했던 냉철한 두뇌는 정작 기억하지 못하나 보다. 지영은 따끔거리는 마음을 추스르며 처음 듣는 척 고개를 주억거렸다. 못난 딸 하나 때문에 부모도 더불어 행복하지 못했다. 지영은 자신의 행복이 미안해서 사양해도 부모에게 더는 걱정을 안겨 주고 싶지 않아 독해지려고 무던 애를 썼다. 그러다가 주변 사람에게 당차다는 말을 들을 만큼 충분히 강해졌다. 적어도 겉으론 말이다.

식품 철인이라는 별명이 무색해진 오 회장의 모습을 바라보면서 지영은 또 다짐해 본다. 앞으론 부모 앞에서 약한 모습일랑 절대로 보이지 않으리라.

지영은 부녀가 함께 하는 차여서 좋다는 양 애써 흐뭇하게 웃으며 차 한 잔을 다 비웠다. 문득 생각나서 들었던 엉덩이를 내려놓았다.

"아버지, 별맘 이야긴데요……."

"갑자기 별맘은 왜."

오 회장이 휘둥글게 눈을 떴다. 왜 이리 놀라시는 걸까. 지영은 곧 자신이 원인 제공자임을 헤아렸다. 입에 올리는 것만 해도 고통스러워하던 지영이였으니.

"아버지, 저 정말 괜찮아요. 세월이 약이란 말이 공연히 있겠어요? 이젠 매장 안에까지 들어갈 수도 있을 것 같아요."

반색하는 모습을 기대하며 애써 쾌하게 말했는데도 오 회장의 표정은 복잡하기만 하다.

"오, 오냐. 그래, 별맘 이야길 마저 해라."

"전 포기하지 않았어요. 별맘의 진짜 주인 말이에요."

"나도 마찬가지다."

"시훈이한테 맡긴 후부턴 공장 연구실 용도로 변질되는 게 마음에 안 들어요."

"너도 허락했잖냐?"

"그땐 김 과장님을 대체할 인재를 찾아내는 데도 유용할까 싶어 괜찮다고 여겼는데, 시스템 자체가 제자리로 돌리기엔 너무 멀리 가 버린 것 같아요."

"김 과장이 있으니 언제라도 제자리로 돌려놓을 수 있다."

"과장님도 나이가 나이이신 만큼 지치셨겠죠."

"내가 아는 김 과장은 안 지쳤다. 우리와 같이 공장을 일으킨 의리를 떠나 그 양반은 영민이를 친형처럼 따르던 직원이었다."

오 회장은 자책했다. 병원에 실려 간 뒤 진짜 머리에 이상이 생긴 것일까. 얼결에 금기어인 '영민'을 입에 올리고 말았다. 하지만 지영은 담담하기만 했다. 세월이 약이라는 딸의 말이 늙은 부친을 안심시키려는 오지랖만은 아닌 것 같다. 때가 때인 만큼 반길 수만은 없어서 오 회장은 허탈한 웃음을 삼키며 자문했다. 겨우 잔잔하게 가라앉은 딸의 마음에 과연 돌을 던져야 할까? 무엇보다 진실을 알게 될 장은하의 반응이 지레 걱정된다.

오 회장의 복잡한 속내를 아는지 모르는지 지영은 방긋 웃음까지 띠며 태연하게 대답한다.

"과장님의 헌신은 우리가 먼저 끊어 줘야 할 것 같은데 제 욕심 때문에 차마 실행은 못 하겠어요."

과연 딸은 민감한 이야기를 입에 올리는데도 예전처럼 눈시울이 뜨거워 보이진 않았다. 오 회장은 장은하를 위한 안배를 떠올리면서 다독였다.

"나도 모르는 건 아니다. 헌데 대안이 없으니 조금만 더 이 시스템으로 가 보자."

모처럼 지영이 보여 준 부드러운 모습과 전에 없던 긴말에 우선은 만족하기로 하고, 다음 문제는 천천히 생각해 볼 터였다. 하지만 이어지는 지영의 말에 오 회장의 평정심은 깨지고 만다.

"과장님 후임이 빨리 나타나면 되는데…… 참, 요즘 별맘 신입 중에 제법 물건이 들어온 것 같아요. 이름이 장……은하라고."

비가 갠 도심의 아침 풍경은 싱그러웠다. 전략기획부 실장실 직속인 김미진 대리는 창가에 서서 차를 마시다가 알람 소리에 흠칫하며 마시던 차를 내려놓았다. 경제며 시간관념에 고지식하기 짝이 없는 한 실장은 늘 정해진 시간에 아침 결재를 받는다. 실장실로 들어온 서류를 정리해 안쪽 문을 두드렸다. 즉각적인 대답 대신 희미한 음악 소리가 방음이 튼튼한 문 사이로 새어 나왔다.

문을 연 미진은 엉뚱한 곳을 찾아오지 않았나 하고 '실장실' 푯 말을 재확인해야 했다. 노상 클래식을 들으며 무게를 잡던 한 실장이 걸그룹도 아닌 아이돌 음악을 틀어 놓고 운동 삼매경에 빠져 있었다. 턱걸이와 가슴 운동 따위를 할 적에 유용한 치닝디핑이라는 운동 기구가 실장실에 비치되어 있긴 했지만 그가 직접 사용하는 건 처음 보았다.

반팔 와이셔츠 차림인데도 잔뜩 성을 낸 탄탄한 등의 근육이 느껴졌고, 하얗게 고우면서도 굵직한 팔뚝은 몸을 움직일 때마다 힘줄이 죽죽 뻗어 나갔다. 그가 자세를 고쳐 기구 하단을 잡았다. 팔굽혀펴기를 하나 했더니 두 팔만 짚은 채 몸을 위로 둥실 띄웠다. 가지런히 붙인 양다리가 시원하게 위로 올라간다.

스물여섯 살의 미진은 넋을 잃고 바라만 보았다. 그가 몸을 일으켜 천진하게 알통을 만들며 흡족해하는 옆모습까지도.

"어?"

수건으로 땀을 닦다가 비로소 미진을 발견한 그가 찡그리며 음악을 껐다. 이내 깐깐해서 어렵기만 한 상사로 돌아갔다.

"깜박했군. 놓고 가요."

서류를 갖다 놓다가 힐끔 바라본 벽으론 전에는 없던 권투 글러브가 걸려 있었다.

"일정표는 다시 짜 보겠고요, 우선 김 부장님 면담 요청 있습니다."

"5분 후…… 아니, 오시는 대로 들어오시게 해요."

그는 무언가 변했다. 뭘까? 미진은 갸웃하며 실장실을 나왔다.

시훈은 날씨 때문에 치르지 못했던 아침 운동을 갈무리하고 업무를 시작했다. 이전에는 건너뛰었던 일이지만 앞으론 거르지 않을 터였다. 급한 거래처 통화를 몇 군데 치른 뒤 휴대폰을 지그시 바라보았다. 엷은 웃음을 지으며 간밤에 받은 문자를 열었다. 벌써 몇 번을 확인했는지 모르겠다. 잘 들어갔나, 고맙다가 전부였지만 바로 장은하가 보낸 것이라 기특했다. 그까짓 문자 하나가 뭐라고 받을 때까지 마음을 졸이며 확인해 보고, 또 확인하다니. 살다가 아침에 눈을 뜨고 제일 먼저 윤종신의 '환생'을 틀어 놓을 줄은 몰랐다.

'어쩌다 내가.'

노크 소리에 이어 김 부장이 들어와 전날 파티에 관해 설명했다.

"수고 많으셨습니다."

느슨한 틈을 보이면 낙하산이니 어린놈 따위를 구실로 굶주린 하이에나 떼처럼 물어뜯으려는 회사 생리상 3년 동안 악명을 감수했다. 인간적인 패자보단 유능한 악당이 백배 나으니 말이다. 그래서 어젯밤 일도 시훈이 사과를 해야 맞는데도 여느 때처럼 사무적으로 돌려보내려 했다. 그때 머릿속으로 은하가 던졌던 핀잔이 스쳤다.

"부장님, 잠깐만요."

중년의 김 부장이 긴장하며 돌아섰다.

"일방적으로 저만 빠져서 죄송했었습니다."

"아닙니다, 실장님."

"부장님도 가족이 있으시고 나름 일정이 있으실 텐데, 제가 사전에 여쭤보지도 않은 결례를 범했더군요."

그는 적이 놀라는 표정을 짓더니 곧 수줍게 웃었다.

"별말씀을. 감사합니다."

나이답지 않게 수줍은 김 부장의 웃음에 어쩐지 시훈의 가슴도 훈훈해지는 것 같았다.

은하는 준호를 대신해 밥 짓기를 맡으며 하루를 시작했다. 자꾸만 C팀 작업대로 눈길이 갔다. 원래 은하 몫이었던 동그랑땡은 누구도 시작하지 않았다. 제육볶음만도 버거울 텐데 찬석은 준호에게도 지시하지 않았다. 준호 또한 장국을 끓이고 칼질을 하느라 한가하진 않았다.

B팀 직원과 함께 밥을 안치고 은하는 세척기로 향했다. 역시 준호를 대신한 일이었다.

김 과장은 전날 마감 직전에 들어온 집기며 그릇을 헹굼 통에 넣어 놓고 거대한 세척기 온도가 올라오길 기다리고 있었다. 은하는 빨간 고무장갑을 낀 후 김이 모락모락 나는 헹굼 통을 가리켰다.

"여름에도 뜨거운 물에 헹구네요. 낭비 아닌가요?"

세척기에 들어가면 어차피 뜨거운 물과 강력한 세제로 기름기며 떼는 제거될 터였다. 나나도시락 방식과 달라, 나온 가벼운 호기심 정도인데 의외로 김 과장의 무거운 입이 술술 열린다.

"뜨거운 물에 담그면 예비 설거지 없이 세척기에 바로 넣으면 돼. 직접 닦는 큰 그릇에도 더운물을 아낄 필욘 없어. 가스비 추가에 대한 보상으로 노동 효율성과 수도 요금이 절감되지. 같은 이유로 현명한 업주는 한겨울에 설거지하는 직원들에게 더운물 아끼라는 잔소리는 자제해."

내용보다는 긴말을 늘어놓는 김 과장에게 놀라 은하는 입을 벌리며 바라보았다. 계면쩍었는지 김 과장이 피식 웃고는 돌아섰다. 세척기에서 나온 그릇을 받아 준 뒤 C팀으로 돌아갔다.

냠냠식품에서 생산한 동그랑땡에 계란 물을 입혀 전 판에 지질 것이란 예상을 깨고 찬석은 몽땅 튀겨 버렸다. 그러고는 강정 소스에 버무려 마감했다.

"팀장님, 빨라서 좋긴 한데 제육하고 색깔이 비슷해서 비주얼에서 손해 보겠어요."

은영이 은하를 힐끔 본 뒤 아쉬움을 드러냈다. 왜 손이 남는 은하에게 맡기지 않았느냐는 항의이기도 했다.

"은하 조리사가 독창적이긴 한데 메인과 궁합이 안 맞는다는 의견들이 있어서 그래."

"누가 그래요?"

은하가 따지고 싶은 말을 은영이 대신했다.

"누구긴. 높은 사람들이지. 어떤 경로인진 몰라도 귀에 다 들어가나 봐."

본인도 아쉽다는 표정이긴 했는데 은하는 믿을 수 없었다. 믿자면 자신감을 잃어버릴 것 같아서였다.

"이번 주만 참아 봐."

사흘만 허드렛일을 하고 있으란 말에 은하는 작은 위안을 품고 은영과 함께 도시락용 김치를 세팅했다. 그때 점장이 조리실로 들어와 찬석을 불렀다.

"박 팀장, 오늘 B팀이 대박 예감인데 결원이 생겼으니 지원 좀 해 줘야겠어."

찬석이 둘러볼 필요는 없었다. 이미 점장은 은하를 가리키고 있

었다. 찬석이 야속하게도 머리를 끄덕여 버리자, 은하는 점장에게
볼멘소리를 했다.

"승부를 시작하기도 전에 시집살이라니 부당합니다?"

"내가 누구야?"

"점장님이시죠."

"괜히 별맘 점장이겠어. 내 탁월한 예상을 믿는다면 순순히 따
르시지."

"안 믿는다고 하면…… 이단이 되겠죠?"

"할렐루야, 어서 가."

은하는 C팀 동료 모두에게 각각 애달픈 시선을 던지고는 맥없
이 돌아섰다. 점장이 속삭였다.

"장 조리사답지 않게 왜 그래. 죽으러 가?"

"가난 때문에 팔려 가는 것 같아서요."

점장의 목소리가 더욱 낮아진다.

"부잣집에 떼돈 버는 법 배우러 간다고 생각해. 날 믿고 기대해.
대단한 경험을 할 거야."

현준은 미리 알고 있었는지 히죽거리며 은하를 반겼다. 주부인
영양사는 반색했지만 현준과 티격태격하던 또래인 여자 조리사의
눈길은 곱지 못했다.

오늘 갑자기 안 나온 사람은 주임급 직원이었다. 현준은 일에
있어서는 썩 진지했다.

"사이드 메뉴 하나가 손이 많이 가요. 결원이 생길 줄 알았다면
취소했을 녀석이죠."

그는 즉시 일을 맡겼다.

"은하 씨가 튀김은 잘하더라고요. 이것 좀 부탁해요."

식판에는 빵가루로 튀김옷을 입힌 동글동글한 것들이 가득했고, 한쪽으로는 갈색으로 튀겨진 음식들이 쌓여 있었다.

"뭐죠?"

"스카치 에그라고, 영국 요리예요. 피크닉 푸드로 많이 쓰이죠."

손으로 집어 먹기 좋은 핑거 푸드의 일종이었다. 그가 하던 일을 멈추고 튀김 하나를 절단했다. 안으론 노른자가 덜 익어 흐르는 계란이 드러났다. 튀김옷과 계란 사이엔 얇은 고기가 끼어 있었다.

"반숙 계란을 기계로 썰어 온 돈등심으로 말아 빵가루를 입힌 거예요."

종이처럼 얇게 썬 등심은 과연 냉동 상태의 통 등심을 대패질하듯 썬 형태였다. 다른 부위는 지방이 섞여 있는 관계로 튀기면 기름이 녹고 형태가 변형되었다. 그래서 튀김 요리는 안심이나 등심이 유용했다.

"은하 씨, 돈 치즈말이 튀김 해 봤어요?"

"예."

"너무 오래 튀기면?"

"당근, 치즈가 터져 나오죠."

"오케이! 그런 식으로 표면 고기는 완전히 익히고 계란은 완숙 안 되게 하면 돼요."

현준의 재치 있는 설명에 은하는 단박에 조리법을 숙지했다. 그가 반으로 자른 스카치 에그를 토마토칠리 소스에 찍어 내밀었다.

"먹어 봐요."

바싹하고 졸깃한 식감에 계란의 고소함이 더해져 썩 괜찮았다. 특히 물컹하게 덜 익은 노른자는 돌솥비빔밥에서 그런 것처럼 특유의 향을 보태면서 전체적으로 빡빡한 음식을 보완해 주었다.

"좋아요. 반숙 비린내도 안 나고."

"튀기면 비린내가 없어지긴 하지만 소스 도움도 무시 못 해요."

"색깔도 좋게 잘 튀겼네요."

"더 깨끗하게 나와야 하는데, 어떤 무식한 선배가 양념 된 튀김을 새 기름에 투하했지 뭡니까."

찬석을 두고 하는 불평이다. 떡갈비나 함박은 물론 동그랑땡같이 양념이 표면에 드러난 튀김은 금방 기름을 오염시키며 까만 찌꺼기가 붙어 버린다. 그래서 작은 솥에 따로 기름을 넣어 튀겨야 하는데 시간이 촉박했던 찬석은 매뉴얼을 어겼다.

은하는 고개를 돌리다가 이곳 팀 영양사와 시선이 마주쳤다. 그녀의 마음은 다급해 보였다. 은하는 계면쩍게 머리를 숙인 후 재빨리 튀김거리를 안았다.

현준이 맡은 메인 요리는 캘리포니아 롤이었다. 날것은 참치와 연어 외엔 꺼리며, 생선 알도 철갑상어나 연어, 날치알 등으로 취향이 한정된 서양 사람의 입맛에 맞게끔 일본의 스타 요리사가 개발했다는 음식이다. 도시락 특성상 횟감용 참치 대신에 이곳에선 맛살을 다져 마요네즈에 버무려 오이채와 함께 김으로 말아 속으로 사용했다. 날치알은 세팅된 롤 위로 뿌렸다. 그 위로 물엿과 섞은 발사믹 소스와 마요네즈를 섞은 크림 소스를 튜브에 담아 영양사가 그물 모양으로 토핑했다.

은하는 나름대로 방식이 있었지만 함구했다. 고문을 당하는 포로도 아닌 마당에 적에게 비법을 누설할 필요는 없었다. 다만 스카치 에그의 비주얼엔 공을 들였다. 소스를 용기 바닥에 깔고 그 위로 계란 절단면이 보이도록 담은 후 붉은 소스를 계란에 살짝 흘렸다. 나나도시락에서 무수히 했던 방식이라 국자가 한 번 획 지나

가면 툭툭 소스 한 점씩 노른자 부위로 안착했다. 마지막으로 파슬리 가루를 뿌렸다.

이윽고 피크타임이 되었다. 롤과 스카치 에그가 비주얼을 뽐낸 덕분인지 이전 판매 때보다 소진 속도가 빠르다고 했다. 현준은 부지런히 롤을 썰어 댔고, 은하는 튀김과 절단을 병행했다. 땀을 뻘뻘 흘리는 현준이 메인에만 집중할 수 있도록 은하는 튀김과 소스의 온도 관리 등의 문제점을 알아서 해결했다. 알아차렸는지 눈길을 섞은 현준이 엄지를 척 세웠다.

"은하 씨, 쨍! 땡큐."

적진의 우두머리에게 듣는 칭찬인데도 어쩔 수 없이 어깨가 으쓱 올라간다. 죄책감이 뒤를 이었기에 잠깐 자리를 벗어나 C팀을 살폈다. 제육볶음이면 중박은 기본이라더니 그런대로 팔리는 것 같았다. 하지만 B팀에 비하면 확연한 열세였다. 벌써부터 월간 1위 자리가 멀어진 것 같아 속이 쓰라렸다. A팀은 지난달에 인센티브로 육백을 챙겨 갔다고 했다. 팀장이 반을 가져가니 자그마치 삼백만 원이었다.

적을 돕는 은하를 발견한 은영과 준호가 해사하게 웃어 주며 파이팅 주먹을 쥐어 보였다. 그 살가운 동지애가 대번에 쓰린 속을 다스려 준다.

피크타임이 지났어도 배식대의 B팀 도시락은 속속 줄어들었다. 스카치 에그가 바닥을 보였다. 현준이 롤을 추가하느라 정신이 없었기에 은하가 직접 튀김옷을 입혔다. 계란을 돈등심으로 감싸 쥐고 조물거린 후 밀가루 통을 거쳐 계란 물에 담근 후 빵가루 통으로 휙휙 던져 굴렸다. 이탈리아 주먹밥인 아란치니를 많이 해 본 게 도움이 되었다. 은하의 과감하고도 빠른 손놀림에 현준과 영양사가 입을 벌렸다.

"은하 씨, 우리 팀으로 와요."

현준의 넉살을 영양사가 거든다.

"와요. 환영해요."

오늘 결근한 이곳 주임은 귀가 퍽이나 가려울 것 같다. 은하는
C팀 쪽을 힐끔 보고는 대답했다.

"팀장 자릴 주면 생각해 볼게요."

"헉! 살려 줘요."

현준이 자라목을 하고는 진저리를 쳤다.

아직 저녁 판매가 남아 있었지만 1등은 B팀으로 굳어 갔다. 덩
실덩실 춤을 추는 팀원들과는 달리 은하는 속으로 불퉁거렸다.

'제길, 처음 맛보는 1등이 적진에서라니.'

찬 음식이 메인이라 뜨겁게 맑은 날씨가 플러스알파 공로일 텐
데도 B팀 식구는 복잡한 일손을 해결해 준 은하에게 큰 공로를 부
여했다. 심지어 은하를 경계하던 여 조리사까지도.

"은하 씬 안 좋아요?"

현준이 짓궂게 물었다.

"좋기는 개……인적으론 아니죠. 친정에서 1등 해야지 시집살이
에서 뭔 소용 있겠어요."

"기운 내요. 내가 이달에 3등 안에 들면 술 살게요."

물론 현준은 세 팀 중 3등 안에는 반드시 들 터였다.

"또, 또 수작질이다!"

여 조리사가 현준 옆구리를 강하게 찌른 덕분에 은하는 대답하
지 않아도 되었다. 이상하게도 시훈이 문득 보고 싶다. 시훈은 공
적인 문제는 한마디도 언급하지 않았다. 그 점이 오로지 실력으로

승부해야 아빠에게 떳떳하다는 은하의 염려를 지워 주었다.

'나이가 지긋하면 좋은 점도 있군.'

가족사를 굳이 꺼내지 않았던 본사에서도 그랬고, 어제도 시훈은 회사 이야기는 한마디도 꺼내지 않았다. 은하는 우스꽝스러워서 귀엽기까지 했던 그의 정신 연령을 살짝 올려 주었다. 여전히 이상한 남자이긴 해도 그리 싱겁지만은 않은 것 같다. 그런데 왜 그를 생각하면 이리 웃음이 나오는 걸까. 한 달이라는 족쇄를 떠안은 처지에 말이다.

늦은 점심을 먹은 후에도 은하는 여전히 B팀 일을 도와야 했다. 다음 날 전처리 지원 때문이었다. 뒤편의 널찍한 도마 작업대는 공용으로 사용하며 조 주임에게 재료를 공급받아야 했다. 그는 떫은 감을 씹는 표정을 드러내면서도 경어를 쓰며 선선히 필요한 재료를 확인하고 내주었다.

은하가 맡은 일은 반찬용 소시지 절단이었다. 나나도시락에선 소시지 전을 부치지 않았던 탓에 은하에겐 낯선 일감이었다. 아빠는 흔한 가공식품은 자제했다. 애호박전이나 새송이전, 김치전으로 대신했다.

현준이 음료 두 캔을 뽑아 와 조 주임과 은하에게 각각 건네준 후 절단 크기 등을 알려 주고 갔다. 생선을 지질 때처럼 밀가루를 묻혀 볼에 담아 놓는 방식과 비닐봉지에 담았다가 부치기 전에 밀가루를 부어 흔드는 방법이 있는데, 현준은 후자가 좋겠다고 했다.

마침 갈증이 나서 음료를 단숨에 비웠다. 꽈직, 캔 구겨지는 소리가 들려서 보니, 조 주임이 양손으로 빈 캔을 우그러트리며 비릿한 웃음을 흘리고 있었다. 은하는 코웃음을 치며 양손이 아닌 한 손으로 캔을 납작하게 우그러트렸다. 하필이면 은하의 주특기를 자극했던 조 주임의 얼굴도 더불어 우그러졌다.

소시지는 절단면이 칼에 붙어 속도를 내지 못했다. 마주 선 채 깍두기용 무를 썰던 조 주임이 수상한 비웃음을 흘리다가 곧 시선을 돌렸다. 언제 왔는지 김 과장이 은하 곁에 서 있었다. 김 과장은 밀가루를 손으로 집어 둥글고 긴 소시지 위로 던지듯 뿌렸다. 그러고는 말없이 돌아섰다.

"아하!"

은하는 단박에 김 과장의 뜻을 알아차렸다. 과연 밀가루를 묻히며 소시지로 들어간 칼은 달라붙지 않고 시원하게 움직였다. 두 줄씩 한꺼번에 썰어도 힘이 덜 들었다. 은하의 칼질에 속도가 붙자, 갑자기 조 주임의 칼질 소리가 다급해진다.

일을 마치고 현준에게 김 과장이 알려 준 요령을 말했더니 놀란다.

"은하 씨 같은 고수가 몰랐다고요? 여기 식구들 다 아는 상식인데."

흔한 상식인데도 경험하지 않은 일이라면 무지할 수밖에 없었다. 새삼 세상 한 조각이 전부인 양 착각하며 살아오진 않았는지 개똥철학에 잠겨 보았다.

C팀에 복귀해 마무리를 도왔다. 2위는 기본이라던 제육볶음으로 아깝게 3위를 한 탓인지 다들 침울했다. 찬석은 복잡한 표정으로 은하를 힐끔거렸는데, 어쩐지 미안해하는 기색이 엿보였다.

"비주얼이 문제였어."

은영이 다가와 속삭였다.

"동그랑땡이 노란색을 채워 주지 못하니 죄 붉은색이었잖아."

빨, 노, 파의 기본 조합에 집착하던 은영으로선 못내 아쉬운 듯했다.

"요즘은 보여 주는 힘이 대세라고. 심지어 극장도 요즘은 쇼핑하듯 표를 고르잖아."

툴툴거리는 은영 앞에서 은하는 연신 고개를 끄덕였다. 그저 예의상 반응하는 맞장구는 아니었다.

퇴근 무렵에 점장이 은하를 테이블 구석으로 불러 앉혔다. 그는 출근 첫날 때처럼 제법 거드름을 피우며 은하를 바라보았다.

"내가 점장이라는 중책을 짊어지기 전엔 무얼 했는지 아나?"

"홀장을 했다고 들었는데요."

점장을 보조하는 홀의 부책임자를 직원들은 홀장이라고 불렀다. 그런데 그 명칭이 점장은 마음에 안 드나 보다.

"그거야 점장을 위한 통과 의례 정도고, 이 몸은 조리실 대장, 아니 부대장이셨지."

김 과장이 존재했지만 실질적인 대장이었다는 말도 들었다. 지금은 찬석이 그 자리를 대신하지만 은하가 보기엔 조리실 장악력은 전혀 없어 보였다.

"한 분야에 일가견을 이룬 거장들은 말년에 제자를 기다리는 법이야. 허나 별맘의 거장은 마땅한 재목이 보이지 않아 기나긴 세월을 기다림의 고독을 씹어야 했지."

아무래도 서론으로 날밤을 샐 것 같다. 은하는 벽시계를 힐끔 보았다.

"점장님, 죄송한데요. 제가 기차를 타야 합니다."

"험! 받아."

점장은 주변 보안을 확인한 뒤 주먹을 내밀었다. 은하가 손바닥을 펼치자 USB가 툭 떨어졌다.

"별맘의 요리를 집대성한 거장의 레시피가 거기 담겼어."

"별맘 전체의 레시피 말입니까?"

"쉿. 오늘부로 은하는 거장의 선택을 받았으니 열심히 수련하도록 해."

은하는 갸웃하다가 조심스럽게 물었다.

"근데 거장이란 분이 누구십니까?"

"뭐, 뭐?"

느긋하던 점장의 모습에 균열이 생기고 만다.

"어허, 똑똑한 젊은 아가씨가 말귀 해석엔 꽝이군."

"설마 거장님이 점장님……."

"험! 설마가 왜 들어가나?"

순간 은하는 조직 생활의 예법을 기억하며 꾸벅 숙였다.

"망극합니다. 워낙 중요한 문제라 재확인을 했을 뿐입니다."

점장의 구겨졌던 안면 근육이 활짝 펴졌다.

"그래, 그래. 전 재산을 물려주는 것이니, 그리 알고 열심히 수련해 봐."

"메인 요리도 들어갔습니까?"

"당연하지."

말이 떨어지기 무섭게 은하는 USB를 재빨리 주머니로 갈무리했다.

"감사합니다!"

진심을 담아 쾌하게 말했다. 일어나려는 은하에게 점장이 속삭인다.

"아무에게도 알려 주면 안 돼. 장 조리산 내 비밀 제자야."

"명심하죠."

역시 사람은 겪어 봐야 알 수 있나 보다. 점장이 이토록 호의를 품고 있는 줄은 예전엔 미처 몰랐다.

서울역으로 들어섰다가 시훈에게 문자를 받았다.

[몇 시 기차 타요?]

은하는 즉시 답장을 보냈다.

[7시 50분이요.]

플랫폼으로 내려갔더니 다시 문자가 왔다.

[3호 차 25석에 앉아서 가요.]

돈지랄한다고 비아냥거리려다가 꿀꺽 삼켰다. 상대가 보이지 않는데도 새삼스럽게 입조심을 하게 된다. 추가로 날아든 문자는 어쩐지 은하 자신의 언어처럼 친근하게 와 닿았다.

[평택까진 은하 씨 자리니 꼭 사수할 것.]

228

4

"야, 빨리 안 나오냐?"

휴일 아침, 방 밖에서 철수가 은하를 채근했다.

"엉. 다 됐어!"

기초화장에 선크림으로 마감한 얼굴에 무언가 더 보태고 싶긴 한데 어쩐지 시훈에게 잘 보이려고 하는 짓 같아 마뜩잖았다. 눈썹 정리 정도만 하고 아끼던 메이커 청바지에 민트색 칼라 티셔츠로 외출 준비를 마쳤다. 방을 나오자 철수가 혀를 찼다.

"쯔쯧, 너도 여자 다 됐다."

"숙녀처럼 보여?"

은하가 수줍게 몸을 한 바퀴 돌리자, 철수가 황당하다는 표정을 짓는다.

"야, 그게 아니라 여자 되면 외출 준비 오래 걸린다며?"

"뭐, 중요한 시식 자리니, 한 실장님 체면도 생각해 줘야 하잖아."

철수가 비로소 은하를 찬찬히 훑었다.

"예쁘다."

"으흐흐! 평소와 비슷한데?"

은하의 계산된 겸손에 철수는 야속하게도 듣고 싶은 답을 주지 못한다.

"아니 뭐. 오늘은 머리도 감은 것 같고. 뭔가 깨끗해 보인다."

이래서 철수는 여태 애인이 없는 듯싶다.

"삼촌! 나 적어도 머린 매일 감는다고!"

"얼른 가자. 늦겠다."

은하는 철수가 출퇴근용으로 몰고 다니는 유 사장 회사의 푸드 트럭에 올라탔다. 낡은 승용차는 철수가 취직하면서 처분했다. 시훈과는 행담도 휴게소에서 만나기로 했다. 그는 고창 선운사 일대를 염두에 두었는데, 은하가 일요일엔 철수를 두고 혼자 움직일 수 없다고 고집을 부리자 가까운 홍성 남당항으로 변경했다.

여하튼 본격적인 피서 철로 번잡하기 전에 한 번이라도 더 철수가 좋아하는 바다를 갈 수 있었다. 운전을 하면서 철수가 한 손으로 배를 쓰다듬었다.

"야, 회랑 장어를 많이 먹으려면 아침을 굶어야 하는 거 아니냐?"

"그래서 오늘은 조금만 차렸잖아."

"그냥 전처럼 가게 가서 먹음 되는데 헛돈 쓰는 것 같다."

"투자라고 했잖아. 실습 비용이 학원비보단 싸. 학원에선 배울 수도 없고. 그러니 계속 먹으면서 맛이나 솔직하게 말해 줘."

사흘째 점장의 레시피로 철수의 아침밥을 차려 주며 조언을 들는 중이다. 기회가 와도 준비되지 못한 자는 행운을 까먹을 뿐이라고 아빠가 말했다. 언제 기회가 주어질지 모르니 가능하면 빨리 익힐 터였다.

"아무튼 공부되는 일이니 삼촌도 협조해 줘. 악착같이 하면 1년이면 가게 다시 열 수도 있어."

"야, 아무리 둘이 벌어도 1년은 무리다."

"인센티브란 게 있거든. 월 장원 한 번이면 월급 이상 더 생긴단 말이야. 완전 대박 나 버리면 그 이상도."

"진짜 은하 너보다 실력 좋은 사람이 많냐?"

"응. 세상은 넓고 고수는 많더라."

잠시 생각에 잠겼던 철수가 조심스럽게 묻는다.

"회사 높은 분들이 특별히 잘해 주는 건 없냐?"

"다들 좋은 사람들 같아. 한 실장님도, 점장님도, 동료도."

"아주 높은 사람하곤 안 친하고?"

"신참 주제에 뭘. 참! 한 실장님이 본사 높은 사람이긴 해. 물론 서로 공사 구분은 확실하지."

철수는 무슨 생각을 하는지 갸웃하다가 입을 다물었다.

천안을 벗어나 아산을 가로지르며 철수가 불쑥 물었다.

"한 실장, 사람 괜찮던?"

"어, 어엉. 나, 나쁘지 않으니까 시식 같이 하지."

문득 처음 만날 때부터 시훈에게 유독 친절했던 철수의 모습이 떠올랐다.

"삼촌은 한 실장님 같은 스타일을 좋아하나 봐?"

"야, 야! 나 남자 안 좋아해!"

곡해했는지 얼굴까지 붉히며 운전대를 쿵쿵 두드렸다.

"누가 뭐래? 거참, 이상하게 해석하고 그러네. 삼촌이 초면부터 대뜸 믿어 주고 잘해 준 건 사실이잖아."

"그래서 우리한테 좋은 일이 생겼잖냐."

"그 점은 나도 칭찬해 주고 싶어. 만날 당하고만 살 줄 알았는데, 그러고 보면 삼촌 안목도 제법이야."

"인마, 이래 봬도 내가 산전수전 다 겪은 몸이잖냐."

철수의 험악한 얼굴로 순박한 웃음꽃이 가득 번졌다. 은하는 스마트폰에 저장된 음식 레시피를 공부했고, 철수는 콧노래를 부르며 운전했다.

"한 실장님 매력은 뭐니?"

"엉?"

기습적인 철수의 질문에 은하는 화들짝 놀라며 볼을 붉혔다.

"그, 그냥 싫진 않은 사람이라 했잖아!"

"야는. 싫진 않은 사람이니 좋다는 말이잖냐. 그러니 니 성격에 따로 시식 같이 하는 거고. 이게 삼촌 국어 실력까지 무시하네."

무시하고 싶지 않아 은하는 따지지 않았다.

"으음. 한 실장님은 좀 귀여워."

"푸하하! 남자한테 귀엽단 건 좀 그렇다."

"흥! 모르시는 말씀. 숙녀가 남자에게 귀엽다고 말해 주는 건 최고의 찬사라고."

"진짜?"

"귀엽다는 건 그만큼 젊어 보인단 뜻이잖아?"

"그런가?"

철수는 고개를 좌우로 갸웃거리다가 곧 위아래로 끄덕였다.

서해대교에서 행담도 휴게소로 빠지면서 철수는 성급하게 창을 내린 뒤 코를 벌름벌름 움직이며 비리고 짭조름한 공기를 게걸스레 누렸다. 아빠가 하늘을 통해 신통한 에너지를 충전했다면, 철수는 이렇듯 바다를 통해 충전했다.

푸드 트럭이 눈길을 끈 덕분인지 주차장에 차를 세운 즉시 시훈이 나타났다. 캐주얼 차림의 그는 이전과는 달리 탄탄한 몸매를 한껏 드러내고 있었다. 인사를 나눈 세 사람은 안으로 들어가 주스를 한 잔씩 마시고 간식거리도 샀다.

"은하 씬 내 차에 타요."

시훈은 반지르르 윤기가 흐르는 검은색 승용차를 가리켰다. 스타일을 중시하다 보니 사치를 부려 좀 과하게 뽑은 차였다

"삼촌도 같이 타야죠."

"안 됩니다."

시훈은 철수를 애써 외면하며 손사래를 쳤다.

"회사 차라면서요? 여기다 놔두고 갔다 도난당하면 어쩌려고. 삼촌이 몰고 오시게 해요."

"그래도……."

은하가 머뭇거리는 순간 철수가 끼어들었다.

"실장님도 참. 어떤 멍청한 도둑놈이 휴게소에서 트럭을 훔칩니까."

시훈은 한숨을 삼켰다. 참으로 눈치가 없는 양반이다.

"으흐흐! 원래 저흰 쉬는 날엔 꼭 붙어 있거든요."

은하의 말에 시훈은 새삼 철수를 부러워하며 항복했다. 나머지 기간엔 어찌해야 할는지 고민을 해 봐야 할 것 같다. 평일에 적은

시간을 둘이 오붓하게 보내느냐, 아니면 많은 시간을 셋이 보내야 하는지를.

결국 세 사람이 시훈의 차에 탔다. 철수와 나란히 앉으려는 은하를 시훈이 제지했다.

"조수석 비우고 뒤로 타는 건 승차 매너에 어긋나요."

"그래, 은하야. 원래 사장이 뒤에 타는 법이야."

철수에게 떠밀려 은하가 조수석에 앉았다. 시훈이 직접 안전벨트를 매 주었다.

"내, 내가……."

그녀의 볼에 발갛게 꽃물이 든다. 옅은 화장품 냄새와 샴푸 냄새가 시훈의 심장도 후끈하게 달군다. 시훈이 시동을 걸자, 은하가 잔뜩 폼을 잡고 앉은 철수를 돌아보곤 탄성을 흘렸다.

"우와, 우리 삼촌 진짜 사장님 같다."

"어험. 가오 나냐?"

"피이! 말하는 건 건달 같다."

"보스에게 까분다? 운전이나 해."

사뭇 살벌한 말투에 시훈은 하마터면 네, 하고 대답할 뻔했다. 은하가 철수를 타박했다.

"진짜 사장님 됐네, 쯔쯧. 운전대는 실장님이 잡았잖아!"

"아이구, 실장님. 죄송합니다. 잠깐 두 사람을 기사 부부로 착각해서."

시훈은 그저 웃음만 나왔다. 하지만 그들의 못 말리는 행각이 싫진 않았다. 생뚱맞은 '기사 부부'라는 말도.

시식은 어디까지나 구실일 뿐이었다. 기왕이면 은하가 좋아하는 음식점에 가려고 물었더니, 장어구이와 활어회가 튀어나왔다. 힘쓸

일 있냐고 짓궂게 응수했더니, 철수가 먹고 싶어 하는 음식이란다. 바다도 볼 수 있는 곳이라면 철수가 춤을 출 거란 말도 덧붙였다. 늘 그랬던 것처럼 자신도 모르게 을의 입장이 되어 따르고 말았다.

"드시죠."

은하가 쥐포 하나를 디밀었다. 냄새만 맡아도 역겨운 음식이다. 게다가 발암 물질이 생성됐을 것 같은 까맣게 탄 부위를 발견하자 저절로 이마가 찡그려진다. 쥐포를 내민 채 시훈을 보던 그녀가 문득 생각난 듯 배시시 웃었다.

"아! 운전 중이죠."

그녀는 쥐포를 손수 찢어서 한 조각 내밀었다. 하필이면 탄 부위다. 먹긴 먹어야 할 텐데. 시훈은 식은땀이 다 났다. 그때 뒤에서 철수가 참견했다.

"야, 운전 중이신데 입에 넣어 드려야지."

말이 떨어지기 무섭게 쥐포가 얼굴 앞으로 날아들었다. 어떻게 입에 넣었는지 모르겠다. 살짝 입술을 스치는 그녀의 손가락 감촉에 힘입어 시훈은 비장하게 쥐포를 오물거렸다. 맛을 음미할 겨를 없이 겨우 삼켰다. 은하가 다시 한 조각을 찢어 내민다. 빨리 매를 맞고 끝내자는 심정으로 급히 받아먹다가 은하의 손가락까지 입에 넣을 뻔했다. 후딱 손을 빼낸 은하가 반대편 창으로 휙 고개를 돌린다. 힐끔 보니 귓불에 앙증맞은 꽃물이 들었다. 깨물고 싶을 만큼 탐스럽게. 쥐포는 은하의 손을 거친 탓인지 두 번째 씹을 땐 유치하게 달달한 맛이 의외로 나쁘진 않았다.

시훈은 철수가 끼어든 게 영 못마땅했지만 시종 들뜬 두 사람을 겪어 보니 적이 기분이 풀렸다. 사실 철수에게 잘 보일 필요가 있었다. 일단 아군으로 포섭하기로 정했으면 당근을 아끼지 말아야 한다는 경영 신조를 발휘해 즉흥적으로 일정을 변경했다.

"어디 가십니까?"

예산을 지나 고속도로를 벗어나는 시훈에게 은하가 동그랗게 눈을 치떴다.

"남당항 도착해서 점심 먹으면 너무 늦어요. 한꺼번에 먹는 것도 현명하지 못하고."

이른 점심과 이른 저녁으로 각각 따로 끼니를 해결하기로 했다.

"장어로 유명한 집이 이쪽에 있어요. 회는 남당항에서 먹고 장어는 여기서 먹읍시다."

국도를 한참 달려 저수지 위편에 납작하게 엎드린 식당에 차를 댔다. 단층 건물은 낡았어도 널찍한 정원을 갖춘 곳이다.

아직은 한산한 가게 안에 앉은 은하가 가격표를 확인하더니 입을 저억 벌린다.

"장어가 원래 이리 비쌉니까?"

"상품에 따라서. 어제도 말했지만, 비용은 회사에서 이미 넉넉히 나왔어요. 업무상 먹는 거니 마음껏 먹어요."

저 꼬맹이가 뭐라고 통 하지 않던 거짓말을 밥 먹듯이 하게 된다.

각각 매콤 양념 둘에 소금구이 하나 해서, 총 2킬로를 시켰다. 지글지글 장어가 숯불에 익어 가자 직원이 와서 한입 크기로 잘라 주었다. 철수는 두세 점씩 거침없이 입에 넣었다.

"삼촌 생강이랑 같이 먹어."

은하가 생강채를 얹어 입에 넣어 주었다. 이어서 또 한입. 시훈은 젓가락질을 멈추고 철수를 향해 찡그렸다.

"어른이 어린 사람 챙겨 줘야 하는 거 아닙니까?"

"원, 실장님도. 은하가 어디 어린앱니까?"

"형님 챙기느라 은하 씨는 안 먹고 있잖아요."

"그런가? 야, 은하야. 너도 얼른 먹어."

철수는 뒤늦게 생각이 난 듯 시훈에게 시선을 돌리고 머쓱하게 웃었다.

"근데…… 방금 형님이라고……."

"저한텐 형님이시죠."

"흐흐…… 밥그릇 수론 맞긴 한데."

연신 히죽거리며 머리를 긁적인다. 시선을 돌렸더니, 은하가 깜찍하게 눈알을 굴려 두 남자를 번갈아 보며 생글생글 웃고 있었다. 그 화사한 웃음에 시훈은 화들짝 놀라 공연히 직원을 향해 큰 소리로 말했다.

"여기 장어 추가요!"

은하가 화장실에 가자, 두 남자는 싱거운 웃음을 나누며 느슨한 젓가락질을 했다. 혼자 2킬로 이상 해치운 철수는 시훈이 좋아졌다. 포만감 때문만은 아니었다.

형님.

한때 '어깨' 들에게 날마다 듣던 말이다. 하지만 똑똑한 회사 간부에게 듣는 말이니 남다르다.

나나도시락 가게를 잃는 게 확정되자 철수는 꼭꼭 숨겨 두었던 영민 형이 남긴 전화번호를 끄집어냈다. 정말로 은하가 견디기 힘든 최악의 상황 앞에서만 사용하라고 했는데, 철수가 악덕 업자의 사채를 쓴 잘못도 있고 해서 결국은 전화를 걸었다. 이후 카리스마가 보통이 아닌 귀티 나는 노인과 만났다. 노인은 그간의 일을 물어본 후 조만간 믿을 만한 사람을 보낼 것이라고 했다. 은하를 위한다면 비밀을 지키고 조용히 협조만 하라고 강조했다. 그래서 만난 시훈이였으니 처음부터 호의적으로 바라보긴 했다.

그런데 가만 보니 은하를 챙기는 오지랖이 보통이 아닌 것 같다. 그래서 또한 좋다. 이 순간 그가 좋아할 만한 소식을 전하고 싶었다. 곧 찾아냈다.

"한 실장님, 우리 은하가 말입니다. 귀엽대요."

"누가……."

"흐흐…… 은하 말이 한 실장님이 귀엽답니다."

이상하게 별로 반기는 기색이 아니다. 철수는 은하가 해 준 다른 칭찬이 떠올라 덧붙였다.

"낙하산이어도 회사에서 다들 인정해 준 것 같단 말도 했어요. 하하!"

시훈은 역시 찡그렸다.

"칭찬……입니까?"

"그럼요! 우리 은하가 남자 칭찬하는 건 첨 봤다니까요."

착각일까. 시훈이 화장실 쪽을 힐끔 보며 이를 갈았다. 곧 무게감 있는 남자로 돌아와 살짝 거드름을 피운다.

"형님, 제가 낙하산이란 건 인정합니다. 첨부터 간부로 떨어져야 할 뛰어난 인재들의 비애를 인정한다고나 할까요. 은하 씨는 모르고 있는데, 사실 제가 냠냠식품 들어오기 전에 CPA 즉 공인회계사였습니다. 그것도 잘나가는 빅펌에서 말이죠."

철수는 뭔 소리를 하는지 헷갈려 건성으로 듣고 장단만 맞추어 주었다.

"그랬군요. 젊은 나이에 대단하네요."

안 그러면 어쩐지 시훈이 섭섭해할 것 같았다.

남당항에 도착해 세 사람은 넓은 바다를 볼 수 있는 해안으로 향했다. 등대로 이어진 둑길을 걷다가 은하와 철수가 폰을 꺼내 서로의 모습을 찍었다. 시훈도 폰을 꺼내 그들을 찍어 주면서 자연스럽게 은하의 사진을 얻었다. 처음엔 두 사람을 찍어 주는 척하다가 슬쩍 은하만 담았는데, 너무 유치한 것 같아 다시 찍기를 청해 두 사람을 온전히 담았다.

일행은 고깃배가 드나드는 방파제로 걸어가 나란히 앉았다. 구름 사이의 따가운 햇살을 감당하면서 철수와 은하는 그렇게 바다를 탐냈다. 시훈은 여기 오길 잘했다고 생각했다. 가방에서 큼직한 사과를 꺼낸 은하가 철수에게 건네주었다. 철수가 양손에 잡고 힘을 주나 했더니 대번에 반쪽으로 쪼개진다. 시훈과 은하에게 한 조각씩 넘기고 철수는 은하가 쥐여 준 보다 작은 사과를 독점했다.

"으흐흐! 우린 이렇게 먹어요."

아삭 베어 먹는 입이 탐스럽기 짝이 없다.

"아차! 잠깐만요."

은하가 휴대폰을 꺼내 들고 황망히 자리를 떴다. 멀찍이 떨어진 후에야 누군가와 통화를 한다. 남겨진 두 남자는 먼바다를 멀거니 바라보았다. 시훈이 문득 생각나서 입을 열었다.

"나나도시락 말입니다. 그래도 장사가 잘됐는데, 다른 곳에 차릴 만큼 돈은 못 모았나 보죠?"

은하가 마구 퍼 준 이유만은 아닌 것 같아서 꺼낸 질문이었다. 철수는 저쪽의 은하를 흘긋 보곤 머리를 긁적였다.

"염병할, 형님이 아프신 후 병원비 땜에 내가 사채를 좀 썼어요.

알고 보니 순 사기였지 뭐요. 그 개새끼들을 콱 묻어 버리려고 했는데, 은하가 말려서 참았어요. 별을 가진 몸이라 경찰과 엮이면 골치 아프다고 말려 대니, 염병. 내가 지 곁에 없는 것보단 수백억 빚이 있는 게 더 낫대요. 염병할, 곁에만 있어 주면 된다고 되레 위로합디다. 정말로 빚도 다 갚아 주고."

감정이 복받치는지 철수의 눈시울이 붉어졌다. 시훈은, 철수가 곁에 없는 것보단 수백억 빚이 있는 게 더 낫다고 말했다는 어린 여자를 향해 고개를 돌렸다. 그녀의 드세게 보였던 첫인상이 또 다른 빛깔로 해석된다. 그리고 어린 은하가 철수의 보호자처럼 여겨지자 새삼 의혹 하나가 고개를 든다. 정작 은하 자신은 힘들 때 누구에게 의지를 했을까?

여하튼 알아 갈수록 옹골진 여자다. 철수가 눈두덩을 문지르고는 애써 웃어 보였다. 시훈은 짐작을 하면서도 한 가지를 확인하고자 입을 열었다.

"말씀 중에 별이라면……."

"쩝, 철없던 시절에 주먹 좀 쓰다가 빵 좀 들락거렸죠. 영민이 형님 아니었음 지금쯤 병신이 되었거나 빵에서 썩고 있었을 거요."

그가 갑자기 이를 악물고 부르르 떤다.

"근데 말이오. 우리 은하를 누가 건드리거나 울리기라도 하면 그땐 빵에서 썩더라도 진짜 콱 묻어 버릴 거요!"

퍽!

철수의 손아귀에서 사과가 처참하게 터져 나갔다. 얼마나 아귀 힘이 강한지 숫제 죽이 되어 버린다. 그런데 철수는 왜 이쪽을 보면서 그런 행동을 취하는 것일까. 시훈의 등으로 서늘한 바람이 스쳤다. 순간 떠오른 것이 있었다. 나나도시락으론 무수한 남학생들이 들락거렸을 것이다. 시훈은 흐뭇하게 고개를 끄덕거렸다.

"은하 씨가 그 미모에 왜 남자 친구가 안 생겼는지 이제야 알겠네요."

손바닥을 털던 철수가 무슨 말인가, 하며 갸웃한다. 하여간에 눈치가 없는 양반이다. 시훈은 빙그레 웃었다.

"고맙다는 뜻입니다, 형님."

유 사장과 통화를 마친 은하는 두 남자에게 다가갔다. 그들이 부쩍 가까워진 것 같은 모습에 저절로 입꼬리가 올라간다. 철수를 배려해 선뜻 양보해 준 시훈이 고맙다. 그리고 더욱 귀엽다. 마음 한 귀퉁이론 방어막이 맹렬히 작동하고 있었다. 하지만 이 순간의 따뜻한 느낌만은 오롯이 누리고 싶다.

횟집에서 이른 저녁을 먹었다. 이곳 명물인 대하나 새조개를 먹으러 가을과 겨울에 다시 오자는 시훈의 말에 은하는 선뜻 대답을 못 했다.

돌아가는 길에 시훈을 힐끔힐끔 훔쳐보다가 딱 시선이 마주치자 속절없이 뺨이 타올랐다.

"고마워요. 우리 삼촌 배려해 줘서."

은하는 새삼 다소곳이 말했다.

"흥. 안 어울립니다."

"뭐가요?"

"장은하 씬 건방져도 매력 있어요. 참, 경고하는데 별맘에선 아무한테나 웃지 말아요."

"흥! 남들이 들음 진짜 사귀는 줄 알겠습니다?"

"그럼 부부인가?"

"실장님!"

"형님 말마따나 기사 부부."

은하는 뒷자리로 매운 눈길을 날렸다. 철수는 험악한 얼굴에 웃음꽃을 피우며 곤히 잠들어 있었다.

시훈과 헤어진 뒤 다시금 철수의 트럭에 올라탔다. 집으로 가기 전에 평택의 유 사장 회사를 들를 터였다. 콧노래를 부르며 운전하던 철수가 문득 입을 열었다.

"은하야, 한 실장 말이다. 낙하산 타기 전에도 잘나갔대."

"대학 졸업하고 바로 낙하산 탄 거 아니고?"

"아냐. 거 뭐라더라. 공인…… 응, 공인중개사였는데 대단한 곳에 있었대."

"그래?"

"근데 그게 큰 데 들어가면 큰 회사 실장보다 돈 많이 버냐?"

"그렇겠지? 우리 동네 부동산 사장도 가장 비싼 아파트 살잖아. 미국 대통령도 부동산 해서 성공했고. 게다가 '사' 자가 들어가잖아. 능력만 좋으면 변호사나 의사보다 많이 벌겠지?"

철수가 이야기를 걸면 언제나 사양하지 않던 습관으로 응수했다. 머릿속으로는 묵묵히 챙겨 주고 배려해 주던 시훈의 모습을 은밀히 누리면서. 한 달이라고 못 박은 마당이니 지레 겁낼 필요는 없다 싶다. 정작 무서운 것은 말없이, 갑자기 떠나는 정이니 말이다.

"유 사장님은 일요일인데 왜 회사에 계신대?"

철수가 물었다. 은하도 궁금하다.

"암튼 삼촌, 사고는 안 쳤지?"

"야, 야. 회사 사람 다들 나보고 일꾼이라고 난리다."

급히 상의할 일이란 게 무얼까? 어림짐작이 되지 않아서 은하는 연신 고개를 실긋거렸다.

오 회장이 알고 있는 김 과장은 누구보다도 입이 무겁다. 그리고 의리가 남다르다. 특히 그를 냠냠식품으로 취직시켰던, 고등학교 선배인 영민을 향한 의리는 오 회장도 감탄하는 중이다. 휴일 오후에 그를 자택으로 불러 벌써 30분 남짓 마주하는 중이다.

"어쩌다 시훈이한테 가야 할 보고서가 지영이한테 먼저 간 게로군."

"네, 회장님. 제 불찰입니다."

"아닐세. 그보다 아까 내가 장은하와 영민이 관계를 밝혔을 때 태연하더군. 알고 있었나?"

"몰랐습니다. 다만 영민이 형하고 계란찜 레시피가 똑같아서 주시하고 있었습니다."

김 과장은 오 회장 가족과 마찬가지로 영민을 찾아가고 싶어도 참아야 했다. 영민은 냠냠식품과 얽힌 모든 인연을 끊었으며, 냠냠식품 식자재만 봐도 발작한다고 했다. 지영에게 큰일이 있은 뒤 오 회장은 한 번 더 영민을 찾아갔다. 이후 영민은 끊었던 술을 먹고 발작을 되풀이하다가 병까지 얻었다.

'나까지 데려가려고 왔소? 제발 내버려 둬요!'

가슴을 후비는 그의 절규가 아직도 귓가에 선하다. 여하튼 애써 숨어 사는 그를 더는 자극할 수 없어 세월이 상처를 씻겨 주기만 기다렸다. 실수였다. 투병 중인 사실을 너무 늦게 알아 버렸다. 그나마 김 과장이 은밀히 알려 주지 않았다면 저승길 배웅도 못 할 뻔했다.

오 회장은 슬쩍 메모지를 훔쳐보았다. 최 여사의 말을 듣고 보니, 자부심이 남달랐던 기억력에 문제가 생긴 듯싶어 진행 중인 사항은 따로 필기해 놓았다.

"장은하에겐 천안의 도시락 가게를 다시 차려 주고 내보낼 거네."

"외람된 말씀 같지만, 장은하는 별맘 주인이 될 재목입니다."

"지영이가 겨우 다 잊고 평화로워졌네. 난 딸아이의 눈물을 다시 보고 싶지 않아."

"그럼 지영 사장님께선 계속해서 별맘 주인을 기다려야 합니다."

"우선 시간이 필요하네. 장은하를 다독일 수 있는 시간."

오 회장은 지영과 나눈 대화가 생각이 나서 말을 이었다.

"자네한텐 미안한 일이지. 기왕 하는 수고, 조금 더 해 주게."

냠냠음식백화점이 도시락 공장을 따로 차리자, 책임자로 가게 된 영민은 김 과장에게 자신만의 음식을 전수해 주었다. 즉 김 과장만이 영민 고유의 음식을 온전히 전수받았다.

영민이 아내를 잃고 잠적해 버린 그해에 냠냠음식백화점은 대대적인 수리를 거쳐 별맘도시락으로 바뀌었다. 영민의 어린 아내를 기리는 가게였으며, 남은 가족을 위한 가게였다. 별맘 주인이 나타나면 김 과장은 영민의 음식으로만 메뉴를 바꾸고 중심을 잡아 준 뒤 비로소 조리실을 벗어나 본사의 중책을 맡을 터였다. 물론 오 회장의 바람대로 영민이 늦게라도 수용해 별맘을 직접 맡았다면 김 과장은 홀가분하게 떠났을 것이다.

통 안 하던 미안하단 말을 보탠 탓일까. 오 회장을 바라보는 김 과장의 눈동자에 이채가 서렸다. 그가 천천히 입을 열었다.

"영민이 형을 위해서라면 별맘에서 정년퇴직해도 상관없습니다. 그리고 전 사무실보단 조리실이 좋습니다."

"허허, 자네도 어지간하군. 영민이 세상을 떠난 마당에 남은 딸을 위해 그리 말하다니."

"사실 형님 부탁이셨습니다."

"무슨 소린가?"

"제가 형편이 안 좋아 회사는 물론이고 학교 때부터 신세를 많이 졌습니다. 제 어머니 수술비를 대 주기도 했는데, 나중에 알고 보니 형 대학 등록금 하려고 모아 둔 돈이었습니다. 그렇게 형은 베풀기만 하고 받지는 않았습니다. 정 갚고 싶다면, 행여 형이 잘못되면 남은 가족에게 갚으라 했습니다. 기회가 왔고, 전 갚고 싶습니다."

힘찬 말씨와는 달리 김 과장의 눈은 벌겋게 부어올랐다. 베풀기에 바빠 영민은 돈은 못 모았지만 사람은 확실히 얻은 듯싶다.

오 회장은 시간을 확인하고 서둘러 김 과장을 배웅했다. 곧 시훈이 도착할 터였다.

김 과장은 끝내 영민의 안배를 밝히지 않은 채 오 회장의 집을 나왔다.

그날 이후 영민은 기존의 모든 인연을 거부하고 꼭꼭 숨어 버렸다. 별맘을 지키며 그를 기다리다 지쳐 버린 3년 수개월 전에 어렵게 영민을 찾아냈다. 그는 병원에 누워 있었다. 김 과장을 발견한 영민은 반기기는커녕 가슴을 쥐어뜯으며 고통으로 몸부림쳤다.

'동정하기만 해 봐라. 그리고 오 회장한테 알리기만 해 봐!'

전화번호를 몰래 놓아둔 채 쓸쓸히 나와야 했다. 그러고는 한 달 후 영민의 전화를 받고 병원을 찾아갔다. 그는 친필 사인으로 겹겹이 봉한 봉투를 건네주었다. 마지막 힘을 쥐어짠 양 힘겹게 건네준 봉투는 그의 마지막 안배가 되었다. 김 과장에게 수고비와 연락처를 몰래 건네받았던 간병인이 며칠 뒤 전화를 걸어 왔다. 그가 하늘로 돌아갔다고.

김 과장은 노을이 번지는 하늘을 치어다보며 생각했다. 은하를 위해서라도 아직은 안배를 밝힐 필요가 없다고.

유 사장은 텅 빈 회사 사무실에서 홀로 앉아 있다가 은하를 맞이했다. 철수는 밖에서 기다렸다.

"은하야, 내가 여기서 곧 누굴 만나야 하는데, 그 전에 너한텐 먼저 묻고 싶어 서둘렀다."

유 사장은 잔가지를 쳐 내고 시원하게 본론으로 넘어갔다.

"자그마한 이동 급식 업체 하나가 매물로 나왔다. 너하고 철수 둘이면 해낼 규몬데 생각 있냐?"

"저흰 나나도시락을 다시 차릴 거라 관심 없습니다."

"자금은 걱정 마라. 내가 대 줄 테니 아주 천천히 갚으면 된다."

그래도 나나도시락 간판을 달 수 없으니 소용없다. 간판이 엄마와 통신하는 안테나니 소중히 간직하라는 아빠의 우스꽝스러운 당부가 아니라도 어떡하든 가게를 되찾아야 했다. 안 그러면 하늘의 아빠는 땅 위의 딸에게 실망할 터였다. 어쩌면 엄마도.

"말씀은 고마운데요, 진짜 생각 없습니다."

"헛! 계약 직전에야 알게 돼 잠깐 스톱시켜 놓긴 했는데…… 아까운 기회란다."

은하가 한사코 고개를 흔들자 유 사장은 결국 포기했다. 은하는 유 사장의 제의를 새김질하다가 뭉클하면서도 의혹이 생겼다.

"저기요, 사장님. 아무리 아빠한테 신세를 지셨다고 해도 너무 잘해 주시니 좀 그렇네요."

의혹을 드러내며 지레 변명하는 표정을 짓는 은하를 물끄러미 바라보던 유 사장이 탁한 한숨을 쉰다.

"니 아빠 당부도 있고 해서 이 이야기까진 안 하려고 했는데 말이다. 사실 내가 니 아빠한테 다른 빚이 또 있다."

은하는 고개만 갸웃이 기울였다.

"너무 싸게 넘겼다고 했잖냐. 사실 내가 잔금 치를 능력이 좀 부족해 니 아빠가 양보한 거다. 양보해 주면서 조건을 달았어. 나중에 잘되면 은하 너한테 갚으라더라."

단박에 눈이 뜨겁게 젖어 버렸다. 은하는 속으로 불퉁거렸다.

'또라이 아빠 같으니. 울지 말라고 협박해 놓고 자기는 만날 울리네.'

집에 도착해 씻고 방에 들어서자 시훈에게 문자가 와 있었다. 빈약한 데이터 약정 탓에 이렇듯 문자를 고집하는 중이다.

[은하+삼촌이라서 공정 거래 위반. 고로 공정 거래 회복을 위해 나도 I+I 권리를 행사한다. 이번 주는 평일에 한 번 더 만납시다.]

누가 전직 공인중개사 아니랄까 봐 부동산 계약서 모양새로 항변하는 것 같아서 은하는 피식피식 웃었다.

이미 저녁을 먹었어도 그냥 각자의 방으로 헤어지기 허전해 은하는 미숫가루를 탄 뒤 철수와 식탁에 마주 앉았다. 은하는 점장의 레시피를 익히다가 별맘의 역사가 궁금해 본격적으로 검색해 보았다. 블로거들의 활발한 활동 이전 시절부터 언론과 온라인 카페 등의 관심을 받았으며, 본래 그 자리는 냠냠식품의 분식백화점이었다. 그곳에서 출발한 회사는 중견 기업까지 도약했다. 은하는 그 정도 욕심을 상상할 여유는 없었다. 나나도시락을 다시 차리는 게 급선무였으니.

"아빠 가맹점 사업하자는 사람이 왔어도 왜 거절했을까?"

"형님 성격이 속 편하게 먹고사는 거였잖냐. 아프지만 않으셨음 나나 하나로도 떼돈을 버셨을 거야."

"그렇다고 블로거 취재까지 막 화를 내며 막을 필요가 있었을까. 나한테도 절대 포스팅 못 하게 하고."

아빠의 방침을 그대로 이어 가려고 은하 역시 홍보를 자제했다. 하지만 종종 의혹이 생기는 건 어쩔 수 없었다.

모처럼 둘이 아닌 셋이 휴일을 보내서인지 혼자 방에 들어갈 때면 찾아드는 막연한 두려움이 한결 덜했다. 은하는 시훈의 문자를 다시금 확인하고는 살포시 웃으며 잠을 청했다.

월요일의 C팀은 기분 좋은 긴장감으로 분주했다. 모처럼 1위 가능성이 높은 메뉴를 얻어 냈고, 점장은 일찌거니 C팀의 '시집살이'를 면제했다. 당연히 은하는 팀에서 하루 일을 시작했다. 밑반찬을 같이 세팅하는 은영이 히죽거렸다.

"대진 운까지 좋아. A팀이 장어덮밥이잖아."

장어덮밥은 압도적으로 비쌌다. 총 매출과 총 판매 개수로 각각
50프로씩 점수에 반영해 1위를 가리는데, 장어덮밥은 가격 때문에
총 개수에서 많이 밀렸다.

"B팀의 치즈두루치기가 복병이긴 한데, 사이드는 우리가 유리
하니 충분히 승산 있어."

준호는 사이드 메뉴인 스터프드 에그를 만드느라 일찍부터 분주
했다. 지난주에 은하가 B팀에서 거들었던 스카치 에그의 호평에
자극받은 찬석이 급히 넣은 메뉴였는데, 데빌드 에그란 명칭으로
미국의 파티 음식에 많이 쓰이는 핑거 푸드다.

찬석은 메인인 닭갈비를 준비하고 있었다. 은하는 준호를 대신
해 국을 살피는 한편 찬석이 필요로 하는 재료를 날라다 주면서
그가 비워 낸 보관 용기를 재까닥 세척하는 등 허드렛일을 도맡았
다. 찬석은 시종 은하의 시선을 피한 채 움직였고, 은하는 대량의
양념을 척척 처리하는 찬석의 익숙한 손놀림을 부지런히 훔쳐보았
다.

"팀장님."

찬석을 부르는 준호의 표정이 사뭇 어둡다.

"에그 크림이 무늬도 안 나오고 죄 주저앉아 버려요."

스터프드 에그는 삶은 계란을 반으로 갈라 노른자를 빼낸 뒤 다
진 야채와 마요네즈, 머스터드 따위로 섞어 짤주머니를 이용해 흰
자 속을 채운다. 그런데 너무 물렀는지 물결 모양으로 꽃을 이루지
못하고 죽처럼 주저앉았다.

"노른자를 더 섞어."

찬석의 해결책에 은영이 난감해한다.

"계란 재고도 없는 데다 삶아 낼 시간도 없어요."

"이런."

찬석은 짜증스러운 한숨만 내쉬며 쉬 해법을 찾아내지 못했다. 익숙하지 못한 메뉴인데도 이웃 팀에 자극받아 급히 넣었던 부작용이 드러나는 중이다. 결국 은하가 나섰다.

"팀장님, 젖은 빵가루를 넣으면 될 것 같은데요."

그가 미심쩍은 표정만 지은 채 대답을 안 하자, 은영이 손뼉을 쳤다.

"맞다! 그런 방식도 본 적 있어. 양도 늘릴 수 있고 수분을 먹어 주니 딱이네!"

그래도 대답을 안 하자, 은하가 찬석을 향해 머리를 긁적이며 머쓱하게 웃었다.

"사이드가 폼이 안 나면 팀장님 명성에 흠이 가잖아요."

천진한 은하의 웃음 앞에 그도 피식 웃었다.

"자신 있어?"

"넵! 충성을 다하겠습니다!"

은하는 찬석의 마음이 변할까 봐 잽싸게 저장고로 달리며 은영에게 소리쳤다.

"언니, 빵가루 한 봉 쓴다!"

빵가루를 안고 돌아오며 다른 팀을 살피다가 김 과장과 눈이 마주쳤다. 그는 가까운 곳에 서서 은하를 물끄러미 바라보고 있었다. 참으로 표정을 가늠하기 힘든 분이라고 생각하며 은하는 꾸벅 고개를 숙였다.

촉촉한 빵가루는 냉동 상태로 보관하다가 사용 전날 냉장고에서 해동시킨다. 하지만 급히 꺼내 쓴 탓에 손으로 잘게 부숴야 했다. 지체할 수 없어 단단하고 큰 볼에 봉지째 담은 후 겹으로 장갑을 끼고 양 주먹으로 두들겼다. 퍽퍽, 연타를 맞은 차가운 빵 덩어리가 자잘하게 부서져 나갔다. 그 무식한 행동거지에 은영과 준호가 감탄하며 키득거렸다.

"우리 은하는 진짜 괴물이야!"

은영의 말을 준호가 받는다.

"세상에서 가장 아름다운 괴물이죠."

직진이건 꽃길을 거치건 결론은 괴물이었다.

"괴물 주먹맛이 궁금하지?"

주먹을 내흔드는 은하의 으름장에 두 사람은 살려 줘요, 하는 과장된 몸짓을 했다. 어쩐지 잠시 헤어졌던 가족과 상봉한 기분이 든다.

빵가루를 섞어 다시 반죽한 에그 크림은 깔끔한 물결 모양을 내며 달팽이 무늬로 흰자를 채우고 꽃처럼 노랗게 봉긋 솟았다. 그 위로 준호가 파슬리를 뜯어내 녹색 고명으로 마무리했다. 맛도 더 고소했다. 자연스럽게 은하가 주도했고, 이내 척척 손발이 맞아 일에 속도가 붙었다. 다만 계란 노른자가 가운데로 정착한 채 삶아졌어야 모양이 곱게 나오는데, 그렇지 못한 점이 아쉬웠다.

"준호야, 계란 삶을 때 굴렸어?"

"아뇨."

"다음에 삶을 땐 4~5분 정도 돼서 계란을 굴려 줘. 그래야 노른자가 가운데로 가."

"넵, 선배."

은하가 기본 상식을 의외로 모르고 있었던 것처럼 준호도 기본을 숙지하지 못한 게 있었다. 역시 여러 조리사와 어울려 일을 해야 시야가 넓어지는 것 같다. 나나도시락을 다시 차리면 이전보다 훨씬 다양한 메뉴를 더 쉬운 방식으로 내놓을까 싶다.

B팀이 복병이라던 은영의 예상이 맞아떨어졌다. 닭갈비는 지난 판매 때보다 소진 속도가 빨랐는데도 치즈두루치기를 쉽게 따돌리지 못했다. 제육과 야채를 얼큰하게 졸여 미리 볶아 놓은 김치를 추가해 치즈를 올린 B팀의 두루치기는 비주얼부터 빼어났다. 흔히 쓰는 노란 슬라이스 대신에 백색 슬라이스를 사용해 모차렐라 치즈 느낌을 준 게 유효했고, 요즘 한창 저렴한 방울토마토를 반 갈라 올린 샐러드는 메인의 느끼함을 시각으로 먼저 보안해 주고 있었다. 장래가 가장 기대된다는 시훈의 말마따나 현준은 실력에 더해서 감각이 뛰어났다.

A팀이 부진한 바람에 B, C팀은 피크타임이 지나기 전에 이미 이전 판매량을 초과했다. 기록을 세우고도 1위를 장담할 수 없자 은영이 억울함을 감추지 못했다.

"아이! B팀만 아니면 덩실덩실 춤출 시간인데."

"언니, 걱정 마. 저쪽은 제육 양념해 놓은 거 곧 떨어질 거야."

느긋하게 웃는 은하와는 달리 은영은 우는소리를 냈다.

"아이! 우리도 닭갈비 양념해 놓은 거 간당간당하단 말이야."

"헉! 그럼 안 되는데."

은하는 조리실 안쪽으로 고개를 돌렸다. 찬석이 가스레인지 앞에서 프라이팬으로 닭갈비를 익히고 있었다. 과연 볶을 고기가 얼마 안 남았는지 스팀 솥이 아닌 작은 팬을 사용하는 중이다.

"저기다 두세 번 볶으면 끝이야."

"얼른 양념하면 되잖아."

"누가……."

은영이 문득 말을 끊고 은하를 가리켰다.

"할 줄 아니?"

"딴 데서 많이 해 봤어."

"잠깐만."

은영이 찬석을 향해 종종걸음 쳤다. 찬석과 말을 섞고 돌아온 은영이 찌푸리며 고개를 절레절레 흔든다.

"자기가 한대."

은영이 몸을 뒤로 빼 B팀을 염탐한 후 한숨을 쉰다.

"저쪽은 벌써 리필 준비하네. 1위가 눈앞인데, 에휴."

1위가 눈앞이란 말이 은하의 머릿속에서 빙글빙글 돈다. 능력을 보여 주면 은하에게 책임자 자리를 주겠다고 시훈이, 아니 계약서가 보장했다. 찬석도 본사 발령에 유리하다고 했다. 의외로 1위가 쉽지 않다는 것을 보름 동안 경험했다. 놓치고 싶지 않다.

"언니, 근데 스터프드 에그도 얼마 안 남았잖아?"

"그건 계란 프라이로 대처하면 돼. 메인은 대처가 안 되니 문제지. 어머머! 싹쓸이해 가네!"

과연 배식대에 쌓인 C팀 도시락을 한 무리가 쓸어 가는 중이다. 직원이 돌아보자, 은영이 아직 준비 못 했다는 사인을 보냈다. 뒤에 섰던 몇 명은 하는 수 없이 직원에게 B팀 도시락을 가리켰다. 순간 은하는 휙 몸을 틀어 찬석에게 달려갔다. 그는 막 프라이팬의 내용물을 준호가 가져온 용기에 비우고 볶음을 이어 갈 태세였다. 은하가 씩씩하게 말했다.

"팀장님, 공급이 딸립니다. 양념은 제가 하겠습니다."

그는 대답 대신 땀으로 범벅인 얼굴을 잔뜩 찡그렸다.

"B팀도 추가 양념을 하는 중입니다."

그래도 대답 없이 고기만 팬에 담자, 은하는 답답한 마음을 다스리지 못해 단호하게 말했다.

"팀장님의 명예가 걸린 문젭니다. 리필을 못 해 판매를 중단하면 팀 전체의 자존심 문제고요."

그가 은하와 시선을 섞었다. 입을 열면서 말은 내뱉지 못한다. 복잡하게 일그러지는 그의 표정에 은하는 건방 떤 게 살짝 미안해 머쓱하게 웃었다. 그대로 서로 바라만 보았다. 찬석이 지그시 눈을 감더니 가벼이 고개를 끄덕였다. 즉시 은하는 저장고로 내달렸다.

절단계육은 핏물이 빠져나와 몰칵 비린내가 났다. 다행히 수돗물에 헹구니 역한 냄새는 빠져나갔다. 소쿠리에 담아 물기를 대충 빼고 바로 양념에 들어갔다.

"안 데쳐?"

은영이 다가와 참견했다. 이곳에선 모든 닭 요리를 데친 후 양념하는데, 식감을 살리려면 국거리용에 한해서만 기름과 이물질 제거를 위해 데쳐야 한다고 아빠에게 들었다. 때문에 조리 전에 깨끗이 씻어야 했다.

"물 끓일 시간 아껴야지."

둘러대고 점장의 레시피 대로 양념했다. 칠리 파우더와 카레 분말을 추가해 아빠의 방식과 혼용했다.

B팀도 리필 제육을 볶느라 가스레인지를 사용했고, A팀의 막내는 C팀의 계란 프라이로 '시집살이'를 하고 있었다. 찬석은 마지막 고기를 팬에 쏟는 중이다. 저쪽에선 은영이 발을 동동 구르며

세팅할 닭갈비를 기다리고 있었다. 과연 기다리는 손님들의 줄이 꽤 길었다. B팀도 현재 재고가 없다. 먼저 만든 팀이 유리했다.

"저도 같이 볶겠습니다."

은하는 찬석의 대답을 기다리지 않고 따로 떨어진 중화 화덕에 불을 붙였다. 일전에 한 번 사용해 봤기에 요란한 불 소리에 당황하지 않고 최대한 화력을 올렸다.

달궈진 팬에 식용유를 붓고 고기를 한 뭉텅이 퍼서 담았다.

치지직!

언제 들어도 기분 좋은 소리에 흥이 나서 과감하게 팬을 돌렸다. 팬의 기름이 가장자리로 쏠리는 순간 수분과 섞인 기름이 직접 센 불을 받아 화르르 불이 붙는다. 불꽃은 잡냄새를 날려 주고 음식에 불맛을 남긴다. 반쯤 익어 가자 야채와 양념을 추가해 힘차게 팬을 돌렸다. 거의 다 익히자 소매로 땀을 훔친 뒤 휙 고개를 돌려 준호를 찾았다.

레인지 앞에서 일하던 직원들의 표정은 미처 확인 못 한 채. 준호와 눈이 마주친 은하는 이마를 찡그리며 거만하게 턱짓으로 불렀다. 철수에게 남발했던 버릇이 얼결에 튀어나온 것이다. 와서 고기를 가져가라는 몸짓을 준호는 대번에 알아차리고 달려왔다.

"어어! 선배, 같이……."

안 그래도 묵직한 프라이팬이라 가득한 음식이 채워진 상태론 혼자 들기 버겁다. 하지만 은하는 안간힘을 다해 번쩍 들어 준호가 가져온 용기로 고기를 쏟아 냈다. 이어서 음식을 휘젓던 나무 국자로 뒤집힌 팬을 탕, 때려 양념을 털어 낸 후 빈 프라이팬을 던지듯 화덕으로 날렸다. 달칵. 팬은 정확히 자리를 찾았다. 집중하다 보니 저절로 나나도시락 때처럼 행동했다. 이내 다음 볶음을 준비했다. 요란한 소리를 내는 화덕을 재점화하기 직전에 찬석의 멍한 목소리가 들렸다.

"은하 조리사……."

보니, 그는 어수선한 시선을 날리고 있었다. 다른 사람들의 시선도 비슷했다. 공연히 멋쩍어진 은하는 찬석의 프라이팬을 힐끔 살폈다. 먼저 시작했는데도 그는 아직 반도 고기를 익히지 못했다. B팀의 주임 역시 제육볶음을 끝내지 못했다.

여하튼 일단은 공급 면에서 유리해졌다. 은하는 땀을 훔치며 찬석을 향해 씩 웃었다. 이어서 비장하게 주먹을 불끈 쥐었다.

"팀장님 명예를 위해서라도 빨리빨리 공급해야겠죠?"

여전히 멍한 표정으로 찬석은 고개를 끄덕였다. 열심히.

민철은 흐뭇하게 조리실을 바라보았다. 피크타임이 지난 지금 1위는 C팀으로 기우는 중이다. 추가 준비가 원만해 다른 팀으로 손님을 빼앗기지 않은 이유도 있지만, 무엇보다 막판에 테이크아웃 주문이 많은 덕분이다. 민철은 알고 있었다. 나중에 조리한 닭갈비는 은하가 양념한 것임을. 바로 거장의 제자가 실력을 드러냈던 것이다. 이 순간 민철은 시훈의 당부 때문에 파일을 건넸다는 사실은 망각하기로 했다. 그리하여 유능한 제자를 알아보고 파일을 건넸던 거장의 안목을 오롯이 즐길 터였다.

B팀은 조 주임의 지원에도 불구하고 일손이 달렸다. 반면 C팀은 그 어느 때보다 막강한 호흡과 실력을 발휘했다. 그 중심에는 거장의 제자가 자리했다. 기특한 제자가 밥이라도 편히 먹을 수 있도록 추가 지원군을 보내려고 조리실 전체를 점검했다. 그때 전화가 왔다. 한 실장으로 따로 설정해 둔 벨소리다. 민철은 황망히 구

석 자리로 숨어들었다.

— 낭만극장으로 도시락 배달입니다. 저번처럼 장은하를 원하니, 시간 여유 있게 줘서 보내 주세요.

"근데 오늘 장 조리사가 좀 바쁩니다."

— 팀장이 일을 안 줘 한가하다 했잖아요?

"제 요리를 집대성한 파일에 자극받았는지 적극적으로 나서는 중입니다."

— 2시 넘어선 어때요?

"그땐 외출해도 무리 없을 것 같습니다."

— 그럼 그때 보내세요.

통화를 마친 민철은 바삐 머리를 굴렸다. 요즘 본사에선 눈에 보이지 않는 파벌 싸움이 치열하다고 했다. 낙하산인 시훈은 입지를 굳히고자 당연히 노장들과 친밀한 퇴직 간부들을 챙기고 싶을 터였다.

"가만, 꽤나 거물로 퇴직했으니 한 실장이 챙기려는 거 아닐까?"

민철은 곧 의혹을 털어 냈다. 고작 삼천 원짜리 허름한 극장을 들락거리며 도시락을 까먹는 노인들 아닌가. 자신의 추리에 만족하며 건드러진 태도로 조리실로 향했다. 출입구 방향으로 고개를 돌리기 전까진.

가게로 들어선 오 여사는 팔짱을 긴 채 민철을 삐딱하게 쳐다보았다.

'흥! 고 점장, 많이 컸군.'

거만하게 걷는 모양새가 영 마음에 안 들었다. 본사 고문이 왔는데도 퍼뜩 알아차리지 못하고 말이다.

오 회장에게 있어서 낙원동 거리는 감회가 남달랐다. 번듯한 분식백화점을 차리기 전인 70년대엔 낙원동의 작은 점포에서 음식을 팔았다. 종로 3가로 통하는 샛길로는 고급 요정이 성업 중이었고, 안국동 방향으로는 유신 정권의 사무처와 덕성여대, 그리고 TBC 동양방송이 자리했다.

허리우드극장과 고급 맨션이 들어선 낙원빌딩 곁으론 허름한 식당들이 다닥다닥 붙어 있었는데, 인근의 노동자들이나 음악으로 먹고사는 젊은이들, 그리고 조금 떨어진 종로학원, 상아탑 학원생 등이 들락거렸다. 딱히 맛으로 소문난 것은 아니었고, 엄청난 양과 싼 가격으로 사람들이 몰렸다.

오 회장은 그곳에서 만둣국과 떡국을 주메뉴로 팔며 건조 면을 사용한 자장면 등도 곁들였다. 모든 메뉴는 보통과 곱빼기, 왕곱배기로 구분되었는데, 무지막지한 양인 왕곱배기는 여느 상가의 보통 가격과 비슷하거나 더 저렴했다. 대신 떡국은 밀가루 떡에 참기름과 김 가루만 들어갈 뿐 고기며 계란은 생략되었다.

하지만 오 회장의 가게만 은근히 쌀떡을 섞어 팔아 이익을 줄인 대신 더 많이 팔았다. 쌀떡은 인근에 떡집을 차린 아내가 대주었다. 아내의 떡을 빚는 솜씨도 입소문을 타서 점점 단골이 늘었다.

부부가 악착같이 노력한 끝에 외동딸이 열 살이 되었을 땐 남냠분식백화점을 차렸고, 나중에는 3층 건물 주인이 되었다.

지금도 낙원동에 오면 저렴한 음식을 먹을 수 있는 식당들이 즐비했다. 삼천 원이면 밥을 먹을 수도, 이발을 할 수도, 극장에 들어갈 수도 있었기에 노인들이 주 고객으로 바뀌었지만, 맛으로 알려진 가게론 직장인과 관광객이 몰렸다. 일선에서 물러난 후 오 회장 내외는 이따금 이곳을 찾아와 젊은 날의 추억에 잠겨 보곤 했다.

일부러 아침을 늦게 먹고 나오긴 했어도 시장기가 동했다. 그도 그럴 것이 2시가 훌쩍 넘었다.

"시장하겠소."

오 회장의 말에 극장 휴게실에서 마주 앉은 최 여사는 처녀처럼 수줍게 웃으며 손사래를 쳤다.

"시장해도 참아야죠. 곧 은하랑 밥 먹을 텐데."

최 여사는 외출할 때부터, 아니 전날부터 들떠 있었다. 혼자라도 은하를 보러 가고 싶다며 안달하는 것을 나무라며 제지했다. 그러다 오 회장이 먼저 가자고 하니 연애하는 처녀처럼 들떠서 떡을 빚고 백화점을 다녀왔다. 지영의 아픔을 누구보다도 잘 알고 있으면서도 이렇듯 어릴 때 보듬고 지냈던 정을 잊지 못한다. 기회가 주어졌을 때 회포를 푸는 한편 다가올 은하의 충격에 완충 역할을 하고 싶다 변명하며.

하지만 오 회장은 생각이 달랐다. 회포도 욕심이 나기 하지만 은하에게 충격을 안겨 줄 여지를 차단하고 싶다. 더욱이 지영이 비로소 과거의 아픔을 추스르는 중이다. 확실히 머리에 문제가 생겼다. 왜 그리 성급하게 은하를 불러들였는지 모르겠다.

"빨리 봤음 좋겠네요. 오두방정 깝신거리던 녀석이 어찌 그리 얌전한 아가씨로 자랐는지."

들뜬 마음이 꽤나 뜨거워 보인다. 오 회장은 시훈에게 확인 전화를 하려고 휴대폰을 꺼냈다. 순간 시훈이 먼저 전화를 걸어 온다.

— 죄송합니다. 제 어머님이 은하를 붙들고 있답니다. 제가 전화해도 안 받네요. 조금만 더 기다려 주십시오.

오 회장은 현역 시절처럼 버럭 소리를 질렀다.

"니 엄마가 거길 왜 찾아가! 은하는 또 왜!"

움찔하는 최 여사를 일견하고 자책하며 애써 부드럽게 말을 이었다.

"내가 알아서 할 테니, 넌 빠지고 니 엄마한텐 전화도 넣지 마라."

댕강 통화를 마치고 보니, 최 여사가 한껏 걱정을 떠안고 있다.

"시훈이 엄마가 은하를 만난대요?"

"걔는 아무것도 모르고 있으니 걱정 말아요."

"혹시 처음에 시훈이가 데려온 것 땜에 뭔가 오해한 거 아닐까요?"

"그건 시훈이가 알아서 해명할 수 있는 일이니, 쓸데없는 걱정 그만해요."

"그래도 아가씨가 어디 보통 철부진가요? 오죽하면 얼굴에 철판 깔았다는 회사 간부도 아가씨한테 불려 간 후 청심환을 다 삼켰겠어요. 에휴, 우리 얌전한 은하가 무슨 봉변을 당할지, 쯔쯧."

틀린 말만은 아니다. 철부지 누이 때문에 청심환을 삼킨 직원이 어디 한둘인가. 그들은 속으론 누이를 비웃고 욕하면서도 겉으론 시종 웃으며 황당한 지시를 수용해야 했다. 바로 누이의 배경 때문에 모멸감을 감수했다. 따지고 보면 정작 모멸당하는 것은 누이였다. 그런 모양새가 끔찍이 싫어서 회사 일의 간여는 물론이거니와 출입도 엄하게 금지시켰다. 어찌 보면 오 회장이 그리 만들었다. 하나뿐인 피붙이라서 '누이바보' 소리를 들으며 보살펴 왔던 게 역시나 독이 된 듯싶다.

오 여사는 한산한 2층 홀에 앉아 불편한 심기를 다스리며 벽시계를 힐끔거렸다. 무언가 잘못되었다. 은하는 당연히 한가해야 할 텐데도 피크타임이 훌쩍 지난 지금까지 바쁘단다.

'박 전무.'

동갑내기 홀아비라 오래전부터 이심전심으로 친분을 쌓았던 박 전무를 떠올리며 이를 갈았다.

'겨우 그깟 부탁 하나 처리하지 못하다니.'

은하에게 고마운 점이 없는 건 아니었지만, 아들의 고귀한 품종을 능멸하며 바쁘다고 칭얼댔던 일은 도저히 그냥 넘길 수 없어서 박 전무에게 하소연 끝에 청했다. 그는 문제없다고 큰소리쳤지만, 현장에는 문제가 있었다. 은하가 중요한 일을 맡아 바쁘다니 말이다.

이윽고 은하가 나타났다.

"안녕하세요"

쾌하게 인사를 하는 은하에게 맞은편 의자를 가리키자 의외로 선선히 앉는다. 제법 다소곳한 모습에 살짝 기분이 풀렸다. 선글라스를 벗고 바라봐서 그런지 전에는 못 느꼈던 건강하게 탐스러운 피부가 느껴졌다. 앞치마는 여기저기 물기며 양념이 묻어 있었고, 어깨로는 티셔츠가 땀으로 찰싹 달라붙어 있었다.

"식사는 하셨어요?"

생긋 웃으며 묻는다.

"으응. 먹었어."

예상치 못한 은하의 살가운 태도에 오 여사는 당혹감을 추스르고 애써 고개를 빳빳이 세웠다. 은하가 바보처럼 웃는다.

"으흐흐! 전 여직 못 먹어 배고파 죽을 지경이지만 뭐, 괜찮습니다."

"아직?"

"바빴거든요. 오늘 저희 팀이 1등이랍니다, 1등."

"1등이고 뭐고 밥은 먹고 해야지."

"고문님께서 찾으신다기에."

"흥! 내가 밥 굶기는 갑질 사모님인 줄 아나? 어서 먹고 와."

지난 일이 떠올라 얼결에 내뱉었다.

"괜찮은데."

괜찮다고 하면서도 홀쭉한 배를 움켜쥐며 가련한 표정을 짓는다. 사진이라도 찍히면 난감할 터였다.

"내가 안 괜찮아. 빨랑 먹고 와!"

또 기다려야 한다는 짜증을 담아 소리쳤다.

"그럼 고문님의 성의를 봐서."

시종 상냥한 태도인데도 무언가 거슬린다. 하지만 부탁을 하러 온 마당이니 인자한 웃음을 지으며 보내 줬다. 꺼 놓은 휴대폰을 재확인했다. 다시 여길 온 걸 시훈이한테 들키면 두고두고 시달릴 터였다. 특히 호랑이 오빠한테 걸리면 뼈도 못 추린다. 때문에 똑똑한 수하들을 거느린 오 회장이 무서워 위치 정보를 껐다. 그래도 안심이 안 돼 숫제 전원을 꺼 두었다. 은하에게 부탁의 말만 전하고 얼른 자리를 뜰 터였다.

은하는 허기진 배를 채우며 생각을 굴렸다. 한시적으로 사귀는 입장을 떠나 시훈은 철수를 한껏 배려했다. 오 여사는 여전히 마뜩잖지만 시훈의 모친이니 공손하게 대하고자 애썼다. 다만 하필이면 바쁜 날만 골라 온 점이 못내 아쉽다. 그 아쉬움은 오 여사를 더 기다리게 함으로써 앙갚음했다. 설령 시훈 본인이라고 해도 나나도시락행 급행열차 티켓이 달린 1등을 방해하는 순간 적이다. 이변이 없는 한 1등은 C팀 몫이라고 다들 단언했다. 하지만 9회 말 투 아웃에 B팀이 역전 만루 홈런을 날리지 말란 법은 없다.

팀원들이 유익한 포만감을 안고 잠깐의 휴식을 누리는 시간에 은하는 2층으로 다시 올라갔다.

선글라스를 벗은 오 여사는 나이답지 않게 눈동자가 맑았다. 전에는 못 가졌던 순박한 느낌에, 겪어 보면 순수한 분이라던 시훈의 말이 떠올랐다. 은하가 앞으로 앉자 짐짓 거만하게 자세를 바꾸는 모습이 새삼 귀엽게 와 닿는다. 시훈의 모양새와 살짝 닮았기에.

"왜요?"

은하는 생글생글 웃으며 갸웃이 고개를 기울였다. 오 여사가 은하의 얼굴을 바라보며 찡그린 탓이다.

"입술에 고춧가루 묻었다."

"헉!"

은하는 황망히 손바닥으로 입술을 비비고 손가락으로 여기저기를 톡톡 털었다.

"됐어요?"

은하의 무식한 처리에 오 여사가 혀를 끌끌 찼다.

"쯧쯧, 밥 먹고 거울도 안 보나."

"으흐흐! 급히 오느라."

새삼 창피해서 머리를 긁적이며 푹 숙였다. 평소에는 밥알을 붙이고 다녀도 태연했지만.

"후우!"

오 여사가 땅이 꺼져라 한숨을 쉬기에 고개를 들었다.

"부탁할 게 있어서 왔다."

새치름한 말씨에도 한숨이 담겼다.

"말씀하십쇼."

"당장 본사에 가서 시훈이를 좀 만나고 와."

"네?"

은하는 뜨끔하여 엉덩이를 들었다 놓았다. 시훈이 무슨 말을 했을까.

"보따리……."

말을 뚝 끊고 은하를 보며 이를 갈더니 소리친다.

"우리 시훈이한테 그놈의 보따리란 말을 왜 한 거야!"

무슨 말인가 하다가 뒤늦게 알아차리고 은하가 항변했다.

"잠깐만요, 고문님. 전 한 실장님한테 한 적 없는데요."

"내가 전했……지. 아무튼 네가 그 말을 꺼낸 거잖아."

"그거야 당시 상황이……."

"수습해."

"네?"

"장은하 네가 수습하라고. 당장 시훈이한테 가서 보따리를 취소하고 사과하고 와."

"무슨 말씀이신지 도무지……."

"이건 부탁이야."

"듣보잡 엄포 같은데요?"

예전 말투가 튀어나온 바람에 다급히 덧붙였다.

"으흐흐! 요새 중딩들 표현을 빌리자면 말입죠."

오 여사가 귀를 가까이 하라고 손짓했다. 그녀는 주변 보안을 확인한 후 입을 열었다.

"우리 시훈이가 병이 났어."

"어디가 아픈데요?"

"너 때문이야. 보따리 때문에 머리에 문제가 생겼어. 증세가 보통 심각한 게 아냐."

가슴을 졸이는 은하의 심정을 아는지 모르는지 오 여사는 빙빙 돌려 설명했다.

"우리 시훈인 자존심에 목숨 거는 애야. 보따리 이야길 듣고 밤새 끔찍한 비명을 지르더라. 거기다 나이 많고 이상하고 싱거운 남자라니, 원. 결국 사달이 났지 뭐니."

한껏 목소리를 낮춰 말을 잇는다.

"갑자기 애가 질색하던 아이돌 음악을 듣지를 않나 운동도 죽어라 하는 거야. 나이 많은 남자란 말에 쇼크받은 거지. 또, 갑자기 이상적인 남녀상이니 남성의 매력 따위 책을 읽는 거야. 이상한 남자란 말에 쇼크받은 거지."

은하는 슬며시 안도의 숨을 내쉰 후 입을 열었다.

"고문님께서 너무 예민하게 받아들이신 거 같습니다."

"아냐. 식성이고 뭐고 싹 변해 버렸어. 어젯밤엔 쥐포를 다 사왔더라. 그 끔찍한 음식을."

입에 올리기만 해도 진저리가 나는지 부르르 몸을 떤다.

"세상에! 냄새만 맡아도 토하던 애가 그걸 맛있게 씹더라니까. 실성한 사람처럼 히죽거리면서 말이다. 그걸 보고 얼마나 무서웠는지. 공포 영화가 따로 없더라. 그뿐인 줄 아니? 아침에 사과를 깎아 주려는데 갑자기 채 가더라. 세상에나! 고릴라처럼 손으로 쪼개서 원숭이처럼 우적우적 씹어 먹지 뭐니. 농약 묻었다고 껍질은 절대 안 먹고 얌전히 포크로만 먹던 애가 말이야. 지 동생한테는 뜬금없이 이대호 선수처럼 배가 나오려면 어떡해야 되냐 묻지를 않나. 생뚱맞게 지가 귀엽냐고 묻지를 않나. 이쯤 되니 나도 인정할 수밖에 없었어."

은하는 이유를 알 것도 같았지만 시치미를 떼며 끄덕거렸다.

"말씀을 듣고 보니 심각하긴 하네요."

"똑똑하고 까칠한 애가 회까닥 가 버린 거지. 머리를 쥐어짜 원인을 찾아보니, 그놈의 보따리 말곤 없더라."

때문에 지체할 수 없어 찾아왔으니 시훈에게 달려가 뱉은 말을 취소하란다. 은하는 어떻게 대답해야 할지 몰라 표정 관리에만 애썼다. 갑자기 뭉클했기 때문이다. 다른 세계에 살고 있는 것 같은 시훈은 철수와 은하의 세계를 기꺼이 품고 싶었나 보다. 간질간질 마음을 건드리며 삐져나오려는 웃음을 오 여사에게 들켰다.

"애, 난 심각한데, 가해자인 넌 즐기는 것 같다?"

"그럴 리가요. 고문님의 자식 사랑에 감동 먹어서요."

"부탁, 들어줄 거지?"

"증세가 그리 심각하다면 당연히 협조해야죠."

"정말?"

"네에."

"쩝. 네가 쉽게 대답하니 뭔가 이상해서 말이야. 참! 애당초 너 때문에 생긴 일이니 절대로 말 퍼지면 안 된다."

"알겠습니다."

"무슨 말을 삼가야 하는지 알지?"

"네, 제가 보따리로 줘도 안 가진다 해서 상심해서 병이……."

"보따리 말고, 증세 말이야, 증세!"

"고문님, 쉿!"

"응, 쉿."

오 여사는 주변을 훑어본 후 추가로 당부한다.

"시훈이한텐 내가 찾아왔단 말 하지 마라."

"마마보이 된 거 같아서 또 자존심 상하겠죠?"

오 여사는 뭐가 못마땅한지 눈을 흘긴 후 입을 연다.

"사실 시훈이는 내가 가게를 찾아오는 자체를 싫어해. 암튼 나 맞아 죽는 꼴 안 보려면 입단속 잘해."

"아들이 엄마를 때려요? 이상하고 막돼먹은 사람이네."

"에휴, 걔가 다 좋은데 지 엄말……."

맞장구를 치나 했더니, 오 여사는 이내 발끈했다.

"막돼먹긴 누가. 말이 그렇다는 거지. 입단속이나 잘해."

오 여사는 일단 어려운 짐 하나를 내려놓은 양 맞댄 얼굴을 뒤로 빼서 거만한 자세로 돌아갔다. 은하는 이쯤에서 일어나도 될까 싶어 엉덩이를 들썩였다. 그때 점장이 조리복을 입은 채 다가왔다. 오 여사 보고 들으라는 양 말한다.

"장 조리사, 천천히 이야기 나눠도 돼. C팀은 내가 직접 지원 중이야. 바쁘지도 않고."

별로 달갑지 않은 말을 남기고 간 덕분에 오 여사의 말을 더 들어야 했다.

"내 자식이어서 하는 말이 아니라, 우리 시훈이는 타고난 천재야. 그래서 가끔 이상하단 오해를 받아."

"예, 예. 그러시겠죠."

"시훈이가 낙하산이다 뭐다 하는 소문을 들었겠지?"

은하는 전혀 모르고 있는 것처럼 동그랗게 눈을 뜨며 시치미를 뗐다.

"사실 냠냠식품 아니어도 아쉬울 게 없던 애야. 시훈이가 회사에 들어오기 전에 뭘 했는지는 들었어?"

"아, 네. 공인중개사 자격증을 따서 잘나갔다고 들었습니다. 참 대단한 아드님이세요."

딴에는 조직 생활의 예법에 따라 듣고 싶어 하는 말을 해 준 것 같은데도 오 여사의 표정은 썩 좋지 않다.

"중개사가 아니라 회계사야, 회계사."

"비슷한 거 아닙니까?"

"엄청 안 비슷하단다, 애야. 설마 회계사가 뭔지 모르는 건 아니지?"

"에이, 제가 수능도 치렀는데 모르겠습니까? 아무튼 둘 다 '사' 자 들어갔잖아요."

"에휴, 일부러 그러는지, 원."

와우, 하며 감탄해 줄 타이밍을 이미 놓친 것 같아서 은하는 머쓱하게 웃기만 했다. 오 여사는 영 못마땅한지 툴툴댄다.

"흥! '사' 자 들어간다고 다 같은 줄 아나."

"으흐흐! 말이 나와서 하는 말인데요, 저도 '사' 자 들어간 직업입니다. 자격증도 두 개 있습니다."

"어떤?"

"한식조리기능사와 양식조리기능사에 합격했거든요. 전 조리사 자격증 두 갠데, 한 실장님은 회계사 자격증 몇 갭니까?"

"몇 개?"

오 여사는 말문이 막히는지 멍하니 바라보기만 하다가 피곤한 한숨을 쉰다.

"그래, 잘났다, 얘."

"그렇다고 기죽으실 것까지는."

"얘! 나 기 안 죽었거든. 어이가 없어서 그런다, 휴우!"

은하는 C팀 상황이 궁금해 엉덩이를 들썩였다.

오 여사는 두통을 느끼며 핸드백을 집어 들었다. 처음엔 덜렁거리는 단순한 아이라 여겼는데, 겪을수록 보통내기가 아니다. 똑똑한 것 같지는 않은데 이상하게도 대화에서 밀린다. 그리고 머리가 아프다. 여하튼 너무 오래 앉아 있었다. 뒷일은 점장에게 언질 해 놓았기에 은하에겐 신속하게 시훈에게 사과하라고 당부하고 일어났다. 시선을 2층 입구로 향하다가 경악했다. 여기서 절대로 만나서는 안 될 사람이 저편에서 노려보고 있었다.

"오, 오빠!"

성큼성큼 다가온 오 회장의 얼굴에는 노기가 가득했다. 대뜸 호통이다.

"바쁜 직원 붙들고 무슨 수작이냐!"

오 여사는 은하를 힐끔 본 후 최대한 애처로운 모습을 드러냈다.

"오라버니, 한 번만……."

"발도 붙이지 말라고 경고했지! 당장 네 주식 다 빼 가고 고문인지 뭔지 하는 허명도 내놓게 할 테다."

그녀는 오 회장의 팔을 붙들고 어리광을 부렸다.

"오라버니이, 진짜 중요한 일이라 어쩔 수 없었다고요."

오 회장은 은하를 힐끔 본 후 목소리를 낮췄다.

"가라. 나중에 이야기하지."

"이 아가씨완 진짜 사적인 일이 있어 만난 거예요."

"어서 가."

이대로 나가면 정말로 오 회장은 오 여사 몫의 주식을 몽땅 빼앗아 가고 냠냠식품과의 고리를 끊어 버릴 터였다. 그렇게 되면 시훈의 입지가 불안하다. 은하를 향해 애달픈 눈길을 보냈다. 기특하게도 즉시 나서 준다.

"저기요, 할아버지. 고문님 말씀이 맞습니다. 저와 급히 상의할 일이 있는데, 제가 바빠서 고문님이 여기로 오신 겁니다."

오 회장은 미심쩍은 표정으로 오 여사에게 고개를 돌렸다.

"마, 맞아요. 아가씨 말이."

"일단 집에 가 있어."

"그럼 용서……."

"어서!"

오 회장이 잔뜩 골이 나 있을 땐 자극하지 않는 게 좋았기에 오 여사는 은하를 향해 엄청난 노력의 산물인 함박웃음을 지어 보였다.

"그럼 우리 유능하고 예쁜 은하 아가씨, 다음에 또 봐."

웃음으로 부족해 보여 뜨거운 포옹까지 했다. 은하가 얼굴을 붉히며 품에서 벗어났다.

"고문님, 오늘 감사했습니다."

"호호호, 뭘. 안녕."

오 여사는 팔랑팔랑 손을 흔들고 하늘하늘 원피스를 흔들며 2층을 벗어났다. 그러고는 투덜거렸다.

"쟤를 만나면 도대체 되는 일이 없네."

지난번 도움을 주던 일까지 떠올리다가 피식 웃었다.

"그나저나 어린 게 의리는 제법이란 말이야."

차에 올라 시동을 켤 때였다. 포옹을 하는 순간 발갛게 볼을 붉히며 당황하던 은하의 모습이 뒤늦게 머릿속을 어지럽힌다.

🛵

회사 고문님의 오빠라고 했다. 오 여사에게 으름장을 놓던 말을 새김질해 보니, 할아버지는 은퇴하기 전 꽤나 높은 사람이었음을 어림할 수 있었다. 그러니 평택의 큰 회사 사장들이 얼굴도 모르는 아빠의 장례식에 참석했으리라.

"시훈이 엄마가 철이 없긴 해도 본심은 선한 사람이니, 섭섭한 말 들었다면 잊어버려라."

할아버지가 했던 말을 나란히 마주 앉은 할머니가 또 한다. 잊고 말고 할 것도 없다. 친절에는 친절로, 무례에는 무례로. 늘 그렇게 살아왔다. 욕에는 욕으로. 심지어 주먹에는 주먹으로. 그래서 누구를 만난 뒤 혼자 부아를 삭여야 하는 일은 거의 없었다.

할머니는 아까부터 테이블에 놓인 은하의 한쪽 손을 양손으로 쓰다듬고 있었다. 은하는 슬그머니 그 손을 빼냈다. 그러고는 벌떡 일어나 양손을 공손히 앞으로 모았다.

"제 아빠의 마지막 길 배웅에 많은 도움 주셔서 늦게나마 감사드립니다."

흙 바닥으로 엎드리며 노부부에게 넙죽 큰절을 올렸다.

"은, 은하야."

무릎 자세로 바꾼 후 의연하게 말했다.

"많은 조문객들을 보내 주신 호의를 최근에야 알았습니다. 감사합니다."

"얘, 일단 일어나라."

할머니가 부산하게 은하를 일으켜 의자에 앉혔다. 절을 하는 순간부터 아빠 생각으로 후끈해서 은하는 어금니에 힘을 주며 눈물을 참았다. 그 의젓한 모습에 할머니가 눈시울을 붉힌다.

"은하가 너무 대견하니 내 맘이 다 아프다."

"헛! 어떻게 알았구나."

할아버지가 담담히 말했다. 역시 새벽의 조문객들은 할아버지가 보낸 것이 맞았다.

"네가 근무 중이라 하니, 각설하고 본론을 밝히마."

할아버지는 할머니와 한 번 눈길을 섞은 뒤 은근한 목소리로 말을 이었다.

"천안으로 빨리 돌아가고 싶진 않냐?"

은하가 갸웃하며 대답이 없자, 할아버지가 덧붙였다.

"나나도시락을 빨리 되찾고 싶진 않냐고."

물론 하루라도 빨리 되찾고 싶다. 하지만 은하의 힘으로 당당하게 찾아야 했다. 안 그러면 아빠는 엄청 실망할 터였다.

"네 아빠한테 진 신세도 갚은 겸 우리가 널 돕고 싶다."

아빠는 남의 도움을 병적으로 싫어했다. 특히 부자에게 빌붙어 뭔가를 얻어 내는 짓을 지독하게 혐오했다. 은하는 절대로 그렇게 살면 안 된다고 수십 번을 강조했다. 받기만 했던 사랑이다. 갚고 싶어도 억울하게도 이 세상에 없다. 생전의 잔소리를 충실히 따르는 일이 유일한 갚는 길이 되어 버렸다. 그래서 아빠가 없어도 여전히 치마를 입지 못한다.

"말씀은 감사한데요, 제힘으로 찾겠습니다."

은하의 힘찬 말씨와 한껏 치뜬 눈을 바라보는 할아버지의 표정이 복잡하게 얽힌다. 은하가 덧붙였다.

"이 기회에 더 배워야 하고요."

진심이었다. 김 사장의 대왕도시락을 보기 좋게 꺾으려면 더 배워야 한다는 사실을 별맘을 통해 깨달았다. 대왕도시락은 무수한 인재가 모인 본사에서 쉼 없이 신제품을 쏟아 낸다. 여러 변수를 염두에 두고 승부하려면 이쪽의 밑천이 두둑해야 했다. 스스로가 당당하면 어떤 상황, 누구 앞에서도 기죽지 않는다는 아빠의 잔소리와도 어쩐지 닮은 과제 같다.

"알았다. 나중에라도 생각 있음 꼭 연락해라."

시훈에게 먼저 은하의 천안 가게를 알려 주었듯이, 역시 시훈에게 연락하라고 할 줄 알았는데 따로 명함을 건네준다. 이름과 전화번호만 달랑 박혀 있었다.

노부부를 배웅한 뒤 할머니가 꼭 쥐여 준 보자기를 풀었다. 밑으론 옷이 담겼고, 위로는 널찍하고 납작한 떡 상자가 얹어 있었다. 상자를 열었다. 천국의 것처럼, 아니 우주의 것처럼 별꽃이 가득 피었다. 은행 별, 검은깨 별, 팥 별 등. 색색의 단아한 잎이 별꽃을 받치며 뻗어 있었고, 말랑말랑한 초승달과 알밤 행성도 떠 있는 먼 배경은 잣 꽃이 은하수를 이루고 있었다. 대체 누구를 위해 빚은 떡이기에…….

이토록 아름다운 떡은 본 적이 없다. 떡을 빚은 사람의 수고와 그 마음 위로 뜨거운 액체가 뚝 한 방울 떨어진다. 어쩌면 할머니는 달나라의 토끼 방앗간에서 떡을 빚어 왔을지 모른다고 은하는 생각했다.

민철은 노부부를 애써 건성으로 배웅한 뒤 식은땀을 훔쳤다. 30분 전에 직원이 유선 전화를 받으라 했었다. 전화기 저편에선 거만한 목소리로 이름부터 밝혔다.

— 나, 오달수라고 하네.

별맘은 영화사 단체 주문도 종종 들어왔고, 이동 중에 별맘도시락으로 끼니를 해결하는 유명 배우도 꽤 된다. 민철은 영화를 통해 들었던 목소리와는 영 차이가 나서 누가 장난을 친다고 생각했다. 가게의 유선 전화로는 장난 전화가 심심찮게 오는 중이다. 민철은 짓궂게 응수했다.

"네, 전 소지섭입니다만……."

말하다가 민철은 사색이 되었다. 소지섭이란 말에 갑자기 우왝, 구토 소리를 내는 여직원 때문은 아니었다. 오달수는 남냠식품에도 각별한 이름이다. 과연 노인의 목소리도 낯설지 않았다. 딱 한 번 들었을 뿐이지만, 잊을 수도, 잊어서도 안 되는 목소리였다. 민철은 황망히 수화기를 손으로 가린 채 자리를 옮겼다.

"회, 회장님?"

— 오 고문이 거기 있나?

의심할 여지가 없는 회장의 전화였다. 대답에 앞서 처신을 어떻게 해야 하는지 맹렬히 머리를 굴렸다. 하지만 잔가지가 없기로 유

274

명한 회장은 민철에게 생각할 틈을 주지 않았다.

— 내 곧 그리 갈 테니, 요란 떨지 말고 뜨내기손님으로 대하게. 내가 갈 때까지 오 고문이 자리를 지켜야 할 걸세.

누구 말이라고 반항하겠는가. 민철은 즉시 조리복을 갈아입고 C팀 지원군을 자청한 뒤 2층으로 올라가 오 여사가 더 머물도록 조치했다.

민철이 점장이 된 후 회장은 딱 한 번 찾아왔었다. 초기에는 빈번히 찾아왔지만, 이후로는 점장이 바뀔 때나 한 번씩 들른다고 들었다. 오늘의 기습적인 방문 목적을 민철은 알 수 있었다. 일방통행, 오 여사의 비명 소리를 상상하자 벌써부터 가슴이 다 시원했다. 회장의 방문 사실은 민철도 몰랐다고 오리발을 내밀 터였다. 대신 오 여사가 지시한 사항을 이행해야 뒤탈이 없다. 장은하의 조기 퇴근 정도야 유능한 점장 손에서 얼마든지 해결할 수 있는 문제였다.

땀을 다 훔쳐 낸 민철은 조리실로 들어서는 은하를 바라보았다. 심장이 발랑거리는 큰 사건이 터질 때면 항상 장은하가 끼어 있었다. 적으로 삼지 않기를 참 잘했다.

그건 그렇고, 아까부터 여직원들이 민철을 힐끔거리며 자기들끼리 속닥거리다. 아까 전화를 바꿔 주었던 여직원이 지나가다가 심각하게 속닥거린다.

"점장님, 별맘 단골 중에 소지섭 팬클럽도 있거든요. 테러 조심하셔야겠어요."

오후 4시가 넘어 C팀과 B팀은 재료 소진으로 판매를 마감했다. A팀의 재고가 워낙 많이 남은 탓에 저녁 장사는 A팀의 도시락과 나머지 팀이 만든 샌드위치로 대처할 터였다. 점장은 직권으로 C팀의 1위를 확정해 주었다. 덩실덩실 춤을 추던 은영이 은하를 툭 쳤다.

"1위 확정이야. 안 기뻐?"

"재료가 더 있었음 더 팔아서 인센티브도 챙길 수 있을 텐데."

"욕심이 하늘을 뚫겠다. 어차피 월 장원 아니면 인센티브 없으니 오늘을 즐기라고."

하지만 은하는 월 장원을 아직 포기하지 않았다. 찬석의 신임을 얻어 낸 마당이니 둘이 머리를 맞대면 승승장구할 수 있을지 싶다.

점장과 따로 이야기를 섞고 온 찬석이 은하에게 다가왔다.

"오늘 고생했어."

"팀장님이 더 고생하셨죠."

"판매 기록까지 세웠다고, 점장님이 공로가 가장 큰 팀원 한 명 조기 퇴근시키래."

"아, 팀장님 먼저 가시면 되겠네요."

"은하 조리사 말고는 해당 안 돼. 전처리는 내가 할 테니 어서 퇴근해."

사양했더니, 팀원 모두가 나서서 오늘 너무 힘을 썼다며 은하를 내쫓았다. 수십 대의 살가운 주먹들을 맞고서야 항복했다. 아름다운 떡은 나눌 수도, 먹을 수도 없어서 냉동고에 보관했다. 더운 날씨니 얼렸다가 다음 날 가져갈 터였다. 옷만 쇼핑백에 넣었다.

점장의 묘한 웃음이 섞인 배웅을 받으며 별맘을 일찌거니 나왔다. 이번 주엔 마감조라 8시 퇴근인데 엄청 혜택을 본 셈이다. 1등과 동지애에 더해 할머니의 정성과 손의 체온, 그리고 오 여사의 생뚱맞은 체온까지도 가슴을 간지럽게 한다. 이래저래 뿌듯하고 가슴이 따뜻해지는 하루다.

발길은 저절로 본사로 향한다. 오 여사는, 심어 놓은 눈이 있으니 은하가 본사를 다녀간 사실을 확인할 수 있다고 압박했다.

"까짓. 가서 사과해 주고 말지."

1등을 먹은 탓인지 투덜거리는데도 웃음이 나온다. 전철 안에서 오 여사가 말한 증세를 연신 새김질했다. 시훈의 우스꽝스러운 모습을 상상해 보자니 피식피식 웃음이 삐져나왔다. 그러고 보니 사람 보는 눈이 신통방통해진 것 같다. 정말로 시훈은 싱겁고 이상한 사람이니 말이다. 그리고 바보 같다. 싫다고 말할 것이지, 혐오하는 쥐포를 날름 받아먹다니. 그것도 모자라 집에 가서 스스로 먹다니. 사과와 이대호 선수 이야기가 떠오르자 잇달아 웃음이 나온다.

귀여운 양반.

"으흐흐흐!"

참을 수 없어 전철 안에서 호탕하게 호랑이 웃음을 터트렸다. 사람들의 시선이 느껴진다. 이상한 여자라는. 이상한 남자와 만나다 보니 이상한 여자가 되고 있다는 생각이 든다. 그러고 보니 부쩍 웃음이 늘었다.

"나 진짜 회사 사표 내고 집도 나가요."

집무실에서 휴대폰을 쥔 시훈의 으름장에 전화기 저편의 오 여사는 볼멘소리를 한다.

— 무서운 소리 좀 그만해라. 안 그래도 심장이 팍 쪼그라들었

는데. 다 아들을 위해 고생한 줄이나 알아라.

"아들을 위해서라도 제발 장은하 좀 내버려 둬요! 장은하가 잘 돼야 내 체면이 선다고 설명해 줬잖아!"

— 알았다, 얘. 앞으론 그럴 일 없을 거야.

"건들기만 해 봐라, 꽉!"

시훈은 얼결에 사과를 박살 내던 철수의 말투를 훔쳤다.

— 무, 무섭다, 시훈아.

잔뜩 겁을 먹은 목소리다. 지나쳤던 것 같아 시훈은 사과했다.

"죄송해요. 근데 숙부님 문제는 나도 어찌 못 하니 오 여사가 해결해요."

— 나 청심환 먹고 누웠다. 오빠 네 말이라면 다 들어주니 좀 나서 주라, 응?

"청심환까지 드셨으니 일단 푸욱 쉬시죠. 조용히 말이죠, 오 여사님."

— 아잉, 시훈아아.

앙탈하는 소리에 진저리를 치며 시훈은 서둘러 통화를 마쳤다. 오 회장에게 간략히 내막을 들었다. 하지만 은하와 어머니가 무슨 이야기를 나눴는지는 오 회장도 알지 못했다. 분위기는 나쁘지 않았다고 하니 적이 안심하는 중이다. 사실 오 회장의 도시락 주문을 하려다가 어머니의 돌발 행동을 전해 들은 직후에도 크게 걱정하진 않았다. 누가 장은하를 이길 수 있단 말인가.

'기특한 녀석.'

생각만 해도 웃음이 나온다. 그리고 너무도 씩씩해서 이따금 안쓰럽다. 조직에서도 늘 활달한 사람에겐 선입견을 품고 위로에 인색한 모습들을 종종 목격했다. 속으로 삭이는 중인 줄은 모른 채.

여하튼 느닷없이 회사를 방문한다는 문자를 받은 마당이니 곧 만나게 될 터였다. 베트남에서 보내온 신용장 점검을 마무리하고, 은하가 오기 전에 해치우고 싶어 중역들을 만나 진심이 의심스러운 웃음들과 경쟁 회사의 구린 정보 따위를 주고받은 뒤 집무실로 돌아왔다.

아침부터 연달아 부지런을 떤 덕분에 딱히 일이 없었다. 원래는 일찍 퇴근해 별맘 근처에서 은하를 태운 뒤 1+1 권리를 행사할 터였다. 책상을 정리하고 도시락 공장 매출 변동을 느슨하게 점검했다. 갈수록 가면과 숫자 놀이가 피곤하다. 그저 웃음만 나왔던 은하와 철수의 기행이 묘하게도 그립다.

김 대리가 들어왔다.

"로비에 장은하 씨가 와 계십니다."

시훈은 시간을 확인하고 벌떡 일어나 웃옷을 낚아챘다.

"내가 내려……."

이내 옷을 제자리로 걸어 둔 뒤 애써 사무적으로 말했다.

"그냥 이리 모셔요."

그깟 꼬맹이가 뭐라고 바보처럼 허둥거렸다. 기껏 정돈한 책상을 다시 어지럽혔다.

은하는 직원의 정중한 안내를 받으며 실장실로 들어섰다. 쿵, 뒤로 닫히는 문소리가 꽤나 묵직했다.

"왔어요?"

시훈이 책상에 앉은 채 손을 들었다. 모니터와 서류를 번갈아 보는 폼이 퍽 바빠 보였다.

"바쁠 때 왔나 봐요?"

"나야 항상 바쁘죠. 앉아요."

시훈은 모니터에 시선을 둔 채 소파를 가리켰다. 분주히 일하는 모습이 제법 멋져 보인다. 남자들은 역시 일에 몰두한 모습이 가장 멋지다.

그가 이내 몸을 일으켰다.

"내가 항상 바쁜 몸이긴 해도 사귀는 여자한테 시간 내 주는 덴 후합니다."

거드름을 피우며 은하 앞으로 앉았다.

"즉 우린 비싼 여자와 비싼 남자죠."

은하가 입술을 비죽 배틀었다.

"이상한 남자 맞네요. 쉬운 말을 참 어렵게 합니다?"

"까불긴."

잔뜩 거드름을 피운 몸짓이며 말씨가 어쩐지 익숙하다. 은하는 벽에 걸린 복싱 글러브를 가리켰다.

"권투도 해요?"

"고교 때 좀."

"우와! 정말로 우리 실장님은 지성과 체육성을 겸비하셨습니다?"

"지성도 모자라 야성과 인성도 빼어나다고 사람들이 야유하긴 하죠. 근데 방금 우리 실장님이라고 했어요?"

"왜요?"

그가 싱긋 웃는다.

"우리를 붙이니 듣기 좋아서. 주어가 오빠면 더 좋고."

"싱겁긴."

"근데 우리 은하 씨 기분 좋아 보이네요?"

기다리던 질문이었다.

"으흐흐! 오늘 1등 먹었어요. 기록까지 세웠습니다."

"와우, 축하해요. 입이 근질거렸을 텐데 용케 참고 있었네?"

"겸손하고 싶어서요."

"허! 빨리 못 물어봐서 미안하군."

그는 이내 진중한 표정을 지었다.

"근데 우리 어머니가……."

그가 말을 흐리자 은하가 방긋 웃으며 받았다.

"어머님이 또 다녀가셨는데, 의외로 자상한 분이셨어요."

그가 미심쩍은 표정을 짓는다.

"참! 보따린 내가 보따리로 이미 사과했으니, 집에서 이상한 짓 좀 하지 마십쇼. 어머님이 심히 걱정하십니다."

"이상한 짓?"

"그냥 실장님 평소 하던 대로 사십쇼. 그게 실장님 매력입니다."

"으흠. 그렇긴 하죠."

"아무튼 실장님을 많이 사랑하시는 것 같았어요."

그가 고개만 실긋거리며 말이 없자, 은하는 얼결에 쓸쓸히 덧붙였다.

"살아계실 때 실장님도 잘하세요."

이 자리에서 왜 아빠 생각이 나는지 모르겠다. 어금니에 힘을 주고 여기저기로 빈 시선을 날렸다. 담담히 지켜보던 시훈이 조심스럽게 입을 연다.

"어머니는 어차피 나한테 다 털어놓으세요. 정말 은하 씨를 힘들게 하진 않았어요?"

"뭘요. 절 껴안아 주셨어요."

"뭐라고요?"

"아주 세게. 아주 정답게."

그 모습을 떠올리자니 이상하게 얼굴이 붉어진다.

"오 여사가 은하 씰 껴안아 주었다……."

시훈이 중얼거렸다. 은하를 한참 동안 물끄러미 바라본다. 머쓱하여 딴 데를 보며 눈알을 굴렸다. 다시 봐도 여전히 그는 빤히 보고 있다.

"은하야."

갑자기 그가 이름을 부르자 은하는 움찔했다. 살가운 목소리 탓인지 기분이 나쁘기는커녕 무척 정답게 와 닿는다. 듬뿍 정이 담겼던 그의 얼굴이 서서히 굳어지더니 그쪽 소파를 탁탁 두드렸다.

"장은하, 이리 와 봐."

"예?"

"장은하 혼 좀 나야겠다."

어느덧 편하게 말을 놓는 그였지만, 어쩐지 오래전부터 들었던 것처럼 익숙하게 와 닿았다.

"어서 이리 와."

"내가 뭘."

은하가 버티자, 그가 벌떡 일어나 은하 옆으로 앉았다.

"내가 뭘 잘못했다고……."

오리처럼 입술을 비죽 내민 은하에게 시훈이 한숨을 쉰다.

"은하는 어찌 된 게 예쁜 짓만 골라서 하니?"

"예?"

"벌칙이다."

와락 껴안아 버린다. 기습적인 포옹에 가슴속이 뜨겁게 쿵쾅거렸다. 한편으로는 방어막이 맹렬히 작동한다. 잠깐이라도 누리고 싶다. 할머니의 손길과 떡과 오 여사의 체온까지 받아들인 마당에 은하와 철수의 삶을 기꺼이 품어 준 그의 체온도 누리고 싶다. 그러면 어쩐지 더 힘을 내서 살 수 있을 것 같다. 그의 심장 소리가 생생히 느껴진다.

'그래, 조금만 이렇게 누려도 괜찮을 거야.'

그가 은하를 눕힐 듯 느슨하게 놓아주는가 했더니 마주한 얼굴을 불쑥 디밀었다. 그가 기습적으로 입술을 덮치려는 순간 무슨 짓을 했는지 모르겠다.

"윽!"

그가 비명을 지르며 은하에게서 떨어졌다. 일어나 고통스럽게 옆구리를 부여잡고 있다.

맙소사.

본능적으로 그의 옆구리에 각진 주먹을 날렸던 것이다. 은하도 일어났다.

"아파요?"

"아프긴!"

그가 정색했다.

"간지러워서 그래."

간지러워 잔뜩 찡그린 그에게 사과 대신 엉뚱한 말이 나온다.

"살짝 친 건데."

"사람을 두 번 죽이네."

"미안해요."

은하는 달아오른 볼에 손부채질을 하며 생긋 웃었다. 그 웃음에 시훈이 화들짝 놀란다.

"미, 미안하면 하던 거 계속하자고."

"하던 거……."

은하는 숫제 불덩이가 돼 가는 볼을 톡톡 두드렸다. 고개를 숙인 채 기어들어 가는 소리를 냈다.

"뭐, 꼭 하던 거……라기보단 ……사실 어제 우리 삼촌한테 잘해 줘서 뽀뽀……해 주고 싶었는데, 그걸 지금 해 줄게요."

"안 어울린다. 이리 와."

"자, 잠깐만요!"

은하는 번개처럼 멀찍이 떨어졌다.

"준비 운동 좀 하고요."

"뽀뽀하는 데도 준비 운동이 필요하니?"

"그렇겠죠?"

"괜찮아. 내가 알아서 해 줄게."

"싫습니다. 언젠가 남자하고 뽀뽀를 하면 내가 먼저 해 줄 생각이었거든요."

조바심을 내는 시훈을 무시한 채 은하는 몸을 풀었다. 우선 혓바닥으로 입 안을 훑고, 손바닥으로 입술을 문질렀다. 턱 운동을 하다가 저절로 목 운동으로 옮아갔다. 우두둑, 목 풀리는 소리가 나자 반사적으로 손바닥 관절도 우두둑, 눌렀다. 마침 운동 기구가 앞에 있기에 팔굽혀펴기로 들어갔다. 손잡이에 온몸의 무게를 싣고 몸을 뒤로 빼며 수평으로 들어 올렸다.

달달한 기대감으로 들떠 있던 시훈은 곧 황당한 눈길로 은하를 지켜보았다. 팔굽혀펴기로 넘어갈 때는 기가 다 막혔다. 하지만 위아래로 힘차게 움직이는 모양새에 갑자기 후끈하게 몸이 달아올랐다.

'뭐 하자는 건지.'

헛웃음을 날리다가 '뭐 하는 데' 쓰이는 동작이 떠올랐던 탓이다. 입 안에 고인 침을 꼴깍 넘긴 후 집무실 안을 훑었다. 진즉에 협탁 위의 리모컨을 작동했으니, 안이라면 모를까 밖에서 문이 열리진 않을 터였다. 소파에 누워 휴식을 취할 적의 조치였다.

시훈은 이내 오버했다고 여기며 머리를 세차게 흔들었다. 은하를 만나면서 견고했던 마인드맵이 자꾸만 엉뚱한 방향으로 치닫는다.

은하가 고개를 돌려서 본다. '뭐 하는 데' 쓰이는 동작을 상상한 게 멋쩍어 공연히 고개를 뻣뻣이 세웠다.

"지금 뭐 하니?"

"주, 준비 운동요."

그녀는 비로소 운동기구에서 손을 놓고 땀을 훔쳤다. 시훈은 코웃음을 쳤다.

"기대감을 극대화시키는 마케팅 기법이 따로 없군. 어디 얼마나 대단한 키스인지 볼까?"

"키스가 아니라 뽀뽀데."

"사랑도 글로벌 시대니 공용어로 하자."

은하가 고개를 숙인 채 혓바닥을 날름거리며 다가왔다. 그 천진한 모습에 시훈의 호흡이 거칠어진다.

"눈 좀 감아 줘요."

"싫다."

은하가 뚝 멈추며 울상을 지었다. 저 깜찍하게 예쁜 모습을 왜 놓치겠는가.

"그럼 나도 싫습니다."

참으로 뽀뽀 한번 받기 힘들다. 아직도 얼얼한 옆구리가 시훈을 신중하게 만든다. 정형외과로 실려 가도 좋으니 확 낚아채고 싶다. 시훈은 침을 꿀꺽 삼킨 후 한 걸음 다가섰다. 그녀가 한 걸음 물러선다. 아무래도 직진은 무리다. 그리고 요 꼬맹이는 보나 마나 뺨에 입술만 살짝 붙였다가 후다닥 도망갈 터였다. 어림없다.

'장은하, 너. 오늘 임자 만났다!'

가장 자신 있는 사업상 협상 능력을 발휘할 때다.

"기회비용으로 협상하자."

"예?"

"무얼 얻고자 다른 뭔가를 포기한 가치를 기회비용이라 하지? 내 기회비용을 보상해 주면 눈을 감을게."

"보상?"

달뜬 얼굴로 눈을 씀벅거리는 모습 또한 깜찍하기 짝이 없다. 시훈이 손가락을 두 개 세웠다.

"두 번…… 하라고요?"

시훈은 뻣뻣하게 고개를 끄덕였다.

"아, 알았어요. 눈…… 감아요."

"너도 눈 감고 해."

"예?"

"성스러운 순간인데, 시선의 독점은 곤란해. 공평해야지."

"그럼 불공평이 되는 거 아닌가?"

은하가 갸웃하며 중얼거렸다.

"공정 거래법이란 말은 독점 규제 및 공정 거래에 관한 법률의 약칭이야. 독점 규제, 그게 핵심이지."

"알았어요, 그만."

은하는 이마를 찡그리면서도 주춤주춤 다가왔다. 시훈은 눈을 감았다.

"좀 숙여 봐요. 싱겁게 키만 커 가지고."

그녀가 한껏 낮춘 어깨로 손을 짚는 순간 시훈은 슬며시 눈을 뜨고 곁눈질했다.

순진한 녀석.

은하는 정말로 눈을 감고 입술을 동그랗게 말아 시훈의 뺨을 겨냥하고 있었다. 콕 찍고 빠지려는 순간 과감하게 잡아챘다. 그대로 동그랗게 말린 입술을 덮쳤다. 은하가 틈을 만들어 항변했다.

"뺨에 해 줬……."

"그건 한 번이고."

"그치만…… 읍!"

다시금 입술을 덮쳐 게걸스럽게 탐했다. 시훈의 등을 때리던 주먹이 힘을 잃어 가더니 축 처진다. 시훈은 거칠고 더운 숨결을 섞으며 말랑말랑한 입술을 연신 빨아들였다. 비누와 땀 냄새가 섞인 담백하게 연한 체취는 시훈을 아늑하고 몽롱한 신세계로 인도했다.

그녀는 한사코 혀의 침범을 거부했고, 내 주지도 않았다. 한쪽 손으론 고집스럽게 가슴을 가리고 있었지만 그 물컹한 촉감은 그녀의 팔을 통해서도 전해져 아래로 저릿하게 피가 몰렸다. 애써 진도를 자제하며 조심스레 그녀의 머리를 받치고 매끈한 이마와 보송보송 잔털이 깔린 발간 귓불과 상기된 뺨으로 부드럽게 입술을 놀렸다. 포근하게 뿌듯한 쾌감이 성욕을 초월해 오롯한 행복감을 안겨 준다. 오래도록 선선히 입술을 허락하는 그녀가 이상해서 살짝 떨어졌다.

"은하야?"

사랑스럽기 그지없는 녀석의 감은 눈이 축축했다. 번쩍 눈을 뜨더니 홱 그를 뿌리치고는 멋쩍게 웃는다. 손등으로 쓱 눈물을 훔치고 축축하여 더 맑아진 눈을 초롱초롱 빛내며 웃는다.

"좋아서…… 그냥 좋아서 울었어요."

사람을 미치게 만들던 생긋 웃는 모습이 이번에는 그의 가슴을 아프게 쿵 때린다. 그 마음을 눈빛에 담고 가만히 바라보았다. 그녀가 한쪽 눈을 찡그리며 머리를 긁적인다.

"오늘은 종일 다들 나한테 잘해 주고 행복하기만 해서 왠지 미안하네요."

"누구……에게?"

"으흐흐! 모르겠습니다. 그냥 미안하네요."

천진하게 웃으면서 또 눈이 젖어 간다. 그냥 바라보기엔 가슴이 너무 먹먹해 가만히 안아 주었다. 그녀는 엎어지듯 상체를 내 주며 그의 가슴에 이마를 붙였다. 토닥토닥 등을 다독여 주었다.

"꼬맹아."

나지막이 불렀다. 그녀는 발끈하는 대신 이마로 그의 가슴을 쿵 때렸다. 문득 오 회장의 당부가 떠오른다.

'오늘 의중을 떠봤다. 도움을 거절할 뿐 아니라 행여 특혜를 주지 말라고 부탁하더라. 혼자 힘으로 당당히 인정받고 싶다더라. 그러니 일단 너도 존중해 주며 지켜보는 게 낫겠다.'

단순히 받는 것에 익숙하지 못하다고 판단할 순 없는 일이다. 하지만 적어도 은하는 사람이 건네는 정에는 익숙하지 못한 듯싶다.

"행복하기만 해서 미안하다니. 이런 바보 꼬맹이가 다 있나. 그럼 슬프기만 하면 그냥 고맙니? 익숙하지 못해서 그럴 거다. 앞으론 익숙해질 거야. 꼭."

그녀의 지난 삶이 또 하나의 모습으로 드러나자, 그는 살갑게 두른 손에 힘을 더했다.

그렇게 얼마나 맞대고 서 있었을까. 그녀가 슬며시 몸을 빼냈다. 손등으로 눈을 문지르며 찡그린다.

"이그, 쪽……파 먹고 싶다."

"쪽파?"

"아, 아닙니다. 그보다 실장님……."

씩씩하게 말하다가 머뭇거린다.

"그래, 우리 실장님."

"넵, 우리 실장님. 부탁이 있습니다."

"쪽파 사 줘?"

"으흐흐! 그게 아니고요, 오늘 제가 뽀뽀해 줬다고 너무 부담 갖진 마십쇼."

"의미는 또 몰라도 부담까지야. 그저 29년 동안 고이 간직한 입술을 내 줬을 뿐이야. 은하도 부담 갖지 말고 그냥 책임져."

"지인짜……."

은하가 이마를 찡그리고 흘겨본다. 소파의 핸드백과 쇼핑백을 겨냥해 움직이면서 말을 잇는다.

"우리 실장님은 싱겁고 이상한 사람이 맞다니까. 거기다가……."

소지품을 안고 얼굴을 붉히더니 새치름하게 덧붙인다.

"색골."

붉은 혀를 쏙 내민 뒤 한달음에 달려가 문손잡이를 돌린다.

"바쁘실 텐데 얼른 일 보십쇼. 갑니다!"

"어? 잠깐만!"

허겁지겁 뒤따른 시훈은 라운지까지 달린 끝에 은하를 따라잡았고, 정말로 오늘 안 바쁘다고 힘겹게 설득한 뒤에야 저녁 식사를 같이 할 수 있었다.

주인에게 일부러 청해 쪽파무침을 따로 받아 냈다. 은하는 먹지 않았다. 그녀가 손나팔을 만들어 대단한 비밀인 양 속삭인다.

"독점하십쇼. 파의 향이 색골 증상을 완화시켜 준대요."

말도 안 되는 소리였으나 주인에게 미안해 시훈은 열심히 먹었다. 그 모습에 은하가 흐뭇하게 고개를 주억거렸다. 저 꼬맹이를 어쩌면 좋을까. 그저 웃음만 나왔다.

5

박 전무는 측근 라인인 김 부장을 전무이사실로 호출했다.

'장은하, 걔. 편하게 일하도록 그냥 내버려 둬요.'

이틀 전 통화했던 오 여사의 말씨에는 짜증이 묻어 있었다. 변덕이야 하루 이틀 겪어 본 게 아니어서 가벼이 넘길 일이었다. 하지만 찬석을 통해 내막을 알아보니, 오 여사는 골이 잔뜩 났지 싶다. 가장 중요한 일로 분주했던 장은하라니.

4차원 과부는 박 전무의 능력을 한껏 비웃으며 부탁을 변경했으리라.

'푼수 같은 여자. 우아하고 아름답다고 띄워 줬더니 기고만장하긴.'

박 전무뿐 아니라 대부분의 간부들도 오 여사를 받드는 한편 속으로는 비웃는다. 하지만 박 전무는 남달리 표정 관리에 힘쓰며 진심을 의심받지 않아야 했다. 그녀는 엄연한 회사의 세 번째 대주주였다. 박 전무와 우호적인 세력의 주식과 결합하면 오지영 사장을 넘어선다. 정보통에 따르면 오 회장은 복귀할 가망성이 전혀 없다. 건강에 문제가 생긴 게 분명했다.

여하튼 공석인 회장 몫은 오지영이 가져갈 것이다. 애송이 한시훈은 여론 때문에라도 사장은 무리다. 바야흐로 전문 경영인 사장 시대가 열리고, 그 첫 번째 중책은 박 전무의 몫이다. 지영은 허울만 회장이어야 했다. 권력은 박 전무에게 집중되어야 했다. 남자가 기왕 야심을 품었다면 최고 권력까지 누려 봐야 하지 않은가.

만약 오지영이 부친의 지분을 무기로 회장 노릇을 하려는 순간, 그녀가 15년 동안 묻어 둔 살인 행각이 언론에 까발려질 것이다. 늘 그래 왔던 것처럼 차근차근 발톱을 갈며 때를 기다리기만 하면 될 터였다.

노크 소리와 함께 김 부장이 들어왔다.

"부르셨습니까?"

"응. 앉지."

접견 소파에 앉힌 후 본론을 꺼냈다. 찬석을 불러들일 때가 무르익었다. 마침 연이틀 매출 1위를 달성해 명분도 두둑했다. 김 부장은 찬석이 조카임을 알고 있는 유일한 부하 직원이다.

"베테랑의 저력을 보여 준 마당이니, 공연히 특혜라고 말 나오지 않게 단속해 주게."

"네, 갑작스런 발령이어도 오래전부터 대기 명단에 있었으니 사실, 문제 될 것도 없습니다."

"알아보라던 후임은?"

"도시락 공장에 전출 대기자가 있긴 합니다."

찬석이 빠진 마당이어도 장은하가 자꾸 걸렸다. 다시 본사를 찾아왔고, 한시훈의 배웅까지 받았다고 안내 데스크 직원이 알려 주었다. 기껏 다시 오 여사에게 알려 줬더니 둘은 공적인 관계일 뿐이니 상관 말란다. 하지만 박 전무에겐 상관있었다. 한시훈이 추천했다는 장은하가 승승장구하는 하는 꼴을 보고 싶진 않다. 애송이의 안목이 틀렸다고 노장이 가르침을 줄 필요가 있었다.

특히 자신이 직접 면접한 끝에 망설이는 부하 면접관들에게 재목임을 장담했던 A팀 팀장을 위협해선 안 되었다. 그래서 덜 유능하고 나이 많은 후임을 찾아보라 했다. 물론 보는 눈들이 있고, 본사 내부 결재를 거쳐야 했기에 발령 자격은 충분해야 했다.

"그런데 여잡니다."

"나이는?"

"서른일곱에 미혼이고, 남자처럼 힘은 좋습니다."

별맘 출신이라는데 박 전무가 면접한 직원이 아니어서 가늠이 안 된다.

"헌데 도시락 공장 대리급이면 별맘보단 나을 텐데, 왜 복귀를 원하지?"

"성격에 문제가 좀 있어서 어떤 팀에서도 질색합니다."

"보통 드센 게 아닌가 보군."

"반성문을 두 번 쓰다 보니 발령을 자청한 상탭니다."

같은 근무지에서 반성문이 세 번이면 강등의 불이익을 감수해야 했다.

"실력은?"

"별맘에 있을 땐 중간 실력이긴 했어도 전무님도 아시다시피 공장은 표준 레시피로만 조리하다 보니 지금은 솜씨가 전체적으로 올드할 겁니다."

"흠! 4년 전에 별맘을 떠났다면 그렇겠군. 거기다 트러블메이커라……."

박 전무의 고민은 오래가지 않았다.

하늘은 먹빛으로 무겁게 가라앉았고, 산자락을 타고 온 습기 먹은 바람이 휑뎅그렁한 주차장의 열기를 식혀 주고 있었다. 흐린 날씨인데도 지영은 선글라스를 벗지 않고 땀으로 축축한 턱에 스카프를 둘렀다. 15년 만에 찾아온 별이의 추모관이다.

'양심이 있다면 별이한테도 절대 가지 마! 제발 우리 기억에서 영영 떠나 줘!'

영민의 절규가 머릿속을 맴돌더니 심장을 벌렁거리게 한다. 해 줄 수 있는 일이 그것밖에 없어서 어쩔 수 없이 따랐다. 사건 후 6년이 지나도록 별이의 추모관을 찾아가지 못했다. 그러다가 별이에게 꼭 전해 줄 말이 있어서 15년 전에 딱 한 번 왔었다. 영민을 자극하고 싶지 않아 기일을 이틀 앞두고 들렀었다.

하지만 이제는 어쩔 수 없이 마주치게 된다면 적어도 도망은 가진 않을 터였다. 여전히 찾아가진 못하더라도 말이다. 별맘은 여전히 장영민이라는 주인을 기다리고 있다. 아버지는 영민이 따로 '나나도시락' 가게를 차려 안정을 찾았다고 진즉에 말해 주었다. 별맘은 계속 영민의 몫으로 남기되 일부러 찾아내 자극하진 말라고 충고했었다.

세월이 흐른 지금 명분은 하나 더 생겼다. 별이의 딸이 어느덧 스물세 살이다. 공부도 끝났을 터였다. 김 과장이 버티고 있으니 요리를 몰라도 상관없다. 그가 싫다고 하면 딸의 몫으로 받아 주라고 설득해 볼 터였다. 별이의 원래 소망이니 말이다.

두 가족이 한 가족처럼 어울리던 모습이 오래된 흑백 영화처럼 아프게 뇌리를 스쳤고, 허구한 날 끼고 살았던 앙증맞은 아이의 까르르 웃는 소리가 아득히 귓속을 맴돈다.

별이는 할머니와 함께 살았다. 삶의 기운을 몽땅 소진해 버리고 바람 앞의 호롱불처럼 생명줄이 위태로운 노파였다. 떠나시기 전에 웃음을 안겨 줘야 한다며 영민은 부지런히 노파를 챙겼다.

한편 별이는 단박에 아버지와 어머니의 어여쁨을 받았다. 결혼식도 친딸처럼 살뜰히 도움을 주었고, 노파의 장례식에도 팔을 걷어붙였다. 오래도록 독차지했던 부모의 사랑이 그렇게 조금씩 분산되었다. 차를 하나 뽑아 달라는 말에 어머니는 별이를 들먹이기도 했다.

"대학생이 무슨 차니? 별이는 떡집 차 몰고 집에 가라 해도 운동한다고 걸어 다닌다."

성인이 되어 뒤늦게 고아원을 나온 동생들이 형, 오빠, 하고 뜨겁게 부르며 찾아오면 정을 아끼지 않았던 영민이다. 아랫사람에게 특히 자상했던 영민은 별이에게 아낌없는 사랑을 쏟아부었다. 과연 영민을 만난 뒤 별이는 세상에서 가장 행복해 보였다. 영민 또한.

별이는 새벽 콩나물 배달 아르바이트를 위해 일찌거니 운전면허를 땄다. 결혼을 한 뒤부턴 어머니의 떡집에서 일하며 배달도 맡았다. 제법 규모가 커진 떡집으론 멀리서도 배달 주문이 밀려드는 중이었다. 부지런을 떨면서도 좀처럼 힘든 기색을 보이지 않던 별이는 종종 말했다.

"나중에 떡집을 차리면 달나라 방앗간에 분점도 낼 거야."

영민의 입을 통해 참신하게 와 닿았던 그런 말이 어느덧 코웃음 거리밖에 안 됐다.

영민은 결혼 후에도 고아원 동생이며 후배를 위해 돈을 쓰는 바람에 저축이 더뎠다. 하지만 별이는 떡집을 차릴 욕심으로 악착같이 모았다. 그래서 딸을 낳고도 일을 놓지 않았다. 어머니는 별이의 딸을 친정어머니라도 되는 양 기껍게 떠안았다. 실향민 부모를 두었던 아버지도 아이를 보러 종종 떡집에 붙은 안채를 들락거렸고, 드물게 찾아오는 고모도 살갑게 아이를 안았다. 딱히 꼬집어 말할 수 없는 이유로 지영은 점점 말수가 줄어들었다. 그런 지영에게 아버지는 마침내 원하는 비싼 차를 뽑아 주었다.

하루는 아이의 예방 접종을 위해 별이와 아이를 태우고 병원에 갔다. 별이가 손이 불편해 치료 중이었기에 처음으로 아이를 오래도록 안았다. 젖내가 고소한 아이의 체온을 누리다가 문득 욕심이 생겼다. 그때부터 혜화동의 집을 놔두고 떡집의 안채를 부지런히 들락거렸다. 과연 엄마보다 더 함께한 시간이 많아진 지영에게 아이는 먼저 손을 뻗기에 이르렀다. 이대로 계속 가면 아이는 별이보다 지영을 더 따를 터였다. 그러면 어쩐지 두 사람에게 받은 상처가 치유될 것 같았다. 그러다가 정말로 아이와 정이 들어 버렸다.

지영은 백화점이나 마트를 갈 때면 별이를 불러내 운전대를 맡겼다. 번잡한 주차장에 차를 대는 것이 아직 익숙하지 못한 탓도 있었지만, 별이가 도저히 극복하지 못할 신분 차이를 애써 확인해 주고 싶었다.

　지영은 아버지가 쥐여 준 카드로 별이 혼자는 절대 사지 못할 고가의 화장품뿐 아니라 아이의 기저귀며 명품 옷도 척척 안겨 주었다. 그 맛에 길들여진 별이는 영민의 눈을 속여 가면서까지 지영의 부름에 응했다. 하루는 떡집에서 마주친 영민이 드물게 차갑게 말했다.

　"과소비 창고는 너 혼자 다녔음 좋겠다."

　"오빠?"

　"별이가 또순이긴 해도 친구한테 빌붙어 먹을 만큼 형편이 나쁘진 않다."

　"가난한 오빠가 베풀면 온정이고, 부자인 내가 나누면 냉정이 되나요?"

　"데려가지 마라. 경고다."

　"경고보단 별이가 아쉬운 것 없게끔 오빠가 분발하는 게 정답 같은데요?"

　그의 얼굴이 고통스럽게 구겨졌다. 지영은 코웃음을 감추지 않았다. 그가 심호흡을 한 뒤 차갑게 내뱉으며 돌아섰다.

　"데려가지 마."

　하지만 지영은 그의 말을 따르지 않았다. 그 유치한 고집이 결국에는 두 가족을 수렁에 빠뜨려 버렸다.

　기억의 창고를 열면서 뜨겁게 젖어 버린 눈물을 수습하고 지영은 추모관 안으로 들어섰다. 가늠했던 자리에서 좀처럼 별이의 명

패를 못 찾아 사무실에 들렀다. 이내 다리가 후들거렸다. 별이는 부부 동반의 자격으로 자리를 옮겼단다.

'어떻게…… 어떻게 나한텐 말도 없이…….'

직원의 컴퓨터 모니터를 휙 돌려 직접 확인했다. 가쁜 숨을 내쉬며 영민의 사망 날짜를 확인했다. 3년 하고도 3개월이 지나 있었다.

지영은 허청허청 추모관을 나와 야트막한 동산의 수목장 풀 길을 밟았다. 영민이 죽은 후 부부는 한 그루의 향나무 뿌리에서 재회해 고향으로 돌아갔다. 그들이 늘 말하던 저 별의 세계로.

"오빠도 참 독하다. 마지막까지 용서 못 해 줄 만큼 내가 잘못한 거야? 나도, 나도 힘들었단 말이야!"

별이가 떠난 후론 처음 내뱉은 항변이었다. 땀과 눈물이 뒤섞인 얼굴로 후드득 빗물이 떨어졌다. 지영은 별이가 좋아하던 꽃송이를 내려놓고 휘뚝거리며 동산을 내리밟았다.

주차장에 이르자 한결 굵어진 빗방울이 아스팔트로 내리꽂혔다. 그 음험한 빗물 소리에 지영은 승용차까지 채 걷지 못하고 귀를 막으며 무너져 앉았다.

"거봐. 우산 가져오길 잘했잖냐."

먹구름이 불안하다며 우산을 차에 실었던 철수가 목에 힘을 주었다. 두 사람은 트럭에서 내려 각각 우산을 펴들었다. 엄마의 기일은 내일이었지만, 점장은 내일은 어떤 일이 있어도 C팀은 쉴 수 없다고 했다. 이유는 출근해 보면 알 거라고 했다. 하는 수 없이 평일에 쉴 수 있는 기회를 오늘 써먹었다. 철수가 우산을 꺾어 들고 하늘을 치어다보았다.

"형수님 가신 날이 다가오니 하늘도 울어 준다."

아빠가 아파서 흘린 눈물 같아, 하고 대꾸하려다가 삼켰다. 전혀 다른 아빠의 모습이 어른거린 탓이다. 눈물하곤 거리가 먼, 조용히 웃어 주는 모습이. 딸과 동생이 찾아와서 아빠는 지금 기분이 좋은가 보다.

잠시 걸음을 멈추고 갸웃거리다 저편의 빗속에서 웅크린 형체를 발견했다. 다시 갸웃하며 다가갔다. 머리카락은 축축하게 젖어 있었고, 여름인데도 목에 스카프를 둘렀으며, 양손에 가려진 얼굴로는 선글라스가 보였다. 남색 블라우스는 등에 찰싹 달라붙었고, 검은색 와이드팬츠도 빗물을 흥건히 머금었다. 그렇게 그녀는 빗속에 웅크려 슬픔을 들썩거리고 있었다. 장소가 이곳이 아니라면 상식을 벗어난 모양새다. 어쩐지 남의 일 같지 않아 은하는 손을 뻗었다.

"저기요, 괜찮으세요?"

여자는 움찔하며 고개를 돌리더니 곧 됐다는 손짓을 했다. 언뜻 보여 준 얼굴이 선글라스와 헝클어진 머리카락에 가려져 있는데도 우아해 보인다. 후줄근하게 젖었어도 차림새 또한 세련돼 보여 갈 데 없는 여자라는 따위의 염려는 안 해도 될 것 같았다. 대체 누구를 잃었기에 이토록 처절하게 아파할까. 단박에 가슴을 저미는 아픔에 은하는 엄마를 만나기도 전에 눈시울이 붉어지고 만다.

"야! 뭐 하냐?"

저편에서 철수가 불렀다. 은하는 손에 쥔 우산을 펼친 그대로 여자의 등으로 조심스레 얹었다. 그녀가 손잡이를 잡지 않아도 우산이 한결 비를 막아 줄 터였다.

"은하야!"

"알았어!"

은하는 비를 가르며 달음박질해 철수의 우산 밑으로 쏙 들어갔다. 엄마와 아빠의 향나무에 이르자, 철수가 빗물에 흔들리는 꽃송이를 가리켰다.

"누가 왔다 간 것 같다."

노란색 소국 세 송이에 하늘색으로 말린 별꽃이 곁들어 있었다. 따로 비닐을 씌우지 않아 빗줄기에 부서지는 꽃송이 곁으로 철수가 들고 온 꽃송이를 보탰다. 역시 노란색 소국 다발이었다. 같은 꽃을 바라보자니 빗속에서 오열하던 여자가 떠올랐다.

"야, 어디 가!"

어느덧 가늘어진 소나기를 맞으며 아래로 뛰었다. 물의 선과 물의 입김으로 가려져 희끄무레한 주차장 한쪽으론 주인 없는 우산 하나만 저 혼자 갸우뚱거리고 있었다.

시훈은 별맘 출신의 이 과장이 들고 온 결재 안건을 훑다가 미간을 찡그렸다. 평소라면 선선히 사인해 줄 인사이동 문제였고, 지영이 따로 부탁하지 않았다면 굳이 실장실까지 올라올 필요가 없는 안건이었다. 박찬석 대리의 본사 발령이야 마침 자리가 나서 서둘렀다 치더라도 장은하의 정식 주임 발령은 의외였다. 팀장이 되기 위한 최소 직급이기도 했다.

"본사로 진급해 온 박찬석 계장이 적극적으로 저한테 추천을 하기에, 김 부장님께 건의했더니 수용하셨습니다."

박 팀장이 은하를 그리 아꼈었나? 그보다 은하 팀의 체력이 걱정되었다.

"후임이 여잔데, 한 팀에 여자가 둘이어도 괜찮나요?"

어쩔 수 없이 걱정을 드러내고 마는 시훈과는 달리 이 과장은 여유롭게 웃었다.

"체력은 걱정 안 하셔도 됩니다. 제가 같이 일해 봤습니다."

"유순진 씨라……."

"별맘에 근무할 당시, 실력은 김 과장님도 인정하셨습니다."

그 말에 시훈의 손에 쥔 펜이 시원하게 움직였다.

"다만 당시와 달리 성격이 좀 사납게 변했답니다."

이 과장이 덧붙였을 때, 사인은 이미 끝나 있었다. 이 과장은 뒤늦게 팀원과 은하에게 연민을 품은 듯했다. 찡그리던 시훈은 곧 피식 웃었다. 은하를 걱정해야 할 순간에 어째서 성격이 사납게 변했다던 후임이 더 걱정되는지 모르겠다.

이 과장을 보낸 후 전국의 편의점으로 보냈던 미스터리 쇼퍼의 보고서를 점검했다. 도시락의 메인뿐 아니라 사이드 메뉴까지 남김없이 비우는 고객 형태는 꾸준했다. 제이편의점을 계속 따돌릴 수 있는 이유이기도 했다. 메인에 집중하는 경쟁 회사와 달리 냠냠식품은 사이드의 신 메뉴 개발에도 적잖은 투자를 한다. 단지 겉으로 드러나지 않을 뿐이다.

가장 중요한 역할은 물론 김 과장의 몫이다. 그는 퇴식구를 통해 고객의 취향을 파악하는 한편 팀장을 보조하는 팀원들의 솜씨까지 낱낱이 파악하는 중이다. 김 과장의 보고서에서 높은 점수를 받았던 허브치킨샐러드는 한 번 더 별맘 메뉴에 넣을 것이고, 그때도 반응이 좋다면 공장 도시락에 채택될 것이다. 그동안의 조용한 선택과는 달리 은하의 것은 독창적인 레시피였기에 인사고과 반영과 함께 삼백만 원의 상금이 주어질 터였다.

만세를 부를 은하를 생각하니 벌써부터 입꼬리가 올라간다. 그렇다고 미리 말해 주거나 도울 생각은 없다. 어쩐지 그게 은하를 위한 길 같았고, 시훈 개인적으로도 두 사람 사이에 공적인 여지가 끼어들게 하고 싶진 않다.

휴대폰에 저장된 은하의 모습을 들여다보며 오전 업무의 결과인 지끈거리는 머리를 다스렸다. 이윽고 다른 사진으로 넘어갔다. 원래는 철수와 함께 한 은하의 모습이었는데, 편집해서 철수를 지운 후 그 자리를 시훈의 사진으로 채웠다. 자신의 유치한 행태에 뒤늦게 쓴웃음이 나온다.

'어쩌다 내가.'

평택의 도시락 공장을 들렀다 온다던 지영은 아직 도착하지 않았다. 일정표를 확인한 뒤 김 대리의 내선 번호를 눌렀다.

— 네, 실장님.

"점심때 시간 넉넉히 외출할 테니, 오후 일정 당기진 말아요."

시훈은 약속된 장소로 움직이기 위해 주차장으로 향했다.

식당에 홀로 앉은 오 여사는 무심코 서비스로 나온 강냉이를 입에 넣었다. 저절로 또 손이 가다가 움찔했다.

'고급 식당에서 이런 싸구려를.'

하지만 입 안에서 기억의 창고로 전달되는 아득한 추억의 맛에 주변을 힐끔 살피곤 또 몇 개를 집어 들었다.

신발을 벗고 올라서는 시훈이 보이자, 오 여사는 소녀처럼 볼을 붉히며 팔랑팔랑 손을 흔들었다. 우월한 품종의 등장에 가게 안이

환해진다. 옆자리 주부들의 시선까지 낚아채는 그 우월한 품종의 원산지인 오 여사의 어깨가 한껏 솟는다. 그렇다고 시훈에게 원산지 표시가 따로 붙진 않았기에 입으로 주변 사람들에게 상기시켜 주고 싶었다.

"시훈아, 엄마 여기 있다."

과연 옆자리 주부들이 시훈과 오 여사를 번갈아 보며 부러운 양 입을 동그랗게 벌린다. 진즉에 오 여사를 발견하고 지척에 선 시훈은 살짝 찡그리다가 앉았다. 이어서 연상의 남편이라도 된다는 양 뿌듯하게 오 여사를 훑는다.

"우리 오 여사, 어디 데이트 가시나? 오늘따라 더 세련되셨네."

"호호! 간만에 아들이 데이트 청하길래 신경 좀 썼지. 우리 한시훈 실장, 밖에서 봐서 그런지 오늘따라 더 멋있다."

"으흠! 365일 같은 진실을 굳이."

시훈이 이 집의 명물인 장어구이를 주문했다. 오 여사는 가만히 지켜보다가 새치름하게 입을 열었다.

"근데, 시훈아. 너무 어려운 부탁은 하지 마라."

오 여사의 기습에 시훈이 눈살을 찌푸린다.

"부탁?"

"애, 엄마한테 기습당하니 많이 당황스럽지?"

"아뇨."

"뜬금없이 밥 산다 하니, 탁월한 엄마의 촉이 냉큼 짚어 내 버렸잖니. 보나 마나 부탁이 생긴 거 아니겠어?"

"휴우, 가훈 바꾼 기념이라 했잖아요. 제발 이젠 일방적으로 넘겨짚는 버릇 좀 고칩시다."

"진짜 가훈 때문인가?"

남편이 세상을 떠난 지 몇 달 후, 고교생 시훈이 붓글씨로 가훈을 적어 액자에 담았다.

「자존감을 높이자.」

오래도록 가족에게 최면 요법을 발휘했던 그 가훈을 시훈이 간밤에 교체해 버렸다.

「상대의 입장을 고려하자.」

떠억 거실에 걸어 놓은 뒤 오 여사와 선희에게 날마다 쳐다보고 다짐하라고 선언했다. 물론 자신도 다짐하겠다며. 반항하면 차도남의 침묵으로 응징해 오는 보복이 두려워 모녀는 복종했다.

유용한 기름을 흘리며 지글지글 익어 가는 장어를 바라보자니 시훈의 얼굴로 저절로 웃음이 그려진다. 직원이 가위질을 해 주고 가자, 은하의 모습이 떠올라 장어 한 점에 생강채를 얹어 오 여사에게 내밀었다.

"어머머, 아들도 참."

오 여사가 수줍게 반색하며 입을 벌렸다. 그 천진한 모습에 잠시 어머니를 은하로 여기며 한 점 건넸던 일이 미안했다.

오 여사는 아침 식탁 앞에서 드물게 심각했다.

은하를 꼭 안아 주었다는 고마움을 에둘러 드러내고자 생각을 굴리던 시훈은 정작 오 여사에겐 따로 장어를 대접한 적 없다는 사실을 깨달았다. 그래서 가훈 교체를 핑계로 데이트를 청하려고 일정을 가늠 중이던 아침이었다.

자못 심각한 오 여사가 중얼거리는 말에는 마조히스트도 섞여 있어 밥을 뜨던 시훈이 번쩍 고개를 들었다.

"아침부터 웬 현학이요?"

"얘! 이래 봬도 엄만 왕년에 여대 나온 강남 사모님이야."

발끈하고는 생각을 어루더듬더니 고민을 드러냈다.

"연속으로 내 스타일을 확 구기는 애가 있거든. 만나면 되는 일도 없고 말이야. 요즘 애들 말로 고통 유발자야. 근데 만날 당하면서도 또 만나고 싶다면 내 머리가 정상을 벗어난 거겠지?"

가까운 과거를 따져 보면 어쩐지 오 여사만의 문제는 아닐 것 같아서 시훈도 잠시 심각하게 고민을 공유해 보았다.

"알아서 설설 기는 양반들보단 맹랑한 고것이 되레 밉지 않단 말이야. 불가결한 상황 때문에 억지로 포옹을 한 번 했거든. 참 이상한 게 분명 처음인데도 내가 언젠가 여러 번 안아 본 것 같은 기분이 들지 뭐니. 전생에 만나기라도 한 것처럼. 암튼 억지로 했던 포옹이 나중에 기분을 야릇하게 하더라. 내가 좋아하는 사람하고 했던 포옹보다 더 좋은 느낌 같기도 하고. 혹시 내가 피가학 욕구 같은 그런 것에 빠진 건 아닐까?"

알아서 설설 기는 양반들은 고문 직함을 두려워하는 사람들에 한정된다. 누구를 염두에 두고 하는 말인지 시훈은 곧 알아차렸다. 오 여사에게 설설 기기는커녕 청심환을 먹게 만든 회사 직원은 딱 한 명밖에 없으니 말이다. 딴에는 감추고 싶은 기색이 역력했지만 오 여사는 무언가를 감추는 덴 영 소질이 없었다.

"김 박사한테 가 봐야 할까 봐."

맥없는 목소리를, 시훈이 웃음을 참으며 재빨리 받았다.

"김 박사는 무슨! 의사보다 잘난 남자하고 데이트나 해. 오늘 점심 어때요?"

그렇게 즉흥적으로 일정을 잡았다.

"아들도, 아아."

오 여사가 장어 한 점을 야채에 싸서 디밀었다. 의기양양하게 주변을 훑으며 받아먹었던 오 여사와는 달리 시훈은 힐끔 곁눈질을 하며 번개처럼 받아 고개를 뻣뻣이 세우며 오물거렸다.

"근데 장은하라면 이를 갈더니 어인 일로 안아 주기까지 하셨소?"

"얘! 누가. 누가 안아 줬다고 그래!"

"아침에 오 여사가 그랬잖아."

"어머머, 얘 좀 봐. 엄만 장은하라곤 안 했다, 아들아. 내가 보육원 봉사 몇 년 찬데 안아 주는 아이들이 어디 한둘이니?"

잡아떼는 오 여사를 밀어붙였다간 돌아오는 건 소진된 힘뿐인지라 시훈은 내버려 둔 채 웃음을 삼켰다. 안아 준 뒤에 좋은 느낌이었고, 다시 만나고 싶다는 말이면 일단은 괜찮았다. 여자 문제로 가족에게 휘둘리는 건 사양하겠으나 여자 문제로 역시 가족과 각을 세우는 일도 피해 가고 싶다. 피할 수만 있다면 말이다.

새삼 아버지가 떠올랐다. 결혼마저도 당신 손으로 직접 이끌려 했을 아버지가.

고시 합격 후 줄곧 공무원 생활만 해 왔던 아버지는 외국 출장 중에 비행기 사고로 요절했다. 가족의 모든 부탁을 기껍게 들어주며 헌신적이었던 아버지는 한발 더 나아가 어머니의 일정이며 자식들의 학원 선택까지 주도했다. 출근길에 자식들을 학교까지 태워 주었고, 밤에는 학원으로 태우러 왔다. 휴일에는 어머니를 위해 백화점 등으로 운전대를 잡았다. 공부 외엔 취미가 없었던 아버지에겐 가족을 챙기는 일이 곧 취미며 기쁨이었다.

아버지가 갑자기 세상을 뜬 후 남은 가족은 무기력한 상태로 공포에 빠져 버렸다. 의외로 아버지의 채권 관계는 복잡했고, 아버지는 당신이 없을 경우를 전혀 대비해 놓지 않았다. 보험이니 채권 문제에 이어 부유한 할아버지가 남겼던 형제간 공동 명의의 부동산 문제까지 아버지 형제들이 인정으로 해결해 주는 듯했다.

하지만 그들은 아버지의 남은 가족을 배려할 생각이 없었다. 그것을 가장 먼저 알아차린 사람은 오 회장이 아닌 지영이였다. 경영학과의 재원이었던 지영은 회사 재무팀과 집만을 조용히 오가며 반은 은둔 생활을 이어 가는 중이었고, 시훈은 방향을 잃고 주저앉아 있었다. 무척 오랜만에 나타난 지영은 웅크린 시훈을 거칠게 일으켜 세웠다.

'정신 차려! 넌 그릇이 큰 놈이야. 아빠가 있어서 큰 그릇이 잠들어 있을 뿐이었어. 그걸 깨워라. 세상에서 가장 똑똑한 놈이라고 믿어도 착각이 아니니까 자신 있게 부딪쳐.'

며칠 동안 지영은 시훈을 찾아왔고, 얼마 후 시훈의 주도로 어머니와 함께 사인한 위임장을 지영의 친구인 변호사에게 넘겼다. 지영의 권유로 시훈은 가급적 모든 절차에 동행하며 내용을 숙지했다. 아버지가 이래저래 남긴 엄청난 금액은 어머니와 상의 끝에 냠냠식품에 추가로 투자했다.

대주주가 된 어머니는 '고문'이라는 애매한 직함을 받았고, 시훈은 지영이 거쳤던 전공으로 목표를 변경했다. 삶의 자신감을 찾은 뒤 지영에게 고맙다고 말했더니, 그녀는 손사래를 쳤다. 고마워해야 할 사람은 자신이라며.

"아들, 부럽니?"

오 여사의 목소리에 시훈은 회상에서 깨어났다. 시훈의 초점 없는 눈동자는 건너편 또래의 손님들을 향하고 있었다. 멋쩍어하는 여자와 붙어 앉은 젊은 남자가 일행이 짓궂게 떠넘긴 장어를 꾸역꾸역 삼키고 있었는데, 왁자하게 떠드는 소리로 미루어 보니 뒤늦게 신혼여행에 나서는 중인 듯했다. 벌써부터 은하의 신혼여행이 상상되어 실없이 웃었다. 어찌 된 게 누구를 만나도, 무엇을 봐도 즉각적으로 은하와 결부되어 상상력이 발동한다. 견고한 마인드맵이 고장 난 게 분명하다.

오 여사가 볼을 붉히며 속삭인다.

"어머머, 세상에나. 내가 본 것만 해도 2킬로는 먹었겠다. 신부를 아예 죽일 작정인가 봐. 참! 너도 장가갈 때가 되니 장어가 당기지?"

"쯔쯧, 엇나가기는. 오 여사, 장어의 비타민 A와 E는 눈 건강과 여자들 피부며 노화 방지에 좋아서 이리 모신 거야."

"그랬어? 이뻐라. 그나저나 우리 아들은 왜 여자에게 관심이 없지?"

오 여사가 주변 보안을 확인하고 한껏 목소리를 낮춘다.

"너 진짜 문제는 없는 거지?"

무슨 소린지 몰라 뚱하니 바라만 보았다. 오 여사가 상기된 볼을 톡톡 두드린다.

"아잉, 남자들 2세 만들 때 쓰는…… 그…… 쌍방울 총 말이야."

"스톱!"

시훈은 정색하며 주변을 힐끔 보았다.

"으흠! 오 여사, 수위 좀 낮춥시다."

"얘는. 우리가 어디 19금 해당 레벨이니?"

"난 전혀 문제가 없으니 걱정도 스톱!"

걱정할 것이 따로 있지. 은하의 생긋 웃는 모습에도 반응하는 그것인데, 살짝 스치는 맨살에도 불끈 성을 내는 그것인데 말이다.

뒤늦게 오 여사가 말한 '쌍방울 총' 이란 용어가 황당해 피식 웃었다. 은하와의 신혼여행을 다시금 상상해 보니, 대업을 앞두고 체육관을 통째로 빌려 준비 운동을 치를 것 같은 은하의 모습에 지레 웃음이 나왔다.

"요새 신혼여행은 어디로 많이 갈까?"

오 여사가 혼잣말처럼 흘린 소리에, 시훈은 얼결에 입을 열었다.

"체육관……."

곧 입을 닫았다. 바라보는 오 여사의 얼굴에 걱정이 잔뜩 깔렸다. 멋쩍어진 시훈은 강냉이를 집어 입에 넣었다. 차 안에서 철수가 '가오 나게' 먹던 음식이다. 새삼 귀엽게 기억되어 피식 웃었다.

"아들이 식성이 변하긴 변했네. 맛있니?"

이루 말할 수 없는 자상한 말씨였다. 맛은 모른 채 시훈은 건성으로 끄덕였다.

"차라리 이걸 먹고, 쥐포는 먹지 마라."

은하가 입에 넣어 준 기억을 와인 안주로 달콤하게 누린 게 오 여사에겐 이상하게 보였나 보다. 시훈은 또 건성으로 끄덕였다.

숯불을 빼고 테이블을 수습하는 젊은 여직원에게 오 여사가 미리 팁까지 쥐여 주면서 생뚱맞은 요구를 한다.

"아가씨, 후식 과일은 말이지. 꼭 한입 크기로 예쁘게 썰어 줘야 해. 그리고 이 강냉이 좀 따로 싸 줄 수 있나?"

"그럼요. 한 보따리라도 싸 드릴 수 있어요."

쥐여 준 지폐 탓인지 직원이 시원하게 응수했다. 순간 오 여사가 화들짝 놀란다.

"보, 보따리……."

"호호호, 사모님이 원하신다면 한 보따리가 아니라 두 보따리…… 읍!"

오 여사가 날렵하게 손을 뻗어 직원 입을 막아 버렸다. 시선은 시훈에게 주고 어색하게 웃으며. 그러고는 입을 놓아준 직원을 파리 쫓듯 손으로 내몬다. 그냥 가, 가라고.

"정말 보따리로……."

"쉿!"

수저를 쥐고 위협하며 훠이 훠이 다시 내몬다. 가, 가라고.

시훈은 짐작 가는 일이 있어서 헛웃음을 흘렸다. 그러고 보니 언제부터인가 집 안에 보자기가 몽땅 사라졌다.

지영은 사우나에 들러 간단히 샤워를 하고는 차 안에 있었던 새 옷으로 갈아입었다.

아픈 기억의 소리에 귀를 막다가 대체 어쩌라고, 얼마나 더 미안해해야 하냐고 서럽게 항변했다. 영민마저 떠난 마당인지라 살아남았다는 죄가 배로 커져 버렸다. 차라리 다 놓아 버리고 싶었다. 그것이 가장 유용한 항변의 수단이며 진저리 나는 죄의식에서 해방될 유일한 통로 같았다.

그렇게 빗속에서 웅크리고 있을 때, 누군가 어깨를 짚었다. 힐긋 보니 어린 여자 같았다. 남자가 우렁차게 부르는 소리가 들렸고, 곧 머리 위로는 빗물 대신에 타닥거리는 리듬이 퍼졌다. 고작 우산 하나를 사이에 두었을 뿐인데도 음험한 빗소리가 시간의 리듬으로 진행해 가면서 악몽이 멈춰 세운 시간을 제자리로 돌려주었다.

지영은 우산을 쥐고 벌떡 일어났다. 비와 숲의 입김 속으로 마법 우산을 건넨 여자는 모습을 감추었다. 곁에 영민이 있었다면 요정이 다녀갔다고 설명해 줄 터였다. 지영의 가슴에도 따로 요정이 존재했다. 혹시 아득한 과거 속의 앙증맞은 요정이 다녀간 건 아닐까? 차에 다가가 요정의 우산을 조심스럽게 바닥에 내려놓았다. 우산 하나의 배려가 이토록 사람을 복받치게 할 수도 있을까?

'은하야!'

남자가 불렀던 이름이 뒤늦게 머릿속으로 쿵 떨어졌다. 그 순간 왜 김 과장의 보고서에서 만났던 이름이 떠올랐는지 모르겠다.

가늘어진 빗줄기에 더해 생각의 방향이 바뀐 덕분에 지영은 극단적으로 치닫던 감정의 과부하에서 벗어날 수 있었다. 잠시 주저앉고 말았던 나약한 마음이 못마땅해 서둘러 시동을 걸고 가속 페달을 밟았다.

사우나를 나와 회사로 향하며 어금니에 힘을 주었다. 재미없는 일에는 허점을 보이지 말고 집중해야 했다. 재미없는 일이어서 공부에만 매달렸고, 또 재미없는 일이어서 재무팀에서 숫자 놀이만 했다. 중책을 맡은 뒤론 딸린 직원들을 위한다는 유익한 변명으로 능력을 감추지 않았다. 부당하게 권력을 행사하는 간부들도 과감히 내쳐 버렸다. 어느덧 회사에서 여자라고 무시하는 직원은 없다. 적어도 겉으로는.

지영이 떨치고 일어날 변명을 최초로 선물한 이는 시훈이였다. 빈곤한 혈연이라 친동생이나 다름없다. 위기 앞에 웅크린 시훈을 함께했던 안타까움으로 일으켰다. 그러고는 충고의 자격을 갖춘 이로 보여야 한다는 변명으로 은둔을 깼다. 이후 회사 일에 모든 것을 쏟아부었다. 한편으론 별맘의 주인을 기다리며.

여느 때처럼 애써 고개를 뻣뻣이 세우고 회사로 들어섰다. 사장실로 들어서자마자 김 비서를 호출했다. 이내 집무실로 들어선 김 비서의 손에는 프린트 용지 한 장이 들려 있었다. 사우나에서 미리 지시한 대로 김 비서는 점장을 통해 장은하의 이력서를 전송받아 출력해 놓은 상태였다.

여권 사진을 통해 우산을 놓고 간 여자와 연결해 보려는데 쉽지 않았다. 하긴. 아주 잠깐 보았을 뿐이니. 하지만 어쩐지 눈빛이 낯익어 보여 갸웃하며 꼼꼼히 읽어 나갔다. 돌연 심장에 화르르 불이 붙었다. 양손을 가지런히 모은 채 대기 중인 김 비서에게 겨우 입을 열었다.

"천안에서 도시락 가게를 운영했다고만 기입됐는데……."

"자세한 이력을 확보하란 말씀에, 따로 점장에게 전화해 알아봤습니다. 상호가 나나였답니다."

"나나……라고요?"

"네, 사장님. 아는 가게십니까?"

전국의 같은 이름을 가진 가게 중의 하나일 수도 있다. 하지만 별이 부부의 수목장 어귀에서 들었던 은하라는 이름과 결합한 '나나'는 뜨거운 심장에 풀무질을 한다. 바로 별이 부부의 어여쁜 딸 이름이 나나였기에.

은하는 여느 때보다 일찍 출근했다. 오늘은 C팀에게 중요한 일이 있으니 빠지면 안 된다는 점장의 말이 궁금해서였다. 조리사들보다 일찍 출근해 식자재 검수를 하던 은영이 우울한 낯빛으로 다가왔다.

　"팀장님이 갑자기 본사로 떠나셨어."

　주머니에서 편지 봉투를 꺼내 건네준다.

　"너한텐 인사를 못 했다며 주더라. 이따 또 이야기하자."

　배송 직원의 부름에 은영은 급히 돌아갔다. 은하는 당혹감을 추스르며 3층 탈의실로 올라가 봉투를 열었다. 짧은 편지와 함께 USB 하나가 담겨 있었다.

　「은하 조리사, 나는 현장에서의 한계를 절감하고 이렇게 떠나네. 내가 경험한 은하 조리사는 더없이 뛰어나고 매력적인 인재였어. 그래서 대단한 건 아니지만 작은 보탬이라도 되길 바라며, 부끄럽지만 내 조리 레시피를 남기네. 고마웠어. 행운을 빌어.」

　정원 속의 정자로 아침 볕이 찾아들고 있었다. 오 회장은 가쁘게 뛰는 심장을 은밀히 다스리며 마주 앉은 딸을 아프게 바라보았다. 진즉에 출근했어야 할 지영은 고집스럽게 오 회장을 붙들고 있는 중이다.

"아버지는 알고 계셨냐고요."

지영이 다시금 채근했다. 오 회장은 안채를 힐끗 본 뒤 무겁게 다물었던 입을 열었다.

"맞다. 내가 시훈이를 통해 데려왔다. 알고 데려왔다."

"그렇군요. 나나가 맞았네요…… 나나가."

"조만간 천안에 분점을 내 그리로 보낼 생각이다."

"왜 나한텐 한마디도……."

지영은 눈시울을 붉히며 서러운 항변을 곧 삼켰다.

"이미 진행 중이다. 그 아이를 납득시킬 수 있는 명분만 남았다. 처음엔 가게를 되찾아 줄 그 명분이란 걸 만들어 주려고 별맘으로 불러들였던 건데, 휴우! 내가 생각이 짧았던 게야."

"저 때문이라면 이미 알아 버렸으니 굳이 서두를 필요가 없어요."

놀랍도록 재빨리 감정을 추스르며 지영은 의연하게 대응해 왔다.

"잘됐어요. 이 기회에 저도 지긋지긋한 기다림에 마침표를 찍고 싶어요."

"실은 그 아이가 재목이 될 것 같은 싹수여서 오래 머물게 해서 별맘까지 맡길 생각이었다. 그때 네가 나나를 알아봐도 좋고, 몰라 봐도 좋다는 마음이었지. 네가 별맘의 진짜 주인을 빨리 찾고 싶다며 또 방황하면, 그때 비로소 말해 줄 생각이었다. 이미 주인을 찾았다고."

"이제 와서 왜 급히 돌려보내려 방향을 트셨죠?"

"네가 비로소 악몽에서 벗어난 것 같기에 차라리 영영 안 마주치는 게 서로에게 좋단 생각이 들더라."

장은하가 별맘 재목으로 성장할 때까지 살아남을 자신도 없었다는 말은 삼켰다. 올해를 장담할 수 없는 무너진 건강이다. 장은하가 아무리 재능이 뛰어나다 해도 몇 달 만에 최고가 된다는 건 불가능하다.

"나나…… 은하는 과거 일을 모를까요?"

"영민이 성격으로 따져 보면, 은하는 절대 모르고 있다고 봐도 무방하다. 만나서 에둘러 확인도 해 보았다."

회포를 풀고 싶다는 마음보다는 은하를 떠보고 싶은 욕심이 컸던 극장에서의 만남이었다. 죽음이 목전인 탓일까. 시종 계산적으로 인간관계를 맺었던 지난날들이 허망하게 여겨진다. 새김질해 보니 과연 가슴으로 남는 관계의 결과들은 초라하기 짝이 없다. 오늘 당장 혈관이 막혀 죽는다면, 가족을 제외하고 가슴으로 기억해 주는 사람이 몇이나 될까? 새삼 영민이 남긴 유산이 대단해 보인다. 영민이 홀로 키워 낸 딸의 의젓한 모습이 떠오른다. 아내는 장은하를 나나의 연장선으로 살갑게 품었다.

하지만 오 회장은 아니다. 어린 나나를 가끔 안아 주었을 뿐 딱히 정을 주진 않았다. 당시엔 돈과 가족 외엔 정을 준 곳도 없었다. 굳이 있다면 별이 정도였는데, 그마저 애초엔 사업 확장에 필요한 영민을 붙들기 위한 방편이었다. 하지만 장은하로 만난 그 아이는 짧은 시간에 가슴으로 뜨겁게 들어찼다. 지금도 눈에 밟힌다. 그런 손녀가 있다면 얼마나 좋을까, 하고 생각하다가 망령이 들었다는 자책에 쓴웃음을 지었다.

"일단 은하를 만나 보겠어요."

지영이 일어서며 말했다.

"신중할 테니, 염려 마세요. 은하가 나한테 어떤 느낌인지, 또 내가 은하한테 어떤 느낌인지를 먼저 확인하고 싶어요."

유순진.

이름에 걸맞게 순진한 조리사였다. 그런데 4년 만에 재회한 그녀는 분위기가 확 변했다.

'뭐지. 별맘의 보스를 긴장시키는 이 묘한 분위기는?'

민철은 테이블을 사이에 두고 마주 앉은 순진을 본격적으로 탐색했다. 얼굴 면적 확장에 큰 기여를 하는 두툼한 볼에 갈색이 엿보이는 순한 눈동자와 겸손하게 엎드린 콧등, 그리고 유독 얇은 입술은 그대로다. 풍만한 몸매와 결합해 전체적으로 듬직하고도 순박해 보이는 외형은 변함없었다.

다소곳이 시선을 내리깔았던 순진이 번쩍 정면으로 눈을 치떴다. 그러고 보니 눈빛이 확 변했다. 휘어진 눈꼬리에 더해 사뭇 매섭다. 민철은 화들짝 놀라며 입을 벌렸다.

쿵!

그녀가 테이블을 주먹으로 때렸다.

"고 계장님! 지금 선보시오?"

목소리도 괄괄하게 변했다. 방금 전까지만 해도 예전의 나긋나긋한 말투였는데 말이다.

"뭔 소리야. 나 유부남인데."

"굶주린 노총각처럼 헤벌떡 입 벌리고 처녀 몸매 탐구하고 있잖소."

"탐구라 아니라 회상하느라……."

"빨랑 면담인지 뭔지나 해치웁시다. 장사 준비 전에 우리 팀 군기부터 잡아야 하니까."

"그, 그러지."

오른손 주먹을 왼 손바닥에 턱턱 날리는 순진의 모습에 민철은 간략히 인지 사항을 전달했다. 끝으로 근엄하게 호칭을 바로잡아 주었다.

"유 대리, 나 그땐 계장이었지만, 지금은 점장님이야. 본사 직급 으론 과장 바로 밑 수석 계장이지."

순진은 민철의 위아래를 훑어본 뒤 비릿하게 웃었다.

"여전하시네. 대단합니다, '고' 점장님."

"김준호? 근데 남자가 숫기가 너무 없잖아."

인사를 나눈 후 팀원을 탐색하던 유순진 팀장이 준호의 팔뚝을 콕 찔렀다. 이어서 은하를 탐색했다.

"장은하 주임은 이 험난한 주방에 몸담긴 너무 얌전해 보이는 군. 뭐, 좋아. 내가 있으니."

그 말에 은하는 더욱 다소곳하게 자세를 고쳐 잡고는 눈만 크게 깜박거렸다.

"다들 짬밥들이 있으니 다른 말은 안 하겠고, 경고만 하나 할 게."

순진의 괄괄한 목소리엔 힘이 담겨 있었다. 털털하게 거친 모양 새가 은하에겐 새침하게 깐깐한 것보단 훨씬 편하게 와 닿았다. 김 과장과 살갑게 인사를 나누던 모습도 왠지 호감을 주었다.

317

하명을 기다리는 어린 세 사람에게 순진이 선언한다.

"척 보면 알겠지만 난 미스야. 절대로 날 아줌마라고 부르지 말 것. 그게 다야."

은하는 안도의 숨을 내쉬었다. 팀장이라는 명칭이 따로 있어서 다행이다. 안 그랬다면 아주 자연스럽게 '아줌마' 호칭을 남발할 터였다. 순진의 첫 느낌은 포근한 시골 아낙이었다. 비록 몇 분을 겪어 보면서 드센 아낙으로 변모했지만.

"언니라는 호칭은……."

은영이 조심스럽게 나섰다.

"언니?"

"히히, 팀장님이 어려 보이시니 왠지 자연스럽게 튀어나올 것 같아서 말이에요."

"그렇긴 하겠다. 바람직한 호칭이니 적극 활용하도록 해라."

여우 같은 은영이 일찌거니 순진에게 점수를 따내는 순간이었다.

전체적으로 나쁘지 않은 팀장이라는 예감은 오래가지 못했다.

"허브치킨샐러드가 뭐지?"

순진이 오늘 메뉴를 점검하며 은영에게 물었다. 은영이 은하를 대신해 간략히 설명했다.

"안 돼. 메인이 훈제오리라 안 어울려."

"박 팀장님이 급하게 메뉴로 넣어서 전처리까지 했는데요?"

"박찬석, 그 꽁생원이 센스까지 죽었나? 오리 메인에 닭을 사이드로 넣다니, 원!"

"오늘만 그대로 가죠."

"안 돼. 훈제오린 밥하고 같이 먹긴 썰렁하고 빡빡해. 전처리한 걸로 배열을 바꾸자."

이마를 찡그리며 못마땅해하는 은하를 무시한 채 순진이 빨갛게 삶아 놓은 가슴살을 가리켰다.

"장은하, 찢지 말고 한입 크기로 썰어서 데리야끼 소스로 버무려."

은하가 항변하려는데 순진의 지시가 이어진다.

"준비한 샐러드는 훈제오리와 곁들여 담고, 오리 밑에 깔 숙주 볶음은 닭고기 밑으로 깐다. 숙주는 맵게, 닭은 달달하게 마감해서 밥반찬으로 유도한다."

즉 메인인 훈제오리는 샐러드와 곁들여 별미로 먹고, 숙주와 곁들인 닭고기를 중심 반찬으로 삼자는 말이었다. 어제 박 팀장이 급하게 메뉴에 넣고 전처리까지 손수 해 놓았기에 사수하고 싶었지만, 어림해 보니 이유가 그럴듯해서 은하는 비죽 튀어나온 입술을 집어넣어야 했다.

육중한 몸을 가볍게 놀려 시원시원하게 일을 처리하는 순진은 팀원의 의견을 받아들이는 데는 인색하기 그지없었다. 조리 과정 역시 중책을 나눠 주지 않았다.

"손목 나가. 이리 줘."

은하가 프라이팬에 내용물을 가득 담아 볶으려는데, 휙 채가더니 손수 팬을 돌렸다. 힘은 좋지만 팬 밖으로 음식이 마구 튀었다. 함께 레인지를 사용하는 A팀 남직원이 정색했다. 하지만 볶음용 국자로 위협하는 순진의 대응에 재까닥 꼬리를 내렸다. 얄미웠던 A팀 남자의 수모에 은하는 다소곳한 모습을 한 채 은밀히 쾌감을 누렸다.

순진은 요란하고도 열심히, 그리고 맛있게 볶았고, 지저분해진

레인지는 은하가 수습했다. 준호는 야채를 썰었고, 은하는 완제품 오리를 오븐에 데우는 한편 순진을 보조했다. 평소보다 은하의 동작이 작아졌다. 현준이 지나가다가 한마디 건넨다.

"은하 씨, 오늘 너무 얌전해요."

"호호, 언제는 안 얌전했나요?"

수줍게 받아넘겼다.

"무서워요, 은하 씨."

넉살을 남기고 가는 현준의 뒤통수에 대고 순진이 혀를 찼다.

"기생오라비처럼 생긴 게 꼴에 사내라고 수작질이네. 장은하, 저놈 조심해. 척 보니 난봉꾼 타입이다."

농담 하나에 반응하는 액션이 퍽이나 컸다.

"참, 너 애인 있냐?"

고개를 가로저으려는데 이상하게도 망설여졌다. 그리고 볼이 붉어진다.

"흥! 있구나."

"그냥 침 발라 놓은 사람이 한 명 있어요."

시훈의 볼에 입술을 붙였던 일이 떠올라 그렇게 대답했다. 사실 맞는 말이었다. 색골처럼 키스를 탐내던 시훈이 떠올라 더욱 볼을 붉혔다. 순진의 혀 차는 소리가 들린다.

"에구, 요 순진한 아야. 혼자 침 바르고 애태우지 말고 관심 끊어라. 연애는 말이다, 남자는 다 도둑놈이란 해탈을 얻은 뒤에야 시작하는 거야."

"어머, 그런 심오한 말씀을 다. 근데 팀장님, 서둘러야겠습니다? 이번 주 우리 팀이 1등 두 번 먹었거든요. 팀장님 취임 체면을 봐서 1등 한 번 더 해야겠죠?"

은하의 말이 호의에서 비롯된 것인지 의심되는 양 갸웃하던 순진이 곧 쾌하게 소리쳤다.

"걱정 마라. 까짓것, 다 작살내 버린다!"

훈제오리는 진즉부터 완제품으로 흔히 사 먹을 수 있어서 나나 도시락에선 사용해 본 적이 없었다. 도시락을 세팅하기 직전에 점장이 건네준 레시피가 떠올랐다. 식으면 기름이 응고되어 금방 물리고, 데울 때 기름을 너무 많이 빼면 양이 줄고 뻑뻑하니 축축하고 매콤한 소스를 따로 토핑하는 것이 좋다고 나왔었다.

하지만 순진은 토핑용 소스를 싫어했다. 음식에 자신이 없는 조리사가 눈으로 현혹시킨다며.

"팀장님, 취임 기념으로 오늘 하루쯤 비주얼에 공을 들여도 괜찮을 것 같은데요."

은하의 말에 비주얼에 목숨 거는 은영이 보탰다.

"젊은 사람들일수록 토핑을 좋아하는데, 젊은 팀장 언니가 취임 기념으로 성의를 보여 주는 것도 좋을지 싶어요."

"이것들이 반항을……."

발끈하려는 순진은 세 명의 팀원을 찬찬히 바라보았다. 저마다 초롱초롱 눈을 빛내며 아량을 갈구하는 모습에 굴복하는 양 끙, 신음을 흘렸다.

"좋아. 대신 양보는 딱 오늘 하루만."

은하는 순진 몰래 은영과 하이파이브를 나눈 후 핫타이 소스 등 토핑용 튜브를 재빨리 채웠다. 숙주나물 데리야끼치킨 위로는 은영이 인심을 써서 브로콜리 고명을 얹으려 했지만 순진이 단호히 거부해 실행하지 못했다.

순진의 호언에도 불구하고 판매 실적은 부진했다. 과거에나 잘

나갔지 요새는 인기가 없어 꼴찌 후보로 오른 메뉴였다. 은하와 은영은 그 사실을 굳이 순진에게 밝히진 않았다. 순진이 먼저 왕년에 잘나갔던 메뉴라고 큰소리를 친 게 이유의 전부는 아니었다.

"이상하네. 1, 2등은 일단 먹고 들어갔던 메뉴인데."

팔짱을 낀 채 자라목을 하며 고심하는 순진에게 은하가 조심스럽게 입을 열었다.

"1, 2등 메뉴가 3위 먹으면 팀장님 취임 체면이 걱정입니다."

귀에 입을 대고 덧붙였다.

"실은요, 아까 팀장님이 다 작살낸단 말, A팀 직원이 들었어요. 프라이팬 돌릴 때 팀장님한테 감히 인상 썼던 남자 말입니다. 그 싸가지, 입도 싼 것 같던데."

단박에 순진의 눈썹이 꿈틀거렸다.

"염병할, 첫날부터 비웃음 사겠네. 걱정 마라. 겨우 전반전 마쳤다."

"하긴. 맛이 좋으면 후반에 테이크아웃이 만회해 주더라고요."

순진은 즉시 배식대에 남은 C팀 도시락과 남은 재료를 점검했다. 그러고는 선언했다.

"힘들어도 즉시즉시 조금씩 공급한다. 오리와 닭은 따뜻하게 판매되도록 하고, 특히 숙주는 물이 나오고 숨이 죽으니 품절 임박해서 세팅해라."

다 좋은데 순진 혼자 순발력을 발휘해 볶는 데는 무리가 따랐다.

"닭은 쉬우니 제가 볶겠습니다. 팀장님은 어려운 숙주만 볶으십쇼."

은하가 씩씩하게 나섰고, 순진은 마지못해 허락했다.

중화 화덕을 이용해 불맛을 곁들여 재빨리 볶아 내는 은하를 발견한 순진이 다가와 어깨를 툭 쳤다.

"야, 너 한 가닥 한다?"

이후 더는 못 미더운 눈길로 은하를 힐끔거리진 않았다.

정성이 통했는지 C팀 도시락의 소진 속도가 조금 빨라졌고, 테이크아웃도 늘었다. 비록 2등으로 마감했지만, 여하튼 예견된 꼴찌를 면했다. 2등도 중요했다. 이번 주의 분발로 종합 점수를 따지면 주 장원이다. 목표한 월 장원으로 가는 길이 설핏 보이는 듯싶다.

"수고들 많았다. 특히 장은하 주임, 너."

"뭘요. 팀장님의 취임 체면을 위해서 흘린 땀이라 보람 만땅입니다."

"간지럽다, 야. 그나저나 넌 왠지 절박해 보이더라."

"으흐흐, 월 장원하면 인센티브가 있잖습니까."

"꿈도 야무져라. 그리고 팀장이 반을 가져가지 않나?"

"그래도 저희 몫도 있잖습니까. 오백이 나오면 팀장님이 반을 가져가셔도 우리 세 명이 팔십삼만삼천삼백 원씩 챙기죠."

"그것까지 계산해 봤냐? 됐다. 정말로 이달에 오백 받으면 난 똑같이 나눌 거다."

"저희가 어디 팀장님하고 똑같이 받을 수 있나요?"

"됐어. 똑같이 나눠."

"뜻이 정 그러시다면 팀장님이 백삼십 가지시고, 나머지 삼백칠십으로 저희 셋이 나누겠습니다. 저희들 양심상 팀장님하고 똑같이 받을 순 없으니까요."

"그래, 그래. 월 장원 된다면 너희들 마음대로 해라."

귀찮은 양 팔랑팔랑 손을 내젓던 순진이 무언가 생각을 어루더 듬더니 은하를 뚱하니 바라본다.

"근데 장은하, 너. 순둥인 줄 알았는데 은근히 맹랑하다?"

은하는 피뜩 고개를 숙이고 천진하게 눈알을 굴렸다. 이어서 애써 수줍은 모양새로 웃었다. 월 장원을 달성해야 할, 또 하나의 이유에 반색하는 웃음이었다.

퇴근 인사를 나눌 때, 순진이 빠져나가는 남자들을 힐긋 보고는 은하의 어깨에 두툼한 손을 얹었다.

"귀찮게 구는 사내놈 없냐?"

"예."

다소곳하게 대꾸했다.

"있음 나한테 말해. 언니가 한주먹에 해결해 줄 테니."

"예, 팀장님."

역시 소곳이 숙인 뒤 헤어졌다.

기차역으로 가는 전철 안에서 시훈의 문자를 받았다.

[몇 시 기차?]

금요일이라 부쩍 붐빌 테니, 일찌거니 4호 차 카페 바닥을 점령할 터였다. 그곳에 앉아서 가니 걱정 말라고 예상 시간과 함께 답장했다. 서울역에 도착하자 또 문자가 왔다.

[3호 차 13석에 앉아 가라. 꼭 사수할 것, 오버.]

돈이 썩었다는 탄식이 새삼 목구멍을 넘지 못한다. 철수와의 너스레가 떠올라 희죽거리며 답했다.

[오버는 겨울에 입는다, 오버.]

너무 썰렁해서 얼어 버렸는지 통 답이 없다. 시간이 여유로워 대합실에 앉아 추가했다.

[대답하라 오버.]

[얼었다. 호 해 주라 오버.]

한참 만에 온 답에 은하는 키득거리며 한 글자로 답했다.

[뽀!]

보내고 난 뒤에야 쑥스러워 볼을 붉혔다. 뭐, 침까지 발라 놓은 남자니 이 정도는, 하며 스스로 수습했다. 무심코 전광판을 보다가 붉은색으로 줄줄이 뜨는 '매진' 글자에 고개가 갸우뚱 기울어진다. 그렇다면 시훈은 일찌거니 표를 예매했을 것이다. 은하가 제시간에 타지 못하면 쓸모없을 표를.

"돈이 썩었어."

이번에는 목구멍을 넘어온다. 불퉁거리면서도 웃고 만다. 모바일 '뽀' 까지 해 줬는데도 더는 답이 없다. 플랫폼으로 향했다. 기차에 오를 때에야 문자가 온다.

[답은 이따.]

얼마나 장문의 파일을 첨부하려고 이러실까?

풋, 웃고는 3호 차 객실로 들어섰다. 통로 편으론 다른 손님이 먼저 앉아 있었다. 신문지로 온통 얼굴이 가려져 있었는데, 잘빠진 기럭지부터 어쩐지 낯설지가 않았다. 홀수 자리인 창가로 앉아 옆자리 남자가 가늠했던 인물이 맞는지 확인하려는 순간, 신문지가 활짝 펼쳐지면서 두 사람의 얼굴을 가렸다. 잘난 인물이 맞았다.

"받아라, 답장."

시훈의 답은 어쩐지 '뽀' 가 아니라 '쪼옥!' 이라고 해야 할 것 같았다.

　기차가 출발해도 시훈은 내리지 않았다. 은하는 고개를 돌리지 않은 채 흘겨보며 새치름하게 핀잔을 날렸다.

　"만날 바쁘다면서 또 어디까지 가려고 그러십니까?"

　그는 퍼뜩 신문을 펼치며 못 들은 척했다.

　"이번 주엔 1+1 행사도 써먹었으면서."

　그가 곧 신문을 접었다.

　"환자한테 구박하지 마."

　"환자? 어디 아픕니까?"

　휙 고개를 돌려 휘둥글게 눈을 뜨고 살폈다. 허여멀쑥한 얼굴이 살짝 그을려 있을 뿐 안색은 나쁘지 않았다.

　"터널 시야 현상이라고 아니?"

　시훈의 말씨가 워낙 진지했기에 은하는 불안하게 고개를 가로저었다.

　"심리학 용언데, 한곳에 집중하면 주변이 안 보이는 현상이야. 터널을 통과하는 운전자에겐 중심만 보이는 현상을 빌린 거지."

　눈을 깜박거리며 긴장하는 은하에게 시훈은 한숨으로 쉼표를 찍은 후 말을 이었다.

　"허구한 날 회사 일에만 집중한 부작용이야."

　"병원에 가 봐야 하는 일인가요?"

　"병원보단 회사와 상관없는 사람과 풍경을 만나는 게 유용한 치료법이지. 요컨대 유치한 여자와 함께 기차를 탄다든가."

　은하는 팔꿈치를 날리려다가 멈칫했다. 삐져나오는 웃음을 참으며 심각하게 고개를 끄덕였다.

"으음. 치료에 도움이 된다면 시도해 볼 필요가 있겠군요."

언제부터인가 그가 속 보이는 명분을 꺼내면 날름날름 받아먹어 버린다. 늦은 밤에 홀로 돌아갈 시훈을 생각하면 동행이 부담스럽긴 했지만 딱 오늘 하루 정도는 시치미를 떼기로 했다. 문득 생각나서 이맛살을 구겼다.

"근데 유치한 여자는 누굽니까?"

"흥! 양심이 있다면 모를 리가?"

시훈은 썰렁한 문자를 받았을 당시를 생각하니 쓴웃음이 나왔다. 안 그래도 은하를 만나면서 스타일이 구겨지는 중인데, 유치찬란한 문자까지 받고 나자 새삼 답을 못 보내고 몹시 고민했다. 맞장구를 치자니 같이 유치해질 것 같고, 안 하자니 같이 놀 기회를 놓치는 형국이어서 갈등했다. 결국 쥐포를 처음 받아먹을 때처럼 눈을 질끈 감고 전송했다.

보상은 두둑했다. 신문지 속 기습 키스의 여운은 아직도 시훈의 가슴을 간질간질 쓸어 댔다. 오 여사에 이어 지영의 입에서도 은하의 이름이 튀어나왔던 오늘이다. 느닷없이 들이치는 은하에 관한 막연한 걱정으로 표를 예매했다. 하지만 문자를 주고받을 때부터 걱정은 일단 묻어 두고 곁에 두고 싶었던 갈증을 오롯이 풀어내는 중이다.

무심코 시선이 간 은하의 베이지색 7부바지 밑으로 종아리가 살짝 드러나 있었다. 풋풋한 그 모양새에 단박에 목젖으로 침이 고여 어쩐지 죄스럽다. 종종 짠하게 여려 보이는 녀석의 캐릭터가 알게 모르게 시훈의 '진도' 욕심을 가로막는다. 4주의 기회 중 어느덧 1주 이상을 소진했다. 새삼 '진도'에 관해 심각하게 고민해 보았다.

　기차는 색색의 불빛을 별처럼 창에 띄우며 달렸다. 은하는 어린 시절을 떠올리며 흔들리는 불빛을 쳐다보았다. 어둠을 가르는 기차는 자전하는 지구 자체 같고, 때로는 우주를 질주하는 거대한 비행체 같았다.

　아빠는, 행복하려면 만질 수 없거나 볼 수 없는 것의 가치를 깨달아야 한다고 말했다. 친구가 과하게 비싼 책가방을 가지면, 은하는 저 별과 달을 가지라고 했다. 첼로 학원을 다니는 친구를 다른 세상의 사람인 양 바라보는 은하에게, 아빠는 신을 대신해 그것을 연주해 주는 멋진 음악가의 소리를 즐기라며 음반을 사 주었다. 그리고 포클레인이 밀어 버린 숲으로 고층 아파트가 들어섰을 땐, 숲에 살다가 이사를 간 선녀와 요정에 관해 이야기해 주었다.

　기차가 터널로 들어섰다. '터널 시야 현상'을 치료한다는 남자의 얼굴이 창유리로 떴다. 시훈을 혼자 내버려 두었다는 생각이 들어 생긋 웃으며 고개를 돌렸다. 그는 움찔하더니 부자연스러운 거드름을 드러낸다.

　"으흠. 우리들 진도에 관해 교육학적인 안목으로 생각 좀 했거든."

　"진도?"

　"한 달이란 옵션이 달리긴 했어도 사귀는 사이는 맞잖아? 그런데 우리가 좀 유치하게 노는 것 같지 않니?"

　"뭐, 유치하다 치죠. 그래서요?"

　"유치하니 유치원 수준이야. 지금부터 초등 과정으로 승급하자."

"으흐흐! 우리 실장님은 가끔……."

은하는 귀엽다는 뒷말은 삼켰다. 드러내지 않고 혼자 그 귀여움을 즐기는 것이 나을 것 같았다.

"그럼 대학 과정까지 있기라도 합니까?"

"당연하지. 그리고 한 달 안에 과정을 다 마치려면 갈 길이 멀어."

"풋! 승급하면 뭐가 달라지죠?"

"으흠."

그가 곁눈질로 은하의 손을 겨냥한다.

"요컨대 이런 사이가 되지."

얼굴은 정면을 향한 채 슬며시 손을 뻗어 은하의 손등을 덮었다. 이내 그러당겨 손아귀에 가득 담는다. 은하도 얼굴은 정면을 향한 채 곁눈질하며 볼을 붉혔다. 빼내야지, 하면서도 그에게 잡힌 손에 도무지 힘이 들어가지 않는다. 손도 간지럼을 타는 줄은 처음 알았다. 조몰조몰 그의 손장난에 눈도 웃고 뺨도 웃고 심장도 웃는다.

멋쩍음을 감당하기 힘들어 공연히 툴툴거렸다.

"가만 보면, 실장님. 그쪽으론 고단수야."

"우리가 빠졌다?"

그가 비로소 고개를 돌렸다. 턱을 치켜든 거만한 모양새여서 도리어 귀엽다. 손의 온기가 그를 마주하지 못하게 만들어 은하는 곁눈질만 했다.

"넵! 우리 귀염 실장님."

얼결에 감상을 밝혀 버렸다.

"귀염?"

"아! 젊어 보인단 뜻이에요."

"그럼 오빠라고 해."

"오빠는 좀."

"시훈 씨라고 하든가."

"그런 무리한 미션을 다. 내가 초딩 때 실장님은 대입……."

"분명히 하자. 네가 고딩 때 난 대학생이었다."

"에이, 여섯 살 차인데 계산이 안 맞습니다."

"복학생으로 따지면 맞아. 아무튼 현재 같은 이십 대니 그냥 시훈 씨로 해."

"하긴. 실장님이라고 부르면 사람들이 수군거릴 것 같긴 해요."

"맞아. 나도 우월한 인물에 감투까지 대단하단 질시를 밖에서까지 받긴 싫더라고."

"그게 아니라 저 말이에요. 유부남 만나는 신입 여직원이라고……."

그는 발끈하는 대신 빤히 보다가 웃음으로 탄식했다. 처음 만났을 때부터 선입견을 안고 그에게 기분대로 행동했다. 지금까지의 과정을 새김질해 보니, 결과적으로 그는 모두 받아 주었다. 그래서 신선하게 와 닿았는데, 이제는 그래서 고맙고 어쩐지 든든하면서도 한편으로는 귀여웠다.

이 순간도 시훈을 힐끔거리는 객실의 젊은 여자들이 새삼 신경이 쓰인다. 과거엔 비웃었던 그 피곤한 감정 소모를 자신이 품는다는 사실에 은하는 짐짓 당황했다. 삶에는 장담할 수 있는 것이 그리 많지 않은 듯싶다. 정말이지, 인간 장은하가 이런 피곤한 일을 품을 줄은 꿈에도 예상 못 했다.

수원에 이르자, 많은 승객들이 올라탔다. 은하는 슬며시 손을 빼냈다.

"목 안 말라?"

물으면서 시훈이 일어났다. 눈앞의 카페 객차로 향하던 그가 뒤늦게 뛰어든 늘씬한 여자와 어깨를 부딪쳤다. 묵례를 한 뒤 직진하는 시훈의 뒷모습을 여자가 물끄러미 쳐다보았다. 은하 또래의 여자는 시훈의 건너편 통로 좌석을 차지했다. 짧은 치마 밑으로 길게 뻗은 다리가 왠지 마음에 안 든다.

시훈이 돌아와 앉자, 여자가 노골적으로 쳐다본다. 그러고는 은하 옆으로 앉은 시훈을 연신 힐끔거리며 요염한 웃음을 감추지 않았다. 은하가 일행인지 알면서도 말이다.

'저것이 죽으려고 나를 투명인간 취급하네.'

성질 그대로 해결하자면 머리끄덩이를 낚아챌 일이었다. 하지만 언제부터인가 이미지 관리에 공을 들이는 중이다. 딱히 조직 생활의 예법 때문은 아닌 것 같다. 특히 시훈 앞에서는, 철수와 은하의 기준으론 지극히 건전한 '쪽팔린다'는 언어마저도 안간힘을 다해 목구멍으로 다시 쑤셔 넣곤 했다.

시훈이 캔 음료의 마개를 따서 건네주었다. 은하는 퍼뜩 표정 관리에 들어갔다. 두 손으로 다소곳하게 받은 뒤 단숨에 마셨다. 그러고는 시훈의 눈을 피해서 늘씬한 여자를 겨냥해 빈 캔을 거칠게 우그러뜨렸다.

"꼬맹이가 힘자랑은."

흠칫 놀랐던 시훈이 미간을 찌푸렸다.

"으흐흐! 재활용 부피 감소에 기여하느라. 참, 실장……, 아니 시훈 씨. 귀찮게 하는 여자 있음 말해요. 제가 한주먹에 해결해 드리겠습니다!"

순진의 말을 훔쳐 늘씬한 여자가 들을 수 있게 말했다. 목 운동을 빙자해 역시 시훈의 눈을 피하며 늘씬한 여자를 노려보았다. 눈이 마주치자, 인상을 쓰며 양 손가락 관절을 우두둑, 눌렀다. 경고를 알아차렸는지 그녀는 휙 시선을 돌렸다.

이내 시훈을 향해 수줍게 웃었다. 그는 때아닌 은하의 몸풀기에 당황하는 듯했다. 묘한 웃음을 흘리며 속삭인다.

"너 그거 준비 운동 하니?"

"예?"

은하는 말똥말똥 눈알을 굴렸다. 그가 신문을 집어 들며 역시 속달거린다.

"신문지가 있긴 해도 지금은 사람들 눈이 많아서……."

은하는 곧 알아차리고 팔꿈치를 날렸다.

"윽!"

"생각하시는 게 어쩜……."

시선을 돌렸더니, 팔꿈치는 시훈의 손에 묶여 있었다.

"피곤하지?"

그가 팔짱을 끼워 준다. 그러고는 은하의 머리를 자신의 어깨로 당겼다.

"승급 기념 보너스다. 기대고 좀 자라."

후다닥 몸을 빼내며 사양해야 할 반사 작용이 마실 나가 버렸다. 그저 눈만 감은 채 엷은 옷을 뚫고 뺨으로 스미는 그의 체온에, 그의 포실한 배려에 슬그머니 굴복했다. 새침하게 누리다가 낯익고도 묘한 포근함에 까무룩 잠이 들어 버렸다.

누군가에게 어깨를 내 주는 일이 이토록 뿌듯한 적이 있었던가.

또 자신 앞에서 방심한 여자의 모습이 이토록 고마운 적이 있었던
가. 아이처럼 새근새근 잠든 은하를 내려다보는 시훈의 입꼬리가
저절로 올라간다. 더불어 자신의 값어치도, 혹은 삶의 이유도 어쩐
지 올라가는 듯싶다.

야근을 해야 하는 날이었다. 하지만 주말인 내일 출근해 마저
처리할 요량으로 일찍 회사를 나섰다. 은하를 급히 만날 이유는 없
었지만 은하의 이름을 두 번 들었던 일이 자꾸 걸렸다. 아침 식탁
에서 오 여사에게 먼저 들었다.

'아무래도 장은하 고것하고 전생을 따져 봐야 할까 봐.'

포옹이 이상하게 낯설지 않고 얼굴도 아득히 먼 기억 속에 들어
있는 것 같다고 갸웃한 끝에 오 여사가 내린 결론이었다.

'혹시 내가 걔 가게를 갔었나? 시훈아, 은하가 했다던 가게
상호가 뭐였니?'

시훈은, 밥을 뜨는 한편 열심히 좌우로 눈알을 굴리며 엿듣는
선희를 힐끗 보았다. 오 여사는 점장을 통해, 선희는 현준을 통해
각각 은하의 도시락 가게 운영 이력을 꿰고 있었다. 은하가 이력서
에 '나나' 까지는 구체적으로 기입하지 않았지만, 모녀는 마음만
먹으면 상호를 알아낼 터였다. 신중한 시훈의 입이 열렸다.

'나나.'

'나나…… 어디서 들었는데…….'

연신 고개를 실긋거리던 오 여사가 한순간 손뼉을 짝 쳤다.

'맞다! 올케가 떡집 할 적에 나나란 아이가 있었어! 오빠 회
사 직원 딸.'

시훈과 선희가 아직 어렸기에 자주 들르진 않았고, 같은 이유로
다른 집 아이가 눈에 밟히진 않아서 그저 몇 번 안아 준 인연이라

고 했다. 그나마 갑자기 나나의 가족이 이민을 가는 바람에 짧은 인연이라고 했다.

'이름도 다르고 이민 간 집 아이니 장은하가 나나는 아니겠고…….'

'엄마, 나나도시락 상호 흔해. 전국 어디 가도 한두 개는 있더라.'

선희의 말까지 보태지자, 오 여사는 이내 나나와 장은하의 연결점을 지워 냈다.

하지만 시훈은 아니었다. 회사 확장에 큰 기여를 했던 직원의 딸이 장은하라고 오 회장이 말했다. 직원이 세상을 떠났기에 딸에게 갚고 싶다고 했다. 그런데 이민 갔다는, 결국에는 평택 장례식장을 거쳤던 직원의 딸이 은하 같다. 아이 때 떡집에서 끼고 살았기에 최 여사는 남다른 그리움으로 대뜸 은하의 건강부터 물었던 게 아닐까? 지영에겐 함구하라는 당부까지 떠오르자 관계의 추론이 복잡해졌다.

점심시간이 되자, 지영이 함께 밥을 먹자고 해서 나갔다. 그 자리에서 지영은 은하에 관해 물었다. 김 과장의 보고서를 봤는데, 싹수가 보통이 아니어서 관심이 간다며. 그 관심을 시훈은 순수하게 받아들일 수 없었다. 3년 동안 별맘에는 발도 안 붙이던 지영이 하는 말이니 말이다. 오 회장에게 이미 대략 입사 과정을 들었다고 나오는 바람에 시훈은 데려온 과정을 덧붙여 주었다.

은하를 중심으로 무슨 일인가 벌어지고 있었다. 남들은 시훈을 가리켜 이른바 '촉'이 뛰어나다고 했다. 그 촉이 경고를 보내고 있었다. 은하에겐 도움이 되지 못할 진실이 접근하는 중이라고.

지영이 시치미를 떼며 버티는 바람에 시훈은 별 소득 없이 돌아섰다. 당장 달려가 우선은 곁에 있어 주고 싶었다. 은하를 힘들게 하는 진실이 들이칠 때를 위한 훈련으로 삼으며.

산적한 업무 때문에 따로 시간을 내기가 어려워 표를 예매했다.

은하가 나나도시락 간판에 집착하는 이유를 물은 적이 있다. 간판의 의미까지. 하지만 드물게 은하는 입을 닫았고, 채근하는 시훈에게 완강히 버렸다. 아빠와 약속한 게 있어서 말할 수 없다고. 지금 생각해 보니, 나나라는 이름을 가진 적이 있어도 알려 주지 않겠다는 의지였다. 은하가 제출했던 주민등록등본으로는 개명 여부를 확인할 수 없었다. 편법을 써서 초본을 확보할 순 있었지만, 사귀는 여자를 기만하는 짓 같아서, 또 스스로를 기만하는 짓 같아서 즉시 접었다.

시훈은 천진하게 어여삐 잠든 여자를 조용히 내려다보았다. 문득, 그의 품에 안겨 행복해서 눈물이 나왔다는 아픈 모습이 떠올랐다. 새김질하니 또 가슴이 먹먹했다. 따스하게 어깨를 감싸 더 끌어당기고 싶어도 잠을 깨울까 봐 손을 멈췄다. 그저 속말만 했다.

'힘든 일 있으면 언제든 잘난 오라버니를 불러야 한다. 안 그럼 혼날 줄 알아라.'

창으로 눈길을 돌렸다. 어느덧 기차는 평택을 지척에 두고 있었다.

"엄마."

나지막한 잠꼬대 소리에 흠칫하며 은하를 보았다. 천진한 얼굴에 또 하나의 천진함을 보태며 웃고 있었다. 차마 깨우지 못했다.

"은하야."

흔들리는 어깨에 이어 귓불로 떨어지는 시훈의 목소리에 번쩍 눈을 떴다. 사람들이 출구로 몰려가고 있었다. 집 안에 엄마의 기일상을 따로 차리느라 늦게 잤고, 아침엔 일찍 출근했다. 아무리 그래도 시훈을 곁에 두고 잠이 들다니.

'쪽팔려.'

소리가 나올 뻔했다. 헛기침을 하며 시훈의 팔에서 손을 빼고 일어났다. 싱겁고 이상한 남자의 어깨가 묘하게 편했던 탓일까. 짧은 잠을 통해 아름다운 꿈을 꾸었다. 할아버지, 할머니도 있는 집 안의 아이가 되어 까르르 웃으며 뛰어다녔다. 엄마도 있었다. 사진으로 봤던 모습과 어쩐지 다른데도 품 안으로 뛰어들어 엄마라고 불렀다.

'누굴까?'

꿈속의 얼굴들을 가늠해 보고 싶었지만, 안 그래도 흐릿했던 모습들은 플랫폼을 빠져나올 무렵 가뭇없이 사라져 버렸다.

시훈은 기어이 전철까지 동행했다.

"치료에 필요해서 그러니 구박하지 마."

의지와는 달리 허술한 그 명분을 받아들이고 만다.

"대신 오늘 하루만입니다."

"단정한다는 건 스스로 올가미를 만드는 어리석은 짓이야."

"아니면 싫습니다."

고개를 뻣뻣이 세우고 눈알을 굴리는 새치름한 은하의 응수에 그는 피식 웃으며 고개를 끄덕였다. 동행은 포근해서 좋기만 한데도 그가 홀로 돌아갈 생각을 하자니 자꾸만 밀어내게 된다.

"오늘 사이드 메뉴 반응 어땠어?"

드물게 그가 회사 이야기를 꺼냈다.

"팀장이 새로 온 날인데, 은하가 맡은 메뉴 반응이 궁금해서."

"안타깝게도 제 창작을 접어야 했어요. 쩝, 그래도 변형시킨 것도 괜찮더라고요."

"접어?"

수상하다. 새삼스럽게 묻는 것에 이어 왜 저리 찌푸리는 걸까?

"왜요?"

"아, 아무것도."

그가 손을 들며 얘깃거리를 끊었다. 은하도 회사 이야기를 굳이 잇고 싶지 않아 입을 다물었다.

시훈은 전철에서 내린 뒤에도 돌아가지 않았다.

"구박하지 마. 마천루에 파묻혀 사는 처지야. 이런 시골스러운 마을 풍경이 치료에 도움 돼."

"피곤할 텐데."

"넌 낼 일하지만, 난 쉬니 신경 꺼."

"이그, 딱 한 번이니 제가 양보하죠."

역에서 5분 남짓 걸으면 집이다. 꼬박꼬박 마중 나오던 철수를 며칠 전에야 힘겹게 설득해 집에 있도록 했다.

손으로 찌릿한 온기가 붙어 눈을 흘기며 속삭였다.

"아는 동네 사람들 많아요."

"초급 과정."

그는 잡은 손에 힘을 주었다. 그렇게 나란히 납작한 상가 사이를 걸었다.

"다 왔어요. 어서 가요."

은하는 드문드문 불빛이 새어 나오는 다가구 건물을 가리켰다. 고맙다는 말은 왠지 안 어울릴 것 같아서 못 했다. 은하의 손가락이 가리켰던 지점을 한참 치어다보던 그가 뒷짐을 지고 고개를 빳

빳이 세운다.

"교육 과정에 조기 졸업 제도란 게 있거든. 은하 성적도 특출하고 하니 당장 중등 과정으로 승급시켜 줄 용의가 있다."

"풋! 중등 과정이면 뭐가 달라지죠?"

"으흠. 요컨대 라면을 대접할 수도 있지."

"아! 어떡해. 저녁을 못 드셨구나. 난 별맘에서 먹고 퇴근해서 깜빡 생각 못 했네요!"

"뭐, 안 먹었다기보단 라면도 먹는 취향이라 그거지."

"집에 라면이 있긴 한데, 너무 늦으실까 봐……."

"낼 쉬는 날인데 뭘."

"들어가요. 우리 삼촌이 다른 건 몰라도 밥하고 라면은 끝내줘요."

"삼촌?"

그가 휙 건물로 시선을 날리더니 찡그렸다.

"예, 우리 삼촌요."

"그, 그렇군. 깜박했군."

"뭘 깜박해요?"

"으흠."

그가 은하의 양어깨로 손을 얹었다.

"급한 일을 깜박했어. 간다."

정말로 급한 일이 있는지 황망히 돌아섰다. 기습이라고 해야 할 '쪼옥'을 남기고.

"시훈이가 왜 여길!"

연립 가구 옆으로 승용차를 세우고 출입구를 지켜보던 지영은 흠칫 놀랐다.

우선은 은하가 어떤 환경에서 누구와 살고 있는지 알고 싶어 이력서만 들고 천안까지 내려왔다. 내비게이션이 가리킨 지점에서 전조등을 끄고, 은하의 도착 시간을 어림해 보다가 마침내 모양새가 얼추 맞춰지는 여자를 발견하나 싶었다.

하지만 여자는 혼자가 아니었다. 놀라움은 계속되었다. 가로등 불빛 아래로 여자와 마주 선 시훈이 날렵하게 키스를 하고 돌아섰다. 통 여자에 관심 없던 일벌레가.

지영은 자신도 모르는 사이에 차에서 내려섰다. 혼자 남은 여자는 시훈이 사라진 방향을 향해 풋풋하고도 달짝지근한 웃음을 흘리고 있었다. 영락없이 사랑에 빠진 여자의 모양새였다. 그리고 낯이 익었다. 바로 별이가 영민 앞에서 저렇게 웃었다. 이내 어린 나나의 모습도 엿보였다. 뿐만 아니라 또 하나의 낯익음이 와 닿는다. 지극히 짧은 순간 빗속에서 보았을 뿐인데도 단박에 같은 여자라는 직감이 날아든다. 추측은 곧 확신이 되었다. 마법 우산을 건네주었던 요정이 바로 눈앞에 있었다. 장은하로 이름을 바꾼 나나가.

'나나야.'

여러 개로 분열된 이름의 뿌리를 하마터면 부를 뻔했다. 한참을 현관 앞에 서 있던 은하는 문득 기분이 좋은지 양 주먹을 쥐고 펄쩍 뛰어 올랐다가 힘차게 안으로 뛰어들었다. 곧잘 넘어지면서 운동하곤 거리가 멀었던 별이와는 다른 모습이었다.

'별이도 저렇게 건강했다면……'

그래도 결과는 같았을 것 같다. 수없이 회상하고, 무수히 변명

거리를 찾아보았지만, 으뜸 원흉은 애당초 빌미를 준 지영의 몫으
로 돌아왔다.

지영을 낳은 후 일찌거니 아이를 가질 수 없는 몸이 된 어머니
도, 억척스러운 실향민을 부모로 두었던 아버지도 돈에 대한 욕심
은 끝이 없었다. 영민의 주도로 냠냠음식백화점은 도시락도 주문
받았는데, 곧 단체 주문이 몰렸다. 거기서 시장성을 확인한 아버지
는 물 들어올 때 배 띄워야 한다며 햄버거와 삼각 김밥을 납품하
는 공장을 인수해 거기에 도시락을 추가했다. 파트너 기업의 편의
점이 확장되자 더불어 공장도 호황을 맞이했다.

공장의 도시락 책임자로 자리를 옮긴 영민은 욕심을 드러냈다.
고작 몸살감기에 딸을 특실 병동에 입원시킨 부모님의 대화를 통
해 알았다. 지영은 잠든 척하고 귀를 기울였다.

"헛! 영민이 녀석이 갑자기 지 지분을 달라네."

"호호, 딸린 식구가 있으니 철이 드나 보네요."

"월급이야 서운하지 않게 안겨 주는 중이오. 녀석한텐 없는 처
지에 헤프게 베푸는 버릇을 고치는 게 철드는 일이오. 자식, 잘되
면 어련히 알아서 해 줄 텐데."

많이 가졌어도 더 가지고 싶어 미친 듯이 질주하던 당시의 아버
지는 영민의 요구에 기분이 상한 것 같았다.

"근데 월급을 올려 달란 게 아니라 지분을 달란 건 뭔 소리랍니
까?"

"헛! 지가 개발한 음식에 이익의 일부를 달라네. 월급 받는 조

리사가 무슨 저작권 요구하는 작간가. 거기다 한술 더 떠 훗날에 냠냠음식백화점이 매물로 나오면 우선 인수권을 달라나 뭐라나. 하여튼 어째서 갑자기 욕심을 과하게 부리는지 모르겠소."

마뜩잖게 여기면서도 영민 특유의 솜씨에 의지하던 아버지는 선뜻 결정을 내리지 못하는 것 같았다. 마치 돈을 버는 목적이 외동딸의 소비를 위해서인 양 기죽지 말라고 아낌없이 내주는 아버지였다. 하지만 타인에게는 누구를 막론하고 관대하지 못하다는 사실을 그날 깨달았다. 영민의 궁극적인 목표와 함께.

그해 장마는 끈질겼다. 비디오로 '시애틀의 잠 못 이룬 밤'을 보았던 지영은 영화의 내용보다는 크리스마스에 홀로 중앙극장에서 앉아 하염없이 울었던 기억을 곱씹었다. 별이보다 지영을 더 따르는 나나가 문득 보고 싶었다. 지영에게 있어서 나나는 마음의 생채기를 치료해 주는 요정이었다. 마녀에게 휘둘린 영혼도 앙증맞은 그 요정을 통해 조금씩 제자리를 찾아가고 있었다.

온천 수영장을 데려가면 네 발로 겁 없이 물로 파고들던 나나는 이젠 두 발로 백화점을 들쑤시며 뛰어다녔다. 잔소리를 하는 별이와는 달리 지영은 나나가 하고 싶은 대로 내버려 두었다. 처음에는 계산된 마음이었으나, 그 점이 나나의 자존감과 창의력을 높여 주는 보육 방식이기도 해서 진심을 담아 밀고 나갔다.

영민은 근무를 하고, 별이는 쉬는 평일이었다. 별이네 집에 전화를 거니 받지 않아 삐삐를 쳤다. 조금 기다렸더니 전화가 왔다.

— 지영아, 나 마트 가는 중이야.

"비 오는데?"

— 세일 끝나기 전에 가려고.

비를 피해 공중전화 부스 안으로 안고 들어왔는지 나나의 목소리도 들렸다. 순간 나나가 너무 보고 싶었다. 유통 시장이 개방된 그해는 대기업이 진출을 서두르고 있었을 뿐, 아직은 토박이 마트가 건재하고 있었다.

"우리 마트에서 만날까?"

— 그, 글쎄.

영민에게 무슨 소리를 들었는지 별이는 새삼 머뭇거렸다. 그 점이 지영의 비위를 확 상하게 했다. 지영은, '영화처럼 사는 여자' 광고의 주인공인 김지호를 언급하며 화장품 선물을 암시했고, 나나의 새 수영복과 더불어 돌아갈 때는 별이네 집까지 태워 준다고 미끼를 던진 끝에 원하는 답을 들을 수 있었다.

주차장에서 차를 빼는 순간 왠지 누군가 지켜보고 있다는 느낌이 들었다. 평소 방어 운전에 치중하던 지영은 특히 후방을 살피는 데 게을리하지 않았다. 그날 장대비만 내리지 않았다면 집요하게 뒤따른 차를 알아차리고 한 번쯤 따돌려 봤으리라.

규모가 제법인 마트는 단골 백화점과 달리 전체적으로 산만했다. 천장에 콘크리트가 돌출된 매장 위의 주차장은 한쪽 벽이 뻥 뚫려 있는데도 음침하기 짝이 없었다. 경영학을 전공 중인 머리로 가늠해 보자면 대기업에 넘기려는 협상의 막바지라서 재투자를 망설이는 듯싶었다.

와자한 빗소리가 들이치는 주차장에 차를 대 놓고 연결 통로를 통해 매장 안으로 들어가 별이를 만났다. 줄곧 나나의 손을 잡고 쇼핑 카트를 채워 나갔다. 잠깐만 방심하면 온 매장을 휘젓고 다니던 나나는 어느덧 지영 곁으로 꼭 붙어 다녔다. 그날따라 사이사이 나나의 볼에 더 열심히 입을 맞췄고, 나나의 손가락이 가리키는 것이라면, 위험한 물건만 아니면 척척 카트에 담았다.

"동생 생기면 나나 질투가 보통이 아니겠지?"

별이의 말에 지영이 놀라며 그녀의 배를 쳐다봤다가 말을 붙였다.

"별이 너 혹시……."

"후후, 아냐. 아직은."

별이의 까무잡잡한 볼로 장밋빛 상상이 드러났다.

"오빠가 나나 동생 빨리 만들어 주래. 앞으론 저축 열심히 할 테니, 둘째 가지면 살림만 하래."

"떡집은?"

"목표 변경. 오빠랑 같이 조그마한 도시락 가게 차릴래. 간판도 미리 정했어."

연인에게 고백하는 여자처럼 수줍게 말하던 별이가 황망히 덧붙였다.

"나중에. 아주 나중에 말이야."

사장의 딸 앞인지라 말 수습하는 것이리라. 아버지와 협상이 여의치 않았는지 영민은 조만간 작은 가게를 열어 떠날 계획인가 보다. 작은 가게를 차린 영민 부부의 일상을 가늠해 보았다. 순간 이제까지의 모난 마음들이 참으로 덧없이 여겨졌다. 고작 작은 점포의 주인이 되어 그 안에서 하루를 열고 마감할 터였다. 그런 좁은 세상의 남자를, 또 그런 좁은 세상을 상상만 해도 행복에 취하는 친구를 두고 소외감을 가졌다는 자체에 어처구니가 없었다.

지영은 부쩍 무거워진 나나를 번쩍 안아 들고 마음으로 말했다.

'이모가 참 멍청했다. 하지만 나나한테는 영원히 엄마 같은 이모가 될 거야.'

그러고는 별이의 어깨를 톡톡 두드렸다. 여느 때보다 살갑게.

"응원할게. 아빠나 엄마한텐 아무 말 안 할게."

"으흐흐!"

마음을 들킬 때면 멋쩍어서 터트리는 별이의 독특한 웃음이다. 이를 잔뜩 드러내고 웃는 그 모습에 지영의 마음이 왠지 편안해졌다.

계산을 치른 카트의 물건을 별이가 박스에 포장했다. 백화점을 갈 때면 들고 싶는 것은 항상 별이의 몫이었다. 그날은 카트를 같이 밀었다. 나나가 지영의 바짓가랑이를 붙들었다.

"이모, 쉬 마려워."

"응. 엄만 에어컨 틀어 놓고 있을게 이모랑 갔다 와라."

별이는 지영에게 키를 받아 카트를 끌고 먼저 주차장으로 향했다. 어차피 빗길 운전은 별이가 맡을 터였다.

화장실을 나와 나나의 손을 잡고 주차장으로 향했다. 왁자한 빗소리는 여전했다. 음침한 주차장에 혀를 내두르며 다시는 여길 오지 말아야겠다는 생각을 하며 주차 위치를 가늠했다. 미등이 켜진 승용차 속 별이의 표정이 이상했다. 더운 여름에 추위를 타는 것 같은 모양새에 갸웃하며 다가갔다. 뒤편 도어를 열려는 순간 뾰쪽한 무언가가 옆구리를 찔렀다. 퀴퀴한 비린 냄새와 함께 서늘한 남자의 목소리가 귓불로 떨어졌다.

"옆구리 구멍 나고 싶지 않음 조용히 타."

다리는 후들거리기만 할 뿐 나아가지 못했다. 옆구리에 타는 통증이 느껴져도 나아가지 못했다. 그때 보였다. 뒷좌석에 몸을 낮춘 채 별이 뒷목에 칼을 들이댄 또 다른 괴한을. 그는 사뭇 당혹감을 드러내고 있었다. 갓 차에 오르려던 나나도 그를 보았다.

"으앙!"

비명을 지르며 나나가 물러섰다. 뒤편의 남자가 지영과 나나를 동시에 들이밀었다.

"으아앙! 엄마!"

지영은 나나를 안은 채 몸을 숙이고 버렸다. 소리를 질러야 하는데 입이 열리지 않았다. 등으로, 옆구리로 구둣발이 떨어져도 입이 열리지 않았다. 그저 나나를 온몸으로 감싸며 버렸다. 왁자한 빗소리에 어떤 여자들의 비명 소리가 섞였다. 요란하게 조수석 문을 여닫는 소리에 이어 굉음이 이어졌다.

부웅!

지영에게 막혀 뒤편 도어가 닫히지 못했던 승용차가 요란하게 출발했다. 지영은 나나를 끌어안은 채 튕겨 나갔다.

"엄마!"

나나는 멀어지는 엄마를 불렀지만, 지영은 부르지 못했다. 도어 턱 모서리에 부딪힌 머리가 뜨거워지면서 정신을 놓아 버렸다.

그렇게 애당초 지영 한 사람을 겨냥했던 마수는 엇나가고 말았다.

여전히 온몸의 혈관을 요동치게 만드는 기억 때문에 휘뚝거리던 지영은 곧 이를 악물고 꼿꼿이 섰다. 후회를 곱씹는다고 해도 어차피 기억의 감옥에서 벗어나지는 못한다. 지금 할 수 있는 일을 찾아내는 것이 중요했다.

'요정 아가야, 내가 뭘 도와주면 되겠니?'

건물을 치어다보며 생각을 이어 갔다. 첫 느낌으론 행복해 보인다. 그런 아이에게 굳이 진실을 알릴 필요가 있을까. 천안으로 돌려보낸다는 아버지의 계획에 찬성을 할지 모른다는 예감을 품다가 한숨을 쉬었다. 은하는 시훈과 엮여 있었다. 가족이나 다름없는, 그래서 계속 교류해야만 하는 시훈과 말이다.

요란한 발소리에 움찔하며 고개를 숙였다. 현관에서 은하와 건강한 남자가 뛰쳐나왔다.

"야, 차 시간 멀었어. 천천히 가도 돼!"

은하에게 뒤처진 남자가 소리쳤다. 남자는 컵라면을 손으로 받쳐 들고 있었다.

"일찍 갈수록 좋단 말이야!"

소리치던 은하가 휙 돌아보곤 덧붙인다.

"삼촌! 흘리지 마!"

"염병, 배고픈 사람 그냥 보냈다고 구박한 내가 잘못이지."

남자가 투덜거리면서 사라졌다. 그러고 보니 남자의 목소리가 낯익어 곧 알아챘다. 요정이 우산을 건네주기 직전에 은하를 불렀던 목소리다.

무언가에 들떠서 힘차게 달음박질하던 은하와 뒤따르는 듬직한 삼촌이란 남자의 모습을 새김질해 보자니 생각이 더욱 복잡해졌다.

문득 먹빛 비의 수렁에 빠졌을 때, 우산을 덮어 주며 지영을 구해 주었던 요정의 모습이 떠올랐다.

'어째서, 어째서 네가 나를 구하게 됐는지 모르겠구나.'

의연하게 대응하겠다는 의지와는 달리 벌겋게 눈이 젖어 버리고 말았다.

은하의 강요로 집에서 아침을 떠먹던 철수가 한참을 오물거리더니 엄지를 척 세웠다.

"이야! 씹을수록 마구 맛이 터진다."

"그렇게 맛있어?"

"이런 오징어볶음은 처음이라 이상했는데 먹다 보니 막 당긴다."

"농도 유지를 위해 고추장에 간 마늘하고 토마토 소스를 섞어 볶았어. 좀 식혔다 먹어도 괜찮지?"

"응. 차게 먹어도 맛있겠다."

철수의 소감은 은하와 다르지 않았다. 간밤에 찬석의 레시피 파일을 열고 많이 놀랐다. 엄청난 가짓수에 이어 신선함과 견고함을 갖춘 레시피에 충격을 받았다. 그중에 냉장고에 재료가 있는 것을 하나 골라 아침으로 정한 게 바로 '오징어볶음2'였다.

어쩌면 찬석은 누구보다도 열심히 공부를 했으면서도 '과연 통할까?' 하는 두려움에 출시를 망설였으리라. 각 레시피에는 어느 지역, 어느 업소의 명물이라는 한 줄 설명 밑으로 '별맘에선 통할까?' 하고 덧붙여 있었다. 재창조한 음식도 따로 이름을 짓지 않고, 주재료 뒤로 숫자만 표기했다. 은하가 별맘에 적용하려면 도시락 특성에 맞게끔 추가로 연구하면 될 터였다.

점장의 레시피에 찬석의 것, 그리고 별맘의 현장 경험까지 보태지자 부쩍 부자가 된 느낌이 들었다. 역시 별맘에 가길 잘했다. 훗날, 아빠의 정예 음식을 중심에 두고 순환 메뉴 밑천을 두둑이 하여 대왕도시락을 상대하리라.

'기대하시라, 김 사장!'

은하가 이를 갈며 손가락 관절을 꺾자 철수가 움찔했다.

"야, 야! 먹어. 먹는다고!"

오해하는 철수의 젓가락이 다급히 새싹샐러드로 향했다. 철수가
질색하지만, 은하는 기어이 먹이고 싶은 건강 음식이있다.

🛵

본사의 선배인 이 과장과 통화를 마친 민철은 조리실을, 정확한
순진 팀장을 힐끔거리며 이를 갈았다. 오래도록 사이드 메뉴에 참
신한 음식이 등장하지 않는다는 질책을 받은 게 지난주다. 그래서
이번 주부터 각 팀이 사이드에 신경을 쓰도록 메뉴를 유도했다.

하지만 손님들이 특별히 잘 먹는 사이드 메뉴는 좀처럼 나오지
않았다. 초조하던 차에 이 과장의 잔소리를 또 들었다. 맛있는 음
식에 있어서 새로운 것은 오랜 세월에 걸쳐 검증된 맛과 승부해야
한다는 핸디캡을 들먹이며 볼멘소리를 했다. 그러자 이 과장이 가
능성 있는 음식이 별맘에 있다고 귀띔했다. 민철은 당장 찬석에게
달려가 다음 날 메뉴에 넣도록 지시했다. 그것을 만든 은하를 위해
서라는 말에 찬석은 두말없이 협조했다.

그랬던 것인데, 순진이 어깃장을 놓는 바람에 허브치킨샐러드를
내놓지 못했다. 도무지 타협을 모르는 여자다. 팀원들을 일찌거니
동정했는데, 의외로 그들과는 잘 지내는 중이다. 그러고 보니, 공
장에서는 남자들하고만 유독 사이가 안 좋았다고 했다. 하지만 민
철은 확신했다. 저런 독불장군은 남녀를 불문하고 화합하기 힘들
다. 조만간 반성문을 제출할 날이 올 터였다. 그땐 점장의 아량 따

원 기대하지 말아야 할 것이다.

그나저나 저녁에 있을 회식이 벌써부터 부담스럽다. 공장에 가서 말술의 즐거움을 깨달았다는 순진 팀장의 환영식이었으니 말이다.

민철은 고개를 절레절레 흔들며 영양사들에게 건넬 공문을 집어들었다.

오므라이스는 나나도시락에서 판매한 적이 없었다. 도시락으론 영 어울리지 않을 것 같은데도 별맘은 물론 하루편의점에서도 어느 정도는 팔린다고 했다.

"오늘 소스는 데미글라스다."

순진이 선언하자, 은하가 조심스럽게 끼어들었다.

"브라운은 어제 다른 팀이 돈가스 소스로 쓴 건데, 괜찮을까요?"

오므라이스 소스로는 토마토를 주재료로 한 레드 소스와 밀가루를 볶은 루의 브라운 소스를 주로 사용한다고 찬석의 레시피에 나와 있었다. 후자는 돈가스에 흔히 사용한다.

"거긴 고기였고, 우린 밥이니 상관없다."

이내 순진은 데미글라스 소스를 준비하기 시작한다. 은하와 눈이 마주친 은영이 입술을 비죽 내밀고 고개를 흔든다. 뒤에도 눈이 달린 양 순진이 휙 고개를 돌려 날카롭게 쳐다본다.

"많이 팔려서 바쁠 테니 간편한 게 최고야. 은하는 준호를 도와 지단 빨리 해치우고, 은영 영양사는 김치부터 세팅해."

찬석과는 달리 일감 분배는 시원시원하게 처리한다. 토요일이라 평소보다 예상 식수가 적었지만 팀은 부지런히 움직였다.

샘플용으로 밥을 조금 볶아 실물을 만들기 위해 팀이 머리를 맞댔다.

"소스가 어두운색이니 토핑은 백색 크림 소스하고 머스터드가 좋겠네요."

은영은 이미 토핑용 튜브를 손에 쥐고 있었다. 순진이 척 가로막는다.

"토핑은 어제 하루만이라고 했다."

"그래도 오므라이스 하면, 좌르르 흘리는 토핑이 매력이잖아요."

"흠, 좌르르……."

순진이 지단이 덮인 볶음밥을 턱을 괴고 바라보며 생각에 잠겼다.

"토핑 소스 원가하고 양파 1/6의 원가 차이는?"

"으음, 토핑이 두 가지면 거의 비슷해요."

"토핑을 생략한 대신 양파를 사용한다."

저장실로 직접 뛰어가 양파를 한 개 쥐고 나온다.

"C팀 오늘 양파 출고 없잖소!"

따지는 조 주임을 무시한 채 순진은 양파를 다다닥 썰곤 팬에 담아 레인지로 달려가 순식간에 볶아 온다. 순진이 칼을 두 번 놀리자, 지단이 갈라지면서 붉은빛 볶음밥과 야채가 드러났다. 그 위로 양파와 버무린 소스를 부었다.

"지단 밑의 붉은색과 녹색 야채가 보이고, 양파가 고명으로 좌르르 흐르니 색도, 토핑도 끝!"

"그, 그래도."

미련을 못 버리는 은영을 역시 순진이 제지한다.

"끝이라고 했잖냐. 어쨌거나 은영 영양사에게 신세 졌다. 내게 영감을 줬어."

순진의 칭찬에도 은영의 앵돌아진 표정은 풀리지 않았다. 하지만 은하는 아니었다. 사실 모든 음식에 비슷한 토핑을 하고 있었다. 그런데 순진의 방식은 토핑이 없으면서도 시각적인 만족감을 주고 있었다. 화려함 대신 담백함으로.

"공장에서도 토핑하지 않나요?"

은영이 끈질기게 덧붙였다.

"바람직한 질문이다. 쓸데없이 하는 중이지. 편의점 가서 먹어 봤지? 코팅을 하면 토핑이 비닐로 다 달라붙고 얼마나 지저분하다고. 한마디로 나 같은 자연 미인에게 화장 떡칠을 하는 셈이지."

"어, 팀장님……."

은영은 순진의 얼굴을 힐긋힐긋 살피더니 굴복해 버렸다. 결국 양파를 끼얹은 '자연 미인'을 닮은 오므라이스 샘플을 완성해 진열대로 내보냈다. 오므라이스 명칭도 영양사의 직권으로 변경되었다. 기존의 '별맛 오므라이스' 대신 '자연 미인 오므라이스'로 바뀌었는데, 그것이 순진을 향한 은영의 존경심에서 비롯된 것인지, 복수심에서 비롯된 것인지 은하는 알 수 없었다. 어쨌거나 순진은 그 명칭을 기껍게 품었다. 은영의 탁월한 마케팅 감각에 감동했다는 치하도 잊지 않았다. 기분이 풀렸는지 은영이 웃었다. 어쩐지 음흉한 웃음을.

"팀장님, 제가……."

양파를 한 바구니 썰려는 순진 앞으로 은하가 나섰다.

"됐어. 지단이나 빨리 해치우라니까."

순진은 곧 요란하고 널찍하게 자리를 차지하며 칼질을 시작했다. 작업대 건너편의 조 주임이 찌푸리자, 순진이 위협하는 몸짓으로 맞섰다. 그 두 사람 사이엔 언젠가는 터질 화약이 놓인 것 같다고 은하는 생각했다.

나나도시락 때처럼 작은 팬에 식용유를 지극히 조금만 칠하면서 지단을 만들고 있는 은하에게 순진이 지나가다 참견한다.

"계란 물이 엉기지 않는 한도에서 기름 넉넉히 써라."

은하는 학교와 아빠에게 배운 대로 했기에 반문했다.

"이렇게 해야 색도 밝고 밥도 착 달라붙는 거 아닙니까?"

"그건 즉석으로 밥을 말 때고, 여긴 쌓아 두었다가 덮으니 마르면 안 돼."

과연 미리 볶아 놓은 밥을 용기에 담은 뒤 양손으로 지단 끝을 집어넣어 주는 게 이곳 방식이었다. 즉 팬에 돌리지 않고 쌓아 놓은 지단을 밥 위로 덮었다. 결과적으로 순진의 말이 맞았다. 은하가 만든 지단은 금방 말라 서로 엉겨 붙어 있었다.

은하가 칼집 내기와 소스 붓기를 맡았고, 순진은 계속 볶아 댔다. 피망이 비싸서 다른 팀들은 녹색을 조금 쓰고 마는데, 순진은 대파를 잘게 썰어 풍성한 색을 냈다. 대신에 타지 않게 볶으려면 신경을 더 써야 했다. 순진은 볶음밥이 소스와 섞였을 때까지 배려하며 간을 딱 맞췄다. 1차 소금 간에 이어 밥을 볶을 때 다진 마늘과 함께 추가로 소금을 솔솔 뿌리는 순진의 동작을 은하는 머릿속에 저장했다.

은하도 실수 없이 볶을 자신이 있는데도 순진은 좀처럼 기회를 주지 않았다. 볶음밥은 손목에 무리가 간다면서.

"은하 씨도 잘하니 맡겨 보세요."

현준이 지나가다 참견을 하자, 은하를 휙 쳐다보는 순진의 눈길에는 어쩐지 비웃음이 걸린 것 같았다.

근질거리고 서운하기도 했지만, 다른 두 팀장의 레시피와 비교해 보며 열심히 지켜보았다. 그것도 괜찮은 시간인 것 같아 은하는 비죽 나왔던 입술을 집어넣었다.

오후 휴식 중에 은영이 본사 공문이라며 특별한 과제를 제시했다.

"이제까지 전혀 없었던 상식 파괴 사이드 메뉴를 팀마다 하나씩 준비하랍니다. 순발력 시험차 화요일에 당장 나갑니다. 월요일 전처리 들어가려면 오늘 발주 넣어야 하니 퇴근 때까지 다들 연구해 보세요."

은하는 아빠만의 독특한 레시피가 여럿이 있어서 반색했다. 하지만 순진은 의견을 꺼낼 틈도 안 주었다. 대뜸 선언한다.

"돼지껍데기 발주해. 그걸로 한다."

역시나 팀원 의견을 묻는 데 인색하기 짝이 없다.

'자연 미인 오므라이스'는 그 명칭에 힘입은 탓인지, 아니면 젊은 학생 손님이 많은 토요일 덕인지 1위를 위협하는 2위를 차지했다. 3위 예상을 극복했다며 만족하는 팀원들과는 달리 은하는 뒤늦은 아쉬움을 삼켰다. 피크타임 때 순진이 밥을 은하와 나눠서 볶음으로써 더 신선한 밥을, 더 빠르게 배식했더라면 1위도 가능했을 것 같았다.

하지만 '조직의 예법'을 따르며 겉으로 드러내진 않았다. 중책을 맡지는 못했어도 많은 것을 배운 하루였다. 더욱이 높은 점수로 주 종합 1위를 차지했기에 울울했던 마음을 곧 지워 냈다.

회식 때문에 평소보다 약간 마감이 빨랐다.

양념고기에 질린 별맘 식구들은 널찍한 보쌈 식당의 내실 두 칸을 터서 길게 둘러앉았다.

미리 알렸는데도 철수는 처음으로 늦게 귀가할 예정인 은하를 못 미더워했다.

[만약을 생각해서 어딘지 동네하고 상호 찍어 보내.]

철수의 극성에 마지못해 따랐다. 토요일이라 일찍 퇴근해 심심해서 그런 것만은 아니리라. 아빠와 함께 살 때도 철수는 은하의 동선을 무시로 확인했다. 엄마의 보디가드인 사이보그라고 의심했던 시절부터 줄곧 그랬다. 나중에 실토했다. 지금은 스스로 그러고 싶어 보호하지만 처음엔 아빠가 원해서였다고. 사실은 그 임무가 아빠가 바라는 유일한 것이었다고. 그 점을 약속받은 후에야 아빠는 철수를 집으로 들였던 것이라 했다.

철수는 어린 여자를 '여자'로 여기지 않았다. '형님'이라고 불렀던 남자들과 술집을 갈 때도 아줌마를 찾아서 왕따를 당했고, 그 '형님'들의 손에서 벗어난 이유도 어린 여자들을 술집에 소개시키는 조직의 더러움 때문이었다. 잠결에 들었던 아빠와 철수의 대화로, 혹은 얼결에 철수에게 들은 이야기를 짜깁기해서 얻어 낸 앎이다.

최근에야 깨달았다. 아빠가 철수를 동거인으로 선택할 수 있었던 가장 큰 이유를.

과연 철수는 어린 여자를 싫어했다. 유 사장 회사의 서른세 살 과부도 어려서 싫다고 하니 말이다. 문득 철수의 장가가 심히 걱정된다. 몇 살 짝을 원할까? 마흔 살 전후의 여자 중 임자 없는 사람을 찾기는 쉽지 않을 것 같다.

여하튼 시훈을 만나면서 부쩍 철수의 장가를 걱정하게 된다. 한 달 약속으로 만나는 처지이면서 말이다.

장가를 진짜 가고 싶다고 답하는 양 그 순간 철수가 또 전화를 걸어 왔다.

— 위치 정보 꼭 켜 놓고, 자리 옮기면 꼭 찍어 보내라.

이쯤 되면 과보호다. 우직한 그 마음에 차마 짜증을 내지 못하고 알았다고 대답했다. 이래저래 장은하스럽지 않게 어쩐지 착 가라앉은 하루다. 너무 행복했던 직후에는 종종 그랬다. 덜 행복한 날을 추가로 치러야만 그 행복이 완전한 것으로 믿어지곤 했다.

"야, 장은하! 야가 어째 매가리가 없냐?"

어느덧 얼큰하게 술이 오른 순진이 은하의 어깨로 팔을 둘렀다. 생각에 빠져 있었던 탓에 하마터면 본능적으로 잡아채 꺾어 버릴 뻔했다. 그 동작을 취하다 멈추었기에 은하는 별로 잡고 싶지 않은 순진의 손등을 쓰다듬었다.

"으흐흐! 오늘은 제가 팀장님을 많이 돕지 못해 면목이 없어서 그럽니다."

그러고 보니 화장실을 갔다가 돌아오지 않는 사람들이 꽤 되었다. 특히 순진 주변 사람들이. 덕분에 멀찍이 있던 순진과 붙어 버렸던 것이다.

갈색빛 도는 눈알을 한쪽으로 모으며 은하를 살피던 순진이 등을 탁 쳤다.

"순진한 야야, 내가 이래 봬도 눈치 37단에 해탈했다. 일 많이 안 맡겼다고 삐쳤지?"

"어머머, 그런 불편한 진실을 다."

"인마, 넌 순둥이라서 얼굴에 다 타이핑 돼. 자, 한 잔 받고."

"술은 못하는데 예의상 한 잔만 받겠습니다."

소곳이 한 잔 받았다. 순진이 어울리지 않게 쓸쓸한 한숨을 토해 냈다.

"휴우, 좋은 나이다. 그 나이 땐 말이지, 끝물 선배들 일하는 거 가만히 구경만 해도 된다. 구경이 끝나면 그때 장은하가 실력 보여도 안 늦어."

은하는 이마를 우울하게 찡그리며 순진을 빤히 바라보았다. 갑자기 엄청 부끄럽다. 머리를 긁적이며 멋쩍게 웃었다.

"심오한 말씀에 그저 부끄럽습니다."

"자식, 언니도 네 싹수가 부러워서 부끄럽다."

"부끄러움은 저한테 다 넘기시고, 자연 미인님께선 거만하셔도 됩니다."

"호홋, 자연 미인. 은영 영양사 감각도 보통이 아냐. 근데 이것들이 다 어딜……."

순진의 눈길을 따라 은하도 실내를 훑었다. 순진에게 원샷을 강요당하던 은영과 준호가 자취를 감추었다. 저쪽 방의 A, B팀 직원들도 반 이상이 실종되어 있었다. 연신 은하에게 왔다 갔다 하며 술을 권하던 현준은 그쪽에 섞여 있었고, 은하와 순진 주위론 세 명만 보였다. 옷가지가 꽤 흩어진 길로 보아 다들 집에 간 것은 아닌 듯싶다.

'제기랄!'

공연히 휘둘러보았다. 은하와 눈이 마주쳤던 조 주임이 일어나더니 비틀거리며 은하에게 다가왔다. 술병을 들고 기분 나쁘게 웃는 모습에 예감이 썩 좋지 않다. 밥상 건너편에서 은하에게 술병을 들이댔다.

"어이, 에이 씨팔. 한 잔 받으시지."

뒤끝 작렬이다. 당시 '에이 씨' 소리도 한 적이 없는 양 잡아뗐었기에 은하는 참을 '인' 자를 새기며 애써 당황하는 숙녀가 되었다.

"흥! 여우 같은 년. 내 눈엔 내숭 빤히 보인다, 이년아."

'년' 이 쌍으로 들어가니 주먹이 운다. 순진이 먼저 반응했다.

"야! 죽을래? 왜 얌전한 우리 식구 갈구냐."

"시바. 아줌만 빠져."

"아, 아, 아, 아줌마?"

"외모는 아줌마 맞잖아. 생긴 대로 그냥 퍼져 있어."

"이런 시부랄 놈 봤나!"

"치겠네?"

"딩동댕. 맞췄다, 새꺄!"

쫘악!

벌떡 일어나더니 말릴 틈도 없이 뺨을 날려 버렸다.

"어린놈이 싸가지 없이."

맞고만 있을 조 주임이 아니었다. 더욱이 그는 술기운으로 제정신이 아니었다. 손을 털며 주변을 힐끔 살피는 순진을 향해 조 주임의 주먹이 날아왔다. 곁에 섰던 은하가 번쩍 그 주먹을 잡아 비틀어 당겼다. 은밀하고도 재빠른 동작이었다.

"으의!"

와장창!

조 주임이 고통스레 팔을 쥐며 밥상으로 엎어졌다. 김칫국물이며 양념이 은하와 순진의 바지로 튀었다. 순진은 무슨 일이 일어났는지 몰라 갸웃했고, 요란한 소리는 사람들을 몰리게 했다. 안 보였던 점장도 나타났다.

"에이 시팔, 너 죽었다."

조 주임이 이를 갈며 일어나려는 순간 은하는 과장된 비명을 질렀다.

"엄마야!"

순진을 끌어당겨 함께 주저앉았다. 그러고는 곁눈질로 상황을 파악하고는 공포에 떠는 여린 여자가 되었다.

예상대로 조 주임은 점장에게 술병을 빼앗겼고, 좌중의 따가운 시선을 한 몸에 받으며 두들겨 맞았다.

"이런 개 같은 놈 봤나? 더러운 성질에 술까지 취하니 미친개가 따로 없네."

"아니라고, 아니라고요! 아, 시바, 팔 아프다고요!"

"네가 자빠져 아픈 걸 왜 하소연하냐. 에라, 이놈!"

점장의 발길질은 오래도 갔다.

"가요, 언니."

은하가 순진에게 속삭였다.

"그, 그럴까?"

먼저 뺨을 날린 처지라 순진은 더 엮이고 싶진 않은 눈치였다. 그러고 보니 술에 취한 것 같지도, 순진한 깃도 아닌 것 같다.

슬그머니 내실을 나와 신발을 신었다. 막 홀을 가로지르려던 은하는 화들짝 놀라며 걸음을 멈췄다. 어쩐지 회식 장소에 집착하나 했다. 아마도 철수는 이미 서울로 향하면서 위치를 물었나 보다.

"뭔 일이냐?"

은하의 지저분한 바지와 수선스러운 내실을 번갈아 보는 철수의 표정이 심상치 않았다. 은하가 다급히 속삭였다.

"아, 말도 없이 왜 여기까지 오고 그래. 어서 가."

옷깃을 잡아끄는데도 철수가 움직이지 않았다. 하필이면 그때 조 주임이 점장의 방심을 틈타 한쪽 팔을 어르며 달려 나오고 있었다.

"야, 장은하. 에이 시팔년!"

조 주임의 손에는 술병이 들려 있었다. 그는 더 다가오지 못했다.

"저 개새끼가 누굴 보고."

철수가 성난 코뿔소처럼 달려가 조 주임의 멱살을 낚아챘다.

"감히 누구한테."

까치발로 버둥거리며 공포에 질린 그의 얼굴로 우악스러운 철수의 주먹이 날아가려는 순간, 은하가 달려가며 날카롭게 소리쳤다.

"안 돼! 스톱!"

가까스로 철수의 주먹이 조 주임의 얼굴 앞에서 멈췄다. 화를 이기지 못하는 양 부르르 떠는 그 주먹으로 빈 식탁을 쾅, 내리쳤다. 묵직한 사각형 식탁이 들썩 한쪽으로 들리면서 양념 통 따위가 붕 떠서 나뒹굴었다.

"놔, 빨리 놔줘."

은하가 뒤에서 붙들고 호소했다.

"빨리!"

채근하고서야 철수가 조 주임을 놓았다. 그는 물먹은 솜처럼 맥없이 바닥으로 퍼졌다. 바지 사이로는 물기가 번졌다. 은하는 퍼뜩 고개를 돌렸다. 철수의 귀에 대고 애원하듯 속삭였다.

"실은 나한테 먼지 나게 맞았단 말이야."

"그래?"

은하의 위아래를 훑어본 철수가 비로소 성난 표정을 풀어내고 엷게 웃었다. 뒤를 보니, 순진이 넋이 나간 모양새로 철수를 바라보고 있었다.

철수의 트럭을 타고 돌아가는 길에 은하는 무언가 뿌듯하면서도 입으론 잔소리만 하게 된다.

"경찰이라도 출동했음 어쩔 뻔했어!"

"그 개새끼가 너한테 욕하니까 확 돌아 버린 거잖아."

"아, 그러니까 뭐 하러 서울까지 오고 그래. 날 알면서 그러네."

"니 실력은 안다만 덩치 큰 남자들한텐 힘들어. 아, 그 개새끼. 지저분한 아구통을 날렸어야 했는데……."

"그리고 삼촌. 언어 순화 하자고 했잖아!"

"요즘 잘하고 있잖냐."

"흥! 방금도 개새라고 해 놓고. 식당에서도."

"푸하하! 야가 쪽팔리게. 개새끼도 욕이냐?"

"욕이 아니면!"

"남자들끼리 쓸 땐, 한판 뜨고 싶단 뜻이다. 그래서 내가 여자한텐 절대 안 쓰잖냐."

문득 은하의 말문이 막혀 버린다.

고속도로에 접어들자, 철수가 운전대를 톡톡 두드리며 실실 웃어 댔다. 바라보는 은하와 눈이 마주치자 살짝 볼이 붉어진다. 남들이 보면 화난 낯빛 같지만, 은하는 알 수 있는 쑥스러움의 빛깔이었다. 무슨 말인가 하려다가 입을 다물고 전방만 주시했다.

휴대폰이 울려 꺼내 보니 어제 새로 저장한 번호가 떴다.

— 은하야, 잘 들어가는 중이니?

술이 취해서인지 순진의 목소리는 나긋나긋했다. 발신자가 맞는지 확인한 뒤에 대답했다.

"예. 팀장님은 도착하셨어요?"

— 방금 들어왔다. 삼촌도 잘 계시고?

"예? 아, 네. 잘 운전하고 있습니다."

— 밤길 운전 조심하시라고 전해라.

"예."

— 잘 전하고…… 그럼, 안녕.

더 할 말이 있는 양 침묵하다가 끊어졌다.

"아까 그 팀장님이냐?"

묻는 철수의 표정이 무언가 어색했다.

"응. 삼촌한테 밤길 조심하라고 전하래."

"밤길? 어험! 팀장님이 나에 대해 잘 모르구나. 또 뭐라든?"

"으응. 잘 전하래."

"잘? 잘. 잘. 자알."

고개를 끄덕이며 그 한마디를 곱씹는다. 은하는 이맛살을 모으고 탐색하다가 짓궂은 웃음을 흘렸다.

"시골 아줌마 같지?"

"그래. 인상이 좋더라."

"별명이 자연 미인이야."

"와! 딱이네."

"아줌마 아니고 아가씨야."

"지, 진짜?"

"놀라긴."

"야, 야. 내가 왜 놀라냐?"

정색하며 어깨를 으쓱하고는 전방만 주시한다. 슬그머니 그의 입꼬리가 올라간다. 새삼 한 손으로 짧은 머리카락을 다듬는다. 문득 식당에서 넋을 놓고 바라보던 순진이 떠올랐다. 은하는 눈썹이 구겨지는 실눈을 하고서 철수를 곁눈질하다가 이내 고갯방아를 찧었다.

조용하던 철수가 문득 물어 왔다.

"답장은 해 줬냐?"

"뭘?"

"안부 인사를 받았으면 답장을 해 줘야지."

"전화 온 건데."

"내가 직접 받은 건 아니잖냐."

"오호라! 삼촌의 마음을 내가 전하라고?"

"그런 게 아니라…… 언어 순화 하는 김에 우리, 동반인의 예의를 지키자."

"동반인…… 그래, 동방인의 예의를 지켜 주지, 뭐. 뭐라고 답장하고 싶어?"

"그, 글쎄."

험악한 얼굴에 순박한 웃음꽃이 핀다.

"니 체면을 봐서 좀 유식하게 보내야겠지?"

고개를 까닥하고는 기다려 주었다.

"거 말이다…… 자연 미인님께서도 기제후 옥체일향 만강하시고 내내 편안하십쇼, 어떠냐. 흠!"

뿌듯하게 솟은 철수의 턱에 생채기를 낼 수 없어 은하는 끄덕여 주었다. 다만 순진에게 전송할 때는 쉬운 말로 다듬었다.

[철수 삼촌이 자연 미인님에 대해 자꾸 묻네요.]

순진은 금방 답장을 보내왔다.

[뭐라고 대답함?]

[남자는 다 도둑놈이라 연애사절주의자라고 했어요. 잘했죠?]

[오마나! 내가 너한테 말 안 했구나. 나, 해탈했음.]

[?? 어제 말씀으론 아닌데.]

[오늘 해탈해 하산함. 깨달음이란 건 불시에 오는 법.]

[글쿤요. 앗! 배터리가~ 안녕히 주무셔요.]

배터리는 넉넉했지만 여기까지만 하기로 했다. 아직은 순진에 관해 모르는 게 많았다. 철수의 달뜨는 마음에도 안정 장치가 필요할 듯싶었다.

"근데 삼촌. 자연 미인님 말이야. 아가씨는 맞는데, 애인이 있는 것 같기도 하고, 없는 것 같기도 하고. 그런 포근한 어머니상이면 쫓아다니는 남자들도 꽤 있겠지?"

철수의 웃음이 뚝 끊긴다. 은하는 시치미를 떼고는 한참 동안 생각을 더듬었다.

"유치원 입학하는 데도 서류 전형과 면접이 필요하겠지?"

뜬금없는 질문에 철수는 건성으로 고개를 끄덕였다. 어쩐지 순진은 유치원에서 대학으로 직행할 것 같다. 해탈씩이나 했다면 교수님 수준일 테니.

"아차! 시훈 씨한테 빨리 답장해 줘야 하는데."

회식을 한다고 해서 귀가를 지레 걱정하던 시훈은 나중에 오피스텔을 들먹였다. 비어 있는 곳이며, 은하가 원한다면 아무 때나

이용이 가능하니 막차 걱정은 말고 느긋하게 2차를 가도 괜찮다고
했다. 어딘지 찾아낼 걱정도 말라 했다. 자신이 태우러 와서 문을
열어 줄 거라며. 그럴 일은 없을 거라고 답을 보냈더니, 오피스텔
의 쾌적함과 보안에 관한 홍보 문구까지 보내왔다.

하지만 철수가 태우러 왔다고 문자를 보냈더니, 더는 오피스텔
을 들먹이지 않았다. 잘 들어가라는 문자와 함께 내일 시식 장소를
빨리 결정해 달라고 했다.

"삼촌, 다른 덴 없어?"

"엉?"

"낼 말이야."

"야, 너도 가고 싶은 데잖냐. 왜, 한 실장이 싫대?"

"그건 아니지만. 왠지 우리가 유치한 거 같아서 아직 못 알렸
어."

"야가 아까부터 새삼스럽게 유치원, 유치 어쩌고 따지네. 거긴
매점도 많잖냐?"

"뭐, 매점도 식당의 일부긴 하지."

안 자고 기다릴 테니, 집에 도착하면 꼭 알리라는 시훈의 당부
에 씻기 전에 문자를 보냈다.

[집에 들어왔어요.]

[내일 시식 장소는 정하고?]

은하는 망설였다. 콧노래를 부르는 철수를 힐끗 본 뒤 문자를
전송했다.

[삼촌이 놀이동산 내 식당을 가고 싶대요. 삼촌이.]

은하는 '삼촌'을 강조해 보냈다. 방으로 들어가 더러운 바지를
벗어 내고 기다렸다. 시훈은 좀처럼 답장을 하지 않았다.

[잠들었는가, 오버.]

채근하고서야 답이 왔다.

[놀이동산 규정이 바뀌어 '29세 이상 출입 금지'란 말이 있던데.]

[그런가? 놀이기구나 해당되겠죠? 동물원하고 수영장도 있는데.]

[수영장?]

[여름엔 다 하지 않나요?]

그는 광속으로 답해 왔다.

[가자.]

흰색 골프 모자에 선글라스를 쓴 시훈은 여느 때보다 멋져 보였다. 린넨 셔츠로 드러난 팔뚝의 근육도 오늘따라 몹시 탄탄해 보였다. 이마를 찌푸리며 이따금 좌우를 훑어보며 걷는 모습에선 압도적인 카리스마까지 엿보였다.

"이야! 오늘은 놀이동산에 사람들이 별로 없네? 줄 안 서도 되겠다."

저편의 놀이기구로 잔뜩 호기심을 드러내는 철수를 시훈이 잡아 끈다.

"형님, 은하 땀 뻘뻘 흘리는 거 안 보입니까? 오늘처럼 뜨거운 날은 시원한 물로 직행하는 게 최곱니다."

내리쬐는 볕이 따가울 뿐 크게 더운 날씨는 아니었다.

수영장 탈의실로 가기 위해 잠깐 헤어지면서 시훈이 은하의 위

아래를 훑어보며 묘한 웃음을 지었다. 그것을 철수가 보고는 거칠게 잡아끌었다.

"가요, 가."

만날 때부터 유치한 정서를 들먹이며 놀이기구에 부정적인 시훈에게 철수는 적이 골이 나 있었다.

수영복으로 갈아입고 다시 만난 시훈이 눈을 동그랗게 뜨고 은하를 훑어보았다.

"은하 넌 수영 안 해?"

"안 하긴요."

"복장이 좀."

"으흐흐! 왜요? 이게 햇빛 차단도 되고 최곤데."

래시가드와 워터 레깅스가 살을 가려 주지만, 어쩔 수 없이 상대적으로 드러난 몸매 곡선이 멋쩍어 은하는 얼굴을 붉혔다.

"잠수복 같아서 말이야."

어쩐지 기운이 없는 시훈의 말이었다.

일반용 풀장엔 사람들이 많았다. 하지만 우람한 몸 여기저기로 흉터가 난 철수가 요란하게 물을 가르면 사람들이 재빨리 길을 내줬기에 뒤따른 은하는 혼잡하단 생각은 들지 않았다. 비치 체어에 나란히 누워 쉬는 은하를 시훈이 자꾸만 곁눈질로 쳐다보았다. 눈이 마주치면 휙 시선을 돌리곤 시치미를 뗐다. 보고 있던 철수가 벌떡 일어나더니 은하의 몸으로 비치 타월을 덮어 주었다.

워터 슬라이드를 실컷 누린 철수는 비로소 놀이기구에 관한 아쉬움을 지워 내는 성싶었다.

철수와 은하가 천진하게 워터 슬라이드를 즐기는 모습을 보며 시훈은 참았던 숨을 내쉬었다. 퍽이나 유치하게 노는 철수가 아닐

수 없다. 그 나이에 놀이기구에 집착하다니. 그러니 그 나이에 유치원 연애에도 입문하지 못했을 터였다.

어쨌거나 놀이로 갈증을 푼 것 같아 다행이다. 사실 시훈이 가장 무서워하는 놀이기구가 공원 안에 있었다. 하마터면 어릴 적 어린이 대공원에서 겪었던 악몽을 여기서 재현할 뻔했다. 딱히 꼬집어 '그것'을 타자고는 안 했어도 '화약' 근처엔 아예 가지 않는 게 현명하다.

나가서 이른 저녁을 먹기로 하고 수영장을 나왔다. 걷는 도중, 시종 계산을 도맡은 시훈에게 미안하다며 철수가 음료를 사 가지고 온다고 공원 매점으로 향했다. 그 틈을 타 시훈은 은하의 손을 잡고 나무 그늘 아래로 앉았다.

"귀 좀 빌리자."

은하가 갸웃하다가 한쪽 귀를 내 주었다. 시훈은 한쪽 손바닥으로 입 주변을 가린 채 귀엣말을 했다.

"복습하자."

쪼옥!

귓불에 댄 입술을 재빨리 뺨으로 붙였다가 떼었다. 그렇게 진도의 방해자 몰래 겨우 '복습'을 했다. 한 번 더 복습을 하려다가 철수가 다가왔기에 수업을 중지했다.

간밤을 떠올리면 아직도 오싹하다. '건들기만 하면 콱!' 하며 손안의 사과를 죽으로 만들던 철수다. 전철역에서 연락을 받고 기다리는데, 은하 뒤편으로 철수가 황소처럼 뛰어오는 모습을 보고는 집 앞에서의 기습 키스를 들킨 줄 알았다. 다행히 철수는 '라면'을 라면으로 알아듣고 손수 들고 날아왔다. 철수의 믿음을 돕기 위해 더욱 열심히 먹어야 했었다.

"자, 자. 앉읍시다."

음료수를 들고 온 철수가 굳이 은하와 시훈 사이를 가르며 가운데에 앉았다. 철수 등으로 손을 뻗어 벤치를 짚은 은하의 손을 잡으려는데, 등짝이 너무 넓어 쉽지 않았다. 기특하게도 '복습'에 충실한 은하가 철수에게 기대며 손을 밀어 주었다.

얼결에 시훈도 철수 어깨에 기대며 손을 뻗어 잡았다. 몰래 잡은 손이어서 그럴까. 여느 때보다 짜릿한 느낌이 손끝에서 가슴으로 날아들었다. 양쪽으로 기댄 사람을 좌우로 눈알을 굴려 살피던 철수가 어울리지 않게 볼까지 붉히며 수줍게 웃었다.

"어험. 내 몸이 기대고 싶은 우람한 체격이긴 해도 남자 살은 좀."

시훈은 은하의 손을 놓고 퍼뜩 바로 앉았다.

"근데 형님, 오늘 저한테 유감이 좀 있으신 것 같습니다?"

"헛! 내가 한 실장님한테 유감을 가질 게 뭐 있답니까. 놀이기구도 싫어하는 양반한테 말이오."

"나가시죠."

시훈은 한시라도 빨리 공원을 빠져나가고 싶어서 일어났다.

"어멋! 해 들어갔다."

은하가 하늘을 가리켰다. 과연 두툼하고 커다란 구름이 해를 깊숙이 품었다.

"그리 더운 날씨도 아닌데 들렀다 갑시다."

철수가 놀이기구를 가리켰다.

"그래요."

은하도 합세했다. 여기서 거절하면 철수의 방해 공작은 급수가 올라갈 터였다.

의외로 시훈은 놀이기구를 즐겼다. 사실 은하도 철수 못잖게 놀이기구를 누리고 싶었다. 시훈이 정색을 해서 양보했을 뿐이었다.

범퍼카 등의 기구를 즐긴 뒤 은하는 철수와 함께 감미로운 꿈길을 걷는 모양새로 한곳을 주시했다. 가장 사랑해서, 그래서 늘 마지막에 이용하는 그 기구는 두 사람에게 있어서 우주로 향하는 기차의 체험 코스였다.

이름도 마음에 쏙 드는 은하철도 88열차 앞에서 시훈의 카리스마는 단박에 무너지고 만다. 뒷걸음치려는 시훈을 철수가 붙들었다.

"실장님, 혹시 저거 무서워서 못 타는 거 아니요?"

"무, 무섭긴요!"

"하긴 저게 무서워 못 탄다면 남자도 아니죠."

설렘을 품고 줄을 선 철수, 은하와는 달리 시훈은 잠깐 이탈해 몸을 풀었다. 목 운동, 팔 운동에 이어 허리 운동을 하다가 은하와 눈이 마주쳤다.

"뭐 하십니까?"

"주, 준비 운동."

그의 얼굴에 송골송골 돋아난 방울방울이 어쩐지 식은땀 같았다.

식당은 월요일 점심 영업으로 분주했다. 그렇지만 따로 난 내실은 고즈넉하기만 했다. 참치 낫또를 끝으로 오 회장은 젓가락을 놓았다. 투명한 복어 회를 겨냥하던 박 전무도 젓가락을 내려놓았다.

"그러고 보니, 박 전무 자네하고 밥 한 끼 먹은 지도 오래야."

일주일 전을 오래라고 말할 수 있을까. 행사에서 예기치 않게 만나 함께 저녁을 먹은 사실을 기억 못 할 리 없다.

박 전무의 멈칫하는 모습에 오 회장이 살짝 당황하는 것 같았다. 오 회장은 헛기침을 한번 하고는 슬며시 손안의 수첩을 살폈다.

"허허, 우리가 함께한 세월이 22년이네. 며칠만 못 봐도 오래간만이지."

박 전무가 알고 있는 식품 철인은 어지간해서는 변명을 하지 않았다. 오 회장은 지금 정상이 아니라고 박 전무는 확신했다. 오늘의 만남도 건강에 대한 조급증 때문에 서두른 듯싶다. 박 전무는 내색하지 않고 애써 담담히 응수했다.

"회장님께서 그렇게 말씀해 주시니 송구합니다."

"자네 같은 개국 공신이 버티고 있어서 내가 일찍 일선에서 물러날 수 있었어."

박 전무는 오 회장이 인수하기 전의 도시락 공장 수뇌부였고, 식품 회사를 인수한 뒤론 재산을 털고 친지의 돈을 끌어들여 투자를 하는 한편, 최전선에서 온갖 궂은일을 도맡았다. 오 회장 딸의 치부를 가리는 일까지도.

그런데도 본사의 사장 자리를 내줄 수 없다고 선언한다. 박 전무가 가진 지분에 대한 보상으로 도시락 공장을 줄 테니, 그걸 먹고 떨어지라는 말을 들은 마당이라 힘겹게 부아를 삭이는 중이다. 그렇게 느닷없이 오 회장은 계열 분리를 꺼내 들어 박 전무의 허를 찔렀다.

"회장님이 안 계신 회사니, 젊은 여사장님을 위해 제가 더 필요하지 않을까요?"

"자네의 충심을 모르는 건 아니다만, 세상이 많이 변했네. 그래서 지영이한텐 젊은 인재들을 붙여 줘야 글로벌 경쟁에서 살아남을 수 있을 것 같네."

이미 굳어 버린 마음 같다. 이미 주총에 안건을 올릴 때까지 대비한 듯싶다.

온몸을 불살라 달려왔는데도 거대 조직 꼭대기에 군림할 꿈을 이루지 못할 처지에 놓였다. 도시락 공장도 규모가 작지는 않다. 하지만 왜 여타 대기업에서 손을 대지 않겠는가. 식중독 사고 한 번이면 납품할 곳이 날아갈 수 있는 허약한 구조다. 국내 최고의 식품 대기업도 몇 년 전, 중·고등학교의 연속 식중독으로 조리 기구를 무상 기부 후 완전 철수했다. 이제 충직했던 개는 주인에게 이빨을 드러내야 하나 보다. 밥줄을 끊으면 더 이상 주인이 아니니 말이다.

"회장님도 아시다시피 도시락 공장은 주식에 프리미엄이 많이 붙지 않습니다."

"그래서 자네의 본사 주식 가치보다 많이 쳐주고 넘기려는 거 아닌가."

"사고 한 번이면 휘청거리죠."

어느덧 박 전무는 이빨을 감추지 않았다. 오 회장이 눈썹을 꿈틀거리더니 수첩을 힐끔 본 후에 차갑게 응수했다.

"20년 이상 사고 없이 커 왔네."

"중간에 사고가 몇 번 있었습니다. 제가 나서서 해결한 걸 잊으신 것 같군요."

언론과 남다른 친분이 있는 박 전무가 사고를 축소해 수습했다. 하지만 SNS 등이 발달한 요즘 세상에선 언론 통제가 쉽지 않다.

"계열 분리에 반대하면 주식매수청구권을 써도 되네. 공장을 팔아 현찰로 보상해 줄 수도 있어."

의외로 강경하게 나오는 바람에 박 전무는 주춤했다. 기왕 이빨을 드러낸 김에 실리를 따져야 했다.

"도시락 공장이 안전 자산은 못 되니, 안전한 부동산을 끼워 주시면 감사히 받아들일 수 있습니다."

"말해 보게."

"별맘을 함께 주십시오."

"불가하네."

"어차피 별맘은 공장의 일부입니다."

"아니. 별맘은 공장과 상관없네."

"하지만 한 실장 주도로 최근 3년 동안……."

"돌려놓을 거네. 더는 공장 실험실로 쓰지 않을 걸세. 왜냐하면…… 별맘은 내 것도, 우리 회사 것도 아니니까."

"회장님 명의로 되어 있는 걸로 알고 있습니다만."

"이름을 올려 보관하고 있었을 뿐, 주인이 따로 있네."

"장영민은 죽었습니다. 3년이 지났죠, 아마?"

"뭐, 뭐!"

오 회장이 뒷목을 잡은 채 벌린 입을 다물지 못했다. 박 전무는 멈추지 않았다.

"지저분한 일들일랑 죄다 뒷수습 맡았던 접니다. 덕분에 쉼 없이 정보를 수집하는 습관이 생기더군요."

"어째서, 어째서 장영민이 주인이라고 여겼지?"

"제가 공장 책임자로 있을 때 냠냠에서 건너온 장영민입니다. 그래서 잘 압니다. 그 녀석의 꿈도."

지영과 함께 마트에 갔던 영민의 아내가 죽음을 당했다. 오 회장은, 영민이 우선 원하는 것이 언론 차단이라며 박 전무에 도움을 요청했다. 어린 딸이 어른이 돼서 받을 충격을 지레 걱정하며 기록에 남지 않도록 하려는 영민을 이상하게 여기면서도 시키는 대로 따랐다. 뒷수습을 하는 과정에서 영민의 아내가 지영을 대신해 희생되었단 사실도 알아냈다.

"냠냠음식백화점이 갑자기 도시락 가게로 바뀌자, 제 나름대로 조사를 좀 했습니다. 간판에 비밀이 숨겨져 있더군요."

"허! 박 전무…… 이 사람, 이제 보니 참으로 무서운 사람일세."

"외람된 말씀이오나, 회장님을 지켜보면서 보고 배웠습니다."

"허허!"

솔직한 박 전무의 소감에, 오 회장은 허허로이 웃을 뿐 반박하지 못했다.

"죽은 장영민 말고 또 다른 주인을 기다리신다면, 그 주인은 제게 장영민에 얽힌 진실을 먼저 들어야 할 겁니다. 때를 같이해서 회장님과 제가 함께 수습한 따님의 살인 사건도 언론에서 들출 것 같습니다만."

"협박인가?"

"흥정으로 여겨 주심 감사하겠습니다."

오 회장은 두통이 도졌는지 한쪽 손으로 머리를 감싸 쥐고 박 전무를 노려보았다. 이빨뿐 아니라 발톱도 빠져 있다. 예전의 오 회장이라면 호통과 함께 밥상을 엎어 버렸을 것이다.

뛰어난 승부사는 상대의 아픈 틈을 망설이지 말고 비집고 들어가, 결정타를 날려야 한다. 바로 과거 오 회장이 해 준 말을 박 전무는 실행에 옮겼다.

"별맘은 이미 공장과 뗄 수 없는 관계입니다. 한 실장의 가장 뛰어난 업적이죠. 계열 분리 작업을 마치려면 적잖은 시일을 필요로 할 텐데, 저는 공상의 미래를 위해 일찌거니 별맘을 바꾸고 싶습니다. 회장님 말씀처럼 우선은 젊은 인재에게 지휘권을 넘겨주고 싶습니다."

"아직 결정 난 건 아무것도 없네."

"전 결정했습니다. 공장하고 별맘을 가져가기로. 시험 삼아 이번 월 장원하는 팀에게 별맘 조리실의 구조조정을 맡길까 합니다. 명분도 충분하니 따로 걱정은 안 하셔도 될 것 같고요."

"어림없…… 하악, 하악."

오 회장은 심장을 움켜쥐며 말을 잇지 못했다. 박 전무는 짐짓 정중하게 고개를 숙이며 입을 열었다.

"병원으로 모실까요?"

가능성이 가물거리던 월 장원의 빛이 지난주 1위를 먹으면서 소생했다. 하지만 A팀이 워낙에 압도적인 판매량으로 선두를 질주한 탓에 객관적인 가망성은 20프로가 채 안 되었다. 은하는 일단 만족했다. 닫히려던 가능성의 문이 극적으로 멈춘 것에 의미를 두었다.

피크타임을 거의 치른 지금 C팀의 점보함박은 2위를 장담하기도 힘들어 보였다. 마트에서도 흔히 사 먹을 수 있는 제품을 상품으로 출시한 점이 은하는 못마땅했다. 지난 주 1위를 한 덕분에 내일부터 일주일간은 메뉴 우선권에서 손해를 본다. 이래저래 불안한 출발이었다. 은하는 순진의 눈치를 살피다가 용기를 내 보았다.

"팀장님, 좀 한가해졌으니 지금부턴 소스에 졸여 나가는 게 어떻습니까?"

"졸아들면 짤 텐데?"

과연 순진은 발끈하지 않았다. 아침부터 시종 부드럽다. 은하에게만.

"소스와 함박을 팬에 넣고 온수를 부으면 됩니다."

"소스가 제 농도로 돌아가면서 함박 안으로 스며든다?"

"역시 우리 팀장님은 척하면 삼천리십니다."

"나도 알고 있는 조립법이다. 헌데 공장에선 그렇게 안 하거든."

"으흐흐! 우린 편의점이 아니잖습니까."

"편의점 방식 안 따르면 반칙이긴 한데."

은하는 주변을 살핀 후 속삭였다.

"A팀은 항상 반칙 씁니다."

"자식들이 반칙으로 만날 1등 하구먼."

"정석으로 하면, 우리가 할 줄 모르는 줄 안다니까요."

"할 줄 모르긴. 방금 함박 졸이는 방식도 알고 있다 했잖아."

"할 줄 안다고 보여 주게요, 팀장님."

"으음."

순진은 턱을 손에 괴고 생각에 잠겼다. 은하는 곁눈질하다가 혼잣말로 툴툴거렸다.

"치이, 우리가 어디 몰라서 안 하나?"

순진이 은하의 어깨를 탁 쳤다.

"모르긴! 해. 하자!"

그때부터 살짝 구운 뒤 팬에서 졸였다. 굽는 시간이 줄어들어 겉이 타지 않았고, 양념이 깊이 스미고 더 부드러워지는 효과를 볼 수 있었다. 빛깔도 달라졌다. 소스를 끼얹은 안심스테이크 같았다.

"어머! 비주얼도 훨 낫네!"

은영이 반색하며 당장 샘플을 교체했다.

그때부터 다른 팀에 크게 밀리지 않았고, 테이크아웃도 늘었다.

오후 휴식을 치른 뒤에는 늘 그렇듯이 다음 날 상품의 전처리를 한다.

"돼지껍데기 요리 해 봤냐?"

순진의 물음에 은하는 고개를 가로저었다.

"모르면 잘 보고, 설령 안다 해도 끝물 선배가 하는 방법을 잘 봐 둬라. 네가 알아도 다른 방법이 있단 걸 구경해야 순발력이 는단다."

뒤끝 있는 말 같은데도 따뜻한 느낌으로 와 닿았다. 어제는 은하를 부끄럽게 만들었던 말이기도 했다.

펄펄 끓는 솥에서 건져 낸 돈피는 아주 부들부들했다.

"장갑 이중으로 끼고 뜨거운 물에 헹궈라."

많은 양의 뜨거운 돈피를 역시 뜨거운 물에 헹궈 불순물을 제거하자니 화끈거려 찬물에 손을 식히며 작업했다.

"힘줘서 잡지 말고."

과연 부드러운 돈피는 금방 찢겨졌고, 둥글게 말렸다.

"지금은 부드러운데 식으면 엄청 질겨지거든. 얼른 썰자. 준호야! 너도 도마 작업대로 붙어라!"

뜨거운 돈피 바구니를 들고 작업대로 갔다. 조 주임이 움찔하더니 은하에게 조용히 고개를 숙였다. 아침부터 벌써 몇 번째 받는 인사인지 모르겠다. 은하도 살짝 고개를 숙여 답례했다. 순진의 지휘로 세 사람이 길쭉한 돈피를 세로로 썰었다. 오징어 절단과 비슷한 크기로 잘랐는데, 도토리묵을 써는 양 쉽게 썰려 나갔다.

어느 정도 크기가 가늠이 되자 은하는 왼 손가락을 칼등에 대지 않고 작두질하듯 칼질해 나갔다. 감각으로 다다닥 썰어도 일정한 크기로 잘려 나갔다. 왼 손가락을 칼등을 대고 써는 순진과 준호 두 사람을 합한 것보단 은하가 더 많이 썰었다. 덕분에 식기 전에 모두 썰 수 있었다. 멍하니 바라보던 순진이 등을 때리고는 귀를 잡아당겼다.

"장은하, 너 진짜 물건이다!"

"아파요, 자연 미인님."

"아프라고 당겼다, 요 질투 나는 동생아. 자, 하나 먹어라."

순진이 돈피 한 점을 입에 넣어 주려 했다.

"전 싫습니다."

안 먹어 본 은하가 거절해도 막무가내다.

"콜라겐 덩어리니 먹어. 내가 이걸 먹고 자연 미인이 됐다."

그렇게 말하니 어쩐지 더 안 먹고 싶었지만, 억지로 밀어 넣는 바람에 하는 수 없이 씹었다. 양념이 없는데도 졸깃졸깃한 식감에 담백한 맛이 의외로 괜찮았다. 월계수 잎과 정향을 넣고 삶은 덕분인지 잡냄새도 많이 잡혀 있었다.

절단한 돈피는 식으면서 엉겨 붙을 터였다. 내일 아침에 다시 헹궈 차게 한 뒤, 미나리와 콩나물 등과 함께 무칠 예정이다.

준호가 타 준 커피를 홀짝거리며 구석에서 쉬고 있는데, 순진이 슬그머니 곁으로 바짝 붙었다. 새삼스럽게 은하의 조리복에 묻은 먼지 따위를 털어 주더니 이리저리 눈알을 굴렸다.

"참! 삼촌하고 단둘이 산다며?"

뜬금없이 '참'을 앞세워 순진이 물었다. 은하는 어디까지나 직장 동지에 관한 호기심으로 해석하는 척 응수했다.

"예. 삼촌이 넘 순진해서 제가 걱정이 많습니다."

"순진? 그 헐크님께서 순진씩이나? 순진, 순진이라……."

뒷말을 뇌까리더니 마음이 아프다는 표정을 지었다.

"갑자기 동질감이 급상승하네. 삼촌이 되게 착하신가 보다."

"그러게요. 넘 착해서 돈도 못 모았어요."

"호호, 돈이 대수니. 너희 삼촌은 몸이 최고 재산 같던데."

"다니는 회사에서 신임을 받아 이제야 모으기 시작했어요."

은하는 무척 긴 한숨을 쉰 뒤에 말을 이었다.

"삼촌 장가보내려면 저도 열심히 벌어야 합니다."

"야, 네가 왜 어른 장가를 신경 쓰냐?"

"저흰 유일한 가족이거든요. 서로 장가, 시집갈 때 아무것도 못해 주면 마음이 찢어집니다. 그래서 서로가 능력이 될 때까지 연애도 참고 있습니다."

"설마 너, 그거 때문에 인센티브 따지면서 절박하게 군 건 아니겠지?"

"왜 아니겠어요. 울 삼촌 장가 문제가 걸렸는데."

"그것참. 뭔가 애잔한 스토리네."

"휴우, 이번 월 장원하면 우리 삼촌을 조금이라도 더 빨리 보낼 수 있을 것 같은데…… 어렵겠죠?"

"어렵긴!"

순진이 불끈 주먹을 쥐고 선언했다.

"유순진이 맘먹으면 안 될 게 뭐 있냐. 까짓것 날 믿고 따라오기만 해라!"

"넵! 팀장님의 명예를 위해 열심히 따르겠습니다."

바라던 대답을 들은 은하는 양심상 무언가 보답을 해야 할 것같았다. 그래서 한 가지 정보를 속삭였다.

"우리 삼촌은 뽀글이 머리 미인을 좋아해요. 촌스럽죠?"

오 회장의 몸이 안 좋다며 지영은 먼저 퇴근한다고 했다. 그 말을 전하려고 시훈의 집무실에 들렀던 지영은 곧 돌아섰다. 하지만 문손잡이를 잡은 채 한참을 망설인 끝에 소파로 앉았다.

"시훈아, 이야기 좀 나누자."

어쩐지 은하와 관련되었다는 촉이 발동했기에 시훈은 바로 책상을 짚고 일어나 마주 앉았다.

"네가 추천했던 장은하 이야기다."

과연 그녀 입에서 은하의 이름이 튀어나왔다. 이름을 내뱉는 순간 애절함과 탄식이 눈빛으로 드러남을 시훈은 놓치지 않았다.

"어릴 적 이름이 나나다."

짐작은 했어도 시훈은 흠칫 놀랐다. 느낌이 좋지 않았던 관계의 비밀이 수면 위로 떠오르고 있다는 직감 탓이다. 오 회장의 화법이 그러하듯, 그녀는 잔가지를 쳐 내며 말을 이었다.

"내가 대학생 때 봤던 아이가 맞더라. 걔 아빠는 직원이었고, 엄마랑 난 친구였다. 그러니 은하는 나한테 각별할 수밖에 없겠지?"

은하 엄마와 친구였다는 말은 처음 듣는다. 지영에겐 함구하라던 오 회장의 당부를 떠올리며 시훈은 쉽게 입을 열지 못했다.

"만나고 싶어도 참는 중이다…… 솔직히 말해서 나와 은하의 인연은 안 좋게 꼬여 있다. 걔한테 내가 몹쓸 짓을 했다고나 할까."

"은하는 지금 어른인데, 수용 못 할 만큼 안 좋은 일인가요?"

"모르면 더 좋을 일이란 게 있지. 그게 바로 은하와 내 인연이다. 그 애는 절대 감당 못 한다."

확고한 말씨와는 달리 지영은 이미 흔들리는 중이리라. 이렇듯 털어놓는 것을 보면.

"너, 혹시 은하랑 사귀니?"

"예?"

기습적인 질문에 시훈은 눈썹을 찌푸리며 지영을 빤히 쳐다보았다. 그녀는 눈길을 피하지 않고 받아 내며 쓴웃음을 흘렸다.

"우연히 역에서 둘이 같이 있는 걸 봤다."

시훈은 망설이지 않았다

"맞아요. 사귀는 게."

"그래?"

넘겨짚다가 맞춘 양 지영이 적이 놀란다. 상관없었다. 묻지 않았으면 먼저 밝혔을 터였다. 은하를 둘러싼 인연에 간섭할 지분을 위해서라도.

"가족은 아무도 몰라요. 때가 되면 알릴 생각이고."

"내 입은 걱정 마라. 창문 좀 열어 줄래?"

무슨 뜻인지 알아차리고 시훈은 에어컨을 끈 뒤 창문을 열었다. 말없이 담배 한 개비를 타 태우고 난 뒤 지영이 불쑥 묻는다.

"어디까지 갈 생각이니?"

시훈은 주저하지 않았다.

"죽을 때까지."

"너……."

지영이 이마를 찌푸리며 빤히 보다가 헛웃음을 흘린다.

"네가 갑자기 낯설다."

"그럴 거예요. 저도 전혀 몰랐던 세계를 음미하는 중이니."

이젠 사귀는 남자의 자격으로 은하와의 안 좋은 인연을 밝히라고 주문할 터였다. 그런데 또 하나의 담배에 불을 붙인 지영이 앞서간다.

"은하 엄만…… 나 때문에 죽었어. 내가 죽인 거야, 내가."

갓 불을 붙인 담배를 비벼 끄고는 두 손바닥에 얼굴을 묻었다. 오열하도록 시훈은 내버려 두었다. 그러고는 지영이 스스로 입을 열 때까지 조용히 기다려 주었다.

[전화해라.]

마감을 하고 휴대폰을 꺼내 보니 시훈에게 문자가 와 있었다. 즉시 통화 버튼을 눌렀다. 전화기 저편의 시훈의 목소리는 어쩐지 착 가라앉아 있었다.

— 이번 주는 마감조 아니지?

은하는 주변을 둘러보며 휴대폰을 귀에 바짝 붙였다. 저쪽에서 순진이 호기심을 잔뜩 드러내며 지켜보는 중이다.

— 널 보고 싶어 하는 분이 계신데, 시간 좀 내 주라.

1+1 옵션 요구는 아닌 듯싶다. 은하는 알았다고 대답하고 수서 역에서 만나기로 했다. 통화를 마치자 어느새 지척으로 다가와 있는 순진이 묻는다.

"약속?"

"아, 예."

"내가 태워 줄까?"

"아뇨. 지하철이 더 빨라서요."

"흠, 그럼 나중에 천안까지 한번 태워다 줄게. 아는 언니가 거기 사는데 가끔 자고 오거든."

"어머, 그러시군요."

은하는 살갑게 고갯방아를 찧어 준 뒤 여지를 남겼다.

"저한텐 기차가 더 빠르고 좋긴 한데, 신세 질 일 있음 말씀드 릴게요."

"우리끼리 신세고 말고가 할 거 있냐. 언제든 말해라!"

부드러워진 말씨와는 별개로 등짝을 후려치는 손바닥은 여전히 묵직했다.

수서역에서 내려 시훈이 운전하는 차를 탔다. 노부부가 사는 집은 도심 속의 시골 같은 마을에 자리해 있었다.

"실은 그분이 지금 몸이 좀 안 좋으시다."

담벼락이 길게 이어진 집 앞에 이르러서야 시훈이 밝혔다.

"노인네들은 아프면 느닷없이 아는 사람들을 보고 싶어 하지."

"우리 시훈 씬 어르신들 심리에도 한 조예 하나 봐요."

"별 분야에 다 조예가 깊다고 사람들이 야유하긴 해."

"근데 많이 아프세요?"

"심각하진 않으셔. 그러니까 병원을 안 가졌지."

차에서 내려 대문 벨을 누르기 전에 시훈이 불쑥 껴안았다.

"가만있어. 복습."

등허리를 감은 그의 손에 잔뜩 힘이 들어갔다. 은하는 그의 어깨에 머리를 기대고 힘을 뺐다. 미지근한 저녁 바람이 어디선가 풋풋한 들꽃 냄새를 담아 왔다. 시큼한 그의 땀 냄새가 문득 꽃향기로 변한다. 공연히 간지러워 시훈의 어깨를 한입 깨물었다. 그가 양손으로 얼굴을 잡아 그 입에 입술을 붙인다. 승용차 한 대가 전조등을 켜고 지나가도 그는 가만히 갖다 댄 입술을 떼지 않았다.

등을 두른 그의 팔에는 좀처럼 힘이 빠지지 않는다. 마치 도망가지 못하게 붙들기라도 하는 양. 침이 섞인 입술에 더해 그의 힘에 짓눌러진 가슴으로 낯선, 수선스러운 감정이 온몸을 휘저었다. 아랫배까지 저릿해 오는 느낌에 은하는 달뜬 신음을 뱉을 뻔했다.

"으윽, 질식하겠다."

은하가 입술을 떼어 내며 신음하자, 곧 그가 팔을 풀어냈다.

"어어!"

그가 번쩍 안아 들었다. 한 바퀴 돌고서야 내려 준다. 허공에 뜬 짧은 순간에 마주한 시훈의 눈빛이 퍽이나 자상하다. 새삼 든든한 보호자로 와 닿는 느낌에 은하는 쥐었던 주먹을 해체했다.

"깜짝이야. 하마터면 방어 본능 발동할 뻔했잖아요!"

그가 어깨를 으쓱하며 과장된 무섬증을 드러냈다.

"무겁진 않았어요?"

"무겁긴! 밥 좀 많이 먹어라. 태풍 불면 날아가겠더라."

"으이그, 싱거워라."

그가 손을 잡고는 벨을 눌렀다. 대문 안 정원으론 꽃과 야채가 어우러져 있었다. 야외 전등 불빛 아래 수북하니 핀 껑다리 해바라기가 어쩐지 시훈과 닮았다고 생각하며 현관으로 향했다.

널찍한 거실로 들어섰더니, 방문 하나가 열리면서 각각 의사와 간호사 차림의 남녀가 나왔다. 그 열린 문으로 시훈이 은하를 이끌었다.

한쪽으로 무척 커다란 커튼이 드리워진 방이었다. 할머니가 다가와 은하의 팔을 잡아 이끌었고, 할아버지는 침대에서 상체를 일으킨 채 은하를 맞이했다.

"안녕하세요."

"오, 오냐. 와 줘서 고맙다."

짧은 말에서 벌써 건강이 안 좋으신 게 느껴진다. 말씨엔 가쁜 숨이 실렸고, 낯빛은 하얗게 창백했다. 할머니가 침대 곁의 의자로 은하를 앉혔다. 할아버지가 뒤쪽의 시훈을 보았다. 어쩐지 시훈에게 자리를 피해 달라는 눈짓 같았다. 시훈은 나가지 않고 문 옆으로 기댔다.

할머니가 쥔 손의 온기가 멋쩍어 할아버지에게 상식적인 인사를 건넸다.

"많이 편찮으세요?"

"늙으면 엄살이 느는 법이란다. 내가 불러서 놀랐지?"

"아닙니다. 사실 저도 할아버지가 궁금했습니다."

"정말?"

이전엔 전혀 볼 수 없었던, 아이처럼 반색하는 모습에 왠지 콧등이 시큰하다. 대단한 지위를 누리다가 은퇴했을 노인이 고작 궁금했다는 한마디에 천진한 웃음꽃을 피우다니.

이곳 회사 사람들은 다들 이상하다. 시훈도, 노부부도, 별맘의
가족들도 은하에게 다들 너무 잘해 준다. 그래서 고맙고, 그래서
이따금 이상하고 불안하다. 그리고 그들을 실망시킬까 봐 예전엔
갖지 못했던 조심성을 끌어안고 새삼 주변 시선을 의식하는 중이
다.

"몸이 안 좋으니까 좋았던 젊은 날이 떠오르더라."

할아버지가 회한에 젖은 얼굴로 나지막이 말했다.

"그 좋은 날에는 어린 은하도 보이고 해서 보고 싶어 청했다.
그리고 돌이켜 보니 내가…… 내가 네 아빠한테…… 면목이 없더
라."

할아버지의 힘겨운 목소리에 살짝 물기가 스며들었다.

"내 욕심만 가져가고, 네 아빠 몫엔 인색하기 그지없었다."

숨이 차는지 할아버지는 심호흡을 한 뒤에 말을 잇는다.

"해서 너한테라도 갚고 싶다."

"할아버지도 참. 별맘에 취직시켜 주신 것만 해도 전 감사하거
든요."

"아니다. 일전에도 말했지만, 도시락 가게 내가 당장 차려 주고
싶다."

듣고만 있던 할머니가 끼어든다.

"그래라, 은하야. 할아버진 은퇴하셨어도 부자란다."

은하는 문득 할아버지의 정확한 신분을 알고 싶어 홱 고개를 돌
려 시훈을 보았다.

"회장님이셨다. 냠냠식품의."

시훈이 담담히 말했다. 이어서 낙하산의 배경까지 밝힌다.

"우리 숙부님, 즉 내 외삼촌이시다."

그 정도 대단한 지위여서 누이인 오 여사가 고문이라는 직함을 가질 수 있었나 보다. 이상하리만큼 놀라움은 없었다. 눈앞으론 다만 삶의 생기가 빈약한 노인이 힘겹게 앉아 있을 뿐이다. 은하는 할아버지의 질문을 새김질해 보았다. 짧은 순간 아빠에게 마음으로 질문을 건넸다. 역시 아빠는 고개를 가로젓는 것 같다.

"성의는 감사한데, 제힘으로 가게를 되찾겠습니다."

"은하야, 난 네 아빠를 봐서……."

"아빤 제힘으로 하라고 하시네요. 그리고 저도 별맘에 남아서 더 배우고 싶습니다. 진짜 많이 배우는 중이거든요."

은하의 힘찬 대답 앞에서 할아버지는 미간을 찡그리며 한숨만 쉬었다. 그 모습을 할머니가 걱정스럽게 바라보았다. 이내 은하에게 눈길을 돌렸다.

"은하야, 네가 당연히 받아야 할 몫을 준다는 말씀이셔."

"할머니의 얼굴엔 안타까움과 진심이 깔려 있었다. 그때 아빠의 목소리가 머릿속에 울렸다."

'명분이 부족해. 받으면 당당한 삶이 흔들리니 포기해라.'

아빠는, 부자일수록 재물을 주고 자존심을 가져간다며 잔소리하고 또 했다. 그러므로 절대로 명분이 부족한 호의를 덥석 물지 말라고 했다. 그 호의의 대가로 자칫 노예로 전락한다며.

따져 보면 철수도 수상한 호의를 덥석 물었다가 빚의 노예가 되어 고생했다. 여하튼 아빠는 집요하게 주장했다. 더 못 가지더라도 당당한 자유인이 되라고, 그러면 행복할 수 있다고.

그럼에도 불구하고 할머니의 말에는 잠시 흔들렸다. 오래가지는 않았다. 문득 할아버지에게 서운한 감정이 들었던 것이다.

"아빠가 살아 계실 때 도와주셨음 좋았을 텐데."

서운함에 보태진 불신의 근원 중 한 조각이 혼잣말에 실려서 나왔다.

"미, 미안하다."

할아버지가 맥없이 말했다. 그러고는 축 늘어졌다. 할머니가 변명한다.

"도시락 가게 차려 잘 사는 줄만 아셨단다. 어쨌든 우리가 무심했다, 에휴!"

할머니의 한숨에 서운한 감정이 옅어진다. 너무 아름다워서 먹지 못하고 냉동고에 보관한 떡, 그리고 거울 앞에서만 남몰래 입어보았던 원피스와 스커트를 선물한 할머니다. 단순한 선물이 아니라 가득한 사랑의 흔적으로 남아 있는 중이다. 아주 가까이서 바라본 할머니의 얼굴과 할아버지의 모습이 아득한 옛날에도 뵙던 듯싶다.

그들에게 엄마에 관해 묻고 싶었지만 참았다. 그러면 '나나'를 들먹여야 할는지도 모른다. 그들이 이미 알고 있다고 해도 아빠와의 약속을 깰 수는 없다. 아빠는 '나나'에 대해 이렇게 경고했다.

'엄마가 고향 별로 떠나면서 나나 이름을 지웠다. 엄마를 우주로 소환해 간 자들이 딸까지 데려가려 했거든. 그러니 누구한테도 나나란 아명을 알려 주면 안 된다. 혹시 누가 불러도 모른 척해야 한다.'

아빠는 안심이 안 되는지, 여덟 살 딸에게 손가락을 걸고 도장까지 찍으며 약속을 받아 내곤 했다. 아빠가 아파서 누워 있기 직전이었다.

얼마 후 너무도 배가 고파서 배가 아팠던 은하에게 '나나'를 찾는 사람한테 보내 줄까 보다, 하고 아빠가 중얼거리자 더럭 겁이 났다.

훗날 나나도시락 간판을 단 아빠는 우리가 힘을 키웠으니 '나나'를 찾는 자가 포기했다고 선언했다. 그래서 엄마와 통신할 안테나로 쓰려고 '나나'를 간판에 집어넣었다고 설명했다. 하지만 은하는 계속하여 '나나' 아명을 특급 비밀로 삼았다. 물론 아빠는 '나나를 찾는 사람에게 보내 줄까 보다.' 하는 말일랑 두 번 다시 꺼내지 않았지만, 여덟 살 아이를 두려움에 떨게 만들었던 그 말을 은하는 절대 잊을 수가 없었다.

"으흠!"

시훈의 헛기침 소리에 할머니가 흠칫하며 시간을 확인했다.

"아이구, 갈 길이 멀다지? 맘 변하면 언제든 말해라, 아가야."

할머니가 은하를 꼭 껴안았다. 뭉클한 온기 역시 아득한 옛날에 겪은 양 낯익다. 포옹을 풀고 인사를 하려고 보니, 할아버지가 손을 내밀고 있었다. 검버섯이 핀 버쩍 마른 팔뚝 또한 부쩍 핏기가 없다. 은하는 그 팔을 양손으로 그러쥐었다. 생명의 기운이 식어 가는 증거인 양 의외로 서늘한 감촉이어서 마음이 따끔거렸다. 서운함을 드러냈던 일이 멋쩍어 차가운 팔을 쓰다듬며 애써 살갑게 인사를 건넸다.

"오래오래 건강하셔서 제가 가게 다시 열면 오래도록 많이 팔아 주세요."

많이 아프신 게 맞나 보다. 대답 대신 찡그리다가 눈시울을 붉혔다.

시훈이 방문을 열어 주었다. 그때 할아버지가 힘겹게 목소리를 높였다.

"김 박사하고 간호사가 머물 거다. 걘 있어 봤자 도움 안 되니 꼭 같이 가라."

시훈에게 뜻 모를 말을 건넸다. 시훈은 멈칫하다가 묵례를 하고 은하의 손을 잡았다.

단둘이 현관을 나왔다. 정원을 가로지르며 시훈이 툭 쳤다.

"내 외삼촌이시라 해서 놀랐지?"

"놀라긴 개……뿌우웅. 이래 뵈도 전 창창한 스물세 살입니다? 스물아홉 살엔 나나도시락 계열사 회장으로 있을 줄 누가 압니까?"

"왜 하필 스물아홉 살이 등장하니?"

"뭐, 기 안 죽는다, 그거죠."

사실 기죽을 일은 없었다. 아빠는 출발점이 공평하지 못한 타인에게 기죽는 건 억울한 착각이라고 했다.

"요 꼬맹이가."

시훈이 꿀밤을 먹였다.

"아, 왜요!"

"양심이 있다면 기죽느니 어쩌고 하는 소릴 나한테 꺼내면 안 되지. 내가 너한텐 항상 기죽어 지내는 중이잖니."

"뭐, 나보단 한참 나이를 잡수셔서 그럴 수도 있겠습니다. 그래도 가슴을 좀 펴십쇼."

"말이나 못하면."

그는 싱거운 웃음을 흘리며 잡은 손에 힘을 주었다. 대문을 열기 전에 은하를 붙들어 바짝 마주 선다. 이마에 키스를 한 뒤 빙그레 웃고는 무척 자상하게 말한다.

"수서에서 평택 가는 고속 열차 예매해 놨어. 근데 나 말고 일행이 한 명 더 있다."

"예?"

"평택에 일이 있으셔서 가는 길이야. 괜찮지?"

그의 눈동자엔 은하를 향한 신뢰감과 애정이 듬뿍 담긴 듯싶었다. 은하 또한 그를 신뢰한다고 답하고 싶었다. 그래서 캐묻지 않고 끄덕였다.

대문 밖으론 미등이 켜진 승용차가 기다리고 있었다. 시훈은 나란히 뒷자리에 탄 뒤에야 은하를 돌아보는 운전대의 여자를 소개했다.

"회사 사장님이셔."

직원 중에 그 관계를 모르는 사람은 없다. 바로 회장의 외동딸이다.

"안녕, 장은하 씨. 난 오지영이야."

그녀가 쾌하게 인사를 건넸다. 부리부리한 눈매와 시원한 말씨에도 불구하고 어딘가 우수가 엿보였다. 전체적으로 넘보지 못할 기품을 갖춘 중년 미인이었다.

"아, 예. 안녕하세요."

'뭘까. 어째서 낯익을까.'

역까지 가는 동안 지영은 묵묵히 운전대만 잡았다.

고속 열차에 오르자, 의외로 시훈은 지영과 은하를 같이 앉게 하고 자신은 뒤에 앉았다. 캄캄한 터널을 질주할 열차는 25분 후면 평택에 도착한다고 했다. 지영이 나란히 앉자마자 입을 열었다.

"우리, 만난 적 있지?"

"예?"

은하는 새삼 그녀를 훑어보았다. 꿈, 또는 잡지에서 본 것인 양 막연한 낯익음이 이어졌다. 그리고 남색 블라우스도 왠지 낯익었다.

"은하 부모님을 나도 잘 안단다. 기일 앞두고 찾아갔다가 요정을 만났지. 우산을 씌워 준 고마운 요정."

맞다. 같은 옷을 입고 오열했던 여자다. 누구를 잃었기에 그리 슬피 울었을까, 하고 며칠에 걸쳐 생각했던 사람이 옆에 앉아 있었다.

기차가 출발하자, 시훈을 잊고 지영에게 집중했다.

"혹시 노란 수국을 놓고 가셨어요?"

"네 엄마가 좋아했던 꽃이었지."

그렇다면 지영은 엄마 때문에 그토록 슬픔에 사로잡혔었나 보다. 어떤 인연일까? 갸웃하는 은하의 속내를 알아차린 양 지영이 말을 이었다.

"네 엄마하곤 고등학교 동창이었다."

떠올리자니 복받치는지 질끈 눈을 감았다 뜬다. 작은 물기가 눈두덩에 남았다.

"우산…… 고마웠다."

"아, 뭐 그렇게까지……."

"나에겐 요정의 선물이었단다."

축축하니 젖어 드는 눈을 하면서도 그녀는 시종 웃는 얼굴이다.

"부모님께 네 이야기를 듣기 전에 별밤 근태 보고서를 보고 관심을 갖고 있었다. 네 아빠는…… 네 아빠는…… 어쩜 그리 널 잘도 키우셨니?"

아빠를 입에 올리니, 그녀의 슬픔에 감염되고 말았다. 단박에 그렁그렁 눈물이 고인 은하의 눈을 지영이 손수건으로 조심스럽게 찍어 준다. 자신의 눈물은 내버려 둔 채.

"하늘에서 아빠 은하를 아주 자랑스럽게 여길 거다."

또 아빠를 이야기하니 눈시울이 화끈거린다. 자랑스럽게 여길 거라는 말 때문에 더욱.

언제 그녀의 양손에 붙들려 있었을까. 할머니가 그랬던 것처럼 은하의 손을 쓰다듬는다. 이상하게도 할머니의 그것보다 훨씬 익숙하게 여겨진다. 처음인데도 말이다.

열차가 기나긴 터널 구간을 돌파해 지상으로 나왔다. 왠지 삶의 어두운 터널을 지영과 함께 극복하기라도 했다는 양 뜬금없는 유대감이 스며들었다. 직원들 말로는 독신이라고 했다. 얼음장처럼 차갑다는 소문은 명백한 오류인 성싶다. 이토록 우아하고 능력 있는 여자가 왜 여직 결혼을 안 했을까.

열차는 이내 지제역에 도착했다. 역사에서 헤어지기에 앞서 지영과 마주 섰다. 은하를 바라보는 눈빛은 더없이 깊었다. 모든 것을 다 포용해 줄 수 있다는 관대함과 애정으로 그득했다. 그리고 딸을 바라보는 엄마의 그것처럼 끈끈하기만 했다.

지영이 팔을 벌렸다. 쑥스러워서 머리만 긁적여야 정상인데도 주춤주춤 다가섰다. 어릴 적에 무수히 안아 주었나 보다. 이토록 익숙한 품인 걸 보면. 아까부터 목구멍을 간지럽게 했던 말을 입 안에 굴렸다.

'엄마……를 위해 울어 줘서 고마웠어요.'

슬그머니 품 안에서 벗어난 뒤에 머리를 긁적였다.

"저기요, 아빠가 그러셨는데요. 엄만 하늘에서 편히 지내신대요. 꿈에 우주선을 타고 와서 그러셨대요. 그러니…… 엄마 때문에 너무 슬퍼하진 마세요."

비 오는 수목장 어귀의 오열이 아프게 남았기에 건넨 말이었다. 공연히 꺼냈다 보다. 지영은 왈칵 눈물을 쏟아 낸다.

시훈은, 어서 돌아가라는 은하의 구박을 이겨 낸 뒤 함께 전철을 탔다. 시종 불안해서 오 회장의 안방에서 버텼고, 지영이 부탁을 건넬 때도 시훈이 함께한다는 단서를 붙였다. 지영의 말이 맞는 것 같다. 굳이 몰라도 될 일이라면, 그러므로 은하가 더 행복할 수 있다면 덮어 두는 것도 나쁘지 않을 듯싶다. 오랜 세월 동안 어두운 기억의 터널에 갇혀 웃을 수 없는 삶을 살아온 지영이 안쓰럽기 짝이 없었다.

그렇다고 은하에게 털어놓고 다 이해해 주라고 하는 건 너무도 잔인한 일이다. 무엇보다 은하는 감당하지 못하고 제 아빠처럼 잠적할 위험이 크다. 얼마나 아빠를 사랑하는 녀석인가. 또 얼마나 아빠의 삶을 추종하는 녀석인가. 안 될 일이었다.

또 하나, 이젠 돌이킬 수 없다. 어느덧 은하는 삶의 중심으로 확고히 들어차 버렸다. 은하를 잃는다는 것은 껍데기만 남은 삶으로 전락함을 의미했다.

전철 손잡이를 잡고 시훈에게 가벼이 기대고 선 은하는 연신 눈썹을 깜빡거리며 생각에 잠겨 있었다. 불쑥 욕심이 치밀었다.

'갖고 싶다.'

인연의 고리를 새김질하고 있을 그녀가 오로지 시훈 자신에게만 생각을 집중하도록 뜨겁게 품고 싶다.

시훈은 뜨겁게 치솟는 욕망을 힘겹게 다스리고는 지금 은하에게 해 줄 수 있는 말을 가늠해 보았다.

갑자기 계열 분리 작업을 서두르는 오 회장의 구상에 당황했다. 그런데 오늘 악화된 건강을 직접 확인하고 나니 납득이 갔다. 오 회장은 규모를 축소하고 내실을 다져 온전히 지영에게 물려주고 싶었던 것이다.

시훈은 교체된 도시락 용기가 허술한 점이 영 마음에 안 들었다. 같은 값인데도 품질이 떨어진 게 이상해 납품업체 교체 과정을 추적하다 보니, 박 전무의 지인이 걸려들었다. 어려운 상대지만 만약을 대비해 끝까지 추적해 볼 터였다. 하지만 이젠 불필요할 듯싶다. 그는 냠냠식품 지분을 포기하는 대가로 도시락 공장을 가져갈 예정이라니.

여하튼 협상이 여의치 않으면 별맘도 넘겨줄지 모른다고 오 회장은 귀띔했다. 지영은 완강히 반대했다. 일단은 은하를 만나 보고 난 뒤 생각해 본다고 해서 자리를 마련해 주었다. 뒷자리에서 귀를 쫑긋 세우고 조마조마하게 지켜보았는데, 다행히 지영은 선을 넘지 않았다.

"시훈 오라버니."

장난기 가득한 소리에 그녀를 바라보았다. 웃는 눈빛에 꽉 다문 입술이 다부진 표정이다.

"오늘 함께 있어 줘서 든든했어요."

"가라고 구박하더니."

"으흐흐! 여자의 맘은 원래 겉 다르고 뭐 그런다잖습니까."

"네가 여자를 들먹이니 좀 낯설다?"

"어어?"

그녀가 흘겨보더니 전철 안을 힐긋 살피고는 시훈의 귓불을 잡아 끌어 내리곤 속삭였다.

"여자론 낯설어서 만날 침 묻혔습니까?"

더욱 바짝 입술을 붙여 덧붙인다.

"색골."

그 한마디에 왜 후끈하게 몸이 달아오르는 걸까. 어쩌면 귓불로 떨어졌던 더운 숨결 탓이리라.

"으흠. 그 말을 들을 자격을 갖추려면 월반을 두 번 더 해야겠는데."

"예?"

그녀가 잔뜩 옴츠리고선 모깃소리를 내며 갸웃했다. 그 깜찍한 모습에 하마터면 전철 안에서 와락 안을 뻔했다.

"으흠. 요컨대 고등 과정으로 승급해야 하지."

"고등?"

그녀는 말똥말똥 눈알을 굴리며 제법 진지하게 생각에 잠겼다. 이윽고 정답에 가깝게 이르렀는지 발갛게 얼굴을 붉혔다.

전철에서 내려 역사를 가로지를 때, 시훈이 대합실을 가리켰다.

"커피 한 잔 뽑아 먹고 싶다."

커피숍이라면 그의 귀가가 너무 늦어지니 만류할 터였지만, 간단한 자판기라서 은하는 선선히 따랐다.

"은하야."

한 모금 홀짝인 뒤 부른 이름이 퍽이나 자상하게 와 닿는다.

"별맘 고용 계약할 때 말이야. 원래는 분점의 점장 자리를 준다고 제의했잖니."

하지만 '나나' 간판이 아니라고 해서 별맘에서 돈을 모아 직접 차린다고 고집했었다.

"나나 간판으로 분점을 내면 당장 점장으로 갈 거니?"

은하는 망설이지 않았다.

"아뇨."

"바라던 거였잖아."

"그땐 내가 우물 안 개구리라서 생각이 부족했습니다. 별맘에서 더 배우면서 돈도 벌겠습니다."

힘차게 말한 뒤에 움츠리며 덧붙였다.

"그리고 자꾸 만날수록 꼼수가 있는 것 같고요."

"꼼수?"

"아빠 때문에 특혜를 주려는 게 빤히 보이잖아요. 정말로 내 힘으로 당당하게 이루고 싶거든요. 그러니 우리 실장님도 협조해 주십쇼."

"은하야, 나나 간판은……."

그는 말을 끊고는 까닭 모를 한숨을 내쉰다.

"휴우, 점장이 되면 훨씬 빨리 돈을 모을 텐데."

"염려 마십쇼. 별맘은 인센티브 제도란 게 있잖습니까."

"공장에 맞춰진 도시락이라 은하 너한텐 불리해."

"뭘요. 제가 거기에 맞춰 요리하면 되죠. 어차피 대왕도시락하고 한판 뜰 건데, 이 기회에 도시락계를 완전 정복하렵니다. 그리고요, 아빠한테 면목이 없어서 그럽니다. 어렵게 차려 놓으신 가게를 제가 말아먹은 꼴이잖아요. 그래서 꼭 제힘으로 찾아서 아빠한테 큰소리 좀 치고 싶습니다."

은하의 비장한 목소리에 그는 어수선한 눈길만 건넸다. 시훈은 반도 비우지 않았던 커피를 한 번에 들이켜곤 종이컵을 버리며 자리에서 일어났다. 은하를 정면으로 마주하는 눈빛에선, 주변에 사람들이 있지 않았다면 또 껴안았을 분위기를 느낄 수 있었다. 마침 울린, 그의 휴대폰 문자 알람 덕분에 시선에서 벗어날 수 있었다. 역사의 계단을 내리밟으면서 애써 거드름을 피운다.

"낼 일찍 부산 출장 가야겠어. 집에 왔다 갔다 하느니, 여기서 눈 좀 붙이고 새벽에 출발할까 봐."

어색하기 짝이 없는 말씨였다.

"역 앞에 호텔 같은 거 있니?"

"모텔은 몇 개 봤습니다."

오늘은 마음이 허방을 짚은 양 불안하게 붕 떠있어서 든든한 시훈과 시종 헤어지기 싫었다. 그래서 따라오는 것도 적극적으로 만류하지 못했고, 곁에 있어 줘서 든든했다는 진심도 드러냈다.

"흠. 난 저녁을 못 먹었잖니. 객실로 배달시켜 먹을 건데, 혼자 먹긴 싫으니 잠깐 같이 있어 줄래?"

"어어…… 삼, 삼촌이 기다리는데."

"적당히 둘러대."

"뭐라고……."

"흠. 요컨대 기차에서 동창을 만나 놀다 간다든가."

"그, 글쎄요."

가슴은 왜 이리 콩닥거리는 걸까. 시훈은 정말로 밥만 먹고 보내 줄지도 모르는데 말이다. 문득 모텔을 선선히 따라 들어가면 시훈이 어떻게 생각할지가 지레 걱정되었다. 이제껏 그가 명분을 주면 스스로에게 시치미를 떼며 따라왔건만 새삼 행실을 두고 고민했다. 남자 앞에서 마음과는 달리 튕겨 본 적은 없는지라 고민은 길어만 갔다.

"가야……."

한다는 말이 완성을 이루지 못한 채 입이 닫혔다. 얼결에 역 앞의 붉은 네온사인을 훑어보고 있었다. 그러다가 발견했다.

"은하야!"

다가오는 철수는 웬일인지 골이 나 있었다.

"야, 기차 시간이 안 맞잖냐!"

무슨 말인가 했다. 서울역에서 기차를 타고 오는 줄 알고, 평소보다 늦는다는 은하를 시간에 맞춰 마중 나왔다가 한참을 기다렸던 것이다.

여하튼 철수의 등장과 함께 시훈의 출장도 갑자기 취소되었다.

은하는 철수의 빈 잔을 채워 주고는 내일 도시락 메뉴인 닭 날개 한 조각을 집어 흐뭇하게 오물거렸다. 그렇게 찬석의 레시피는 훌륭한 맛을 선물했다.

조용히 술잔을 기울이던 철수가 머리를 긁적거리며 은하를 힐끔거렸다.

"팀장님하곤 잘 지내냐?"

어째 안 물어본다 했다. 은하는 새침하게 응수했다.

"그럭저럭. 근데 자연 미인님이 좀 이상하더라."

"왜?"

"아, 글쎄. 부담스럽게 천안까지 태워다 준다지 뭐야. 천안에 가끔 들러 자고 가는 언니 집이 있다나 뭐라나."

"야, 야. 타고 오면 좋잖냐. 쌈도 잘하게 생겼던데."

"싸움?"

"든든해 보인단 뜻이다."

"기차가 가장 안전하다면서 승용차 얻어 타지 말라고 했던 사람이 누구더라?"

"아, 뭐. 그렇긴 하다만…… 야! 같이 기차를 타자고 해라. 그럼 심심하지 않고 서로 좋잖냐."

"우와. 그런 방법이 있었구나. 오늘따라 울 삼촌 머리 끝내주게 잘 도네."

"인마, 이래 봬도 내가 산전수전 다 수양한 몸이잖냐."

산전수전 수양한 몸이어서 온갖 흉터가 남았나 보다. 새삼 머리카락을 한 손으로 다듬더니 은근하게 말한다.

"같이 오면 집에 잠깐 모셔라."

"집은 왜?"

"너를 보호하고 여기까지 왔는데, 라면이라도 대접해야 옳지."

"하긴. 우리 삼촌이 밥하고 라면은 끝내주지. 알았어. 꼭 전할게."

철수 몰래 히죽거리다 무심코 가족사진에 시선이 꽂혔다. 오늘 체온을 나누었던 노부부와 지영과 시훈을 떠올리다가 얼결에 뇌까렸다.

"삼촌, 우리가 연애라는 걸 하다가 정이 팍 들어 버려도 괜찮을까?"

철수의 대답은 없었다. 덩달아 우울한 낯빛이 된 철수에게 미안해 쾌하게 덧붙였다.

"뭐, 상대방이 떠나면 다른 사람한테 또 정을 붙이면 되겠지?"

"인마!"

철수가 식탁을 탁 때렸다.

"겁먹고 말고 할 게 뭐 있냐! 삼촌이 있는데 말이야. 삼촌은 죽을 때까지 장은하를 떠나지 않는다!"

"결혼해도?"

"당연하지!"

퍽이나, 하는 비웃음이 오늘따라 나오지 않았다.

"어머나, 팀장님. 지붕 개량 하셨네요."

뽀글이 파마를 하고 온 순진의 모습에 은영이 가장 먼저 관심을 드러냈다. 은하는 알면서도 혼자 고갯방아만 찧고는 모른 척하는 중이다. 아무튼 헤어스타일의 변모로 순진이 정말로 삼촌에게 관심이 있다는 사실을 확인했다.

"이상하진 않냐?"

순진이 멋쩍어하자, 은영은 우아한 춤을 추는 몸짓을 동원하며 찬사를 아끼지 않았다.

"아주, 아주 멋있어요. '자연 미인님의 도심 외출'이란 이미지가 확 떠올라요."

그러고는 몰래 은하와 시선을 교환하면서는 얼굴을 찌푸리며 고개를 흔들었다. 은영이 속으로 비웃는 결과에 어쩐지 책임감이 도진 은하는 진심인 양 찬사에 합류했다.

"맞습니다. 자연 미인에 도시적인 세련미가 둥지를 틀었습니다."

은하 자신도 무슨 말인지 모른 채 뱉었는데, 순진은 즉시 이미지를 찾아냈는지 흡족한 웃음을 수줍게 그려 냈다.

"진짜 세련돼 보이십니다."

과묵한 준호까지 합세했다. 어느덧 준호도 조직의 예법을 익히고 있었다.

"흐흐, 그대들의 바람직한 안목을 내가 수용해 주지 뭐."

팀원의 바람직한 안목 덕분에 하루는 기분 좋게 열렸다.

오늘 C팀의 메인은 닭 날개 볶음이다.

"본사 특명 사이드가 돈피무침이잖아요?"

은영이 순진에게 영양사의 직권을 드러내는 중이다. 가격과 재료비, 그리고 명칭은 오롯이 그녀의 몫이다. 하지만 마음에 안 들면 막무가내로 팀장의 월권을 휘두르는 순진에게는 일일이 양해를 구해야 했다.

"마침 메인인 닭 날개와 함께 콜라겐의 보고예요. 그러니 명칭을 콜라겐 미인으로 할까 봐요."

"흠. 콜라겐 미인이라."

"히히, 우리 팀장님에게 딱 맞는 명칭이죠."

"흐흐, 그렇긴 하지. 오케이."

결국 은영의 뜻대로 도시락 명칭은 '콜라겐 미인' 으로 변경되었다.

"그리고요, 팀장님. 콜라겐은 미용이나 건강 신경 쓰는 손님이 찾을 테니, 웰빙 비주얼로 가는 게 좋을지 싶어요."

"또 토핑 소스 하게?"

"아녜요. 브로콜리하고 파프리카 한 조각씩."

순진이 턱을 괴고 생각에 잠겼다. 거들라는 은영의 눈짓을 받은 은하가 비로소 나섰다.

"닭하고 돈피가 붉은색이니, 녹색과 노란색 고명이 올라가면 삼색, 아니 삼위일체 미인이 될 것 같은데요?"

"하긴. 근데 원가는 괜찮나?"

"히히, 실은 요새 닭값이 싸서 여유 있어요."

그런데도 닭 날개의 1인분 중량을 인색하게 책정해 발주했던 은영이다.

여하튼 오늘은 은영이 원하는 대로 도시락을 만들었다.

콜라겐 미인이란 심리적인 구매욕 덕분인지 판매는 순조로웠고, 돈피무침도 예상과는 달리 남기는 손님이 별로 없었다.

"난 질색인데 잘들 먹네."

은하가 갸웃하며 중얼거리자, 순진이 혀를 찼다.

"쯔쯧, 우물 안 조리사 같은 말 하고 자빠졌네. 네 식성으로만 음식 만들면, 네 식성 손님밖에 만족시키지 못해, 요 병아리야."

평소라면 그저 한 귀로 흘렸을 말이건만 일하는 내내 머릿속에 남았다. 리필용 닭을 볶다가 문득 생각나서 홱 고개를 들어 순진을 쳐다보았다. 시원시원하게 돈피와 나물을 무치고 있는 그녀가 던졌던 한 마디, 한 마디가 따지고 보니 다 옳은 말 같다. 뽀글이 파마는 옳은 선택이 아닌 것 같지만 말이다. 하지만 철수가 좋아하는 것은 사실이다. 드라마에서 그런 머리를 하고 나오는 아줌마라면 단박에 팬이 되어 배우의 결혼 여부를 은하에게 묻곤 했으니까.

피크타임이 되자 C팀 도시락 소진 속도가 빨라졌다. 남성은 물론 여성 직장인 무리가 많은 선택을 했고, 퇴식구로 들어온 용기엔 돈피무침이 대체로 비었다고 준호가 알려 주었다. 다른 팀이 선택한 '파격 사이드 메뉴'는 아주 인기가 없다는 말과 함께.

C팀의 웰빙 음식이 통한 덕분에 갑자기 바빠졌다. 닭 날개 볶음을 조금씩 조리하기엔 리필이 촉박해 순진은 한가득 프라이팬에 담았다. 이번에는 은하에게 양보하지 않는다.

"제가 하겠습니다!"

"많아서 안 돼."

은하는 콩나물을 데쳐 내고 미나리를 준비하는 준호를 힐긋 본 뒤 버텼다.

"팀장님은 돈피무침 양념하셔야죠."

"어허, 그래도 팬이 무거워 손목 나간다니까."

"전 손목 힘으로 안 합니다. 한번 믿어 주십쇼."

버티는 은하를 찡그리며 바라보던 순진이 퉁명스럽게 내뱉는다.

"오냐. 어디 한번 뜨거운 맛을 경험해 봐라."

"뜨겁고 맛있게 볶아 오겠습니다!"

은하는 양손으로 묵직한 프라이팬을 안아 들고 중화 화덕으로 내달렸다. 사용해 본 결과, 중화 화덕은 익숙하기만 하면 손목에 무리가 가지 않았다. 살짝 팬을 들어야 하는 평면 레인지와는 달리 둥글게 파여 있어서 요령만 익히면 작은 힘으로 내용물을 뒤집을 수 있었다.

과연 순진이 가득 채워 놓았던 팬은 다루기 쉽지 않았다. 하지만 은하는 볶음용 주걱을 내려놓고 양손으로 잡고 팬을 돌림으로써 중간에 불을 줄이지 않아도 되었다. 워낙 가득히 담고 볶는 탓에 주변으로 음식이 튀는 순진과는 달리 깔끔하게 조리해 나갔다. 뒤집는 순간 팬 가장자리로 화르르 치솟는 불꽃은 어느덧 친숙하게 자리해 조금도 당황하지 않았다. 팬을 기울이면 불꽃이 더 커지고, 바로 하면 불꽃이 죽는 타이밍을 가지고 놀며 불맛을 살렸다.

일에 몰두하다 보면 늘 주변을 잊어버린다. 다 볶은 뒤 팬을 들지 않고 힘차게 당겼다. 원심력을 이용해 공중에서 뒤집으면서 용기에 쏟아 냈다.

"은하, 너. 그렇게 멋있어도 되는 거냐!"

순진이 휘둥글게 눈을 뜨고 소리친 뒤에야, 그녀가 지켜보고 있었다는 사실을 깨달았다.

"무시해서 미안하다. 네가 조금씩은 잘 볶는 줄 알았지만, 남자도 버거워하는 양을 해치울 거라곤 예전엔 미처 몰랐다. 거기다 요령으로 해치우다니, 헐! 사실 그건 고수의 영역이거든."

"으흐흐! 팀장님 앞에선 원숭이 앞에서 바나나 먹는 재롱일 뿐이죠."

"오케이! 이 순간부터 널 프라이팬의 고수로 인정!"

묵직한 손으로 등짝을 후려쳤다. 은하의 운동 신경으론 가볍게 피할 수 있었지만 맞고 싶어 감당했다. 고수 인증 도장 같았기에.

순진이 인정해 줘서 그런지, 아니면 손님들의 반응을 확인해서 그런지 새삼스럽게 돈피무침을 찬양하기 시작했다.

피크타임이 지났다. 잘하면 2위라는 예상을 깨고 C팀은 1위 자리로 올라섰다. 선두를 빼앗긴 A팀이 오늘따라 적극적으로 대응했다. 엎치락뒤치락 순위가 바뀌었지만, 팀이 똘똘 뭉쳐 순발력을 발휘한 C팀이 극적으로 1위를 차지했다. 팀원과 승리의 기쁨을 나눈 뒤 마감 채비를 하는 은하에게 순진이 바짝 붙었다.

"오늘 나 천안 언니네 집에 간다. 내 차 타고 가라."

은하는 뜸을 들였다가 고개를 숙인 채 선생님 앞의 아이처럼 대답했다.

"삼촌이 기차 아니면 타지 말라고 해서요. 차는 위험하다고."

"참! 나도 기차 타야 된다. 차가 고장 났는데 깜빡했지 뭐냐."

그렇게까지 나오니 은하는 고개를 끄덕일 수밖에 없었다.

6

집무실로 들어온 김 부장에게 박 전무가 대뜸 물었다.

"A팀 1위 가능성 분석해 왔겠지?"

"네, 전무님. 어제까지 따져 봤을 때 82프로 확률입니다."

"100프로는 아니니 이변이 생길 수도 있겠군."

"주 1위를 이미 두 번 해서 굳었다고 볼 수 있긴 한데, 지난주
엔 예상을 깨고 C팀이 주 1위를 했습니다."

주 1위를 3번 하면 종합 매출과 상관없이 월 장원을 확정 짓는
다. 박 전무는 지난주의 C팀 멤버를 가늠해 보았다.

"지난주라면 찬석이도 며칠 근무했었지?"

"네, 박찬석 팀장이 본사 발령 직전에 두 번 1위를 한 게 결정
적이었습니다."

"찬석이 떠난 뒤론 성적이 별로고?"

"며칠 되진 않았지만 유순진 팀장 성적은 중간 정돕니다."

"B팀은?"

"종합 매출 성적으론 C팀과 2위를 다투는 중입니다. 하지만 역시 A팀에겐 압도적으로 뒤처져 있는 상탭니다. 만약 A팀을 이기려면 나머지 9영업일 중에서 6영업일 이상 1위를 해야 합니다. 그리고 매출도 압도적으로 높아야 하니 역전 가능성은 아주 희박합니다."

박 전무는 김 부장을 세워 둔 채 잠시 생각에 잠겼다. A팀 팀장은 전날 따로 만나 언질을 주었으니 오늘부터 더욱 1위에 욕심을 품을 터였다. 다른 간부들이 다들 고개를 가로저을 때 뽑아 준 인연으로 관계를 돈독히 다져 놓았다. 반갑게도 A팀 팀장은 욕심이 많았다. 한마디로 박 전무와 코드가 맞았다.

"이번 월 장원하는 팀장에게 조리실의 실권을 줄 걸세."

박 전무의 선언에, 김 부장은 깜짝 놀랐다.

"거긴 김 과장이 있잖습니까."

"흥! 퇴식구 감시 담당? 옛날부터 난 그 녀석이 맘에 안 들었어. 별맘을 엉뚱한 사람한테 넘기고 싶어 하는 놈이거든. 조만간 별맘에서 내보낼 걸세."

"하지만 사장님과 한 실장은……."

"그들은 개의치 마. 앞으로 별맘의 장래는 내가 결정할 걸세."

"그래도……."

"별맘에 공표하면 과열 경쟁이 생기니, 내 방침을 회사 간부들에게만 알리게."

멈칫하는 김 부장에게 박 전무가 덧붙였다.

"내 독단이 아니라 회사 방침으로 포장하라는 걸세. 오 사장하고 한 실장 귀에도 들어가게 하고. 그래야 명분이 서는 법."

뻣뻣하게 고개를 든 채 굳은 의지를 보이는 박 전무 앞에서 김 부장은 조용히 순종하는 것 말고는 할 수 있는 일이 없었다.

[2호 차 13석. 난 안 따라가니 슬퍼 말 것.]

전철에서 순진 몰래 문자를 확인한 은하는 '돈이 썩었다니까.' 하는 말을 삼켰다. 그의 요구와는 달리 염치없게도 조금 슬펐다. 그가 꼭 사수하길 바랐을 순방향 창가 좌석은 순진에게 양보해야 할 듯싶다. 새삼 그녀의 통통하고도 미끈한 다리를 힐끔거렸다. 스커트를 입은 모습은 처음 보는데, 건강미를 뽐내는 다리가 썩 섹시해 보였다. 무거운 몸에 하이힐까지 신었으니, 역시 자리는 양보해야겠다.

따라가지는 않는다고 해도 어쩐지 어디선가 시훈이 지켜보며 배웅 중일 것 같았다. 순진에게 좌석 번호를 알려 준 뒤 플랫폼에 남아 여기저기를 훑어보았다.

순진은 은하가 알려 준 좌석을 향해 걸었다. 그녀는 은하가 나란히 앉아서 갈 거라고 여기는 중이다. 그래서 14번 좌석을 무단으로 점령한 남자 손님에게 이맛살을 찡그렸다. 하지만 그는 순진을 볼 수 없었다. 신문지를 활짝 펼쳐 얼굴과 상체를 가리고 있었다. 순진은 길쭉한 남자의 다리를 무릎으로 건들며 안쪽으로 가서 앉았다. 순간 신문지가 활짝 펴지면서 두 사람을 가렸다. 동시에 남자의 얼굴이, 입술이 날아들다가 급브레이크를 건다.

"꺄악!"

"윽!"

남녀의 비명은 동시에 터졌다.

한산한 객실이 수선스러웠다. 그 진원지를 확인한 은하는 우뚝 걸음을 멈추었다.

"은하야! 그 새끼 잡아라. 치한이야, 치한!"

어찌 된 게 한시훈 신사가 치한이 되어 순진의 주먹을 방어하며 열심히 뒷걸음질 치고 있었다. 힐긋 돌아보고 은하를 발견한 시훈이 재빨리 달려와 붙었다.

"네가 오해 좀 풀어 주라."

시훈이 다급히 말했다. 머리카락이 마구 헝클어진 걸로 보아 적잖은 수모를 겪은 듯싶었다.

은하를 바라보느라 방심한 시훈에게 순진이 달려와 묵직한 주먹을 날렸다. 그 주먹을 은하가 번개처럼 가로막았다. 주먹을 잡힌 순진이 휘둥글게 눈을 떴다.

"어쭈, 이게."

"뭔가 오해가 있나 본데요, 내 남자를 때리면 안 되죠."

얼결에 '내 남자'란 말을 내뱉고 말았다.

"니 남자? 아이고, 이 불쌍한 것아. 정신 차려라. 저놈 본색을 내 알려 주마."

그러면서 다시 시훈에게 주먹을 날렸다. 역시 시훈에 앞서 은하가 먼저 가로막았다.

"너 왜 그래!"

"내 남잘 건들지 마십쇼."

"아이고, 이게 완전히 변태 새끼한테 회까닥 빠졌구나."

순진이 가슴을 치며 안타까워했다. 은하가 찌푸리며 항의했다.

"내 남자한테 욕하심 저, 화낼 겁니다."

얼결에 너무 세게 나선 것 같아 웃으면서 덧붙였다.

"으흐흐! 실은 제가 침 발라 놨다는 그 남잡니다."

"으흠!"

헛기침으로 두 사람의 시선을 붙든 시훈이 연결 통로를 가리켰다. 출발 시간이 남아 아직 한산한 객실이었지만, 승객들의 시선이 세 사람에게 쏠려 있었다.

은하와 시훈은 연결 통로에 서서 어렵게 순진의 오해를 풀어냈다.

"그러니까 날 은하 넌 줄 알고 기습 키스를 하려고 했다?"

"으흐흐! 실은 전에도 그 방법을 써서 재미를 봤거든요."

"흐흐, 재미?"

시훈은 시종 순진의 눈길을 피하며 도도하게 팔짱을 끼고 있었다. 히죽거리던 순진이 다시금 시훈을 노려보다가 자신의 양쪽 뺨을 감싸며 발갛게 물들었다.

"근데 어떡하지…… 내 순결한 뺨으로 니 남자의 입술이 닿아 버렸는데."

시훈이 발끈했다.

"무슨 소립니까! 급정거했잖습니까!"

"뜨거운 김이 분명히 닿았는데……."

치한이라고 날뛰어 놓고 이제 와서 몸까지 비비 꼰다. 은하가 시훈에게 눈을 흘겼다.

"진짜 닿았어요?"

"아, 아냐!"

410

은하는 주위를 살핀 뒤 까치발을 하고 시훈의 머리를 당겼다.

"소독해야겠어요."

그의 뺨에 쪼옥, 입을 맞췄다. 순진이 은하를 툭 쳤다.

"야, 거기가 아니잖냐."

"반대편 뺨인가?"

갸웃하며 시훈의 반대편 뺨을 겨냥했다. 순진이 거칠게 잡아당겼다.

"야! 내 뺨 말이야. 내 뺨에 닿았다고!"

"그, 그런가?"

이번에는 시훈이 주변을 살폈다.

"나한테 소독하려면 여기다 해야지."

막 열차에 오르는 중년 부부의 시선을 무시한 채 시훈이 재빨리 입술을 붙였다가 떼었다. 순진이 부르르 떨었다.

"으으으, 이런 발암 유발자들 같으니."

"부럽습니까?"

"오냐. 부러워 미쳐불겠다!"

"그럼 지셨네요?"

"오냐, 오냐. 잘나셨다, 장은하."

"근데 아까부터 시훈 씨……."

옆구리를 자꾸 쓰다듬는 시훈의 모습이 뒤늦게 걸려서 은하가 갸웃하며 손을 뻗었다.

"거기 아파요?"

"아냐. 간지러워서."

은하가 휙 순진을 흘겨보았다. 순진은 주먹을 만지며 멋쩍게 웃고는 눈길을 돌렸다.

순진이 끊은 표는 입석이었다. 때문에 한 사람은 서서 가야 했다. 시훈은 모른 척 버렸지만, 동방인의 예의를 아는 은하는 그럴수 없었다.

"앉아 있어."

은하가 순진에게 자리를 내주자, 시훈이 만류하며 일어났다. 그러고는 순진에게 퉁명스럽게 말한다.

"수원에서 나랑 교대하시죠."

"됐어요. 난 훼방꾼 되고 싶진 않네요."

"은하 마음이 안 편하니 그냥 앉아요. 대신 수원에서 꼭 교대해주세요."

결국 순진과 나란히 앉아 출발했다. 은하는 눈에 보이지 않는시훈이 자꾸만 신경이 쓰여 잠시 순진을 의식하지 못했다. 안 따라간다는 그는 왜 기차에서 내리지 않았을까.

후우.

한숨 소리에 고개를 돌렸다. 차창을 가만히 바라보고 있던 그녀는 회한에 젖은 표정이었다. 문득 생각나서 조심스럽게 물었다.

"팀장님 같은 자연 미인님께선 남자들한테 인기도 많을 것 같은데, 애인은……."

"썩을 놈의 남자 따위."

한숨 같은 대꾸를 하고는 씁쓰레하게 입맛을 다신다.

"쩝, 이 나이에 무슨. 다 옛날 일이다."

나이에 관한 위로를 농담에 실어 건네려다가 드물게 쓸쓸한 그녀의 표정 앞에서 그만 입을 닫았다. 한참 뒤에 순진이 나지막이말을 흘렸다.

"공장에서 일할 적에 먹물 든 자식한테 회까닥 넘어간 적이 있었다. 제길, 생긴 건 학자풍인데도 빨대가 따로 없더라. 그땐 내가 생각해도 참 순진했어. 돈은 돈대로 뜯기고…… 하여간 내 인생에 남정네는 별 도움이 안 되더라."

순진은 불빛이 둥둥 떠다니는 차창을 바라보며 서른 살 넘어서 연달아 찾아온 사랑을 곱씹어 보았다.

두 번째 남자는 첫 번째 남자와는 달리 가방끈이 짧았다. 하지만 인물이 곱상하고 귀엽기까지 했다. 그럴 만도 했다. 세 살 연하 남자였으니. 1년 정도 사귀었을 때 갑자기 화장이며 옷차림을 참견하기 시작했다. 나이를 먹어 자연스럽게 생길 수밖에 없는 눈주름을 남자는 살갑게 품어 줄 줄도 몰랐다. 그러다가 남자가 친구와 통화하는 것을 우연히 듣고 말았다.

'내가 미쳤냐? 세 살이나 더 먹은 아줌마하고 결혼하게…… 그래, 한 살 더 먹으니 완전 아줌마 됐더라…… 애초에 서로 즐기고 쿨하게 헤어질 사이였어…… 그럼! 주선해. 날 완벽한 솔로로 소개하는 거 잊지 말고.'

정성껏 대접하려고 들고 온 라면 쟁반이 바닥으로 떨어졌다. 당혹감에 휩싸인 남자는 변명하는 대신에 웃옷을 집어 들고 집을 나갔다. 다시는 돌아오지 않았다. 순진 또한 다시는 연락하지 않았다. 더 나아가 전화번호부의 모든 남자에게도.

여자가 당당한 독신으로 즐기며 살려면 우선적으로 갖춰야 할 것이 경제력이었다. 그래서 순진은 즐기는 일은 훗날로 미루고 작은 식당을 차릴 꿈을 차곡차곡 채워 가는 중이다. 그런데 도중에 또 갖고 싶은 남자를 발견해 버렸다. 그는 여느 남자와는 달리 있는 그대로 속이 드러나 보인 듯싶었다. 은하를 향한 보호 본능이며 호랑이가 포효하는 것 같았던 식당에서의 박력 앞에선 숨이 턱 막혔다. 그런 남자라면 평생 갖지는 못한다 해도 품기라도 해야 했다. 놓치면 신이 선물한 행복 하나를 패스하는 일이니 말이다.

여하튼 완전히 죽어 버린 줄 알았던 탐욕의 꽃이 소생하는 중이다. 더불어 이미 죽어 버렸던 달뜨는 마음이 환생해 몇 년 만에 두근거리는 중이다.

"참! 너희 삼촌은 여자 나이 안 따지냐?"

순진이 불쑥 물었다. 은하는 머뭇거리다가 솔직히 밝혔다.

"실은 또래나 연상을 좋아해서 여직 장가를 못 간 겁니다."

"삼촌, 정확한 나이가……."

"서른일곱입니다. 그러고 보니 팀장님보다 한 살 많네요."

"호호호! 은하야, 사실 내 나이 서른일곱이다."

"어? 서른여섯으로……."

"호호호, 여자들은 원래 만으로 쳐서 깎잖냐."

그런데 순진은 아까부터 자꾸만 침을 흘리고 있다. 메뉴에 넣을 맛있는 음식을 생각했나 보다. 순간 삼촌의 말이 떠올랐다.

"우리 삼촌이 말이에요. 천안에 오시면 집에 들러 라면 드시고 가래요."

"라아면?"

"안 좋아하십니까?"

"그럴 리가! 무척, 무척 좋아하지. 아주 바람직한 삼촌이시구나, 호호호!"

라면을 많이 좋아하는지 벌써부터 입맛을 다시며 침을 꿀꺽 삼킨다. 침울하게 차창을 바라보았던 순진은 그렇게 수원까지 시종 히죽거리며 침을 삼켰다. 라면을 들이켤 입술에 루주를 잔뜩 바르고 말이다.

"고마웠어요. 어서 앉으세요."

순진이 나긋나긋하게 자리를 권했는데도 시훈은 서늘하게 응수하며 은하 곁으로 앉았다. 객실을 빠져나가는 순진의 뒷모습을 바라볼 때도 잔뜩 찡그렸다.

"너네 팀장님이 왜 천안을 같이 가나?"

은하는 고개를 낮춰 시훈을 빤히 올려다보며 생긋 웃었다.

"흠!"

시훈이 움찔하며 애써 거드름을 피웠다.

"니 폼이 꼭 유혹하는 것 같다?"

"피이, 생각하는 방향이 참. 팀장님이 삼촌한테 관심이 있는 것 같아요."

"그으래?"

이상하리만큼 과하게 반색한다.

"잘됐다. 삼촌도 관심 있고?"

은하는 여전히 낮게 숙여 한쪽 손바닥으로 볼을 받치며 그를 올려다보았다. 보면 볼수록 잘생긴 얼굴이다. 이 잘난 얼굴이 애먼 여자에게 뽀뽀를 할 뻔했다. 또, 이 잘난 얼굴이 하마터면 순진의 묵직한 주먹에 맞을 뻔했다. 안 될 일이었다. 새삼 다짐해 본다.

'한시훈은 내가 지킨다.'

"삼촌은 관심 있냐고?"

"아, 예. 그런 것 같아요. 팀장님한테 라면도 대접한대요."

"라아면?"

순진처럼 시훈도 과하게 반응한다.

"라면에 뭐 다른 뜻이 담겼나?"

여전히 시훈을 올려다보며 은하가 갸웃했다.

"으흠, 은하야. 라면은 집에서 먹잖니. 집으로 들여도 될 편한 사이란 상징이 되기도 하지."

"곧바로 중등 과정이네?"

"뭐?"

"시훈 씨가 그랬잖아요. 중등 과정은 라면도 대접할 사이라고."

"그, 그렇지. 자존심 상하니 오늘 우린 고등 과정으로 승급하자."

은하가 눈을 깜빡거리며 빤히 올려다보기만 하자, 시훈이 살짝 얼굴을 붉히더니 애써 거드름을 피운다.

"으흠, 오늘은 널 따라가는 게 아니라 했잖아? 어제 부산 출장이 보류돼 지금 가는 중이지. 천안에서 자고 새벽에 출발할 예정이다."

"그래서 나보고 저녁 먹는 거 구경해 달라고요?"

"그렇지. 어제도 설명해 줬듯이, 고등 과정은 숙소에서 같이 식사를 하지."

은하는 천천히 자세를 바로 하고 앉았다. 불쑥 달아오른 뺨을 들키기 싫어서였다.

"하지만…… 삼촌 때문에 힘들 것 같아요."

양 손가락을 끼워서 비비며 소곳이 대꾸했다. 문득 시훈의 숨소리가 거칠어졌다. 은하의 귓불에 선명하게 내려앉을 만큼. 휙 쳐다보았더니, 그는 이를 갈고 있었다.

"은하야…… 오늘 외로운 삼촌과 팀장님을 꼭 맺어 줘야 한다. 꼭."

연민을 호소하는 내용과는 달리 말씨와 표정은 제자에게 원수를 부탁하며 절명하는 사부의 비통함 같다.

미리 문자를 넣었기 때문인지 철수는 늦지 않았는데도 마중을 나왔다.

"안녕하십니까?"

"호호, 그동안 잘 지내셨어요?"

"헤어스타일이 바뀌셨네요."

"호호, 좀 이상하죠?"

"아뇨. 자연 미인님 용안이 훨씬 빛나십니다, 하하하!"

철수와 순진은 입이 귀에 걸린 채 주거니 받거니 덕담을 나누었다. 은하가 철수를 툭 쳤다.

"시훈 씬 안 보여?"

그때서야 넋을 잃고 바라보던 순진에게서 눈을 떼고 건성으로 시훈을 보았다.

"또 왔네요?"

퍽이나 성의 없는 인사였다. 걸음이 빠른 철수와 은하는 하이힐을 신은 숙녀를 배려해 천천히 걸었다. 두 사람의 모습이 보기 좋은지 시훈의 얼굴에선 웃음이 떠나지 않았다. 어쩐지 음흉해 보이는 웃음이.

세상에나.

철수가 이토록 청소에 소질이 있는 줄은 예전엔 미처 몰랐다. 뿐만 아니라 반지르르 윤기가 흐르는 장판을 가리키며 **뻔뻔한** 거짓말도 할 줄 안다.

"갑자기 맞이한 손님이라 청소를 못 했네요. 편히 앉으십쇼."

철수는 식탁의 의자를 잡고 순진이 앉을 때까지 기다려 주었다. 순진이 앉자, 그녀의 풍만한 가슴을 내려다본 철수가 질끈 눈을 감았다. 시훈의 존재를 망각한 채 은하에게 말한다.

"넌 피곤할 테니 일찍 자라."

"난 시훈 씨랑……."

은하가 우물거리는 말을 시훈이 낚아챈다.

"저흰 밖에서 커피 한잔하고 오겠습니다."

"그럴래요?"

비로소 시훈에게 살가운 웃음을 선물한다.

"시훈 씨, 잠깐만 기다려요."

은하는 재빨리 방으로 뛰어들었다. 거울 앞에서 허둥거렸다. 부쩍 건조해진 피부가 신경이 쓰여 아끼던 나이트 크림을 덕지덕지 발랐다. 통 안 쓰던 향수를 꺼내 겨드랑이며 여기저기로 뿌렸다. 너무 티를 내는 것 같아 솜으로 살짝 지워 냈다. 무심코 서랍장의 속옷을 헤집고 있었다. 가슴이 가쁘게 뛰고 얼굴이 화끈거렸다.

"아냐, 아냐!"

은하는 거칠게 도리질을 했다. 하지만 좀처럼 서랍장을 그냥 닫지 못했다.

거리로는 시큼한 비린내가 떠다녔다. 하지만 시훈은 은하의 향기만을 오롯이 느끼며 음미했다. 기차에서 맡았던 비누 냄새에 장미를 닮은 야릇한 향기가 보태져 있었다. 그리고 가로등 불빛 아래 비친 귀여운 얼굴은 여느 때보다 촉촉하게 반짝거렸다. 초롱초롱한 눈은 불안하게 깜박였지만 발갛게 물든 볼과 수줍게 웃는 입술이 시훈을 안심시켰다.

호텔이 안 보여 가장 깨끗해 보이는 모텔로 들어설 때, 은하는 마치 죄인처럼 조아리며 뒤따랐다. 탁, 손을 낚아채 빠르게 걸었다.

"밥 먹는 것만 볼 겁니다."

객실 도어 앞에서 그녀가 옴츠리며 속삭였다. 시훈은 대답 대신에 부드럽게 웃어 주었다.

특실인데도 숙박업소 특유의 묵은 비린내가 희미하게 떠다녔다. 하지만 곧 객실 안은 은하의 향기로, 은하의 목소리로, 은하의 모습으로 채워져 시훈을 달뜨게 했다.

웃옷을 걸고 협탁을 사이에 두고 마주 앉자, 은하가 손나발을 만들어 속삭였다.

"밥 시켜야죠."

마치 적의 진지에 침투한 양 바짝 긴장해 있었다.

"응. 손 먼저 씻고."

시훈은 욕실로 들어가 깨끗이 손을 씻고 부랴부랴 샤워까지 했다. 이따금 어리고 짠해 보여 선을 지켜 주고 싶었지만 이제는 못 견디겠다. 은하와 지영의 인연을 안 뒤부터 온전히 품지 못하면 언제라도 훌쩍 그녀가 떠나 버릴지 모른다는 불안감 때문에 간밤을 거의 뜬눈으로 보냈다. 평생을 함께할 자신이 있다는 각오를 변명 삼아 본능이 시키는 대로 따르고 싶다. 그녀가 거부하지만 않는다면 말이다.

욕실에서 나온 시훈이 저벅저벅 걸어왔다. 촉촉한 머리카락을 하고 부드러운 웃음을 지으며 은하의 양어깨를 붙들어 일으켰다. 차마 마주하지 못하고 고개를 숙이는데, 그가 귓불에 입술을 대고 더운 숨을 내쉬었다. '복습' 하자고 말할 줄 알았는데 아니었다.

"은하야, 사랑한다."

사랑. 그것이 이토록 가슴을 마구 뛰게 하는 말일 줄은 몰랐다. 머릿속을 혼곤하게 헤집는 그 언어 때문에 너무도 쉽게 입술을 내주고, 이어서 혀까지 내 주었다. 뿌리가 얼얼하도록 그는 빨아 당겼고, 방어적 공세로 은하는 그의 뒷머리를 힘주어 당겼다. 타액이 어지럽게 섞이고 또 섞였다. 한순간 그가 번쩍 안아 들었다. 저릿한 긴장감에 은하는 발버둥을 쳤다.

"하, 하지 마요!"

그는 아랑곳하지 않고 침대로 은하를 눕히고 몸을 얹었다. 다시금 입술과 혀가 분주하게 뒤섞였다. 밀폐된 공간은 아늑함과 불안감을 동시에 선물했다. 그의 거친 숨결이 귓불에서 뺨으로 그리고 목으로 이어졌다. 그의 혀가 가슴 위까지 침범해 왔다. 느슨해진 티셔츠의 옷깃 사이로 그의 숨결이 파고들었다.

무언가 찌릿해 엉덩이를 들썩이는 순간 그의 손이 불쑥 배꼽을 더듬었다. 붙잡는 은하의 완력을 극복하고 그는 안으로 쏙 손을 집어넣었다. 뭐라고 항의하고 싶었는데, '쪽팔린다' 란 말밖에 떠오르지 않아 질끈 눈만 감았다. 갈아입고 나온 꽃무늬 브래지어를 더듬던 손이 안쪽을 겨냥했다.

"하아아."

그만― 이라고 말하고 싶었는데 더운 신음만 나왔다. 그의 팔을 붙든 손에 힘을 주었다. 그는 쉽게 이겨 내며 가슴을 쓸어 댔다. 온몸이 나른하게 데워져 도무지 힘을 쓸 수가 없었다. 그가 티셔츠를 말아 올리고는 배에서부터 시작해 위쪽으로 혀를 놀렸다.

그가 젖가슴을 입에 넣고 희롱하자 정신이 몹시 사나워졌다. 온

몸이 비틀리는 혼돈스러움에 이성을 놓고 싶진 않았다. 은하는 터지려는 신음을 참은 채 딴생각을 하려고 안간힘을 썼다. 그때 억울하다는 생각이 들었다. 요컨대 무언가 불공평했다. 힘차게 시훈을 떠밀었다.

"불공평해요!"

양팔로 방어 자세를 취하며 은하가 볼멘소리를 했다. 한껏 은하의 체취에 취해 있던 시훈은 간절히 애원하는 눈빛을 보냈다.

"뭐가?"

"왜 나만 벗겨요?"

시훈은 어이가 없었지만 즉각 고개를 끄덕였다.

"아, 알았어. 벗지 뭐."

시훈은 불쑥 솟은 아래를 감추면서 일어났다. 와이셔츠에 이어 속옷까지 벗으려니 어쩐지 부끄러웠다. 하지만 공평성을 위해 재빨리 벗어 냈다.

"자, 잠깐! 스톱!"

버클을 풀어내는 시훈을 은하가 제지했다.

"벗으라며?"

"아, 아니. 거긴 돼, 됐습니다. 그만하십쇼!"

그녀가 시뻘겋게 얼굴을 붉히며 열심히 손사래를 쳤다. 그러고는 손으로 눈을 가렸다가 떼기를 반복하면서 시훈의 몸을 살폈다. 잔뜩 성이 난 아래를 한 손으로 가리고 있었지만, 문득 멋쩍은지 나머지 한 손으론 가슴을 가리고 있었다.

"잘빠진 몸이네. 뭐, 운동은 착실히 했나 봅니다?"

새빨간 얼굴을 하고 짓궂게 웃는 모습에 시훈은 미칠 것 같았다. 덮치려는 시훈을 그녀가 제지한다.

"자, 잠깐만요!"

"또 뭐가."

"주, 준비 운동 좀."

"안 돼!"

시훈이 처절한 비명을 지르며 덮쳤지만, 은하는 날렵하게 피했다. 그러고는 정말로 준비 운동을 한다. 뽀뽀 때보다는 훨씬 거칠고 큰 동작으로. 어지간한 남자라면 일찌거니 도망을 갈 만큼 비장한 기세였다. 하지만 시훈의 그것은 굳건하기만 했다. 너무 탱탱해서 미칠 것만 같았다. 그렇다고 돌주먹을 가진 날쌘 여자를 포획하기엔 역부족이었다. 그녀가 긴장감을 풀어낼 때까지 기다리는 수밖에 없었다.

한창 준비 운동에 열심이었던 은하를 멈춘 것은 전화벨 소리였다.

시훈이 받자, 프런트 직원의 긴장된 목소리가 새어 나왔다.

— 혹시 객실에 무슨 일 있으신지요?

시훈은 은하를 힐긋 본 뒤 짐짓 사무적으로 응수했다.

"아뇨. 사랑의 준비 운동 좀 하느라."

탁, 수화기를 내려놓은 뒤 은하에게 오라고 손짓했다.

"운동은 침대에서 하란다."

"으흐흐! 침대에서 어떻게 운동을……."

"침대에서도 할 수 있는 운동이 있지. 여기 트레이너가 있으니 빨리 오기나 해."

은하는 아랫니로 윗입술을 깨물며 다가왔다. 침대로 오다가 휙 방향을 틀어 협탁의 휴대폰을 잡았다.

"어? 문자 왔네?"

"또 왜! 왜!"

시훈은 거의 울부짖었다.

"삼촌한테 전화 좀 하고요."

"라면 먹는다잖아. 방해 말고 빨리 오라고!"

"어디냐고 문자 왔어요. 연락 없으면 온 동네 휘젓고 찾으러 다닌단 말이에요."

기어이 전화를 걸었다.

신호가 간 지 한참 뒤에야 철수는 전화를 받았다.

— 그, 그래. 은하야, 하악.

전화기 저편의 철수는 가쁜 숨을 내쉬고 있었다.

"어디 뛰어갔다 왔어?"

— 아니다. 하악, 라면이 엄청 뜨거워서 죽겠다.

"시훈 씨랑 밥도 먹고 좀 늦어도 돼?"

— 그래라. 이따 보자.

어디냐, 몇 시까지 오느냐는 둥 따져 물어야 정상인데도 댕강 끊어 버린다. 아마도 든든한 시훈이 곁에 있으니 안심하나 보다 여기며 돌아보자 그는 철수의 목소리까지 다 들었는지 고개를 주억거리고 있었다.

"엄청 뜨거운 라면이라면 먹는 시간도 오래 걸리겠군."

당연한 말을 뇌까리고는 몹시 간절한 눈빛으로 오라고 손짓했다. 어쩐지 불쌍해 보여 주춤주춤 다가섰다. 침대 모서리에 선 은하를 그가 맹수처럼 낚아챘다. 과연 시훈의 운동 신경도 보통이 아니다. 그의 맨살에 얼굴이 닿자 아까보다 훨씬 기분이 수선스러웠다. 이내 이성이 본능에게 묻혀 버린다.

그를 안은 채 뒤집어 자세를 바꿨다. 그러고는 그의 가슴을 움켜쥐었다. 한쪽 가슴에 얼굴 묻고 나머지 가슴을 조물조물 주물렀다. 그러다가 거뭇한 꼭지를 살짝 깨물었다. 시훈이 신음을 흘렸다.

"으윽, 뭐, 뭐 해?"

"공평성."

그가 했던 대로 따라 했다. 시훈이 허리를 움켜쥐나 했더니 확 티셔츠를 잡아 올렸다.

"나도 공평성. 만세 해!"

옷이 찢어질 것 같아서 얼결에 만세를 하자, 티셔츠가 뒤집어지며 홀러덩 벗겨져 나갔다. 드러난 부끄러운 상체를 그의 가슴에 밀착했다. 키스를 하면서 그의 손이 그녀의 등을 더듬었다. 한참 만에 브래지어 호크를 찾아내 풀어냈다.

"창피해요!"

느슨해진 브래지어 정면을 그의 몸에 밀착하며 어깨로 주먹을 날렸다. 어디까지나 고의는 아니었다.

"윽!"

아픈지 그가 비명을 토했다.

"미안해요."

상체를 살짝 들어 그를 보았다. 그 틈을 놓치지 않고 시훈이 날쌔게 브래지어를 잡아채 휙 던져 버렸다. 이어서 은하를 안은 채 뒤집어 아래로 두었다. 씩씩거리는 그의 가쁜 숨결이 불꽃처럼 은하의 얼굴로 낙하했고, 덩달아 은하도 뜨거운 숨을 내쉬었다. 이마에 입을 대는 것을 시작으로 그의 오랜 키스의 여정이 아래로 이어졌다. 연신 몸을 꼬아 대다가 젖가슴이 그의 입 안에 가득히 들어가자 부르르 떨었다. 도저히 참을 수 없어 신음을 흘리고 말

424

았다.

"하아아. 하아아."

신음이 창피해 공연히 그의 등을 때렸다. 생소하고도 강렬한 쾌감이 전류처럼 온몸으로 찌르르 퍼지자 감당하기 벅차 또 그의 등을 때렸다. 시훈은 젖에 굶주린 아기처럼 탐하고 또 탐했다. 아랫배에서 이상한 느낌이 저릿하게 번졌다. 은하는 다리를 꼬면서 그 느낌에 저항했다. 감당하기 버거워지자 시훈을 안아 빙그르 돌았다.

이번에는 은하가 위에서 그를 탐했다. 그가 했던 대로 따라 했다. 막연히 남녀가 공평해야 한다는 생각에 시작한 행위가 묘하게 시훈뿐 아니라 은하 자신도 흥분시켰다. 얼결에 시훈의 하얀 가슴 한가운데의 까만 부위를 꽉 깨물었다.

"윽!"

그가 가벼이 비명을 흘렸다. 보니, 선명한 잇자국이 나 있었다. 미안함보다는 내 남자라는 표식을 했다는 엉뚱한 생각이 스쳤다. 이젠 그가 떠날지 모른다는, 그래서 새록새록 자랐던 정이 두려웠던 마음일랑 내려놓아도 될 것 같았다. 설령 끝까지 이어지지 못한다고 할지라도 꿈처럼 감미롭기만 한 순간들을 오롯이 누리고, 또 간직하는 것만으로도 장은하의 삶은 대체로 행복했다고 자평할 수 있을 것 같았다.

그런 생각을 굴리는 와중에 불쑥 바지 아래를 침범했던 그의 손을 허술하게 대처했나 보다. 다시금 자세를 바꿔 은하를 아래로 두었던 시훈의 손은 바지 속의 속옷 위를 쓰다듬고 있었다. 공평성에 대한 막연한 강박 관념이 은하를 도발했다. 용기라기보단 반사적으로 몸을 약간 틀어 그의 바지 한가운데로 손을 얹었다. 축축하니 뜨거운 기운이 옷을 뚫고 손으로 진득하게 달라붙었다.

한편 그의 손은 은하의 바지를 내리고 허벅지를 벌리며 한껏 대담하게 움직였다. 역시 공평성에 관한 반사 작용으로 은하는 그의 남성을 쥐었다. 바지를 헤집고 나올 것처럼 엄청나게 성이 난 뜨거움이 손안으로 들어왔다. 낯선 두려움과 달뜬 기대감이 머릿속에서 맹렬히 힘겨루기를 했다. 하지만 몸의 반응은 한쪽으로 치닫고 있었다. 어느덧 축축해져 버린 그것을 알아차렸는지 시훈이 팬티를 잡아채 허벅지에 걸린 바지와 함께 내렸다.

"자, 잠깐만요."

"또 뭘?"

"나도 사랑해요, 하아."

"그, 그래."

"그러니 말이에요. 날 갖는다, 어쩐다 생각함 안 됩니다?"

"그, 그래. 장은하가 한시훈을 갖는다고 치자."

"그럼 불공평, 하아아. 아파, 하아아."

"알았어. 공평하게 서로를 가진다고 치자."

"시훈 씨…… 하아아!"

더 말을 잇지 못했다. 그때부터 오로지 달뜬 신음만 흘렸다.

모텔을 나온 시훈은 걷다가 휙 돌아보았다. 저편으로 주차된 검은색 승용차가 어쩐지 낯이 익다. 시훈의 촉이 그렇다고 한다. 어디서 봤더라? 곧 답이 나온다. 은하의 집 앞에서 본 차와 같은 듯싶다. 심각하게 고민하진 않았다. 좁은 동네를 왔다 갔다 하는 차

일 수 있고, 또 시훈이 불륜 행위를 하는 중은 아니니 말이다.

"왜요?"

은하가 다소곳하게 물었다.

"아무것도."

그녀는 아직도 아픈지 걸음이 살짝 부자연스러웠다. 왠지 미안한 마음이 들어 부드럽게 그녀의 어깨를 감싸고 걸었다. 어깨며 등이 갈수록 따끔거렸다. 무수한 매를 맞았지만 치명타는 없어서 그나마 다행이다. 다만 잇자국이 난 목이 걱정되었다. 아니, 가슴이 더 걱정이다. 공평성을 따진다며 은하가 맞받아 물어 댄 가슴이 벌겋게 도드라져 버렸다. 여하튼 당분간 사우나는 못 갈 것 같다. 한숨 같은 헛웃음이 그녀를 염려하게 했을까. 옆구리를 툭 친다.

"기운 내요."

"으흠. 기운을 반도 못 쏟아 내서 팔팔하다."

색골, 하고 놀릴 줄 알았는데, 제법 의젓하게 어깨를 펴고는 시훈을 본다. 그러고는 격려하는 어른처럼 어깨를 툭 친다.

"장은하가 책임감은 강합니다. 그러니 절 믿고 맘 편히 먹으십쇼."

무슨 소리인가 하고 한참을 생각한 끝에 알아차렸다. 피식거리다가 생각났다. 어쩌면 그녀는 시훈이 마음으로 해 줬으면 하는 말을 입에 올렸으리라.

이내 수줍음 타는 숙녀로 돌아가 나란히 걷는 그녀를 시훈이 팔꿈치로 툭 쳤다.

"평생 책임 안 지기만 해 봐라."

"걱정 마십쇼. 적어도 시훈 씰 만나는 동안은 딴 남자 만날 일은 없을 겁니다."

"내가 딴 여잘 만나면?"

"그럼…… 쿨하게 보내 줄 겁니다."

"에이, 아니지. 여자를 쫓아내고 사수해야지. 어디 가서 나 같은 남잘 또 만날 수 있겠니?"

"하긴. 싱겁고 이상하고 나이 많은 색골은 보따리로 널려 있진 않겠죠?"

"풋, 그놈의 보따리 타령. 아무튼 난 은하를 쿨하게 못 보내. 딴 남자 접근하면 반 죽여서 쫓아낼 거다."

"퍽이나."

"진짜 그런지 아닌지 확인하려면 평생 내 곁에 붙어서 지켜보면 되잖니."

문득 두들겨 맞았던 어깨가 찌릿해 몸을 틀었다.

"어머, 깜박했네. 내가 너무 많이 때렸죠?"

"응. 네가 날 북어로 착각하는 줄 알았다."

"으흐흐! 그냥 긴장돼서…… 어렸을 때부터 버릇이 돼서요. 누가 내 몸을 만지려 들면 반사적으로 주먹이 날아갔었거든요."

"그랬구나."

시훈은 잠시 생각을 더듬다가 자못 심각하게 물었다.

"앞으로도…… 그럴 것 같니?"

"사……랑하는 사람한텐 안 그럴 것 같아요."

저절로 안도의 숨이 새어 나왔다.

"그나저나 미안해요. 어쩌지? 아! 시훈 씨 내가 업어 줄까요?"

"뗵!"

"저 힘세요."

그녀는 정말로 업을 기세로 어부바 자세를 취했다. 하지만 그녀를 저지한 시훈이 등을 보이고 섰다.

"내가 업어 줄게."

허리를 낮아 등으로 붙였다. 등을 굽히고 손으로 받치며 바동거리는 그녀를 단박에 업었다. 의외로 반항하지 않고 그의 어깨로 얼굴을 붙인다. 알몸을 맞댔을 때와는 다른 빛깔의 유대감이 퍽이나 따뜻하게 어깨로, 등으로, 가슴으로 스며든다. 문득 눈시울이 화끈거린다. 태어나길 참 잘했다. 이토록 유익한 행복의 순간이 기다리고 있었으니 말이다.

집 앞에 이르자 은하는 후딱 시훈의 등에서 내렸다. 중학생이 된 뒤부터 아빠는 한 번도 업어 주지 않았다. 훗날 아빠가 나이를 먹으면 은하가 업어 주고 싶었다. 하지만 이루지 못했기에 업히고 업어 주는 일에 대한 아쉬움은 진득하게 남았다.

여하튼 문득 욕심이 나서 업혔던 건데, 시훈의 등은 퍽이나 따뜻했고, 어쩐지 든든한 둥지 같은 느낌도 들었다.

"가서 쉬십쇼."

은하가 떠미는데도 시훈은 버티고 건물을 바라보고 있었다. 그때서야 순진의 존재가 의식되었다. 갔을까?

"303호 아가씨, 지금 들어와?"

말소리에 시선을 내렸더니, 203호 아주머니가 담벼락에 기대앉아 있었다. 은하를 바라보는 시선이 어쩐지 곱지 않다.

"늦은 밤에 왜 나와 계세요?"

"흥! 왜 나왔겠어?"

203호는 손톱을 이로 뜯어내며 이를 갈았다.

"이거야, 원. 천장이 무너질까 봐 집 안에 붙어 있을 수가 있어야 말이지."

"천장? 아! 손님이 와서 발소리가 좀 심했나요?"

"흥! 발소리 같은 소리하고 있네. 하도 요란해 쫓아 올라갔더니 시상에…… 아, 관두자, 관둬."

홱 고개를 돌려 버리더니 혼잣말로 불퉁거린다.

"에휴, 어린 아들은 잘만 자는데, 나만 왜 이리 괴로운지."

다시금 손톱을 뜯는다. 그러다가 저편 길목을 노려보며 또 한숨을 쉰다.

"이놈의 비실이 양반은 왜 이리 늦는 거야. 집에라도 일찍 들어 올 것이지, 에휴!"

깊어 가는 밤보다 그녀의 한숨은 더 깊었다. 갸웃하는 은하를 시훈이 한쪽으로 끌고 가 속삭인다.

"아무래도 너희 삼촌 대학 과정으로 직행한 것 같다."

"대학이라면……."

"고등 과정하고 비슷하긴 한데, 두 가지가 달라. 요컨대 여자는 아픔을 극복하고, 남자는 괴로움을 극복한 과정이지."

그 대학 과정이라는 것은 남자의 얼굴에 꽃도 심나 보다. 시훈의 충고에 따라 전화를 걸고 5분 기다렸다가 계단을 밟은 뒤 벨을 눌렀다. 문을 열어 준 철수의 얼굴 여기저기로 붉은 입술 꽃이 어지럽게 찍혀 있었다.

'엄마 때문에 너무 슬퍼하지 마세요.'

역사에서 헤어지기 전에 수줍게 건네준 은하의 말이 머릿속에서

되풀이되어 울렸다. 생각에 또 생각을 이어 가다 보니 어느덧 자정
이 넘었다.

이윽고 결심이 섰다. 새벽에 일어나 별이 부부를 찾아가 의지를
밝히기로 하고 전등을 껐다. 어두워야 할 창문 아래로 불빛이 새어
나오고 있었다. 지영은 방문을 열고 1층으로 내려갔다.

"아버지……."

발코니 밖 어둠을 향해 거실에 서 있는 오 회장에게 다가갔다.

"몸도 안 좋으신데 일찍 주무시지 않고."

"약 먹고 종일 자서 다리 근력 좀 돌보는 중이다."

"컨디션은 어떠세요?"

"지금은 머리가 맑다고 장담할 수 있다."

지금 결심을 밝혀도 무리가 없을지 싶어 지영은 소파를 가리켰
다.

"저하고 차 한잔하실래요?"

지영이 차를 타서 마주 앉았다.

"어제 은하랑 이야기를 나눠 보니, 그 애는 감당할 수 있을 것
같아요."

"응?"

핏기는 부족해도 오 회장의 눈빛엔 생기가 담겨 있었다. 그래서
지영은 가지를 쳐 내고 결심을 밝혔다.

"별맘은 절대 박 전무에게 넘길 수 없어요. 은하에게 사실을 밝
히고 넘겨주렵니다."

"어허! 그 아이를 위해서라도 묻어 두는 게 낫다고 했잖냐."

"아버지…… 저를 위해서예요. 저를 위해서 제 뜻을 따라 주세
요."

"이런 말하긴 영민이한테 미안하지만, 너도 할 만큼 했다. 아니, 너무 과하게 벌을 받았다."

"저도 그런 줄 알고, 가끔 영민 오빠 원망도 했어요. 그런데 아니었어요. 항상 저를 먼저 생각했어요. 별맘만 해도 그래요. 솔직히 아버지나 저는 은하가 받을 충격보단 저희한테 돌아올 비난을 더 무서워하고 있었어요."

"넌 회사의 대표로 딸린 식구가 많은 몸이다. 사서 구설수에 오를 필욘 없다."

"바로 그게 두려워 질질 끌어오다가 결국엔 엉뚱한 사람한테 빼앗기게 됐잖아요. 저도 사실 지긋지긋해요. 다 털어놓고 자유롭고 싶어요."

"지영아, 대표 자리라는 건……."

"저 오지영 개인이 먼저 숨 좀 쉬고 살아야겠어요. 회사는 시훈이가 있으니 걱정할 필욘 없어요. 일을 마치면 은하와 마주칠 일도 없을 거예요. 전 해외 지사로 나갈 생각이에요."

평생을 바쳐 악착같이 일궈 온 회사를, 마음의 감옥에서 벗어나는 일 한 가지와 바꾼다는 선언이 오 회장으로선 받아들이기 어려울 터였다. 지영은 명분을 덧붙였다.

"별이 목숨값을 떠나서, 영민 오빠 조리 레시피 지분을 원했어요. 아빠 수용하지 않으셨던 걸로 알고 있어요. 그러므로 별맘은 당연히 우리가 지불해야 할 영민 오빠의 지분이에요. 오빠 부부가 없으니 그 자식이 받아야 하고요. 전 은하에게 그렇게 설명할 거예요."

평소 같으면 펄쩍 뛸 오 회장이 맥없이 고개를 숙인다. 과연 회한이 가득한 때인가 보다.

"휴우, 그땐 내가 욕심이 지나치긴 했지. 헌데 지영아, 대체 어떻게 감당하려고 그러냐?"

"매스컴에서 떠들고 다들 욕해도 우리 가족 말고 적어도 한 사람은 더 박수 쳐 줄 사람이 있어요."

지영은 가슴을 쓸어 대며 뜨겁게 덧붙였다.

"바로 제 자신 말이에요. 오랜 감옥에서 벗어났다며 박수를 쳐 줄."

양쪽 방에서 미녀가 잠들 테니, 자신은 잠자는 미녀를 지키는 기사로 보초를 서야 한다며 철수는 좁다란 거실에서 버텼다. 순진을 은하 방에서 재울 수 있다고 해도 고집을 부리니 하는 수 없이 은하 혼자 잠을 잤다.

침대에 누워 시훈의 숨결을, 시훈의 손길을 새김질하자니 가슴이 뛰었다. 관계의 순간이 걱정되었고, 또 그 후의 기분이 지레 무서웠는데, 겪고 보니 참 좋다. 사람과 사람이 만나 온기를 나누는 일이 좋고 불쑥 커져 버린 친밀감은 더 좋다. 키득거리다가 베개를 끌어안고 시훈을 떠올리며 연신 입을 맞췄다.

왠지 그곳이 불편해 화장실을 가려고 살며시 문을 열었다. 불과 30분 정도밖에 지나지 않았는데도 숙녀를 지켜 준다는 기사는 교대 시간이 되었는지 보이지 않았다. 밖으로 나간 것 같지는 않았다. 문득 얼굴이 화끈거렸다. 철수의 방에서 순진의 뜨거운 신음이 희미하게 새어 나왔던 것이다.

아침밥을 하려고 나와 보니, 순진이 음식을 만들고 있었다.

"잘 잤어?"

횡하니 들어간 눈이 묘하게도 도리어 생기로 반짝거린다. 도마 위의 야채를 다다닥 썰어 국 냄비와 팬에 투하한다. 언제 일어났는지 음식이 거의 만들어져 있었다. 어지간한 기척엔 눈을 뜨는데도 몰랐다. '기력'을 뺀 탓도 있지만, 순진은 별맘에서완 달리 조용히 음식을 만든 듯싶다.

"안 피곤하십니까?"

"호호호! 내가 피곤할 일이 뭐 있다고 그러니?"

은하는 눈앞의 풍만한 여자를 찬찬히 훑어보았다. 순진이 맞았다. 어쩌면 하루 사이에 사람의 말씨가 확 변할 수 있을까. 별맘에서 가끔 건네는 부드러운 말씨와는 비교가 안 되는 고품질이었다.

"어험."

철수가 어깨를 건들거리며 나왔다. 은하와 똑바로 눈을 맞추지 못한 채 어색하게 식탁에 앉았다. 그런 철수를 바라보는 순진의 모습은 온화하기 짝이 없다. 어쩐지 대견한 자식을 바라보는 어머니의 눈길 같기도 하다.

모처럼 세 사람이 아침을 함께 먹으니 마음이 이상하게 들뜬다. 그리고 여자가 차려 준 밥을 떠서 그런지 철수는 멋쩍은 웃음이 피식피식 삐져나왔다.

"많이 드세용."

순진이 손으로 발라낸 조기 살을 철수의 밥 위로 얹어 주었다. 철수의 생일상을 차리려고 아껴 둔 큼직한 조기였다. 철수가 히죽거리며 먹으려다가 은하의 밥그릇을 힐긋 보며 망설였다. 그때야 생각났는지 순진이 재빨리 은하의 밥그릇 위로 생선살을 올려 준다.

"호호, 삼촌 체력 염려하다 보니 널 깜빡했지 뭐니."

모호한 말을 아주 상냥하게 건넸다.

"어험!"

철수의 헛기침에 순진이 황망히 덧붙인다.

"삼촌 체, 체력이 말이지, 오늘 일이 많다고 하기에 말이야, 호호호!"

은하는 발갛게 볼을 붉혔다. 두 사람의 간밤을 상상하려는 순간 시훈과 자신의 모습이 떠올랐던 것이다. 시훈이 탐했던 가슴에서 통증이 느껴져 얼결에 손바닥을 붙였다. 곧 움찔하며 손을 내리고 두 사람을 살폈다. 순진도 그곳이 아픈지 찡그린 채 가슴을 어르며 철수를 흘겨보고 있었다. 철수는 멋쩍게 웃으며 고개를 숙였다. 이내 철수도 눈썹을 찡그리며 자신의 가슴을 문질렀다.

그렇게 모두에게 '가슴 아픈' 아침이었다.

7

오 여사의 가슴은 아침부터 울렁거렸다. 고이 키운 순진한 아들
이 외박을 하고 이른 아침에야 들어왔다. 어떤 일이 있어도 외박은
안 된다며 가족에게 으름장을 놓고 솔선수범하던 아들이 말이다.
갑작스러운 출장 때문이라니 넘어갈 수도 있는 문제였다. 하지만
아침 밥상에서 확인하고 말았다. 가슴 위쪽으로 남아 있는 수상한
자국을. 게다가 밥을 뜨다 말고 약에 취한 양 히죽거리는 모양새도
수상하기 짝이 없었다.

아들이 양치질을 할 때 날쌔게 방으로 침투해 휴대폰을 살폈다.
배경 화면에 장은하가 떴다. 통화 기록을 살폈더니 '내 주인' 이란
이름이 줄줄이 떴다. 마지막 통화 상대도 '내 주인' 이었다. 오 여
사는 '내 주인' 이란 이름을 배경 화면의 장은하와 연결해 보았다.

거실을 힐끔거리다가 휴대폰을 놓고 후다닥 밖으로 나왔다. 시
훈이 휘파람을 불며 욕실에서 나오자 오 여사는 체조를 하며 딴청

을 피웠다. 시훈이 피식 웃으며 지나쳐 방으로 들어갔다. 아무래도 아들은 장은하와 '큰일'을 치렀던 것 같다. 주변 사람에게 '헛다리의 명수'라는 오명을 뒤집어쓰고 있는지라 신중할 필요가 있었다.

목 끝까지 답답하게 단추를 채운 시훈이 선희와 함께 집을 나서려다가 그때야 생각난 듯 말한다.

"오늘 부산 출장이라 못 들어올지 몰라요."

"어제도 출장 가지 않았니?"

"아, 오늘은 진짜…… 본격적인 출장! 저녁에 부산 지사에서 전화할게요."

아들과 딸을 배웅한 뒤 오 여사는 빨래 바구니로 내달렸다. 그녀의 예민한 후각은 어렵지 않게 아들의 옷에서 낯선 향수 냄새를 찾아냈다. 이번에는 헛다리가 아니라고 마구 소리치고 싶었다.

오래도록 생각의 바다에서 허우적대다가 박 전무에게 전화를 걸었다. 그는 여느 때보다 오 여사의 전화를 반기는 것 같았다.

— 하하하! 제가 우리 오 여사님의 당부를 잊을 리가 있겠습니까. 아들을 걱정하는 어머니의 마음에 동참하고자 안 그래도 꾸준히 관찰하고 있었답니다.

아들이 만나는 여자가 있는지 살펴 달라는 오래전의 부탁을, 그는 아직도 이행 중이라며 강조를 한 뒤에 심각한 목소리를 했다.

내용도 심각했다. 아들이 여자와 함께 모텔에 들어갔다는 것이다.

— 어디까지나 오 여사님의 염려를 덜어 드린다는 우정의 발로로 사람을 하나 붙였던 건데, 바로 엄청난 일을 보고해 오지 뭡니까.

"어, 어떤 여자라고 해요?"

— 그건 아직 모르지만, 오 여사님이 원하시면 금방 알아낼 수 있습니다. 천안에 산답니다.

"천안?"

— 서울역에서 기차를 같이 타길래 따라가 봤더니, 여자 집에 들렀다가 모텔로 가더랍니다.

천안이라고 하면 장은하가 거의 확실했다. 오 여사는 마저 확인해 달라고 부탁한 뒤 통화를 마쳤다. 가슴이 두근거리고 다리가 후들거렸다. 성숙한 수컷이니 언젠가 한 번은 치를 일이었고, '그것'이 고장 나서 여자를 멀리하는 게 아닐까 하는 염려도 지워 주었다. 하지만 눈물이 났다. 어떻게 엄마한테 소개도 하지 않은 채 거사를 먼저 치른단 말인가. 더욱이 '내 주인' 이라니.

오 여사의 서러움은 깊어만 갔다.

박 전무는 오 여사와 통화를 마친 후 코웃음을 쳤다. 시훈이 동행한 여자의 정체는 이미 파악한 상태다. 일을 맡긴 녀석이 보내온 사진을 보고는 첫눈에 알아볼 수 있었다. 바로 본사에 들렀던 별맘 조리사였다.

오 여사에게는 바로 정보를 주지 않으리라. 주주 총회가 코앞이다. 대주주인 오 여사의 협조가 필요한 마당이니, 점심을 같이 하면서 우애를 돈독히 다지고 천천히 정보를 내줄 터였다. 그러고는 연애 고자인 아들이 가난하고 어린 여우한테 넘어갔다고 함께 걱정해 주고 해결책을 제시해 주면 될 터였다.

438

원래 한시훈의 뒤를 캘 생각은 없었다. 하지만 녀석이 먼저 이쪽을 캐기 시작했다. 도시락 용기 납품 공장을 지인이 대표로 있는 회사로 바꿨는데, 그 과정을 한시훈이 파고들었다. 만약을 대비해 이쪽에서도 한시훈의 약점을 잡아 둘 필요가 있어서 사람을 붙였는데, 의외로 연애사가 걸려들었다.

'흐흐, 이걸 어떻게 활용하지?'

먼저 할 일이 있었다. 오 여사 앞에서 밑천이 두둑한 조언자가 되기 위해선 장은하의 출생부터 배경까지를 탈탈 털어야 했다. 그는 오랜 세월 동안 파트너로 지내는 '어둠의 전문가'에게 연락을 취했다.

"안녕하세요?"

새침한 목소리에 갓 배식대로 도시락을 한 아름 내려놓던 은하는 고개를 들었다.

"어, 민지야."

"흥, 그 머리에 이름은 잘도 기억하네요."

방학인가 보다. 김 과장의 딸, 민지는 캐주얼 차림이었다.

"내 머리가 왜."

은하가 배식대로 바짝 붙어서 입술을 비죽 내밀고 천진하게 따졌다. 어쭙잖은 설교를 하다가 역습을 당했었는데도 왠지 민지가 반가웠다.

"모르면 관두시고."

"근데 웬일이야?"

"아빠도 볼 겸. 엄마랑 동생이랑 밥 먹으러 왔어요."

'아빠'를 강조하는 새치름한 말씨가 마치 은하에게 시위하는 듯싶다. 하긴, 설거지하는 아빠를 부끄러워하는 줄 은하가 오해를 했으니 그럴 만도 했다.

아직은 피크타임 전이라 특히 퇴식구가 한산했다. 굳이 보초를 서 주지 않아도 되는데도 은하는 다가가 김 과장을 떠밀었다.

"민지가 기다리잖아요."

"헛, 알았다. 보다시피 여긴 지금 일이 없으니 너도 네 팀 일 봐라."

수줍게 건네는 웃음이 오늘따라 퍽이나 따뜻하게 와 닿는다.

홀에 앉은 김 과장 가족을 힐끔힐끔 보면서 일을 했다. 참 보기 좋다. 김 과장이 기뻐하는 것 같아서 은하도 기분이 좋았다.

또 힐끔 보니, 현준이 김 과장 테이블에 사비로 뽑은 음료수를 갖다 주고는 온 가족에게 깍듯이 인사를 하고 돌아온다. 은하도 무언가 대접하고 싶어 순진을 보았다. 이미 순진은 은영에게 과일을 얻어 내 예쁘게 깎고 있었다.

"과장님, 갖다 드려라."

은하가 받아서 홀로 나갔다. 서로를 바라보는 눈길에 애정이 그득한 가족의 모습에 은하의 입꼬리가 귀에 걸렸다. 먹을거리로 가득한 김 과장의 테이블로 과일을 보탰다. 은하에게 고맙다고 말하는 부인은 단정한 외모에 선한 웃음을 흘리고 있었다.

"민지가 말한 오지랖 아가씬가?"

짓궂은 질문을 가족과 공유한다. 은하를 바라보는 부인의 눈길은 따뜻했다. 불쑥 손을 뻗는가 싶더니 은하의 앞치마에 붙은 밥알을 떼어 준다.

"나도 오지랖."

떼어 낸 밥알을 손가락으로 굴리며 부인이 장난스럽게 말했다.

"가, 감사합니다."

막연히 멋쩍어 꾸벅 인사를 건네고 조리실로 돌아왔다.

지난 주 1위를 한 뒤부터 C팀의 위상이 올라가 꾸준히 분주했지만 호흡이 척척 맞아떨어져 음식은 쉽게 처리해 냈다. 새삼스럽게 콧노래를 부르며 일하는 순진은 부쩍 몸이 가벼워 보였고 말씨도 상냥하기 그지없었다. 은영과 준호가, 혹시 머리를 다친 게 아닐까, 하며 걱정할 정도였다.

오후의 쉬는 시간에 순진이 곁으로 바짝 붙었다. 주변을 힐긋거리며 머뭇거린 끝에 불쑥 선언한다.

"니 삼촌 나 주라."

"예? 안 지 얼마나 되었다고……."

"그래. 놀랄 만하겠지. 근데 은하야, 남녀 사이란 원래 만남의 양보단 질로 따지는 법이란다."

"어, 어제 무슨 일이 있었기에……."

어림하는 것이 있었지만 차마 대놓고 묻진 못했다.

"흐흐, 일이 있긴 했지……."

몸을 꼬고 얼굴을 살짝 붉히며 말을 잇는다.

"그 일이 말이다…… 흐흐, 몇 번인지 헷갈리네……."

중얼거리며 손가락을 꼽는다. 갸웃하는 은하에게 더 설명하지 않고 갑자기 묵직한 팔꿈치를 날린다.

"몰라, 얘! 암튼 네 삼촌 나한테 주라."

"으음, 팀장님. 너무 갑작스러워 생각할 시간이 필요합니다. 돈도 모아야 하고요."

"야, 돈이라면 나한테 많으니 염려 끊어라. 힘! 내가 저축한 돈도 있고, 부모님도 땅 부자다. 사실 부모님이 가게를 차려 주시려 했어. 근데 나이도 먹고 했으니 내 힘으로 이루고 싶더라. 뭐, 노인네들이 조건을 내건 게 컸지만 말이야."

"그 조건이란 게 혹시 시집을 가는 거……."

"그렇지. 역시 우리 은하는 예쁜 데다가 똑똑하기까지 해. 고로 네 삼촌 밥 굶길 일은 없다는 거야."

"그래도…… 빨리는 곤란합니다."

"왜?"

"삼촌하곤 유일한 가족인데, 저희 쪽에서 일방적으로 꿀리면 얼마나 서럽다고요. 빈손으로 보내면 나중에 처가에서 구박할 거 뻔하고요."

"우린 부모님은 날 과소평가하는 바람에 고추만 달린 남자라면 상전으로 모실 태세야."

"그래도 안 됩니다. 우리에겐 준비할 시간이 필요합니다. 아! 저희들 자존심을 저축할 시간이죠. 전에도 말했지만 제가 우선 돈을 벌어야 하거든요. 당장 인센티브가 필요하고요."

"그거야 날 믿고 따라오기만 하면 된다 했잖냐."

"그럼 팀장님, 일단 이달 월 장원한 뒤에 진지하게 고려해 보겠습니다."

"진지하게?"

"예. 진지하게요."

"내 별명이 과거에 역전의 명수였거든. 그래, 까짓 것 월 장원 먹자."

순진은 주먹을 쥐고 결의를 다지더니, 더 쉬어도 되는데도 음식을 살피러 갔다.

퇴근 무렵, 시훈에게 문자가 왔다.

[진짜 부산 출장 중. 기차에서 날 기다리다 울지 말 것.]

사흘째 외지를 다니는 그는 퍽 피곤할 것 같다. 그를 많이 때렸
던 일이 또 미안해져 전화를 걸었다.

"파스라도 발랐어요?"

— 뽀 해 주면 완치.

"뽀!"

— 한 군데가 아닌데?

"뽀뽀뽀뽀뽀뽀뽀!"

통화를 마치려고 하다가 새로 저장한 '내 거'라는 이름에서 눈
을 떼지 못했다. 그는 은하를 어떤 이름으로 저장했는지 궁금했다.
물었더니, 꽤 긴 이름으로 불러 댄다.

— 남자를 북어로 착각하는 여자.

기차를 기다리는데 휴대폰이 울려서 보니, 낯선 전화번호가 떴
다. 뜻밖의 전화였다.

— 은하야? 나, 오지영이야.

지영은 지금 천안이라고 했다. 은하가 집으로 직행할 예정이라
했더니, 집에서 만나자고 한다. 은하는 쾌하게 그러자고 대답했다.
마침 지영이 보고 싶었던 참이었다. 사실 말도 안 되는 일이었지만
이상하게도 그녀 품에서는 진한 젖내가 났던 것 같다.

집 앞에 이르니 저편의 승용차에서 지영이 내려서 다가왔다. 가
로등 불빛 아래 비친 웃는 모습이 왠지 쓸쓸하다.

"들어갈까?"

지영이 손을 잡았다. 아주 오래전부터 체온을 나누었던 것처럼 은하에게 익숙하게 와 닿는다.

미리 전화를 한 탓도 있지만, 간밤에 워낙 철수가 부지런히 청소를 한 덕분에 집 안은 깨끗했다.

지영이 철수와 정중하게 인사를 나누었다. 지영은 거실의 가족사진을 물끄러미 쳐다보았다. 집까지 찾아온 걸로 보아 철수에게도 할 말이 있는 줄 알았는데 아닌가 보다. 회사 사장이라고 수선스럽게 대접을 하려는 철수를 지영이 만류했다.

"차는 됐고요, 삼촌께선 방에 계셔 줄래요. 은하 방에서 둘이 이야기할 게 있어서요."

왜 하필 집이고, 왜 하필 방 안일까. 그때서야 의혹이 돋고, 무언가 불안했다.

지영은 작은방을 쓸쓸한 표정으로 찬찬히 둘러본 뒤 은하와 침대에 나란히 걸터앉았다.

"은하야."

부르는 소리가 더없이 다정하다.

"네 부모님과 나에 관해 해 줄 말이 있어서 왔단다."

시선을 나란히 벽을 향해 둔 지영의 낮은 한숨 소리가 들렸다. 살짝 고개를 틀어 은하를 아래서 위로 올려다보며 싱긋 웃는다. 역시 쓸쓸한 웃음이었다. 다시금 벽을 보고 말을 잇는다.

"우선 별맘에 관해 말해 줄게. 너희 아빠가 여러 음식을 개발해 줘서 우리 아빠가 돈을 많이 벌었단다. 당시엔 우리 아빠가 욕심이 많아서 네 아빠 몫을 제대로 챙겨 주지 못했어. 그러니 은하야, 별맘은 당연히 네 아빠가 가져야 하고, 은하 네가 가져야 하는 가게다."

은하는 납득할 수 없어서 잠자코 귀만 기울였다.

"아빠 별맘을 거절하고 숨어 버렸어. 아빠를 찾아낼 수도 있었지. 그런데 네 아빠 우리만 보면 괴로워하고 아파하셨어…… 왜 그러셨을까?"

천장을 바라보며 살짝 젖은 목소리를 흘린다.

"바로 나 때문이었다. 내가, 내가 은하 엄마를 죽게 만들었거든."

은하는 휙 바라보았다. 지영은 눈을 질끈 감고는 아빠와의 인연을, 엄마와의 미묘한 관계를 세세하게 털어놓았다. 그러다가 사무친 양 살짝 목소리를 올렸다.

"내가 납치되어야 할 자리에 네 엄마가 대신 희생당했어. 너희 아빠 경고를 무시하고 엄마를 데리고 갔다가 그만…… 네 아빠 데려가지 말라고 했는데……."

손바닥에 얼굴을 파묻고 푹 숙여 버린다. 들썩이는 어깨를 바라보며 은하는 이맛살을 찌푸렸다. 문득 아빠가 힘들 때마다 하늘을 향해 절규하던 모습이 떠올랐던 것이다.

'쌍! 왜, 왜 데려갔어!'

은하는 떨리는 입술을 들썩였다.

"그럼…… 사장님이…… 데려가지 않았음…… 엄마가 돌아가시진 않았던 거예요?"

"맞다. 내가 대신 살고, 네 엄말 죽인 거다."

지영을 대신해 납치당해 죽임을 당했다고 한다. 아빠가 우주 소환을 들먹였던 엄마가 말이다.

"왜 이제 와서……."

엄마의 죽음을 열심히 포장하며 웃는 얼굴을 하는 아빠가 너무도 보고 싶다. 그리고 너무 불쌍하다. 딸에게 우주를 들먹이면서 속으로는 얼마나 아팠을까?

"네 아빠 엄마를 너무 사랑한 나머지 우리 가족만 보면 원통해서 발작하셨단다."

흐느끼면서도 또박또박 말한다. 그러니 더 안쓰럽다. 하지만 밉다. 아빠를 아프게 한 사람은 모두 미워할 대상인데, 그중에서 으뜸이 바로 곁에 앉아 있다.

"아빤 우리 가족을 멀리하려고 여기로 숨어서 사셨을 거야. 내버려 두는 게 낫다는 생각도 있었지만, 사실 네 아빠의 냉대가 무서워서 적극적으로 나서지 않았단다. 그저 우리는 잊고 살고 싶었던 거지. 누릴 것 다 누리면서."

그러지 못했을 거라고 지금의 모습이 말해 주고 있지만, 은하는 화가 났다.

"제길, 얼마나 아빠가 한이 맺혔으면 아프고 빚쟁이로 살면서도 별맘은 싫다 하고 숨어 지냈을까."

아빠의 지난 삶이 스크린처럼 펼쳐지면서 슬픈 영화가 되어 버린다. 아빠한테 미안하다. 아빠가 가장 미워하는 사람을 잠시 엄마의 품처럼 따스한 기대감으로 만나고 싶어 했으니 말이다. 엄마에게 더 미안해야 하는데도, 얼굴도 모르는 엄마보다는 기억에 생생하게 남아 있는 아빠한테 더 미안하다. 은하는 다시금 뇌까렸다.

"왜, 왜 이제 와서……."

"은하야."

가득히 젖은 목소리로 손을 잡아 온다. 은하는 홱 뿌리쳤다. 지영은 손으로 이마를 짚었다.

"조만간 내 지난 과오를 공개적으로 밝힐 생각이다. 어디까지나

446

나를 위해서지. 그때 은하 네가 별맘의 주인인 것도 공표하려고 한다."

"싫습니다!"

"은하야."

"아, 씨. 엄마 목숨값 주려는 거잖아! 아빠가 왜 안 받았겠어! 아빠가 안 받고 싶어 했으니, 나도 받기 싫다고!"

"설명했잖니. 네 아빠의 당연한 지분이라니까."

"정 주고 싶었으면 아빠가 힘들 때 주든가! 어떻게든 아빠를 설득해서 줬어야지! 그럼…… 그럼 고생도 덜 하시고…… 아프지도 않고 오래 사셨을 텐데…… 나쁜 사람들, 으아앙!"

욕이 치밀었는데, 막상 터져 나오는 것은 울음소리였다.

노크 소리에 이어 문이 열리면서 철수가 얼굴을 디밀었다. 은하가 손을 휘젓자 곧 조용히 문이 닫혔다. 머릿속으론 아빠의 지난 삶들이 연속적으로 펼쳐지면서 눈물샘이 터져 버렸다. 애써 소리를 죽이며 어깨를 들썩였다. 지영이 보듬으려는 기척이 들리자, 거칠게 뿌리쳤다.

"가! 다신 오지 마!"

울다가 아빠가 홍보하는 것 같아서 안간힘을 다해 눈물을 참았다. 이마를 잔뜩 찡그리고 보니, 지영은 소리 죽여 어깨를 들썩이고 있었다. 순간 비 오는 수목장 주차장에서 오열하는 모습과 겹쳐진다. 그렇게 아빠가 가장 미워했던 여자는 아빠 앞에서 가장 슬프게 울어 주었던 것이다. 지금 아빠가 곁에 있다면 어떻게 했을까. 짠한 마음과 증오가 마구 뒤섞여 혼란스럽다.

순간 역사에서 헤어질 때 그녀에게 건넸던 말이 떠올랐다. 엄마는 편하게 지내고 있으니 너무 슬퍼하지 말라고 말해 주었다. 마치 엄마와 아빠가 대신 전하는 것처럼 자연스럽게 나온 말이었다.

"에이 씨!"

은하는 눈두덩을 쓱 문지르고는 퉁명스럽게 말했다.

"다 지난 일이니 뭐 어쩌겠어요. 난 그냥 아빠하고 뜻을 같이할래요."

지영이 고개를 들어 퉁퉁 부은 눈으로 바라보았다.

"아빠가 원하지 않으신 건 저도 싫어요. 별맘도, 그 집 사람도."

"은하야."

"그만해요. 사장님 맘 편하고자 절 고문하지 말라고요."

지영은 가벼이 고개를 끄덕였다. 그러고는 억지로 엷은 웃음을 지었다.

"처리할 일을 마치면 난 이 땅을 뜰 거다. 너하고 마주칠 일은 평생 없을 것 같다. 그러니…… 시훈이나 회사하고 연관해 판단하진 않길 바란다. 염치없지만 부탁이다."

어떻게 연관 안 할 수가 있단 말인가. 시훈과 친척인데.

지영이 일어났다. 앉아 있는 은하를 한참 동안 내려다보다가 입을 연다.

"별맘은 아빠와 엄마의 최종 목표였다. 두 사람의 꿈이었어."

"흥! 아빠랑 엄마가 원하신 건 나나 간판이 유일했어요."

"그건 조만간 설명해 줄 수 있다."

휘뚝거리며 방을 나서는 지영이 불안해 보였다. 은하 또한 온몸의 기운이 죄 빠져나갔지만, 서울까지 운전을 하고 갈 지영이 영 신경이 쓰였다. 수목장의 오열하는 모습이 다시금 떠오른 탓이다. 그토록 슬픈 모습으론 절대로 온전히 운전하지 못할 듯싶었다.

"제길, 뭐 하러 먼 데까지 와 가지고."

불퉁거리며 따라나섰다.

"어험."

방문 앞에서 철수가 바짝 붙어 서 있다가 길을 열어 주었다. 은하는 찡그리며 지영을 보았다.

"부탁이 있어요."

은하는 지영에게 철수를 가리켰다.

"삼촌한테 역까지 운전하라고 하고, 기차 타고 가세요."

"괜찮다, 난."

"아, 내가 신경 쓰이잖아요!"

은하의 짜증에 지영은 꽉 다문 입으로 웃음을 지으며 보다가 끄덕인다.

"은하 네가 원한다면."

결국 지영은 전철역 주차장에 차를 두고 전철과 기차를 이용하기로 했다. 은하는 집에 남고 철수가 지영의 차를 운전해 주러 나갔다.

지영은 플랫폼에 서서 전철을 기다렸다. 혼자 타는 대중교통은 오랜만이다. 하지만 은하의 말이 맞는 것 같다. 서울까지 운전을 하다가 도중에 어떤 일을 저지를지 알 수 없었다. 삶의 모든 걸 다 내려놓고 싶어서 그 전에 밀린 숙제를 처리하듯 은하를 찾아온 것인지 모르니 말이다. 어쩌면 수목장의 빗속에서 내려놓았을 삶이다. 은하가 요정이 되어 구하지 않았다면 말이다.

1층에 위치한 플랫폼은 양쪽으로 휑하니 뚫려 있었다. 한쪽은 논밭이었고, 한쪽은 은하네 집이 있는 상가와 주택이 다닥다닥 붙어 있었다. 전철이 들어오기 전에 은하가 사는 집을 가늠해 보며 거리를 훑었다. 도착하는 전차가 시야를 가리기 전에 설핏 보았다. 멀리 저편에서 이쪽을 보다가 홱 돌아서서 뛰는 여자가 은하를 퍽이나 닮았다.

은하는 철수보다 먼저 집에 도착해 이불을 뒤집어쓰고 엎드렸다.

"제길, 내가 미쳐 버릴 것 같은데, 원수를 걱정하다니!"

침대를 주먹으로 마구 때렸다. 철수가 방으로 들어왔다.

"야, 더운데 뭐 하냐?"

무시한 채 비로소 마음껏 울었다. 이불로 가렸으니 아빠가 못 볼 터였다. 은근한 철수의 목소리가 지척에서 들린다.

"나도 대충 들었다. 우리 집 방음이 원체 그렇잖냐."

못 들은 척했다.

"실은 회장님이 널 별맘에 취직시켜 줬다."

홱 이불을 젖혔다. 땀과 눈물로 범벅이 된 얼굴을 철수가 닦아 주려 들었다. 뿌리치고 노려보았다.

"형님이 돌아가시기 전에 나한테 전화번호를 주셨어. 정말로 은하 니가 어려운 일을 당하면 연락하라고."

"아빠가…… 회장님 집에 연락하라 했다고?"

"응. 은하 네가 어려운 일이 생기면."

"아빠가…… 그랬다……."

"응. 내가 회장님을 만났다. 사람을 보낸다고 하시더니, 나중에 한 실장이 찾아왔더라."

그래서 철수는 시훈을 반기며 그토록 친절하게 구는 한편 바람을 넣었던 것이다. 거짓말에 통 소질이 없었던 철수였기에 감쪽같이 속아 넘어갔다.

"왜 아빠는 원수 집안에 연락하라고 했을까?"

"그야 형님 기분보단 은하 네 행복이 더 중요해서 아니겠냐."

"뭐야. 그럼 난 면목 없는 딸이 된 거잖아, 제길."

도대체 얼마나 울어야 눈물이 끝날까.

"또라이 아빠 같으니…… 자기만 멋있는 척은 다 하고, 웃겨, 정말."

이불을 뒤집어쓰고 누워 웅크렸다. 어릴 적부터 슬픔에 풍덩 빠지고 싶을 때면 취했던 버릇이다.

"은하야, 술 한잔할래?"

"아니. 나가 줘."

망설이는 기척에 이어 나가는 문소리가 들렸다. 생각이 더욱 복잡하게 얽혔다. 결국 아빠는 증오하는 집안으로 딸을 떠밀었던 것이다. 아니, 은하는 고개를 거칠게 흔들었다. 사실 죽을 일도 아닌데 철수가 덜컥 연락을 하고 말았다. 아빠한테 창피해 죽겠다.

"쪽팔려, 으흑!"

엄마의 비극적인 죽음을 들은 마당인데도 아빠만 생각났다. 지영의 이야기를 듣는 도중에도 삶과 처절하게 싸우던 아빠의 모습만 떠올랐다. 그래서 엄마를 떠올리며 미안하다고 말했다. 항상 그랬던 것처럼 엄마는 대답이 없다. 아빠는 꿈에라도 가끔 나타나 대답해 주는데, 역시 엄마는 꿈에서도 만나지 못했다.

새벽에 머리가 아파서 일어나 바지를 꿰입었다. 거실에 잠깐 나가더라도 제대로 옷을 입지 않으면 아빠는 호통을 쳤다. 그때 갑자기 생각났다. 아빠가 왜 그리도 옷차림을 간섭하고 운동을 강요했는지 알 것 같다. 도대체가 하나하나가 죄다 이유가 있다. 끝이 아

닐 것 같다. 아빠는 딸의 인생에 얼마나 더 많은 안배를 해 놓았을
까.

어지간해서는 몸살을 앓은 적이 없었는데도 근육 여기저기가 쑤
셨다. 버스와 택시를 타고 가겠다는 은하의 고집을 누르고 철수는
기어이 수목장까지 태워다 줬다.

"유 사장님한테 늦는다고 전화했으니, 천천히 갔다 와라."

철수는 주차장에서 기다렸고, 은하 혼자 아빠와 엄마의 향나무
앞으로 섰다. 또 노란색 소국 세 송이가 나무등치로 놓여 있었
다. 역시 말린 별꽃이 곁들여져 있다. 꽃의 상태로 보아 전날에
다녀간 성싶다. 지영은 은하를 찾아오기 전에 이곳을 먼저 들렀
으리라.

새삼 궁금하다. 지영은 굳이 시시콜콜 아빠와 엄마에 관한 서운
했던 인연까지 꺼낼 필요가 있었을까. 그저 납치 사건만 설명했으
면 덜 미워할 것 같은데 말이다. 다시금 주차장에서 오열하던 모습
이 떠오른다. 지영은 그렇게 엄마 대신에 살아남았다는 죄책감을
21년 동안 끌어안고 있었나 보다. 차라리 그날 오열하던 모습을
안 봤으면 좋았을걸. 그러면 실컷 미워할 수 있으련만.

엄마를 죽음으로 몰고 간 자들은 죽었다고 했다. 살아남은 자
중에 미워할 사람은 없을지 싶다. 아빠가 그렇다면 은하도 그럴 것
이다. 문제는 지금 아빠의 생각이다.

"아빠가 나라면 어떡할 거야?"

대답을 기다리는 대신 불퉁거리고 만다.

"자기는 줘도 안 가진다면서 별맘 연락처는 왜 남긴 거야. 안 그랬음 그냥 모르고 살았을 텐데."

향나무를 원망스럽게 바라보다가 다짐을 내뱉었다.

"엄마랑 아빠가 원하는 건 오직 나나 간판이었잖아? 내 힘으로 꼭 다시 찾을게. 잠깐 잃어버려서 미안한데 말이야, 기다려 줘. 가게에 다시 나나 안테나 달아 놓으면 꼭 통신해 줘야 해."

주차장으로 나오자, 뜨거운 아침 햇살 저편으로 검은색 승용차가 세워져 있었다. 혹시 지영의 차가 아닌가, 하고 눈여겨보다가 모양이 약간 다른 듯싶어 철수의 트럭으로 향했다.

평택역으로 향하는 길에 철수는 연신 조수석의 은하를 힐끔거렸다.

"야, 얼굴이 많이 안 좋은데, 기왕 지각한 김에 오늘 하루 쉬지 그러냐."

"됐어. 늦게라도 갈 거야."

"야, 그래도……."

"아빠 장례식 마치고도 바로 가게 열었는데, 뭐."

나나도시락을 목표로 어린 딸과 분투했을 아빠의 삶에 미안해 장례를 마치자마자 가게로 달려가 영업 준비를 했었다. 그 가게를 되찾아야 했다. 하루 쉬면 하루 더 늦게 되찾게 된다.

"그리고 곧 그만둘 텐데, 마지막까지 책임감 있게 일하고 싶어."

"정말로 옮길 생각이냐?"

"응. 유정아 언니가 언제라도 연락하라고 했어."

"야가 정말. 따지고 보면 네 아빠가 취직시켜 준 곳이잖냐."

"아빤 진짜로 감당 못 할 어려움에 처할 때라고 단서를 달았다며? 흥! 우리끼리도 얼마든지 감당할 수 있었어."

공연히 오 회장에게 전화했다고 따지려다가 삼켰다. 빚을 잘못 얻어 곤경에 처했던 철수로서는 그럴 수도 있었을 것 같다. 안 그래도 미안해하는 철수에게 허물을 상기시키는 일은 의리 없는 행위다. 은하는 애써 밝은 표정을 지으며 철수를 바라보았다.

"삼촌, 결혼해도 나랑 계속 연락할 거지?"

"야, 야! 말이라고 하냐. 같이 살 거다. 아니, 내가 데리고 살 거다."

"퍽이나."

"야, 정말이야. 여자 쪽에서 반대하면 난 결혼 안 하고 만다!"

신경 쓰지 말고 가고 싶으면 언제든 가라는 대꾸가 선뜻 나오지 않는다. 같이 살자는 말을 따르지 않을 거면서도 그의 장담이 새삼 마음을 뜨겁게 흔든다.

11시가 다 되어 별맘에 들어섰다. 점장이 은하의 낯빛을 살피더니 걱정하는 마음을 건네주었다. 철수에게 미리 전화를 받았다는 순진은 은하의 얼굴을 붙잡고는 뜨겁게 혀를 찼다.

"에구, 한여름 몸살이 더 괴로운 법이다. 하루 사이에 얼굴이 반쪽이 됐어, 쯔쯧."

이어서 은영과 준호가 몹시 안타깝다는 얼굴을 들이대며 걱정해 주었다.

"은하야, 오늘은 언니가 더 부지런히 움직일 테니 쉬엄쉬엄해."

"선배, 칼질하고 볶는 것 보조는 내가 몽땅 할 테니, 언제든 쉬세요."

현준도 달려와 안색을 살피며 건강 음료 하나를 쥐여 주고 갔다. 나나도시락 가게를 할 적에는 겪어 보지 못했던 살가운 동지애에 아침의 결심이 살짝 흔들렸다.

"아, 고작 몸살 가지고 환자 취급 하깁니까!"

펴이나 머쓱하여 일부러 부지런을 떨며 일했다. 과연 최고 성능을 자신했던 몸이 오슬오슬 추위를 타며 저려 왔다. 에어컨 바람을 피해 도마질을 하는데, 도마 옆으로 쌍화탕 한 병이 내려앉는다. 은하의 등을 살짝 두드리고 김 과장은 돌아섰다. 손으로 잡은 작은 병이 퍽 따뜻했다. 아마도 별맘은 사람을 뽑을 때 마음의 온도를 측정하고 채용을 결정하나 보다. 이렇듯 하나같이 따뜻한 걸 보면.

약한 모습을 애써 감추며 피크타임을 얼추 치러 냈다. 마음이 흔들리는 것이 싫어 점장에게 일찌거니 사직서를 제출하려고 했는데, 오늘은 손님이 늦게까지 밀렸다. 방학이라 학생 손님이 늘어난 탓이다.

"오, 신이시여! 부디 우리 팀은 선택하지 않게 하소서."

은영의 때아닌 기도에 같은 방향을 쳐다보았다. 진상 손님 추리닝이 배식대 뒤로 줄을 서 있었다. 오늘 또 그와 대면한다면, 그리고 또 그가 음흉하게 몸매를 훑어본다면 넉살 대신에 주먹을 날릴 것만 같다. 은하는 다시금 그쪽을 보았다. 추리닝 앞에 선 늘씬한 여자가 낯이 익었던 것이다. 곧 생각났다. 선희라고 했던가? 현준을 찾아왔다가 퇴식구에서 마주쳤던 여자였다. 신경을 끄고 세팅을 이어 가는데 갑자기 여자의 날카로운 비명이 들렸다.

"뭐 하는 거예요!"

바로 선희가 지른 비명이었다. 짧고 얇은 치마를 감아쥔 채 추리닝을 삿대질하며 부들부들 떨고 있었다.

"그거…… 이리 줘, 줘요!"

"이 아가씨가 말이야."

추리닝이 당황하며 뒷걸음쳤다. 그의 손에는 휴대폰이 들려 있었다.

"아, 몰라! 찌, 찍었잖아요!"

"안 찍었단 말이죠."

"줘, 줘 봐요."

선희가 추리닝의 휴대폰을 움켜쥐었다.

"씨발, 놔, 놓으란 말이죠!"

거칠게 잡아챈 휴대폰이 선희의 얼굴을 때렸다.

"까악!"

비명 소리에 추리닝이 도망가려고 했다. 하지만 선희가 악착스럽게 붙들었다.

은하는 자신도 모르는 사이에 높다란 배식대를 손으로 짚고 몸을 날리고 있었다. 추리닝이 선희를 거칠게 떼어 놓았다. 뒤로 자빠지는 선희를 은하가 몸을 날려 양팔로 등을 받치며 안았다. 그 자세로 빙그르 몸을 돌려 다리를 힘차게 위로 뻗었다. 한 번은 짧게 한 번은 길게 이어진 동작이었다.

탁! 퍽!

첫 번째 발길질은 휴대폰을 쥔 추리닝의 손으로, 두 번째는 턱으로 정확히 명중했다. 허공으로 뜬 휴대폰은 은하가 한 손을 뻗어 낚아챘고, 뒤로 넘어지는 추리닝은 마침 달려온 점장의 품으로 안착했다. 수직으로 양다리를 곧게 뻗은 그 자세로 쏟아지는 무수한 시선을 느끼고 후딱 다리를 내렸다.

여전히 은하가 등을 받치고 있는 선희가 넋이 나간 표정으로 올려다보았다.

"괜찮습니까?"

선희는 입을 벌린 채 고개만 까닥했다. 그녀를 일으킨 뒤 휴대폰을 건네주었다.

"확인해 보십쇼."

선희는 여전히 은하를 빤히 쳐다보다가 얼굴을 붉히고는 휴대폰을 살폈다.

"지, 진짜 찍었네. 어떡해. 더, 더러워."

뒤늦게 현준이 달려 나왔다

"선희 씨, 무슨 일이죠?"

선희는 휴대폰을 감추며 고개를 숙였다. 은하가 점장에게 잡혀 있는 추리닝을 가리켰다.

"저놈이 아가씨를 모욕했습니다."

"저 손님이 뭘⋯⋯."

엄마의 죽음을 들은 뒤부터 행실 나쁜 남자를 막연히 증오하던 중이라 말이 예전처럼 거칠게 나오고 만다.

"저 손님 말고, 저 더러운 새끼가 현준 씨 여자 친구를 희롱했단 말입니다!"

은하의 호통에 현준은 곧 추리닝에게 내달렸다. 턱을 움켜쥐고 해롱거리는 추리닝에게 현준의 주먹이 날아갔다. 추리닝은 살려고 발버둥 쳤고, 점장은 말리고자 발버둥 쳤다.

선희는 2층 테이블에 마주 앉은 은하에게서 눈을 뗄 수가 없었다. 어머니, 오 여사의 특급 지령은 까먹은 지 오래다.

'여자가 이토록 멋질 수가 있다니!'

가만히 살피니 예쁜 얼굴에도 불구하고 어딘가 남성적인 매력이 담겨 있다. 현준에게 호통을 치던 목소리도 호랑이가 포효하는 것 같은 남성미로 가득했다. 위기의 순간에 날아와 안아 든 모습이며, 변태를 한 방에 보내 버린 박력, 그리고 이맛살을 찌푸리며 '괜찮습니까?' 하고 묻던 모습 하나하나가 선희의 가슴을 마구 흔들어 댔다.

"턱을 좀 들어 봐요."

구급상자를 앞에 둔 은하가 면봉에 연고를 발라 선희의 턱에 발라 주었다. 턱에 긁힌 자국을 낸 변태는 점장이 경찰에게 넘겼다. 휴대폰에 저장된 불쾌한 사진 뒤처리를 부탁하는 과정에서 신분을 밝히고 말았다. 이제 오빠도 알게 될 것이고, 엄마가 그랬던 것처럼 다시는 별맘에 발도 붙이지 못할 터였다. 신분을 감추면 월권행위를 하지 못한다는 변명이 통하지 않을 테니 말이다.

빤히 보는 선희의 눈길을 의식했을까? 은하가 머쓱하게 웃으며 머리를 긁적인다. 이런! 게다가 순박한 매력까지 보이다니. 이건 반칙이다.

"은하 씨라고 했죠?"

"아, 예."

"아까도 들어서 알겠지만, 난 한시훈 씨 누이동생이에요."

"오 고문님의 따님이라면 그렇겠군요."

선희는 얼굴을 살짝 붉히며 은근하게 거리를 좁히고는 속삭였다.

"우리 오빠하고 찐한 사이라죠?"

"아, 뭐. 한때……."

시인하는 듯싶다가 얼버무린다.

"실은 우리 엄마가 다 알아냈어요."

은하가 움찔하며 이맛살을 찌푸렸다. 구겨진 이마가 참 매력 있다. 오 여사와 자신이 동경하면서도 조금도 닮지 못하고 있는 여성상이 은하에게 집약되어 있는 성싶다.

"엄마가 어제 친한 본사 간부하고 점심을 같이 했거든요. 그때 은하 씨하고 오빠 사이를 들었나 봐요."

이맛살만 찌푸린 채 바라보는 은하에게 선희는 상냥하게 말을 이었다.

"엄만 펄쩍 뛰고 난리가 아니지만 말이에요, 난 은하 씨 편이에요. 그리고요, 한 가지 팁을 주자면, 우리 집에선 오빠가 왕이에요, 왕."

"그 말을 해 주려고 왔던 겁니까?"

"히히, 마침 오늘 이쪽으로 외근인데, 현준 씨도 볼 겸해서요."

오 여사의 완강한 반대를 전하라는 특명은 밝히지 않았다. 아니 밝힐 수 없었다. 오빠가 마음먹고 만난 여자라면 결국에 모녀는 항복을 할 터였다. 왕의 최측근으로 식구가 될 사람에게 사서 점수를 잃을 필요는 없었다.

여하튼 어디까지나 탐색 차원으로 찾아온 건데 첫눈에 반해 버렸다. 이렇듯 독보적인 매력의 여자를 만나기 위해서 오빠는 오래도록 솔로를 고집했었나 보다.

"어머님이 펄쩍 뛰신다……."

은하가 구급상자를 탁, 닫으며 중얼거렸다.

"넘 걱정 말아요. 알고 보면 순진한 분이고, 은하 씰 좋아할 거예요."

"아닙니다. 어머님을 이해합니다. 저도 어머님에게 큰소리친 것도 있고⋯⋯."

은하가 찌푸리며 둥근 머리카락을 쓱 쓸어 넘겼다. 그 작은 동작 하나에 선희는 감탄사를 흘릴 뻔했다. 흡사 영화 속의 남자 배우 같다.

"사실 한시훈 씨랑은 한 달 동안만 사귀기로 했습니다. 어머님께 전하십쇼. 시훈 씰 만나더라도 가족이나 친척끼리 서로 마주칠 일은 없을 거라고. 둘이서만 만나다가 시훈 씨가 선을 보거나 결혼을 하면 쿨하게 보내 주겠습니다."

무언가 말이 어려워 선희는 잠깐 생각에 잠겼다. 쉽게 해독이 안 된다.

"친구로만 지낸다는 말인가요?"

"비슷합니다. 결혼 같은 거 생각 안 하면 가족들이 뭘 따지고 말고 할 거 없잖습니까."

"그런가?"

맞는 말 같기도 한데 한편으론 모순된 말 같다.

"결혼을 생각 안 하면 친척도 절대 서로 만날 일 없죠."

"잠깐, 은하 씨. 우린 친척이 많지도 않고, 또 다들 좋은 사람들이에요."

"싫습니다. 전 한시훈 씨만 개인적으로 만날 겁니다. 그리고 한 달 기한을 다 채우면 재계약은 안 할지도 모릅니다."

은하를 만나 이야기를 나누고 오면 항상 두통을 달고 와 청심환을 삼킨다는 오 여사의 말이 비로소 떠올랐다.

"그렇다면⋯⋯ 두 사람이 계약 연애?"

"비슷합니다. 사실 당장 계약을 파기하고 싶은데, 제가 여자 된 도리로 당연히 책임질 일이 있어서 미루는 중이죠."

여자가 남자한테 책임질 일이란 건 또 무엇일까. 멋있는 여자를 앞에 두고 머리가 아프기 시작한다. 선희는 멋진 여자를 지척에서 바라보는 특권을 계속 누리며 은하의 말을 머릿속에 배열해 보았다.

"오빠랑 결혼까진 생각 안 한다? 그러니 가족이 참견할 필요가 없다? 대충 이런 게 엄마한테 전하고 싶은 말인가요?"

"비슷합니다."

또 비슷하다는 모호한 대답이다. 아무래도 은하는 지금 오빠를 두고 갈등하는 중인 것 같다.

그때 삼십 대의 듬직한 체구의 여자 조리사가 올라와 선희 곁으로 붙었다. 은하를 바라보는 눈빛엔 가득한 애정이 드러나 있었다.

"아가씨, 어떤 관겐지는 모르겠지만, 우리 은하가 몸이 안 좋아 좀 쉬어야 하거든요."

"괜찮습니다, 팀장님."

"괜찮긴. 쉬는 시간에라도 좀 누워 있으라니까 기어이……."

선희를 원망스럽게 바라본다.

"미, 미안해요. 어서 가서 쉬어요."

"으흐흐! 그럼 현준 씨 불러 줄게요."

아픈 몸이라면서도 은하는 호탕하고 매력적인 웃음을 남기고 팀장이라는 여자에게 끌려갔다. 선희는 한탄했다.

"오빠도 멍청하긴. 저런 여자라면 무조건 결혼하자고 매달려야지, 원!"

넘어지는 자신을 안은 채 발차기를 하던 은하의 모습이 다시금 떠올라 지그시 눈을 감고는 더운 숨을 내쉬었다. 이어서 현준에게 호통치던 모습이 떠오르자 온몸으로 찌르르 전류가 퍼졌다. 여자 친구를 희롱했다는 은하의 호통은 결과적으로 현준을 각성시켰다. 덕분에 달려가 응징하는 현준을 보았고, 나아가 현준의 마음을 확인할 수 있었다. 그것도 모르고 처음 봤을 땐 현준에게 꼬리를 치는 줄 착각하여 오 여사에게 불여우라고 보고했다. 그 잘못은 온 정성을 다해 은하를 응원함으로써 갚을 터였다.

그렇게 오 여사가 떠밀었을 당시 불태웠던 전의는 전혀 다른 각도로 타올랐다.

상의할 일이 있어 사장실로 들어선 시훈은 우뚝 걸음을 멈추었다. 이마를 손가락에 받치고 소파에 깊숙이 파묻혀 있던 지영이 천천히 고개를 들었다. 하루 사이에 부쩍 얼굴이 축나 보였다.

"누나, 어디 아파요?"

"아니다. 앉아라."

마주 앉은 시훈을 바라보는 지영의 눈동자엔 우수 어린 애정이 가득했다.

"부산 지사는 왜 갔니?"

"업무와 별개로 확인할 게 있어서요."

"아직도 박 전무님 캐는 건 아니지?"

"누난 의미 없다고 해도 난 의미 있어요. 다양한 수를 대비해 이쪽의 수를 확보해 놓는 건 언제나 옳아요."

"뭘 건지긴 한 모양이구나."

"월척."

의미 없다던 지영이 솔깃한지 당겨 앉는다.

"4년 전 부산 공장 넘길 때부터 시작해 최근 도시락 용기까지 줄줄이 낚았어요."

"추론에만 머물면 무기가 못 되는데?"

"증거도 속속 잡히고 있어요. 변호사 선배한테 소송 도움 예약해 놓을 정도로 자신만만!"

반색을 해야 정상인데도 지영은 쓸쓸히 웃기만 한다.

"휴우, 하긴. 훗날 너한테 요긴하게 쓰일 수도 있겠지."

"훗날은! 별맘 포기 못 한다면서요? 그래서 내가 바쁘게 뛰는 거잖아."

"됐어. 나중에 박 전무님 견제용으로 저축해라. 어차피 네가 맡을 회사니."

"네? 그건 또 무슨 소리죠?"

지영은 찌푸리는 시훈의 눈길을 비껴가며 담담히 말했다.

"네가 애쓰지 않아도 별맘은 은하한테 갈 거다."

퍼뜩 불안감이 도져 시훈은 지영을 빤히 보았다.

"설마…… 은하한테 다……."

"어제 집에 찾아가 다 밝혔다."

"누나!"

"은하는 감당할 수 있어. 또 감당해야 한다."

당장 은하에게 달려가고 싶은 심정을 다스리며 지영을 노려보았다.

"은하는 고작 스물세 살이라고요!"

"별맘을 엉뚱한 사람에게 넘기면, 은하 아빠가 화를 낼 것 같다. 아빠의 뜻이 곧 은하의 뜻인 것 같아서 망설이지 않았다."

애타는 시훈의 속을 아는지 모르는지 지영은 말씨는 시종 담담하기 그지 없었다.

"누나 마음의 부채 청산이 주목적은 아니었고요?"

"그래, 청산, 청산하고 또 청산하고 싶었다. 하지만 은하가 어리니 천안으로 분점을 차려 주고 보내서 더 기다릴 생각이었다."

"그런데 박 전무 때문에 마음이 급하셨다? 무엇이 은하를 행복하게 하는 줄은 빤히 알면서?"

"내가 별맘을 넘기는 일에 왜 완강하게 반대한지 아니?"

"마음의 부채를 갚을 수 있는 상징이니 그랬겠죠."

"맞다. 그런데 시훈아, 별맘은 단순히 별이를 추모하자는 공간이 아니었다. 은하 부모님의 꿈을 대신 심은 거지. 훗날 딸에게 물려줄 계획으로 그들은 상호까지 미리 정했었다."

"그건 나나도시락이겠죠."

"별맘이 바로 나나다."

"뭐라고요?"

눈썹을 찌푸리는 시훈을 손바닥으로 제지한 뒤 지영은 말머리를 돌렸다.

"너하고 은하의 사이가 가장 걱정이다. 내가 걸림돌이 될까 봐 말이다. 그래서 내 자리에 관해서도 여기서 상의 좀 하자."

지영의 이야기는 길어졌다. 말미에 그녀는 놀라운 말을 보탰다.

"너희 집안 식구한테도 감쪽같이 숨긴 일인데, 오래전 난 사람을 죽였다."

민철은 연신 놀라움을 안겨 주는 은하가 존경스럽기까지 했다.

거장의 레시피를 얻은 덕분인지 하루하루 실력이 늘어 가는 그녀가 오늘은 엄청난 발차기 기술을 보여 주었다. 소름이 쫙 끼치는 그 장면의 주인공이 주변의 눈치를 살피며 은근하게 다가왔다. 가까이서 보니 아픈 까닭인지 새삼 여리게 보였다.

"존경하는 점장님, 부탁이 있습니다요."

"허허, 거장이긴 해도 제자가 뭘 존경까지."

"제가 뭘 하나 드릴 테니, 제발 우리 팀원들한테 비밀로 해 주십시오."

"제자의 청이라면 그렇게 하지."

"약속해 주십시오."

"약속하지."

"감사합니다. 존경하는 점장님은 약속을 꼭 지킬 거라 믿고 드리겠습니다."

주머니에서 하얀 봉투를 꺼내 주변을 살핀 뒤 쥐여 준다.

"처리하실 때까지 꼭 저희 팀한테 비밀로 해 주셔야 합니다?"

은하는 평소보다 훨씬 많이 고개를 숙이고는 씩씩하게 걸어 나갔다. 민철은 곧 봉투를 열었다.

「개인적인 사정으로 회사를 오래 못 다니게 됐습니다. 미리 후임을 구해 주심 감사하겠습니다. 존경하는 점장님, 비밀 꼭이요!」

짧은 글발과 함께 후임이 올 때까지만 근무한다는 사직서가 담겨 있었다. 순간 민철은 자신이 은하를 몹시 아끼고 좋아했다는 사실을 깨달았다. 자신도 모르게 절규를 했으니 말이다.

"안 돼!"

몸이 흔들리는 전철 안에서 그동안 별맘에서 있었던 일을 새김질하자니 저절로 웃음이 나왔다. 이내 눈이 따갑다. 공연히 정을 붙여 마음이 흔들리고 있었다. 어찌 보면 은하 자신은 낙하산이었다. 부모의 죽음에 대한 보상이기도 했다. 그런 인연의 회사이니 당장 퇴사하고 싶었지만 팀이나 별맘에 피해를 주기는 싫으니 마지막까진 최선을 다할 터였다.

휴대폰이 울려서 시훈인 줄 알고 새삼 머뭇거리며 받았는데, 의외로 박찬석이었다. 그는 오늘 천안에서 일이 끝난다면서 얼굴 한번 보자고 했다. 핑계를 대려다가 소심한 그가 일부러 만나자고 했다면 나름 까닭이 있는 것 같아서 알았다고 답했다. 컨디션이 안 좋았지만 이 기회에 레시피에 관한 고마움으로 한잔 대접하는 것도 괜찮을지 싶었다.

플랫폼에 들어설 때면 주변을 훑어보고 휴대폰 문자를 확인하는 버릇이 생겼다. 은하는 고개를 흔들어 댄 뒤 힘차게 걸었다. 갑자기 뒤쪽에서 다급한 발소리가 들렸다. 비켜 주려고 하는데, 뒤에서 달려온 사람이 그대로 은하를 껴안아 버린다. 반사적으로 주먹을 날리려다가 어느덧 익숙해져 버린 체취에 고개를 돌렸다. 시훈이 돌려세우고는 더욱 세게 안았다. 그는 한참을 달렸는지 가쁜 숨을 내쉬었고, 밀착된 몸으로는 그의 심장 소리가 느껴졌다.

"으윽, 풍기 문란."

"바보야, 노상 미학이라고 하는 거야."

사람들이 보든 말든 이마에 입술까지 갖다 댄다. 그가 문득 얼굴을 붙들고 찬찬히 살핀다.

"너 얼굴이 왜 이래."

"시훈 씨야말로 왜 이리 찌그러졌어요?"

"바보야, 네가 지금 남 걱정 할 처지냐. 밥을 굶은 거야? 잠도 못 잔 것 같고."

그가 다시금 이마에 입술을 대더니 정색한다.

"이마도 뜨겁잖아!"

"자기야말로 얼굴이 불쌍하게 찌그러져 놓고는."

"네가 펴 주라. 오늘 밤 너랑 꼭 붙어 있을 거다."

"안 돼요!"

은하는 그를 밀치고 물러섰다. 퍼뜩 정신이 든다. 만나면 밀어내고 싶었는데도 막상 그가 안으니 어떤 피신처를 찾은 양 품으로 더 파고들었던 것이다.

"왜! 평생 책임져 준다면서."

"책임감은…… 가지겠지만 계약 위반입니다."

"계약?"

"이번 주 1+3이나 썼어요. 좀 쉬십쇼."

시훈은 어처구니없다는 표정을 짓더니 다시금 품으려 들었다. 물러서며 은하가 애원하는 눈빛을 보냈다.

"그동안 시훈 씨 말을 착한 어린이처럼 잘 들었잖습니까. 시훈 씨도 제 말을 좀 들어주십쇼. 공평하게."

"은하야, 지금 넌 불공평하게 혼자 아픈 것 같다."

"가벼운 몸살입니다. 걱정 마십쇼."

"마음은 더 아프잖니."

"뭐, 뭐가요."

은하는 당황하며 입술을 비죽 내밀고 흘겨보았다. 시훈은 바삐 올라타는 승객들을 힐긋 보고는 은하의 손을 잡아챘다.

"우선 타자."

"오늘은 혼자 갈래요. 천안에서 약속도 있어요."

"약속?"

"예. 진짜예요. 장은하가 거짓말은 안 하잖습니까."

연민이 그득한 눈길로 바라보는 시훈에게 은하는 간절하게 덧붙였다.

"부탁합니다. 제발 오늘은 일찍 들어가 쉬십쇼."

"은하야, 지영이 누나한테 이야기 다 들었다."

"예?"

은하는 이맛살을 잔뜩 찌푸렸다.

"누나가 워낙에 도덕적이라 자신을 조금도 변호할 줄 모르거든. 객관적으로 정보를 취합하면 네가 이해할 수도……."

지영이 언급되자 은하는 꽥 소리를 질렀다.

"그만하십쇼! 전 한시훈 씨 개인을 만날 뿐입니다. 사장님을 조금이라도 연결하면 전 다신 안 볼 겁니다!"

덜커덩, 기차가 한 번 흔들렸다. 은하는 꽥 몸을 돌려 승강구로 뛰었다.

"수원까지만 같이 가자!"

시훈이 뒤따르며 소리쳤다.

"부탁도 안 들어줍니까!"

"알았다, 알았어. 3호 차 5석에 앉아서 가라. 3호 차 5석!"

[3호 차 5석 꼭 사수하라, 오버.]

시훈은 떠나는 기차를 바라보며 문자를 보냈다. 한참을 기다려도 답은 오지 않았다. 창백한 은하의 낯빛에 마음이 쓰라렸다. 그래서 지영이 원망스러웠다. 그렇다고 마냥 원망만 할 순 없었다.

'너까지 엮인 마당이다. 평생 폭탄을 안고 사느니 아파도 일찍 터뜨리는 게 낫다.'

지영의 성격상 충분히 내릴 수 있는 결정이다. 그리고 한 번 더 생각해 보니 틀린 말만은 아니었다. 다만 은하가 아파하는 모습을 보는 게 너무 견디기 힘들다. 그런데 정작 바보 꼬맹이는 시훈을 걱정하며 편히 쉬라고 한다. 곁에 있게 해 주는 게 지금 한시훈이 쉴 수 있는 유일한 방도인데도.

누구보다 똑똑하고 날카로운 지영은 대체 무슨 근거로 은하가 충분히 감당할 수 있다고 자신하는 것일까. 가까이 들여다보면 그저 짠한 어린 녀석일 뿐인데.

은하에게 지영을 변호할 결정적인 사실을 오늘 알았다. 하지만 은하에겐 도리어 독이 될 것 같다. 극심한 혼돈과 함께.

문득 지영의 경고가 떠오른다.

'박 전무님은 너한텐 3년이지만, 나는 20년을 봐 왔다. 아버지의 궂은일을 도맡았지. 욕심 많고 불법적인 일에 능해. 그리고 남 뒷조사에도 탁월해. 혹시 모르니 너도 조심하고 은하도 조심하도록 요령껏 환기시켜 줘라.'

은하에게 당장 알려 주고 싶지만 간접적인 요령이 쉽게 떠오르지 않았다. 철수에게 은밀히 부탁하는 게 더 나을지 싶다.

역사를 벗어나 주차장에 들어섰을 때에야 은하에게 문자가 왔다.

[자리 사수 중. 싱겁고 이상한 짓 말고 빨랑 가서 쉬시라, 오버.]

시훈은 근처에서 은하가 지켜보지 않나 구석구석을 오래도록 휘둘러보았다. 기차를 타고 떠나는 것을 보았는데도 말이다. 그나마 장은하표 문자 하나가 작은 위로를 건네준다.

은하가 부탁한 대로 일찍 귀가했다. 술집 앞에 차를 세우고 잠시 머뭇거리기도 했지만, 더 아픈 은하도 술에 의지하지는 않을 듯싶어 지나쳤다. 이 순간 해 줄 수 있는 일이 고작 그 정도 부탁을 들어주는 것 말고는 없었다.

집에 들어서자, 오 여사와 선희가 껴안고 있었다. 탱고를 추는 것 같은 모양새에 억지로 웃어 주고는 방으로 들어가려 했다.

"오빠, 잠깐만!"

선희가 달려와 안겨 든다. 질겁하며 피하려는 시훈의 등에 팔을 두르더니 한쪽 다리를 힘차게 뻗는다. 지탱하는 나머지 다리가 삐끗 기울어지며 나자빠지려는 것을 시훈이 잡아채 일으켰다.

"오빠 지금 춤출 기분이 아니다."

"오빠는 참. 춤이 아니고 감동의 순간을 재현 중이랍니다."

선희는 몹시 들떠 있었다. 오 여사가 새치름하게 끼어든다.

"장은하가 오늘 사람을 팼다더라. 그것도 남자를."

"엄마! 그게 아니라 날 구한 거라고 했잖아요!"

"남잘 팬 건 사실이잖니. 걔가 원래 좀 폭력적 기질이 있었다고."

"잠깐만, 선희야. 너 오늘 별맘 갔었니?"

"예. 변태한테 몰카당했는데 은하 씨가 화끈하게 날 구해 줬어요."

시훈은 오 여사의 호의적이지 못한 말을 염두에 두며 선희를 몰아세웠다.

"왜 갔는데?"

선희는 대답 대신 오 여사의 눈치를 살폈고, 오 여사는 딴청을 피웠다.

"엄마 심부름이었구나. 어떤 심부름이었지?"

시훈의 확신에 찬 질문에 선희는 바로 투항했다.

"엄마가…… 오빠하고 은하 씨가 찐한 사이라고…… 날 보고 가서 경고 좀 해 주라고 해서……."

"찐한? 경고?"

가족 앞에서는 우울해도 웃었고, 화가 나면 밖에 나가서 다스리고 왔었다. 하지만 지금은 너무 화가 났는데도 나가지 않았다. 시훈의 서슬 퍼런 모습에 선희가 울상이 되었다.

"오빠, 오해하지 마요. 진짜 은하 씨 멋있는 여자더라고. 나 왕 팬 됐어요."

시훈은 선희를 보지 않고 오 여사를 노려보았다. '경고' 보다는 '찐한 사이' 라는 말에 더 화가 났다.

"누구한테 들었습니까?"

오 여사가 새침하게 시선을 피하자, 시훈이 목소리를 높였다.

"누구한테 들었냐고요!"

"깜짝이야."

"누구냐고요!"

버럭 소리를 지르자, 오 여사가 부들부들 떨며 본다.

"바, 박 전무……."

"염병할!"

가족 앞에서는 절대 내뱉지 않던 험한 말까지 내뱉고 말았다. 오 여사는 훌쩍훌쩍 눈물을 짜기 시작했다. 시훈은 한숨을 내쉬고는 나지막이 물었다.

471

"내가 유치원 다니는 아입니까?"

"히잉…… 흐흑……."

"내가 선택한 여자한테 어째서 오 여사가 경고를 하죠? 장은하를 알아요? 나만큼 알아요?"

선희는 열심히 고개를 끄덕였고, 오 여사는 시훈을 힐끔거리며 눈물만 찍어 댔다. 그 모습에 시훈은 심호흡을 했다. 빈 시선을 날리며 계속하여 힘겹게 목소리를 가라앉혔다.

"내가 오 여사 남자 만나는 거 시시콜콜 참견한 적 있어요? 남자한테 경고한 적 있어요? 박 전무만 해도 그래요. 회사 어른이라 대접해 줄 뿐이지 내가 얼마나 싫어하는 줄 알아요? 그래도 오 여사가 친하게 지내는 걸 두고 잔소리하진 않았어요. 싫어도 오 여사의 선택을 내 기준으로 섣불리 판단하진 않았다고요."

시훈이 화를 다스리며 쳐다보았다. 눈이 마주친 오 여사가 움찔하며 재빨리 다시 훌쩍거렸다.

"경고라니요. 장은하가 어땠다고 도대체……."

은하의 창백한 낯빛이 떠오르자 목소리가 떨렸다.

"헛다리 짚고 찾아가 시비를 걸어도 오 여사를 조금도 미워하지 않던 착하고 속 깊은 녀석이랍니다. 그래서 진짜로 좋아하게 됐는데…… 회사에선 태반이 진심으로 대해 주지 않던 내게 인간적인 향기를 준 녀석인데…… 도대체 누가 누구한테 경고를 한다는 건지……."

말하다가 울컥한 목소리에 자극받았는지, 열심히 고개를 끄덕이던 선희가 흐느꼈다. 시훈은 혼잣말처럼 나지막이 말을 이었다.

"또 왜 하필 오늘입니까…… 야무져 보여도 이제 겨우 스물세 살의 어린 녀석이라고요, 제길."

지금 은하의 마음을 헤아려 보다가 또 복받치고 말았다. 선희는 이내 대성통곡을 했고, 오 여사는 이제 시훈이 바라보지 않아도 눈물을 짰다.

시훈은 가족의 눈을 피해 젖은 눈을 수습한 뒤 우는 오 여사를 차갑게 바라보았다.

"앞으로 박 전무하고 연락하지 말아요. 그 이유는 회장님이 곧 알려 줄 겁니다."

방으로 들어간 시훈은 휴대폰을 꺼냈다. 박 전무가 시훈을 감시했다면 은하에게도 마수가 뻗칠 터였다. 지영의 경고를 신속히 따르고자 철수에게 전화를 걸었다.

통화를 마친 뒤 휴대폰에 저장된 은하의 사진을 오래도록 바라보았다. 그러고는 난해한 잠금장치를 설정했다.

씻고 난 뒤에는 선희를 서재로 불렀다. 은하에게 무슨 말을 들었는지 한마디도 빠지지 않고 들을 터였다.

오 회장은 수첩을 들고 안경을 끼었다.

"은하하고 시훈이가 그런 사이였다니. 어쨌거나 나한텐 처음 말해 주는 거지?"

"네, 아버지."

지영이 집에 들어오자마자 오 회장은 2층으로 올라와 방 안의 식탁에 마주 앉아 있는 중이다.

"맺어지기만 한다면야 더할 나위 없이 좋은 짝이구나."

"전 낙관적으로 봅니다. 그래서 용기를 낼 수 있었어요."

"시훈이는 걱정하지 않는다만 어린 은하가 걱정이구나."

"어리지만 강해요. 배려하는 마음도 어른보다 낫더군요. 후우!
그 어린 게 말이죠, 감당하기 버거운 아픔을 안겨 준 절, 도리어
걱정해 주더라고요."

그래서 대견했고, 또 그래서 미안했다. 은하를 안아 주고 위로
해 줄 수 있는 시훈의 친척인 점이.

"나나는 언제 돌려줄 테냐?"

"다음 주말로 잡고 있어요. 박 전무님이 벌써부터 별맘 경영에
개입하는 바람에 더 미룰 수는 없어요."

이번 월 장원을 하는 젊은 팀에게 별맘 조리실의 구조조정을 맡
겨야 한다는 박 전무의 주장은 설득력을 발휘해 회사 간부들은 기
정사실로 받아들이는 중이다. 지영도, 시훈도 모른 척하고 항변하
지 않았다. 시훈은 큰 의미를 두지 않아서였지만, 지영은 속으로
박 전무의 성급한 욕심을 비웃었다. 그가 최대 무기로 쓰려는 한
수는 결국에는 무용지물이 될 터였다.

수첩을 살피던 오 회장이 고개를 들었다.

"은하가 받을까?"

"노력해야죠. 분명한 건, 당장 은하가 받지 않는다 해도 박 전
무에게 갈 일은 절대 없을 거예요."

오 회장은 한 번 더 생각해 보라고 권하려다가 입을 닫았다. 부
부가 악착같이 일궈 온 회사다. 어떡하든 핏줄에게 온전히 물려주
고자 안간힘을 다했다. 보다 튼실하게 주고자 계열 분리까지 추진
해 완성 직전에 있다. 하지만 딸이 행복하지 않으면 무슨 소용인
가. 건강할 적에는 몰랐던 진실이었다. 어찌 보면 아주 쉬운 답인
데도.

눈앞의 딸은 드물게 생기가 넘쳤다. 마음의 감옥이라는 것의 문을 일단 열었으리라. 힘차게 세상으로 나아가려는 이 모습에 찬물을 끼얹고 싶지는 않았다.

"그러고 보니⋯⋯."

오 회장은 문득 생각이 나서 간절한 바람을 품으며 입을 열었다.

"시훈이하고 은하가 맺어지면 네 엄마가 아주 기뻐할 것 같다."

악연은 악연이고, 품에 안았던 정은 그대로 정이라면서 가족 중 유일하게 거리끼지 않고 은하를 품으려던 최 여사였다. 그리고 오 회장 역시 죽기 전에 꼭 은하를 품어 보고 싶었다. 일전에 찾아와 손을 쓰다듬어 줄 때부터 생긴 욕심이었다.

"우리가 도울 수 있는 일이 있다면 언제든 청해라."

이내 오 회장은 지영과 나눈 대화를 수첩에 남기기 시작했다.

찬석은 술이 약했다. 이리 약한 줄 알았다면 비우는 족족 잔을 채워 주지 않았을 것이다.

"사실은 말이야. 점장님 전화를 받고 바로 찾아온 거야. 나보고 말려 달래."

머리가 무거운지 똑바로 세우지 못하고 연신 끄덕거리며 했던 말을 또 한다. 목소리는 여전히 숫기가 부족하고 나지막했지만 과묵했던 박찬석과는 달랐다. 비운 술잔이 늘어날수록 그의 말도 늘어 갔다. 저쪽 테이블에선 철수가 혼자 술잔을 기울이고 있었다. 몸도 안 좋으면서 연달아 밤에 사람을 만난다며 만류했던 철수는,

이미 약속을 했다는 은하의 고집에 이렇듯 술집을 따라와 지켜보는 중이다.

"근데 은하 씨가 지금 사표를 내면 안 돼. 절대 안 돼."

"좋은 자리가 나왔거든요."

"가도 이달 월 장원하고 가. 우리 김 과장님을 위한다면 A팀한테 장원 주면 안 돼."

"어, 과장님이 왜요?"

"내가 말이야. 창피하게도 본사 거물 백이 있어. 그래서 들었어. A팀이 월 장원을 하면 김 과장님이 쫓겨나고, 그 자릴 A팀 팀장이 가질 거야. 은하 씨가 막아 줘. 내가 보기엔 은하 씨 말고는 없어……."

비슷한 말을 반복했다. 정리해 보니, 이번 월 장원이 별맘 조리실의 구조조정 권한을 가질 것이고, 첫 희생자가 김 과장이라고 했다.

은하는 오른손을 펴 보았다. 낮에 김 과장이 건네준 쌍화탕의 온기가 여직 남은 것 같다. 그리고 앞치마를 입은 채 퇴식구를 지키는 가장을 사랑의 눈으로 바라보며 함께 식사를 했던 가족의 모습이 떠올랐다. 평소에도 김 과장은 아빠와 비슷한 분위기를 내풍겨 은근히 가까이하고 싶어 했었다. 또한 누구보다도 김 과장에게 실력을 인정받고 싶다는 욕심도 품었다.

"솔직히 A팀을 지금 따라잡는 건 어렵습니다."

은하는 희망이 아닌 현실을 밝혔다.

"내가 팁을 줄게. A팀 팀원은 모두 팀장하고 선후배 사이야. 반칙의 명수 팀이랄까. 팀이 뭉쳐서 재료를 사비로 들여오고 있어."

"사비라면 자기 돈을 털어서 굳이……."

"엄청난 인센티브가 있잖아. 그중 20~30프로를 떼어 내 재료 구입비로 쓴 거야. 영양사가 고기를 50킬로 발주하면, 사비로 10킬로를 더 사서 다른 팀보다 푸짐하게 주지. 소고기 같은 건 같은 양을 발주하면서 웃돈을 쥐여 주고 한 단계 높은 등급으로 가져오게 할 거야. 소스류도 최고급으로 따로 사 와 기존의 저가 소스와 섞어 쓰고."

"고기나 소스에 등급이 중요합니까?"

"치명적으로 중요하지."

"근데 팀장님은 그럼 그동안 알면서도 따지지 않았습니까?"

"의심만 좀 했었어. 그러다가 마지막 근무 때 은하가 쉬는 날이어서 일찍 출근했다가 가방에서 식재료를 꺼내는 A팀 직원을 발견했어. 혹시나 하고 저장고의 A팀 재료를 체크했어. 아나나 다를까. 영업시간 직전에 가 봤더니 전날 양념해 놓았던 고기가 양이 늘었더라. 떠날 마당이라 못 본 체했어."

육즙을 낭비하지 않아 다른 팀보다 고기가 더 푸짐해 보인다는 '비법'이 밝혀지는 순간이었다.

"그만 불량 조리사들이 감히 김 과장을 몰아낼 거라고 하니 도저히 못 참겠어."

찬석은 별맘에서 장기 근무를 했기에 김 과장의 솜씨와 인품을 남보다 더 잘 헤아린다고 했다. 누구라도 김 과장을 오래 겪다 보면 존경심을 품을 것만 같았다.

"참! 은하 씨, A팀 말이야. 꼼수 아니라도 실력이 만만치 않아. 팀장이 처음 왔을 때부터 1위를 곧잘 했어. 요즘처럼 압도적이진 않지만."

그때 언제 다가왔는지 철수가 어깨를 건드렸다.

"은하야. 늦었다."

철수의 노골적인 눈총을 받은 찬석이 먼저 비틀거리며 일어났다. 더욱 취기가 오른 그가 불안하게 걸었기에 전철역까지 배웅했다. 그래도 걱정이 되어 철수를 역사에 기다리게 하고 아까운 교통카드를 찍어 플랫폼까지 동행했다.

"어째서 갑자기 별맘 구조조정을 하는 걸까?"

지영이 안겨 주려던 별맘인지라 무언가 연결점을 찾고자 생각을 굴리다가 무심코 뇌까렸다. 그 말에 찬석이 휘청거리면서 혀가 꼬부라진 말씨로 대꾸했다.

"주인이 바뀔지도 몰라…… 사장님은 반대하지만 결국 내놓게 될 거야."

제삼자가 가져간다는 말 같아서 말꼬리를 붙들었다.

"사장님은 누구보다 애착을 가지고 있지 않나요?"

적어도 은하는 그렇게 굳게 믿고 있었다.

"기업을 하는 사람은 말이야. 이미지가 중요해…… 살인 전과는 아주 큰 약점이야."

그때 전철이 다가왔기에 더는 말을 나누지 못했다. 그가 떠난 뒤에야 혼돈스러운 머릿속을 정리해 보았다. 아무래도 그가 말한 살인 전과의 주인공은 지영인 것 같다.

철수의 강압에 못 이겨 일찍 잠자리에 들었다. 시훈의 수척한 얼굴이 걱정되어 휴대폰을 만지작거리다가 포기했다.

컨디션이 안 좋을 때는 넉넉한 잠으로 해결해 왔던 방식은 여전히 유효했다. 하지만 찬석이 술기운을 통해 남기고 간 사실들은 은하를 쉽게 잠들지 못하게 했다.

한편 지영은 은하의 아픈 마음이 걱정되어 잠들지 못했다. 창가에서 물러나 금고를 열어 오래된 사건 일지를 꺼냈다. 15년 전의 기록을 들춰 보며 기자들에게 어떻게 설명해야 할지를 가늠해 보았다.

21년 전 그날, 별이는 처참한 시신으로 돌아왔다.

운전석에서 별이와 함께 사망한 주범은 과거 아버지와 거래를 했던 젊은 사업가였고, 도박에 빠져 사채업자에게 쫓기는 신세였다. 결국 그는 씀씀이가 헤픈 부잣집 외동딸을 인질로 삼아 돈을 뜯어낼 목적으로 지영을 지켜보며 때를 기다렸던 것이다.

뒷자리의 공범은 부상을 입고 살아남았다. 그는 그저 운전만 맡기로 했다고 변명했고, 자동차 사고는 별이가 일부러 콘크리트 구조물을 들이박아 발생했다고 주장했다.

당시 지영은 갈비뼈가 부러지고 여기저기 상처를 입어 말을 잃은 채 병원에 입원해 있었다.

훗날 정신을 차린 지영은 석연찮은 구석이 한두 군데가 아니었기에 선배의 연줄을 동원해 경찰 정보를 입수했다. 지영의 예상대로 그들은 단순히 인질로만 활용하지 않을 계획이었다. 주범은 지영 가족의 얼굴이며 목소리를 알고 있었다. 인질을 돌려준다면 정체가 탄로가 날 상황이었다. 그런 지영의 추론에 더해 범인들은 각종 주사기며 약물과 기구를 소지하고 있었다. 생각만 해도 소름이 돋고 구역질 나는 것들이었다.

공범은 흉기도 소지하지 않았다고 주장했지만, 그날 칼로 별이를 위협하는 것을 분명히 보았다. 그러므로 별이의 목에 생겼다는 상처도 주범의 짓이 아닐 수 있었다.

그럼에도 불구하고 사건은 조용히 덮였고, 공범은 초범이 아님에도 불구하고 고작 7년 형을 선고받았다. 물론 항소도 없었다. 피해자 측, 즉 오 회장 쪽에서 사건을 은밀하고 신속하게 처리하도록 사주했다.

훗날, 따지는 지영에게 오 회장은 영민을 들먹였다.

'그 녀석이 먼저 부탁한 거다. 죽은 사람을 언론이 자극적인 소설로 각색해 한 번 더 죽일까 봐 말이다.'

여하튼 사건 당시는 오 회장의 지시를 받은 박 전무의 노력으로 언론에도 거의 노출되지 않았다. 지영은 좀 더 일찍 정신을 차려서 직접 법정에 나가 공범이 칼을 사용했다고 적극적으로 주장하지 못했던 일을 두고두고 후회했다.

재미가 없었던 공부를 몰두해 마친 뒤 지영은 별이를 위해 할 수 있는 일을 찾아보았다. 선배에게 돈을 뿌려 정보도 모았다. 그때 공범이 출옥한다는 소식을 들었다. 더없이 모범적인 수감 생활로 가석방된다는 사실을 접하자 피가 끓었다. 돈을 써서 공범이 어디서 무얼 하는지 정보를 얻었다. 뜻밖에도 공범은 지영의 주거지를 추적 중이라고 했다. 삶에 대한 의욕이 딱히 없었던 지영은 겁 없이 공범을 도발했다.

'돈을 줄게요. 대신 날 다시 범죄 타깃으론 삼지 말아요.'

'흐흐흐. 그럼 입 닦으려고 했어? 네년이 칼을 가졌느니 어쩌니 증언하려는 바람에 고생을 더한 몸인데.'

더없이 모범적으로 뉘우쳤다는 공범의 말씨는 소름이 돋도록 음험했다. 덕분에 지영은 재판 때 그가 잡아뗐다는 의혹을 확신으로 굳힐 수 있었다. 이제 그는 지영에게 있어서 더 이상 인간이 아니

480

었다.

짐승은 지영의 아파트 주차장으로 오기로 했다. 차에 돈을 넣어 두었으며, 지영의 안전 확보를 위해 밖에선 만날 수 없다는 말을 짐승은 따랐다. 운전석에 앉아 있다가 주차장 중앙 도로를 걸으며 두리번거리는 짐승이 보이자 차를 출발시켰다. 지척에 다가가 짧게 경적을 울리자 짐승이 운전석의 지영을 갸웃하며 살폈다. 지영은 가속 페달을 있는 힘껏 밟았다.

쿵!

충격으로 이마를 운전대에 부딪쳤지만 가속 페달을 떼지 않았다.

그때는 아버지가 직접 사건을 수습해 준 줄 알았다. 박 전무가 뒤처리를 해 주었다는 사실은 오랜 세월이 지나서야 알았다. 박 전무는, 짐승이 먼저 연락해 협박하려고 찾아왔다고 진실을 바꾸었고, 지영은 단지 과거의 악몽에 더해 공포에 질려 실수를 했다고 포장했다. 변호사는 벌금형으로 갈무리될 거라고 자신했다.

하지만 지영은 인간이 아닌 짐승을 치었을 뿐이라는 주장을 굽히지 않았다. 결과적으로 검사와 판사를 자극해 거물 변호사의 노고에도 불구하고 형을 피할 수 없었다. 실형도 묵묵히 감수할 터였는데, 박 전무와 변호사가 피해자 가족의 선처까지 이끌어 낸 까닭에 업무상과실치사의 죄명으로 집행 유예를 선고받았다.

비로소 별이를 만나러 갈 수 있었다. 그리고 얼마 전에 다시 만나러 갔다가 영민의 죽음도 알았고, 은하도 만났다.

어느덧 희끄무레한 새벽빛이 기력이 쇠잔한 어둠을 쓸어 대고 있었다. 은하의 어둠도 저렇듯 빛을 만나 가뭇없이 지워졌으면 참

481

좋겠다고 소망하며 지영은 쪽잠을 청했다.

"야, 정말 안 나갈 거냐?"

모처럼 때 타기 쉬운 밝은 옷을 차려입은 철수가 식탁의 은하를 툭 건드렸다.

"응. 혼자 갔다 와."

"야가 정말."

철수는 건너편 의자로 삐뚜름하게 엉덩이를 걸쳤다. 그러고는 골이 난 아이처럼 입술을 디밀고 턱을 치켜들었다.

"그럼 나도 안 간다."

곁눈질하며 은하의 반응을 살피는 철수를 모른 척하며 미숫가루만 홀짝거렸다. 바라던 대답을 듣지 못한 철수가 목소리를 높인다.

"야, 가자, 좀!"

"혼자 갔다 와. 빨리 나가. 팀장님 기다리겠다."

찡그리며 일어났다. 방으로 들어가려는 은하를 철수가 붙들었다.

"야, 야! 우리, 일요일엔 항상 붙어 있었잖냐!"

"지금은 상황이 달라졌잖아. 암튼 난 공부해야 하니까 삼촌 혼자 갔다 와."

"에잇! 그럼 나도 진짜 안 간다."

툴툴거리며 자신의 방으로 향한다. 그러고는 문손잡이를 잡고는 홱 뒤돌아본다.

"진짜 나도 안 간다고!"

은하는 대답 대신 고개를 절레절레 흔들고 방으로 들어가 버렸다. 밖에서 철수의 외침이 터진다.

"진짜 안 간다, 안 가!"

일요일에는 늘 같이 붙어 다녔지만 이제는 각자 휴일을 즐기는 연습을 해야 했다. 무엇보다 철수와 순진 사이에 끼어들고 싶지 않다. 그 정도 눈치는 있었다.

시훈은 지금 뭘 하고 있을까? 어젯밤 철수에게 대신 전화를 해달라고 부탁했다. 잇달아 사람을 만나, 피곤한 한 주였어서 이번 일요일은 아무도 안 만나고 푹 쉬어야 한다 전해 달라고. 직접 전화를 걸면 간사한 마음을 주체 못 할 것 같아 철수에게 맡겼다.

노트북을 열어 점장과 찬석의 파일을 검토했다. 이번 주에도 분발하긴 했어도 다음 주 6영업일 중 5일 정도 1위를 해야 월 장원이 가능하다고 했다. 포기하지 않으리라. 김 과장을 위해, 또 아빠의 명예를 위해. 덕분에 점장에게 사표 수리를 채근할 순 없게 되었다. 철수가 방문을 두드렸다.

"야! 자연 미인이 막 전화해도 난 진짜, 진짜 안 갈 거다!"

"으휴!"

은하는 귀를 막았다. 잠잠하나 했더니, 또 소리가 들린다.

"너나 나나 의리 **빼면** 시체잖녀! 안 가! 안 간다고!"

이번에는 절규였고, 발작이었다. 방문을 열면 입에 거품을 물고 온몸을 뒤틀고 있을 철수를 볼 것 같다. 은하는 탁한 한숨을 내쉬며 노트북을 닫았다.

옷을 갈아입고 나오자, 철수의 심각한 증세는 감쪽같이 사라졌다. 그 자리를 콧노래가 대신한다.

집 앞에 나온 철수는 열심히 주위를 살폈다. 순진이 여기로 온

줄 알았더니 아니었다.

오산에서 순진을 만나 철수의 트럭을 두고 순진의 차로 함께 군포로 향했다.

수리산 근처의 계곡에서 발을 담그고 놀다가 그곳 식당에서 밥을 먹었다. 순진이 챙겨 준 음식을 넙죽 받아먹으려던 철수는 멈칫하며 은하를 가리켰고, 순진의 손은 바빠졌다.

"에구, 은하야. 네 삼촌이 워낙에나 인물이 거대해서 보고 있노라면 다른 데가 통 안 보이지 뭐니."

"삼촌은 가냘픈 팀장님을 보고 있으니 조카도 보이나 봅니다."

은하는 분위기를 깨고 싶지 않아 넉살을 잊지 않았다. 그러다 보니 정말로 기분이 좋아졌다. 철수가 행복해 보이니 말이다.

"어험."

식당 평상에 순진과 나란히 붙어 앉은 철수가 슬그머니 순진의 손을 잡았다. 순진이 얼굴을 붉히며 머리로 철수의 어깨를 탁 쳤다.

"은하 앞에서, 참."

"에휴, 발바닥이 다 간지럽네. 난 좀 식혀야겠습니다."

은하는 일어나 계곡에 발을 담그고 피식피식 웃었다. 초등 과정 승급을 들먹이며 수줍게 손을 잡았던 시훈이 떠올랐던 것이다. 이상했다. 만난 지 얼마 되지도 않았는데 아주 오랫동안 붙어 지냈다는 느낌이다.

'그 일 때문인가?'

모텔 일이 떠오르자 이번에는 웃음 대신 수상한 아픔이 찌르르 번진다. 남자와 여자가 친구로만 계속 만날 수 있을까? 친구로 만나면 그의 가족도, 그의 친척도 무시해도 된다는 명분을 얻어 시훈에게 완전한 결별을 주장하지 못하는 중이다.

'평생 책임진다는 약속 잊으면 안 된다.'

시훈의 말이 떠오르자 웃음과 한숨이 동시에 터진다.

"제길, 어떻게 책임지지?"

그나마 오 여사가 책임지라며 쫓아오지 않아서 다행이다. 슬쩍 고개를 돌려서 보니, 얼굴을 붙였던 두 사람이 후딱 떨어진다. 그러고는 둘이서 무언가 속달거린다. 다시 힐끔 보니, 순진이 철수의 옆구리를 찌르며 무언가 채근했다. 지극히 짧은 시간에 퍽이나 가까워졌다. 이제 삼촌은 걱정 안 해도 될 것 같다.

나무와 물소리를 실컷 누린 뒤 세 사람은 주차장으로 내려갔다. 볕이 뜨거운데도 두 사람은 주차장에 선 채 차에 오르지 않았다.

"뭐 해?"

은하가 옆구리를 찌르자, 철수가 움찔하며 저 멀리 모텔을 가리켰다.

"저기서 라면을 먹고 갈까 생각 중이다."

"모텔?"

"응. 객실로 배달을 해 주거든."

"흥!"

은하는 철수의 옆구리를 세게 꼬집었다. 순진이 은하의 손을 떼어 냈다.

"야, 은하야. 삼촌 아프겠다."

"어, 팀장님. 넘 과잉보호 같습니다?"

"호호호, 너만큼 하려고. 주먹 방어에 소독까지 하던 애가."

순간 소독해 준다며 입술을 붙였던 시훈이 떠오른다. 미치겠다. 아빠와의 의리는 꼭 지키고 싶은데 불쑥불쑥 보고 싶어져 버리니 아빠한테 면목이 없다. 그리고 엄마한테 몹시 미안하다. 여전히 엄마의 죽음에 관해 새삼 슬퍼하지 못하니 말이다. 그동안 교통사고로 추측했었는데, 얼추 맞았다. 사망진단서에도 그렇게 표기되어 있었다. 충돌 즉시 사망했다고 하니 어떻게 보면 고통 없이 세상을 떠났다. 다시금 아빠의 질규가 머릿속에 울린다.

'쌍! 왜, 왜 데려갔어!'

은하는 마음으로 지영에게 원망을 건넸다.

'맞아요. 왜 굳이 데려갔어요?'

고개를 드니 철수와 순진이 바짝 긴장된 얼굴로 은하를 보고 있다. 그러고 보니 모르는 사이에 눈물을 흘렸다. 손등으로 쓱 닦았다. 그때 누군가 어깨를 붙들어 돌려세웠다. 주먹을 날리려다가 익숙한 체취에 멈추었다.

"꼬맹이. 내가 보고 싶어 우는구나."

"아, 아니거든요!"

밀어내야 하는데도 손에 힘이 들어가지 않는다. 그리고 그의 포옹은 여느 때보다 묵직했다.

"싱겁고 이상하고 나이 많은 색…… 아저씰 내가 왜 보고 싶겠습니까. 근데 여긴 어떻게……."

안긴 채 획 고개를 돌렸다. 철수와 순진은 승용차를 향해 슬금슬금 뒷걸음치고 있었다.

"어디 가!"

"라면 먹으러."

"밥 먹은 지 얼마나 됐다고!"

철수는 대답 대신 히죽거리며 순진의 손을 낚아채 뛰었다. 몹시 시장한 사람처럼.

"꼬맹이, 수업 다시 받아야겠구나. 난도가 조금만 높은 용어가 나와도 답을 못 찾는다니까."

넉살을 퍽이나 진지하고도 나지막이 흘리고는 그가 얼굴을 붙들어 입을 맞추려 들었다. 그때 다시금 아빠의 절규가 머릿속에 울렸다.

"하지 마요!"

은하는 힘껏 그를 밀쳐 냈다. 뒷걸음친 뒤 바라본 시훈의 얼굴은 수척하기 짝이 없었다.

시훈은 나무 아래 벤치로 은하와 나란히 앉았다. 얄밉게도 애써 거리를 두고 앉았던 은하가 연신 곁눈질로 흘겨본다.

"얼굴이 더 찌그러졌네. 잠이나 퍼 자시지 여기까지 왜 오고 그래요?"

그 퉁명스러운 말이 시훈의 끓는 속을 조금은 다스려 준다.

"공정 거래법 제51조, 위반 행위의 시정 권고를 전하러 왔다."

시훈이 제발 피하지 말라고 문자로 애원하자, 은하는 우선 약속한 한 달 기한을 채운 뒤 재협상을 하자고 응수했다.

"쉬고 싶으면 집으로 날 부르면 됐잖아. 모처럼 둘만의 일요일인데."

은하는 고개를 숙인 채 손가락으로 무릎을 톡톡 두드렸다. 타악기를 다루듯 그 동작을 오래도록 이어 갔다. 통 고개를 들지 않자 시훈이 손가락으로 그녀의 옆구리를 콕 찔렀다.

"왜 땅만 보냐? 내 잘난 얼굴 감상 좀 해라."

두드리는 동작을 멈추고 손깍지를 낀다. 여전히 숙인 채 나지막이 말한다.

"다음 주까지 만나면 일단 계약은 끝나죠?"

"계약이 끝나고 평생 날 책임질 일만 남겠지."

"어떻게…… 책임지면 됩니까? 결혼은 말고."

나지막한 말씨에 문득 말문이 막혔다. 놀랍게도 그녀는 진지했다.

"시훈 씨 결혼할 때까진 한 달씩 계약을 연장해 줄 수도 있어요. 대신에 이상한 짓은 그만하고요."

"이상한 짓?"

그녀가 여전히 고개를 숙인 채 살짝 볼을 붉힌다.

"제가 또 책임져야 할 일 같은 거. 그리고요, 가능하면 빨리 결혼하십쇼. 그래야 저도 맘 놓고 시집가죠."

그녀가 시종 나지막하고 진지하게 말했기에 시훈도 비슷하게 응수했다.

"한시훈은 은하 거라고 온몸에 낙인을 찍어 놓았는데 누가 데려가겠니?"

넉살을 퍽이나 쓸쓸하고 진지하게 내 흘렸다. 그리고 은하처럼 신발 코에 시선을 두며 고개를 숙였다.

"지금도 아파요?"

"응. 다음엔 안 아프게 한다고 해서 기대했는데."

"다른 여잔 나처럼 아프게 하진 않을 것 같으니 빨리 찾아보십쇼."

"말했잖아. 낙인찍힌 몸이라고."

"남자가 쪼잔하긴. 알몸 한 번 보여 줬다고 유세네."

눈을 흘기고 주먹으로 위협하는 모습이면 얼마나 예쁠까. 아쉽게도 그런 말을 하면서도 은하는 담담했다.

"잘난 몸매를 보여 주기만 했냐? 지구 최강 화기도 손에 쥐여 줬는데."

"화기……."

그녀는 숙인 채 갸웃하다가 갑자기 무릎으로 얼굴을 붙였다. 슬쩍 머리를 디밀어 살펴보니, 웃는 것 같다. 그 한 조각 웃음이 반갑기 짝이 없어 시훈도 슬며시 웃었다. 지영을 위한 변명을 꺼낼까 하다가 겨우 한 겹 치워 낸 장막이 다시 쳐질까 봐 참았다. 지영은 일단 일주일만 은하를 자극하지 말라고 부탁했다.

"그리고요, 남은 일주일도 잠깐 만나 차만 마셔요."

"좀 잔인한 것 같지 않니?"

"그럼 재계약 안 하렵니다."

"재계약을 평생으로 해 주면 고려해 볼게."

"자꾸 부담 주깁니까? 전 아빠 때문이라도 절대로 시훈 씨하고 결혼 못 합니다."

"지영 누나……."

시훈은 황망히 말을 삼켰다. 선희에게 들은 말이 바로 은하의 결심이며 기준이 맞는 것 같다. 평생 시훈 말고는 주변 사람을 안 보겠다는 의지를 굳혔으리라. 그나마 시훈은 제외해서 다행이다.

은하는 하룻밤의 의미를 정말로 책임감으로 연결했다. 그런 놀라운 책임감이 시훈에겐 행운이었다. 두들겨 맞으면서도 진격을 멈추지 않았던 자신에게 칭찬해 주고 싶다. 문득 쓴웃음이 나온다. 정작 책임에 관한 결심을 굳힌 쪽은 시훈 자신이었는데도 이야기는 엉뚱하게 흘러갔던 것이다.

은하가 벌떡 일어났다.

"기운 내요!"

어깨를 두드려 준다. 헛웃음을 날리며 일어나 품으려 드는데,

은하가 날쌔게 피했다.

"하지 말라고요!"

짜증 난 외침에 어쩐지 서러움이 섞인 듯싶어 시훈은 양팔을 내렸다.

"어서 가서 쉬십쇼."

"아직 대낮이야."

"일찍 가서 잘 좀 드시고 찌그러진 얼굴이나 좀 펴십쇼."

"너야말로 반쪽이 됐다. 오늘 고기 사 줄게."

"지금 출발해도 서울까지 가면 저녁 됩니다. 어서 가십쇼."

"됐어. 집까지 태워다 줄게."

"삼촌하고 같이 갈 겁니다."

"너희 삼촌은 지금……"

새삼스럽게 핑크빛 넉살이 목구멍을 넘지 못한다. 은하가 워낙 쓸쓸하고 진지했기에.

"내 말 안 들음, 나도 시훈 씨 말 안 들어줄 겁니다."

"그놈의 공평성."

"공평하지 못한 관계는 어떤 사람하고도 싫습니다."

그녀의 다부진 의지가 드러나 보여 시훈은 타협책을 제시했다.

"너희 삼촌 돌아올 때까지 기다렸다가 저녁만 같이 먹고 곧장 서울로 갈게."

"삼촌 돌아올 때까지만."

"저녁 말고 커피."

"없던 일로 하죠."

"알았어. 삼촌 올 때까지만."

그러고 보면 은하는 은근히 협상에 소질이 있다. 어쨌거나 당분간은 '유치원' 수업으로 돌아가야 할 듯싶다.

순진은 은하를 집에까지 태우고 왔다. 남들의 선입견과 달리 철수는 은하에게 단단히 교육을 받은 덕에 규정 속도를 착실히 지킨다. 하지만 순진은 아니었다.

철수의 트럭보다 일찍 도착한 순진은 집 근처에 차를 세운 뒤 시장을 같이 가자고 했다. 은하에게 기어이 저녁밥을 차려 주겠다며 함께 온 고집의 연장선이었다. 땅거미가 진 길을 나란히 걷다가 은하는 소방 도로 한쪽에 세워진 승용차를 보며 갸웃했다. 선팅이 진했지만 운전석에 사람이 있어 보였다.

"기분 나쁘게 자주 보는 차 같네."

집 근처는 물론이고 수목장 주차장에서도 본 차와 모양이며 선팅이 같았다. 뇌까리는 은하의 말을 순진이 민감하게 받았다.

"진짜?"

순진이 휴대폰을 꺼냈다.

"실은 네 삼촌이 이상한 차나 사람 있으면 사진 찍어 놓으라 했거든."

그때 젊은 남자 한 명이 승용차로 걸어가 도어를 열려고 했다.

"오케이."

순진이 스마트폰으로 차와 사람을 촬영했다. 갈무리하고 승용차를 태연하게 지나치려는 순간 덜컥 도어가 열리면서 남자가 튀어나와 순진의 손에서 스마트폰을 낚아챘다. 급히 출발하는 차를 순진이 몸으로 막았다.

"강도야, 윽!"

차는 순진의 무릎을 때리고 방향을 틀었다. 같은 순간 은하는 막 닫히려는 조수석 도어를 잡아채 열었다. 손으로 매달린 채 몸을 붕 띄웠다가 안쪽으로 힘차게 발을 날렸다. 머리를 맞은 조수석의 남자가 비명을 지르며 운전석의 남자 쪽으로 밀려났다.

끼이익! 쾅!

승용차는 벽을 때린 뒤 긁어 대다가 멈추었다. 은하는 조수석의 남자에게 주먹을 날렸다. 도어가 벽에 바짝 붙어 내리지 못한 운전석의 남자가 흉기를 꺼내 들었다. 무시하고 은하는 조수석의 남자만 도망가지 못하게 팼다. 순진이 다친 다리를 끌며 신발을 손에 쥐고 다가왔다.

"은하야, 괜찮냐!"

그때 자동차의 굉음이 들리나 했더니 철수의 트럭이 타이어 마찰음을 내며 미끄러져 멈췄다.

"철수 씨, 저 새끼들, 저 차에 강도……."

한쪽 다리를 질질 끌며 이를 악문 순진을 발견한 철수가 포효했다.

"이런 개새끼들!"

박 전무는 이 시간에, 특히 실명으로 등록된 휴대폰으론 연락하지 말아야 하는 사람의 전화를 언짢게 받았다.

"이 번호론 하지 말라고 했잖소."

― 그, 급한데, 비밀폰은 안 받으셔서…….

헐떡거리는 목소리가 위급한 상황임을 벌써 알려 준다.

"무슨 일이오?"

─ 지시하신 대로 장은하 잠복 감시 중 사고가…… 그러니까 납치를…….

"일 커지니 납치는 하지 말라고 했잖소!"

─ 아뇨, 아뇨. 저희가, 저희가…….

귀신이라도 마주하는 중인가? 목소리에는 겁이 잔뜩 담겨 있었다. 이내 우는소리를 낸다.

─ 저희가 납치됐다고요!

"지금 장난합니까?"

─ 정말입니다…… 지금 냉동 트럭 짐칸에 갇혀 어디론가…… 제발 경찰에 신고를…….

범법자 주제에 경찰에 신고해 달란다. 진짜 놈들은 귀신을 만나 넋이 나간 모양이다.

─ 사장님, 빠, 빨리…… 문이, 문이…… 저승사자가…….

놈들이 만난 귀신은 저승사자쯤이나 되나 보다. 전화기 저편에서 삐그덕, 소리가 들리더니 애원하는 소리에 이어 소름 끼치는 비명이 터졌다.

─ 살려 주세요…… 제, 제발…… 으아아악!

철수가 자동차 깜빡이를 켜 주지 않았다면 절대 찾아낼 수 없었으리라. 저 멀리 자동차가 쌩쌩 지나가는 도로가 보일 뿐 주변은 온통 캄캄했다. 시훈은 산자락의 논둑길에 차를 세우고 전조등을

493

껐다. 손전등을 든 철수가 푸드 트럭의 적재함을 열었다. 불빛에 공업용 테이프로 입과 손발이 묶인 두 남자가 꿈틀거리며 이쪽을 보았다. 시훈은 입을 막고 고개를 돌렸다.

"너무 심하게 다룬 거 아닙니까?"

"내가 왕년에 사람 패는 요령을 배워서 딱 죽지 않을 만큼만 손 봤소."

철수는 경찰이 출동하기 전에 놈들을 트럭에 가둬 현장을 떴다. 그러고는 시훈에게 전화를 건 뒤 순진과 은하를 집 근처 병원에 내려 준 후 이곳으로 와서 놈들을 심문했던 것이다.

"뒷일을 생각해 좀 적당히 하시지."

"참! 여기."

시훈은 철수가 건네준 두 대의 휴대폰을 받았다.

"박 전무란 양반이 시킨 대로만 했다 어쨌다 하는데, 전화한 게 다 녹음됐다고 합디다."

통화 녹음 앱이 깔려 있으니 중요한 증거로 사용할 수 있었다. 한 명은 마흔두 살로 오래도록 박 전무의 일을 도왔으며, 이번 일은 워낙 중요하고 신속히 처리해야 했기에 직접 나섰다고 한다. 얼굴이 묵사발이 된 다른 한 명은 스물일곱 살의 조수였다.

"형님, 이들은 경찰에 넘길 건가요?"

"아니요! 우리 은하를 위협하고, 우리 순진 씨 다리를 부러뜨린 놈들이니 내가 처리할 거요."

"어떻게……."

철수가 손전등을 켰다. 그러곤 차 안을 한 번 살피고 다시 껐다.

"회사에 정육 절단기가 있소. 알죠? 얇게 고기 써는 거."

"혀, 형님."

"저 쓰레기들은 지금 냉동고에 얼렸다가 새벽에 썰어서 고기밥으로 던져 줄 거요."

갑자기 어두운 차 안에서 발버둥 치는 기척이 났다. 철수가 휴대폰을 터치했다. 조명을 자신의 얼굴에 비추고는 한쪽 눈을 깜박였다. 푸른 조명에 더해 세상에서 가장 무서운 윙크였지만, 시훈은 곧 알아차리고 필요한 대사를 읊었다.

"그래도 뭔가 큰 걸 털어놓으면 선처해 줄 수도 있잖습니까."

"뭐 더 털 거 있겠소? 저 새끼들, 박 전무가 경찰에 신고해 준다고 믿고 버티다가 그나마 입을 연 거요. 배신당한 마당이니 다 불겠다, 어쩌고 했으니 더 나올 것도 없을 것 같소."

"밑져야 본전이니 한 번만 더 물어보죠."

"에이, 뭐 더 나올 게 있다고."

철수가 툴툴거리며 손전등을 안으로 비추었다. 중년의 남자가 처절하게 고개를 끄덕이고 있었다. 철수가 낚아채 끌어당긴 뒤 입을 감은 테이프를 수염째 뜯어냈다. 이내 그는 놀라운 사실을 털어놓았다.

"……그땐 제가 조수로 있을 때라 직접 감시했답니다."

혹시나 하고 지영의 뒤도 캤냐고 물었더니, 그는 15년 전에 그런 적이 있다고 실토했다. 정확하게는 지영이 아니라, 감옥에서 나와 지영의 행적을 추적하는 남자를 감시했다고 한다.

"그리고 박 전무에게 보고했다?"

시훈은 바삐 머리를 굴렸다. 그렇다면 박 전무는 지영에게 위험이 닥치는 것을 알고 있다는 결론이 나온다. 그런데도 모른 척했다. 정작 죽은 사람은 지영이 아니라 공범이었고.

어쩌면 박 전무는 겨우 정신을 수습하고 대학원을 마친 지영이 계속 불안정한 정서를 품고 살기를 원했으리라. 즉 오 회장의 유일한 후계자가 오래도록 악몽에 시달려 도저히 회사의 중책을 맡지 못하길 원했다.

욕지기가 나온다. 그런데도 박 전무는 지영을 아끼는 척 행세하고 뒷수습을 해 줘서 오 회장의 신임을 받았다.

시훈이 적재함 문을 닫은 뒤 철수를 보았다.

"이들은 어떡할 거죠?"

"경찰서 앞에 던져 놓아도 될는지 모르겠네."

철수는 딱히 대책이 없는 상태였다. 감정이 격해 무조건 저질렀던 것이다.

"이들은 고의적 교통 상해에 뺑소니 미수로 죄가 크지만, 형님은 더 큽니다."

"왜? 난 정당방위 아닌가?"

"글쎄요. 제가 보기엔 형님 행위는 중체포 감금죄에 해당될 것 같네요. 1년 징역형 이상의 무거운 죄목이거든요. 그리고 더 데리고 있다간 이들 목숨이 위험하니 치료부터 받게 해야겠습니다. 으음…… 이렇게 하는 게 어떻습니까?"

시훈은 철수의 귀를 가까이 청했다.

박 전무는 잠을 이룰 수 없었다. 귀신이니 저승사자를 들먹이며 횡설수설을 했던 녀석이 다섯 시간 이상 연락이 없다. 전화를 해도 받지 않는다. 17년을 겪어 본 녀석은 귀신을 잡고도 남을 정도의 강단과 싸움 실력을 갖추고 있었다. 더욱이 젊은 조수와 함께 움직이는 마당이니 장은하에게 당할 리 없다. 적어도 그 시간엔 한시훈도 곁에 없었다. 불안감을 못 이겨 오 여사에게 은근히 물어 한시훈은 서울 자택으로 일찍 돌아왔단 사실을 확인한 마당이다.

자정을 훌쩍 넘겨서야 걸려 온 전화에 박 전무는 퍼뜩 받았다.

"어찌 된 거요!"

— 아깐 죄송했습니다. 제가 개인적인 일로 술을 엄청 먹어서…….

아직도 귀신이 보이는지, 아니면 술이 덜 깼는지 전화기 저편의 목소리는 수선스러웠다.

"납치는 또 뭐요!"

— 잠들었다가 저승사자에게 납치를 당한 꿈을 꿔서…… 죄송합니다. 술김에 제가 이상한 전화를 드린 것 같습니다.

"그러니까 근무 중에 술 취해서 악몽을 꾸면서 전화를 했단 거요?"

— 그, 그렇다고 보십시오.

"에휴! 그나저나 장은하한테 들키진 않았소?"

— 전혀…… 전혀요.

"술 깨고 아침에 다시…… 아니, 당분간 전화하지 마시오. 나중에 내가 연락하리다."

통화를 마치고 골똘히 생각을 굴렸다. 여전히 겁에 질려 있어 보이는 목소리며 해명이 신뢰감을 주지 못한다. 사실 장은하의 주변을 캐라고 사주한 일이 족쇄가 되진 않는다. 오 여사의 부탁으로 시훈의 애인 뒷조사 좀 했다고 잡아떼면 될 터였다. 15년 전 녀석이 간여한 일이 꺼림칙했지만, 정말로 저승사자를 만나 고문을 당하지 않은 이상 불필요한 정보를 발설할 이유는 없었다.

그런데도 박 전무는 불안감을 내려놓지 못해 계속하여 잠을 이루지 못했다.

철수는 사십 대 남자가 통화를 마치자 휴대폰을 회수했다. 차를 몰아 어두운 산자락을 벗어났다. 조용한 병원 어귀로 차를 세웠다. 적재함의 두 남자는 이미 결박을 풀어 주었는데도 쉽게 몸을 가누지 못했다. 철수가 차 안을 노려보며 입을 열었다.

"경찰에 넘기는 건 일단 미루고, 정보를 준 것도 있고 해서 풀어 주겠다. 대신 내 기분이 영 더러우니 둘 중에 하나를 선택해라. 3분 동안 나한테 더 맞을래? 여기서 너희끼리 3분 동안 서로 때릴래?"

그들은 망설이지 않고 후자를 택했다. 철수가 부축해 내려 주자, 둘은 흐느적거리며 서로를 때리기 시작했다.

"약하다! 맞기만 한 놈은 냉동고로 데려가 썰어 버리겠다."

철수의 선언에 두 사람은 투지를 불태웠다. 엉겨 붙어 개싸움을 하는 두 사람이 행인의 시선을 끌었다. 구경꾼은 물론이고 병원 안에서도 사람이 나왔다. 조수석에 앉아 있던 시훈이 소리쳤다.

"형님, 그만 말리고 우린 가던 길 가자고요!"

철수가 재빨리 차에 올랐다. 여하튼 그들은 지척의 병원에서 치료를 받을 터였다. 개싸움에서 살아남는다면 말이다.

순진이 입원한 또 다른 병원으로 향하면서 철수는 안도의 숨을 내쉬었다.

"가만 보면 한 실장님도 은근히 잔머리 잘 굴려요."

"우수한 두뇌에 임기응변까지 뛰어나다고 사람들이 인정하긴 하죠. 근데 형님, 아우인 저한테 왜 계속 경어를 쓰십니까?"

"자네가 말을 까라 안 했잖아."

대단히 신속하게 그는 말을 놓았다.

병원에 도착해 철수가 차를 대자, 마음이 급한 시훈은 먼저 2층으로 뛰어 올라갔다. 병실 문을 열자, 깁스한 발을 공중에 띄우고 누워 있는 순진 앞으로 은하가 앉아 있었다.

"너, 손 왜 그래?"

깊은 밤에 병실로 들이닥친 시훈이 은하의 손을 낚아챘다. 과하게 주먹을 쓰다 까지고 욱신거려 붕대를 조금 감았을 뿐인데도 시훈은 중환자를 대하듯 심각하게 나왔다.

"너까지 다쳤단 말 못 들었는데."

"아, 난 안 다쳤어요. 여긴 조금 까졌는데 괜찮아요."

은하는 시훈의 양손에 잡혀 있는 손을 슬며시 빼냈다. 그때 누워 있던 순진이 힘겹게 몸을 일으키며 따졌다.

"아, 심한 환자는 여기 있어요, 여기!"

그때서야 시훈은 순진을 보았다.

"입원한 사람은 나라고요!"

"뼈에 금이 갔다던데 많이 아프시죠?"

뒤늦은 시훈의 인사에 순진이 입술을 비죽 내밀었다.

"빨리도 위로해 주네. 아이고, 내 다리."

순진의 서러움은 지극히 짧았다. 거칠게 병실 문을 열고 들어온 철수가 그 서러움을 뜨겁게 품어 주었던 것이다. 포옹을 풀고 간병석의 은하를 밀어낸 철수는 순진의 가슴에 머리를 모로 얹었다.

"순진 씨 옥체는 내가 지켜줄 거요. 심장이 팔딱팔딱 잘 뛰나 내가 밤새 확인하고 있을 테니 편히 자요."

이내 위로의 대상이 바뀐 양 순진이 누운 자세로 철수의 머리를 쓰다듬었다. 시훈과 더불어 은하는 고개를 돌렸다. 그나마 옆 침상이 비어 있어서 다행이다고 생각했다.

8

민철은 월요일부터 심란했다. 본사로부터 구조조정에 관한 소문이 날아들었다. 때문에 더욱 C팀의 월 장원을 응원하는 시기에 순진 팀장이 다리뼈에 금이 가 당분간 출근을 못 한다는 비보를 접했다. 거장의 제자인 은하 또한 퇴사할 예정이다. 약속을 지켜 준다고 했기에 팀원에게도, 한 실장에도 사표를 낸 사실을 알리지 못했다. 만류해 보라고 부탁했던 박찬석은 어찌 된 일인지 미팅 결과에 대해 입을 꼭 다물어 버렸다.

그나마 다행인 것은 은하가 마지막까지 최선을 다하려는 의지를 보여 준다는 것이다. 순진의 공백을 자신의 친구로 채워 달라는 부탁을 민철은 재까닥 들어주었다. 미리 알려 줬는지 은하의 친구는 방금 보건증까지 갖추고 출근해 조리복으로 갈아입고 있는 중이다.

조리학과 친구인 수지는 나나도시락 가게에서 호흡을 맞춰 봤으

니 여느 지원자보다 든든했다. 지금은 수원에 머물고 있다는 수지
는 다른 일을 제쳐 두고 달려왔다. 은영에게 일 순서를 설명 듣는
수지를 뒤로하고 은하는 퇴식구로 향했다. 분주해지기 전에 김 과
장에게 묻고 싶은 게 있었다. 아니, 응원을 받고 싶었다.

"저기요, 과장님."

은하의 부름에 고개를 돌린 김 과장의 얼굴은 적이 우울해 보
였다. 곧 엷은 웃음을 짓는다. 겪을수록 아빠와 분위기가 닮았
다.

"아시다시피 이번 주는 제가 팀을 책임져야 하거든요. 막막해서
그런데, 뭐 해 주실 말씀 있으십니까?"

생뚱맞은 질문을 받았다는 양 김 과장이 눈만 슴벅거렸다.

"아, 뭐. 조리실에선 가장 어른이시니 그냥 여쭙고 싶었습니다,
으흐흐!"

머리를 긁적이는 은하를 바라보다가 김 과장은 천장으로 시선을
돌리고 무언가 생각에 잠겼다. 다시금 빤히 보다가 천천히 입을 열
었다.

"네가 가장 자신 있는 음식을 해라."

"근데요, 전 여기 스타일 음식하곤 좀 거리가 있어서요."

"도시락 가게를 했다고 들었다. 그때 만들었던 걸 해라. 메인도,
사이드도."

김 과장의 말씨에는 어떤 확신이 담겨 있었다.

"솔직히 전 1위 욕심이 나거든요. 으흐흐! 월 장원 한번 꼭 해
보고 싶어서요."

"은하야."

흠칫 놀랐다. 그리고 묘하게 따뜻했다. 처음으로 불쑥 조리사

호칭이 아닌 이름을 불러서.

"넌 별맘 메뉴로 따지면 경험이 가장 짧다. 장기적이라면 모를까, 딱 며칠의 메뉴라면 따라가면서 경쟁하지 말고 너만 만들 수 있는 걸 해 봐라."

"많이 못 팔까 봐서요."

"해 봐라. 승부를 떠나서 너 자신한텐 당당할 수 있잖냐. 네 아빠도 그러길 원하실 거다."

"아, 아빠를 아세요?"

"그래, 내…… 선배님이시다."

그러면서도 이제껏 함구하고 있었다.

"헛! 회사에서 사적인 관계를 들먹이고 싶지 않아 말 안 하고 있었다. 언제 한번 자리를 만들 생각이었단다."

그래서 자꾸만 아빠하고 무관하지 않다는 느낌을 받았었나 보다. 이제 김 과장의 조언은 아빠의 뜻이 되었다.

은하를 보낸 뒤 김 과장은 문득 스치는 생각에 홱 돌아보았다. 민철에게 은하의 사표 이야기를 들었다. 지영이 이번 주말에 별맘의 주인을 선포하기로 한 마당이라 크게 신경 쓰지는 않았다. 그런데 떠나기로 마음을 굳힌 녀석이 월 장원을 노골적으로 욕심내고 있다. 인센티브 때문만은 아닌 것 같다.

'그렇다면 녀석은.'

맞는 것 같다. 김 과장 자신의 자리 보존을 위해 월 장원을 욕심내는 것 같다. 이곳을 떠나면 본사의 부장으로 간다는 사실은 모를 테니. 딸, 민지에게 보여 준 오지랖에 더해 은하의 의중을 확인하자니 무언가 뜨거워 공연히 혀를 찼다.

"쯔쯧, 그 아버지에 그 딸 아니랄까 봐."

은하는 팀원과 머리를 맞댔다. 은영에게 우선 물었다.

"언니, 이번 주 메뉴 몽땅 바꿔도 돼?"

"응. 근데 오늘 건 전처리를 이미 했으니 그냥 가야 해."

오늘 메뉴는 볶음김치 덮밥이었다. 흰밥 옆으로 볶음김치를 놓고, 사이드로는 B팀에서 재미를 봤던 스카치 에그를 넣을 예정이다. 현준이 먼저 권해서 넣었던 건데 마뜩지 않았다. 당장 아빠의 음식으로 승부하고 싶었다. 이미 준비한 재료를 놓고 아빠의 레시피를 가늠해 보았다.

"언니, 날 믿고 오늘부터 바꿔 줘. 계란 대신에 볶은 김치를 밥하고 비며 빵가루를 묻혀 튀길 거야."

"아란치니 같은 거?"

"맞아. 김치 아란치니가 되지."

"그럼 모차렐라 치즈가 있어야 하잖니."

"슬라이스 치즈로 하면 돼. 그래야 식어도 안 굳어."

"에라 모르겠다. 난 은하 널 믿는다."

"고마워, 언니."

은하는 즉시 일을 분담시켰다.

"수지 넌 계란 삶아 놓은 거 에그 커트기로 잘라 샐러드 위로 얹을 수 있게 준비해."

"나나처럼?"

"그렇지! 그리고 준호 넌 샐러드 준비해. 위로 슬라이스 에그 올라갈 거니, 노란색은 빼고 양배추에 치커리하고 적채 섞어. 언니는 반찬 세팅해 주고. 참, 김치 아란치니니까 김치 대신 피클을 담는 게 좋겠어."

"히히, 그 정도 센스야 유능한 영양사의 기본이지."

곧 모두가 분주히 움직였다. 은하는 커다란 볼에 뜨거운 밥을 넣어 볶은 김치와 섞었다. 꼭 들어가야 할 허브로는 순하고 상큼한 타라간을 듬뿍 넣었고, 많이 넣으면 쓴 파슬리 가루는 적당히 뿌렸다. 파프리카와 마늘 분말, 그리고 소금으로 간을 보충한 뒤 한 주먹씩 잡아 손바닥에 납작하게 눌렀다. 은영이 접어서 압축시킨 슬라이스 치즈를 밥 위에 얹고 만두처럼 둥글게 접었다. 계란 물에 적셔 빵가루 바구니로 굴리듯 던졌다. 모아지면 양손에 넣어 빵가루가 밥에 달라붙도록 누르면서 모양도 만들었다.

사각 식판으로 가득 채운 뒤 튀김기로 갔다.

스카치 에그와 비슷한 외형으로 튀겨진 것을 도마에 놓고 반으로 갈랐다. 밥이 흰색이 아니고 붉은빛인데도 점점이 섞인 녹색 야채와 허브 덕분에 노랗게 녹아 흐르는 치즈가 선명히 드러났다. 샘플 용기에 토마토 소스를 먼저 깐 뒤 반으로 가른 아란치니를 담고 녹색 타라간을 다시 뿌렸다.

"비주얼 짱!"

은영이 감탄했다. 그 비주얼 덕분에 은영은 단박에 오늘의 메뉴로 통과시켜 주었다. 아란치니 하나로는 끼니로 부족하고, 두 개면 물릴 수 있어서 아이스크림 스쿠퍼로 동글게 뜬 흰밥을 볶은 김치와 나란히 곁들였다. 그렇게 은하는 아빠가 했던 방식 그대로를 재현했다.

다만 아빠의 방식은 대량으로 처리하는 데는 무리가 따랐다. 그점은 대량 처리를 기본으로 삼는 점장과 찬석의 레시피를 응용해 해결할 수 있었다. 요컨대 익기 전까지는 성형이 불안전한 아란치니를 철망째 튀김기에 넣는 방식이며, 미리 많은 양을 튀긴 후 오븐에 저온으로 보관하는 방식에서 그들 레시피의 도움을 받았다.

'김치 아란치니와 에그샐러드' 라는 긴 이름으로 은영이 정한 도시락은 독창적인 매력과 비주얼 때문인지 출발이 순조로웠다. 나나에서 같이 했던 수지와도 호흡이 척척 맞아 순진의 공백을 거의 못 느꼈다. 피크타임을 앞두고 현준이 찾아와 은근히 불러냈다.

"은하 씨, 우리 동맹합시다."

"동맹?"

"우린 어차피 월 장원 가망 없어요. 내가 은하 씨 팀을 밀어줄게요."

"인센티브 나누자는 겁니까?"

"아뇨. 난 정말 욕심 없어요."

현준이 주변을 둘러본 뒤 목소리를 낮췄다.

"구조조정 이야기 들은 적 있어요?"

"그, 글쎄요."

은하는 일단 시치미를 뗐다.

"난 선희 씨한테 들었어요. 내가 가장 존경하는 조리사가 김 과장님이거든요."

은하는 딴청을 피우면서도 그의 이야기에 귀를 쫑긋 세웠다.

"처음 왔을 때 기본기를 많이 잡아 주셨어요. 왠지 제자로 키우려는 스승처럼 말이죠. 아무튼 김 과장님을 위해서라도 A팀한테 1위를 주면 절대 안 되거든요."

그는 은하가 구조조정 사실을 알고 있다고 믿는 것 같았다. 은하는 모른 척하며 고개를 주억거렸다.

"무슨 일인 진 몰라도 저도 김 과장님을 좋아하니 노력하겠습니다."

"어떻게 은하 씨를 도와줄까요? 메뉴를 연합할까요?"

은하는 잠시 생각을 굴렸다. 역시 아빠의 방식을 믿고 밀고 나가는 게 좋을지 싶다.

"메뉴는 저 나름대로 구상해 놓은 게 있어요. 정 돕고 싶으면 말이죠……."

은하는 분주하게 움직이는 팀원을 힐끔 본 뒤 급히 속삭였다.

"집이 가깝다면서요?"

"신설동이니 가깝죠."

"아침에 일찍 나올 수 있겠네요?"

"그럼요."

"오케이. 현준 씨가 꼭 도와줄 일이 있어요. 이따 쉬는 시간에 봐요."

돌아서는 은하에게 현준이 자신감을 보태 준다.

"은하 씨, 여름엔 입맛들이 없어서 양보단 별미거든요? 오늘 C팀 메뉴 통할 것 같네요."

점심을 뜨는 둥 마는 둥 하던 오 회장은 탁, 수저를 내려놓고 탁한 한숨을 쉬었다.

"모두 내 불찰이었어. 박 전무를 괴물로 만든 건 어찌 보면 나야."

공연히 음식이 나오기 전에 사실을 털어놓았다고 시훈은 자책했다. 조용한 식당 내실로 들어서자마자 지영과 함께 보채니 냉큼 전날 밤 일을 보고해 버렸다.

오 회장이 지영을 힐긋 보았다.

"이렇게 된 마당이니 굳이 네가 기자들을 만날 필요는 없을 것 같다."

오 회장의 말을 시훈이 거들었다.

"그래요, 누나. 며칠만 기다리면 박 전무의 횡령과 직권 남용 증거를 모을 수 있어요."

지영이 고개를 가로저으며 젓가락을 내려놓았다.

"상관없어. 난 계획대로 갈 거야."

"누나!"

"여기서 적당히 타협해 버리면 박 전무는 계속 무기 하나를 쥐고 있는 형국이야. 기왕 나섰으니 뒤끝 없이 마무리할 거다."

"공금 횡령으로 고발하고, 같은 혐의와 직권 남용으로 이사회 안건에 붙이면 해고는 물론이고 지분 일부를 털어놓게 되어 있어요. 그리고 뒤끝 걱정도 이젠 안 해도 되잖아요. 15년 전 일을 녹취해 놓은 마당이니 박 전무 무기도 소용없다고요."

"서로 입 닫자는 말이잖니. 더러운 작자와 딜은 안 한다. 절대. 15년 전 일도 그냥 밝혀서 박 전무를 공개적으로 매장할 거다. 더러운 양반, 어린 은하까지 감시했다니."

지영은 15년의 일보다는 은하를 감시했다는 일에 더 화가 난 것 같았다. 오 회장이 지영의 등을 다독이고는 시훈을 보았다.

"다치지 않길 그나마 다행…… 참! 순진 팀장이 다쳤다지?"

"뼈가 아물 때까진 거동만 못 할 뿐 다행히 큰 부상은 아닙니다."

"은하네 식구하고 팀장이 큰일을 했어. 지금 어느 병원에 있다

했지?"

"그 동네 정형외괍니다."

시훈은 건성으로 대답하고 지영을 안타깝게 바라보았다. 그녀의 고집스러운 입매는 좀처럼 풀리지 않았다.

은하는 플랫폼에서 습관적으로 주위를 둘러보았다. 오늘 아빠의 음식으로 1위를 먹었다고 누군가에게 마구 소리치고 싶었다. 대상을 가늠하다가 가장 먼저 시훈이 떠올랐다. 엄마의 비극을 들었어도 씩씩하고 유능하게 잘 지낸다고 에둘러 밝힐 기회였다. 문득 은하는 머리를 때렸다.

"에구, 장은하 주책이다."

심야에 달려와 새벽에 돌아간 시훈이다. 당연히 쉬어야 했다. 여기로 찾아온다면 몹시 부담스러운 상황이었다. 이따금 만나 차 한 잔만 하자고 먼저 제의해 놓고 왜 이리 궁금해하는지 모르겠다. 아빠에게 떳떳하지 못해 똑바로 하늘을 못 쳐다본 채 속말을 했다.

'아빠가 미워하는 집안사람 생각해서 미안해. 그치만 시훈 씬 그냥 시훈 씨잖아? 내가 책임질 일을 저질러 버렸거든. 다른 식구는 안 만나고 차 한 잔씩은 괜찮겠지?'

천안에 도착해 집에 들러 순진에게 필요한 수건이며 세면도구를 추가로 준비했다. 다시 생각해 봐도 두 명의 괴한이 수상했다. 시훈과 철수는 다른 범죄로 쫓기는 중이어서 얼굴과 차량 번호를 찍히면 안 되어 휴대폰을 빼앗으려 했다고 설명했다. 아닌 것 같다. 수목장에서도 그들의 차를 보았다.

'내가 잘못 본 건가?'

연신 생각을 굴리며 병원으로 향했다.

병실 안은 빼꼭했다. 옆 침상의 가족에 더해 순진을 찾아온 사람들이 있었다.

"은하 왔구나."

오 회장과 지영이 반색했다. 은하는 반사적으로 지영을 피하며 오 회장에게만 묵례했다. 철수까지 해서 네 명의 방문객에 찌푸리며 옆 침상의 가족이 밖으로 나갔다. 순진의 다친 다리를 힐긋 보고는 지영이 은하에게 물었다.

"넌 괜찮니?"

"아, 예."

지영이 손을 뻗어 오자, 은하는 재빨리 손을 등 뒤로 감췄다. 지영은 쓴웃음을 지으며 손을 내렸다. 그것을 지켜보던 오 회장이 은하를 보았다.

"시훈인 부산 출장 때문에 못 왔다."

"아, 예."

역시 거북살스럽게 응수했다. 새삼 오 회장 또한 아빠가 미워했던 사람으로 여겨졌다. 지영이 조용히 병실을 벗어났다. 그 쓸쓸한 모양새에 은하는 언짢았다. 속으로 불퉁거리고 만다.

'신경 쓰이게 찾아오고 말이야.'

철수는 오 회장을 깍듯이 대했다. 이미 많은 이야기를 나누었는지 연장선의 대화를 한다.

"유 팀장 부모님도 찾아온다는 마당이니 서울로 병원을 옮기는 게 어떤가?"

"여기도 괜찮은데요. 저하고 은하가 간병하면 되고."

510

"유 팀장 집이 서울이잖은가. 부모님 올라오시면 머무실 곳도 그렇고……."

철수가 순진의 눈치를 살폈다. 순진은 오 회장 몰래 고개를 저었다.

"서울에 아는 병원이 있네. 특실에 머물면 자네가 거기서 자고 출퇴근할 수도 있을 걸세."

"특실이라면 화장실도 딸린 데 말입니까?"

병실에서 잘 수 있다는 말 때문인지 철수가 관심을 드러냈다.

"화장실뿐인가. 샤워도 할 수 있고, 자네 몫 침대며 편의 시설은 다 갖춰졌네. 물론 병실은 환자 혼자 독차지하지."

"침대…… 독차지……."

철수가 옆 침상의 학생을 힐긋 본 뒤 순진과 다시 눈짓을 나눴다. 갈색 눈알을 굴리던 순진이 묘한 웃음을 지었다. 철수도 비슷한 웃음을 지으며 서로 고개를 끄덕였다.

하지만 은하를 바라본 철수가 갑자기 정색했다.

"안 되겠네요. 은하를 혼자 둘 순 없네요."

"은하도 간병 침대에서 자면 되잖은가. 출퇴근하기도 가까워 좋고 말일세. 그게 불편하면 시내에 오피스텔 빈 게 있으니 거기서 다녀도 좋고."

순진의 부모님까지 올라온다고 하니, 서울로 옮기는 것도 괜찮을 듯싶다. 철수와 순진도 반색하는 것 같았다. 더 생각해 보니, 이번 주는 눈 딱 감고 신세를 져야 할 만큼 중요했다. 출퇴근 시간을 아끼면 그만큼 월 장원에 유리할 터였다.

"그럼 신세를 지겠습니다. 딱 이번 주만요."

의견이 맞춰지자, 오 회장은 철수에게 묘한 말을 한다.

"유 팀장이 우리 가족을 위해 큰일을 해 준 셈이니, 내 특별히 잘 모시라고 병원장에게 당부해 놓겠네."

은하는 쓸쓸히 병실을 벗어났던 지영이 자꾸만 신경이 쓰여 조용히 병실을 나왔다.

1층으로 내려갔더니, 수납처 앞의 장의자에 앉아 있는 지영이 보였다. 발길을 돌려 자판기 앞에 섰다. 하나를 뽑은 뒤 또 하나 상품을 눌렀다. 슬며시 고개를 돌려서 보니, 지영은 여전히 손에 턱을 괴고 우아한 모양새로 앉아 있었다. 슬픔이 드러나 보이진 않아서 안도하는 자신을 발견하고 은하는 거칠게 머리를 흔들었다.

'제길, 괜히 왔네.'

은하는 이내 병원을 벗어났다.

은하가 병원을 나서자, 지영은 비로소 고개를 들고 뒷모습을 지켜보았다.

"며칠 후에 보자, 나나야."

오 회장을 직접 태우고 온 이유에 더해 은하의 얼굴을 볼 수 있을지 모른다는 기대감으로 여기까지 왔다. 손을 잡아 보진 못했어도 얼굴을 봤으면 됐다. 덕분에 자칫 흔들리려는 결심을 올곧게 세울 수 있었다.

일어나 은하가 이용했던 자판기에서 캔 커피를 골랐다. 배출구로 손을 넣다가 캔 음료 하나가 더 놓여 있는 걸 보았다. 손에 닿는 차가운 온도가 방금 떨어진 음료라고 말해 준다. 요정이 남기고 간 음료 같다. 포클레인으로 숲을 밀어 버렸는데도 요정은 그렇게 떠나지 않았나 보다.

아빠의 도시락은 의외로 손님들에게 통했다. 특히 테이크아웃이 많았다. 그동안 C팀이 중요하게 여겼던 자연식품이니 웰빙 이미지 탓에 나름 단골이 형성됐는데, 담백하고도 참신한 아빠의 메뉴는 그들 입맛에도 맞은 듯싶었다.

이틀 계속 1위를 했기에 월 장원은 이제 현실적인 사정권에 들어섰다. 어제 현준이 일찍 나와 A팀의 꼼수를 은밀히 스마트폰에 담았다. 당장 점장에게 보고하자는 현준의 의견에 은하는 반대했다. 일단은 공정한 게임이면 되었다. 아빠의 실력으로 당당하게 승부를 해 보고 싶었다. 현준은 선선히 물러나지 않았다. 지난주엔 꼼수에 밀려 억울하게 당했으니, 딱 그 정도만 혜택을 보자고 했다. 결국 현준의 제의를 받아들였다.

과연 아침에 나와 보니, 치킨샐러드용 가슴살에 절단계육이 섞여 있었다. 은하는 현준과 은밀한 웃음을 한 번 나눈 뒤 닭고기를 허브와 스파이스로 간해 삶았다.

"이상하네."

일찍 출근한 은영이 갸웃했다.

"정량 발주가 맞는데 이상하게 많아 보여. 어? 그러고 보니 닭갈비용 고기도 섞인 것 같네?"

"뭐, 가슴살이 부족해 보충해 줬겠지."

은하는 시치미를 뗐다. 일찍 출근한 A팀 직원이 아까부터 고개를 실긋거리며 여기저기를 살피고 다녔다.

"뭐 찾는 거 있습니까?"

"아, 아뇨."

그는 과하게 손사래를 치고는 돌아섰다. 뒤를 보니 현준이 그를 지켜보고 있었다. 은하는 현준과 눈을 맞추고 다시금 은근한 웃음을 나눴다.

오늘은 특히 아빠의 도시락다운 메뉴다. 유정아가 사람을 웃게 만드는 음식이라고 칭했던 그 구성으로 밀고 나갈 터였다. 딱히 메인이 없어 은영은 '별맘 정식C'로 이름을 지었다. 왕 계란말이는 찬석과 점장의 레시피에서 각각 아이디어를 얻어 슬라이스 치즈와 볶은 김치, 그리고 김을 첨가했다.

먼저 사각 팬에 계란 물을 얇게 흘린 후 슬라이스 치즈를 깔았다. 치즈가 녹기 전에 말아 낸 뒤 다시 계란 물을 팬에 부어 김을 깔고, 그 위로 볶은 김치를 깔았다. 계란 물을 살짝 위로 붓고는 먼저 말았던 치즈 계란을 올려서 말았다. 두툼하게 말아진 계란말이를 한 번 더 계란 물에 굴려 부피를 키움과 동시에 내용물을 단속했고 고운 색도 냈다.

수지는 나나에서 무수히 해 냈던 메뉴였기에 허브치킨샐러드를 알아서 척척 처리하는 한편 끓고 있는 무 꽁치조림을 살펴 주었다. 조림은 물을 추가하면서 오래도록 졸여서 국물이 전혀 없으면서도 깊은 맛을 내게 할 것이다. 생선은 뼈를 포함해 오래 끓일수록 감칠맛이 나오고 비리지 않다. 그러면 인공조미료를 절제할 수 있으니 쉽게 물리지 않는다.

준호는 두부부침을 맡았다. 두부는 절단한 뒤에 소쿠리째 소금물에 담가 두었으니 일일이 소금 간을 할 필요 없다. 계란 물에는 밀가루를 첨가해 오래도록 휘저었다. 그러면 일일이 밀가루를 바르지 않아도 접착력이 좋아진다. 계란 물은 허브와 백후추로 간했다. 흑후추에 비해 맛이 약한 대신 상대적으로 은은하게 깊은 향인 백후추는 비린내를 잡아 주고 짠맛의 독점을 상쇄해 복합적인 식감에 기여한다. 그렇다고 많이 넣으면 나쁜 향이 나고 불쾌한 매운맛으로 전락한다. 모두 학교가 아닌 아빠에게 배운 상식이다.

메인 하나에 집중될 재료비를 세 가지로 분산시킨 '별맘 정식C'는 출발은 그리 좋지 않았다. 하지만 A팀과 비슷한 스타일로 양념을 했던 B팀의 제육볶음이 치고 나가면서 A팀의 손님을 나눠 가졌다. 덕분에 집밥 스타일의 C팀 도시락은 독자적으로 손님을 확보했다. 특히 샐러리맨 군단의 주문이 많았다.

1위도 가능하다는 희망을 품고 있는 피크타임 끝자락에 점장이 들어와 은하 앞에서 거드름을 피웠다. 여전히 바빴지만 어쨌거나 가르침을 준 '거장'이었기에 예의를 차리고 잠시 손을 놓았다.

"험! 거 말이다. 내가 오늘 정의로운 일을 하나 했어."

말똥말똥 눈알을 굴리는 은하에게 점장은 A팀 방향을 가리켰다.

"테이크아웃 대량 주문이 들어왔었어. 그렇지만 내가 막았지. 식중독 사고 위험 때문에 대량 주문을 하려면 신분증과 도시락을 먹는 대상을 알려 달라고 했더니 머뭇거리더군. 못 판다고 쫓아냈어."

은하는 무슨 말인지 몰라서 여전히 말똥말똥 눈알만 굴렸다.

"장 조리산 다 좋은데 눈치가 없더라. A팀에 수상한 대량 테이크아웃이 들어왔고, 난 차단했어. 왜 그랬겠어?"

비로소 감이 왔다.

"근데 순수한 고객일 수도 있잖습니까?"

"내가 짬밥이 몇 년인가? 처음 보는 젊은이가 예약도 안 하고 혼자 와서 특정 팀 것만 사재기하려 들면 뻔하지."

"순순히 돌아갔습니까?"

"규정상 서류가 필요하다고 했더니 그냥 가더라고."

"무슨 서류……."

"간단하게 호적등본하고 인감증명서만 떼 오라고 했지!"

"와우, 지혜가 대단하십니다, 거장님."

"거장님?"

"으흐흐! 평소 존경하다 보니 호칭이 그렇게 나와 버렸습니다."

"뭘 존경씩이나, 하하하! A팀 반칙은 내가 감시할 테니, 장 조리산 신경 끄고 일만 하면 될 거야. 존경씩이나 받는 몸이니 정의 실현을 위해 더더욱 열심히 감시해야겠지?"

점장은 어깨를 으쓱해 보이고는 기분 좋게 조리실을 나갔다.

하늘도 스스로 돕는 자를 돕는다더니, 투지를 불태우니 여러 사람들이 돕고 있었다. 하물며 조 주임까지도 은하와 마주치면 과하게 고개를 숙여 인사하면서 전처리 작업에 적극적으로 협조했다.

은하는 A팀 방향을 노려보며 불끈 주먹을 쥐었다.

"기대하시라. 정석의 힘을!"

김 과장은 퇴식구로 들어오는 도시락 중 유독 깨끗하게 비워지는 C팀의 것을 한곳으로 모았다. 워낙 남기는 게 적어 이렇듯 여러 개를 모아서야 비로소 고루 맛을 볼 수 있었다. 먹자니 복받친다. 왜 이 맛을 잊겠는가. 바로 김 과장이 물려받은 영민의 솜씨였다. 비록 현대적으로 응용된 점도 없지는 않았지만 의심할 여지가 없었다.

"영민이 형."

왈칵 솟구치는 영민에 대한 그리움이 목울대를 넘었다. 지영은 내일 오후에 이곳으로 온다고 했다. 별맘을 나나로 돌려놓기 위해서.

내일 C팀의 메뉴는 치킨스테이크다. 영민의 메뉴 중 가장 인기 있었던 음식이면서 아무나 할 수 없는 독창적인 음식이다. 은하 역시 가장 자신하는 음식이기에 승부에 가장 중요한 날에 넣었으리라. 여하튼 갑작스러운 A팀의 난조와 C팀의 놀라운 분발로 월 장원 자리는 혼전 상태가 되었다.

하지만 은하의 내일 메뉴가 치킨스테이크라면 월 장원 가능성은 C팀에게 기운다. 대단한 녀석이다. 역시 그 아버지에 그 딸이었다. 지그시 눈을 감고 생각에 잠겼다. 눈을 뜨고 저편의 은하를 오래도록 바라보았다. 그러고는 마지막으로 영민을 만났을 때를 떠올리면서 입을 열었다.

"영민이 형, 아무래도 때가 온 것 같네요."

은하에게 과거를 밝힌 지영은 떠날 준비를 하는 중이다. 지영의 선언에 앞서 영민의 마지막 안배를 건네주려면 더 지체할 수 없었다. 그 안배를 며칠 전부터 품에 넣고 다니길 퍽 잘했다.

C팀은 모두 지쳐서 쉬는 시간에 주저앉았다. 하지만 표정만은 더없이 밝았다. 3일 연속 1위가 눈앞에 있었다. 오자마자 한 살 어린 준호와 친해진 수지는 저만치 떨어져 준호와 이야기를 나누고 있었다. 친해진 건 사실이지만, 보다 정확히 말하자면 수지가 일방적으로 호감을 품으며 붙어 지내는 중이다.

"B팀이 재를 뿌린 것도 컸지만 A팀 테이크아웃이 팍 줄어든 것이 결정적이야."

은영이 나름 승리의 원인을 분석했다. 은하는 시치미를 떼고 맞장구를 쳐 주었다.

"그러게. 사람을 웃게 만드는 음식이라야 후반에 강하지."

"사람을 웃게…… 멋진 표현이다."

"내 말이 아니라, 아는 언니가 해 준 말이야."

"참! 은하야, 오늘 팀장님한테 갈 거지?"

"아니. 오늘은 할 일이 많아."

오 회장이 배려한 오피스텔은 딱 콘도 정도의 물품만 갖춰져 있었다. 거기에 옷 가방과 노트북만 들고 가서 이번 주 메뉴를 연구했다. 어제부터 머물렀던 그곳에 왠지 시훈의 체취가 묻어 있는 것 같았다. 그러고 보니 그는 빈 오피스텔이 있다고 말한 적이 있었다.

"팀장님한테 가서 놀아 주고 싶어도 무서운 아저씨 때문에 또 못 가겠더라."

은영과 준호는 전날 퇴근 뒤 병원을 다녀왔다.

"아! 언니한테 말 안 했구나. 우리 삼촌이야."

"헐! 너하곤 머리카락 한 올 유사점이 없는 것 같던데."

"겪어 보면 착하신 분이야."

"그래도 안 갈래. 실은 어제 말이지, 무서운…… 너희 삼촌이 자꾸 우리보고 빨리 돌아가래. 환자에게 절대적인 안정이 필요하다나 뭐라나. 또 뭐라더라. 응. 팀장님이 라면을 좋아하시나 봐. 라면도 끓여 줘야 하니 빨리빨리 나가래. 준호가 나서서 대신 끓여 준다고 하니까 막 성을 내고 쫓아내지 뭐니. 글쎄. 준호가 맞을 뻔했다니까. 생각해서 대신 끓여 준댔는데 말이야. 그러니 어디 무서워서 또 가겠어?"

은하는 병원에서 안 자고 오피스텔을 선택하길 퍽 잘했다고 생각했다.

바라던 1위를 한 뒤 팀원은 물론 현준과도 기쁨을 나눴다. 퇴근 준비를 하는 은하를 김 과장이 불렀다. 주변의 사람들이 마저 사라지기를 기다렸다가 김 과장이 담담히 입을 열었다.

"네 아빠가 돌아가시기 직전에 병원에 찾아갔었다. 바로…… 오늘 같은……."

말머리의 담담함과는 달리 김 과장은 곧 떨림을 실었다. 지그시 눈을 감았다가 뜬 뒤에 말을 이었다.

"은하가 오늘 같은 상황에 처할 때면 전하라고 하면서 내게 편지를 남겼다."

"저희 아빠가요?"

김 과장은 손에 쥔 서류 봉투를 열었다. 그 안에서 꺼낸 편지 봉투는 비닐로 싸여 있었다.

"3년 4개월 동안 가지고 있었다. 네 아빠와 약속을 지키려고 읽어 보진 않았다."

김 과장이 건네준 편지는 아빠 글씨가 맞았다. 절대로 잊을 수 없는 그 필체는 편지를 봉인하면서 했던 사인에도 남아 있었다. 편지 봉투는 깨끗했다. 오랜 세월 동안 이토록 견고하게 보관하고 있었다는 사실 하나로 은하는 울컥했다.

"언제…… 받으신 편지라고 하셨죠?"

"3년 4개월 전…… 네 아빠가 연락이 와서 찾아갔더니 주시더라. 형이 마지막 기운으로 쓰신……."

채 말을 잇지 못하고 김 과장이 고개를 돌렸다. 은하는 더 묻지 않고 조용히 고개를 숙였다.

전철에서 편지를 읽어 보려고 꺼냈다. 겉봉의 '우리 은하에게'라는 글씨만 보아도 눈시울이 화끈거렸다. 그리고 가슴이 너무 떨렸다. 결국 용산의 오피스텔에 도착한 뒤에야 식탁에 앉아 봉투를 뜯었다. 또 하나의 봉투가 나왔다. 봉투도 소중하여 조심스럽게 뜯어냈다.

「은하야, 내 사랑하는 딸아.

운동은 지금도 게으름 안 피우고 열심히 하고 있니?

아빠는 방금 엄마 행성에서 보낸 우주선이 지구에 근접했다는 소식을 들었다. 먼 길을 떠날 준비를 하다가 어린 네가 걱정이 되어 편지를 쓴다.

은하가 이 편지를 읽는다면, 오지영 집안과 아빠의 인연과 악연을 모두 알고 있다는 증거겠지? 그만큼 김 과장은 아빠가 가장 믿는 아우란다.

은하야, 아빠가 지영을 미워하는 건 사실이다. 데려가지 말라고 해도 자꾸 엄마를 데려갔으니.

그런데 한편으로는 나 말고 은하를 맡길 수 있는 유일한 사람이지 뭐니.

은하도 기억할까? 네가 여덟 살 때였다. 아빠가 너무 아파 누워만 있었고, 너는 배가 너무 고픈 나머지 아빠 와 아빠를 흔들어 깨웠었다.

그때 아빠가 말했었지. 은하를 나나를 찾는 사람에게 보내주고 싶다고.

나나를 찾는 사람들은 다름 아닌, 아빠한테 욕만 먹으면서도 자꾸 나타났던 지영의 가족이란다. 아빠는 정말로 미워했지만,

은하를 가득한 사랑으로 품어 줄 수 있는 세상의 유일한 가족이기도 했지.

아빠는 고아인 탓에 은하에겐 할머니와 할아버지의 정을 선물 못 했다. 그래서 지영이네 가족이 너를 원할 때 선선히 보내 주고 가족 같은 정을 누리도록 했다. 그때의 정 때문에 오 회장 부부와 지영은 너를 언제라도 기껍게 품어 줄 것 같았다.

한편으로는 훗날 주변 사람들이 친척처럼 은하를 따뜻하게 대하도록 노력하긴 했어도 어릴 때 은하를 키운 정을 갖춘 지영 가족의 마음에는 미치지 못할 것 같더라.」

「사랑하는 내 딸아.

이 편지를 읽을 무렵의 은하는 몹시 괴로운 상태겠지? 누구보다 의리를 중요시하는 우리 딸은 아빠의 뜻을 따른답시고 지영을 미워할 것 같구나.

그러지 마라. 지영은 아빠보다 더 큰 괴로움 속에서 살았다.

오래전, 그러니까 은하가 여덟 살 때 지영은 엄마의 복수를 위해 사람까지 죽였단다. 다들 교통사고로 생각해도 아빠만은 지영이 복수를 했다고 믿는다. 무엇보다 지영은 법정에서 자신을 변호하지 않았단다. 그렇게 지영은 애써 행복을 피해 다니며 스스로를 갉아먹었던 거지.

증오의 힘으로 버텼던 아빠는 더는 지영을 미워할 수 없어서 약해져서 아팠고, 너를 보낼 생각도 품었단다. 지영과 너를 동시에 구원할 것만 같아서.

배가 고픈 딸이 일으켜 준 덕에 아빠는 잠시 망각했던 삶의 이유를 기억했고 다시 강해질 수 있었다. 못난 아빠는 사랑하는 딸을 잠시 깜빡했지 뭐니. 아빠 삶의 가장 큰 이유를 말이다.

아빠는 계속하여 지영 가족을 피했다. 만나면 서로 상처만 도질 뿐이고, 비생산적인 슬픔과 원망으로 서로의 삶을 과거에 묶어 둘 것 같았다.

아빠가 나나도시락 가게를 차려 과거를 묻고 희망의 길을 밟았던 것처럼, 지영 또한 망각의 시간을 거쳐 희망의 길을 걸을 수 있기를 바랐다.」

「딸아.

나나도시락 가게는 잘 있니?

아빠가 차린 가게가 잘 있다고 해도, 지영이 따로 나나도시락을 준다면 받아라. 그것이 처음부터 나나였다면 어느 곳에 있든 아빠와 엄마가 통신을 할 수 있단다.

다른 편지에도 말해 줬지? 엄마 별에서 지구까지 전송이 50년 걸린다고. 그러니 넌 건강 관리 잘해서 50년 후에 엄마 별에 찾아오는 방법을 꼭 전달받아야 한다.」

「사랑하는 나나야.

엄마가 힘이 있었으면 비극을 피할 수도 있었을 거라는 아쉬움에 너한테 가혹했다. 소녀로서 하고 싶은 것도 많았을 텐데, 운동만 강요하고 또 강요해서 미안하다. 그리고 사랑하는 딸에게 욕을 해서 미안하고, 매정하게 굴어서 또 미안하다. 그것 때문에 나나가 상처를 떠안고, 그것 때문에 나나가 움츠러들까 봐 아빠는 걱정이다.

잘 들어라 나나야, 아빠는 단 한 순간도 너를 사랑하지 않은 적이 없었다. 편지를 쓰는 지금도 나나가 너무 보고 싶다. 넌 아빠가 없어도 당당하게 사는 법을 배워야 했기에 일부러 무심했던 거다.

사랑하는 딸아, 아직도 사람들 정을 무서워하니? 도망가지 말고 부딪쳐라. 가슴의 문을 활짝 열고 새로운 인연도 용감하게 품어라. 아빠의 딸인 게 부끄럽지 않다면, 아빠가 잘 키웠다고 증명하려면 말이다.

보고 싶고 또 보고 싶다. 사랑하고 또 사랑한다.

안녕.」

어둠이 깊어지자 도시는 색색으로 변신하기 시작했다. 창밖으로 보이는 기차역과 한강변으론 줄줄이 이어진 불빛이 낮의 형상을 대신했다.

시훈은 환기창을 밀어서 열었다. 배연창까지 연 뒤 가만히 귀를 기울여 보았다. 까마득한 아래서 올라온 자동차 소리만 들린다. 이웃에서 새어 나오는 불빛만 확인한 뒤 손에 턱을 괴고 밤의 도시를 내려다보았다.

퇴근한 뒤 서둘렀는데도 그녀보다 약간 늦게 들어왔다. 불빛이 아니라도 그녀가 들어온 사실은 알고 있었다. 두둑한 수고비를 따로 받은 경비원은 어제부터 그녀의 안전에 특별한 관심을 쏟고 있었다. 들어오면서 물으니, 그녀가 방금 19층으로 올라갔다고 시훈에게 바로 알려 줄 수 있을 만큼 임무를 착실히 수행하는 듯했다.

시훈은 이틀째 이용 중인 오피스텔의 냉장고에서 캔 맥주를 꺼내고는 주춤했다. 박 전무의 공급 횡령 증거는 다 모았다. 계속 방심하게 한 뒤 내일 상황을 봐서 경찰에 고발할 터였다. 그동안 또 어떤 수작을 부릴지 알 수 없었다. 급히 운전을 할 일이 생길 수도 있었기에 맥주를 도로 넣어 두고 생수를 꺼냈다.

철수는 은하 혼자 낯선 오피스텔에 머무는 일에 고민하다가 시훈이 이웃에서 지켜볼 거라는 말에 마음을 놓았다. 철수의 걱정을 떠나서 시훈 자신이 견딜 수 없었다. 이렇게라도 은근히 지켜 줄 수 있어서 차라리 반겼다. 어쨌거나 내일 있을 지영의 중대 선언까지만 참으면 된다. 만약 지영이 은하의 마음을 돌리는 데 실패한다면, 그때는 물불을 안 가리고 시훈이 직접 뛰어들 터였다.

다시금 창가에 섰다. 그때 여자의 울부짖는 소리가 허공으로 흩어졌다.

"말을 했어야지! 말을!"

왜 이 절규를 잊겠는가. 3년 전 장례식장에서 들었던 그 처절한 음색을.

시훈은 후다닥 뛰쳐나가 옆 호실의 벨을 누르며 소리쳤다.

"은하야! 은하야!"

대답이 없어 비밀번호를 누르려는 순간 문이 열렸다. 멍하니 시훈을 바라보는 은하의 얼굴은 흠뻑 젖어 있었다. 시훈이 안쪽을 한 번 살피고는 들어섰다. 팔을 벌리기도 전에 은하가 먼저 안겨 들었다.

"아빠가…… 아빠가…… 으아앙!"

그녀는 말을 잇지 못하고 뜨겁게 흐느꼈다. 힘껏 안았다가 등을 토닥여 주었다. 울음소리가 낮아졌고, 그녀는 딸꾹질을 하는 양 어깨를 들썩거렸다. 시훈은 입 안에 가두었던 궁금증을 비로소 꺼냈다.

"아빠에 관해 뭘 듣기라도 한 거니?"

그녀는 안긴 채 식탁을 가리켰다. 시훈은 그녀를 옆으로 안아 나란히 걸어 식탁 앞으로 섰다. 한 손으로 안은 채 조심스럽게 편지를 집어 들었다. 이내 시훈의 눈도 그녀의 빨간 눈처럼 퉁퉁 부었다.

시훈은 은하를 침대에 걸터앉게 하고는 옆으로 앉아 팔을 둘렀다. 은하가 가슴팍으로 머리를 기댔다. 시훈은 그녀를 두른 손으로 어깨와 팔을 토닥여 주었다.

"은하 아빠는 세상에서 가장 훌륭한 유산을 남기신 것 같다."

오 회장이 지영에게 기어이 물려주려고 하는 유산보다 말이다, 하는 말은 삼켰다.

"그렇지만 너무너무 미워 죽겠어요. 아프단 말을 딸한테 털어놓았어야지."

이제야 입을 열어 흘린 코맹맹이 소리가 아프게 가슴을 때렸다. 그녀는 지금 애써 의젓해 보이려는 장은하가 아니었다. 그저 스물세 살의 어린 녀석으로 시훈의 가슴에 기대고 있었다. 어쩐지 반가웠고, 그래서 미안했다. 시훈은 손가락으로 그녀의 머리카락을 조심스럽게 쓸어 주었다.

"아빠 절대로 널 혼자 있지 않도록 하면서 키웠다며? 떠나실 때가 되니까 걱정되신 거야. 지구에 남아 계실 때, 은하가 아빠 없는 독립적인 인생을 배우도록 배려하셨던 거야. 요컨대 너무 사랑하다 보니 그러셨던 거지."

"그래도 보고 싶으면 나중에라도 불렀어야지."

"은하야, 내가 아빠였다고 해도…… 흉해진 몰골은 딸한테 보이고 싶지 않았을 것 같다. 사람은 대체로 마지막 모습을 기억에 가장 크게 담거든."

"덕분에 나만 나쁜 딸이 됐잖아, 흐흑."

그쳤던 울음을 다시 토한다. 시훈이 몸을 돌려 가득히 안았다.

"한시훈이란 인간은 못 하는 게 없어서 심리 추론에도 조예가 깊거든. 지금까지 은하가 살아온 모습을 단서로 추론했을 때, 아빠는 하늘에서 은하를 아주 흐뭇하게 바라보고 계신다. 세상에서 가장 멋지고 착한 딸이라며 어깨를 으쓱하고 계시는 세 내 추론에 딱 걸리니 너도 으쓱해도 돼. 그토록 훌륭한 아빠 딸이 자책하면서 기죽으면 모양이 안 좋잖니."

"아빠 딸, 기 안 죽었어요."

나지막이 젖은 소리를 하며 날리는 주먹이 반갑다.

은하는 한참을 더 품에 안겨 있다가 퍼뜩 떨어져 앉았다.

"여긴 어쩐 일입니까?"

눈두덩이뿐 아니라 온 얼굴을 벌겋게 물들인 채 찡그린 이마가 예쁘기만 하다.

"옆집이 내 오피스텔이야. 회장님 집하고 나란히 분양받았어."

"혹시…… 어제도 거기서 잤습니까?"

시훈이 고개를 끄덕이자, 은하가 눈을 흘겼다.

"찌그러진 얼굴로 가출씩이나 했습니까?"

"으흠. 가출이 아니라 우리 식구 공부 좀 시키려고. 어쩌다 보니 내가 줄곧 가장 노릇 하면서 일일이 챙겨 줬거든. 독립심을 키워 주고 싶어서 가슴 아파도 집을 비운다고나 할까?"

은하는 갸웃하다가 고개를 숙이고는 머리를 긁적였다.

"제가 걱정됐나 봅니다?"

"날 책임져 줄 사람이니 도망 못 가게 감시했다고나 할까?"

은하가 손가락을 맞비비며 더욱 머리를 숙였다.

"저한테 너무 잘해 주신 것 같습니다요."

"그런 진실을 굳이."

"아빠가 시훈 씨를 봤다면 저한테…… 좋은 사람이라고 말하실 것 같네요."

기어들어 가는 그 소리에 시훈은 살며시 웃음을 누렸다.

"내가 그렇게 좋으면 나한테 잘해 주면 되니 어렵게 생각하지 마."

"내가 언제 좋다고……."

"장인어른 말씀이 곧 은하 말이잖아?"

"장인어른……."

은하가 고개를 쳐들었다. 눈을 흘겼는데도 눈물로 부은 얼굴엔 천진한 웃음이 섞여 있었다.

"치사하게 이런 상황에서 이상한 소리 하깁니까? 재계약 안 해 줄까 보다."

"재계약? '도망가지 말고 부딪쳐라. 가슴의 문을 활짝 열고 새로운 인연도 용감하게 품어라. 아빠의 딸인 게 부끄럽지 않다면.' 장인어른 말씀이야."

"벌써 다 외우신 겁니까?"

"장인어른 말씀이 구구절절 옳아서 머리에 척척 심어지더라."

은하가 다시금 고개를 숙였다. 그러고는 다소곳이 말한다.

"곁에 있어 주니…… 좋았어요."

"좋으면 좀 가까이 와라."

"싫은데요."

그녀가 힐긋 본 뒤 고개를 숙이고는 덧붙인다.

"시훈 씨가 와요."

닭 넓적다리는 뼈를 제거했어도 한 조각이 0.2킬로 이상 되었
다. 브라질이나 미국산은 이렇게 칠면조처럼 컸다. 전날 깨끗하
게 씻어 양념해 놓았던 닭고기를 꺼내 스테이크 화덕 앞으로 옮
겼다. 아직 다른 직원들이 출근하지 않았을 때 초벌구이를 마쳐
야 했다.

오래도록 방치되어 녹물이 스민 그릴은 전날 수지와 준호가 열
심히 세척했다. 소고기는 원가가 맞지 않고, 돼지고기는 마땅한 스
테이크 거리가 없어 방치되었다고 한다. 한때는 숯불 돼지고기를
굽기도 했지만, 워낙에 연기가 많이 났고, 작은 조각의 고기여서
쉽게 탔기 때문에 결국 스테이크 그릴은 애물단지로 전락해 있었
다.

큼직한 닭 넓적다리는 껍질이 두꺼워 기름기가 넉넉했다. 은하
는 벌겋게 달구어진 그릴에 껍질 부위가 아래로 가도록 고기를 줄
줄이 올렸다.

지지직—

고기의 껍질이 녹으면서 기름이 밑으로 떨어짐과 동시에 화르
르, 불꽃이 올랐다. 겹겹이 조리 장갑을 낀 손으로 재빨리 뒤집었
다. 순간적으로 겉이 익은 부위에 검은색 그릴 자국이 선명하게 그
어져 있었다. 살점 부위는 보다 덜 익힌 뒤 후딱 집어 조리 박스로
던져 담았다. 그릴에 쏟아 내듯 가득히 올려 고온에서 재빨리 뒤집
는 작업을 반복하여 500인분 고기의 초벌구이를 40여 분만에 끝
냈다.

매캐한 연기가 얼추 빠져나간 뒤에 직원들이 한 명씩 모습을 드

러냈다. 도중에 리필하긴 어려워 이렇듯 한꺼번에 초벌을 마쳤다. 40프로 정도만 익힌 고기를 다 팔지 못한다면 절단해서 냉동시켜 훗날 치킨 필래프나 덮밥에 사용하면 된다.

"은하 씨, 냄새부터 월 장원이네요."

일찍 출근한 현준이 엄지를 척 세웠다.

"A팀 탕수육이 워낙 유명해 살짝 걱정입니다."

아빠의 메뉴로 자신은 있었지만, A팀은 탕수육 하나는 정말 맛있게 만들었다.

"참, 현준 씨네 두부탕수 새로 넣었던데, 겹치면 안 되잖아요."

"메인이 아니라 사이드니 상관없어요."

A팀을 견제하고자 일부러 넣은 성싶다.

팀이 출근해 각자 맡은 일을 하는 동안 은하는 초벌구이를 했던 고기를 조리용 수레에 실어 네모 널찍한 전판 앞으로 가져갔다. 곁에 도마를 두고 칼집을 내고 모양을 잡아 가면서 달구어진 전판 위로 휙휙 던졌다. 나나에서 오랫동안 해 왔기에 던지는 족족 제자리로 안착해 지글지글 익어 갔다.

오늘 1위를 하면 월 장원이 거의 확정인지라 여러 직원들이 은하의 조리 과정을 힐끔거렸다. 특히 A팀의 직원은 노골적으로 탐색을 했다. 이제까지와는 전혀 다른 메뉴이기에 맞대응 작전을 짜는 게 쉽지 않은 성싶었다.

"그냥 닭 소금구이 같을걸."

다른 직원에게 그런 말을 남기고 A팀 직원은 돌아갔다. 전판에서 마저 익혀 그대로 먹어도 괜찮은 음식이다. 그리고 현재로서는 매콤한 양념이 추가된 소금구이가 맞다.

하지만 A팀 직원이 놓친 사실이 있다. 단순이 익히기만 하려면 스테이크 그릴에서 끝까지 익히거나 오븐에 나머지를 편하게 구우면 된다.

고기가 80프로 정도 익어 가자 은하는 상식을 깨고 지글거리는 고기 더미 위로 멀건 소스를 잔뜩 부었다. 함박스테이크를 졸이는 요령은 바로 여기서 나왔던 것이다. 나머지가 20프로가 익어 가면서 검붉은 소스가 스며들어 색과 식감을 보강했다.

샘플을 완성해 내놓자, A팀 직원들이 당황했다. 닭고기 그대로의 색이 아니라 스테이크 특유의 검붉은 빛으로 완성되었고, 선명한 그릴 자국도 나 있었다. 물론 영업 시작이 코앞인 지금 그들은 C팀 메뉴에 적절히 대응할 수 없었다. 남들이 모르는 메뉴를 가지고 있으면 이렇듯 경쟁에서 유리했다.

"와우!"

은영이 비주얼에 우선 감탄하며 시식을 했다.

"어쩜 좋아! 살살 녹는다, 은하야. 세상에 불맛에다가 기분 좋게 톡톡 터지는 매콤한 향기라니!"

은영은 준호와 함께 1인분 고기를 말끔히 먹어 치웠다.

피크타임이 되자 C팀 도시락을 찾는 손님은 줄을 서고 기다려야 했다. 수지와 준호는 사이드 메뉴로 바빴기에 은하는 전판을 홀로 지켰다. 몰두하다 보니 점점 손이 빨라졌다. 나나에서 장난처럼 고속으로 움직였던 동작이 저절로 나왔다. 남들이 보면 양손에 집게를 들고 전판을 두드리는 동작일 것이다. 집게가 모서리로 닿는 순간 고기가 붕 떴다가 정확히 제자리로 뒤집혔다. 곡예사 같은 그 모습에 직원들이 감탄을 하고 지나가곤 했다. 은하는 조리에만 집중했다.

"히히히, 은하야. 천천히 해도 되겠다."

피크타임이 끝나기도 전에 1위가 확정이라고 은영이 알려 주었다. A팀은 의외로 3위로 밀려났다는 말과 함께.

"나라도 같은 값이면 탕수육 말고 치킨스테이크 먹겠더라. 우선 비주얼부터 다르잖니."

은하는 뜨거워진 눈시울을 다스리며 퇴식구로 향했다. 김 과장은 여느 때처럼 말없이 분주히 움직이고 있었다. 이제 그는 계속 이곳에서 근무할 수 있으리라.

"과장님…… 저희 팀이 월 장원 먹을 거 같아요."

꼭 해 주고 싶었던 말을 건넸다는 기쁨이 창피하게도 눈시울로 드러나고 만다. 하지만 부끄러워하지 않아도 될 것 같다. 김 과장의 눈시울도 붉어 있었다. 그가 조용히 손을 내밀었다. 은하는 그 손을 덥석 잡아 뜨거운 악수를 누렸다. 손을 놓기 전에 또 해 주고 싶은 말이 있었는데 복받치는 바람에 손을 놓고 한참을 더 머뭇거린 뒤에야 입을 열 수 있었다.

"평생…… 평생 과장님 좋아하고 존경할 겁니다. 여기서 오래오래 근무하시고, 또 오래오래 사세요. 그래야 오래오래 제가 은혜 갚을 수 있으니까요."

김 과장은 뜨거운 얼굴로 고개만 가벼이 가로저었다. 말이 없어도 그가 무엇을 부정하는지 은하는 알 수 있었다.

"저한텐 은혭니다. 어떻게…… 어떻게 3년 4개월 동안이나…… 고맙습니다."

왈칵 쏟아지는 눈물을 들키기 싫어서 꾸벅 숙이고는 돌아섰다.

500식은 과욕이라던 은영의 걱정과는 달리 피크타임 끝 무렵에 몽땅 소진했다. 아빠의 대표작 중 하나였기에 기록을 세우고 싶었던 소망까지 더불어 이루어졌다. 기왕이면 더 큰 기록을 세우고 싶었기에 은하는 아쉬움을 드러냈다. 은영이 눈을 흘겼다.

"하여간에 우리 은하 욕심은 하늘을 찌른다니까. 오늘만 날이니!"

오늘밖에 기회가 없거든, 하는 말을 삼켰다. 퇴사를 하겠다는 결심마저 흔들리는 마당인지라 생각이 복잡해졌다.

총 매출의 반 이상을 책임지고 녹초가 된 승자의 특권으로 C팀은 쉬엄쉬엄 다음 날 전처리만 하면 될 터였다. A팀을 제외한 여러 직원들이 축하한다는 덕담을 건넸다. 점장도 멀리서 엄지를 세우며 축하해 주었다.

직원들이 점심을 먹기 전에 점장이 불러 모았다.

"오늘 오후 3시 30분부터 4시 30분까지 브레이크타임을 걸고 손님을 안 받을 테니 재료 관리 잘들 하세요."

손님이 드물게 오는 시간이라 배식대 직원만 교대로 근무하면 되는데도 굳이 문을 닫는다고 했다.

"그리고 틈나는 대로 청결하게 청소합시다."

점장의 말을 현준이 받았다.

"높은 사람 행차하신가 보네요?"

"아아주!"

은하는 지영이 방문한다는 사실을 시훈에게 들어 이미 알고 있었다. 모른 척하고 돌아서서 구석 자리로 숨어들었다. 밤새 함께했던 시훈은 지영의 결심을 알려 주었다.

'선택은 은하 몫이야.'

그는 은하가 믿고 편지를 보여 줬으니 일단 혼자만 알고 있겠다고 했다. 시훈이 밝히지 않아도 그가 어떤 선택을 원하는지 어렵지 않게 알 수 있었다. 그는 지영의 손을 잡아 줄 것을 간절히 원할 터였다. 그리고 철수와 그가 왜 새삼 은하 주변을 경계했는지도 명쾌하게 알아차렸다. 바로 박 전무의 마수로부터 보호하려는 배려였다. 박 전무를 생각하니 화가 났다. 15년 전의 아빠라면 지영을 미워하면서도 그녀의 무모한 계획을 알았다면 말렸을 것이다. 더불어 지영에게 접근하는 위험도 먼저 알려 줬으리라. 하지만 박 전무는 알면서도 음흉하게 지켜보기만 했다. 어쨌거나 시훈이 따로 응징할 무기를 단단히 갖추었다고 하니 조금은 화가 풀린다.

문득 시훈에게 썩 자연스럽게 아빠의 편지를 가리켰던 일이 떠올랐다. 마치 가족에게 그랬던 것처럼.

"오라버니."

소리가 저절로 새어 나온다. 언제부터인가 기대고 싶은 가족처럼 자리 잡았던 것이다. 오래도록 동등한 인간관계를 고집해 왔는데, 심지어 나이 많은 철수에게도 동등한 관계를 고집해 왔는데도 그렇게 알게 모르게 시훈은 의지할 대상으로 마음속에 심어지고 있었나 보다. 겪을수록 참 좋은 사람이다. 인간 장은하가 뭐가 좋다고 너무도 잘해 준다. 그러고 보니 정말로 이상한 남자다.

그런 생각을 굴리는 중이었기에 느닷없이 찾아온 오 여사를 맞이하는 마음은 심란하기만 했다.

2층 테이블에서 마주 앉은 오 여사는 좀처럼 입을 열지 않았다. 새침한 표정으로 머리카락을 쓸어 올리거나 헛기침을 하면서 은하를 힐끔거릴 뿐이었다. 결국 다소곳이 앉아 있던 은하가 먼저 입을 열었다.

"저…… 상의하실 일이 있다면서요?"

"응. 안 그럼 왜 여길 왔겠어?"

오 여사는 턱을 치켜들고 엇나간 시선을 한 채 뾰로통하게 말했
다.

"말씀하시죠."

"으흠, 오빠한테 들었다. 네가 나나라며?"

"아, 예."

"그러게. 왠지 옛날에 안아 줬던 것 같더라고."

"고문님께서 저를요?"

"왜 아니겠니? 아이 때 예뻐해 준 날 감쪽같이 속였어."

"일부러 속인 적은 없는데."

"흥! 어른이 먼저 물어봐야 했었나? 알아서 실토했어야지."

"쩝! 제가 죄송하다고 치죠, 뭐."

살짝 고개를 숙인 채 바라보는 은하와는 달리 오 여사는 시종
딴 데를 보며 새치름하게 굴었다.

"많이 죄송하지?"

"아, 예."

비로소 오 여사는 은하와 시선을 섞었다.

"죄송하면 내 부탁 좀 들어줘."

"어…… 일단 말씀해 보시죠."

"우리 시훈이가 말이다……."

오 여사는 긴 한숨을 내쉬었다.

"세상에 집하고 가족밖에 모르는 애가 계속 외박이지 뭐니."

찔리는 구석이 있었지만 은하는 일단 시치미를 떼고는 눈을 동

그렇게 떴다. 잠깐 날카롭게 탐색하던 오 여사가 다시금 한숨을 쉬었다.

"에휴, 사실 집을 나가기 전에 전조를 보였어. 걔는 골이 나면 말을 안 해 버리거든. 휴우, 숨 막히는 나날이었지. 근데 집까지 안 들어오니 불안해 죽겠다. 그래서 말인데, 넌 시훈이가 왜 그러는지 짚이는 거 없니?"

"뭐, 딱히……."

"넌 알고 있을 텐데?"

"제가 왜요?"

"우리 딸한테 다 들었다. 네가 우리 시훈이하곤 절대 결혼 안 한다 했다면서?"

"그거야 당시 상황이……."

"우리 시훈이가 뭐 어때서!"

오 여사는 토라진 아이처럼 볼멘소리를 했다.

"뭐, 싱겁고 이상하고 나이 많은 남자긴 해도 좋은 사람입니다."

"호호호! 어디 좋기만 하니? 똑똑하고 잘생기고 가정적이고…… 암튼 엄청 매력 있는 남자지. 어디 그뿐이니. 엄청 자상하고 우아하고 교양 있는 엄마까지 두었단다, 얘."

"아, 예. 원래 훌륭한 남자 뒤에는 훌륭한 엄마가 있다더군요."

"호호호! 오늘은 너하고 말이 아주 잘 통하는구나."

왜 이리 새삼 가라앉는지 모르겠다. 시종 웃음을 잃지 않으며 얌전하게 응수하는 중이다. 그런 은하를 묘한 웃음을 흘리며 오 여사가 바라보았다.

"사실 막강한 집안에서 줄줄이 중매가 들어와도 내가 다 싫다 했어. 에휴, 아무리 집안이 좋아도 난 편한 사람이 좋더라. 시훈이 말로는 어린 나이에 뒷담화도 안 하고 날 감싸 주는 애가 있다던데.”

은하는 무슨 말인가 하고 눈알만 데굴데굴 굴렸다. 은하가 침묵하자, 오 여사의 목소리가 살짝 올라간다.

“지금도 시훈이가 좋다고 나한테 아양 떠는 여자들이 있다고.”

“이상한 남자를 좋아하는 이상한 여자가 있긴 하겠죠.”

“싫어! 싫다고! 안 편해서 내가 싫다고!”

“어, 왜 화를……”

“난 장은하가 편하다고!”

소리치고는 휙 고개를 치켜든다.

“흥! 이런 말까지 내 입으로 해야 하나? 넙죽 절하고 사정을 해야 할 쪽이 어딘지 모르겠네, 참.”

그렇다고 지금 넙죽 절을 하기엔 시기상조일 것 같아 은하는 머리만 긁적였다. 못마땅한 표정으로 연신 곁눈질을 하던 오 여사가 새침하게 묻는다.

“삼촌하고 같이 산다고 들었어. 어떤 분이지?”

“죄송한데요, 아직 호구 조사 시기는 아닌 것 같습니다.”

“정기 조사가 아니라 임시 조사야. 그리고 나나를 안아 줬던 자격으로 궁금해서 묻는 거야.”

“저희 삼촌은 엄청나게 건강하고, 많이 착하고, 의리가 대단합니다.”

“뭘 전공했지?”

“아, 예. ……자동차운전학을 전공했습니다.”

“그런 학과도 다 있나?”

철수는 고입 검정고시에 합격한 뒤 고등학교를 중퇴했다. 은하는 그 복잡한 학력을 간단하게 설명했다.

"저희 삼촌은 국가 4대 고시에 합격했습니다."

"4대? 외, 사, 행…… 3대 아닌가?"

"요즘은 검정고시까지 해서 4대 고시라고들 합니다."

더는 설명하기 싫어서 은하는 시선을 피하며 입을 다물었다. 갸웃하던 오 여사가 바짝 얼굴을 내밀며 속삭인다.

"얘, 5대 고시라고 치자."

"뭘 또……."

"회계사 고시까지 해서 5대 고시."

개구진 표정이 살짝 섞여 있긴 했어도 오 여사는 진지했다. 은하는 문득 생각이 나서 물었다.

"참! 여기 오셔도 괜찮으십니까?"

"엉. 오빠가 떠밀어…… 아, 오빠가 여기 한번 점검해 보라고 해서 왔어. 오늘 너네 회사 사장이 중대 발표를 하러 여길 온대."

"여기서요?"

"그런가 봐. 그래서 식구들이 근처 호텔에 머물고 있거든."

월 장원을 확정 지은 직후 스르르 빠져나간 긴장감을 대신해 들어찬 조바심의 정체를 비로소 분명하게 헤아렸다. 은하는 엉덩이를 들썩였다.

"거기가 어딥니까?"

지영은 부모님을 객실에 쉬게 하고 커피숍으로 내려왔다. 간밤에 쓴 글을 혼자 조용히 점검하고자 서류를 펼쳤다.

은하에게 나나를 돌려준 뒤 결과에 상관없이 경제 신문사에 몸담은 동창과 후배들을 만날 터였다. 박 전무는 별맘 간판의 비밀을 알고 있는 극소수에 해당되었다. 보나 마나 길길이 날뛰며 보복이며 방해 공작을 감행할 터였다. 하지만 지영이 먼저 전과 기록을 포함해 과거의 허물을 시장 퇴임의 이유에 붙여 공표해 버리면, 박 전무는 비장의 무기를 잃음과 동시에 15년 전의 불순한 의도까지 까발려져 동반 퇴진을 할 터였다.

물론 그는 은하에게도 과거를 알려 지영과 이간질을 시도할 것이다. 모두 털어놓은 마당이니 그 역시 상관없었다. 털어놓고 보니 참 좋다. 오래도록 밀폐된 공간의 오염된 공기에 길들여졌다가 마침내 신선한 공기를 자유롭게 마시는 느낌이다. 다만 영민의 절규는 여전히 기억의 창고에서 가시를 품고 꿈틀거렸다.

'오빠는 하늘에서도 원망하고 있을까? 떠나기 전에 단 한마디만 해 줬으면 좋았을 텐데. 그만 미안해하라고…….'

블라인드 사이로 햇빛이 스미는 창가에 투명한 음색의 피아노 소리가 흘렀다. 황금빛 비늘로 반짝이는 강물을 떠올리게 하는 이 곡은 영민이 즐겨 듣곤 했었다.

객실에 들렀다가 1층으로 내려와 들어선 호텔 커피숍에는 아빠가 좋아했던 피아노곡이 흐르고 있었다. 창가에 서류를 앞에 두고 앉은 지영은 지그시 눈을 감고 있었다. 피아노곡을 음미하는 것처럼 리듬에 따라 미세하게 흔들리고 있었다. 어쩐지 방해하면 안 될 것 같아서 은하는 곡이 끝날 때까지 기다렸다가 다가갔다.

"안녕하세요."

"으응?"

지영이 쓸쓸한 기운을 채 털어놓지 못한 웃음을 지으며 갸웃했다.

"고문님께서 여기 계신다고 해서요."

"아! 너한테 사과할 게 있다고 가신다더니…… 앉으렴."

은하는 주춤하다가 앉았다.

"그래, 앙금은 다 풀었니?"

"앙금은요. 좋은 분이신데요."

"그래? 다행이구나."

몹시 흐뭇하다는 표정을 짓는다. 하지만 여전히 쓸쓸해 보였다.

"뭐 마셔라."

차를 시켜 준 뒤 지영이 빤히 바라보았다. 부리부리한 눈매인데도 깊고 따뜻한 눈빛이다. 은하는 그녀의 시선을 피하지 않고 더불어 뜨겁게 바라보았다. 이내 고개를 숙이고 말았다. 그녀가 끌어안았던 오랜 고통이 얼굴에 심어진 것 같아서 울컥했던 것이다.

"저기요, 어제 김 과장님이 편지를 주셨어요…… 돌아가시기 전에 아빠가 남기셨다고…….."

편지를 받는 과정을 생각만 해도 복받쳤다. 은하는 어금니에 힘을 주고 마음을 다스린 뒤 말을 이었다.

"아빠 오래전부터 사장님을 미워하지 않으셨대요. 저, 정말입니다."

고개를 들었더니, 지영은 부릅뜬 눈으로 보고 있었다. 벌써부터 붉어진 눈으로. 은하는 다시 고개를 숙였다.

"그렇지만 서로 안 만나야 과거를 잊고 살 수 있다고…….."

지영은 입을 꽉 다물고 창으로 시선을 돌렸다.

"15년 전 일도 알고 계셨어요. 사장님을 많이 걱정하셨어요."

의연해 보이던 지영은 결국 손바닥으로 얼굴을 가리고 푹 숙여 버렸다. 눈물은 은하가 먼저 수습했다. 오래도록 들썩이는 지영의 어깨가 퍽이나 고단해 보였다. 이어서 수목장에서 들썩이던 어깨와 겹쳐졌다. 은하는 슬며시 일어나 지영의 곁으로 앉았다. 차마 어깨로 손을 뻗지 못하고 고개를 숙인 채 깍지를 끼고 주물렀다.

"엄마한테 가셨을 때, 빗속에서 울고 계셨잖아요…… 아빠가 보셨을 거예요. 그런데 아빠 지구까지 오는 시간이 너무 오래 걸려서 안아 주지 못하셨을 거예요. 그래서 아빠 대신 제가……."

은하는 멈칫멈칫 손을 뻗어 들썩이는 어깨에 손을 얹었다. 그 손을 쓱 밀어서 반대편 어깨까지 뻗은 뒤 가까운 어깨로는 얼굴을 기댔다.

"제가 대신 안아 줄 테니, 그만 슬퍼하세요."

기댄 얼굴이 점점 심하게 흔들렸다. 한순간 지영이 허리를 펴고는 은하를 안았다.

"어쩜 너희 아빠…… 요정을 남기고 가셨구나!"

얼마나 안으로 담아 꾹꾹 누르고 있었는지 오열은 길고 뜨겁기 그지없었다.

손님을 받지 않는 가게 앞으론 카 크레인이 세워져 있었다. 크레인 끄트머리 작업 공간 안으론 사람이 올라타 어떤 작업을 준비하고 있었다. 전신주 작업은 아니었다. 척 봐도 크레인은 별맘 간판을 겨냥하고 있었다.

지영은 퉁퉁 부은 눈을 하고도 의연하게 서서 지켜보는 중이다.

은하가 옆으로 섰고, 반대편으론 오 회장 내외와 김 과장이 자리했다.

'그렇지만 별맘은 갖지 않을래요.'

아빠의 당부와는 달라서 은하는 사양했었다.

'나나라면 받아야 한다.'

지영은 그렇게 응수하며 함께 가자고 해서 별맘 앞에 서 있는 중이다.

"은하야, 난 21년 동안 이날만 기다렸단다."

간판을 바라보는 지영의 얼굴로는 회한이 가득했다. 그녀가 간판을 가리켰다.

"저 별 두 개를 잘 봐라."

간판 앞에 별 두 개가 먼저 심어져 별별도시락이란 애칭이 생기기도 했다. 지영이 손짓을 하자, 크레인 작업 공간의 남자가 별을 떼어 내기 시작했다.

"여긴 처음부터 나나였단다. 네 아빠의 최종 꿈이 이 가게였지."

별을 떼어 낸 남자가 이어서 간판에 붙은 두툼한 시트지를 떼어 냈다.

"난 아빠의 가게를 관리하면서 주인을 기다렸어. 주인이 없어서 네 부모님의 꿈인 상호를 쓸 순 없었다."

시트지를 떼어 내자 숨어 있던 글씨가 드러났다. 오랜 세월 동안 저토록 선명하게 남아 있을 리는 없다. 지영은 그렇게 감춰진 상호를 무시로 교체하면서 이날을 기다렸었나 보다.

나나별맘도시락.

별 두 개가 사라진 간판은 새로운 명칭으로 다시 태어났다.

지영이 뜨겁게 내뱉었다.

"은하야, 바로 저게 나나도시락이다. 나나의 별의 된 엄마를 기리는. 그래서 오로지 너만이 주인일 수 있는. 상황이 변해 별맘은 내가 추가했지만, 저것이 나나라는 사실은 변함없다."

지영이 손을 잡았다. 은하도 힘을 주고 맞잡았다. 할머니가 다가와 안았다. 할아버지와 김 과장도 은하 앞으로 섰다. 눈물은 부끄럽지 않았다. 모두가 비슷한 얼굴이었기에.

에필로그

별맘의 A팀 팀장이 보내온 소식에 박 전무는 기가 막혔다. 82프로의 월 장원 가능성을 가지고도 역전당했다고 했다. 눈엣가시였던 영민의 후배를 먼저 내쫓고자 하는 계획에 차질이 생겼다. 그 소식은 그나마 나았다. 부산에서 올라온 소식은 더 충격적이었다.

옛 공장을 매각하면서 이중으로 계약한 뒤 그 차액으로 회사의 협력 회사를 차명으로 차려 관리해 왔었다. 완벽했다고 자신했던 그 일을 누군가 샅샅이 캐 갔다는 정황이 포착되었다. 뿐만 아니었다. 도시락 용기 납품 공장을 교체하는 과정에서 뒷돈을 챙겼다는 사실도 들킨 것 같다.

모두 회계 감사를 빌미로 장부를 내준 뒤 생긴 일이다. 회계 법인이 굳이 고객의 허물을 캐서 거래처를 잃을 이유는 없다. 더욱이 은행 대출을 위한 분식 회계도 아니고, 매출을 축소하는 역분식 회계는 세금 문제려니 하고 넘어들 간다. 하지만 회계 법인이 누군가의 사주를 받았다면? 이내 답이 나왔다.

"한시훈 이놈!"

그랬다. 회계사 출신의 한시훈이 적극적으로 나선 것이다.

"햇병아리가 한번 해보자는 거지!"

당장 오 회장에게 전화를 걸어 조카의 행실 관리를 당부할 터였다. 그때 김 부장이 급하게 들어왔다.

"전무님, 오 사장님이 별맘의 상호를 바꾸고 원래 주인에게 돌려준다고 합니다."

"뭐야!"

지영이 독단적으로 간판의 비밀을 드러냈다고 했다.

"주인이라면 누굴 말하는 거지?"

"이번 월 장원을 한 장은하 조리사랍니다. 근데 아무리 월 장원을 했다고 해도 제 상식으론……."

"됐네. 자네 상식으론 절대 모를 걸세."

짐작했던 대로 장은하는 장영민의 딸이 맞다. 박 전무는 김 부장을 내보낸 뒤 오 회장에게 전화를 걸었다.

"회장님, 따님하고 한 실장이 막 가자고 하네요. 어디 같이 죽자는 건가요?"

— 기다리게. 내일 답을 주겠네.

의외로 오 회장은 차가운 한마디로 응수하고 전화를 끊어 버렸다.

'그래, 자식이고 조카고 뜻대로 안 움직이니 속상하겠지.'

애써 그렇게 해석한 뒤 다른 곳에 전화를 걸었다. 술에 취해 저 승사자를 들먹이던 녀석은 더 이상 신임할 수 없었다. 은밀한 일을 맡기곤 했던 또 다른 녀석에게 연락해 우선 급한 한 가지를 지시했다. 녀석은 발신자를 추적할 수 없는 전화로 장은하에게 연락할 터였다. 나나도시락을 준다는 사람은 바로 엄마를 죽인 원수니 받지 말라고.

그런데 무언가 확실히 잘못되었다. 한 시간 뒤에 녀석의 보고를 받은 박 전무는 되묻지 않을 수 없었다.

"장은하에게 전한 게 확실해?"

— 제가 어디 장사 한두 번 해 봅니까. 분명합니다.

"참! 나한테 전하란 말이 뭐라 했지?"

— 사장님이 누구란 건 절대 안 밝혔습니다.

"자네도 내가 누군지 모르는데 어떻게 밝히겠나? 아무튼 뭐라 했냐고?"

— 네, 일 시킨 사람한테 '이라또니'란 말을 꼭 전하라 했습니다.

"이라또니?"

갸웃하던 박 전무는 통화를 마치고 한참이 지난 뒤 갑자기 주먹으로 책상을 꽝 쳤다. 비로소 '암호'가 풀렸던 것이다.

저녁에는 언론사의 연줄에서 연락이 왔다. 지영이 15년 전 일을 털어놓으며 사장 자리를 내놓겠다는 인터뷰를 했단다. 박 전무는 사건을 예견했으면서도 방관한 공범자이기에 윤리적으로 문제가 있어서 동반 퇴진할 거라는 말도.

"미친! 내가 왜 동반 퇴진해. 사장 자리가 내 건데."

아직 기사화되기 전이다. 막아 보려고 오랜 조력자들에게 전화를 걸었다. 다들 받지 않았다. 겨우 한 사람과 연락이 닿았다.

"옛날부터 정신적으로 문제가 많은 여자요. 헛소리니 기사 좀 막아 봐요."

— 전무님, 옛날하고 다른 세상입니다. 더구나 그쪽 사장은 동
창이나 후배 같은 젊은 쪽을 따로 불러 인터뷰했어요. 위에서 막으
면 개인적으로 터트린다고요.

다음 날, 오 회장의 답이 도착했다. 검찰청에 접수한 고소장으
로. 언론은 물론 여성 단체까지 들썩이는 사안이라 중대하고 시급
해 직접 조사에 나섰다고 했다.

순진의 병실로 향하던 은하는 저절로 웃음이 나왔다. 복도 벽으
로 붙어 선 낯선 노부부의 익살스러운 표정이 퍽 재미있었기 때문
이다. 특히 키 작은 할머니의 웃음은 개구쟁이의 천진한 웃음과 퍽
닮아 있었다. 무슨 생각을 하시기에 저리도 즐거우실까, 하며 지나
쳤다.

"이보시오, 아가씨."

병실 손잡이를 잡는 은하를 할아버지가 짐짓 조심스럽게 불렀
다.

"예? 저요?"

"뉜지 모르겠지만 좀 있다 들어가시게."

"안에 무슨 일이……."

"중요하다면 썩 중요한 일이니, 그리 알고 내 말대로 하게."

"실례지만 누구신지요?"

"으흠! 아가씬 누구지?"

"아, 전 여기 환자분하고 같은 직장에 근무하고 있습니다."

은하의 말을 유심히 듣던 할머니가 말씀하신다.

"오라, 우리 순진이 병원 생활 도와준단 예쁜 아가씨가 있다더니 댁이었구만. 흐흐, 직접 보니 진짜 예쁘게 생겼구만."

할머니는 여전히 흡족한 웃음을 지으며 은하를 훑어보다가 은하 뒤편을 보고는 움찔했다.

"자, 잠깐! 간호사 양반!"

할머니가 불렀을 때, 간호사는 이미 병실 문을 열고 들어가 버렸다. 그런데 노부부는 왜 이리 당황해할까? 은하가 갸웃하는 그 순간 문이 거칠게 열리면서 간호사가 뛰쳐나왔다. 얼굴이 새빨개진 간호사는 은하를 발견하고는 대뜸 소리쳤다.

"보호자, 아가씨!"

"아, 네. 선생님."

"아무리 귀빈이라고 해도 여긴 병원이에요, 병원!"

"예?"

"병원에서 당연히 지켜야 할 게 있다고요!"

"무, 무슨 말씀이신지요."

"흥! 당장 들어가서 경고 전해 줘요! 한 번 만 더 걸리면 퇴원 조치 할 거예요! 으휴, 내가 못살아!"

간호사는 가슴을 탕탕 치며 돌아섰다. 할아버지가 혀를 찼다.

"쯔쯧, 보아하니 시집 못 간 노처녀 같군."

그 나지막한 소리를 들었나 보다. 저만치 걷던 간호사가 홱 고개를 돌리고는 소리쳤다.

"저, 막강한 신랑에 애 둘 가진 주부거든요!"

은하가 재빨리 다가가 조아렸다.

"죄송합니다. 아마 할아버지 눈엔 선생님이 워낙 젊어 보이셔서…… 사실 저도 선생님을 방금까진 제 또래 아가씨로 여겼었거든요."

그 말에 간호사의 비죽 튀어나왔던 입꼬리가 살짝 올라갔다.

"흥!"

그녀는 노부부에게 눈총을 한 번 쏘아 대고는 휙 돌아섰다.

은하가 콘도를 닮은 병실 안으로 들어서자, 철수와 순진이 황망히 옷매무새를 다듬으며 맞이했다. 뒤따라 들어온 노부부를 발견한 순진이 동그랗게 눈을 치뜬다.

"아부지…… 엄마."

"으흠. 하던 일은 잘 끝낸 거냐?"

할아버지의 생뚱맞은 질문에 순진은 물론이고 철수마저 얼굴이 발갛게 물들었다. 그렇게 순진의 부모는 딸의 다친 다리보다는 다른 곳에 더 관심을 보였다. 노부부의 신분을 알아차린 철수가 바닥에 엎드려 넙죽 절을 올렸다.

"안녕하십니까, 김철수라고 합니다!"

"사람이 썩 듬직하게 생겼군. 그래, 책임감도 못잖게 듬직한지 어디 말 좀 나눠 보세."

칭찬보다는 어쩐지 협박으로 들리는 할아버지의 말이었다.

마트에서 들어가 속옷을 구경하는 은하에게 그가 속삭인다.

"전에 그 레이스 꽃무늬도 예쁘던데 뭘 또 사려고."

은하가 팔꿈치를 날렸다.

"내 거 아니라고요."

그녀가 귀를 당겼다.

"팀장님 거예요."

"팀장님 건 삼촌한테 부탁하면 될 텐데."

"그러게요. 그게 말이죠."

은하는 귓불에 바짝 입을 붙였다.

"삼촌한테 부탁했더니 죄다 망사만 사 왔다지 뭡니까."

"그래?"

시훈이 묘한 웃음을 짓는다.

"더 골라라. 계산은 내가 할게."

"예?"

"은하 거 망사 속옷."

은하는 팔꿈치를 날리려다가 얼굴을 붉혔다.

"그거 사면 내 부탁 하나 들어줄래요?"

"가능하다면."

"일요일에 시간 좀 내 줘요."

"그야 모처럼 둘만의 휴일이니 당연히 시간 내야지."

"그게 아니라 철수 삼촌이랑 같이 좀 만나요."

"안 돼! 얼마 만에 찾아온 기횐데!"

"쉿!"

은하는 매장 구석으로 시훈을 이끌고는 속삭였다.

"실은 오늘 팀장님 부모님이 병원에 오셨어요. 하필이면 그때 삼촌이랑 둘이서……."

은하가 빨개져서 머뭇거리자, 시훈이 짓궂게 웃었다.

"복습을 했구나, 그렇지?"

"어쩜 그쪽으론 탁월하셔라."

"뭐, 내가 다방면으로 촉이 대단하긴 하지."

"그래서 팀장님 부모님이 마구 속도를 내시지 뭡니까."

"설마 상견례라도 하자고 드셔?"

"비슷해요. 그래서 말인데 우린 가족이 없어 너무 썰렁해서 시훈 씨라도…… 시훈 씬 삼촌 동생이잖아요."

"뭐, 망사만 입어 준다면야."

"쉿."

은하는 주변을 살피고는 기어들어 가는 소리로 대답했다.

"아, 알았어요."

"핑크."

"어, 그건 좀."

"앤드 블랙."

"블랙 하나만."

"핑크 플러스 블랙."

"없던 일로 하죠."

"부탁 들어주는 건데?"

"그럼 공평하게 시훈 씨도 망사 입든가."

"내가 망사를……."

시훈은 무언가 생각해 보더니 부르르 몸을 떨었다.

"아, 알았어. 블랙."

마트를 나서며 시훈이 문득 생각난 듯 말한다.

"너희 삼촌은 연애 교육학의 전설이 될 거다. 그런 초고속 졸업생은 삼촌 말고는 절대 없을 테니까."

은하는 동의하며 열심히 고개를 주억거렸다.

철수는 은하가 사 준 여름 슈트를 입고 식당 룸에 앉아 있었다. 포근한 어머니를 연상시키는 순진은 꿈에 그리던 이상형이었다. 고맙게도 그녀 쪽에서 먼저 적극적으로 다가와 단숨에 만리장성을 쌓았다. 병원에서도 참지 못하고 비슷한 애정 행각을 누리다가 그만 어르신들에게 들키고 말았다. 잘된 일이다. 덕분에 일찌거니 결혼까지 말이 나오게 되었다.

막상 가족이 모여 식사를 하기로 날을 잡자 어쩔 수 없이 우울했다. 어린 은하가 부모를 대신하는 자리였으니 말이다. 그나마 시훈이가 아우 자격으로 참석한다고 하니 다행이었다.

'야가 근데 왜 이리 늦는 거야.'

어르신들 기다리게 하면 실례라고 일찌거니 떠밀어 놓고 은하는 좀처럼 나타나지 않았다. 그때 문이 열리면서 낯선 여자가 나타났다. 아니 아는 여자였다.

"으, 은하야!"

"으흐흐! 이상하지?"

철수는 넋을 놓고 바라만 보았다. 여느 때보다 촉촉한 얼굴에 빨간 입술이다. 처음 보는 블라우스와 스커트 밑으로 드러난 건강한 다리와 구두까지, 은하이면서 은하가 아닌 모습이었다.

"그, 그래. 이, 이상하게 아름답다."

"시훈 씨 외숙모님이 사 주셨던 옷이야. 오늘 오시니까 예의상 입어 줘야 할 것 같아서."

새색시처럼 부끄러워하는 모양새마저도 은하이면서 은하가 아니었다. 그 낯익고도 낯선 요조숙녀가 철수 옆으로 다소곳이 앉았다.

"근데 시훈 씨 외숙모도 여기 오시냐?"

"응. 그러실 것 같아."

"그분이 왜 여기 끼시지?"

"그러게. 시훈 씨한테 아까 연락 왔었거든. 괜찮냐고 해서 괜찮다고 했어. 우린 이런 거 형식 잘 모르잖아. 그래서 쪽수로 채우려고 오고 싶은 사람 다 오라 했어."

"까짓 뭐 형식이 있겠냐."

부모가 없다는 사실이 실감 나서 공연히 마음이 심란해졌다. 또 문이 열리면서 순진이 들어왔다. 깁스 대신 보호대를 착용하고 목발을 짚고 있었는데도 미모는 제대로 드러났다. '라면'을 많이 먹은 탓인지 뽀글뽀글한 머리카락은 더욱 축축하니 매력적으로 굽어져 있었고, 공들인 화장과 정장 차림새가 철수를 들뜨게 했다. 만약 은하와 순진이 나서서 누가 더 예쁘냐고 묻는다면 난감할 터였다. 다행히 순진의 부모님이 곧 나타났고, 이어서 시훈의 식구들이 들어섰다. 은하가 양해를 구했다.

"저흰 부모님이 안 계신 관계로 성의를 보이고자 여러분을 모셨습니다."

"허허, 괜찮네. 자, 어서들 앉으십시오."

은하와 시훈이 철수 곁으로 앉았고, 반대편으론 오 회장 내외와 지영이 앉았다.

은하는 연신 곁눈질을 하는 시훈의 무릎을 살짝 꼬집었다. 그가 귓불에 입을 댔다.

"왜?"

"숙녀 무릎 훔쳐보깁니까?"

"흐흐, 넘 예뻐서. 이리 예쁜 걸 나한테만 보여 주려고 감추고

552

다녔구나."

"으흠."

철수의 헛기침에 두 사람은 바로 앉았다. 점심 식사를 먼저 시키자고 메뉴판을 보고들 있을 때, 순진이 다가와 한쪽으로 끌고 가 속삭였다.

"저분들이 왜 여기 나오신 거니?"

"어르신이 온 가족 다 모여 식사하자고 하셨잖아요?"

"이그, 은하야. 실은 그런 뜻이 아니라, 은하 너도 같이 할 자격이 있단 말을 그리하셨던 거야."

"아하! 뭐 기왕 이리된 거 같이 식사하셔도 괜찮죠?"

"그래. 나도 철수 씨가 여러 사람하고 같이 있는 게 보기 좋다."

순진이 은하의 귀를 놓아주고 돌아가려다 덧붙인다.

"너 오늘 끝내주게 예쁘다."

"흐흐, 팀장님도요."

돌아가 앉으려는데, 최 여사가 흐뭇하게 웃으며 위아래를 훑어보았다. 은하는 잘 입고 있다는 말을 묵례로 드러냈다. 최 여사도 살가운 고갯짓으로 답했다.

식사를 얼추 마치고 술이 한 순배 돈 뒤에야 어색한 분위기가 누그러졌다.

"그래, 살림은 어디서 할 텐가?"

순진의 부친이 철수에게 물었다.

"전 은하랑 같이……."

철수의 말을 은하가 가로챘다.

"삼촌은 천안 집에서 살 겁니다. 전 서울에서 살고요."

"천안에다 가게를 차린다지?"

"아, 네. 나나도시락 분점을 거기 내기로 했습니다."

철수가 어리둥절, 눈을 굴리며 은하와 순진을 보았다. 순진이 철수의 시선을 붙들어 신호를 보내고는 입을 열었다.

"미안해요, 철수 씨. 철수 씨가 은하랑 같이 안 살면 결혼 안 한 다고 해서 우리끼리 따로 의견 좀 나눴어요."

"저는 은하 삼촌의 아우 자격으로 열심히 가게 영업 지원하겠습 니다."

시훈이 말했다. 그 말을 오 회장이 받는다.

"저도 예비 조카며느리의 하나뿐인 가족에게 결혼 선물을 준비 했습니다. 약소하지만 가게에 필요한 건물 하나 선물하렵니다."

"원, 농담도 잘하십니다, 하하."

순진 부친의 말을 은하가 받았다.

"농담 아니십니다. 냠냠식품 회장님이시니 그 정도는 주셔야 체 면이 서시죠."

"냠냠식품 회장님? 저, 정말?"

부친이 순진을 보고 눈으로 물었다. 순진이 고개를 끄덕였다. 순진의 부친이 새삼 잠자코 앉아 있는 지영을 바라보았다. 얼결에 은하가 소개했다.

"저희…… 저희…… 이모세요."

그 말에 지영이 퍽이나 따뜻하게 웃는다. 갸웃하던 순진의 부친 과 모친이 동시에 웃음을 터뜨렸다.

"하하하! 참으로 촌수가 복잡해 아둔한 제 머리로 감당 안 되긴 하나, 그냥 보기 좋습니다, 좋아요."

순진의 부친이 철수를 보며 갸웃했다.

"근데 이 사람 왜……."

좋은 날 웬 청승이야, 하고 철수에게 구박을 하려다가 은하는 입을 닫았다. 핸드백을 열어 조용히 티슈만 건네주었다.

"아! 이 집 음식 맵네. 아! 콧물이……."

젖은 소리를 흘린 뒤 철수는 요란하게 코를 풀었다.

은하도 매운 코를 풀고 싶어서 살며시 룸을 벗어났다. 무심코 홀을 훑다가 그녀를 발견하고 다가갔다.

"고문님, 안녕하세요."

"오, 오냐."

오 여사는 선희와 함께 앉아 있었다.

"어째 같이 드시지 않고."

"흥! 네 오빠가 못 들어오게 하지 뭐니. 우리가 말실수한다나, 어쩐다나."

"어머머, 교양 있으신 고문님께서 그러실 리 있나요?"

"그렇지? 에휴, 내 본모습을 알아준 사람은 너밖에 없다니까. 근데 이야기는 잘돼 가니?"

"네, 화기가 애애합니다."

그때 선희가 끼어들었다.

"은하 씨, 오늘 너무 예뻐요."

"고마워요."

"흥! 나도 예쁘다고 생각하고 있었다."

"아, 예. 고문님, 고맙습니다."

"안에서 어떤 이야기들 하시니?"

"뭐, 저희 삼촌 장가 혼수를 주신다고들, 그런 말씀요. 글쎄 말입니다. 회장님은 통 크시게도 가게 차릴 건물 하나 선물하신다지 뭡니까."

"하긴. 오빠 너희 삼촌한테 엄청 큰 신세를 졌다고 하시더라."

"엄마, 우리 체면도 있는데, 가만있을 거예요?"

선희의 말에 오 여사는 고개를 끄덕이더니 잠시 생각에 잠겼다. 이내 장난기 가득한 웃음을 짓는다.

"오빠보다 내가 더 가까운 관센데 가만있으면 체면이 안 서지. 오피스텔, 서울 오피스텔을 선물할 거야."

"그건 시훈 씨……."

은하의 말을 오 여사가 자른다.

"내 명의야! 그리고 은하 너를 위해서도 이참에 없애 버려야 해. 거긴 그 녀석 가출의 소굴이야!"

"전 가출해도 바람만 안 피우면 괜찮은데."

"흥! 모르는 소리. 집 나가면 시훈이 그 잘난 녀석을 여자들이 가만 놔둘 줄 알아?"

"걱정 마십쇼. 임자 있는 줄 알면서도 접근하는 여자들 있음 제가 절로 보내 버립니다."

"절? 머리를 밀어 버리게?"

"기계를 빌릴 것까지 있습니까? 제 손으로 콱 뿌리째 뽑아 버릴 겁니다."

시훈에게 꼬리를 치며 접근하는 여자를 상상만 해도 발끈해진 은하는 자신도 모르는 사이에 손가락 관절을 우두둑 눌렀다. 퍼뜩 정신이 들어 다소곳한 자세로 돌아갔다. 언제 일어났는지 오 여사가 은하의 블라우스를 톡톡 털고 있었다.

"여기 먼지가 묻었네."

어쩐지 기가 죽은 모습이었다.

나나별맘도시락의 모든 직원들이 한 사람을 주시하고 있었다. 은하는 아빠를 대신한다고 거듭 생각하면서 의젓하게 어깨를 폈다.

"어쩌다 보니 제가 금수저가 되어 아빠의 가게를 물려받았습니다."

적이 복받쳐 심호흡을 했다. 홀에 밀집한 사람들 중 김 과장이 눈을 맞춰 힘차게 고개를 끄덕였다. 응원에 힘입어 은하는 또박또박 말을 이었다.

"하지만 전 지금 나나의 대표가 아닌, 구조조정 권한을 부여받은 월 장원 팀의 자격으로 이 자리에 섰습니다. 여러분도 들으셨겠지만, 본사의 박 전무님은 공금 횡령 및 어쩌구 하는 죄목으로 감옥에 있습니다. 별맘의 점장님이 엄연히 계신데도 박 전무님과 사적으로 연락하고 무단으로 식품을 들여 별맘 경쟁력의 품위를 망친 A팀을 우선 내보냅니다."

시훈이 초안을 써 주었는데도 용어들이 익숙하지 않아 그냥 나오는 대로 쉬운 말을 섞었다.

"그리고 우리의 김 과장님께선 도시락 공장의 사장님으로 취임하십니다."

직원들이 환호하며 박수를 쳤다. 은하는 다시금 김 과장과 눈을 맞추고는 말을 이었다.

"앞으로 나나별맘은 예전처럼 영업합니다. 우리의 김 과장님이 사장님으로 가시는 공장이니, 그래서 누구보다 나나별맘을 잘 아시는 분이 사장님이 되시니, 협조는 더 잘될 겁니다."

은하는 사람들을 쓱 둘러보았다. 눈물을 흘리는 은영과 준호가 보였고, 가슴에 양손을 갖다 댄 점장도 보였다. 손가락으로 브이를 보내는 현준에 이어 우울한 표정의 조 주임도 보였다. 은하는 조 주임을 보며 덧붙였다.

"그 외 구조조정은 없습니다. 그리고 제가 속한 C팀은 경쟁에선 빠지고 새로운 팀을 대신 채우겠습니다. 앞으로 C팀은 이 가게의 주인이신 제 아빠의 음식만 가지고 순환 판매를 할 겁니다. 참, 저의 승진 소식이 있네요. 오늘부터 전 C팀의 책임잡니다. 잘 부탁합니다."

박수 소리를 뒤로하고 은하는 밖으로 나갔다. 아빠, 엄마와 소통할 수 있는 안테나인 나나 간판을 향해.

— fin

나나 도시락

1판 1쇄 찍음 2017년 6월 16일
1판 1쇄 펴냄 2017년 6월 23일

지은이 | 솔 겸
펴낸이 | 정 필
펴낸곳 | (주)뿔미디어

편집장 | 박경희
기획 · 편집 | 고수민, 박경희

출판등록 | 2002년 9월 11일 (제1081-1-132호)
주소 | 경기도 부천시 원미구 소향로 17, 303(두성프라자)
전화 | 032)651-6513 / 팩스 032)651-6094
E-mail | scarlets2012@hanmail.net
블로그 | http://blog.naver.com/dahyangs
비북스 | http://b-books.co.kr

값 10,000원

ISBN 979-11-315-8001-1 03810